中国古典文学名

飞龙全传

[清] 吴 璿 著

华夏出版社
HUAXIA PUBLISHING HOUSE

图书在版编目（CIP）数据

飞龙全传 /（清）吴璿著. —北京：华夏出版
社，2013.01（2024.09重印）
（中国古典文学名著丛书）
ISBN 978 – 7 – 5080 – 6433 – 8

Ⅰ．①飞… Ⅱ．①吴… Ⅲ．①章回小说 – 中国 – 清代
Ⅳ．①I242.4

中国版本图书馆 CIP 数据核字（2011）第 065374 号

出版发行：华夏出版社
　　　　　（北京市东直门外香河园北里 4 号　邮编 100028）
经　　销：新华书店
印　　制：永清县晔盛亚胶印有限公司
版　　次：2013 年 01 月北京第 1 版
　　　　　2024 年 09 月北京第 2 次印刷
开　　本：670×970　1/16 开
印　　张：27
字　　数：409.4 千字
定　　价：55.00 元

前　言

在中国古典小说中，英雄传奇是其中极为突出的创作主题。以传奇甚至有些荒诞的情节设计与人物刻画，来描写人们心目中历史英雄的非凡人生和神奇经历，并结合社会背景来演义历史事件与朝代的更替，既是当时广大人民群众文化生活的强烈需要，也是明清时期中国古典小说创作高峰时期的一个"主旋律"。

《飞龙全传》，就是以北宋开国皇帝太祖赵匡胤为主角的一部英雄传奇与历史演义。这部小说是清代小说家吴璿花费多年精力创作而成。该书于清乾隆三十三年刊发。当时一些文人不满于大清的时政，尤其是不满外族的统治压迫，纷纷假托前朝遗民之名著书立说，并以历代民族英雄为主角，创造了一大批宣传承应天命、忠君报国的传奇小说。在这类小说中，主要人物及故事题材都有一定的历史依据，但在叙述历史经过和王朝兴亡中，有意夸大事实并虚构情节，以神化和美化英雄主角。

《飞龙全传》共六十回，写的是赵匡胤南征北战，平定天下，建立大宋，由一个年轻的市井豪侠成长为一统江山的开国皇帝的历史故事。小说开篇是从后汉隐帝时开始说起，青年赵匡胤大胆豪放，避福江湖，敢作敢当，一诺千金，行侠仗义，到仕于后周，结交群英，忠信重义，结交群雄，陈桥兵变，终登皇位。作者在五代末期这段特定的历史变迁背景下，叙述了赤龙赵匡胤、黑龙郑恩、黄龙柴荣、乌龙郭彦威等英雄诸龙风云际会的传奇故事。尤其在主人公赵匡胤身上，作者向读者展示了一个真龙天子的理想英雄形象。与赵匡胤相对照的是，作者还成功刻画了一组带有喜剧色彩的英雄群体。比如粗鲁爽直、贪吃好酒、勇猛无畏又有些狡狯诙谐的郑恩；面貌丑鄙、心地善良、力大无穷、奔放无羁又惹人喜爱的陶三春等。在今天的戏曲舞台上，我们仍能看到这些鲜活生动、老百姓喜闻乐见的历史人物。《飞龙全传》对后世的影响由此可见一斑。

《飞龙前传》作为一部通俗长篇历史小说，具有强烈的传统文化与民间文艺的浓厚气息。它吸收了前代不同小说的创作经验,既有历史演义、民间文学的特点,又兼具英雄传奇与神魔小说的特色。流传至今,仍得到很多喜欢古典文学的读者的厚爱。

但需要指出的是,在《飞龙全传》中,由于时代的局限,作者为突出英雄主角,有意宣扬了君权神授、真命天子、福祸宿命等封建迷信的思想观点。今天的读者,在阅读本书时应注意加以辨别,去伪存真,去粗取精。

此次再版,我们对原书中的笔误、缺漏和难解字词进行了更正、校勘和释义,对原书原来缺字的地方用□表示了出来,以方便读者阅读。由于时间仓促,水平有限,其中难免有所疏失,望专家和读者予以指正。

编　者
2011 年 3 月

序

己巳岁,余肄业村居,暗修之外,概不纷心。适有友人挟一帙①以遗余,名曰《飞龙传》。视其事,则虚妄无稽;阅其词,则浮泛而俚。余时方攻举子业,无暇他涉,偶一寓目②,即鄙而置之。无何,屡困场屋,终不得志。余自恨命蹇时乖③,青云之想空误白头。不得已,弃名就利,时或与贾竖④辈逐锱铢⑤之利,屈指计之,盖已一十有九年矣!

今戊子岁,复理故业,课习之暇,忆往无聊,不禁瞿然⑥有感。以为既不得遂其初心,则稗官野史⑦,亦可以寄郁结之思。所谓发愤之所作,余亦窃取其义焉。于是检向时所鄙之《飞龙传》,为之删其繁文,汰其俚句,布以雅驯之格,间以清隽之辞,传神写吻。尽态极妍。庶足⑧令阅者惊奇拍案,目不暇给矣!

第余才识卑劣,偏颇脱漏之弊,终所不免。兹顾孜孜⑨焉亟为编葺⑩者,不过自抒其穷愁闲放之思,岂真欲与名人著作争长而絜短乎哉!

时乾隆三十三年岁在戊子仲秋之望。东隅吴璿⑪题。

---

① 帙(zhì)——量词,用于装套的线装书。

② 寓目——过目;看到。

③ 命蹇(jiǎn)时乖——蹇,不顺利;乖,违反情理。此意为命运不济,多灾难。

④ 贾(gǔ)竖——旧时对商人的贱称。

⑤ 锱(zī)铢——锱、铢都是古代很小的重量单位。比喻极微小的数量。

⑥ 瞿然——惊动的样子。

⑦ 稗(bài)官野史——稗官,古代小官,后称小说为稗官,泛称记载逸闻琐事的文字为稗官野史。

⑧ 庶足——庶几,表示希望。

⑨ 孜孜——努力不怠。

⑩ 葺(qì)——修理。

⑪ 璿(xuán)——"璇"的异体字。

目　　录

第 一 回

苗训设相遇真龙　太祖游春骑泥马

词曰：

世事如棋，从来兴废由天命。任他忠佞①，端的②难侥幸。

圣主垂裳③，勋业昭功令。苍生幸，扫秽除氛，才把江山定。

右调《点绛唇》

话说从古以来，国运递更，皆有定数，治极则乱，乱极则治，一定之理也。天下自唐季以来，五代纷更，数十年间，帝王凡易八姓十三君。僭窃④相踵，战争不息，人民有倒悬之苦，将士多汗马之劳。终于立国不长，究非真命之主。

独至大宋圣人，应运而兴。御极⑤以来，削平伪镇，把锦绣江山，奠定十分安固，相传三百年鸿业。历国恁⑥般久长，这也因他神武不杀，仁义居心，所以如此。观其伐南唐时，命曹彬⑦云："城陷之日，慎勿杀戮；设若困斗，则李煜⑧一门不可加害。"只此数语，便如孟子所谓"不嗜杀人者能一之"矣。然此仁心义闻，虽三尺童子，亦知其为尧舜之君也。不必烦言多赘，只就他未登九五⑨之时，把那三打韩通，禅州结义，这许多事迹表白出来。可以使闻者惊心，观者吐舌，方知英雄举动，迥异庸愚。毕竟有掀

---

① 佞（nìng）——用花言巧语谄媚人。

② 端的——究竟。

③ 垂裳——犹垂拱，即垂衣拱手，古代形容太平无事，可无为而治。后来用以歌颂帝王的治道。

④ 僭（jiàn）窃——超越本分，窃取王位。

⑤ 御极——登极，皇帝即位。

⑥ 恁（nèn）——如此，这样。

⑦ 曹彬——北宋初年大将。曾任统帅灭南唐，攻下金陵，禁止将士杀掠。

⑧ 李煜（yù）——五代时南唐国主，世称李后主。

⑨ 九五——本为《易经》中的卦爻位名，后指帝位。

天拔地之形,搅海翻江之势。正如暗中指使,冥里施为,诚有不期然而然者。有诗为证:

> 龙虎行藏自不同,辉煌事业有奇踪。
>
> 时君若肯行仁政,真主如何降九重?

话说后汉高祖皇帝刘智远晏驾①之后,太子承祐登基,庙号隐帝。为人懦弱有余,刚断不足。即位以来,虽不能海晏河清②,却也算得烽烟消熄,承平日久,世道粗宁。这时有一位先生,姓苗名训,字光义。能知过去未来,善晓天文地理。他奉了师父陈抟③老祖之命,下山来,扮做相士模样,遍游天下,寻访真主。那时正在东京汴梁城中,开着相馆,每日间哄动那些争名夺利的人,都来论相。真个挨挤不开,十分闹热。

一日清晨,光义起来开馆,挂了那个"辨鱼龙,定优劣"的招牌。垂帘洒扫已毕,正在闲坐。只见一位青年公子,独自信步进来。光义抬头一看,暗暗吃惊,连连点首。怎见得那人的好相? 只见:

> 尧眉舜目,禹背汤腰。两耳垂肩,棱角分明征厚福;双手过膝,指挥开拓掌威权。面如重枣发光芒,地朝天挺;身似泰山敦厚重,虎步龙行。异相非常,虽道潜龙勿用;飞腾有待,足知垂拱平章④。漫夸辟土紫微星,敢比开疆赤帝子。

这人非别,就是那个开三百年基业的领袖,传十八代子孙的班头:姓赵名匡胤,表字元朗。世本涿郡人氏。父亲赵弘殷,现为殿前都指挥之职。母亲杜氏夫人。原来赵弘殷所生三子一女:长匡胤,次匡义,三光美,四玉容小姐。这匡胤之生,因后唐明宗皇帝登极之年,每夜在于宫中,焚香祝天道:"某乃无福,因世大乱,为众所推。愿天早生圣人,为生民之主。"那玉帝感他立念真诚,为君仁爱。即命赤须火龙下降人间,统系治世。生于洛阳夹马营中,赤光满室,营中异香经宿不散。因此父母称他为"香孩儿"。

---

① 晏(yàn)驾——古代称帝王死亡的讳辞。

② 海晏河清——沧海波平,黄河水清。旧时用以形容天下太平。

③ 陈抟(tuán)——五代宋初道士。其学说后经人加以推演,成为宋代理学的组成部分。

④ 平(pián)章——辨别章明。

后因石敬瑭①拜认契丹②为父,借兵篡唐。赵弘殷挈③家避乱,于路肩挑二子,遇一异人指说道:"此担中乃二天子也。世上说道无天子,今日天子一担挑。"因住居于汴梁城双龙巷内,至后汉立朝,弘殷方才出仕。

　　此时匡胤正当年交一十八岁,生得容貌雄伟,气度豁达。更兼精通武艺,膂力④过人。娶妻贺氏金蝉,十分贤淑。那匡胤生性豪侠,又与本郡张光远、罗彦威二人结为生死之交。每日在汴梁城中,生非闯事,喜打不平。这日清晨,早起无事,出外闲游,打从相馆门首经过。举步进门,意欲推相。却值苗光义闲坐在此,抬头一见,不觉惊喜道:"此人便是帝王之相。吾昨日排下一卦,应在今日清晨有真主临门,不想果应其兆。"立起身来,往外一张,四顾无人,回身即望匡胤纳头便拜,口称:"万岁! 小道苗光义,接驾有迟,望乞恕罪!"匡胤一闻此言,不觉大惊道:"你这泼道,想是疯癫的么? 怎的发这胡言乱语? 是何道理?"光义道:"小道并不疯癫。因见天下汹汹,久无真主。当今后帝亦非命世之姿。特奉师命下山,寻访帝星,今幸得遇,事非偶然。主公实为应运兴隆之主,不数年间,管取身登九五,请主公勿疑。"匡胤听了这一席言语,越然发怒道:"吾把你这疯颠的泼道! 这里什么去处,你敢信口胡言! 人人道你阴阳有准,祸福无差;据我看来,原来你是捏造妖言,诬民惑众,情殊可恨,理实难容。"一面说着,一面立起身来,挥袖撩衣,举手便打。只听得:

　　　　劈拍连声,呖喇⑤遍室。劈拍连声,椅凳桌台敲折脚;呖喇遍室,琴棋书画打成堆。炉盏帘瓶,哪管他古玩时新,着手处西歪东倒;纸墨笔砚,凭着你金镶玉砌,顺性时流水落花。正是:一时举手不容情,凭你神仙也退避。

匡胤一时怒起,把相馆中的什物等件,尽都打翻,零星满地。那苗光义见他势头凶猛,一时遮拦不及,只得往后退避。此时过往之人渐渐多了,见

---

① 石敬瑭——五代晋王朝的建立者,称后晋高祖。

② 契丹——国名。916 年建立辽朝,与五代和北宋并立。1125 年被金所灭。

③ 挈(qiè)——提携,带领。

④ 膂(lǚ)力——体力,筋力。

⑤ 呖(lì)喇(lá)——象声词,形容声音清脆。

是赵舍人在此厮①闹，又且不知他的缘故，谁敢上前相劝一声，只好远远的立着观望。

正在喧嚷之际，只见人丛里走出两个豪华公子，进来扶住了匡胤，说道："大哥，为着何事，便这等喧闹？"匡胤回头看时，乃是张光远、罗彦威二人，便道："二位贤弟！不必相劝，我还须打这泼道！"二人道："大哥，不可造次！有话可与小弟们说知，我等好与你和解。"匡胤悄悄地说道："我来叫他相面，谁知他一见愚兄，便称什么'万岁'。这里辇毂之下②，岂可容他胡言乱语！倘被别人听着，叫愚兄怎地抵当？"张光远道："大哥，你也是呆的，量这个疯癫的道人，话来无凭无据，由他胡乱，自有凶人来驱除他的。你何必发怒，与他一般见识。"罗彦威道："目今世上的医卜星相，都是专靠这些浮词混话，奉承得心窝儿十分欢喜，便好资财入手，满利肥身。这是骗人的迷局，都是如此。你我不入他的骗局，也就罢了，闹他则甚？俺弟兄闲在这里，且往别处去消遣片时，倒是赏心乐事，何必在此攘③这空气。"说罢，两个拉了匡胤的手，往外便走。

那苗光义见匡胤去了，即忙出来，走至街坊，又叫道："三位且留贵步！我小道还有几句言语奉嘱，幸垂清听。"遂说道：

此去休要入庙堂，一时戏耍见灾殃。

今年运限逢驿马④，只为单骑离故乡。

匡胤道："二位贤弟，你可听他口中，还在那里胡讲。"二人道："大哥，我们只管走罢了，听他则甚？"

那苗光义想道："我周游天下，遍访真主，不道在汴梁遇着。但如今尚非其时，待我再用些工夫，前去访寻好汉，使他待时而动，辅佐兴王，成就这万世不拔之基，得见淳古太平之象：一则完了我奉师命下山的本愿，二则可使那百姓们早早享些福泽，免了干戈锋镝⑤之灾。"主意已定，即便收了相馆，整备云游。按下不题。

①　厮——互相。

②　辇(niǎn)毂(gǔ)之下——指京都，犹指在皇帝车驾之下。

③　攘——扰乱。

④　驿马——古时驿站供应的马，供传递公文的人或来往官员使用。

⑤　镝(dí)——箭镞。

单说匡胤等弟兄三人，缓步前行，观看景致。此时正当清明时候，一路来，但见：

> 柳绿桃红，共映春光明媚；青尘紫陌，谁闻禁火空斋。木深处杏花村里，何须更指牧童；市集中烟柳皇都，哪得趋陪欢伯。闹热街心，虽常接纸灰飞蝴蝶；朔南墓道，却连闻泪血染杜鹃。这是：可爱一年寒食节，无花无酒步芳场。

当时弟兄三人，随步闲游，观玩景致，固是赏心悦意，娱目舒怀，十分赞叹。正走之间，只见前面一座古庙，殿宇巍峨，甚是清静。耳边又闻钟鼓之声。张光远叫道："大哥，你听那庙里钟鸣鼓响，必是在那里建些道场。俺们何不进去，随喜片时。"罗彦威道："说得有理。我们走得烦了，且进去歇歇脚儿，吃杯茶解渴解渴，也是好的。"

三人举步进了庙门，把眼一张，乃是一座城隍①庙。真是破坏不堪，人烟杳绝，哪里见什么功德道场。匡胤道："二位贤弟，这座乃是枯庙。你看人影全无，哪里有什么功德！我们进来做甚？"罗彦威道："这又奇了！方才我们在外，明明听得钟鼓之声。怎么进了庙门，一时钟也不鸣，鼓也不响，连人影儿都一个也无。这青天白日，却不作怪么？"张光远道："是了！常言道'鬼打鼓'，难道不会撞钟？方才想是那些小鬼儿在此打诨作乐，遇着我们进来，他便回避了，所以不响，也未可知。"匡胤拍手大笑道："张贤弟向来专会说那趣话儿的，你们猜的都也不是。俺常听见老人家说：'鼓不打自响，钟不撞自鸣，定有真命天子在此经过。'今日这里，只有你我三人，敢是谁有皇帝的福分不成？"张光远道："这等说来，大哥必定是个真命天子。"匡胤道："何以见得？"张光远道："适才那个相士说的，大哥有天子的福分。小弟想来，一定无疑。若是大哥做了皇帝，不要忘了我们患难的兄弟，千万挈带做个王子耍耍，也见得大哥面上的光彩。"匡胤道："兄弟，你怎么同着那相士一般儿胡讲起来？这'皇帝'两字，非同小可，焉能轮得着我？你们休得胡言，不思忌讳。"罗彦威道："虽然如此，却也论不定的。常言说得好，道是：'皇帝轮流转，今年到我家。'自从盘古到今，何曾见这皇帝是一家做的？"张光远接口道："真是定不得的。即如当今朝代去世的皇帝，他是养马的火头军出身，怎么后来立了许

---

① 城隍——道教所传守护城池的神。

多事业,建了许多功绩,一朝发迹,便做起皇帝来。又道:'寒门产贵子,白户出公卿。'况大哥名门贵族,哪里定得?"匡胤道:"果有此事么?"罗彦威道:"哪个说谎!我们也不须闲论,今日趁着无事,这真皇帝虽还未做,且装个假皇帝试。妆得像的,便算真命。"张光远道:"说得是,我们竟是轮流妆起便了。"匡胤见他说得高兴,也便欢喜道:"既是如此,你我也不必相让。这里有一匹泥马在此,我们轮流骑坐。看是哪个骑在马上,会行动得几步的,才算得真主无疑。"二人道:"大哥所见甚当。"正是:

　　沿江撒下钩和线,从中钓出是非来。

当下匡胤说道:"我们先从幼的骑起,竟是罗兄弟先骑,次后张兄弟,末后便是愚兄。"罗彦威听言,不胜欢喜,口中说了一声"领命";即便拾了一根树枝儿,走将过去,卷袖撩衣,奋身上马,叫一声:"二位兄长,小弟占先,有罪了!"即忙举起树枝儿,把那泥马的后股上尽力一鞭,喝声"快走"!那马哪里得动?彦威连打几下,依然不动,心下十分焦躁,一时脸涨通红。即便骂道:"攮①刀子的瘟畜生!我皇帝骑在你身上,也该走动走动。怎么的,只是呆呆地立着?"便把两只脚在马肚子上乱踢,只磕得那泥屑倾落下来,莫想分毫移动。张光远在旁大笑道:"兄弟,你没福做皇帝,也就罢了。怎的狠命儿把马乱踢,强要他走?须待我来骑个模样儿与你瞧瞧。"彦威自觉无趣,只得走了下来。

张光远上前,用手扳住了马脖子,蹿将上去。把马屁股上拍了两掌,那马安然不动。心下也是懊恼起来,犹恐他二人笑话,只得把两只脚夹住不放,思量要他移动。谁知夹了半日,竟不相干。使着性子,也就跳了下来。彦威笑道:"你怎的不叫他行动一遭,也如我一般的空坐一回,没情没绪,像甚模样?"光远道:"俺与你弟兄两个,都没有皇帝的福分,让与大哥做了罢!"

匡胤道:"二位贤弟都已骑过,如今待愚兄上去试试。"说罢,举一步上前,把马细看一遍,喝彩道:"果然好一匹赤兔龙驹!只是少了一口气。"遂左手搭着马鬃,右手按着马鞍,将要上马,先是暗暗的祝道:"苍天在上,弟子赵匡胤,日后若果有天子之分,此马骑上就行;若无天子之分,

---

① 攮——此有挨之意。

此马端然不动。"祝毕,早已惊动了庙内神明。那城隍、土地①听知匡胤要骑泥马,都在两旁伺候。看见匡胤上了马,即忙令四个小鬼扛抬马脚,一对判官扯拽缰绳,城隍上前坠镫②,土地随后加鞭,暗里施展。却好匡胤把树枝儿打了三鞭,只见前后鬃尾有些摇动。罗彦威拍手大笑道:"原是大哥有福,你看那马动起来了!"匡胤也是欢喜,道:"二位贤弟,这马略略的摇动些儿何足为奇,待愚兄索性叫他走上几步,与你们看看。"觉得有兴,遂又加上三鞭,那马就腾挪起来,驮了匡胤出了庙门,往街上乱跑。

那汴梁城内的百姓,倏忽③间看见匡胤骑了泥马奔驰,各各惊疑不止。都是三个一块,四个一堆,唧唧哝哝的说道:"青天白日,怎么出了这一个妖怪? 把泥马都骑了出来,真个从来未见,亘古奇闻。"一个道:"不知哪家的小娃子这等顽皮? 若使官府知道了,不当稳便,只怕还要带累他的父母受累哩!"一个认得的道:"列位不必胡猜乱讲,也不消与他担这惊忧。这个孩子,也不是个没根基的,他父亲乃是赵弘殷老爷,现做着御前都指挥之职。他恃着父亲的官势,凭你风火都不怕的,你们指说他则甚?"内中就有几个游手好闲的人,听了这番言语,即便一齐挤在马后,胡吵乱闹,做势声张。光远见势头不好,忙上前道:"大哥,不要作耍了。你看众人这般声势,大是不便。倘若弄出事来,如何抵挡? 你快些交还了马,我们二人先回,在家等候。"匡胤道:"贤弟言之有理,你们先回,俺即就来。"光远二人竟自去了。

匡胤遂把泥马加上数鞭,那马四蹄一纵,一个辔头④返身复跑到庙内,归于原所。匡胤下马看时,只见泥马身上汗如雨点,淋漓不止,心内甚觉稀奇。即时转身离庙,回到府中不题。

却说那些看的人民,纷纷议论,只说个不了,一传十,十传百。正是:

好事不出门,奇事传千里。

这件事传到了五城兵马司⑤的耳边,十分惊骇。说道:"怎的赵弘殷家教

---

①　土地——古代神话中管理一个小地面的神,即古代的"社神"。

②　镫(dèng)——马鞍两边的铁脚踏。

③　倏(shū)忽——转眼之间,突然。

④　辔(pèi)头——辔,驾驭牲口的缰绳。辔头,有一拉缰绳之意。

⑤　五城兵马司——官名。

不严,纵子为非,作此怪异不经之事。妖言惑众,论例该斩。况此事系众目所睹,岂同小可! 我为巡城之职,理宜奏闻。若为朋友之情,匿而不奏,这知情不举的罪名,亦所不免。我宁可得罪于友,不可得罪于君。"遂即合齐同等官僚,议成本章,单候明日五更,面奏其事。只因这一奏,有分教:督藩堂上,新添了龙潜凤逸的配军;行院门中,得遇那软玉温香的知己。正是:

　　人间祸福惟天判,暗里排为不自由。

毕竟汉主听奏,怎生发落? 且看下回分解。

第 二 回

配大名窦公款洽①　游行院韩妓殷勤

词曰：

恩谴配他乡，斜倚征鞍心折。花谢水流无歇，幸有章台②接。

可人何必赘清吟，只要情相合。萍踪遇此缘，回首天涯欲别。

右调《好事近》

话说巡城兵马司闻了匡胤戏骑泥马之事，一时不敢隐瞒，遂即连夜修成本章。至次日清晨，隐帝设坐早朝，但见：

画鼓声连玉磬，金钟款撞幽喧。静鞭三下报金銮，文武一齐上殿。

个个扬尘舞蹈，君王免礼传宣。从来上古到如今，每日清晨朝典。

文武既集，有当驾官传宣，喝道："有事出班早奏，无事卷帘退班。"道言未了，只见左班中闪出一官，俯伏金阶，口称："万岁！臣御史周凯，有事渎③奏。"隐帝道："卿有何事？可即奏来！"周凯道："臣有本章，上达天听。"遂将本呈上。当殿官接本，展开龙案之上。隐帝举目观看，上写道：

臣闻圣人不语怪，国家有常经。语怪，则民志易淆；经正，则民心不乱。一其章程，严其典则，非矫制也。盖所以检束乎民心，而安定夫民志者也。伏见都指挥赵弘殷之子匡胤，年已及壮，习尚未端。昨于通衢道上，有戏骑泥马一事。臣窃谓事虽弄假，势必成真。况乎一人倡乱，众其和之，积而久焉，其祸曷可胜言！将见安者不安，而定者无定矣！臣职守司城，分专巡视，睹此怪异不经之事，理合奏明。伏惟陛下乾刚独断，握法公行，勘决怪乱之一人，以警后来之妄举。则

---

① 款洽——亲密，亲切。

② 章台——为妓院等地的代称。

③ 渎（dú）——不敬，为套语。

庶乎民志得安,民心克定,而一道同风之盛,复见于今矣!臣不胜激切上奏。

隐帝看罢,便问两班文武道:"据周凯所奏,赵弘殷之子赵匡胤,戏骑泥马,惑乱人心。卿等公议,该问何罪?"众臣奏道:"臣等愚昧,不敢定夺。但以妖言惑众而论,依律该问典刑①。伏惟陛下圣裁。"隐帝听奏,想了一会,道:"论例虽该典刑,姑念功臣之子,宥②重拟轻,只问以不合一时行戏,致犯王章,该发大名府充军三年。赵弘殷治家不严,罚俸一载。钦③此准行!"弘殷听了此言,大惊不迭,随即请罪谢恩。

当时朝罢回家,独坐厅上,怒气无伸。犹如青天里降下霹雳一般,十分暴怒,道:"气杀吾也!快把香孩儿拿来!"回身走至夫人房中,骂道:"都是你这老不贤,养这祸根,终日纵他性子,任他东闯西走,惹祸遭非。如今弄出事来了!"夫人道:"相公,为着何事这等大怒,嗔怪④妾身?"赵弘殷便把这事情细细说了一遍,道:"似这样的畜生,玷辱门风,要他何用?快叫这畜生出来,待我一顿板子打死了,免得日后再累我费气!"夫人听罢,双目泪流,上前相劝。弘殷道:"你也不必烦恼,这都是畜生自作自受,该处折磨。如今我也不管,任他历些艰难,吃些苦楚,只算得磨磨性子,也是好的。"夫人道:"但孩儿从小娇养惯的,哪里受得这般苦楚!相公若不区处⑤,叫妾身怎的放心得下。"说罢,又是哽哽咽咽的哭将起来。那赵弘殷听了,不觉情关天性,势迫恩勤,睹此光景,未免动了不忍之心,长叹一声道:"罢了,罢了!我也别无区处。但你既是放心不下,那大名府的总兵,是我年侄⑥。待我与他一封书,叫他在那里照管一二,庶几无事。只是好了这畜生,不知甘苦。"

那夫人听了此言,方才住哭。遂叫:"安童,把大爷请出来。"安童答应。去不多时,匡胤已至厅上,见礼了父母,侍立在旁。赵弘殷道:"你这

① 典刑——常刑。

② 宥(yòu)——宽宥,赦罪。

③ 钦——指皇帝亲自(做)。

④ 嗔(chēn)怪——对别人的言语或行为表示不满。

⑤ 区处——处理,安排。

⑥ 年侄——科举时代同榜登科者称同年;同年之子则称为年侄。

不成器的畜生,干得好事!"匡胤道:"孩儿不曾干什么事!"弘殷喝道:"你还要嘴强!你在城隍庙骑得好泥马,放得好髻头!如今被巡城御史面奏朝廷,将你问斩;幸亏圣上宽宥,赦了死罪,只发配大名府充军三年。又累我罚俸一载。你这畜生,闯出这样祸来,还说不曾干么!"匡胤听了此言,只气得三尸暴跳,七窍烟腾。叫声:"无道昏君!我又不谋反叛逆,又不作歹为非,怎么把我充军起来?我断断不去,怕他怎的!"弘殷喝住道:"畜生!还要口硬。这是法度当然,谁敢违拗?你岂不知'王子犯法,与民同罪'。你自己犯了法,怎么骂起圣上来?况且朝廷赦重拟轻,乃是十分的恩典;死中得活,法外施仁。你还不知感激,反在此狂悖①么!快些收拾起行,不许耽搁。那大名府的总兵,是我年侄,你去自然照顾你的。"

　　正说之间,家将进来禀道:"有本府起了批文,发拨两名长解,已在外厅,伺候公子起行,老爷作速发付。"弘殷遂命收拾起身。登时修下了书札,把行李包囊停当,差了两个管家跟随服侍。匡胤无可奈何,只得上前拜辞了父母并兄弟,又别了妻子。那老夫人吩咐道:"我儿!你此去路上,凡事要小心谨慎,不可如在家一般,由着自己性子。须要敛迹,方使我在家安心无虑。"匡胤道:"母亲不必忧心,孩儿因一时戏耍,造此事端,致累二亲惊恐,不肖之罪,万分莫赎。又蒙母亲吩咐,孩儿安敢不依!"说罢,彼此俱各下泪,正是:

　　　世上万般悲苦事,无过死别与生离。

　　当下匡胤别了父母,带了二名管家,含泪出门,和着解差上路。五口儿一齐行走,正出城来,远远的望见张光远、罗彦威二人在那里伺候。匡胤走近前去见了礼,道:"二位贤弟,在此何干?"张光远道:"闻得大哥遭此恩谴,小弟不胜抱歉。因思此事,原系俺弟兄三人同做。弄出事来,单教大哥一人前去受苦,小弟等无法可施,只得薄治一小东儿,借前面酒店内,饯行三杯,以壮行色。"匡胤道:"这是愚兄的月令低微,与二位贤弟何干?既蒙过费,当得领情。"遂即同至酒店中来,管家在外等候,单和解差

---

　　① 狂悖(bèi)——狂妄悖理。

一共儿五口坐下。酒保拿上酒来,复又排齐了几品肴馔①。彼此觥筹交错②了一会。光远开言说道:"小弟有一言奉告,今日兄长不幸,遭配大名,第一切须戒性。那里不比得汴梁,有人接应。须当万般收敛,少要生非为嘱。"匡胤笑道:"兄弟,你怎么这般胆怯? 男儿志在四方,哪里分得彼此? 我此去,无事则休;倘若有人犯我,管教他一家儿头脑都痛,方显得大丈夫的行踪,不似那怕事的懦夫俗子,守株待兔。"说罢就要拜别。张、罗二人不好相留,只得把匡胤等三人送出酒店,道:"大哥,前途保重!"匡胤道:"不必二位嘱咐。"两边竟拱手而别。有诗为证:

　　茅舍谈心共诉衷,临歧分袂③各西东。

　　知君此去行藏事,尽在殷勤数语中。

　　不说张、罗二人归家。单说匡胤出了酒店,带了管家,和着解差,五人望天雄大道而来。一路上免不得饥餐渴饮,夜宿晓行。行走之间,不觉早到了大名府,寻下客店安歇。至次日清晨,匡胤先差两个管家到那帅府投书——原来那威镇大名府的总兵官,姓窦名溶,乃是赵弘殷的年侄。他这日正在私衙闲坐,忽接着赵府的家书,拆开看了一遍,心下踌躇道:"我闻得赵匡胤平生好生祸事,今日犯了罪,充军到我这里,怎的待他方好? 论起充军规例,必须使他贱役,庶于国法无亏。若论年家④情谊,又属不雅。这便怎处?"思想了一回,忽然道:"也罢! 我如今只得要薄于国法,厚于私情,必须以礼貌相接,岂可泛同常例而行? 既于国法尽其虚名,又于年伯托望之情,完其实效,此一举两全之美也,有何不可!"主意已定,即便写了一个请帖,差人同着管家,往下处去通了致意,把匡胤请到府中。两下各见了礼,略叙了几句寒温,窦溶即命排设筵席,款待接风。遂又拣了一所清净的公馆,与匡胤住下。仍令带来的两个管家随居服侍。复又拨了四名兵丁,轮流伺候。窦溶分置已毕,然后至次日清晨批回文书,打发

----

① 馔(zhuàn)——饭食。

② 觥(gōng)筹交错——觥,古代用兽角做的酒器,此词形容许多人相聚饮酒的热闹情形。

③ 分袂(mèi)——分手,离别。

④ 年家——科举制度中同榜登科者互称"年家"。

差人回汴梁去讫①。这正是：

> 本为充配，反作亲临。
>
> 窦公行义，只体尺音②。

匡胤住下公馆，甚自相称，每日供给，俱在帅府支应。又承那窦溶款待丰美，或时小酌，或日开宴，极其恭敬。比那曹操待关公的时节：三日一小宴，五日一大宴；上马一锭金，下马一锭银；美女服侍，高爵荣身，其敬爱之情，也不过如是。倒把那个钦定的配军，竟俨然做了亲临上司的一般无二。匡胤心中也觉十分感激。自此以后，寂然无事。

过了些时，正值隆冬天气，匡胤心闷无聊，叫过兵丁问道："你们这里，有什么的好去处，可以游玩得么？"那兵丁道："我们这里，胜地虽多，到了此时，便觉一无趣致。唯前面有个行院内，有一个妇人，姓韩名素梅，生得窈窕超群，丰韵异常。她身虽落在烟尘，性格与众不同，凭你公子王孙，不肯轻见。她素来立志，若遇英雄豪杰求见于她，才肯相交结纳。因此鸨儿也无可奈何，只得由她主意。我这里大名府行院中，也算得她是个有识有守的妓女了。公子既然闷坐无聊，何不到那里走走，或者得能相见，亦未可知。"匡胤听言大喜，道："既有这个所在，不免去会会何妨！你可引我前去。"就命管家看守书房，带了两个兵丁，步出门来。上了长街，穿过小巷，望前随路而行。看看已到了院子门首，早见立着那个鸨儿，兵丁上前说了就里③。鸨儿慌忙接进中堂客位坐下，就有丫环献茶。彼此谈论了几句，复着丫环报知素梅，说着东京赵公子闻名相访。那丫环去不多时，只见内边走出一个美人来。匡胤举眼看时，真个好一位风流标致的女子，轻盈窈窕的佳人。但见：

> 体态姣柔，风姿妖媚。不施脂粉，天然美貌花容；无假装修，允矣轻杨弱柳。眉似远山翠黛，眼如秋水凝波。半启朱唇，皓齿诚堪羞白玉；时翘杏脸，金薇相衬激乌云。樱桃口竹韵丝音，玉手纤纤春笋；燕尾体凤翩鸳仁，金莲娜娜秋菱。正如月女降人间，好似天仙临凡世。

匡胤看了一遍，心下暗暗称赞。只见那美人轻启朱唇，款施莺语，低

---

① 讫——终止，完毕。

② 尺音——以书信传递音讯。

③ 就里——内中，内幕。

声说道:"适闻侍儿相报,贵客临门。敢问果系仙乡何处,上姓尊名? 愿乞明示。"匡胤笑容可掬,从容答道:"俺乃东京汴梁城,都指挥赵老爷的大公子,名叫匡胤,打飞拳的太岁,治好汉的都头,就是在下。闻知美人芳名冠郡,贤德超凡,因此特来相访。今蒙不拒,幸甚,幸甚!"素梅闻言,心中暗喜。即便倒身下拜,道:"久闻公子英名,如雷贯耳。今日得见尊颜,贱妾韩素梅三生之幸也!"匡胤慌忙扶起,道:"美人,何故行此重礼?"素梅起来,重新见礼,彼此坐下。各饮了香茗①,即命摆酒对饮。两下谈心,俱各欢好。

饮够多时,撤席重谈。素梅道:"公子今既光临,若不嫌亵渎,愿屈一宿,以挹②高风,不知尊意如何?"匡胤道:"美人有意,我岂无情! 既蒙雅爱,感佩不浅。"遂吩咐两个兵丁道:"你等先回,我今晚在此盘桓③一宵,明日早来伺候。"兵丁道:"公子在此过宿无妨,只不要闯祸生非,怕总帅老爷得知,叫小的带累受苦。"匡胤道:"俺是知道,你等放心回去,不必多言。"兵丁无奈,只得回去。匡胤是夕,遂与素梅曲尽欢娱,极其绸缪。真个说不尽万种恩情,描不出千般美景,人间之乐,无过于此矣!

次日起来,梳洗已毕,素梅即叫丫环摆上酒来。两人正待对饮,只见丫环跑进房来,报道:"姑娘,不好了! 那二爷又来了。"素梅闻言,只吓得面如土色,举手无措。匡胤见此形景,心下疑惑,问道:"那个二爷是何等样人? 他来作何勾当? 美人听了便是这等害怕!"素梅道:"公子有所不知,这人姓韩名通,乃是这里大名府的第一个恶棍。自恃力大无穷,精通拳棒,成群结党,打遍大名府并无敌手。因此人人闻名害怕,见影心寒,取他一个大名,叫做'韩二虎',真正凶恶异常,横行无比。就是我们行院中,若或稍慢了他,轻则打骂,重则破家。怎奈贱妾平素不轻见人,以此无奈我何。今日又来混账,若见与公子同坐在此,彼必无状,因此心中甚觉张皇。"匡胤听了这番言语,心窝里顿起无明,不觉大叫道:"反了,反了! 气杀吾也! 怎么的一个韩二狗,便装点得这般厉害! 岂不知俺赵匡胤是个打光棍的行手,凭你什么三头六臂,伏虎降龙的手段,若遇了俺时,须叫

---

① 香茗(míng)——茶水。

② 挹(yì)——汲取。

③ 盘桓——逗留,徘徊。

他走了进来,爬了出去! 美人,你只管放心,莫要害怕。"

顷刻间,叫丫环把桌子搬去,又将那什物家伙尽行收拾过了,单剩下两张交椅与着素梅并肩坐下。只听得外面一片声叫喊进来,道:"你们这些小贱婢,都躲往哪里去了? 怎的一个也不来迎接我二爷?"素梅听了,抖衣战惊,立起身来,往内要走。匡胤一把扯住,道:"美人,不要怕他,有我在此。"说话之间,只见一个大汉走进房来。匡胤抬头看时,果然好一条汉子,但见:身长一丈,膀阔三停,相貌堂堂,威风凛凛,满脸杀气,举步进房。见了匡胤与素梅坐着佯佯不睬,即时心中大怒,开言骂道:"小淫妇,你往常自恃姿容,多端做作,不肯接陪我二爷。只道你守节到底,甘处空房。怎么改变初心,与那野鸟厮缠? 你就倚仗了孤老的势力,不来迎接我么?"素梅未及回言,早被匡胤大喝一声道:"死囚! 你家的祖宗老爷在此,如何这等大呼小叫?"韩通听言,竖目皱眉道:"你是哪里来的囚徒? 这等可恶! 可通个名来,待俺好动手。"匡胤笑道:"原来你也不知,俺若说出大名来,你莫要跑了去。我乃东京汴国夷梁指挥老爷的公子,赵匡胤便是。"韩通听罢,便喝道:"赵匡胤! 你口中乳臭未退,头上胎发犹存,有多大本领,敢来俺大名府中纳命? 不要走,吃我一拳。"说未了,早望匡胤劈面打来。只因这一番争斗,有分教:开疆帝主,显八面威风;兴国臣僚,让一筹锐气。正是:

疆场未建山河策,妓院先展龙虎争。

不知匡胤怎的招架? 且看下回便知。

第 三 回

赵匡胤一打韩通　勾栏院独坐龙椅

诗曰：

　　萍水相逢一巨豪，任他梗①化岂能逃！

　　心怀别弊神堪接，力欲除奸气自高。

　　国典满期行色动，村醪②过量意情骄。

　　本来赋性应如此，未济何妨试一遭。

　　话说赵匡胤游玩勾栏，遇着了韩通，彼此争嚷几句，那韩通大怒，举手便打。匡胤见他势头来得凶猛，侧身闪过，复手也还一拳，韩通也便躲过。两个登时交手，朴朴的一齐跳出房来，就在天井中间，各自丢开架子，拳手相交，一场好打。但见：

　　一个是开朝真主，一个是兴国元臣。一个是打遍汴京无敌手，一个是横行大郡逞高强。这个要依六韬③吕望安天下，那个要学三略④黄公定太平。这个是金鸡独立朝天蹬，那个是鹞子翻身着地钻。这个是玉女穿梭，那个是黄龙背杖。好个拳棒双全韩二虎，遇了膂力超群赵大郎。看他虎斗龙争，显出我强你弱。

当下二人各施本领，尽力相交，直打到难解难分之际，未分高下。

　　毕竟匡胤是个真命帝主，到处便有神助。此时早已惊动了随驾的城隍、土地，那城隍护住了匡胤，土地忙把那龙头拐杖望着韩通的脚上一拐，韩通就立身不住。匡胤见他有跌扑之意，就乘势抢将进去，使一个披脚的

---

① 梗——阻塞，阻碍。

② 醪（láo）——浊酒。

③ 六韬——中国古代兵书。相传为周代吕望（姜太公）作。现存六卷，即文韬、武韬、龙韬、虎韬、豹韬、犬韬。

④ 三略——又名《黄石公三略》，中国古代兵书。传为汉初黄石公作。全书分为上略、中略、下略三卷。

势子,把韩通一扫,蹼的倒在地下。一把按住,提起拳头如雨点一般,将他上下尽情乱打。韩通在地大叫道:"打得好! 打得好!"匡胤喝道:"你这死囚,还是要死,还是要活? 若要活时,叫我三声祖爷爷,还叫素梅三声祖奶奶,我便饶你去活。若是不叫,管取你立走黄泉,早早去见阎罗老子。"韩通道:"红脸的,你且莫要动手,我和你商量。俺们一般的都是江湖上好汉,今日在你跟前输了锐气,也只是胜败之常。若要在养汉婆娘面前陪口,叫我日后怎好见人? 这是断断不能。"匡胤听说,把二目睁圆,喝声道:"韩通,你不叫么?"又把拳头照面上一顿的打,直打得韩通受痛不过,只得叫声:"祖爷爷,我与你有甚冤仇,把我这等毒打?"匡胤又喝道:"你这不怕死的贼囚,怎么只叫得我! 快快叫了素梅,我便饶你的命。"韩通无奈,只得叫一声道:"我的祖太太! 我平日从不曾犯你的戒,也算得成全你苦守清名。怎么今日袖手旁观,不则一声,试觉忍心害义。望你方便一声,解劝解劝。"正在这里哀告,只见府中来了两个承值①的,走将进来一看,见是韩通,便叫一声:"韩二虎,你终日倚着力气,在大名府横行走闯,自谓无敌,任你施为;怎么一般的也有今日,遇着了这位义士,却便输了锐气。你既是好汉,不该这等贪生怕死,就肯叫粉头为祖太太,可不羞死! 你平日的英雄往哪里去了?"说罢,又劝匡胤道:"公子,也不必再打了,想今日这顿拳头,料已尽他受用。凭他有十分的本事,也不敢正眼厮觑②。还要打他则甚?"匡胤听说,把手一松,韩通便爬了起来,往外便走。匡胤叫道:"韩通,你且听着,我有话吩咐你:你今快快离了大名,速往别处存身便罢。倘若再在此间耽搁,俺便早晚必来取你的狗命,决不再饶。"韩通听了,心下又羞又气,暗暗想道:"我一时造次,遭了这一场羞辱;如今欲要与他相对,料也难胜。况此地难以再住,不如且往别处安身立命,养成锐气,报复此仇,也不为迟。"想定主意,即时出了院子,离了大名,抱头鼠窜的望着平阳而去。这正是:

　　一叶浮萍归大海,人生何处不相逢。

　　不说韩通逃往平阳,希图后报。且说匡胤打走了韩通,重与素梅叙话。素梅见匡胤本事高强,十分豪侠,心下愈加欢喜,就有永结百年之意。

---

　　①　承值——值班差役。
　　②　厮觑(qù)——相互看。

匡胤知他意思,便与素梅缔结偕老之盟,成就交欢之礼。设筵款饮,谈论怡然,时至初更,拥归寝室。正是:

> 未际风云会,先承雨露恩。
>
> 山盟从此定,海誓不须更。

次日,匡胤起身作别了素梅,回至馆驿,两个管家接着,道:"公子,你忧杀我们!闻得在院子内打走了什么韩通,恐怕窦老爷知道不便。况且地里生疏,人情不熟,可不要暗里吃人打算么?幸亏了那两个承应的,昨日回来出去打听,闻他逃在别处去了,我等方才放心。今后万望公子休要出去惹祸,免得小人惊恐。"匡胤喝道:"干你甚事!你们动不动只管有什么惊恐,我公子凭他有甚风火,总然不怕。须要拼他一拼,怎肯束手待毙。你们噜苏做甚?"那两个管家就不敢言语。自此以后,匡胤时常到素梅那里来往,意合情浓。不觉光阴似箭,日月如梭,捻指之间,二年有余。日日在大名府招灾惹祸,任意横行。亏杀了那个窦总兵,替他周全做主,故此无事。

忽一日,窦溶坐在私衙,心中想道:"赵公子在此二载有余,惹下许多祸事,本帅担了多少干系。如今尚有半年,若待限满回去,料他又要招非。不如修书一封,给他一道批文,打发回去:一则地方得以安宁,二则完我这番情面。"想定主意,遂吩咐旗牌①,往馆驿中请赵公子进来。不多一会,早见匡胤走进私衙,与窦溶见过了礼,分宾主坐下。用过香茗,窦溶开言说道:"贤弟,自从驾到敝府,倏忽之间,二载有余。愚兄因简命多繁,其于晋接②有失简慢,叨在世谊,俱望包涵。目下且喜限期将满,意欲先请回府,免得老伯大人日夜忧思,在家悬望,不知尊意以为何如?"匡胤听言,满心欢喜道:"小弟遭配麾下,错蒙雅爱,极承过费,实是难当。今既恩放,当于家君跟前细述盛德。倘遇寸进,自必厚酬。"窦溶连称不敢,即时吩咐家人治酒,趁今日与赵公子饯行。家人即忙排了酒筵,窦溶便请匡胤入席,宾主二人,开怀对饮。酒过三巡,食过五味,匡胤即便辞席。

窦溶不好强留,登时写下一书,无非与赵指挥问安的意思,并匡胤限满文凭,外赠路费银四十两。匡胤一一收明,当时拜谢,辞别了窦溶。回

---

① 旗牌——官名。

② 晋接——为进见尊者的敬词。

至馆驿中,收拾行装,带了两个管家,复至院子里辞别素梅。那韩素梅闻知匡胤限满回家,十分不舍。匡胤安慰道:"美人不必挂怀,俺今回至汴梁,若遇便时,早晚决来取你。必不有忘!"素梅哽咽不绝,摆酒送行。此时匡胤归心如箭,略饮数杯,以领其情。彼此各自叮咛,洒泪而别。离了大名,望夷梁古道而行。有诗为证:

> 征人登古道,野外草萋萋。
>
> 心忙骑觉慢,意急步偏迟。
>
> 懒观青草景,愁见白云低。
>
> 山水称雅好,无心去品题。

　　匡胤在路行程,朝行夜宿,不觉早至东京。进了汴梁城,满心欢喜。来到十字路口,只见那些经商客旅,三教九流,见了匡胤,一个个面战心惊,头疼胆怯。有一人道:"三年不见赵大舍,地方恁般无事;今日回来,只怕又要不宁了。"又一个道:"不然,常言说'士三日不见,当刮目相待'。他出外多年,年纪也大了些,安知不学些礼数,习些规模,焕然改观,一变至道。难道是个'仍旧贯'不成?"又一个道:"他虽然年纪大了,犹恐这副心肠终究是不换的。岂不闻古语说的,道是:'江山可改,秉性难移。'我们如今也不必管他,只消自己各奔前程,便没事了。"

　　匡胤一路行来,闻了这些言语,心中只是暗笑。正行之间,却好又遇见了张光远、罗彦威二人。彼此大喜,各作了揖,问安几句,罗彦威遂邀至酒楼接风。匡胤先发付两个管家收拾了行李,回家报知;自己却藏好了书札批文,与张、罗二人传杯递盏,畅饮舒怀。正饮之间,匡胤又把在大名府结纳了韩素梅,打走了韩通,及窦溶相待之情,前前后后许多事端,细细的说了一遍。二人也把别后之事,谈了一番。三人俱各大悦。正是:

> 酒逢知己千杯少,话不投机半句多。

　　三人轮杯把盏,吃了半日,俱有几分酒意。匡胤执杯说道:"二位贤弟,愚兄遭配了三年,不知近来朝廷的政治何如? 国家的事情怎样? 想贤弟必知其详,愚兄愿闻一二。"张光远道:"兄长不说便罢,若说起朝中之事,比前大不相同。近来南唐主新进来一班女乐,共是一十八口,内中有两个花魁,一名无价宝,一名掌上珠,果是闭月羞花,沉鱼落雁。不料皇上受献之后,迷乱荒淫,朝纲久废;大兴土木之工,创造一院,名为御勾栏。外设园亭,内兴楼阁,将这班女乐居住在内。那皇上每日率领了文武勋臣,以及贵戚,到这院内开长夜之饮,纵流连之欢。这些女乐,便扮演杂剧,歌唱舞蹈。以此日费斗金,民穷财尽。虽有大臣上本谏阻,反致加罪。因此谤言日积,国势日非。据小弟看将起来,这江山不久必属于他人,不知何人有福,受此社稷?"罗彦威道:"俺弟兄阔别了多时,今日欢聚在此,只顾饮酒罢了,这些闲话提他则甚? 若说江山谁得,只怕除了大哥,别人消受不起!"说罢,独自斟饮。匡胤又问道:"那皇上设立御勾栏,可许百姓观看么?"光远道:"只有这一件,还算他无道之中略有一点与民同乐之意,他临幸之时,无论士庶人等,不禁出入,任凭观看。故此小弟得知。"匡胤道:"我往大名去了三年,不想汴梁添了这些景致。既然不禁出入,趁此天色尚早,二位贤弟同我去观看一回,可使得么?"光远道:"兄长要去,弟当奉陪。"罗彦威便叫酒保上来,算还了账。

三人一齐下楼,出了店门,往前行走。不多时,已到勾栏院门首,望里面直走进去,果然好一座御勾栏,盖造得穷工极巧,分外精奇。但见:

四下玲珑美景,八方渲染奇观。巍峨亭殿接青云。雕梁龙作队,画栋凤成行。　　曲径幽深行远,遍栽异卉佳花。忽传皇驾幸勾栏。美人俱尽态,乐女悉趋跄。

匡胤看了,夸羡不已,道:"好一座御勾栏,盖造精工,堪称尽美。"遂问道:"贤弟,那座高楼叫什么名儿?"光远道:"这叫玩花楼。"匡胤道:"俺弟兄们上去走走何如?"说罢,三人走上楼中。只见正中设着一张闹龙交椅,两旁放着两个绣墩。匡胤又问道:"这是什么人儿坐的?"光远道:"那中间龙椅,是当今坐的。这两傍绣墩,是两位丞相坐的。"匡胤回头看道:"那东西悬挂着钟鼓,要他何用?"光远道:"东廊悬的,便是龙凤鼓;西廊吊的,便是景阳钟。只因当今不时驾幸勾栏,恐怕那些女乐们一时不知,故此设下这钟鼓,当作宣召的一般。敲动起来,使那女乐们听了,便知圣驾临幸,方好上楼伺候。有的歌唱,有的舞蹈,真是娱心悦目,好看不过的。"匡胤道:"原来如此。既有这般趣致,俺们何不随喜一回,把那其中滋味赏鉴赏鉴。张贤弟,你去撞钟;罗兄弟,你去擂鼓;待我在龙椅上,装一个假皇帝儿坐坐,看那些女乐来也不来?"张、罗二人一来也有了几分酒兴,二来却像有鬼使神差的一般,忘其利害,这也是合当有事,所以如此。那张、罗二人各自走至廊下,击鼓的击鼓,撞钟的撞钟,分头乱了一回,回身望着绣墩上坐定等着。这分明是:

只图戏玩成欢娱，岂料灾殃在眼前。

当时钟鸣鼓响，早已惊动了掌院太监，慌忙往各院里去吆喝传呼，说道："你们众女乐，快些上楼，万岁爷驾到了。"那些女乐听见，不敢怠慢，各自拿了乐器。但见：有的执着笙箫弦管，有的执着象板鸾筝，一齐歌唱起来。宫商迭运，角徵①徐吹，真个是：

　　袅袅音如缕，阳和律吕平。

　　新声殊激楚，仙乐耳渐明。

众女乐奏动音乐，一齐走上楼来见驾。一个个粉脸低头，花枝招展，俯伏在地，口称："万岁皇爷！女乐们接驾来迟，望乞恕罪！"那张光远、罗彦威二人，虽然带着几分酒意，心下到底惊慌，想道："此事做得不好，假装天子，满门处斩，这祸如何当得？"急望匡胤丢了几个眼色，要他见机而作，远祸全身的意思。谁知匡胤一时高兴，哪里就肯动身。听见众女乐齐呼万岁，不觉满心欢喜，笑逐颜开，道："美人免礼平身。"那众女乐谢恩已毕，站起身来，往龙位上斜眼一看，不看时，万事皆休；一看时，个个胆怕心惊，往后倒退。这龙位上，哪里是当今圣上，原来是一个红面后生。两边绣墩上，坐的是两个少年子弟。众女乐看了，一时齐声骂道："哪里来的无知小贼？擅坐龙位，假扮天子，戏弄我们。真是大胆包天，目无国法的了！军士们何在，楼上有贼！快与我拿下。"那下面掌院的太监，听得楼上有人假装天子，擅坐龙位，大惊不迭。慌忙带领虎贲军②二十多名，各执棍棒绳索奔上楼来。

此时匡胤听见女乐喊叫，不觉大怒，喝道："贱婢！你们不来歌舞唱曲，奉俺欢心。反来放肆辱骂，怎肯饶你？"立起身来，一伸龙腕，照着无价宝脸上一掌，只打个倒栽葱，满楼上乱滚，散乱乌云。掌上珠见了，喊声："不好了！醉汉行凶打死人了！"一句话尚未说完，早被匡胤赶将过去，只一脚踢下楼去，跌得半死。张光远见了如此光景，把那几分的酒意，唬醒了大半。慌忙说道："大哥！俺们一时高兴，惹这大祸，他们怎肯甘休？趁此女乐们尽都散去，极早走罢。倘再迟延，你我怎好脱身？"正说间，只听得楼下一片声喊起，赶上许多兵来，各执军器，一拥上前，把三个

---

①　宫、商、角、徵——音乐术语。为中国古代七声中之四声。

②　虎贲（bēn）军——皇宫中的卫戍部队。

围在中间。匡胤见众军来得凶涌,赤手抵敌。举眼四望,捉一空飞起右脚,把一个执短棍的军士一脚踢翻,顺手夺了短棍,抢开混打。张光远夺了一条梢棒,使动帮扶。罗彦威手无军器,忙把那只金交椅拿在手中,往外乱打。只因这一番大闹,有分叫:楼阁依然,顷刻珠残玉碎;囿园虽在,片时花陨卉伤。正是:

　　　棍发聊舒五内愤,棒开得助一身威。

不知匡胤怎样脱身? 且看下回便见分晓。

第 四 回

伸己忿雹打御院　雪父仇血溅花楼

词曰：

楼台歌管传佳景,夜沉沉,宫帏冷。月明栖乌数移柯,只为剑光飞挺。风云怎递,冰雹齐施,君恨堪能尽。　披星戴月宵旰①影,龙潜迷鳞暝。气冲牛斗鬼神愁,睹征袍,猩红锦。日暮途穷,奔离乡井,羡杀他本领。

右调《御街行》

话说赵匡胤、张光远、罗彦威三人,在玩花楼上与那二十多名军士争持,彼此混打了一回。只打得虎贲军力尽筋输,身瘫气喘,发一声喊,各各自寻走路,都往楼下逃奔性命去了。张光远道:"大哥,我们既已得胜,趁早去罢。再若延挨,倘或他们报知了五城兵马,引军前来,那时寡不敌众,你我就不能脱身了。"匡胤道:"二位贤弟,怕他则甚! 他今不来便罢,若引军马来时,俺便索性搅乱一场。教他整顿而来,亏败而去,才见愚兄的本领。"说罢,当先下楼,举动了短棍,往外打将出去。把院内两边栽种的奇花异卉,任情乱打,直打得水流花谢,月缺星残。

早有虎贲军报知了五城兵马司,顷刻间,点齐了弓兵箭手,飞奔前来,把御勾栏围得水泄不通,齐声呐喊。三人虽然勇猛,一来尚有些许酒意,二来招架众人,力气已都疲乏。此时指望闯出重围,怎当那生力军兵一以当十,勇力异常,焉能得脱! 张光远埋怨道:"大哥,不听我言,如今可也走不脱身了! 奈何,奈何?"匡胤听言,心中怒发,怨气直冲。早把顶门迸开,透出一条赤须火龙,半云半雾的在空中张牙舞爪。自古虎啸风生,龙行雨降。那匡胤原神出现之时,只听得一声霹雳,霎时间天昏地暗,走石飞沙。但见风狂雨骤,电闪雷鸣。忽又一声霹雳,降下一阵冰雹下来,如碗大的一般,望着兵马打去。唬得他们弃弓丢箭,抱头鼠窜,哪里还顾拿

---

① 宵旰(gàn)——原指帝王勤于政事,此指赵匡胤。

人！只图保全性命。匡胤等三人举动棍棒，乘势闯出勾栏，各自回家去了。正是：

　　鳌鱼脱却金钩钓，摆尾摇头再不来。

那勾栏院被这一阵冰雹，打得军兵四分五落，各自躲藏。约过片时，天晴雨散，日色重光。众军伸头缩脑，慢慢地走将出来，聚在一处。个个咬指吐舌，道："从来不曾见的这样大冰雹，真是亘古奇闻，利害不过！"有的说打坏了头角，面目青红；有的说伤损了身躯，肩背疼痛。复又将息了片时，各人强打精神，走往院中，周围寻觅一遭，却已不见了闹院的三位英雄。再看那院中的景致，已是揉烂满地，破坏不堪。众人无法奈何，只好嗟叹而已。此时天色将晚，各自散去。

那管院的太监，心燎意急，一筹莫展。只得请了五城兵马司到来，与同众女乐一齐画策。商议了多时，方才定个朦胧启奏，指鹿为马的故事，希图了事而已。不可说是醉汉打搅，撒泼行凶。只将眼前的冰雹，屈他做个兴灾作祸的凶身，打坏了御院的花卉，庶几权宜妥当，各免干系。这也是历朝以来，权臣宦竖委曲塞责之道，类多如此，不足厚望。所患当代人君，一无明断，不能烛照为悲耳！彼时商议已定，连夜赴朝启奏。不题。

再说匡胤回到家中，拜见父母，道："不孝孩儿，久离膝下，有乖定省，负罪良多。望二亲鉴此王章，恕儿不孝之罪！"赵弘殷见了，虽然不喜，然天性至亲，情关荣辱，未免动了怜悯之心，念了亲切之谊，毕竟转忧为喜，破怒为欢，叫道："我儿，你怎么年限未满，就得回来？"匡胤道："儿蒙窦世兄看父亲金面，限虽未满，预放还家。现有文凭，须行发遣。"说罢，就将批文呈上；又把问安书札，递与弘殷看毕。赵弘殷便将限满批文，即着家人速往府中递讫。当有杜夫人叫道："我儿，你自今以后，须要改过自新，与父母争些光彩；切不可仍其旧性，乱做胡行，使我二人担惊受唬。你须刻刻存心，时时省察，便是你的孝道克全了！"匡胤唯唯拜受。

正说间，只见赵弘殷立起身来，道："我到书房里走走。"才得举步，忽然攒眉皱目，呀的一声，往后一闪，几乎跌倒在地。杜夫人见了，急命安童上前，扶进书房安置。那赵弘殷一步一拐，闪闪跐跐①的进了书房。匡胤看见，心下疑惑，问道："母亲，孩儿久离膝下，不知父亲有何病恙，如此身

───────────────

　　① 跐(cuò)——行动缓慢，失势难进的样子。

体不安!"夫人欲要直说,恐怕匡胤性烈,又要去闯事生非。只得模糊答应道:"你父亲也没有什么病症,只因昨日上朝,偶尔马失前蹄,跌了一跤,伤了腿足,故此行走不便,谅也无妨。"匡胤听说,也就不敢再问,那心下疑惑终觉不释。忽听夫人吩咐道:"我儿,你路上辛苦,快去安息罢!"匡胤听言,即时来到房中,与贺金蝉相见。彼此问安已毕,坐在椅上,想着父亲的缘故,不知就里,一时推详不出。便问金蝉道:"娘子,我父亲所患何症? 从几时起的? 方才这等光景,行走不便。你可实对我说,我便去请医调治。"这贺金蝉乃是年幼之人,说话不知遮掩,便直说道:"公公向来安宁,何曾有病! 只因那南唐国主进奉的一班女乐,献与当今。谁知皇上受了,终日饮酒取乐,不理朝纲,耗费斗金,民穷财尽。因此,公公上本谏阻,要他拆毁勾栏,发还女乐,亲贤远佞,勤政爱民。不道皇上观本大怒,要将公公问罪,亏了众臣解劝,只打了四十御棍,因此两腿酸痛,步履难移。"匡胤道:"原来如此。"暗自忖道:"早知我父亲受了这遭屈气,方才在玩花楼已把这班贱婢结果多时了。如今想将起来,一不做二不休,等待夜静更深,再到勾栏院去走一遭,天幸的撞着昏君,一齐了命。撞不着时,先把这班女乐结果了他,且与我父亲出气。"主意已定,将身倒在床上,和衣假睡。贺金蝉见丈夫睡了,不敢惊动,也便和衣而睡。

　　匡胤歇了一回,侧耳听那金蝉,已是呼呼睡着。即时轻轻爬起,往壁上除了一口宝剑,挂在衣服里面,出了房门,从后园越墙而走。到了长街,乘着月色,来到勾栏院前。此时约摸有二更天气,举眼一看,只见重门紧闭,四顾寂然。侧身往西首一望,看见一带红墙,却喜不甚多高,那墙外广有树木,参差不齐。匡胤将手攀着树枝,溜将上去,立在墙上,望内一看,乃是一块空地。将身跳了下去,往里竟走。又是一重仪门,却见两个小虎贲军,提着灯笼出来巡视。匡胤轻轻赶上几步,拔剑在手,一剑一个,斫倒在地。挨着门旁,见有一株绝大杨树,溜上树枝,跳进了仪门,轻步潜踪,往里直走。听得两廊一带厢房,俱是虎贲军居住,个个关门闭户,鼻息如雷。匡胤想道:"我若先杀了这班军士,犹恐误了工夫。只得饶放了他,再做理会。"当时顺着两廊,又跳过了一重花墙,便是那座御花园了。回视月光之下,照见残花满地,败叶零星。迈步趋前,望内一认,见那后面屋角凌云,巍然高耸,却就是那座玩花楼。即便悄悄走上,左右观看,只见楼后又接连一座高楼。原来就是那一十八口女乐的卧房。

匡胤趱将过去，早见透出灯光，打从门缝里一看，只见众女乐正在那里指手画脚的说着，道："今日这三个后生，好不厉害，把我们打得恁地光景，实可痛恨！"那一个道："打坏了人，还算小事；只恨他把御花园搅乱得这般，甚是难堪。偏偏天又下起大冰雹来，便宜他逃走了去。虽然启奏圣上，只说冰雹打坏的，只是我们不甘伏他。就要私下去捉，又是没名没姓的，哪里拿他？"又一个道："依我看来，极是容易，那龙座上坐的红脸后生，我曾听得人说，双龙巷内赵指挥的儿子，正是这等形象。他专一生事闯祸，惯打不平。前日赵指挥上本要拆毁勾栏，将我们还国。圣上大怒，把他打了四十御棍，或者怀恨在心，叫他儿子前来报仇，也未可知。我们为今之计，也不必声张泄漏，只消商议一个计策出来，静悄悄去骗他进来，将他了命。神不知，鬼不觉，可不好么？"匡胤在外，听到这句，心中顿时怒发，火气直冲。大喝一声道："贼贱婢！你们在此打算老爷么？"一脚把门踢开，手执宝剑，往里就闯。众女乐抬头一看，唬得面色如灰，汗流浃背，没处躲藏，一齐发抖，只得跪下磕头，求饶性命。匡胤哪肯容情，手起剑落，尽都砍了。可怜一十八名女乐，都作无头之鬼。有诗为证：

欲图密计害真龙，谁料无常顷刻从。

千载花楼犹腥气，应教御院绝姣容。

匡胤既杀女乐，心下思想道："我虽然一时报仇的心盛，杀了这班女乐，其实这祸惹得不小。况且白日里大闹了一番，五城兵马前来拿捉，幸亏上天庇佑，才得脱身。难道没有认得我的！常言道：'若要不知，如非莫为。'万一当今知道，画影图形，将我拿住，岂不枉送性命！我如今且瞒了父母，逃往母舅杜思雄处，躲避一年半载，待等事情停罢，然后出来。况他执掌兵权，威镇关西，住在那里，庶几无事。"想定主意，抽身下楼，依旧照着来路，越墙而出。出了勾栏院，来到自己后门，越墙而进，进了后花园，悄悄回到房中，听得贺金蝉尚是沉沉而睡。遂将血衣脱下藏好，带了一顶鹰翎大帽，换了一件可体轻衣，束上鸾带，取了几两盘费，挂上宝剑，背个小小行囊，拿了一条蟠龙棍①，充做那操军的模样，依旧越墙，出了后花园。听那谯楼②已敲五鼓，即忙举步，奔走如飞，竟望关西去了。正是：

---

① 蟠(pán)龙棍——形似蟠龙即蛰伏的龙样的棍棒。

② 谯(qiáo)楼——古时建筑在城门上用以瞭望的楼，亦称鼓楼。

两手劈开生死路，一身跳出是非门。

匡胤逃往关西，按下不题。

且说勾栏院当差的一干人众，天明起来要往里边打扫，到了二门上，见那杀死的两个虎贲军，唬得目定口呆，没做理会，即忙报知了掌院太监。太监验明尸首，带了虎贲军上楼，那楼上只影全无，声闻寂静。众人心下大疑，举眼往后楼一望，见是房门大开，绝无人影。走近一瞧，只见那些女乐，东倒西歪，身首异处，满楼血水堆积，腥膻直冲。众人唬得魂飞魄散，惊得似雷震一般，委的非同小可。好似：

头揾①三江水，脚踏五湖潮。

黄河塌两岸，华岳倒三峰。

当下，掌院太监连忙下楼，飞马进朝，奏知隐帝。那隐帝顿足捶胸，伤悼不止，就像真的失了无价至宝，掌上珍珠。登时传旨，埋葬了女乐尸首。又差五城兵马将八门紧闭，沿门搜检，逐户挨查。但有隐匿凶犯者，九族全诛；拿住凶徒者，千金重赏。这旨意一出，哄动了夷梁城中军民人等，家家户户无不惊慌。那赵弘殷这日清早起来，闲暇无事，遂叫丫环往内房请公子出来，有话问他。丫环来至后边，道："请公子出去，老爷有话讲。"贺金蝉道："你等快去通报，不知公子为着何事，今早五更时不见了。"丫环又到前后找寻，并无踪迹，只得出来回复了赵弘殷。

忽有报文传送进来，道："昨夜御勾栏内，一十八名女乐不知被何人杀死？今皇上着五城兵马司挨门查缉，不许隐匿，为此相传。"弘殷看毕，便将传报发了出去，心中疑惑，道："这件事情实为奇异！我想女乐被杀，畜生潜迹，同在昨夜之事，莫非又是他干的不成？"遂叫夫人道："你可到媳妇房中，细细问个端的，这畜生不知何故，倏然不见？"夫人依言，来到后房，便问金蝉道："你丈夫进房，可曾告诉他什么来？"金蝉道："他一到房中，就问公公的病症。媳妇不敢隐瞒，将屈受御棍的事情告诉一遍。五更时分，媳妇醒来，丈夫踪迹全无，不知去向！"夫人听了这些言语，暗暗吃惊。出来与弘殷说知，只唬得面目失色，叫苦连天。说道："这等看将起来，准定是畜生做的了。不知逃往何方？走得脱还好，走不脱拿住了，不但这畜生性命难保，你我全家定遭屠戮。"夫人听言，苦痛钻心，眼中泪

---

① 揾(wèn)——揩拭。

出,哽哽咽咽哭将起来。弘殷喝住道:"这样不肖,惹此灭门之祸,你还要哭他怎么! 快些住口,倘然走漏风声,不当稳便。"杜夫人闻言,只得住了。正是:

> 骨肉情深安忍释, 强开笑貌换愁容。

再说匡胤逃出汴梁城,电闪星飞,梭行箭走,望着关西大路而来,一路上自嗟①自叹,冷落孤凄。正行之间,只见前面一座高山,十分险阻,但见:

> 山连斗柄,岭接云霄。山连斗柄,千年翠柏透青霞;岭接云霄,万载苍松冲碧汉。危林岩壁,深涧高岗。危林岩壁似爪牙,深涧高岗藏虎豹。四时不断青云草,野鸟难飞过黑林。

匡胤看那山势,果然高峻倍常,玲珑异样。又往山脚下一看,只见立着一座石碑,上面镌着"昆明山"三个大字。两边又有两行小字,刻得分明,道:

> 有人打我山前过,十个驮子留九个。
>
> 若还不送买路钱,一刀一个草里卧。

匡胤看道:"原来此地有剪径②强人,往来行劫。须要预为防备,庶可无事。"说未了,只听得山顶上一声锣响,闪出一个大王,匹马飞奔下山。后面跟了四五十个喽啰,摇旗呐喊。匡胤不慌不忙,倒后退走几步,拣了一块平坦之地,站住了脚,执定蟠龙棍等着。举眼看那大王怎生打扮:

> 金凤盔分八瓣,黄金甲锁连环。大红袍上染猩猩,勒甲丝蛮宝带。
>
> 袋内弓弯龙角,壶中箭插雕翎。坐下良调枣骝驹,手执钢刀闪闪。

那大王下了山坡,一马当先,大喝道:"红脸的汉子! 快快留下买路钱,放你过去。若道半个不字,叫你立见丧亡。"赵匡胤哈哈大笑道:"你这毛贼,连那眼珠儿都不生的,枉自在此胡为乱做。俺却不是行商坐贾,又不是满载荣归,哪有银钱赏你! 想是你终日打劫,扰害人民,今日恶贯满盈,遇着了老爷,只怕你死期已至。若要保全性命,快把自己绑缚了,过来请

---

① 嗟(jiē)——叹息。

② 剪径——拦路抢劫。

罪,献上盘缠,俺便饶你。倘若执迷不悟,叫你顷刻呜呼!"那大王听言,气得心中火发,口内生烟,叫声:"好恼! 你这小子谅有多大本领,擅敢口出大言!"说罢,拍开了战马,抢刀照面砍来。匡胤使动了蟠龙棍,当头架住。步马相交,刀棍并举,真个一场好战。但见:

> 一个抢刀当头便砍,一个提棍照顶相迎。一个马上施展,一个地下奋武。山王如猛虎扑人,刀刀只望前心劈;真主似神龙抓水,棍棍都排后背敲。昆明山上,有名的剪径强人,怎许灭一毫的锐气;汴梁城中,遍闻的招灾太岁,哪肯输半点便宜。刀棍交加几十合,胜负须教顷刻分。

赵匡胤这条棍,果然神出鬼没,变化腾挪,当时战有五十余合,早把那大王杀得只有招架之功,更无还兵之力,看看要败将下来。那些喽啰飞也似跑至山上,报与二大王去了。只因这一报,有分教:两次龙飞,巨寇翻成心膂助;一朝萍遇,阶俘巧作唱随风。正是:

> 不经大敌分高下,怎得行踪有潜藏。

要知匡胤怎的过去? 且看下回须知。

第 五 回

赵匡胤救解书生　张桂英得配英主

诗曰：

重背高堂学远游，夕阳凄楚增人愁。

煌煌六尺空垂世，矫矫双雄阻古丘。

劲敌顿然成凯服，异途偏使咏河洲。

只因遇合多奇迹，千古须教逊一筹。

话说众喽啰见那大大王本事不济，急忙飞奔上山，报与二大王道：“启上二大王，不好了！大大王巡山，遇着了一个红面的后生，要他买路钱，他便不服，登时厮杀起来。不道那红脸后生本事高强，十分凶猛，大大王战他不过，正在危急，快请二大王下山相助。”

那二大王听报，连忙披挂上马，手执银枪，飞奔下山。正见他步马往来，刀棍迎送，大大王只使得手忙脚乱，势败亏输。那二大王大喝一声道：“大哥！休要着忙，兄弟与你助战。”匡胤正在酣战之际，耳边听得呼喝之声，偷眼一看，只见又来了一个山王。看他怎生打扮：

头上银盔生杀气，身穿铁甲威风，丝蛮宝带束腰中。壶藏金梗箭，袋插铁胎弓。　　坐下追风雪狮马，捻枪指点西东。扬威耀武下山峰，加鞭如虎跳，声喝若雷轰。

二大王纵马捻枪，上前便刺。这大大王见兄弟来助，即便抖擞精神，相攻助敌。

两个战住一个，约有二十余合，匡胤虽然勇猛，怎当生力相帮，未免筋疲力尽，气喘心慌。一声怒气，把顶门迸开，红光现处，早见一条五爪的赤须火龙起在空中，望着那两个大王张牙舞爪。那大王见了，大惊不迭，一齐收住兵器，滚鞍下马，跪在道旁，口称：“主公，臣等有眼不识真主，一时冒犯，罪不容诛，只求主公赦免。”匡胤道：“你二人既战，当定个高下。怎的跪地乞怜，暗藏奸计。不必多言，快快起来，与你见个雌雄。”二人道：“臣等焉敢有计！委的一时鲁莽，不知主公驾临，致有冒渎，只求宽恕！”

匡胤道："我问你：你们口称主公，却是何故？"二人道："方才主公厮杀，见有真龙出现，护体临身，所以知是真命，日后必登九五无疑。臣等情愿归降，保主创立江山，望主公允纳。"匡胤道："二位方才果见真龙出现么？"二人道："臣等焉敢谎言？"匡胤道："不瞒二位，我就是汴梁赵匡胤。只因大闹了御勾栏，怒杀了一十八名女乐，故此要往关西投亲，路过宝山，不期遇了二位豪杰。方才相并，多有得罪。"二人道："原来主公就是赵老爷的公子，闻名久矣！今日相逢，实是臣等之幸。"匡胤大喜，即忙扶起了二人。问其姓名，二人道："臣等二人，乃一母同胞：臣名董龙，弟名董虎，朔州人氏，向系良民。自幼专好枪棒，习得一身武艺。只因犯事，被官司逼迫，所以权在此山存身。敢请主公到荒山暂住几日，然后送行。"匡胤见二人真心相留，并不疑惑。说道："既承二位美情，就到宝寨相扰。"董龙就把枣骝驹牵过来，请匡胤骑着，弟兄二人前边引路；又叫喽啰执了蟠龙棍，随后跟行。

匡胤一路上山，举眼四望，见那山峰峻整，栅寨森严，心下十分叹羡。行过了数重关隘，来至昆明寨，往厅前下马。走上厅中，两下重新叙礼毕。董龙便把虎皮交椅请匡胤居中坐下，弟兄二人傍坐相陪。献茶已毕，董龙道："难得主公驾至荒山，只是无物相敬，有一两脚肥羊，臣当献与主公下酒。"匡胤听言，暗暗称奇道："从来的羊只有四脚，哪里有什么的两脚肥羊，不知是何形象？我何不叫他牵来一看，便见端的。"说道："二位将军，我从来见杀则吃，不见杀不吃。既蒙厚待，望将肥羊牵来与俺一看，足见二位的美情。"董龙依言，即便吩咐喽啰："把两脚肥羊牵将出来，就在亭子上开剥。"喽啰答应一声，往外就走。去不多时，早把肥羊牵了出来。匡胤初时只道果是两脚羊，生平从未见着，心中奇异，所以设为诡词，要他牵来一看，开拓见闻。如今属意①盼望，远远的看见众喽啰推将上来，吃了一惊。原来不是什么的两脚肥羊，却是把一个人绑着两手，两个喽啰夹着膀子而走；一个拿了一盆清水，水里放着一个椰瓢；一个拿了明晃晃的一把长耳尖刀；一齐簇拥到剥皮亭上，立住了脚。只见又一个喽啰，走至董龙面前，禀道："大大王，肥羊到了。"董龙吩咐道："快把那厮的心肝取将上来，献与主公下酒。"喽啰答应一声，走下去把那人绑在柱上，正要

_____

①　属意——留意。

动手。

匡胤见了如此光景，知是要伤他性命的了，慌忙教道："你等且慢动手！二位将军，这是明明的人，怎么称他肥羊？"二人道："不瞒主公说，我这绿林中的事情，件件说的都是隐语，所以他人不得而知。"匡胤道："这凉水要他何用？"二人道："大凡拿到了肥羊，先将凉水浇头，凝住了心血，然后开膛破腹，挖取心肝，才便香脆可口，异味无穷。"匡胤道："原来如此。只是虽承美意，盛礼相待，其实心怀伤惨，不忍领情。望二位看我薄面，饶放了他，就算我赵匡胤心领的一般，这便没齿不忘的大德！"二人道："既主公吩咐，敢不从命！"便叫："喽啰，把那人放了。"众人答应一声，遂即解了绳索，董龙便叫那人上来，道："你这厮，本是俺山寨中早晚供用的食物，不道遇着了这位善缘好生的恩主，才得全生，你当重重拜谢，感激洪恩。"那人停了一回，过来跪到地上，叫声："恩主大王，小民蒙恩释放，杀身难报！"匡胤定睛一看，好一个齐整人品：年纪不过十五六岁，生得唇红齿白，袅娜娉婷，宛然一个美貌女子，娇艳异常。心下想道："怪不得做强盗的没有良心，不知哪里的这样一个标致书生，拿了他来当作肥羊美食。方才不是我到，此时已作泉下之鬼了。"遂问道："你姓甚名谁？作何事业？家住哪里？可实对我说，我便做主，放你下山归去。"那人听问，叩头流泪，道："小的家中离此有四十余里地，名张家村。我父名张百万，小人名张桂英。只因我父家资殷富，称为员外，没有三男四女，单生小的一人。因为前日游春到此，偶遇两位大王，拿我到此，自分必死，此生不想还家。天遣得遇恩人垂救，解放回家，实系再造之恩，无异重生父母。小人今世不能补报，来生愿作犬马，报答大恩。"说罢，泪如雨下。匡胤道："二位将军，今既饶了性命，必须要喽啰们送他下山，方见二位盛德，终始成全。"二人道："不消主公费心，臣等自当差人送去。"于是拨了四个喽啰，着令护送桂英下山。那桂英复又说道："蒙恩人释放，愿求大名，好使小人回家，焚香顶礼。"匡胤道："你也不必问我姓名，快些去罢。"董龙道："你要问恩主的尊名么？这就是东京都指挥老爷的公子，名叫赵匡胤便是。"桂英道："恩人，他日遇便，到小庄光临，小人父子誓必补报。"匡胤道："不必多言，趁此去罢。"桂英又磕了一个头，立起身来，跟着喽啰下山去了。正是：

　　劈破玉笼飞彩凤，顿开金锁走蛟龙。

　　且说那弟兄二人，当日吩咐整备筵席，款待匡胤。三人传杯送盏，谈论闲文，不觉饮至更阑时分，方才撤席。董龙就送匡胤安寝，一宵晚景休题。次日，弟兄二人陪了匡胤，往四处游玩了一番山景，回至厅上，重设酒筵，谈心畅饮。真是杯盘狼藉，直至酩酊方休。

　　自此，匡胤在那山上，不知不觉住了半月有余。一日，心中想道："我闻'梁园虽好，不是久恋之乡'。这山寨之中，我怎的可以久住？倘今贪恋纷华，误了终身事业，岂是大丈夫之所为！"主意定了，就请董氏兄弟出来，开言说道："我赵匡胤幸遇二位将军相爱，在宝山打搅了多日，已领高情。但我一心要上关西，希图前程立命，趁此天气晴明，今日便当告辞，容图后会。"那二人十分苦留，见那匡胤坚持不肯，只得说道："本欲款留主公再住几日，想主公前程万里，怎好羁留，有误大事。但今一别，未知何日相逢！专望主公得意之秋，某等二人，愿当执鞭坠镫。"说罢，吩咐喽啰备酒送行。顷刻间，把酒席端好，摆在厅上，就请匡胤居中坐下，弟兄二人左右相陪。彼此殷勤相劝，畅饮多时，只见小喽啰捧着一盘金银，站立旁边。董龙说道："主公，此处荒山穷谷，无可为敬，聊具菲仪，稍供前途打个饯儿，望乞笑留，以伸心敬。"匡胤道："二位盛情，我赵匡胤感佩多多。但我盘缠尽可资度，所赐之物，决不敢领，留在寨中，以作军需之费，请自收了，不必费心。"董龙道："主公虽是行囊颇厚，不该把这细微奉送，怎奈没甚念头，将这些许为敬。望主公权且收下，少表我弟兄二人这一点孝敬的真心。"一面说着，一面取了一个缠袋，把金银倾在里面，两头打了疙瘩，随手将来放在面前。匡胤见他二人恁般坚执，只得勉强收了，束在腰间。背上行李，顺手取了蟠龙棍，即时举步起身。弟兄二人亲自送下山来，直至山岔路口，两边各叮咛了几句，怏怏而别。有诗为证：

　　　　虎踞昆明四远闻，威风凛凛鬼神钦。

　　　　相逢倾盖归真主，千古传扬二董名。

　　按下董氏兄弟回归山寨不题。单说赵匡胤离了昆明山，望着关西大路，迤逦而行。一路上见了些疏林村景，密竹山光，心下十分赞叹那弟兄二人恁般情分。此时正值暮春天气，又见那些桃红柳绿，草木芳华，鸟语莺啼，溪泉曲折。因贪观野景，信步而行，不觉顷刻间乌云四起，旭日蒙光，那天公变了阴晦。须臾，微风阵阵，细雨蒙蒙，飘将下来，早把道路打的湿了，步履难行。向前一望，远远的见那林子里，显出一所庄院。即时奔至前途,到那广梁门首,看那雨时,渐渐的大了,只得就在庄门前立地躲避。

谁知这雨比前更觉大了,只是落个不住。偏偏的雨骤风狂,风吹雨过,把匡胤的周身上下通打湿了,心中正有些烦恼。忽听那里面有人走将出来,把庄门开了一扇,探头往外打了一看,见了匡胤,仔细地看了一遍,也不言语,转身望里走了进去。不多一回,又走出一位老者,把着雨盖撑起,来至门首与匡胤拱手道:"尊兄莫非东京来的赵公子么?"匡胤慌忙答道:"在下便是。长者怎么认得?"那老者便道:"既是赵公子,请到草堂献茶。"言罢,叫了手下人出来,把行李棍棒接了进去。自己便与匡胤携手同行,打着雨伞顶着了大雨,进了庄门。来至厅上,吩咐仆人,取出一套新鲜衣服,把与匡胤换下了湿衣。又把那顶雨湿毡帽除去,换上了一顶秦巾。然后员外过来,重与匡胤施礼,分宾坐定,献茶已毕。匡胤开言问道:"长者素不相识,如何优礼相待? 在下心实不安,望乞指教!"那员外道:"老汉姓张,名天禄,世居此地,颇有家资。老拙①早年去世,不幸年过半百,并无子息,只生一女,名唤桂英,年方二八,尚未适人。只因前日改扮男妆,踏青游玩,不料遇着强人掳去,一命悬丝。老汉无法可施,不过对天号泣而已。谁道命不该绝,逢凶化吉,得遇公子相救,才得放回。此恩此德,没齿难忘。故此老汉日日差人在门前候驾,不期今日相逢,足遂老汉想慕之心了。"

匡胤闻言大骇,道:"原来被掳的不是令郎,却是令爱么?"员外道:"是小女。"遂吩咐丫环:"请将小姐出来。"不多时,只见一位如花似玉的小姐出来。匡胤偷睛一看,只觉窈窕多姿,姣媚无匹,比在山男扮的时节,果然分外齐整。那小姐走到厅上,对了匡胤,叫一声:"恩人在上,贱妾张桂英,多蒙救命之恩,杀身难报!"说罢,倒身下拜。匡胤连忙答礼相还。员外把手扶住,道:"恩人,你就是重生父母,今日受小女一礼,不足为过,怎的还礼起来?"那时桂英磕了四个头,立起身来,叫丫环看那鞍辔过来。匡胤道:"小姐,要这鞍辔何用?"桂英道:"贱妾有言在先,愿投犬马相报,今日礼当如此。"匡胤满面赔笑,道:"小姐讲这一句,俺赵某便是承当不

---

① 老拙——老人自谦之称,此指其妻。

起。怎么以空言翻作实事,窃恐矫情①过礼,觉得太执了。"员外道:"不然,小女若非公子相救,焉能重转家乡,再居人世!今遇光临,礼该践言拜谢,何用多谦?况小女立愿如山,若不依他,此心终是不安。"说话之间,丫环早把鞍辔摆在跟前,与桂英搭在身上。匡胤连忙伸手过去,将鞍辔提过一边,说道:"小姐虽系有愿在前,方才已受重礼,若再如此,赵某断不敢当。请进香闺,无劳多礼!"那桂英再三坚请,匡胤只是不从,只得立起身来,说声:"从命了。"复道了万福。那员外也只得叫丫环扶了桂英进去。即命安摆筵席,款待匡胤,宾主二人,开怀畅饮,彼此谈论些家常之事,世俗之言。此时恰好雨住云开,风恬景晚,当时又饮了一回,将及黄昏左侧,方才撤席。员外即着仆人打扫书房,端整了床帐铺陈,请了匡胤安置,然后自己进内去了。一宵晚景休题。

　　到了次日,员外复命设席,就请匡胤在书房中谈心饮酒。当时酒过数巡,菜供几味,员外执杯在手,说道:"老汉有句不识进退之言,敢告公子,未知可肯相容否?"匡胤道:"长者有何指教?某当谛听。"员外道:"老汉只因年近桑榆②,并无豚犬,寸心悬念,只此零仃弱女,为暮景收成之靠。因此急欲择婿,了毕终身,无奈遍观世俗,皆非德器。今观公子,仁礼素著,豪杰性成,意欲屈招公子在此缔结姻亲,使小女所适得人,老汉亦承家有托,不知公子可肯见怜,一言相许么?"那匡胤听了此言,心下暗自忖道:"我今抛撇家乡,正无安身之处,既遇这个机会,何不应允了他,成就这头亲事,权住几时,然后再往关西,有何不可?"即便答道:"感承员外见爱,曲赐高情;但在下背井离乡,穷途落魄,又且聘礼不周,怎敢高扳,有辱令爱。"员外道:"公子不必推辞,这是老汉欲报大恩,有此相屈,哪里敢望聘礼!"遂叫安童取将历日过来,揭开一看,说道:"妙哉,妙哉!喜得今日正遇不将黄道吉期,正是天遂人愿,凤世奇缘也。"就吩咐收拾新房,整理床帐、桌椅等物,打扫后堂,张灯结彩。一面着人置备喜筵,又与匡胤换了一套新鲜华丽的吉服,整备结亲。当日诸事停当,即忙着人唤齐了傧相、鼓乐人等到家。等至吉时,就将小姐打扮了,请出后堂,一对新人参拜了

————————————

①　矫情——故意克制情感,表示镇定。后用为违反常情之意。

②　桑榆——指日落时余光所在处,谓晚暮。比喻暮年。

天地神明,祠堂灶户。请着员外当厅受礼,然后夫妻交拜,合卺①花烛。礼数已毕,送入洞房,成就了美事。彼此相敬相爱,甚是欢娱。正是:

> 有意栽花花不发,无心插柳柳成荫。

自此匡胤在张家庄,或时与员外厅堂谈论今古,或时与小姐房帏消遣琴棋,或以棍棒盘桓,演习武艺,或以杯酌酬酢②,吐露心怀。倦时游玩园亭,寻趣花香鸟语;闲里往观原野,舒情水秀山明。正是有话即长,无事则短,匡胤在那庄间,不觉过了四月有余。这日在家独坐无聊,出门观玩,信步而行。一路间见了些梧叶飘零,树木凋残了红绿;听了些蝉声断续,雁鸦啼遍了高低。值此金风透体,果然萧爽宜人。猛可抬头,只见那边半空中,腾起两朵祥云,云中现出两般物件。只因这一番所遇,有分教:陌路枝连,一代埙篪③成大业;兰房弦断,千秋琴瑟启深愁。正是:

> 离合总然由天定,悲欢哪许在人谋。

毕竟现出什么物件?且看下回自见分明。

---

① 合卺(jǐn)——古代结婚仪式之一。后也称结婚为合卺。
② 酬酢(zuò)——饮酒时主客互相敬酒,主敬客为"酬",客还敬为"酢"。
③ 埙(xūn)篪(chí)——埙和篪皆为乐器名。埙,土制;篪,竹制。这两种乐器合奏起来,声音和谐。此指柴荣、赵匡胤互助建后周、宋朝大业。

第 六 回

赤须龙山庄结义　绿鬓娥兰室归阴

词曰：

　　水长流，萍相合；面未谋，情相浃①。堪羡英雄，随时伸屈，风云未遂怎生色？权将微业度朝昏，且尽奔波职。　　霞正妍，月明白；酒正浓，花将折。枉教人空恃前程，须招不测。朱颜命薄今休歇，香零玉碎凫②高飞，莫忘功业。

右调《金人捧露盘》

　　话说赵匡胤在张家庄，与那张桂英小姐成亲之后，不觉过了四月有余。一日出门游玩，偶尔抬头，见那前面半空中现出两朵祥云：一朵黑色，一朵黄色。那黑云下边，现出一只斑斓黑虎，舞爪张牙；那黄云下面，现着一条五爪黄龙，升腾舒展。一时心下惊疑不迭，暗自想道："这莫不是那里妖怪玩法，有此怪异之端么？"又道："就是妖怪玩法，谅这青天白日，亦不敢胡乱抬头。我且赶向前边，看他出没，便知端的。"遂迅步走上了几步，离那祥云不远。定睛细看，只见黑云下边，乃是一个稍长汉子，挑着两只油篓，打从一个水坑洼子跟前奔驰而走，像有紧要事情的一般，慌慌悻悻，直望前行。转过了两个弯，踪影全无，那空中的黑云，就渐渐儿不见了。看官听着：这人就是黑虎财神降凡，惯卖香油为业，因要往销金桥去赶集，只为忘带了卖油的梆子，所以回去。直到后来在九曲湾救驾，禅州城结义，方才见他的功业，知他的事端。因是后话，此处未题。

　　且说赵匡胤又望着黄云那边，信步前去，只见三岔路口有一人，头戴绫绵杆草帽，身穿月白布紧身，相貌堂堂，身材稳稳。因被着那一车子的雨伞陷在淤泥浅水之中，正在那里用尽平生之力，把伞车儿推拽。不道力气有限，推够多时，莫想移动分毫，仍然不动不变。只见他用得筋输力尽，

---

① 浃(jiā)——融和。

② 凫(fú)——野鸭。此指张桂英。

一时烦恼起来,遂把天门迸开,现出一条五爪的黄龙,在空中旋转。匡胤看了,心中想道:"我曾听见人说:'凡人蛇锁七窍,必有诸侯之分。真龙出现,定为九五之尊。'此人顶现真龙,日后福气定然不小。我何不替他相助一臂之力,把车儿拉出泥涂,与他结为朋友,声气相依,料他也不止玷辱于我。"主意已定,紧步上前,再看那头上的黄云,也就慢慢儿隐了。即时招呼道:"朋友,不要性急,待我前来帮你一帮。"说罢,将身一纵,跳到那陷泥里边,双手将车嘴儿攥住了,连抬带拽往上一拉,轻轻地拉过泥涂,停放在康庄道上。倒把那个推车的,使得浑身是汗,遍体生津。

只见他松开了肩膊,放下了绊绳,把气喘定,忙赔笑脸,深深的作了一揖,道:"请问壮士高姓大名?"匡胤道:"小弟家住汴梁,乃赵指挥之子,名匡胤,表字元朗。敢问足下贵姓尊名?仙乡何处?"那推车的听言,又是一揖,道:"失敬了!久仰公子英名,常怀渴想,今日相逢,三生有幸。小可原籍徽州人氏,迁居在沧州横海郡居住,姓柴名荣,表字君贵。先祖也曾出仕牧民,先父经营度日。小可只因孤身失业,力薄才菲,权将贩伞为生,聊为糊口之计。方才车陷泥洼,若不是公子力助,焉能得上平原。只是可惜污坏了尊靴,小可当得奉赔。"匡胤笑道:"柴兄说哪里话来!四海之内,皆兄弟也。助力扶危,人之常情,这敝靴能值几何,如此挂齿。前面就是舍亲庄次,兄若不嫌亵渎,请到那里献茶。"柴荣见匡胤这等义气,不好推辞,只得说声道:"小可理当造府拜瞻。"即时把车绳搭上肩头,推将起来。匡胤解下腰间鸾带,拴在前面车嘴之上,相帮扯拽,一同前往张家庄来。

正行之间,只见远远的两匹马从东飞奔而来,马上端坐着两位壮士。看看来至跟前,只见他收住征驹,一齐滚鞍下马。匡胤仔细一看,原来不是别人,却是结金兰①的契友,同臭味的良朋,乃是张光远、罗彦威二人。匡胤与他见过了礼,又叫他与柴荣相见了。"小弟自从那日醉闹勾栏,冰雹解散,次日听得院中被人杀死女乐一十八名。小弟暗到尊府,请兄长说话,又值不遇,细问尊管,偏不肯说。因而暗暗打听,方知就是兄长干下的事情。小弟不敢泄漏,只得急往四处找寻,并无踪迹。前日遇着了京中开相馆的苗先生,我叫他替兄长推算了一命,他说道:

① 金兰——友情契合;深交。后引申为结拜兄弟之词。

　　　　风云未遂平生志，魔障怎开眉际欢！

小弟又问他兄长的踪迹，他又说道：

　　　　二位若要见良朋，关西路上去找寻。

我弟兄二人，一来恐怕兄长性急出门，少带盘费；二来小弟们也趁此躲一躲是非，免得被人捕风捉影，打草惊蛇。所以带些银两，沿路追寻访问兄长的消息，谁知却在这里推车受苦！"匡胤道："二位贤弟，且同到前面庄上慢谈衷曲。"

　　于时四人各各扯车牵马，行到张家门首，一齐进了庄门，至厅上逊坐①。匡胤吩咐仆人："把伞车推进厂房安放，将马匹牵过后槽喂养。"须臾②茶上三巡，匡胤把那离别之情，并在张家庄招赘为婿，及与柴荣相遇的缘由，一一对张、罗二人说了一遍。遂又叫柴荣道："柴兄，今日陌路相逢，情投意合，实乃天假其缘，人生最乐之事。俺欲四人结为手足，胜比同胞，窃愿效尤那汉朝的玄德公桃园故事，不知可否？"柴荣道："三位仁兄俱是豪门贵户，小弟微贱鄙夫，怎好仰扳，有累尊驾。"匡胤道："柴兄，是何言也！岂不闻昔年汉高祖与那西楚霸王皆是布衣，也曾八拜为交，后来图王定霸，平定了天下。此乃西秦的出迹，往古的成规。今日你我既为朋友，怎的论那贵贱，较这穷通，似非相交大义。小弟愚意已定，柴兄切莫推辞。"一面说话，一面叫人备办了三牲福物，香烛神仪，就在当厅供着。柴荣再欲推辞，只恐拂了他一团美意，只得一齐叙了乡贯姓名、年庚八字：乃是柴荣居长，匡胤第二，光远行三，彦威排四。各各跪在香案之前，一齐祝道："弟子等四人，虽各异姓，实胜同胞。愿自此之后，扶危济困，务要同心；扶弱锄强，勿生异志。他日有官同做，有马同骑；若有非心，天神共鉴！"誓毕，拜罢起来，各依年齿，对拜了八拜。送神已毕，然后坐定谈心，正是：

　　　　不因此日恩情重，怎得他年意气浓。

　　当下柴荣说道："二弟，此处既是令亲的府上，何不请将出来，我们见礼一番，方合古道。"匡胤遂叫仆人，请员外出厅。众人上前，俱各见礼已毕。员外听知三人是女婿的朋友，不敢怠慢，连忙吩咐安排酒筵款待。那

——————————————

①　逊坐——辞让，让位。

②　须臾——片刻。

筵席极其丰盛,不必细说。众人情怀相切,意气相投,你敬我酬,开怀畅饮,直至天晚而散。其日正当中秋佳节,只见光发东山之上,徘徊牛斗之墟①,早把一轮皓月推送当天。员外重又治了一席盛酒,邀请四人一同赏玩月色。真的是:暮云收尽,银汉无声;晶莹照万国山川,皎洁夺一天星斗。前贤曾有一律,单道那中秋之月分外光明。其诗云:

> 皓魄当空宝镜升,云间仙籁寂无声。
>
> 平分秋色一轮满,常伴云衢②千里明。
>
> 狡兔空从弦外落,妖蟆休向眼前生。
>
> 灵槎③拟约同携手,更待银河到底清。

当夜众人赏玩了一回,各各兴量已尽,方才撤席。那员外命安童在书房中铺下了床席,就请柴荣等三人安寝,然后进去。

匡胤亦自回房,却值桂英预先备下酒肴果品在房,等候匡胤进来一同赏月。匡胤即时坐下与桂英开怀对饮。此时已有三更之外,但见清光澄澈,爽气飕凉,夫妻二人饮够多时,桂英问道:"妾闻官人今日结拜了三个朋友,内中有个推车贩伞的。妾思官人乃是金枝玉叶,怎与下品之人相交结纳,可不辱没威仪,有伤贵重?"匡胤微微笑道:"贤妻,你但知其一,不知其二。我在东京汴梁时,曾遇相面的说我日后有一朝天子之份。今日偶然到郊外闲行,看见那个推车贩伞的顶现黄龙,祥云护体,因想他日后也有天子之福,不知谁先谁后,孰短孰长?故此我与他八拜为交,彼此俱有所益。"桂英听言,心中欢喜,道:"贱妾幼年,也曾遇着算命先生,算我有嫔妃之分,不想得遇官人匹配,实乃天意使然,曲为成就。他日登了九五,一定要求封个嫔妃之职,望勿弃妾,有负今日之言。"说罢,将身跪了下去,竟要求个执照④之物,作为凭据之意。匡胤哈哈大笑道:"贤妻何必多心!此事尚在未卜,怎么认起真来?"即忙用手相扶,道:"我日后果应其言,当封贤妻为贵妃之职,掌理西宫。"桂英真的谢恩,起来重整杯盘,

---

① 牛斗之墟——牛、斗为星名,二十八宿中的牛宿和斗宿。牛斗之墟,指两宿的"分野",即今华东地区。

② 衢(qú)——四通八达的道路。

③ 槎(chá)——竹、木筏。

④ 执照——即凭证。

相与欢饮。忽听谯楼已及五鼓,二人酒意已深,即命丫环收拾了桌席,方才就寝。正是:

　　　　封号方从口内出,阴褫①已在眼前来。

　　看官须知,赵匡胤吩咐,不过因一时酒兴,现在欢娱,心下只当戏言,口中无非胡混。谁知早已惊动了值日功曹②,那功曹在空中闻了此言,暗自道:“这张桂英虽有嫔妃之分,却无嫔妃之福,不过空有此名,并非实位。他若果然做了西宫,日后把杜丽容安顿何处?此事不可不奏。”即时上往天庭,至灵霄宝殿,启奏了玉皇上帝。玉帝闻奏,即时降旨道:“张桂英妄想西宫,邀封显职,既越阳纲之典,当施阴罚之章,例该减寿一纪,钦此施行,勿得违忤③。”这道玉旨一出,功曹不敢停留,登时离了天阙,按落云头,来至森罗殿上,将玉旨宣读。慌得十殿阎君即命执簿该管的判官,取将生死注册,从头检看。见那上面注着:“张桂英该享阳寿二十八岁,于某月某日急疾身亡。”阎君遵旨,减去了一十二年,当即改注:“该在今年今月中秋二日,暴疾而亡。”即忙批判了拘牌,就差勾魂鬼使跟随了张氏家鬼,协同鬼甲,前去解送无常,勾取桂英魂魄前来缴旨。鬼使领命,即时到了张家,整备明日施行。这正是合着古语所云:“半句非言,折尽平生之福。”可见一饮一啄,莫非前定;穷通寿夭,断不可以勉强挽回者。有诗为证:

　　　　命有终须有,命无莫妄怀。

　　　　万般难计较,都在命中来。

　　到了次日早晨,是八月十六日了。匡胤起来梳洗已毕,就往书房见了柴荣等三人,茶罢,柴荣就要告辞。匡胤道:“兄长为何见外?俺弟兄们既结了生死之交,正该盘桓几日,少尽爱敬之心,岂可遽动行旌④,便怀离别。即或生意要紧,就使迟上几天,也不至于误事,请兄长安心,小弟尚多相叙。”说罢,即命安童摆上酒来,消饮谈心。安童即忙收拾酒肴,摆在书

――――――――――――

①　阴褫(chǐ)――褫,革除,夺去。阴褫,此意为凶兆。

②　功曹――官名,主掌人事。此指阴间功曹。

③　忤(wǔ)――不顺从。

④　遽(jù)动行旌(jīng)――遽,急忙;旌,古代的一种旗子。此意为匆忙动身离别。

房。柴荣等四人依次而坐,觥筹交错,彼此情浓。

正在酣饮之际,只见两个丫环慌慌张张跑将出来,叫声:"姑爷,不好了,祸事到了!方才姑娘要往厨下料理早饭,不知为甚缘故,刚刚的跨出房门,忽然扑的一交,跌倒在地,顷刻昏迷不醒,眼白唇青,手足都已冷了。快请姑爷进去一看!"匡胤听了此言,只吓得面如土色,惊走不迭,慌叫一声:"仁兄、贤弟,暂且失陪!"即忙赶至后面卧房门首,只见一众丫环,搀定桂英坐在尘埃,齐声叫唤,那员外哭倒在旁。匡胤走至跟前,定睛一看,只见佳人紧闭了口眼,手足如冰,已做了黄泉之客。急得匡胤顿足捶胸,东奔西走的没有法儿。只得再近跟前,百般叫唤。叫了多时,全然不应,不觉心中酸楚起来,放声痛哭道:"贤妻!我自从在昆明山救你时,不料萍水相逢,缔结姻眷;实指望百年偕老,白发齐眉。谁知聚首无多,恩情四月,即便早使分离,怎的不叫我心痛!"说罢又哭。那张员外亦哭道:"我儿,我指望你送终养老,不枉我生你一场。谁知你夭命先亡,叫我举目无亲,怎不痛杀!"

翁婿正在痛哭,旁有一个老院子上前劝道:"员外、姑爷,也不必悲伤了,古人云:'人死不能复生。'这是小姐的大数该然,天公注定;纵然哭死也是无益的了,且请料理丧事为上。"翁婿二人只得住了哭声,收了眼泪,吩咐丫环,将小姐香汤沐浴,换了一身新艳衣衫,把平日所爱的珠翠金银尽都插带,停放后堂。匡胤来至前厅,柴荣等三人闻了此言,亦各下泪,用言劝慰。那张员外痛女心悲,打点了千金银子,备办衣衾棺椁,挂孝开丧。请了的禅僧羽士,启建忏法道场,修设玄科祭炼,超度亡灵,往生极乐。柴荣等三人,公同凑出了分资,置办祭礼,亲到灵前祭奠。看看已有二十余日,张员外择日将小姐发送坟茔,埋葬下了,丧事乃毕。

又过了一日,柴荣见事情已毕,这日便要辞行。匡胤道:"兄长,既要长行,暂假片时,待小弟别了岳丈,与兄同往。"张光远道:"二哥,令岳这等万贯家私,不就这里受享,又要往哪里去奔波跋涉?"匡胤道:"梁园虽好,终非久恋之乡。况且你二嫂已亡,愚兄在此,徒然无益。如今一同大哥做伴前行,且往关西投奔母舅那里,创立得一番事业,庶把平生作用显露当时。强似在人家苟且安身,希图饱暖,致使见讥于当世,贻笑于后人,大非你我自命的本意。"说了,就叫安童请员外出厅,上前拜辞道:"岳父大人,小婿过蒙雅爱,结配丝萝;不道运塞时乖,命途多舛,致使令爱青年遭变,唱随不终。心伤情惨,无过于此。因思终日在此搅扰,一则睹此景物,愈增悲怆,二则闲荡终身,究非长策。小婿意欲前往关西别寻勾当,为此暂且告辞,愿期后会。"那员外正在悲恸之秋,忽闻匡胤便要辞别,不觉惊慌无措,纷纷的掉下泪来,说道:"贤婿! 虽则我女儿福薄,不得奉侍终身,中道而亡,事属相反。但我年近六旬,形单影只,朝不博暮,有谁照拂!望贤婿念我衰迈之人,以至亲之谊,不如权在此间掌管家园,莫往别处去罢!"说罢,哽咽凄楚,不胜哀悲。匡胤睹此情形,不免泪流满面,只得按下愁容,强开笑貌,将言劝慰道:"岳父,你年纪虽高,尚是清健,家中奴婢俱是得力之人,尽可委他照应,不足为虑。小婿今往关西,若果兴腾,得能建功立业,总然快刀儿,割不断这门亲戚。从今切莫悲伤,须寻快乐,保养天年,只此为嘱,请自留心。"

员外看他去志已决,料不能留,随即吩咐安童,排下饯行酒席。自己回进房中,着意的拣选了一副极精致最齐整的铺陈,把来打裹停当;又打点了许多金银,叫小厮拿了出来。对匡胤说道:"贤婿既然决意长行,量老汉挽留不住。只是你路上风霜,行间辛苦,这旧时行李未免单寒。为此,我备下这小小行囊,你可带去。这是黄金一百两,白银一千两,些须薄物,聊表路用之资,你可一总儿收了。"说罢,又是哽哽噎噎起来。匡胤道:"岳父不必费心,量小婿前至关西,不过千里之遥,何用许多盘费! 非是小婿见外,这盘缠略有些许,尽可计度。既蒙岳父厚赐,小婿拜领了这行李,权领了这一锭黄金,余的请收了进去。"说罢,取了五两重的一锭金子,揣在囊中。员外知道他的性儿耿直,不好再言,只得取些银子另行束做三封,送与柴荣、张光远、罗彦威三人作为路费,余的收了进去。三人不好推辞,只得拜受。张员外又在怀中取出一件宝物来,送与匡胤。只因这一物,有分叫:形动时,任尔剑戟刀枪都逊志;锋过处,凭你魑魅魍魉①尽藏身。正是:

> 灵仪常伴苍颜老,异物终归命世英。

不知赠的什么宝物? 须看下回便见分明。

---

① 魑(chī)魅(mèi)魍(wǎng)魉——魑魅与魍魉,均为古代传说中的妖怪名。

第 七 回

柴君贵贩伞登古道　赵匡胤割税闹金桥

词曰：

  风尘滚滚，雨雪霏霏，途路郁孤凄。绿水流溪，青山瘸瀣①，乌兔奔东西。 豺狼忽地占街衢，虎啸复猿啼。磊落知希。扫清尘翳②，端的奠皇基。

右调《少年游》

  话说张员外见赵匡胤不肯把盘费全收，只得命童儿拿了进去。遂在怀中取出一个小小的锦袱包儿，将手解开，里面裹着一条黄金锦织成的鸾带，递与匡胤，道："贤婿，当日有位仙长云游到此，与老朽化斋，因老朽生平最敬的僧道二种，为此盛设相待。他临去之时，赐我这件无价至宝，为赠答之物，名曰'神煞棍棒'。老朽不知就里，细问根由，他说：此宝乃仙家制炼，非同凡品，必须非常之人，方可得此非常之物。凡是无事之时，束在腰间，是一条带子；若遇了冲锋之际，解落他来，只消口内念声'黄龙舒展'，顺手儿迎风一纵，这带就变成了一条棍棒。拿在手中，轻如鸿毛，打在人身，重若泰山。凭你刀枪剑戟，俱不能伤害其身。若遇了邪术妖法，有了此宝防护，便可心神不乱，堪灭妖邪。如不用时，口中念那'神棍归原'四个字，将手一抖，那棍依然是条带子。真的运用如神，变化莫测。老朽藏之已久，终无用处，今见贤婿这等英雄豪俊，故此相赠，做件防身兵器。一则免得提了这蟠龙棍行走不便，二则权当此物作一点系念之心。"匡胤接过手来，睁睛一看，果然晶莹射目，闪烁惊心。即便依了员外的言语，口中念了一声"黄龙舒展"，迎风一纵，真乃仙家妙物，秘处难言，这带早已变成了一条棍棒。有《西江月》词一首，单赞这宝的好处：

---

① 瘸瀣（ài dài）——形容浓云蔽日。

② 翳（yì）——遮蔽。

此宝刚柔并济,宛如勒甲蛮绦①。随身防护束腰间,变化无穷玄妙。　临阵即时光闪,冲锋刀剑难牢。仙传精器助天朝,打就江山永保。

匡胤即时分开门路,就将那棍法施展起来,把那勾弹封逼、掳挤抽挪,诸般等势,上下盘旋,舞了一回,复念了一声"神棍归原",将手一抖,依然是条黄金锦带。心下十分欢喜,将来束在腰间。柴荣等三人,各各赞叹不已。匡胤遂撇了蟠龙棍,便道:"承岳父厚赐,小婿与众朋友就此告别。"员外见他去心甚急,不好再留,遂即吩咐安童,将酒席排在当厅,与众人饯行。弟兄四人饮了一番,起身拜别,员外送至庄门之外,各人洒泪而别。正是:

别酒一斟人便醉,离歌三叠马先行。

员外送别了众人,凄凄楚楚独自回庄,按下不提。

单说柴荣推动了车子,匡胤负着行囊,正欲上前行路,只见张光远、罗彦威双双走上前来,对了匡胤说道:"二位仁兄,小弟等本欲陪行,同上关西才是。怎奈前日来时,只为访寻兄长添助盘缠,尚未禀明父母,不敢远游,意欲暂转东京,通个音信,待他日禀过了父母,然后再到关西相会。不知二位仁兄可肯允否?"匡胤道:"二位贤弟,这是人子的正理,愚兄怎好阻挡!只为愚兄一时不明,做下了这样大事,以致离亲弃室,诚为不孝之人。贤弟回去得暇,望祈报知双亲,免得日常挂念。"张、罗二人听了言语,遂把行李打开,取了五十两银子,递与匡胤,道:"些须路用,望乞笑留。"匡胤道:"愚兄的资用尽有,不必费心,请自收回,容图后会。"罗彦威道:"二哥既不肯受,可送与大哥,聊助生意之本,以表我二人之心。"匡胤道:"说得有理。"遂将银子接过手来,装在柴荣的行囊之内。柴荣再三推辞,匡胤只是不许。张、罗二人即时拜别,乘马而去。正是:

赠锾②只为寻旧约,乘车端在美新盟。

不说张、罗二人回转东京。单说赵匡胤见柴荣推着车子,行走不快,便把行李放在车上,将绊绳搁着肩头,拉了前行。柴荣后面推着,便觉轻

---

① 勒甲蛮绦(tāo)——甲,胄甲;绦,丝编织的带子。在此形容宝物既像护身的胄甲,又如柔软的丝带。

② 锾(qiǎng)——古代称成串的钱。

松,赶着大路而来。那匡胤于路,不觉触景生情,感物动念,口中不住的短叹长吁,低头闷走。柴荣见了,慌忙问道:"贤弟,为何这般浩叹? 莫非这辆车儿累得你慌了么?"匡胤道:"非也。小弟只因睹此景物,不免思念家乡,怀想父母。承欢既废,骨肉多疏,自觉心戚神伤,故而作此故态,望兄勿罪。"柴荣道:"贤弟,你偶尔寄迹他乡,但当襟怀潇洒,意气悠扬,须效那大丈夫之行藏,何必作平常人之况。少不得天伦聚首,自是有期,切勿徒增忧思,自贻伊戚①。前面就是销金桥了,待愚兄到彼交过了税,寻上一个酒肆,沽饮几杯,与贤弟散闷则个②!"匡胤听着交税两字,便把离乡思念的话头搁开不论,即时慌忙问道:"兄长! 这销金桥有甚官长,在那里抽取往来客商的税息?"柴荣道:"此地系通衢大道,哪有官长。"匡胤道:"既然不设官长,这税从何而纳? 莫不空掉了不成!"柴荣道:"虽然没有官员,却有一个坐地虎光棍人儿,名叫董达。手下有百十个的勇力家人,日夜轮流把守这座桥口,但凡商客经过此地,凭你值十两的货物,他要抽一两的税银;值百两的资本,须交他十两的土税,分毫厘忽不可缺少。若遇了不省人事的,略有一些儿得罪了他,轻则将胳膊腿脚打断,重者性命不存。因此人人害怕,个个帖服,谁敢道个不是! 贤弟到彼,亦宜柔声下气,便可无碍。"

匡胤听了这番言语,只气得腹中火发,口内烟生,把车绳放下,道:"兄长,请暂停一回,小弟有话商量。"柴荣听言,当真的把车儿歇下,说道:"贤弟,有何商量,便请一说。"匡胤道:"兄长这车儿上的伞,有多少本钱? 脱去了有几何利息?"柴荣道:"本有二十两,到了关西,发去了时,就有三十余两。"匡胤道:"这等算来,只有十两利息,除了盘缠,去了纳税,所剩有限。兄长往来跋涉,不几白受了这场辛苦? 这样生理,做他有甚妙处! 依小弟之见,如今这销金桥的税银不必交他,竟自过去。"柴荣极是胆小的人,听见了这番言语,心下惊慌起来,把话阻住道:"这二两银子不值什么,贤弟休要惹祸。况他手下人多,贤弟虽则勇猛,恐众寡不敌,一时失手与他,反遭荼毒③,岂非画虎不成反类其狗。贤弟只宜忍耐为妙,及

---

① 自贻伊戚——自己寻烦恼;自己招致灾祸。

② 则个——句末语气助词,在此无意。

③ 荼(tú)毒——荼,一种苦菜。比喻毒害。

早儿赶路罢。"匡胤越然发怒,道:"兄长怎的这般胆怯? 小弟在汴梁时,专好兴灾作祸,打抱不平。昔日在城隍庙戏骑泥马,发配大名,怒打了韩通。回家醉闹勾栏院,怒杀了乐女。闯出汴梁,降服了昆明山二寇,才在张家庄相遇仁兄,结成手足。自古惺惺①惜惺惺,好汉惜好汉,若无半点儿本领,怎敢在兄长跟前夸口! 况且小弟生来的性儿不耐,最不肯受那强暴的鸟气。遇着了不合人情的,凭他三头六臂,虎力熊心,也都不怕,总总要与他拼着一遭,见个高下。怎么遇了这个不遵王化、私抽土税的强贼,就肯束手待毙起来? 这是小弟实实不服。"柴荣道:"贤弟英名,愚兄固已钦服。但到了前面,他若要时,便如何与他讲论? 这个还要贤弟主意定了,好上前去。莫要胸无成算,孟浪②而行,那时临时局促,倒被那厮行凶,反为不美。"匡胤道:"小弟已有计策在此:兄长推起车儿,当先过去。他那里若不阻挡,这就罢了。他若稍有拦阻,兄长只说新合了一个伙计,银两物件都在他身边带着。生的什么相貌,穿的什么衣服,他便随后就来交税的。他们听了兄长之言,必然先放过去。那时小弟上来,就好与他讲话了。"

柴荣此时,虽然惧怕,却也无奈,只得硬着头皮,强打精神,推上前去。匡胤随后而行,离桥不远,只见路旁有株老大的杨树,树下堆着些吹落的败叶。匡胤道:"兄长,你先行过去。小弟略停片时,随后就到。"说罢,遂在败叶堆上歇息打盹。柴荣推至桥边,早见那些抽税的人一齐高叫道:"柴蛮子来了,柴蛮子来了,你行下的旧规,早早儿完了,好放你过去。"柴荣不慌不忙,放下了车儿,满面堆笑道:"列位,我如今不比往常了,新合着一个伙计,银子是他掌管,待他到来,自然交纳。且先放我过桥,好去吃了饭赶路。"众人道:"你的伙计在哪里? 怎么不与你同来?"柴荣把手一指,道:"兀的③那绿杨树下,穿青袍的这个红脸汉子,就是我的伙计。因赶的路上辛苦,权在那里歇息片时。列位,略略等些,他就来交税的。"众人道:"柴蛮子他从来至诚老实,不会撒谎,那边的伙计谅是真的。且放他过了桥去,好歹自有他的伙计在此,怕他漏了税,飞去了不成!"柴荣说

---

①　惺惺——指聪慧的人。

②　孟浪——鲁莽、轻率。

③　兀的——语气助词。

声"承情了",遂把伞车儿推动,一竟过桥去了。有诗为证:

贪恋从来无预防,只图肥己把财藏。

谁知已中蝉联计,枉自身家眼下亡。

众人见柴荣去了,等候多时,看那红脸大汉兀是挣着在树下打盹,不见起来交税。内中就有几个性急的说道:"朋友们,这个红面的不来,我们一时不当心,却不要被他走了过去么!俺们何不走将过去和他要了税银,凭着他睡上一年,也不关我们的干系,却不是好?"众人道:"说得有理。"遂一齐走到跟前,瞧了一瞧,见果是个红脸大汉,即便高声叫道:"红脸的伙计,醒醒儿,快把那柴蛮子的税银交了出来,请你慢慢地再睡罢。"匡胤明明听见,故意不去应他。众人哪里耐得,大家七手八脚的来推匡胤。匡胤把脚伸了一伸,口中呐呐地骂道:"好大胆的狗头,怎敢这般无礼,前来惊动老爷!"众人听了,尽皆大怒,道:"红脸的贼徒,装什么憨,做什么势?快快打开了银包,称出税银,好放你过桥去,逍遥走路,直往西天。"匡胤立起身来,说道:"你们这班死囚!我老爷好好的在这里打睡,却要什么的税银?"众人道:"你难道不知道么?你的伙计柴荣,想已告诉你了,我们要的是个过桥税银,你休推睡里梦里,假做不知!"匡胤道:"你们要的原来是这项银子!我正要问你:你们在此抽税,系是奉着哪一个衙门的明文?哪一位官长的钧①旨?"众人道:"你新来户儿,不知路头,我这里销金桥,乃是一位董大爷独霸此方,专抽往来商税。凭你值十两的货物要抽一两税银,有百两的本钱须交十两土税,这是分毫不可缺少的。你的伙计向来是一车子伞,该交二两税银。你管什么明文不明文,钧旨不钧旨,只要足足的称了出来,万事全休;若有半个不字,叫你立走无常,阴司里去打睡。"

匡胤听言,心中火发,大喝道:"好死囚,什么叫做立走无常,阴司打睡?"说罢,抡开了拳头上前就打。众人见匡胤动手,发一声喊,各各奔上前来,围住了匡胤,齐举拳头乱打。匡胤见了,哪里放在心上,只把这两个拳头往着四面打将转来,不消数刻,早已打倒了十余个。拳势恁般沉重,倒下来时,一个个多在那绿杨树下挣命;不曾着手的,各自要顾性命,哄的一声,往四下里逃生去了。

_____

① 钧——敬辞,在书札及口语中,对尊者用的词语,如钧旨。

匡胤见众人已散，即便迈步走上了销金桥，举眼一看，这桥环跨长河，十分高大。那桥顶半旁，搭着一座席篷遮盖的税棚，阻住往来，监察抽税。棚内放着一只银柜，柜上摆着那些天平、戥子①、算盘、夹剪等物。此时管棚的人，却已只影全无。匡胤暗想道："这清平世界，朗荡乾坤，怎容得这土豪恶棍拦阻官道，私税肥身，情实可恨。但我赵匡胤不来剪除这厮，与那受累的良民雪怨，还有谁人敢来施展？"想罢，即将那座席棚打折，并那什物等件撂在桥心。复又想着柴荣在前，犹恐有人阻拦，即忙紧步下桥，如飞的赶来。约有一里多路，却是一座集场，人烟凑密，拥挤不开。举眼四望，不见伞车的踪迹。只见东首有座酒楼，即便进去，上楼饮酒，手扶窗槛，四下张望，并无踪迹。只得呆呆地望着，按下慢提。

单说那些逃脱的众人，得了性命，如飞地跑至家中报信。不道这日董达不在家中，却往亲戚人家饮酒未回。众人只得翻身回转，半路之间，只见那边董达策马扬鞭，醺醺然缓地行来。众人一齐迎将上去，哭诉道："大爷，不好了！那贩伞的柴荣，勾引了一个红脸大汉，违拗了我们桥梁上的规例，又把我们众人打坏了大半。我等逃得快，脱了性命，特来报知大爷，乞大爷作速前去，拿住这个红脸凶徒。一来与我众人们报仇，二来不使后边交税的人看样。"

那董达一闻此言，心下大怒，道："有这等事么？谅那柴荣有多大的本领，擅敢纠合凶徒，前来破我的规例！"即忙把马加鞭，如飞追赶。众人跟在后面，假虎张威。当时赶过了销金桥，往西一路而走。随路有那许多赶集的人，见了董达一行人众，恶狠狠蜂拥而来，哪个敢阻塞行踪，碍他去路？都是一个个闪在旁边，让他过去。那董达举眼看时，正见柴荣的伞车在前推走，即忙一马当先，赶至背后，喝声："柴囚！你漏税行凶，伤我牙爪，待往哪里走？"一手举起了马鞭子，照着头上便打。柴荣心下慌张，口内只是叫苦，推着车儿死命的奔走。董达拍马赶来。人走得慢，马奔得快，追到酒楼之下，拦着柴荣，提起马鞭，如雨点般乱打，柴荣只是挨着。却值匡胤正在楼上独自饮酒，听得楼下沸沸扬扬，一派的马鞭声响。即时探身，往楼下一看，不觉的：

怒从心上起，恶向胆边生。

---

①　戥(děng)子——一种称量金银、药品等的小秤。

原来柴荣把伞车推下桥来,到那集场上,但见人山人海,挤个不了,把车儿挨在一边,等人少时,方好推动。那匡胤过桥来时,又是望前紧走,哪里在人丛之中留心观望。所以两下里都错了路头。及至柴荣捉空儿把伞车推出集场,正待行走,却好董达背后赶来,直追至酒楼之下,把马鞭乱打。匡胤见了,心中大怒,谅那马上的必是董达,等不得下楼,就从楼窗上一纵,蹿将下来。高声大骂道:"强横贼徒,你怎敢这般无礼?"赶上前去,将手擎住了杯子,只一按,掀下鞍来。董达见匡胤来势甚凶,知是劲敌,即便使个鲫鱼跳水势,立将起来,睁圆二目。又使一个饿虎扑食势,思量要拿匡胤。那匡胤闪过一步,让他奔到跟前,乘势用脚一撩,就把董达撂翻在地。即便提起拳头,望着董达乱打——像在大名府打韩通一般,将他周身上下着力奉承。那董达跟随的众人一齐发喊,各拾了砖头石块,望了匡胤如星飞电闪的打来。匡胤见了哈哈大笑道:"来得好,来得好!叫你这班毛贼,都是死数。"遂舍了董达,退后几步,向腰间解下宝带,迎风一抖,变成了一条神煞棍棒,分开门户,往前乱打。不一时,早把几个打翻在地。

众人招架不住,又发声喊,抢了董达,扶上了马,一齐往正南上逃走。匡胤提着棍棒随后追赶。柴荣在房檐下,高声叫道:"贤弟!休要莽撞,入他牢笼。我们既已得胜,趁早儿赶路罢!"匡胤把手乱摇,道:"兄长,你且奔走前途,只在黄土坡略停等我;小弟赶上前去,务要除了此方大害,然后来会。"说罢,迅步而追。那董达在马上,回头看见匡胤来追,心下十分暗喜,道:"我只愁他不追,他既来追,管叫你来时有路,去时无门。待我引他到九曲十八湾中,与我那结义兄弟出来,就好与他算账。"正是:

　　枉自用心机,人欺天不欺。
　　莫言路险阻,自反失便宜。

不说董达暗暗算计,引诱匡胤来追。且说又有一位好汉,乃按上界黑虎财神星临凡,姓郑名恩,字子明。祖贯山西应州乔山县人氏。年长一十七岁,生得形容丑陋,力大无穷。最异的那双尊目,生来左小右大,善识妖邪。自幼父母双亡,流落江湖,挑卖香油度日,曾在上回书中叙过,在张家庄上现了原形。因为这日出来赶集,忘记带了这卖油的梆子在那平定州的酒店里面,所以特地回去找寻,寻了半晌,并无踪迹。谁知这位老爷,生来的性格恁般急躁,也是个有我无你的人。当时在那店中寻不出来,强要这店家赔他。那店家虽是怕他性发,实不曾见他的油梆,哪里肯赔?郑恩见拂了他性儿,登时喧闹起来,动手乱打,台桌椅凳翻身,碗盏壶瓶满地,好不使性。正在店中喧闹,只见外边来了一位先生,口称:"相面!"只因这一人来,有分叫:截路贪夫,虽免目前丧命;盘山啸贼,难逃眼下亡身。正是:

　　　不经指点清尘雾,怎得声名遍夏区。

不知来的何人? 且看下回分解。

第 八 回
算油梆苗训留词　拔枣树郑恩救驾

诗曰：

　　伍员①吹箫市，韩信垂钓台。

　　昔贤曾混迹，之子亦多才。

　　落月摇乡树，清淮上酒杯。

　　诛茅三径在，高咏日悠哉。

又曰：

　　臂上黑雕弧，腰间金仆姑。

　　突骑五花马，射杀千年狐。

右录竹垞古体

　　话说郑恩不见了梆子，正在店中使性，只见那边来了一位先生，口中喝道："相面！贫道乃天下闻名的苗光义，得受异人传授，能知祸福穷通。如有要观尊相的，前来会我。一经相断，无有不准。"说着就往店中走进，看见郑恩在那里喧闹，把他上下一看，心下早已了然。暗自忖道："原来是黑虎星官流落在此，待我指点他前程，勿使错误。"遂叫一声："黑脸的朋友，为着什么事情，在此争闹？"郑恩回头一看，看是个算命先生。没好气的一声喝道："你自去算你的命，管什么闲事！"苗光义道："朋友，你莫要使性，或者失了什么财帛，说与我知，我与你推算一番，自然晓得。"郑恩听言，说道："失了什么财帛，只为不见了一个卖油的梆子，乐子在此气闹。"光义道："原来如此。你且报个时辰来，我与你算。"郑恩遂报了个戌时。光义屈指寻爻，算了一回，道："戌者，狗也，五行属土。那油梆是木刻成的，以木克土，这梆子不是土掩，必定被看家黄犬衔去。你且在狗窠里去寻，包管寻着。"郑恩闻言，扯了店家一同来到狗窠边一看，只见这梆子果然横着在窠里。郑恩拿了出来，欢天喜地道："果然好个口灵的先

---

　　① 伍员——春秋时吴国大夫伍子胥。

生,乐子生长多年,从来没有看见。你替乐子相一相面,看看后来的造化,可是好么?"苗光义道:"你既要相面,可跟我出城,细细说与你知道。"

郑恩听罢,挑了油担,跟着光义离了店家,出平定州而来。正是:

　　喜他推算如影响,便要搜寻指后来。

二人行够多时,到了平原旷野之处,郑恩把油担放下,说道:"口灵的先生,如今已出了城了,你可替乐子相一相,乐子必然谢你。"光义道:"相面不难,先问尊姓大名,何处人氏?贫道然后送相,不取酬仪。"郑恩道:"乐子是山西乔山县人氏,姓郑名恩,号叫子明。"苗光义道:"子明兄,我看你尊相,目今尚在平平,待过几年,交了鸿运,然后时来福至,建立功名。他日玉带垂腰,身居王位,其福不可限量。我有个柬帖儿在此,还有八个铜钱,交付与你,你可紧紧收藏,万勿遗失。从今为始,每日生意,切不可往别处流连,只在销金桥左右而行。谨记九月重阳,好去勤王救驾。若遇了红面英雄,便是真主,你的功名就在这人身上。可把这钱与柬帖交与此人。我有几句要言,你可牢记:

　　黄土坡前结义,下山虎保双龙。

　　木铃离合有定,悲欢情意无穷。

　　若问先生名姓,光义苗姓真宗。

　　今朝在此分手,潭州聚义相逢。

光义说罢,拱手徜徉①而去。郑恩听了这一席话,欲待不信,这卖油梆子现在,是他掐算出来的,似乎有根有据,怎么不信?欲待信他,一时哪得玉带垂腰,高封王位?想了一会,忽然道:"也罢,我如今且去卖油,到那重阳日,再作商量。"遂又把油担挑了就走,往各处去卖。

不觉过了二十余日,这一日正遇了重阳日,郑恩出来生意,却从销金桥过,只见桥上税棚拆倒,那些戥子、夹剪、算盘等物,撩在桥旁,抽税的人,一个不见。原来这些众人,平日见了郑恩,都是惧怕,非惟不敢与他要税,反把好酒好肉常常请他。倘有一毫怠慢之处,便要吃他啰唣。所以董达自己也不好奈何他。

当时郑恩上得桥来,看见人影全无,恐怕没有酒吃,心下早有几分不快,口内呐呐的骂道:"这些驴球入的,怎么一个也不见?想是撞着了吃

_____

① 徜徉——闲游;安闲自在地步行。

生米饭的将他的道路坏了,故此这样光景。我且休要管他,且把这些物件拿去换些酒呷,也是好的,只当是天公报应罢了。"遂即放下油担,将算盘戥剪等物,拾将起来,夹在腰间,挑了担子下桥而走。来至一座酒店,进内叫道:"掌柜的,乐子有几件东西在此,与你换几壶酒来呷呷。"店家听言,把眼一看,说声:"阿哟!我的黑爷,你又来惹祸了。这是税棚里的东西,董大爷因此在那里费气,谁敢收他的物件?你若没有钱时,且吃了去,改日有钱,然后还我,倒可使得。"那店家说罢,遂把酒食送与郑恩。郑恩也不推辞,将酒食畅吃了一回,拌撒肚子,将身立起,说道:"掌柜的,你且记着个日子,改日乐子有了钱,好来还你。"店家道:"今日是九月重阳,你只要记得明白就是了。"郑恩听了日期,猛可的想起苗光义的言语,道:"他叫我九月重阳节,等候救驾,如今驾在哪里?看起来多是说谎,莫要信他!"

　　把油担挑在肩头,又将算盘戥剪等物,依旧夹在腰间,出了店门,顺着河沿向南而走。忽然想道:"乐子油已卖完,只这两只油篓用了多时,里面积下许多泥垢,今日空闲在此,何不把他洗洗,也得干净些。"遂把担子卸下,解落绳儿,将算盘戥剪等物捆缚好,也放在岸旁。然后将两只油篓浸在水中,弯着腰儿晃来晃去,只在水面上浮晃。晃了半日,并无一些水儿泄进。郑恩心中十分急躁,狠命的用力往下一按,谁想用力太猛,威得水势望上一攻,把那油篓歪在一旁,顺着水性如风帆的一般,竟往正南上淌去了。郑恩只急得拍手掷脚,无法奈何,只得脱下衣服鞋袜,放在河滩,跳下水来。也不顾自己的物件,也不管拾来的东西,赴在水面,望着正南上喊叫追赶,指望捞着了油篓,方才罢休。正是:

　　　　构难无由遇,盘桓在水央。

　　　　皇天能曲诱,借此往南方。

按下郑恩追赶油篓不题。

　　却说董达领着手下家丁,把匡胤诱进了九曲十八湾中。内中有两个好汉:哥哥叫做魏青,兄弟名唤魏明。他弟兄两个,力气骁勇,武艺高强,手下聚集得五六百喽啰,虎踞着这座山头,打家劫舍,放火杀人,真的无所不为,官兵莫能剿除。因此董达与他结为兄弟,彼此济恶,声势相依。当日董达飞奔的进了山口,早逢着了巡山喽卒,叫他报知了这个消息。二魏听报,即忙点起喽啰,各骑了马,都拿兵器,一齐迎下山来。却好遇着,即便放过了董达,阻住山边,等待厮杀。

那匡胤正赶之间,猛听得一棒锣声,山凹里冲出两个强人,领了无数喽啰,摇旗呐喊,奔上前来,把匡胤团团围住,狠攻恶战。那董达复又取了兵器,也来助战。这一场相杀,真个龙争虎斗,十分厉害。但见:

征烟绕岭,杀气漫山。战鼓声喧,误听雷霆空谷振;枪刀光闪,错观霜电额头飞。天庭帝子似游龙,怒冲冲浩气凌云,直教斗牛坍半壁;草莽山王如哮虎,恶狠狠神威贯日,势如江汉阻长流。鸾带纵横,结就虹霓布舞;戈矛指点,栽成荆棘交加。正是:强争恶战势难休,专待英雄来救护。

匡胤虽然勇猛,棍棒精通,怎奈起初追赶,已是步行疲乏。今又遇了生力人马,战够多时,极力维持,终难取胜。一时急躁,狠命相拼,怒气一升,早把泥丸宫挣开,现出这条赤须火龙,起在空中,张牙舞爪。正是:

龙游浅水遭虾笑,虎落平阳被犬欺。

当下匡胤被众人围住厮杀,不觉惊动了护驾神祇,在着空中十分慌乱,四下观望,寻取救驾之人。只见那边黑虎星官在于河中赶捞油篓,即忙大声叫道:“郑子明,你此时不来救驾,等待何时?”郑恩正在水中,猛听得有人叫他,举首一看,四下无人,心中不信,骂一声:“驴球人的,谁敢来捋虎须戏着乐子?”一面口内叫骂,一面顺着性儿赴水追赶。那神祇急了,只得又叫一声道:“黑娃子,快去救驾!不可迟延。”郑恩复又听得有人叫他的乳名,正要发作,蓦地里听得喊杀之声。抬头一看,只见正南上烟尘抖起,杀雾遮天,那半空中现出一条赤龙,随云伸展。郑恩在水中见了,暗自忖道:“乐子常听人说,真龙出现,定是真命天子。想来此人必定就是圣驾,乐子的造化稳稳的了。这油篓事小,救驾事大,待乐子走上前去,便见明白。”遂即撇了油篓,赴至河滩,走上岸来,赤着身子往正南而行。

一路上复又想道:“那相面的口灵先生,叫我重阳时节救驾,今日正是九月九日,却遇这真龙出现。恁般凑巧,他的说话岂不句句多应了。但乐子此去,果遇真主,就与他八拜为交,结个患难相扶的朋友,博得日后封个亲王铁券,却不是好。只是吃亏了乐子手中没有什么兵器,怎好上前去冲锋厮杀?”正在两难之际,抬头看见那路旁种着有数十株枣树,大小不均,丛丛茂密,心下欢喜道:“有了,有了!这酸枣树倒也沉重,何不拔他一株,当当兵器,强似精着拳头,抵挡不便。"连忙走至跟前,逐株相了一遭,只拣大大的一株,走近数步,探着身子,将两手擒住了树身,把两腿一蹬,身体往后用力一挣,只听得轰的一声响处,早把那株大树连根带土拔了起来。遂又磕去了泥根,扯吊了枝叶,约有百余斤沉重,横担肩头,只望那尘起处奔走。

看看走进了九曲十八湾,只见那边有许多人马,打块儿呐喊厮杀。郑恩便大吼一声,道:"驴球入的,快快闪开,让乐子来救驾哩。"只这一声,好似:

　　　　舌尖上起个霹雳,牙缝里放出春雷。

郑恩这一声大吼,把众人吓得大惊不止。却有董达手下的家人,回头一看,道:"这是惯卖香油不交税银的郑傸①子,俺们常常请他吃酒吃肉,有往无来的硬汉。想必今日前来与我们出力,报答我们平日间的好处哩。"遂齐声高叫道:"郑哥,你是好汉子,可往这里来帮助我们。你若拿得住这漏税的红脸贼,便算你头功,不但日日相请你酒肉如心,我们还要禀明俺大爷,把这销金桥的税银,每年分送你一股,决不亏的。"郑恩听着红脸两字,心下更加欢喜,暗暗喝彩道:"好一个口灵的苗先生,真的阴阳有准,算得不差,这里面果有红脸的人,谅来真是圣驾了。乐子不可当面错过。"遂叫声:"驴球入的,乐子要来勤王救驾,博这一条玉带的,怎肯稀罕那些臭物,帮助你们!"说罢,举起了这株枣树,大步冲将进去,不顾好歹,望着贼兵如耕田锄地的一般,排头儿乱筑。那些贼兵虽众,无奈这枣树来得厉害,不觉的搠②着即死,遇着即亡。

匡胤围在里面,见外边有人接应,一时胆壮力添,也便使动神煞棍棒,冲杀出来。二人内外夹攻,把那些贼兵三停③之中打死了二停。那魏青攻杀之间,当不得郑恩这般神力,一时措手不及,承情了一枣树,只打得脑浆迸裂,呜呼哀哉。这魏明见哥哥已死,心下慌张,正待落荒而走,不道冤家路窄,性命该休,又被郑恩赶上前来,竭力奉承了一枣树,已打得筋断骨

---

①　傸(zhào)——形容外表长的样子。此称呼人,含有贬义。

②　搠(shuò)——刺;扎。

③　停——成数,一成为一停。

折,伏惟尚飨①。可怜二魏平日千般凶恶,万种强梁②,今日双双俱遭郑恩之手,了命归阴。正是:

城门失火,殃及池鱼。

善恶必报,迟速有期。

董达见魏氏弟兄已死,料不能胜,发喊一声,脱身逃走去了。正所谓"多一日不生,少一日不死",董达不该死于此地,所以逃脱。那余剩的大小贼兵,见主死亡,也各自要顾性命,一哄的四散而逃,走个罄尽。

郑恩既获全胜,把这雌雄二目望着匡胤一看,果是个红脸大汉。满心欢喜,肩着枣树,大叫一声道:"乐子特来救驾。"匡胤闻言,定睛一看,见他虽然粗鲁,真是一条好汉。但见他生得:

相貌狰狞古怪,行如虎豹奔驰。周身上下黑如泥。浓眉分长短,神眼定雌雄。　枣树权为兵器,轮环运动威风。天生英杰佐明君。旗开俱得胜,马到尽成功。

匡胤见他豪杰,心下先有几分爱惜,暗暗想道:"这黑大汉与我素不相识,便肯赤身露体,拔刀相助,果是世上无双,人间少有。但不知何处英雄,这般义气?"遂叫声:"壮士,小弟得蒙相救,萍水情高,敢问尊姓大名,仙居何处?"郑恩把手乱摇,道:"且休讲,且休讲哩!乐子杀了半日,这肚子里有些饿了,实是难当;且出去吃些东西,再讲未迟。"匡胤心中也是记挂柴荣,巴不得即刻会面,便说道:"壮士说得有理,既然肚中饥了,且到黄土坡,自当相待。"说罢,同了郑恩,一齐举步出了山凹,看见外边路上来往有人,匡胤便问道:"壮士,你的衣服在于何处?为甚露体而行?甚觉不雅,快去取来穿了,方好行路。"郑恩把嘴一努,道:"乐子救驾的心急,故把浑身上下的衣服,都落在水里流去了,只剩下这个收钱的油布兜肚,遮遮这话儿罢了,还要寻他怎么?"匡胤道:"早知如此,方才该把那打死的贼人衣服,剥下几件穿穿也好。"郑恩道:"不要说了,快快走罢。"匡胤道:"这官塘大路,来往人多,旁观不雅,待小弟将这青袍权与壮士遮体罢了。"便把外面的这领青缎袍脱了下来,递与郑恩。郑恩也不推辞,接过手来穿在身上,倒也可体。匡胤又把鸾带与他腰中束了。郑恩道:"乐子

———————————

① 伏惟尚飨(xiǎng)——飨,祭献。此喻死亡。

② 强梁——凶暴;强横。

拴了带儿,倒累你光着身子不成?"匡胤道:"不妨,小弟有带在此。"说罢,把神煞棍棒迎风一抖,口念真言,顷刻变作金光鸾带,束在腰间。把个郑恩喜得手舞足蹈,说道:"乐子生长多年,没有见棍儿会变带的,真是稀奇宝贝。妙极,妙极!"匡胤笑道:"壮士,你出口成章,真乃文武全才,小弟委实心爱。"郑恩把小眼儿一挺道:"你休要取笑,乐子生来老实,不会妆头做面,讲那好看话头,骗人欢喜的。我们只管走路,真是肚中饿得慌了,快着到黄土坡去吃饭要紧。"匡胤听了,微笑点头。

二人带说而行,来至黄土坡前,抬头一看,止见这轮伞车,却不见那位盟友。匡胤心下大惊,把眼四下观望。只因这一番,有分叫:荆棘丛中,豪侠频添气象;烟尘界里,英雄偏长威仪。正是:

　　　　莫道他山无兰裓①,须知萍水有桃园。

毕竟柴荣躲在何处? 且看下回便知。

_____

①　兰裓(xì)——比喻良友。

第 九 回

黄土坡义结芝兰① 独龙庄计谋虎狼

诗曰：

> 道古班荆势尚疏，相投慕义意情孚。
>
> 俨如伐暴天心合，无异除残民命苏。
>
> 遇变不惊俱是勇，逢餐必饱岂为粗！
>
> 至今瞻仰音容下，凛烈秋霜道不孤。

话说匡胤同了郑恩来至黄土坡前，只见伞车撂在一边，却不见柴荣的形影，心下惊骇不止，即忙叫了数声，只听得坡子下有人答应道："贤弟，愚兄在此。"匡胤仔细一看，原来在那避风墙凹之内，席地而坐，赤着上身，在那里搜捉虼蚤②。当时见了匡胤，即将衣服穿了，走至跟前，叫道："贤弟，盼望杀了愚兄。你去追赶董达，胜负如何？"匡胤道："不要说起，几乎不能与兄长相会！小弟追赶那厮，意欲当途剪灭，不料被他诱进了九曲十八湾中，纠合山寇阻住厮拼。一来贼人势众，小弟势孤；二来路径不熟，战场狭窄，相持多时，急切不能取胜。正在危急，幸遇这位壮士挺身前来，奋勇冲破重围，打死贼人无数，董达漏网而逃。小弟因记挂仁兄，未曾追赶，只得同着这位壮士回来，得与兄长相见，真万千之幸也。"柴荣听了此言，心下一忧一喜：忧的恐怕董达从此逃去，怀恨于心，别生枝叶，倘后孤身来往，保无暗设机关，难免性命之虑；喜的匡胤得胜而回，克张锐气，又得郑恩为伴，朝夕相从，日后或有事端，亦可望其助益。

当时往那匡胤背后一看，见是一条黑汉，形相狰狞，容颜凶恶。肩上驮了一根枣树，强强的立在背后，屹然不动。心下略有几分胆怯，开言问道："这壮士尊姓大名，府居何处？"匡胤道："小弟一时仓促，兀尚未知其详。因思这位好汉萍水高情，义气相尚，真是人间少有，世上无双。小弟

---

① 芝兰——香草名。此为结义之意。

② 虼(gè)蚤——即跳蚤。

心实敬爱,意欲与他八拜为交,做个异姓骨肉,患难相扶,不知兄长意下如何?"柴荣大喜,道:"贤弟之言深合吾意。但此处山地荒凉,人烟绝少,这些香烛牲礼之仪一些全无,如何是好?"郑恩道:"这有何难?那前面村镇上,这些买卖店铺人家,乐子尽多认得,你们要买香烛福物,只消拿些银子出来,待乐子去走一遭,包管件件都有。"匡胤就在行囊取些碎银,递与郑恩。

郑恩接在手中,即时离了黄土坡,赶至村镇之上,往那熟食店中,买了一只烧熟的肥大公鸡,一个煮烂的壮大猪首,一尾大熟鱼,一坛美酒,又买了百十个上好精致的馍馍。走到平日买油主顾人家,借了一只布袋,把这些食物一齐装在袋里,背上肩头。一只手拎了这坛美酒,望着旧路回来。刚走得几步,只见路旁有一酒店。那门首摆着行灶铁锅,锅内正在那里气漫漫、沸腾腾的煮着牛肉。香风过处,触着心怀,即便走进店中,拣了四个大牛蹄,可可①的将余下零银交还了。叫店家把刀切碎,掺上些椒盐,撩起这青袍兜子来裹了,揣在腰间,即便捎上了袋,一手拎着了酒,转身就走。一路上便把这碎牛蹄,大把的抓着往口里乱丢,也不辨什么滋味,哪管他生熟不匀,竟是囫囵囵囵滚下了肚。未曾走到坡前,四个牛蹄早已归结得干干净净。

当时来至坡前,见了柴荣、匡胤,连忙把嘴揩了,放下福物酒食,张着这血盆般那张大口,嘻嘻笑道:"快着,快着!我们拜过了朋友,便好都来受用,休叫福物没了热气。"匡胤道:"壮士不须性急,我们且把年齿一序,然后好拜。"郑恩听言,把嘴一哑,道:"你们忒也噜苏,有甚的年齿不年齿!只是胡乱儿拜拜便罢。要是这样耽搁了工夫,叫乐子吃了冷食,难为这肚子作祟。"匡胤笑道:"壮士,你原来不知。我们序了年齿,方好排行称谓;不然谁兄谁弟,怎好称呼?你须快快儿说。"郑恩受逼不过,只得一口气说道:"乐子住在山西乔山县地方,姓郑名恩,号叫子明,乳名黑娃子,年长一十八岁,腊月三十日子时生的,这便是乐子确真的年齿。"匡胤道:"如此说来,你今年一十八岁,我是一十九岁,大哥二十岁。序齿而来,该是柴兄居长,我当第二,你是第三。我们就此参拜天地。"郑恩道:"不中用,不中用!要拜朋友,须都依着乐子的主意,必要让你居长,乐子

---

① 可可——恰巧。

第二,这姓柴的第三。依这主意,乐子方肯与你们结拜;若不依乐子的说话,就趁早儿你东我西,大家撒开散伙。"匡胤道:"岂有此理!为人只有长幼次序;若无次序,便乖伦理,与那鸡犬何异。况柴大哥先曾与我拜过朋友,他兄我弟,伦次昭然;如今怎敢逾礼,占他上位起来!郑兄不必多言,还是柴兄居长,方是一定之理。"郑恩哈哈大笑道:"我的哥,乐子却勉强你不过,就是依着你的主意罢了。若再与你说话,真个把这福物冷了不成?"

说罢,将袋里三牲福物取将出来,排在伞车之上。三人正欲下拜,匡胤猛地叫道:"子明,你为何不请了香烛来?"郑恩把手一拍,笑道:"果然乐子忘了,只为想了那吃的,就忘怀这烧的了。也罢,待乐子扒上三个土堆儿,权当了香烛罢。"柴荣道:"子明言之有理。俺弟兄们撮土为香,拜告天地,各要虔心,不可虚谎。"三人遂一齐下拜,各说了里居姓氏,年月日时——无过同心合胆,不怀异念之意。彼时誓拜天地已毕,序了次序,各人又对拜了八拜,然后把三牲福物、馍馍酒食等物,各自依量饱餐了一顿,方才整备行程。正是:

漫道拜盟称庆幸,须知仇敌暗分排。

当下三人正欲前行,只见郑恩猛然叫声:"二哥,且慢行走,乐子想着一件事情,却几乎又忘怀了。"遂向胸前取出那个油透的放钱兜肚来,探着指头往兜子里一摸,摸出一个方方摺好的柬帖儿来,递与匡胤,道:"二哥,这是相面的口灵苗先生,叫我把与你的,故此带在身边,并不遗失。亏了这个放钱兜子油透已足,水泄不漏,方才得个干净。不然乐子赴水的时节,却不浸得湿烂了么!"说罢,哈哈大笑。匡胤接过手来,拆开观看,那柬帖里面夹着一个包儿,打开看时,里面包着八个铜钱,那纸上写着六个字道:"此钱千博千赢。"又看那帖儿上,也写着两行细字,说道:

输了鸾带莫输山,赌去银钱莫赌誓。

匡胤看了,一时不解其意。只得把那八个铜钱收在腰中,将柬帖扯得纷纷粞碎①,吃在肚中,口内呐呐的骂着。柴荣道:"贤弟,为何将这柬帖扯碎,又是这般痛骂着他?莫非其中言语,有甚恶了你么?"匡胤道:"仁兄有所不知,这个人名唤苗光义,乃是游方道士,设局愚人。当时在东京

————————————

① 粞碎——粉碎。

相遇,观看小弟的相,因他言语荒唐,不循道理,被小弟厮闹了一场,驱之境外。不知后来怎么又遇着了三弟,将这束帖寄我。今观他胡诌匪言,谁肯信他,故此一时扯碎,付之流水罢了。"郑恩道:"二哥,你也忒杀糊涂了!乐子若不亏他的相准卦灵,怎能够遇着你们,结拜兄弟?他便这等口灵,你却偏偏奚落,岂不罪过。"匡胤道:"兄弟,这些闲话,你也休提。如今趁此天气尚早,我们快些赶路,莫教耽误时光,错过了宿店。"柴荣接口道:"二弟言之有理。"遂把伞车推将起来。郑恩就把那只盛福物的袋儿卷了,揣在雨伞中间,就与匡胤在前,轮流扯绊,望着关西大路而行。

走了多时,天色将晚。却好推进了一座村庄,觅了一个店铺,把伞车推进了店,拣下一所洁净房屋,安顿了车儿行李。匡胤就叫:"店小二,安排晚饭来用。"小二道:"客官,你们原来不知,我这里独龙庄只有俺们这座店儿,来往客人不过安宿,只取火钱十文,每人依此常例。若要酒饭,须着自己打火,所以这饭食是从来不管的,客官们自寻方便。"

匡胤听罢,打开银包取了一块银子,递与小二道:"既然如此,你便替我去买些米,并要几斤熟肉,打上一坛好酒。剩下的就算你的火钱。"柴荣道:"贤弟,不消你过费。我车上现有米粮在此,就是那酒肉之费,愚兄自当整备。"遂叫匡胤把银子收了,打开自己银包,称了一块三四钱重的银子,递与小二去买酒肉。又叫郑恩把伞车上席篓里的米煮起饭来。

郑恩走至车前,把篓子提将出来,看那壁间现摆着行灶、铁锅、薪水等物。就将篓盖除下,把篓里的米一看,也不论他多少,倾空倒将出来,装在锅子里,加上些水,煮将起来。不期锅小米多,竟煮了一锅的生米饭——原来郑恩一则生来粗俗,二则食量甚大,起先取米之时,未免嫌少。及至煮成了这锅生饭,就使他一个独吞,量不言多。多少既已不论,这生熟两字,亦必不辨矣。这正是:

> 天赋英雄性,膜腔自不同。
>
> 脯浆遂我食,尚道肚皮空。

比及郑恩煮完,小二买了酒肉进来,交付已毕,自己往店中去了。

三人坐下,各把酒肉用了一回。将要用饭,柴荣走至锅边,开了锅盖,往内一看:只见满满的一锅生米饭。便叫郑恩过去道:"三弟,你为何煮出这样生饭来,叫人如何可吃?"郑恩道:"大哥,你嫌他生,乐子日常受用,专靠着这生饭。你依着乐子也多吃些,管叫你明日力气觉得大了,走路也觉得快了。你吃，你吃。"柴荣摇头道："难吃，难吃！"郑恩道："大哥，你果然怕吃！待乐子吃与你看，你莫要笑话。"说罢，拿起碗来，盛了便吃。也不用菜，也不用汤，竟是左一碗，右一碗，登时把一锅的生米饭，捱捱挤挤都装在那个肚里去了。就笑嘻嘻地道："何如？乐子专会吃这些饭的。"

　　柴荣只道篓子里还有剩下米粮，欲待取来自煮。便往车前取篓一看，却已粒米全无，空空如也。心下甚觉惊骇，道："三弟，还有那余剩的米在哪里？"郑恩道："大哥，你休推睡里梦里，方才乐子安放在肚子里头，你亲眼见的，怎么又问起米来？"柴荣笑一笑道："原来如此。我十余日的饭粮，多被你一锅煮了，怪道煮出这样饭来！也罢，我们买些馍馍来用，倒也相安。"遂又称了三四分银子，叫小二去买了些馍馍，与匡胤一同吃了。

　　看看天已黄昏，三人正欲安寝，郑恩只觉得一阵肚痛起来，要去出恭。慌忙出了房门，寻往后面天井中去，见有毛厕在旁，登上去解。可杀作怪，那肚里怎般的绞肠作痛，谁知用力地挣，这下面兀是解不出来。正在这里翘着头，踞着身，使着气力，只听得那首厢房中有人唧唧哝哝的讲话。看官：你道是谁？原来这所庄房，就是董达的家园。这说话的，便是董达与他老子讲谈。只因董达日间败阵之后，又往别处耽搁，及至回家，时已日暮。跟跟跄跄奔至家中，他的老子一见，即便问道："我儿，你今日回来为何这等光景？"董达道："不要说起！孩儿今日抽税，遇着一个贩伞的蛮子，倚仗了一个红面汉子，大闹销金桥，坏我规矩，又把我手下众人，打得个个伤残。孩儿闻了此信，因把这红面的诱了九曲十八湾中，通知二魏出来齐心拿捉。不道那厮十分骁勇，我们正在围住，将次拿住之际；谁知又被那个惯卖香油的黑贼，反来救解，打散众人，又把二魏尽多打死，孩儿性命几乎亦遭其手。幸而得便逃回，故此这等模样。儿思这样冤仇，如何得报？"老子道："我儿，原来你今日吃了这等大亏！你且轻言。你在外面打斗，这三个贼徒被他走了。我为父的坐在家里，不费吹灰之力，包管你报仇就在眼前。"董达听了，心下大惊，道："父亲，这大仇怎么就得能报？"那老子笑道："不瞒你说，这三个贼徒多在咱的家内了。"董达道："他怎能到我家内？"老子道："方才小二进来说：'今日来的贩伞客人，两个伙计甚是怕人：一个红脸一个黑脸，那红脸的还可，这黑脸的更觉凶恶难看。'我看这三个贼徒，与你说的相合，岂非就是你的对头了？"董达听了，惊喜如

狂,说道:"既是他们自来寻死,我们叫齐了人众,急速打他进去,怕他不
个个多死。"那老子复又摇手道:"早哩,早哩!你也不须性急,且捱到人
静之后,然后把前后门上了锁,再添些人,趁他一齐睡着,轻轻的捱将进
去,把他三条性命结果了,却不干净了当!强如此刻与他争斗,多费气力。
我儿,你道此计好么?"董达道:"父亲言之有理。你老人家管了前后门上
锁,儿去叫人就来。"那董家父子算计,不道依着了古人两句说话,说道:

　　隔墙须有耳,窗外岂无人?

　　不想郑恩登在厕上正解不出,听得房里有人说话,他也不去用力挣
了,静悄悄踅将过去,闪在旁边。复往板缝里一张,灯火之下,看见董达在
那里指手画脚,道长说短。他便留心细听,把前前后后,怎般如此这些计
较,都已听在耳里。听到董达说是叫他老子去锁门,自己去叫人,方才心
下着慌。即忙大步走进房去,叫着匡胤道:"二哥,不好了!咱们走到仇
人家里了。"匡胤大惊道:"怎么是仇人家里?哪个是你的仇人?"郑恩道:
"这里原来是董达的庄上。乐子方才去后面出恭,听得那厮父子两个在
房里算计,要把前后门锁了,等着我们睡着,便要结果咱们性命。"柴荣听
了此言,只唬得汗流浃背,挫倒在地。匡胤只惊得搓手掷脚,一筹莫展。
郑恩见了哈哈大笑道:"大哥二哥,你们原来都是怕事的。怎么遇了这般
小事,便这等害怕起来!枉自做了英雄好汉,倒把这胆气弄得小小儿的,
日后怎好去做大事?还有乐子在此,怕他则甚!他便有千百个人,管叫他
一齐进来,都在乐子这根枣树上纳命。若有一个走脱,便算乐子不是好
汉。"匡胤道:"不然!愚兄岂是怕事之人。只因常言道,'寡不敌众'。我
们虽有兵器,武艺高强,怎奈这店房狭小,退步全无。一遇相斗,施展不
开,如何取胜?为今之计,必须出了巢穴,到那平阳街道,还好商量。"柴
荣接口道:"贤弟,他前后门都已上锁,插翅也是难飞,怎能出得门去!"郑
恩道:"大哥!休要害怕。咱们门里出不得去,就在墙上可以走得。方才
乐子出恭时节,看见天井那边有个园地,这里外面想是活路。我们趁早儿
走了出去,他不来便罢,他若来追,便好与他算账了。"

　　三人计议已定,即便动身。郑恩当先引路,柴荣、匡胤推了车子,飞奔
到那园中来。至墙边举眼一看,幸喜那墙不甚高大,郑恩纵身跳上墙头,
望下看时,黑暗中微微像是一条通衢大路。复又跳了下来,先叫柴荣爬出
墙去。无奈墙头虽低,柴荣从来未曾经历,焉能得上?郑恩只得叫柴荣两

手扳着坍砖,下面抬送,慢慢的爬上墙头。此时柴荣只要性命,管甚高低,扑通地跳将下去,只跌得齿折唇开,忍着痛,只不做声,心内兀兀的跳。随后匡胤跳上墙头,郑恩把车子举送上去,匡胤接住,叫柴荣帮接下去。匡胤即便纵了下来。郑恩见二人并车子都已出去,然后自己也跳出墙头,当先开路。匡胤、柴荣推着车子,紧紧飞跑。此时约摸二更天气,虽然灯火全无,倒也觉得有些微光,隐隐之中,依稀可走。三人走行之间,忽听得后面喊叫连天,回头一看,只见灯火荧荧,烟尘滚滚,犹如千军万马杀奔前来。只因这一来,有分叫:惹动了干戈不歇,连累着骨肉遭殃。正是:

　　　　祸福无门人自召,善恶有报影随形。

不知追的何人? 当看下回便见。

第 十 回

郑子明计除土寇　赵匡胤力战裙钗

词曰：

驹隙长流，人生乐事，天真本是无愁，何用多求！怜他奔波朝夕，甘作马牛。叹事逐孤鸿尽去，身与流萤共寄，争知扰攘征途，顿然化作蜉蝣①。追念黄金白玉，纵盈满，怎肯把人留！　世情隆污，人才难数，功绩不能扬父母，身名先辱。忆东陵晦迹，彭泽归来，姑借瓜田自娱，松菊庆觥筹。何向风尘觅生活，计较刚柔；眼前盗跖，没后东楼。睹此情由，杜鹃声断，血泪满枝头。

右调《西平乐》

话说柴荣等兄弟三人，越墙逃出了独龙庄。正走之间，只听得后面喊声不止，一派火光，无数人赶来。看官：你道是谁？原来匡胤等起先逃走之时，那厢房左右人影全无。他的老子正叫董达往前面叫齐庄客，等他众人到了，方好前门上锁，后门落闩，所以正在前面等候，故此三人走脱，一些不知。及至董达会齐了人，回至家中，把门上锁，却好三更天气，接着正好行事。一行人静悄悄踅进店房，举眼一看，只有锅灶，人影全无，连郑恩吃的生米饭不留一粒。董达十分愤怒，即合了众人，从后门赶来。这正是：

既不度德，复不量力。

蠢尔如前，无常在即。

当下郑恩见后面追赶近来，叫声："大哥二哥，你看那驴球入的将次追上来了。那前面隐隐的这个所在，必定是座林子，你们且把伞车推到那边，等咱一等，待乐子候着，打发他们回去了，前来会你。"匡胤听言，遂与柴荣推了伞车，望前去了。那郑恩复又退了一箭之地，望那后面的人渐渐近来。古云"人极计生"，郑恩倒也粗中有细，四下一看，看见路旁有座石

---

①　蜉蝣——虫名，其成虫的生存期极短。

碣,将身闪在背后,等他追,算计退敌。只见那后面约有百十多人:有的执了灯球火把,有的拿了棍棒枪刀,各各如蜂似鸟拥挤而来,四下照得雪亮。郑恩在暗中看得明白,让过了第一起人,看那第二起人中,只见董达策马提刀,扬威耀武望前赶来。看看离这石碣不远,郑恩即将枣树举起,让过了马头,纵着虎躯蹿到马后,大喝一声道:"驴球入的,不要来追!请你归去罢。"说时迟,那时快,只听得叭的一声,董达措手不及,早已头顶喷红,脚底向上,抛刀落马,了命归阴。正是:

　　　功名难上凌烟阁,性命终归枉死城。

又有一诗,单道董达私税强梁,欺公蔑法;今日禄终惨死,究何益哉:

　　　欲展雄心迥世间,岂知横行怒昊天。

　　　当时尽道铜山久,转盼偏成泡影传。

庄兵见郑恩打死了董达,尽吃一惊。发声喊,围裹拢来,把郑恩困住中间,各举刀枪棍棒,乱打将来。郑恩全无惧怕,展开了枣树,犹如风魔恶鬼,四面混打转来。正在大闹不题。

　　且说匡胤同了柴荣,推着车子正走之间,听得后面喊杀连天,遂对柴荣道:"此时三弟在后,想已遇着贼人。但夤夜①之间,未知胜负?兄长且把车子先行,待小弟转去接应一番,方保无虞②。"说罢,除下鸾带,迎风一晃,变成了神煞棍棒,提在手中,往后飞奔。走至半里之遥,只见那许多人,果在那里相斗。大半的人打围攻杀,跳跃雄赳;小半的人各执亮子,在旁呐喊。匡胤举动棍棒,上前冲突,不多时,打倒了一二十人。郑恩正在兴打,斜眼往圈外一看,见是匡胤来帮,心下大喜,叫声:"二哥,你用心帮着,休要放松这厮!"弟兄并力同心,棍树往来,一顿落花流水,把百十余的庄兵,打死了大半。其余见不是路,四散逃生走了。郑恩大叫一声道:"二哥,董达这驴球入的,已被乐子把他结果了。如今一不做,二不休,索性与你转去,把他一家大小,一齐打发他归天,倒得干净。倘然留在世间,日后便要受累。"匡胤道:"三弟说得有理。"即便同了郑恩,重回独龙庄来。

　　此时约有四更天光景,二人来至董达店中,推开了门,这时锁已落去。

――――――――――

①　夤(yín)夜——深夜。

②　虞(yú)——误。

走进门中,往内直闯。里边听得门响,走出一个人来,问是何人?说声未了,早被郑恩一枣树,打做馅饼——看时乃是店小二。郑恩把那尸骸只一脚,踢过旁边。弟兄二人轻手轻脚,趱将进去,穿过中堂,行至后院。寻着了帮闲,一棍丧命;撞着了女使,一树归阴。二人正走之间,只见一间房里透出些灯火之光。仔细听时,那里面有人说话。弟兄二人轻轻趱在门旁,侧耳静听,原来不是别人,却是董达的父亲,正然与他的婆子说道:"可惜这样的好计行不成,枉费了心思。不知怎的漏了风声,被他们走了?"婆子道:"我们家里的计行不成,难道路上的计也被他逃脱了不成!只是多费了儿子的气力。"老子道:"怪不得咱家的儿子今日吃这大亏,那三个囚徒之中,有两个甚是凶恶。那红面的略觉好些,那黑面的狗男女,凶狠异常,黑厮厮形儿就像一个周仓。手中常带了一株树木,必定有些本事。想来此时多已结果得干净了,咱儿子也该回了。"婆子道:"咱儿子如今赶上他们,但愿得皇天有眼,神道有灵,先把这黑脸的鸟男女多搠他几刀,结果了,我才快活哩!"郑恩听到这句,心中火发,腹内烟生,一脚飞起,把门踢开,跑将进去。婆子一见,抖倒在地。那老儿见了,唬得魂飞魄散,手软脚输,叫声:"不好了!那……那……那黑面的贼徒来……来现形了!我……我们快些回避!"郑恩也不回言,提起了枣树,只喝得一声:"老贼,请你回去罢!"啪的一声响处,打得脑袋边流出白浆,头顶上冒出红水,眼见得不能活了。郑恩回转身来,看那婆子,已是唬得半死,动弹不得。举起枣树尽力一下,把老婆子打得扁扁服服——如道士伏阴的一般,魂游地府去了。

那董达的妻子王氏,叫做"飞脚狐"。因他生来美貌,更兼本事高强,曾与人赌斗,打到难解难分之际,只消把腿一起,凭你英雄好汉,着脚时便多失手,因此董达娶为夫妇,那远近之人,送他这个美名。当时正在隔房中和衣而睡,睡梦之中,听得喊叫之声,猛然惊醒,爬将起来,往板缝里一张,只见那房中影影站着一条黑汉,打他公婆;又见跳出一个红面大汉,前来帮助。心中大惊,叫声"不好,有贼!"顺手往刀架上取了一把锋利的泼风刀,开了房门,跳将过来,望着匡胤拦头就是一刀。匡胤不曾提防,转眼之间,见有利刃飞来,措手不及,往后一闪,让过了刀。举眼一看,见是个妇人,方才定了心,整备退敌。那王氏见砍不中,心下大怒,复手又是一刀。匡胤捻起棍棒,往上一挑,当的一声响,把泼风刀掉在地下,王氏方才心慌。正要飞起右脚,望着匡胤踢去,不道匡胤早把神煞棍棒往下一扫,不端不正,已将王氏打倒在地。郑恩见了,火速上前,把枣树用力一下,打得说话不出,依旧和衣而睡了。

只听得满屋中发声响,那些男女老幼见此光景,量无好意,思量要逃性命,往前后乱奔。弟兄二人哪里肯放,一个在前,一个在后,一顿打,犹如风卷残云,雨飘败叶。郑恩又跑进中堂,拿了灯火,出来前后照看。数了一数,共有二十四口的男女,遇着有些气的,又奉承了几枣树。复又同了匡胤,往各房里搜寻,并无一人。搜至那飞腿狐房中,只见摆着箱笼、橱柜等物。郑恩独将箱笼打开,看见有许多银子,叫声:"二哥,快来收拾些银子,好做盘缠。"匡胤道:"三弟,俺这盘缠尽有,不必多心。况这不义之财,我和你怎肯乱取?今大恶剪除已尽,何必耽搁,趁此去罢。"郑恩哪里肯听,寻了一条红绸夹裤儿,便把银子装满在内,将裤腰儿束了,又把那两只裤管将来对系了,包裹停当,背在肩头,提了枣树,往外便走。匡胤执了神煞棍棒,大步同行。一齐出了店门,望西而走。

早闻得金鸡报晓,星斗疏残,二人忙忙奔走。赶至一所坟堂,只见柴荣在内打盹。匡胤叫醒了,把这些事情说了一遍。柴荣满心欢喜道:"二位贤弟,仗此英雄,除这一方大害,也是极大功德,声施后人。我们趁今天将发亮,及早行路罢,莫要耽搁在此,又生事端。"郑恩道:"且慢着,乐子一夜不曾合眼,有些力乏,就在这坟园里睡他一觉,将息将息,再走未迟。"说罢,丢了枣树,把那裤儿里的银子装在伞车之上,放翻身儿,躺在那个祭台石上,竟是呼呼的睡了。柴荣、匡胤也只得坐在石上,歇息打盹。不题。

且说董达有个妹子,名叫美英,年方一十八岁,尚未适人。生得袅娜身材,姣美姿色。自幼在九盘山九盘洞,拜从盘陀老母学业。习得弓马纯熟,武艺精通,有千百合勇战,又会剪草为马,撒豆成兵,诸般的法术。董达仗这妹子法力高强,所以横行不法,霸占官衢。那一日董美英因往东庄与他姑娘祝寿,留住过宿,不曾回家,因此未知家中就里。这日清晨起来,正欲作谢回家,忽见一阵败残家丁,约摸有二三十个奔至庄上,见了美英,一齐哭告道:"姑娘,不好了!祸事到了!"董美英大惊,问道:"有甚祸事,你们便这等张皇?快快说与我知道。"众人道:"咱家的大爷,被两个凶徒不肯交税,因此与他打斗了一场,不道战他不过,败至家中。那凶徒随后便来投宿,大爷与老爷定了计策,要报此仇。不知怎的走了消息,又被他逃了。因此大爷同了我们众人,追赶上去。谁知反被凶徒将大爷打死,我们又斗他不过,只得逃回。于路又打听得家中老爷太太,并合家男女老幼,尽多打死,因此特来报知,望姑娘做主。"董美英听了这席言语,一似青天里打个霹雳,吓得魄散魂飞,大叫一声,晕倒在地。左右急救,半晌方醒。放声大哭道:"何处来的凶徒,把我父母兄嫂一门老幼尽情伤害? 这如山似海的冤仇,如何不报,我誓必拿住这贼,万剐千刀,方消我恨!"说罢又哭。

那姑娘从旁相劝,美英哪里肯听,一面哭,一面吩咐备马——原来他的披挂兵器,有一包裹,向来带着身边,常时防备。当时打开了包裹,取出披挂,全身结束,含泪辞别了姑娘。手执双刀,骑了花马,叫那败残兵丁,前面引路,即时离了东庄。又往锦囊中取了一把黄豆,一把柴草,望空一撒,仗那真言,变成了无数人马,往正南追赶。赶到这座坟园跟前,庄兵见了三人在那里打盹,一齐叫道:"好了,好了! 这些凶徒在这里了。"大家发声喊,把一座坟园,团团围住。正是:

　　裙钗施本领,要报父兄仇。

当下董美英的豆草人马,围住坟园。先把柴荣惊醒,张眼一看,只唬得心惊胆裂,手足无措。慌忙把匡胤推道:"贤弟快醒! 你看四面多被人马围住,俺们怎能够出去?"匡胤正在朦胧,听了此言,猛然惊醒。把两目一睁,望那四围一看,说声:"不好!"用手去推郑恩,连推数次,再也不醒。只得向那腿上打了一拳,郑恩从睡梦中惊觉,口内嚷道:"谁把乐子戏耍? 乐子正在这里遇着一个绝好的朋友,把那好酒好肉尽情的请咱受用。怎么做这对头,把咱打醒了,乐子须要与他拼命。"匡胤笑了一声,道:"三弟,亏你这等好睡,还在说这些梦话! 你且看着俺们被人算计,已把人马围住了。你便怎生主意?"郑恩听罢,把虎目揉了一揉,睁开一看,咕碌的爬将起来,伸了伸腰,提了枣树,叫声:"二哥,谅着这些人马,济得甚事! 咱们只消打这驴球入的,便已了事。"匡胤说声:"不差。"即便执了神煞棍棒,一齐迎将出来。

郑恩当先而走,都已瞧见了董美英,复又叫道:"二哥,你看么! 咱只道是什么三个头、六只臂,狠狠的人儿前来打仗,原来是个姣滴滴的女娃娃,怕他则甚?"匡胤也是一看,果然好个女子,打扮得妖娆美丽,微带着杀气凶形。怎见得：

> 乌云紧挽盘龙髻，双凤金箍扣顶门。
> 身披锁子连环甲，红锦征衣绿战裙。
> 胸前光耀护心镜，勒甲丝绦九股分。
> 打将钢鞭腰下挂，杀人宝剑鞘中藏。
> 爱骑绕阵桃花马，两瓣钢刀玉腕擎。
> 凤头靴踏葵花镫，俏美天然女丈夫。

匡胤看罢，高声喝道："你那女子，姓甚名谁？看你小小年纪，有何本事，便敢领兵围住俺们，自寻死路。"董美英一见，怒气填胸，喝声："强横贼徒！你休推梦里睡里，我乃董大爷的同胞妹子董美英便是。我与你有甚冤仇，将我兄长打死，又把我父母并一门良贱尽行屠害，仇同海洋，痛入心窝。故此我亲自前来，拿你这班贼子碎尸万段，与我父兄报仇，方消我恨。"说罢，拍动桃花战马，轮开柳叶钢刀，望着匡胤当头便砍，匡胤把神煞棍棒急架相还。二人杀在当场，战在一处，约有二十余合，胜败不分。旁边恼了郑恩，心头火发，大喝一声："泼婆娘，乐子与你拼命。"抡起了枣树，上前助战。董美英全无惧怕，使开了双刀，犹如风车相似，前后招架，左右腾挪，只见光闪，不见人身。正战之间，匡胤猛叫一声道："三弟，你保着大哥先行，我与这贱人定个高下！"

　　郑恩听言，收住了枣树，跑到柴荣跟前，叫声："大哥，二哥叫咱们先行，他结果了这女娃娃，随后便来。"柴荣正在惊惶，巴不得这句话。听了此言，也不顾伞车，跟了郑恩抽身便走。那郑恩当先破路，扬起了枣树，排头价打去，保了柴荣闯出重围，望正南上如飞的奔走。这边董美英正与匡胤、郑恩交战，眼错之间，不见了黑汉。偷眼望正南上一看，原来同了一人闯出重围，逃走去了。美英一面与匡胤交战，一面默念真言，用手望南一指，复喝声："疾！"只见那些豆草人马，呼呼吸吸的望南追赶。赶上跟前，复打了一个圈子，把柴荣、郑恩二人围住了。郑恩心下大怒，道："好驴球入的，怎敢又来讨死！"举起了枣树望着四下乱打。打了一回，再也不肯退去。原来这些豆草变的人马，虽只一圈儿围着，却也作怪，任你打他也不动手，骂他也不回言，只是装腔作势的立着。这也不过是妖法所使，助人扬威耀武而已。

　　当下郑恩看了，心下早已疑惑。挺着了头，把左边小眼合上，将右边的大眼睁着,定睛仔细一看,不觉瞧出了破绽。叫声:"大哥,你休害怕!
原来这些打围的,不是真的人马,都把那豆草变成的。"柴荣不知其故,遂
问道:"三弟,这明明是人马,怎么叫他豆草变的?"郑恩道:"大哥,原来不
知,就是那些黄豆柴草变成这许多人马。你看不出,乐子却看得出来,就
是这董美英施的妖法,他来吓着乐子。大哥,你莫要怕他,管叫乐子即刻
破灭。"看官听着:董美英乃邪术妖端,怎经得郑恩神眼看破。当时看出
破绽,即时返本还原,那些人马,倏忽间依旧现了黄豆柴草,铺在满地,柴
荣方才明白。郑恩道:"咱们且不要走,等着二哥前来同走,却不好么?"
郑荣依言,即便等候不题。

　　且说董美英与匡胤大战,彼时又战了四五十合,尚无高下。复又战了
多时,只见美英猛可的将手中双刀架住了匡胤的神煞棍棒,说声:"住着,
我有言语问你。"只因这一问,有分叫:一种痴情,撇下了骨肉伤残,愿作
秦晋好合;万般丑态,妄想那英雄品概,怎管吴越仇仇。正是:

　　　　姣容未遂鸾凰志,玉体先招兵刃忧。

不知董美英有甚言语? 且看下回分解。

第十一回

董美英编谜求婚　柴君贵惧祸分袂

诗曰：

赤绳系足本天成，强欲相求徒受擒。

莫怨红颜多薄命，还虑黑宿在游行。

意图嚬①笑为连理②，何啻③翻愁作鬼磷。

共叹世人皆纳阱，知机远祸是长城。

话说董美英与匡胤正战之间，猛可④的把双刀架住，说声："住着，俺有话问你。今日俺们两个厮杀了半日，尚不知你姓甚名谁？家居何处？俺从来不斩无名之卒。倘然一旦诛戮，却不道污了俺的兵器，你死亦不瞑目，故此问你，你快须说着。"匡胤笑道："你原来要知俺的名姓。俺非无名少姓之人，根浅门微之辈。俺姓赵名匡胤，字元朗。家住东京汴国双龙巷内，父乃当朝指挥，母是诰命皇封。俺自幼从师学艺，专一要打不平。因为怒杀了女乐，故此抛家离舍，走闯江湖，寻访那些朋友，结义同心。叵耐⑤强贼董达，私税无良，于理不法，已在独龙庄结果了他性命，还把举家良贱一并全诛。此是他恶贯满盈，自作自受，于我何尤？你乃女流浅见，极该远避偷生，保守你的闺贞才是正理。怎么妄动无名，出头生事？俺的棍棒无情，一时丧命，后悔何及！这便是俺的良言，你且思着。"

美英听说，心下沉想道："他原来是东京赵舍人。久闻他的大名，今日才得见面，果然文武全才，英雄气宇。若得与他同谐连理，方不枉奴一身本事，得遂初心。纵有杀父冤仇，亦须解释。但此婚姻大事，怎好明

---

① 嚬——同"颦"，皱眉。

② 连理——比喻结为夫妻。

③ 啻（chì）——但；只，仅。

④ 猛可——突然。

⑤ 叵耐——不可容忍，可恨。

言?"复又想了一回,道:"不若待我说个谜儿,与他猜详,且看他心下允否如何,再作计较。"那时定了主意,修了谜词,开言说道:"赵匡胤,你在东京大小儿也有个名目,既然冒罪逃灾,只该晦名隐匿。为何倚势行凶,杀害我一家骨肉?情实可伤!若要拿你报仇,如同儿戏。但看你年高父母之面,防老传枝,俺且存这一点阴德,放你逃生。但这一件不肯全饶,我有个谜儿在此,与你猜详,猜得着时,你前生带来的天大造化;若猜不着,只怕你的性命终于难保。"正是:

> 未曾开口犹还可,说出反添一段羞。

当时匡胤听了董美英要他猜谜,心中想道:"这贱婢怎知我的胸中意气,腹内襟期①。凭你有甚机关,我总当场说破。"便道:"董美英,你既有甚谜儿,快快讲来,我好猜你。倘有污言相秽,俺便不与你甘休!"美英道:"我的谜儿,乃是四句词文,极易参透的,你须听着。"说道:

> 差人取救,失了公文。
> 上梁竖柱,见字帮身。

匡胤听了,心下想道:"头两句取救的'救'字,失去了'文',是个'求'字。后两句上梁竖柱,'竖柱'乃是立木,旁边添了'见'字,是个姻亲的'亲'字。这四句谜词,乃是'求亲'两字。这贱婢要求亲于我,故而如此。"叫声:"董美英,你这谜儿,无非求亲之意。但俺堂堂男子,烈烈丈夫,怎肯与你这强盗贱婢,私情苟合!你若要见高下,与你相并。如或存此念头,真是淫妇所为,狗彘②不如,俺怎肯饶你?"这几句话,骂得美英柳眉倒竖,粉脸生凶。大怒道:"好凶徒!俺本慈心劝你,你反恶语伤人,不识好歹,怎肯轻饶?"拍开坐马,举动双刀,奋力便砍。匡胤抢动棍棒,劈面相还。步马重交,刀棍再对,两下龙争虎斗,一双敌手良材,正在恶战,匡胤忽然想着道:"方才三弟保着大哥,先奔前途,所有这些人马追赶下去,不知如何抵敌?我只顾与这贱婢恋战,倘大哥三弟有甚差误,却不把俺的英名失在这贱婢之手,日后怎好见人?我且赶上前去,再作道理。"想定主意,把手虚晃一棍,踩开脚步,望正南上便走,美英拍马赶来。

匡胤走不多路,只见柴荣、郑恩相对儿坐在地上,那些人马一个也无。

---

① 襟期——抱负,志愿。

② 彘(zhì)——猪。

匡胤高声叫道："大哥,方才这些人马不知都往哪里去了?"郑恩接口道:
"二哥,这人马原来都是豆草变的,方才被乐子破了。"美英在后赶来,看
那人马已无,又听是郑恩破的,心下十分大怒。暗骂一声:"黑贼! 有甚
本领,便敢破我的法术? 也罢,他们既要自寻死路,我也不顾留情。如今
一不做,二不休,索性与他一个厉害,教他一齐走路罢!"即时将手捏诀,
口中念念有词,喝声:"疾。"只见一时天旋地转,走石飞沙,霹雳交加,四
下昏暗。柴荣见了,惊慌无措,叫苦连天。匡胤此时也觉害怕,暗自咨嗟。
只有这郑恩,偏有胆量,叫道:"大哥二哥,你们休要惊慌。必定这女娃娃
作的妖法,待乐子瞧他一瞧,自有破法。"遂把那小眼儿一合,大眼儿一
睁,瞧得明白,看得亲切:正见美英勒马停刀,在那里念咒。郑恩叫道:
"二位老哥,果然这女娃娃的妖法。你们站在这里,休要动身,待乐子破
他的法。"说罢,大步向前,一头走,一头把那鸾带解了,揭开袍子,露出了
身躯,奔将过去,叫道:"女娃娃,你莫要暗里弄人,有本事与乐子相交,并
个高下。"美英听言,仔细一看:但见郑恩摊开身体,两腿长毛,周身如黑
漆一般,毛丛里吊着那黑昂昂的这个厥物,甚是雄伟。美英只叫一声:
"羞杀吾也!"满面通红,低头不顾,拨转马望后走了。一时雾散云收,天
清日朗。郑恩哈哈大笑,提了枣树跑回来,道:"二哥,乐子破妖术的方法
如何?"匡胤道:"好,好! 行得不差。"柴荣道:"这个贱婢既然去了,我们
也就走罢。"郑恩道:"还有伞车子在那坟园里,放着许多银子,怎么富着
别人? 大哥,你且在此权坐坐儿,我们两个转去,取了再走。"柴荣道:"二
位贤弟,货物银子都是小事。俺保个平安儿,就算天公大福,所以劝着
二位,趁此走罢!"郑恩道:"大哥,你也忒觉惧怕了些! 任他还做什么妖
术,乐子自有破他的法儿。你只管依着乐子,包你没事。"匡胤道:"果然。
大哥,我们转去取了货物,料也不妨。"说了,一齐往北而走。

　　且说董美英虽然羞惭转去,越想越恼,心中不舍。复又拍马转来,却
好劈面与郑恩撞个对面。美英心下大怒,骂道:"好大胆的凶徒! 怎敢复
又转来?"双手举刀望郑恩便砍。郑恩把枣树往上架住,顺着手把袍子一
拎,肚子一挺,口内大嚷道:"咱的女娃娃,你来与乐子随喜哩"美英复见
故物,满面通红,羞惭无地,兜马往后退走了。二人随后又走,不上半里之
路,美英复又跑马转来。如此一连三次,皆被郑恩羞辱而回。

　　美英思想:"报仇事小,婚姻事大。只这个赵公子如此英雄,果是无

双。今若舍了,岂不当面错过!"遂又回马转来,正遇二人。美英高声叫道:"兀那黑贼,不得无礼。我今番转来,并非厮杀,还有言语与你们好讲。"郑恩道:"既有说话,快快讲来。若是好话便休;不然,乐子又要请出那件绝妙的好物来,与你细细儿看玩哩。"美英道:"黑贼,休得只管胡言,我自有说。"遂叫一声:"赵匡胤,你方才打破了谜儿,尚未决定。但俺一言既出,怎肯甘休? 所以转来问你一个明白,你的主意还是如何?"郑恩在旁问道:"二哥,什么叫做谜儿? 说与乐子知道。"匡胤遂把美英的谜词,与自己猜出的"求亲"两字,这些缘由说了一遍。郑恩把嘴一撅,道:"二哥,这却是你的不是了! 求亲乃是他的美意,你为何不肯? 怪不得他三回两次要与你打斗。如今乐子劝你趁早儿成了这件美事,也算一举两得,你从了罢!"匡胤道:"三弟,休得多言! 俺立志不苟,这事断断不能。"董美英听了,心中大怒,道:"好赵匡胤! 你既无情,我便无义了。只是你命该如此,今日当遭我手,你看我的法宝来了。"一面说着,一面轻舒玉腕,往豹皮囊中取出一件宝贝来,约有四五尺长,通身曲着,如钩子一般。这是纯钢制造,百炼成功,名为五色神钩。擒兵捉将,势不可当。当时董美英一怒之间,把神钩祭在空中,喝声:"着。"只见霞光万道,雾气千团,那神钩落将下来,把匡胤身子钩住。美英复念真言,将钩往怀中一刷,唿的一声响亮,把匡胤连人带棍,扯了过来。捎在马后,拍马便走。郑恩一见,叫道:"不好了! 二哥中了他的法儿了。"连忙提了枣树,随后赶来。大叫道:"你这女娃娃,既要求亲,也该好好的说;怎么这等用强,抢了人便走。快依乐子说,放我二哥转来,这头亲事在我身上,包管依允。待我大哥主婚,乐子为媒,成就你的好事,乐子决不要你半个媒钱。你若不放还二哥,乐子决不与你甘休!"说罢,往前赶去。

　　且说匡胤被董美英的五色神钩钩过身去,捎在马后,就如钉住一般,再也挣挫不下,心内着慌,又恼又恨。忽然想起一件宝贝,道:"我的神煞棍棒,原是仙人送与我岳丈的,除邪破魅,镇压的至宝。我何不将来破他的妖法?"此时身体虽然束住,喜得两手活动,还好施展。便把神煞棍棒迎风一晃,抖了几抖,依然成了一条鸾带。当时匡胤拿住了鸾带的两头,轻轻望前一套,不歪不邪,套住了美英的脖子,即便往后一拽,把咽喉收住。美英不曾堤防,措手不及,只见瞪住了双眼,粉面作红,嗓子里只打呼噜。此时美英动弹不得,匡胤的身躯就觉比前活动了些。遂将宝带打了一结,用手一拖,早把美英带下马去,跌得昏迷不醒。郑恩大步赶向跟前,道:"二哥,你看这女娃娃仰着在地,扑着脚儿,想要叫你去成亲么?"匡胤道:"休要胡说,快些动手!"郑恩不敢怠慢,举起枣树,口里说声:"去罢。"用力一下,把美英登时打死。有诗叹之:

> 学就行兵法术奇,果堪荣耀显门闾①。
>
> 岂知误入崎岖路,血溅沟渠枉自啼。

董美英既死,那些败残的家丁各自保着性命,飞奔回家,报知他的姑娘。那姑娘听了,叫苦不迭,泪落如珠。欲要举动声张,怎奈他祸由自取,众所不容。况这土棍霸占,私抽路税,是个绝大的罪名。只因朝政不清,不加访察。更兼那些牧民官宰,都是图家忘国,尸位素餐②,所以养成地棍的胚胎,势恶的伎俩。今日一门遭此非命,怎敢妄行举动,告诉别人?把报仇雪耻之心,消于乌有。只好分拨家丁,将良贱老幼的尸骸,各各埋葬。又差人往前面暗暗打听,等他三人去了,好把美英的尸骸草草收埋。正是:

> 利不苟贪终祸少,事能常忍得安身。

闲话休题。单说匡胤见打死了董美英,把鸾带收回,系在腰中。此时的神钩宝器,已是无用之物了。那郑恩却在尸旁,踢踢的又踢上几脚。匡胤道:"三弟,这不过是个贱货皮囊,你只管踢她何益?我们快去把大哥的伞车推来,大家方好赶路。"郑恩听言,提了枣树,撒开脚步,仍从原路而走。两个同至坟园,把伞车推动,直望前行。那柴荣正在那里坐地等着,见他二人把车儿推了回来,即便起身相接,询问缘由。匡胤把打死美英之事,大略说了一遍。柴荣嗟叹不已。

当时三人各各安坐片时,因见日已沉西,柴荣催促起身行路。于是兄弟三人,轮流推拽。在路之间,免不得夜宿晓行,饥餐渴饮。正是:有话即长,无事便短。行走之间,早到了一个去处。那边有一座关隘,名叫"木铃关"。这关隘乃是往来要路,东西通衢。就在平静之时,也是极其严紧的。当下三个行来,离关不远,柴荣开言叫道:"二位贤弟,前面就是木铃关了,这关上向来定下的规矩:凡有过往的客商,未曾过关,必要先起一张

---

① 闾(lú)——乡里,此有门庭之意。

② 尸位素餐——空占着职位,不做事白吃饭。

路引,才肯放过关去。二位贤弟且到那首这座店房安顿过宿,待愚兄到关上起了三张路引,明日方好过去。"说罢,把伞车交与郑恩,自去填写路引不题。

且说匡胤与郑恩把伞车推往招商店去,拣了一间上好净房,把车儿安下了。叫店家收拾酒饭,二人先自用过,坐着等候柴荣。挨有半时,只见柴荣从外而来。进了店房,觉得眉头不展,面带忧容。匡胤迎上前来,问道:"大哥,那路引起了不曾?"柴荣道:"起虽起了,只是领得两张。"匡胤道:"俺们兄弟三人,为何只起得两张?"柴荣未及开言,探身先往外面一张,看见无人,方才轻轻说道:"二弟,你如今难过此关了!"匡胤道:"兄长,小弟为何难过此关?"柴荣道:"二弟,你难道不知么!只因你在东京杀死了御乐,朝廷出了榜文,遍处访捕凶身。不料渐渐地露了风声,你家父亲恐怕连累自己,出首了一本。因此汉主把贤弟的年貌、姓名,着令画影图形,通行天下,广捕正身。方才我到关前,亲见图样,果与贤弟无二。及看告示上的言语,十分厉害。愚兄心甚惊惶,欲要设个计儿赚过关去,又恐巡关严紧,易至疏虞。倘或查出,反为不美。所以只起了二人的路引回来,别作商量。"

匡胤听了这番言语,只唬得目瞪口呆,低头嗟叹。郑恩道:"二哥,你愁他怎的?依着乐子的主意,咱们明日竟自过关。平安无事,这就罢了;倘然那些驴球入的拦阻咱们,只消把乐子的枣树,二哥的棍棒打过关去。怕他再来查访不成?"柴荣道:"三弟轻言!这般举动如何使得?况这关上军士甚多,岂同儿戏!这是断断难行,还须别议。"匡胤默默无言,暗自踌躇。想了半晌,道:"有了!我有个嫡亲姨母,住在首阳山后。那里多见树木,少见人烟,乃是个幽僻去处。咱们兄弟三人,不如投到那里,住上一年半载,待等事情平静之后,再过关去,投奔母舅那里安身立命,方是万全。不知兄长以为何如?"柴荣听说,低头想道:"我本是个经纪买卖之人,相伴着他富贵公子,一来配搭不上,二来又恐招灾惹祸。倘然生出事来,那时岂不连累于我一齐下水。不若暂且避他几日,再做道理。"便道:"二弟,你的主见果是万全。愚兄本当陪侍,但因我常在木铃关往来,做的主顾生意,那些大小店铺,多要等我的伞去发卖。倘这一次失了信,下回来时,就难发卖了。愚兄之意,不若贤弟先往首阳探亲,暂为安住。待愚兄进关分发了这些货物,随后便来找寻,那时弟兄们依旧盘桓,另寻生计。一则于心无挂,二则不致妨碍了。贤弟以为可否?"匡胤道:"既然兄长买卖要紧,也是正事,小弟怎敢逼勒同行。但兄长独自前行,途路之间,未免辛苦。可着三弟相陪,一同进关发货;倘事毕之后,仍望速来相会,方见弟兄情谊。"匡胤话未说完,只见郑恩跳起来道:"咱乐子不去,乐子不去!"只因这一番分别,有分叫:虎伴同途,克尽绨袍①之义;龙蟠异域,幸免陷阱之灾。正是:

　　　　方图聚首天长日,岂料分离转盼时。

毕竟郑恩果肯去否?且看下回便见端详。

---

　　① 绨(tí)袍——以表示不忘旧情之义。

第 十 二 回

笃朋情柴荣赠衣　严国法郑恩验面

诗云：

绨袍相赠古人情，况是同盟共死生！

义聚果堪联管鲍①，心交端不让雷陈②。

合离自是神明主，得失终归造化凭。

我劝君而君劝我，莫将名利乱中忱。

又云：

聚首无几一旦分，前途难以遇汝坟。

莫嫌世情多相阻，国典从来不让君。

话说赵匡胤见柴荣不肯同往首阳山去，只得叫郑恩做伴柴荣，进关发货。等待事毕之后，然后再图会面。只见郑恩大声叫道："乐子不去，乐子不去！叫大哥自去卖他的伞，咱乐子情愿跟着你走方才好哩！"匡胤道："三弟，你有所未知。大哥生来心慈面善，易被人欺，故此叫你同行。凡事之间，便可商议，你当听从方是正道。"郑恩道："乐子的心性，只是喜欢着你！怎么你这般强着咱行？"匡胤道："不然。俺们在路，曾经大闹了几场。此去前途倘有余党作难，料大哥怎能当抵得。有三弟陪行，便可护持。这是论理该然，再勿推阻。"郑恩道："既然要乐子同伴，乐子也不好拂你的盛情。但咱们所取董达的这些银子，二哥可分一半去，好做盘缠。"匡胤道："这也不消费心，愚兄略有几许用度，但这项银子，你可交与大哥，添作资本，也见贤弟高谊。"又叫一声："大哥，三弟！赵某就此告别了。"郑恩上前一把手拉住了，叫道："二哥，你且慢走，待乐子去买壶酒来与你送行。"匡胤道："三弟，不必多烦，愚兄即欲行程，就此分别。倘若久在此间，走漏风声，反为不谐。"郑恩道："我的二哥，既然盘缠一些也不

---

① 管鲍——即管仲和鲍叔牙，两人相知最深。后常用以比喻交谊深厚的朋友。

② 雷陈——东汉雷义与陈重友情深厚。后喻友好情笃。

要,怎的连酒也不肯吃些? 你的性儿觉得太急了,乐子怎么舍得你去!"一面说着,一面想那不忍分离,不觉心窝里一阵酸楚,两眼中汪汪洋洋,扑扑簌簌地掉下泪来。说道:"咱的有仁有义恩爱的二哥! 乐子向在村庄卖些香油,因遇着苗先生,叫咱送柬帖与你,不想在黄土坡结义了兄弟。指望时常依靠着你,岂知木铃关画影图形,要来拿捉。咱弟兄们在此分手,但不知何时何日再得相逢? 咱的有仁有义的二哥! 你休要想杀了乐子。"说罢,又自哽哽咽咽的哭将起来,好像孔夫子哭麒麟一般,足有二十四分闹热。柴荣也在旁边拭泪。

匡胤见此情真意切,心下也是感伤,眼中不觉流泪,叫道:"三弟,你休要烦恼! 我有几句言语相嘱,你须切记,方见爱我之心。目下虽在别离,相会自然有日。唯念大哥为人,一生慈善,遇事畏缩;我今只把兄长交付与你,凡事之间,必须耐心相得,切不可使性生气,伤了兄弟之情;倘有身体不和,务要小心看视,才见古谊,我虽远别,于心亦安。"又叫柴荣道:"兄长,小弟还有一言相告,望兄记取。小弟今日投亲,实为无奈。兄长此去进关,自有三弟相陪,可以放心。但他是个粗鲁之人,凡事不必与他计较。此去发完货物,得利之时,切须早到首阳山来,弟兄重会。免得两下暌违①,更多挂虑。"柴荣答道:"贤弟金玉,愚兄领受。但愚兄也有叮咛,亦望贤弟谨记。你系逃灾避难之人,相貌又易识认,此行凡般俱要收敛,慎勿惹祸招灾。且到令亲处躲过几时,待事平之后,自有重逢,只此须当留意。"匡胤道:"不劳兄长忧思,小弟自当存念。"说罢,就要拜别。柴荣、郑恩无可奈何,只得送匡胤出门,到那双岔路口,各各洒泪而别。正是:世上万般悲苦事,无过死别与分离。有诗为证:

> 避祸聊趋山僻间,路途分袂各心煎。
>
> 征人感念宵旰事,泪满长衿魂梦颠。

按下匡胤趋往首阳山不提。单说柴荣、郑恩复转招商店,不觉天色将晚,二人用过了酒饭。柴荣道:"三弟,今日天气已晚,过关不及,且在此间宿了一宵,明日走罢。"郑恩道:"果然,大哥说的不错,乐子也无奈有些力乏了,且睡他一夜,明日走也未迟。"说罢,即便放翻身躯,躺在炕上就睡。柴荣道:"你且慢睡,可将车儿上的行李收拾好了,然后安宿。"郑恩

---

① 暌(kuí)违——分离。

听说，咕噜儿的爬将起来，说道："果然，大哥说的不差，乐子委实疲倦了，因此把这事情几乎忘了。"即便走起身来，急忙奔至车边，把那被套儿和裤儿里的银子，一并将来提到炕上，安放好了。又便将身放倒，躺好睡了。柴荣又叫道："三弟，你怎么这般贪睡！我还有话讲，你且起来听着。"郑恩一心要睡，哪肯起来，只说道："有甚说话，趁着乐子醒在这里，快快说着，莫要延挨，误了乐子睡的工夫，明日不好走路。"柴荣道："愚兄并无别事，只为你自从相会到今，下身尚无遮体，裸腿赤脚，奔走程途。幸而天气温和，走的多是孤村小径，所以靠这长袍遮掩，将就权宜。明日过关，非同儿戏，倘若关上收检之时，见你如此形容露体，岂不动疑。我方才见店对门有一家布铺子，你趁今夜去买他二三丈布匹，就烦这里店主婆，做上一条中衣穿了，方好过关。况目今天气将寒，更是要紧。"郑恩道："乐子精着腿惯的，怕那驴球入的怎么？你难道不晓得么，前日董美英的妖法，也亏乐子赤身裸腿才得破了他的。咱们明日过关，还自这样精着，看他有甚法儿？他若没有说话，放了咱们便罢；倘然惊动咱时，叫他吃咱的枣树。大哥，你也不必多情，乐子委的乏了，睡觉要紧，也没有什么闲工夫去买什么布匹。"柴荣再要说话，只见郑恩早已呼噜呼噜的睡着了。

柴荣道："这厮真是粗鲁之人，一心要睡，连身上的穿着也都不管，殊为可笑。也罢，待我与他料理，且去周备这些物件，然后安睡。"遂带了些碎银，锁上房门，走出店来。可可的天公凑巧，人事逢机，却有一个过路的轿夫缺少盘缠，将余备的衣裤鞋袜拎着，正在那边叫卖而来。柴荣等他走至跟前，将那人上下一量，也是个长大汉子。遂即叫住了他，把衣服等件看了一遍，拣了一条布裤，一双布袜，一双翰鞋，讲定了四钱银子。一面交银，一面收了物件。又到布铺子里，剪了一双二丈长的白布裹脚，转身回至店中。开了房门，叫店小二点上灯火，铺床叠被，把物件收拾停当，紧顶房门，吹灭了灯，然后安眠。正是：

饶君绨赠敦知己，怎及安闲入梦乡。

次日早上，弟兄二人一齐起来，梳洗已毕。柴荣道："三弟，昨晚愚兄与你置备这中衣、鞋袜、裹脚在此，你可穿了，等用了饭，我们好趁早出关。"郑恩接过手来，把中衣穿了，盘了裹脚，套上鞋袜。立起身来往下一看，便是十分欢喜，道："乐子的大哥，怎好累你费这心机，替咱置办得这般齐整，真是难得！不知费上了多少银子，咱好加倍儿还你。"柴荣道：

"贤弟,休要说这外话。弟兄情分,哪里论这银钱? 你可收拾行李,用了早饭,快些出门。"郑恩即忙整顿行李,把裤子里的银子,搭着被套捎在车儿上面。柴荣道:"三弟,这过关去的道路,人多挨挤,你将行李财帛放在上面,倘一时有失,不当稳便。依我主意,不如把伞子盘开了一层,将这银子被套藏在中间,上面再把伞儿压着,这便行路稳当,万无一失的了。"郑恩听罢,把嘴一咂道:"大哥,你忒煞小心过火了! 这些须小事,怕他怎地? 前边有我拽绊,后面有你推走,前后照应,哪怕这些驴球入的敢来捋虎须! 咱们走罢,休要多疑。"柴荣笑一笑,道:"你既不依我言语,且看你的照应何如?"说罢,叫店家收拾饭来,弟兄二人用过,算还了店账,把车儿推出房门,缓缓的衬至店门之外。郑恩肩担枣树,将绊带搭挂肩头,后面柴荣推动,便滔滔的往前而行。

不止三里之路,来到木铃关东门。只见有许多过往客商:也有推车儿的,也有挑担子的,赶牲口的,步行的;有负货的,空行的,那些九流三教,为利为名的,都是挨挤不开。郑恩拽着车子,东一钻,西一挤,再走不上。忽然的一时性起,暴跳如雷,喊叫一声道:"呔! 你们这些驴球入的,挤在这里做甚勾当? 快快闪开,让乐子行上前去。"只这一声吆喝,倒把这些众人各各唬了一跳。大家举眼一看,齐声乱嚷道:"不好了! 这黑面的,敢是灶君皇帝下降,我们快快让他过去;若一些迟了,决有祸殃。"哄的一声响处,众人齐齐闪开,倒让了一条大路。郑恩见了,满心欢喜,道:"大哥,快努着力,上前行去;不要迟延,又费气力。"柴荣即忙拼着气力,狠狠的推走,一直奔到城门口。

只见那巡关的军校,大喝一声道:"贩伞的,可拿路引上来,好对年貌。"柴荣遂把车儿歇下,往便袋里摸出两张路引,举步走到关官厅前,双手的将路引送将上去。旁有随从等人接了,展放案桌之上。那关官看了引词,复看柴荣面貌、身材、年纪、执业,逐一相到,一些不差,然后过去。又把郑恩叫将上去,看一看路引,瞧一瞧郑恩。谛视数遭,徘徊半晌,忽然把案桌一拍,喝叫一声:"军校们,与我拿下! 原来你干下迷天大事,今日自投罗网。正是踏破铁鞋无觅处,得来全不费工夫。"两旁走过十数个军校,登时把郑恩拿住。柴荣在下面见了这等光景,摸头不着,分辨不得。只是心惊胆战,目定口呆。这郑恩却也冠冕,凭他拿住,不慌不忙,哈哈大笑道:"好个驴球入的鸟官! 乐子就要过关去做买卖,你们怎地把咱拿住？想你排下酒饭，要与乐子拂尘，也该好好儿说着。乐子最是欢喜，再没有不领情的。"

只见那上面的关官，又把郑恩看了一遍，大喝一声道："军校们，与我把这厮脸上的擦去。这是明明红脸的，故把烟煤搽抹，欲要赚过关去。天幸的撞在我手，你们快与我动手，把这厮脸上擦去了黑色，整备陷车解京。"军校答应一声，扯的扯，掀的掀，内有两个，即便吐出些唾沫搽在郑恩脸上，将手刷刷的不住擦磨。两个弄了半响，绝无一点儿消息。郑恩把雌雄眼一睁，开口骂道："驴球入的，乐子脸上又没有什么肮脏，为甚的要你把唾沫擦我？想要擦齐整些，好去赴席么！"军校道："你原来不知，我们的老爷现奉当今圣旨颁下来的，为因红脸的名叫赵匡胤，杀了女乐一十八名，弃家逃奔。故此各处门津城市，张挂告示，有人捉得，解送京师，千金重赏，万户侯封。今日见你这副尊容，恐怕是红脸的把这黑煤搽得这般，所以叫我们验看。若是擦不下黑来，便是真的，方才放你过去。"郑恩听了，方才明白。心下暗想道："早是二哥没有同来，若听了乐子同上关来，便要受累。"便大喝道："驴球入的，你们只管擦我做甚，敢是没有眼珠儿的！乐子的这张脸儿是天佛叫我爹娘生就的，怕你怎么！"众军校也不回答，只是擦磨。

复又擦够多时，兀是本来面目，不曾有半点便宜，晓得果是生就的，只得住手。走至案前，禀道："这人不是红面，果系生成颜色。小的验看明白，并非搽抹假冒等情，乞老爷发放。"那官听罢，又把案桌一拍道："只怕你们看验的不得巧法，草草塞责，被他瞒过。怎么生成的，便生得这般秽恶，怎地难看！你们须要看得亲切，方有着落。"军校道："小的们用尽心机，出尽气力，擦了这一会，无奈指头上一些子也没有黑影儿，还说不是生成的么？"那官兀自不信，立起身走出案来，至檐前，又自盘旋回绕，反复周张的看了一遍。也把指头亲自在他脸上擦磨了一遭，见无影形，委是生成的，只得喝声："放他下去过关罢。"军校答应，登时把郑恩放了下去。

只听得当当的敲了三声云板，军校又吆喝了一声"开关"。那守关军士便把关门大开。后面的这些经商客旅，也便上去验明路引。彼乃平常人等，对验便无阻隔，顷刻间陆续而来，一齐争先夺后，哄出关去。倒把柴荣的车儿裹在中间，东一斜，西一歪。百忙里又不凑巧，偏偏的柴荣又把鞋儿挤脱了，正在那里连推带走，拔那鞋儿。郑恩又只顾前边拽走，两下里各不相照。此时便有那等剪绺小人，瞅个空儿，手疾眼快，把那伞车上挂的一裤儿银子提去了。及至柴荣拔得鞋儿起来，又不去细看，推着车儿，竟望前行。正是：

　　龙游浅水遭虾笑，虎落平阳被犬欺。

当下弟兄二人，推着车儿行走，离关未及十里之路，郑恩回头说道："大哥，如今将这伞儿到哪里去发卖？"柴荣道："离此还有十数里，地名泌州。到那城内，多半是我的主顾，那时就好发卖了。"郑恩道："恁地时，咱们当真的赶走一程，到那里发完了货，乐子好早早的相会二哥。"柴荣道："便是。"郑恩遂把绊绳重新背好了，手内擒着枣树，撒开大步，奔走如飞，像那梁山泊上的戴宗用神行法一般，望前飞奔。这是什么缘故？原来他要赶到了泌州，卸下了货，好图铺啜①的意思。正是：

　　只图自己观颐乐，那顾他人力气微！

郑恩望前飞跑，他的力又大，腿又坚，自然跑得也快。这柴荣虽然执业粗微，终是身柔力歉。往常奔走，顺性而行；今日在后推着，也是飞跑，哪里配搭得上。举首观天，酷似飞云掣电；斜眸视地，俨如倒树移林。只觉得丧气垂头，喘息不止。只得叫道："三弟，慢慢的行，愚兄跟你不过！"郑恩哪里肯听，低着头只顾奔跑。反把柴荣带得脚不沾地，手不缠身，口内喊叫道："贤弟，慢慢而行。愚兄手已拉坏，足已伤残，实行不得，你为甚这般逞力？"郑恩只是不依，凭你叫破喉咙，彼却越拉得紧，越跑得快。但见车轮滚滚，尘雾簸扬，真如星铄②梭光，一瞬千里的光景。柴荣心下发极，气喘吁吁，只得骂道："黑贼！你不该这般作耍。论理，也还我大你小，难道没有我兄长在眼，便是这等放肆！倘然拉坏了我身躯，投到当官，怕不打断你的腿筋。"郑恩在前，只当不曾听得，一发如飞，风行火速。哪消半个时辰，早到泌州城下。郑恩方才立住了脚，嘻嘻地笑道："爽快，爽快！这十数里路，直得鸟事，只是造化了你不十分用力。"

此时柴荣只走得浑身是汗，遍体皆津，立定身儿靠在车旁，张开了口，只是发喘。喘了半日，方才心定，复又骂道："你这黑贼！几乎拉杀了我。哪里有这般行路，说来总不依我，真为可恨！"郑恩听了，使着性子，把绊

————————

①　铺啜——吃喝。
②　铄——同"烁"。

绳一撂,道:"你好没道理!不说自己走得慢,反来怨着乐子拉坏了你什么手!还要黑贼白贼的乱骂。早上吃了饭,此时肚里又饿了,咱们赶紧儿到城内吃饭不好,倒在路上干饿。"柴荣道:"既然肚内饥了,也该好好的对我说知,路上哪一处没有酒饭店,偏是忍饿乱跑,真正是个蠢材!快进城去,安顿了,便好吃饭。"

郑恩心中尚是气烘烘,拉了车步进东门。走上二三十间门面,见那路北里一座店房,柴荣道:"这是个张家老店,向来是我的寓处。房东为人极其忠厚,我们原在这里安歇,觉得便适些。"郑恩笑道:"乐子也不管他忠厚不忠厚,只要有酒有饭,便是合适。"当时弟兄二人,把车拽进店去,就有店小二前来相接,见了郑恩,心下吃了一唬,口内嚷道:"有鬼,有鬼!"退走不迭。柴荣上前一把拉住了,说道:"小二哥,你因甚这等害怕?这鬼在哪里?"小二听罢,才把心神案定,叫声:"柴客人,不知你路上有甚耽搁,惹了甚的邪祟?带这黑鬼到我店中作祸。如今现在你背后立着,你自不见,还说没有鬼么!"柴荣道:"你原来不知,这是我的兄弟,你怎么错认为鬼?"小二道:"我终不信,世间哪有这样的黑人,我们家下挂的钟馗图像,也还好看些。"那郑恩在后听了,方才明白,哈哈大笑,走将过来,叫声:"店小二,你这驴球入的,乐子本是个人,你偏要当鬼!你且来认识认识,看乐子是人是鬼?"那小二听了这般言语,当真的放大了胆,稳定了性,走上一步,定睛细看。此时却当日色斜西,那日光照耀,明见郑恩的影儿横担在地。心下顿时省悟道:"我错认了,我错认了!若说是鬼,怎么有起影儿来,这明明是人无疑了。"开言道:"黑客人,小人有眼无珠,一时莽撞,认错客人为鬼,怎般得罪,莫要见怪!"郑恩道:"你既认明了,乐子也不来怪你。只是咱肚里饥饿难当,快取酒饭进来,咱们好用。"说罢,弟兄二人把车儿推进了一间宽大洁净的房中,安放停当。却值小二把酒饭送进,二人照量各用毕。郑恩走至车前,细把行李检点,举眼一看,只有被套,那裤儿里的银子却不见了。心下呆呆的作想了一会,又把被套撂在地下,转过来翻过去,寻一会,看一遍,踪迹全无。不觉心头火发,暴跳如雷。只因这一番费气,有分叫:种下破面之根,有玷同心之谊。正是:

　　　　不经暗里剥床患,怎得昭然唤散情。

不知郑恩怎的费气?且看下回便见分明。

第 十 三 回

柴君贵过量生灾　郑子明擅权发货

诗曰：

> 北山种松柏，南山植蒺藜；
> 彼此虽同趣，志向各有宜。
> 华歆慕势焰，管宁乐清夷①；
> 割席分相处②，友道将何期？
> 君看朋类者，口腹已难齐；
> 资财成冷刺，酒食作品题。
> 我自陶我情，彼亦从彼意。
> 含忍高枕卧，一任合与离。

话说郑恩不见了裤儿里的银子，展开雨伞不住的翻腾寻觅，并无影响，口内不住的喋咻③。那柴荣在旁问道："你寻什么东西，这般闷着？"郑恩道："大哥，你可见那裤儿里的银子么？"柴荣道："这银子在木铃关外未出店时，你连被套儿一总放在车儿上的，怎么如今问起我来？"郑恩又把伞儿盘下几包，细细寻觅，踪迹全无，急得心头火发，暴跳如雷。大叫道："不好了，失了财帛了！不知甚么时候，被哪个驴球入的偷了去？"柴荣听了，也跳起来道："黑贼，我曾叫你把银子安放中间下面，将伞包儿压住。你偏扭着己心，放在上边，自为稳妥，还说会得照应。如今却把来失了，究竟你的照应何如？"郑恩不听犹可，听了此言，不觉大怒，撅着唇，努着嘴，暴着眼，蹙着眉，喝声道："老柴，你讲什么老大的话！乐子在前拽绊，你

---

① 华歆句——华歆、管宁为东汉时同学。华歆依附曹操，管宁避乱讲学；魏文帝、明帝时，华歆依朝为官，管宁被拜官均辞不就。
② 割席分相处——指华歆、管宁少时同席读书时，凡门外有坐轿者过时，华歆便放书而观，管宁割席与之分座。
③ 喋咻——语叹词。

在后面推走,乐子又没有背后眼珠好来睁看,你在后面倒不看见,你去想着,这个照应该是你的,该是乐子的? 自己不肯当心,反来埋怨乐子,兀的不屈气杀了人!"柴荣一发怒极,道:"你这黑贼! 只因你拗着自己主意,不肯听我的言语,轻轻地把这银子失了,反道我埋怨你! 你且想着,这是明明你自己差了,倒来喧嚷于我,我怎肯服你?"郑恩听了,把柴荣啐了一声,道:"原来你是个不会道理的骇①汉,只顾说这些屈话,怨着乐子。可知得这些银子不是容易得来的,费尽了乐子多少心思,多少气力,方才取得这项财香。我那有仁有义恩爱的二哥,分毫不要,把来都与你做贩伞的本钱;谁知你福薄命穷,没有造化,反送与别人受用。不去怨恨自己运低,偏来怨着乐子没有照应,你这样不明道理的人,乐子有甚气力再与你说话?"说罢,铁睁了脸面,向外坐着,只是叹气。

那柴荣听了这一席说话,倒觉得顿口无言,低头叹气,暗想:"郑恩之言,亦似有理。这事原算我不是,我埋怨他,愈觉差了。"只得开言道:"三弟,如今也不必说了,果系愚兄命运低微,难受这异途之物;但既经失脱,已落他人之手,想要重去寻来,难言可望矣! 俺们为今之计,且把被套收拾起了,将这伞儿掸扫尘埃,收拾好了,便去发店。货完之后,也好去寻你二哥,以图相会。你也不必气怒,快来动手。"郑恩见柴荣如此,方才回过脸来,说:"大哥说的不差。"遂把被套放在炕上,转身与柴荣一齐卸下雨伞,一柄一柄的掸去灰尘,现出新鲜颜色;又点一点数目,仍旧安放在车中,推向外厢空房中放下了。

看看天色将晚,二人忙了一回,肚中又觉饥了,柴荣便叫:"店小二,收拾粥来用。"郑恩道:"大哥,这稀粥汤,空松易饿,怎能充得饥肠? 小二哥,你可打上十斤面饼,擀下一镬面汤,才够我弟兄两个一饱。"柴荣道:"也罢,小二哥你粥也煮来,饼也打来,各随其便。"小二道:"柴客官,你在我店中住的朝数已多,难道不知我们店里只有一副锅灶,怎么做得两样饮食? 不如就依了这位黑客人,打上面饼面汤,吃在肚中,也可耐饿。"郑恩听了,满心欢喜,道:"小二哥,你怎么的这般伶俐,做人凑趣,说来合着乐子的心窝,咱乐子其实欢喜着你,你快去收拾进来,咱们好受用。"常言道"卖饭的不怕大肚汉",店小二巴不得这一声,便顺着郑恩的主意,即忙答

---

① 骇(ái)——傻,痴。

应了一声出去。登时收拾打了两盘大饼,擀了一锅面汤,遂即送进客房,摆在桌上。郑恩见了,只喜得心花开放,眉眼笑扬,说道:"好,好!"一面说着,一面拿起筷子,也不管柴荣吃不吃,也不顾热汤难吞,竟似狼吞虎咽,任性铺啜。吃一回饼,饮一回汤,不消半个时辰,早吃得盘底朝天,罄空尽竭,方才把筷子放下。叫声:"大哥,这样好东西,你怎么不吃?"柴荣道:"等你吃得够了,我才来吃。"郑恩道:"大哥,你原来好争嘴的。"叫声:"店小二,你再去多多的添些面汤,打上些好饼进来,等咱大哥好用。"

小二听了,把脖子一缩,舌头一伸,暗忖道:"这黑厮藏着什么量儿?看他把两个人的饮食,竟自一个独吞,还要叫添,真是个馕①食包了!"即时往店中又打了两盘饼,擀了一镬汤,送将进来。郑恩道:"大哥,如今可吃些了。"柴荣笑了一笑,道:"好,好!"即便拿起筷子,取了一个饼,盛了一盏汤,慢慢地吃下。只吃得两个饼,两碗汤,便把筷子放下了。郑恩道:"大哥,这样好东西,怎么只吃得一点儿就住了手?"柴荣道:"愚兄量浅,已是满腹足矣,不能再吃。"郑恩见他不吃,遂拣了两个大饼,又盛了一盏汤,送将过来,必要他吃。柴荣拗他不过,只得熬着饱勉强加了下去,其余的饼汤,又是郑恩包下了肚。遂把碗碟叫小二收拾了去。此时已是黄昏光景,弟兄两人各自收拾床炕,两下都已安歇。

郑恩饮食满望,心事毫无,躺上炕,竟是呼噜呼噜感梦去了。不想那柴荣食量浅小,多吃了这两个饼,肚中就作祸起来,眠在炕上,甚觉发痛。又想着郑恩量大,供给费多,千思百想的挨着肚痛。侧耳听那外面,适值天又下起雨来,心下又自想着:"明日的货,多分是发不成了。"又添了这一段愁闷,翻来覆去哪里睡得着。耳边又听了郑恩这般好睡,但闻他呻呻吟吟,嘴内说出许多梦话,真是无挂无碍,适性安眠,不觉叹了一口气,道:"你看我恁地晦气!枉有了这厮做伴,遇着事情,只凭着自己粗鲁,通无商量。除了这吃睡两项,其外一件也不晓,半点也不管,实为可恼。"因此又添了这一段忧闷,不觉气裹食,食斗气,气食相攻,固结不解。渐渐的头发重,眼发昏,那心头一似炭火般的发烧起来。一夜里呼唤呻吟,何曾合眼。

挨至天明,郑恩即便起来,叫声:"大哥,你看天色已是明透的了,只

① 馕(nǎng)——拼命地往嘴里塞食物。

是有些雨蒙蒙儿，你快些起来，趁着雨还不大，便去往店家发脱了货，收齐了账，极早回去，好会咱的二哥，莫要延挨迟了日子。"柴荣听言，指望将身坐起，谁知头晕眼花，捉身不住。挨了半晌，哪里挣扎得起？郑恩道："想是大哥有些不耐烦么？这不妨，可着店小二擀些软软的面汤，吃下几碗，包管就好。"柴荣道："三弟，我只为昨夜多吃了几个面饼，腹中停阻，得了此病，怎的再吃。若有热水，要些来呷呷。"郑恩遂叫店小二烧了一壶热水，打发柴荣吃了几口，依旧躺在炕上，不住的哼哈呻唤。郑恩并不理论，把柴荣的银包撇在腰间，往街坊上闲撞。望见酒店，即便买些酒食充肠，吃得有八分酒意，然后回来。那柴荣正在炕上热极心昏，唇喉干燥，叫声："三弟，若有冷水要些来呷呷。"连叫数声，不见答应，翻身向外一看，只见郑恩正进房来，立脚不定，把身子摇摆，口中只叫："好酒，好酒！乐子再吃不得了。"柴荣见了，气恼不过，欲要责罚他几句，又碍着情义两字，只得隐忍下了。正是：

　　　　病者闷千般，不病自欣欢。

　　　　纵他长好饮，情义便尔宽。

当下柴荣又叫道："三弟，你把些冷水我吃。"郑恩带着酒意，便叫店小二取了一瓢水来，柴荣呷了几口，依然睡倒。那郑恩已入醉乡，任游梦境。从此以后，看看约过了三四日，柴荣的病症越加沉重，自己无奈，只得叫声："三弟，你去央烦店家，去请一位明理的太医来，看看这脉息何如？"郑恩依言，出来对小二说了。小二就去请了一位太医，叫做刘一帖，真个脉理分明，用药效验。曾有《西江月》一词，赞他好处：

　　　　历代相传医学，望闻问切匪夸。难经脉诀探精华，生死机关的
确。　　　　药按君臣力卓，分钱配合无差。症疴诊治不虚花，刘一帖名
传海角。

当下小二请了来家，延进客房，来至柴荣炕前坐下。举着了三个指头，将两手六脉，细细地诊了一番，已自明白。又把那身体看了一遍，但见：四肢冰冷，遍体发烧，鼻孔流青，脸面带肿，唇干口燥，神气虚浮。说道："尊兄的贵恙，乃是夹气伤寒，势非轻比，理宜舒气消食，凝神发表为当。最要不可动气，若一动气，虽不伤命，其症恐难即愈。"遂撮了两帖柴胡散，药案开写明白，加引灯心、竹叶、生姜，用水两盏，煎至八分温服。写毕，并药递与店家。相嘱病人务要小心保养，调气安神。柴荣称谢，就叫

店家在外取了一把戥子，将郑恩身边的银子称了三钱，用纸封了，送与刘一帖为药资之敬。那刘一帖又说了一句"保重"，辞谢了，便自回家。

店小二遂把药饵并药罐、火炉、柴炭等类，递与郑恩，道："郑客人，你可用心煎剂，足要八分，即刻温服。我因事忙，不及奉陪了。"郑恩道："乐子知道。"便把那药抖在罐里，加了药引，又加两盏清水，完备了，随将火炉内炭生发好了，才把药罐端上，煎笃起来。谁知郑恩此时已有几分酒意，醉眼蒙眬，看守了一回，不觉打盹起来，呼呼睡去。约有半个时辰光景，忽被感梦惊觉，睁眼一看，那药已煎干冒烟焦臭了。郑恩暗暗跌脚，心内叫苦。没法奈何，只得又舀了一盏清水，添入药内，煎了一回，不管七分八分，凉了一凉，拿到柴荣面前，叫道："大哥，起来吃灵丹妙药。"柴荣挣起身来，接过汤药一饮而尽。叫道："三弟，这药因甚有些荷包灰气？"郑恩笑道："大哥，你可也不听见那太医说么？这药叫做柴胡散，自然有些荷包臭的。如今只要病好，管甚气味！"说罢，接了盏儿，又去煎那第二帖药。这一回，郑恩就着实用心了。煎勾多时，恰有八分，把来递与柴荣吃了，仍复睡好。

无如病热随常不能痊愈，郑恩全不在意，任性闲游，每日只好酒食上留情，花费畅怀，临晚带醉而归，口里常说酒话。柴荣见了，一言不出，闷在心头，终日望轻，其如反重。只因积气在心，有忧无乐，所以不唯药医无效，更且病热转添，十分沉重。郑恩哪里放在心上，自己只管胡厮。一日早起无事，猛可的想起道："这枣树，乐子自从十八湾相救二哥以来，一路上亏了这件妙物打贼防身；只是粗细不匀，弯曲得不好看相，如今趁着大哥有病在此，乐子又空闲无事，何不把他去出脱出脱，也得光光儿好看，觉道有些威势。"想定主意，掮了枣树，走出店门，往街坊一路行来。寻着了一家木作店铺，遂叫匠人整治起来，顷刻之间刘成了一根大大的棍儿，莹润光圆，坚刚周正。郑恩拿在手中，甚觉合适，心下十分欢喜。即时身边取出些银子，谢了匠人，回身便走。路上又买些酒食，吃饱了，慢慢地回到店房。只见柴荣昏昏沉沉睡在炕上，他也不去问安一声，竟自放下了棍子，走至炕前，仰翻身躯，开怀安睡。正是：

　　任君多少名和利，怎比安然醉卧闲。

自此，郑恩终日往街坊闲走，快乐不上几天，早把柴荣的那包银子吃得罄尽。约过了十七八日，柴荣的病势尚不能痊。这日清晨，郑恩起来刚欲出门,只见店小二拦住道:"郑客人,且慢出去,小人有一言奉告。"郑恩道:"你有什么话儿,快些说来。"小二道:"小人的愚意,欲把这食用房钱算这一算,告求赍①发则个。喏,账簿在此,客人自己去看,除了病人不算,只是客人一位所用,每日二钱,共有一十八天,该付足银三两六钱,望即见惠,感情之至。"郑恩道:"小二哥,你与乐子算账却不中用,等咱大哥病体好了也不为迟。"小二道:"客人,你要体量我的下情。我是开店的人,靠这生涯过日。又无田产,又无屋宇,如何有这长本钱把来供养?况且每日伺候客人的饮食,多是赊来的,若是等你贵伙计病好还账,知道几时才能够好?眼见得目前便没米下锅,连小人的店铺也是开不起来,不如把这宗银子先清了,又好从新措办。且得客人在此,容易服侍了,岂不两全其美。"郑恩想了一想,道:"小二哥,这饭钱虽该还你,但是咱大哥的银子多被乐子用完了,这却怎处?"小二道:"客人,你原来真是呆的,现放着米囤儿,情愿饿死,却不自害自身。你银子用完,这货物尚在,何不把这车儿雨伞发脱他一半,还了我饭钱,余下的,又好终朝使用了。"郑恩道:"小二哥,你的主意果然不差,乐子其实欢喜着你。"说罢,即同店小二出去往两个铺家说了,遂把雨伞发脱了一半,共得十二两银子。当时回至店中,付还了三两六钱饭钱,剩下八两有余,郑恩撒在腰间,供给自己酒食之费。不上八九日,早已用完,只剩下精光身体。不意郑恩自得小二提醒,把雨伞发卖,吃了这甜头,没有使用,便把雨伞货卖。不消半月,又把那半车儿的雨伞做了乌有先生。正是:口里肥腻,皮里消肉。看看约有四五十天,那银伞销完,柴荣的病也就轻了,渐渐鲜艳,略可挣扎得起。

一日,柴荣叫店家进来算账。那店小二进来,对柴荣说道:"柴客人,这账也不必再算,除了令弟两次还过六两六钱,余外只该找我三两之外,便是清楚。从明日又是重起。"柴荣听言,呆了一回,心内想道:"谅这一包银子,多分被他用完的了,虽然他的食量甚大,费用过多,然也亏了他煎药服侍,也就罢了。"只得对店家道:"既如此,烦你去请那主顾铺家来,我就当面发脱了货,收齐银两,便好找你的饭钱房金,我们也得回乡生意。"那店家听了这话,顿时间脸儿上泛红泛白,没做理会处,只是呆呆地望着郑恩点头瞅眼。那郑恩也是慌慌的,搓手掷脚,看着店家。两个瞧了半

---

① 赍(jī)——旅游者所带的钱物。

晌,通没理会,那郑恩低头想道:"完了! 乐子只顾了自己使用,不该瞒着大哥,把伞儿一齐发脱干净。如今只好对他说话。"又挨了一会,料瞒不过,只得叫声:"大哥,你的雨伞,原要发脱的,却是乐子替你卖了。"柴荣听了,如半空中打个霹雳,惊骇不迭。慌忙问道:"三弟,你又不知行价,怎的发脱了,不知卖了多少银子? 拿来我见见数目。"郑恩道:"不瞒大哥说,乐子因你有病,在此耽搁日子,其实清淡不过,将这银子每日使用,不道多花费在肚内了。因此这银子毫厘也都没有。"柴荣听了这话,大叫一声:"坑杀吾也!"将身栽倒,闭了双眼,晕去半个时辰,悠悠醒转,口中吐出浊痰,眼内流些潜泪,开言道:"我推车贩伞,指望趁些蝇头微利,权为糊口养身之计。不幸病在店中,挨了多日,感今病体略好,思量发货,谁想辟空的银伞全无,本利绝望,闪得我无依无靠,叫我怎好回乡?"说罢,又是流泪。

那店小二在旁,心内也十分过意不去,只得相劝道:"柴客人,你也不必气苦了,这财帛是人挣下的,今日用完,明日生意起来,仍然满载。哪里有现放着货物,不去变卖使用,甘心受苦熬饥? 况你患病将好,调养身体要紧,怎的自己不惜,便要动气? 这郑客人生来的耿直,虽然把本钱消化去了,却是与你又是义气相交,不比别人。小人劝你莫要生气,和好为上。纵然欠下几两店账,也是小事,你只消下次来还我。就是从今再住几日,这房钱分文不要,可自放心安养,不必挂怀。"那小二劝了一回,自觉不好意思,只推外边有事,告辞去了。

柴荣只得自解自叹,把气渐渐的消了。侧目看那郑恩,倒把这火盆般的大嘴,撅得高高的,在那里怒气。柴荣无可如何,只得叫道:"三弟,你也不要恼了,想来这些变更,也多是我的命运该当,还要说他则甚,如今有话与你商量。"郑恩也就放下怒容,回言道:"大哥,雨伞卖尽了,盘缠用完了,止有乐子与大哥两个精光身子,还有什么商量?"柴荣道:"虽然如此,我还有一个法儿,与你商议而行。"只因有这一番商议,有分叫:蚕食鲸吞,还尽了口腹之债;时乖运蹇,生遍了床席之灾。正是:

　　　　英气未能舒展日,雄身正属困危时。
不知柴荣有甚商量? 且看下回自有分解。

第 十 四 回
为资财兄弟绝义　因口腹儿女全生

词曰：

同盟原欲辅鹰扬①，联异姓，润伦常。群分类聚，行见定明良。彼和此唱相求应，盘桓乐果须长。　曾几何时意气伤，财已尽，义随戕。风波翻覆，撒手各分场。抛弃芝兰寻别径，止博得一杯觞。

右调《风入松》

话说柴荣因郑恩将银伞费尽，无策回乡，只得与他商议道："三弟，这雨伞卖尽，也不必说了，但为今之计，已无别策，幸而还有这轮车儿在此，不如你推将出去，卖上六七百文，一则我得将养病体，二则也好做些盘缠，待三两日后，我的身体全好了，俺们便可往首阳山找寻你的二哥，再做别图。"郑恩点头道："大哥的说话，却与乐子的主意合的，倒也使得。"随把车儿推出店门，往街坊上行走，口里边大声叫喊道："卖车，卖车！我的车儿，只要七百个大钱就卖了。"不想行了数程，叫了半日，并没有人问他一声。心中恁般闷气，肚里饥饿难当，缓缓儿顺路推走。只见路旁有座酒店，正是欣于所遇，投其所好。郑恩把车儿推至门前放下，将身走进店堂，拣一副座头坐下。叫："酒保，拿些酒食来吃！"酒保连忙收拾送来，无非美酒大面，鱼肉之类。郑恩饥不择食，哪管他美恶精粗，拿上手就吃，吃得杯盘狼藉，方才肚内饱了。酒保过来会钱，共吃了六百余文。郑恩立起身，道："店家，乐子今日没有带钱，就把这车儿与你算了酒钱罢。"那店家又是个良善之人，本要发话，见他吃了这许多酒食，又且相貌狰狞，谅着不是个善男子。恐怕啰唪②，未免吃亏，只得自己认了晦气，答应一声，把车儿收了进去。

郑恩出了酒店，空身回到店房，叫声："大哥，乐子回来了。"柴荣道：

---

① 鹰扬——比喻威武或大展雄才。

② 啰唪——纠缠，吵闹。

"你车儿可卖了么？不知卖了多少价钱？可能够得用度？"郑恩把手一拍道："大哥，休要说起！乐子叫卖了半日，并没有个主儿；这肚中其实饥饿不过，无可奈何，只得换些酒食充饥，回来再作商量。"柴荣不听此言，万事皆休，听了此言，只气得双睛暴出，满身发抖，歇了半晌，怒上心来，开言骂道："呵唷，你这黑贼！累我弄到这般光景，又把这车儿饶他不过，必竟要吃个干净。只顾自己，不管他人，我身边并无半文钱钞，被你这般坑陷，叫我怎好活命？呵唷，你这黑贼！再在此跟我几日，只怕连我身体也要被你葬在肚里了。你这等人，还要与你做什么朋友，不如早早撒开，各寻头路，休得在此累我长气。"郑恩听了这番言语，心中大怒，骂道："你这稀尿的伞夫，劣货的蛮子，乐子为了你，不知吃了多少辛苦，费了多少气力，保全你平安到此；你自己有病，耽误了日子，今日用得你几两银子，也是小事，你就这等骂着乐子，便要撒开分手。你既没情，乐子也便没义了，从今各自走路罢了。"说罢，提了枣木棍，气烘烘的奔出了店门，离了泌州城，望西而行。一路上想道："乐子一怒之间，虽然把大哥撇下了，如今可往哪里去？不如到首阳山，投奔二哥那里安身。"想定主意，拣着大路而行。不想那郑恩因一时怒气，走得要紧，不辨哪条是原先来路，顺着脚走，所以反往西行。

　　此时正是初冬天气，一路上但见天边雁叫，林内风飘，木叶凋残，草根戕濯①。郑恩约行了六七里之间，心下也有些疑惑，想道："乐子先前从木铃关，路不是这样的，休要走错了路头，又是费力。"正在疑惑，看见前面有个卖草鞋的人。郑恩赶上几步，叫道："卖草鞋的，乐子问你路儿：要往木铃关，投首阳山去的，可从这里走么？"那卖草鞋的回头一看，见是个凶相的人；又想他既问路，也没有什么称呼，心内先有几分不喜；又想道："他要往首阳山去，该向东走，他反投西行来，必是个不识路径的。待我耍他一耍，使他没处做理会。"即便开言回答道："你这黑客官，要往首阳山去么，还走得不耐烦哩，我也要往那里卖货，你只消跟我前去就是了。"郑恩大喜，跟定了他，往西行走。约摸又行了三四里路，只见那边有座酒店，这卖草鞋的自言自语道："走得渴了，且向这里买碗酒吃再走罢。"郑恩见他走进了酒店，便是立住了脚，在檐下张望。只见他坐在里边，大碗

---

　　① 濯(zhuó)——洗。

的酒,大块的肉,一上一下的吃,眼儿也不带着郑恩。那郑恩在外,觉得鼻边不住的馨香,一阵儿美酝传芬,一阵儿肴馔送味,这香气相闻,心窝里即便酸痒起来;思量也要进去吃些,却碍着身边干净,只得咽着馋涎,呆呆地立着等候。等了一回,那卖草鞋的方才吃完了,会了钱,走出门来,背上草鞋,看看郑恩笑了一笑,往前又走。郑恩忍着羞惭,跟定而行。正是:

　　　　欲求眼下路,且忍肚中饥。

　　当下二人又行过三二里之间,这卖草鞋的真也作耍,看见那首又有一座酒店,侧身进去买酒吃。郑恩见了,又立住了脚相等。心下暗自忖道:"这驴球入的,怎么只管自己馕嗉,不来请乐子吃些,实是可恶!停一会,到了首阳山,叫他吃乐子的大亏,方晓得咱的手段。"不多一回,那人把酒吃完了,交了钱,取了草鞋,走出店来。看看郑恩又笑了一笑,抽身便走。郑恩隐忍在心,不去理他,只顾跟他行走。看看又走过了一二里,来到一个旷野去处,但见树木丛茂,枯叶满堆,那卖草鞋的心里想道:"我这两次也弄得他够了,待我再耍他一遭,使他进退两难,终无着落。"定了主意,走上几步,口里又自言自语道:"走得乏了,且在这里睡他一回,再走未迟。"遂拣了一株合抱不交的大树下,铺平了枯叶,将草鞋放在旁边,将身坐下,假作打盹。郑恩见了,心下想道:"好了,这驴球入的今番要着乐子的手了。"也在对面树边将枣木棍靠在一旁,坐下假寐。看官:这卖草鞋的打盹,原是有心作耍,耽误郑恩的行程。谁知事不凑巧,坐下未久,早被朔风吹动,酒涌上心,渐渐沉醉,竟自熏熏然朦朦胧胧地睡着了。

　　那郑恩假寐了片时,竖起头来把那人一看,呼罗睡去,影也不动。心中想道:"必竟这驴球入的睡死了。"即时立起身来,叫唤数声,并不答应,更觉欢喜,道:"你这驴球入的,方才这等薄情待着乐子,今番也叫你吃些亏。"遂把草鞋提在手中,数一数却有二十二双,把来背上肩头,转身取了枣木棍,投西一竟去了。那卖草鞋的睡去足有两个时辰,醒了起来,睁眼一看,不见了这个吃耍的黑汉,心下疑惑道:"他必竟等我不及,先自去了。"回身正要拎了草鞋走路,却撮了个空。四下找寻,并无踪迹,叫声:"苦也!我的草鞋不知被谁偷去?闪得我本利皆无。"思想一回,忽然醒悟道:"是了,这黑厮的必是个贼,故此路头也不知,随意胡闯。吾不该把他戏弄,倒把己物失脱于他。"心下着实烦恼了一回,没法奈何,只叹了口气,抽身投东回去了。正是:

烦恼不寻人，自去寻烦恼。

却说郑恩肩背草鞋，手提木棍，一路行来，欲把草鞋卖来饮酒，谁知并无人问，心下甚是纳闷。约略又走了几程，来到一所兴大的庄子，只见路旁有座酒店，十分闹热。此时肚中饥饿，口内流涎，一时喉干心欲，也不顾腰下无钱，硬着头皮挺身走进，便叫："掌柜的，拿酒来吃。"移步至那首坐下，把草鞋、枣木棍一齐放在旁边。那掌柜的只认是个好主顾，连忙吩咐走堂，把火酒、牛肉、包子、大面尽情端将过去。郑恩放开肚子，显出本事，吃了又添，添了又吃，吃到十分量足，方才住手。叫声："掌柜的，乐子吃了多少，便来算算。"那掌柜的算了一遍，说道："共有六百三十四文。"郑恩道："乐子今日没有钱钞，你可记在账上，改日还你。"说罢，背了草鞋，提了枣木棍往外就走。掌柜的拦住道："客官大爷，你莫要当耍！吾又不知你的姓名，叫吾怎好记账？况且你一个人吃了八九个人的东西，本多利薄，这赊欠从不破例，望客官大爷见惠则个。"郑恩道："不是乐子要破你赊欠的例，其实今日没有带钱，故此要你记账。你们既然不肯，可把这草鞋押在这里，改日乐子有钱，便来取赎。"掌柜的喊道："你这些混话骗谁？吃了许多钱去，将这一些儿东西抵押，吾们要他来何用？你休要做梦不知去处，我这里孟家庄不比别处，凭你什么有名目的人儿，却也少不得一文半个。若你不给出钱来，把你的臭黑皮剥将下来绷鼓，才知我们的厉害！"

郑恩听罢，由不得心头火发。大骂一声道："驴球人的，乐子吃了你这些东西，你便值得这般恶骂，你们谁敢来剥乐子的皮？"一面说着，一面举手先把这些草鞋提将起来裂得粉碎。吊过掌柜的巴掌打了数下，又把柜上的这个大大石砚掷得零星齑粉。

此时店中吃酒之人虽多，见了郑恩如此行凶，谁敢出头受苦？只好悄悄退避，袖手旁观。那掌柜的吃打负痛，自谅不能对敌，只得说道："罢了，罢了！瘟神请出去罢！今日只算吾造化低，合该破财。我们这里现有一位白吃大王，在此显灵；不道又生出你这个黑吃大王，前来厮缠。你遇着我们白吃大王，他有本事生嚼你这位黑吃大王，方消吾气。"郑恩听说，立住了脚，问道："乐子问你：那个白吃大王，如今现在哪里？待乐子与他会会。"掌柜的道："你黑吃了东西，心满意足，只管走路，莫要管这闲账。"郑恩道："咱偏要问你，你若不说，乐子又要打哩！"掌柜的慌忙答道："我们这位白吃大王，要吃的是童男童女，不像你这黑吃大王，只会吃些酒肉。所以劝你保全了性命，走你的路罢，休要在此惹祸生非，致有后悔。"郑恩听罢，心下想道："这大王要吃童男童女，决定是个妖精。咱何不替这一方除了大害？"说道："掌柜的，乐子想那白吃大王是个妖精，故此要吃童男童女的。乐子生平专会拿妖捉怪，今日情愿与你们除了这害，你道何如？"掌柜的听言，心内暗喜，道："这黑厮白吃了我东西，气他不过，况又被他打了，无处伸冤。天幸问起这事，愿投罗网，我何不趁此机会，叫大王伤了这厮，也得泄我胸中之恨。"

想定主意，便满面堆下笑来，答道："你若当真会捉妖怪，这也不难。就是我们隔壁邻舍今日该献祭礼，他家只有一个三岁的孙孙，又往别处去买了一个四岁的女儿，等到天晚，一齐送往庙中献供。他一家儿大小正在那里啼哭分别，待吾叫他过来，客官与他商议。"说罢走至隔壁，登时把一位老者邀至跟前，与郑恩施礼。但见他脸带泪痕，声藏凄惨，叫道："君子，闻得你会除妖怪，但不知这位大王当真是神是怪？尊驾果有本领灭除大害，可以保得平安；若是降他不住，尊驾便可远走高飞，离灾避祸。却不道动了大王之怒，反累这里合村老幼性命难保，岂非画虎不成，反类其狗。这事还当酌量，望勿粗心。"郑恩听了笑道："你们的胆量，原来都是鼠虫儿的样子，这般害怕。乐子拿妖的手段，到处闻名，凭你三个头六只膊，猛恶凶毒的妖魔，遇着乐子，管叫他粉骨碎身，一时尽绝。你们只管放心，休要疑惑。但有一件须要依着乐子，方才替你们除害。若不肯依，乐子便也不管了。"老者道："君子倘果有本领，保救得合村无事，乃是我们万千之幸，凭你什么天大的事情，老汉岂有不依之理，就请吩咐，即当从命。"郑恩道："今日捉妖，非同小可，这是惊天动地的事情，须要作法遣将，方可成功。你们依着乐子，快去整备：要用烂焐猪首一个，一盘油造面饼，一盘牛肉，火酒一坛，醋蒜椒盐香烛等项，件件都要俱全。把来送与乐子，到庙中去请神使用，便好拿妖。"老者道："这些许小事，有何难哉？老汉即刻回去端整便了。"说罢，辞别出来，回至家中，一件件买办完全，整治停当。

看看天色将晚，即着长工把担子挑了物件，老者又来请了郑恩，一齐送往庙去。一行人走不多路，早来到一座古庙之中。但见尘土纵横，香烟杳绝，那长工把什物挑至殿上，摆列供台。郑恩道："你们众人去罢，明日早上都来看妖怪。"老者又把火种儿递与郑恩，然后带领长工，作别去了。

郑恩遂把庙门关闭，走过了一个大天井，上得殿来，把一带破坏的长隔窗子也关上了。回转身躯，四下里一看，尚无动静，举眼往上瞧时，见上面塑着一尊金甲黄袍手执器械的神像，果然凛栗威严。郑恩微微一笑道："原来就是你这驴球人的在此称王作怪，骗吃人家的儿女，今日乐子做个方便，除了你这妖魔，免得众民年年受害。"说罢，举起枣木棍，对正了神像，用尽气力勇猛打下，只听得半空中一声响处，就地风生，灰尘乱滚，见一件东西在地下盘盘旋旋，滚个不住。郑恩慌得手忙脚乱，将枣木棍手中乱使，口内大喊道："不好了，妖怪现形了！"正说之间，只见那物滚到窗子跟前，被槛拦住，就不滚了。郑恩战兢兢走上前，举眼细瞧，看是何物？只因这一番举动，有分叫：遇了供养之运，足食丰衣；受了安镇之名，人兴地旺。正是：

　　　　未作皇家辟土客，先为闾里捉妖人。

毕竟滚下来的什么物件？当看下回便见分明。

第 十 五 回

孟家庄勇士降妖　首阳山征人失路

词曰：

　　漫道妖氛累，自有高人对。三更古庙战相争，醉，醉，醉！功成遍被，赢得终朝，酒食滋味。　　得际能安睡，失魄天涯泪。崎岖跋涉叹伶仃，悔，悔，悔！回首斜阳，不知梦里，可期相会？

右调《醉春风》

　　话说郑恩在那庙中打下一物，在地乱滚，滚了一回，到着窗子跟前，被槛挡住，就不滚了。走上几步，仔细一看，原来是个泥塑神头，被枣木棍打下来的。郑恩却不识得，即便哈哈大笑，道："咱疑是妖怪现形，谁知是个木墩头。乐子正要做个枕头，好去睡觉。"说罢，拾将起来，放在供桌上面。此时天已昏暗，郑恩将火种儿取出火来，点了香烛，等候多时，并不见有妖怪出来。肚中觉得饿了，见这现成酒肉，触着心怀，就把猪首拆开，蘸着醋蒜，张口便吃；又把汕饼卷着椒盐，到嘴便吞。先把两项东西轮流吃尽，然后将牛肉用手撕开，慢慢咀嚼。看看吃得干净，掇起酒坛，对着嘴咕咚咕咚的咽下，如渴龙取水，似苍蝇吸血，不多时，把一坛火酒，都流在肚里了。抹一抹嘴，摸一摸肚，自觉欢喜，道："且不要管他有妖没妖，乐子已自吃得肥嘴象意，趁这酒气，睡他一觉再处。"把盘碟酒坛，一齐放在壁边地上，把神头当作枕头，并无行李铺陈，只好和衣而睡。枣木棍也眠在身旁。正值烛尽香残，酕深身倦，躺在供台之上，合眼酣睡。

　　将至三更时候，郑恩正在睡梦之中，忽听得风声响动，猛然惊觉。爬将起来，带着醉意，侧耳听那外面的风，真个刮得厉害。只听得：

　　初起时扬尘播土，次后来走石飞沙。无影无形，能使砭①人肌骨；有声有息，堪令摧木飘零。穿窗入缝，淅沥沥任他曲折飘扬；逐浪

―――――――――――

　　①　砭（biān）――以石针刺病。

排波,吼訇訇①怎阻盘旋飔②刮。且休言摧残月里婆娑,尽道是刮倒
人间嵲嶫。助虎张牙,怪物将来撼山岳;从龙舞爪,雨师暴至暗乾坤。
　　正是:苍松翠竹尽遭殃,黑虎强神施本领。
郑恩听了这风来得厉害,下了供桌,提了枣木棍,斜步走到窗前,将雌雄二
目往外一看,但见微微月色正照庭心。听那风过之时,顷刻天昏地暗,雾
起云生,落下倾盆大雨。这雨降下来,就有一怪,趁那风雨落将下来,两脚
着地,走上阶沿,站立窗外,把鼻子连嗅了几嗅,说声:"不好! 这个生人
气好生厉害。"连说了二三声,往后退走不迭。郑恩醉眼蒙胧,仔细一看,
但见他怎生打扮:

　　头戴金冠分两叉,身穿锁子梅花甲。拦腰紧系虎皮裙,足上麻鞋
　逍遥着。头高额狭瘦黄肌,脸缩嘴尖眼闪灼。金光如意手中拿,长耳
　直舒听四下。

　　郑恩看罢,满心欢喜,暗自想道:"乐子生长多年,整日在家,但听人
说妖怪,不曾见面。今日才得遇着,原来是这等形儿,也算见识见识。"忙
伸虎手,轻轻的把窗撑开,提了枣木棍蹿将出来,大吼一声:"驴球人的,
你是什么妖精,敢在这里害人? 乐子特来拿你哩!"两手举棍劈头打下。
那怪不曾堤防,措手不及,说声"不好"! 忙用手中金如意火速交还。两
个杀在庭中,战在庙内,这一场争斗倒也厉害。怎见得:

　　这个声喊如雷,那个睛光似电。这个奋身快似箭,那个跋步疾如
　飞。这个是黑虎星官临凡世,那个是麋鹿成精祸一丘。这个手举酸
　枣棍,打去不离天灵盖;那个执定金如意,迎来只向额头前。棍击如
　意,迸出千条金线;如意迎棍,飘来万道寒光。我拿你报泄村坊之隐
　恨,你拿我显扬魔怪之腾挪。正是:盘旋来往相争战,不济妖邪作
　祟精。

　　当下一人一怪,战有二三十个回合,那怪本事低微,招架不住,转身就
走。郑恩哪里肯舍,急忙赶上前去,说声:"你往哪里走? 今日遇着了乐
子,休想再活!"说时迟,双手举起了枣木棍,把小眼儿看得亲切;那时快,
只见用力打下,啪的一声响,正中在八叉金冠。打得那怪火星乱迸,立身

─────────────

　①　訇(hōng)訇──形容声大。
　②　飔(lì)──暴风。

不住,扑通一跤,倒在尘埃。郑恩见他倒了,趁势儿火速用情,又是两棍。只打得脑浆迸裂,登时气绝,就把原形现出。月影之下,看得明白,乃是一个八叉角梅花点的大鹿。这金如意,就是口内含的灵芝瑞草。郑恩看了,却不识得,把脚在肋上踢了几脚,道:"你这畜生,只得一只獐犯野兽,也要成精作怪,吃人家孩子。乐子看你再充得什么神道,冒得什么大王么?"说罢,解下腰中鸾带,拴住叉角,拖到隔子窗前,系在窗档子上。回身取了枣木棍,走上殿来,依前把窗子关好。

此时约有五更光景,因闹了多时,酒已醒了。走至供桌跟前,蹿将上去,放好了枣木棍,倒着身躯,枕着神头,又是呼呼的睡了。有诗为证:

英雄生性喜贪睡,睡到深时梦不休。

莫道睡能误大事,也曾睡里建谟猷①。

且说昨日该祭献的老者,却也姓郑,自送郑恩到庙,回至家中,心怀忧喜。喜的喜那黑汉口出大言,必怀绝技,此去果能擒获妖精,不为一双儿女免了碎身之惨,且使合镇人民永消后日之灾,也算因祸而得福,绝大的功德;忧的忧那世上的人,常见力不掩口,说来天花乱坠,做去一败堕地,倘使今夜不能降伏,那黑汉自己既已遭殃,累着本村尽皆荼毒。岂非祸起于他,罪归于我,这无遮无挡的事情,叫吾如何承受?因此左思右想,如坐针毡,如醉如痴,一夜未曾安枕。

等至天明,抽身便起,即叫小使去邀了十数个邻人,一齐奔至庙前。只见庙门紧紧闭着,众人推了几推,却也不开。遂又连推带击的敲了一阵,并不听见里边答应一声。那郑老者心下着慌,便对众人说道:"列位高邻,老汉因昨日误听那掌柜的话,说得如许容易。只因要救孙儿心盛,一时差了主意,不辨好歹,把这黑汉送进庙中。只说他本事高强,必能成功得胜,谁知也是个会说不会做的。你看这时敲门不开,又不听见里边声响,多分遇着大王,坑送性命了。他今一死不打紧,只怕反惹大王恼怒,我等身家性命,定然难保,这事如何是好?"众人说道:"你且莫要性急,此时关着庙门,未见黑白,怎知他的死活存亡?我们一齐动手敲着,再看他应也不应,便见端的。"说罢,各人撩衣卷袖,勇往直前,也有取了石子,也有拿了砖儿,有的搦了树枝,有的提着拳头,大家哄到门边,如擂鼓般地

①　谟猷——计划,谋划。

敲着。

郑恩正在睡梦之中，猛然惊醒，听得外面一片声乱响，慌做一堆，只道又有什么妖怪。坐起身来，提了枣木棍，跨下供台。推开窗子，睁睛一瞧，早见天光透亮，红日东升。侧耳细听，方知是外边敲门声响，即慌应道："来了，来了，乐子来开了。"那外边的众人，正在那里一阵紧一阵的乱敲，听得里面有了答应声音，方才一齐说道："好了，好了！这不是有人答应么？"正说间，只见郑恩把门开了，放进郑老者一行人。那老者见了郑恩，提着枣木棍，轩轩昂昂，心下甚是欢喜，顿把愁肠放落了一半，说道："君子，你一夜辛苦，这妖怪可曾见么？拿住也不？"郑恩哈哈大笑，道："不瞒你老人家说，乐子捉妖的手段，再也不曾落空。昨夜大闹了一场，把他拿住。乐子怕他走了，故把棍儿打得脑袋裂开，将身揽住了。你们进来看看，便见真假。"那众人虽然听说拿了，尚未见个着落，终是胆怯。一个个挨前退后，你让我推，免不得跟了郑恩走到殿前。郑恩立在阶沿，用手指道："这个不是妖怪，倒是人么？"郑老者一见妖精已捉，全把愁肠放下，只觉得心花开放，有喜无忧。那众人看了，甚是惊骇，个个摇唇吐舌，从来不曾见这怪像。怎见得那妖精的样儿，但见：

　　八个丫叉顶上擎，梅花朵朵遍身生。

　　头长尾短腮边缩，嘴瘦毛柔额广平。

　　八尺身材高似虎，四蹄粗大恍如猩。

　　修成变化充神圣，今日擒拿尽快心。

众人看罢，方晓得是鹿精作怪，说道："壮士，这样妖物，如何制得他住，果然手段高强，天下第一！怎地本领，哪个敢不恭敬？"郑恩听了众人各是称扬，心下十分欢喜。那时就有合村的老小男女，如蜂拥而来，一齐挤进庙中。看见拿住了妖怪，都是赞叹夸奖。郑恩在旁听了，更加欢喜。当时有几个献过儿女的，都是咬牙切齿，心恨神伤，走上前来，你也踢上几脚，我也打上两拳。虽然见死物而行凶，也不过聊雪儿女之痛。

那时就有几个老成的，上前问道："壮士尊姓大名，仙乡何处？目今作何生理？"郑恩道："咱乐子祖居山西乔山县，姓郑名恩，号叫子明，专门贩卖香油。如今完了本钱，东闯西奔，没有什么道路，只学会了这捉拿妖怪的法儿。凭你凶恶异常的妖魔，乐子会过了无数，遇着的，再没有使他得逃性命。故此这穿吃两字，都靠着这桩买卖。"众人听了，说道："郑壮士,你既然没有生意,何不就在我们孟家庄上住下,镇邪压魔。我们每日轮流供养,不知壮士尊意如何?"郑恩听言,暗暗想道:"我如今左右没有着落,撇下了大哥,寻觅二哥,又不能相会。倒不如顺着他们意儿,住在这里,也得个饱暖,且混过了几时再处。"说道:"你们众位,既要留着乐子,也是容易,但先要讲过,方才依允。"众人道:"壮士有甚吩咐?但说不妨。"郑恩道:"乐子住在这里,这冬夏的衣服不可缺少;日日的饭食,离不得酒肉两项;还要两个从人,服侍乐子。你们件件依着,乐子便肯与你们镇邪压魔,若不肯依,乐子自有去向。"众人满口应承道:"壮士,但请放心!若肯在此,包管件件如意。但不知你心下爱穿什么衣服?"郑恩道:"乐子生平最不喜这华丽两字,只要你们做顶黑色毡笠,一条乌绫子手帕,一领真青袍子,脚下的裹脚、鞴鞋、袜子都是要一样儿青的,只这几件,你们休要忘了。这两个从人,都要十五六岁的小娃子,也把他穿得青青儿的,随着乐子好拿妖捉怪。"

众人答应了,就去斗钱置办衣服,拣选了两个从人。郑老者回家,安备早饭,整盘子大肉,整坛头好酒,又打一撞大饼,叫长工挑往庙中,依然摆在供桌之上。郑恩不谦不让,尽着量儿,收拾在肚。真是既醉以酒,既饱以肉。那长工立在旁边,见他吃完,便把盘坛碗碟,并昨日的家伙,一并收拾在担,挑回家去。这日的三餐,都是郑老者承值供奉。

当时郑恩叫人把大秤取来,将鹿身一称,却有二百六十五斤。即传齐了众人,把来开剥,分做四股:一股给与酒家,还了酒肉之钱;一股送与郑老者,作为庆贺;两股分散各家,以消积恨。晚上依旧宿在庙中,一夜安然无事。

次日清晨,郑恩起来开门,正值郑老者叫了许多泥木匠人,前来修理庙宇,不过修前整后,略为洁净而已。又把泥像除出,供桌当作食台,添下椅杌,铺设床帐、被褥等项,都是郑老者所备。那众人又把置办的衣服等件,并两个十五六岁俊俏后生,也备了衣裳,一齐送进庙来。逐件儿交纳过了,即时辞去。郑恩见了新鲜衣服,心下大喜,道:"乐子若不除妖,怎有这般好处?先前做了白吃大王,如今却做了无忧大王了。可惜咱的二哥,不能同来受福。"即时除去了旧的,换上新衣。又把两个从人,也打扮得一样青色,叫他随身服侍。闲时又把棍法教导他,预防拿妖。

从此郑恩住在孟家庄受享,轮流供养,快乐安闲。不多几时,把一座村庄十分生色，尽多兴旺起来。但见年谷时熟，岁稔民安，家家蒙乐业之休，户户得安居之庆。所谓物华天宝，人杰地灵，洵①不谬也。有诗为证：

> 旺气从来不自由，兴隆端在吉人游。
>
> 只今仰慕英雄下，脍炙应教百世留。

不说郑恩在孟家庄安身快乐。且说赵匡胤，自从在木铃关与柴荣、郑恩分别之后，单身行走，往首阳山投亲。谁知此处连年荒旱，五谷不生，把草根树皮尽都吃尽。真是斗米升珠无处觅，烟消火灭有谁行！黎民受倒悬之伤，百姓遭饿莩②之苦。有余的宛转移挪，尚在迁延时日；那穷乏的流离四散，觅活偷生，不堪其苦。后贤曾有一律，单道那荒旱饥民之苦云：

> 水旱江淮久，今年复旱荒。
>
> 翻风无石燕，蔽野有飞蝗。
>
> 枉椿惩屠钓，橧巢③迫死亡。
>
> 虚烦乘传使，曾发海陵仓。

当下匡胤往回数次，细细打听，方知姨母合家从三个月前打叠起身，往汴梁投奔自己家中去了，因此扑了一个空，跋涉枉走三百余里。欲待回家，想那外省地方访拿这般严密，谅京城之中更加紧急，怎好归乡？欲要投奔关西母舅处安身，这木铃关如何得过？心下踌躇，进退两难。信步而行，来到一个去处，只见前边有一群乡民，背上都驮着一口叉袋，从侧首山路里行来，望前而走。匡胤迎将上去，叫声："列位朋友，你们袋里装的是何货物？可是豆麦，还是米粮？"众人见问，把匡胤上下打量一番，见他仪表非俗，口气又不是本处人，好像东京声口，不敢怠慢，便答道："壮士，我们这里连年荒怯，粒米无收，哪里有粮？"匡胤道："既不是粮，还是什么东西？"众人道："不瞒壮士说，我们这袋里的，都是违禁之物，乃贩卖的私盐。"匡胤道："这盐贩到哪里去卖？"众人道："别处难消，都要往关西去卖。"匡胤道："到了那里，怎样价钱？"众人道："此去到关西，一斗盐只换一斗米。"匡胤道："便是这等买卖，做他何益？"众人道："一斗米到了这里，就换五斗盐哩！"匡胤道："这也罢了，还算趁得些钱。"众人道："往来

---

① 洵——诚然，实在。

② 饿莩——饿死的人。

③ 橧（zēng）巢——聚集柴木用作居处。比喻难以生存。

贩卖，也只好糊口。像这等担惊受怕，却是没奈何，免不得为这饥寒两字，所以权做这等道路。"匡胤道："养家糊口，个个皆然。但众位既往关西，为何不望大路而行，却在这山僻小路，往返跋涉，如何过得关去？"众人道："壮士原来不知。我们走的别有一个去处，可以偷过关头。"匡胤听了别有路径，连忙问道："不知众位还有哪一条路可以过得此关？敢烦指教。"那众人见匡胤要问此路，叠着指头，不慌不忙，说出这一条路来。有分叫：越过陷阱之关，投入魑魅之阵。正是：

　　　　路入崎岖终有路，神行暗昧岂为神？

不知众人说出何路？当看下回便知。

第 十 六 回

史魁送柬识真主　匡胤宿庙遇邪魈

诗曰：

> 请君膝上琴，弹我游子吟。
> 哀弦激危柱，离思难为音。
> 宾御皆烦纡①，何况居者心。
> 背井既有年，归哉无日宁。
> 不惜路悠长，眷此朋盍簪。
> 山川亦已隔，邈若商与参。
> 行迈且靡靡，忧心甚殷殷。
> 歧路越高关，跋涉逼云岑。
> 中诚奚尽写，鬼魅薄行旌。

话说赵匡胤投亲不遇，踯躅②道途，正当进退无门，偶忽遇着一伙贩卖私盐的，听他有路可以超过关头，即忙问他路径。那众人说道："我们贩卖私盐的，怎敢望着正路往关口上行？亏得有这一条私路，幽僻便逸，无人盘诘，偷将过去就是关西大路了。所以常常往来，并不曾犯事。"匡胤听了，心下暗自喜欢，想道："我如今终日奔波，尚无安顿，何不随了他前去？若到关西，便好找寻大哥、三弟，重得相逢。"正在思想，忽听众人又问道："不知壮士何故也问这条路径？"匡胤道："不瞒众位说，在下要往关西干事，顺便到此探亲。不想此间荒旱，舍亲举家不知去向。因思往返迢遥，日期耽误，幸逢众位说有便路可通，觉得顺道而行，较近了许多。怎奈不识路径，万望众位挈带同行。"众人道："壮士既要同行，我等自当引路。"匡胤于是跟了众人，望前而走。

一路上，但见人烟寂寂，树木重重，走遍了山径崎岖，盘旋曲折，走已

---

① 烦纡——烦闷杂乱。
② 踯（zhí）躅（zhú）——徘徊。

多时,不觉出了叉口,已在关西地面。进了一座村庄,名叫枯井铺,比那关东另是一般风景。当时匡胤拣了一个酒铺儿,邀请众人进去饮酒。吃了一回,众人谢别,欢欢喜喜各走赶趁生意去了。

匡胤独自一个,又买了些现成饮食,饱餐了一顿,会还了钞,方才走出店门,信步往西而走。只听得背后有人叫道:"公子慢行,小人有话相问。"匡胤听唤,停步回头一看,见那人生得相貌魁梧,身材高大,年纪约有二十光景,忙忙奔至跟前。匡胤问道:"壮士有何见谕①,唤着在下?"那人道:"请公子出了村口,慢慢的讲。"二人走了多时,来至村市梢头,见有酒楼,匡胤邀了那人,进店上楼。叫酒保取将酒食上楼,二人坐下,宾主传杯,余外无人坐饮。当时饮了一回,匡胤开言问道:"请问壮士,尊姓大名,仙居何处? 今日会着在下,端的有甚事情? 就请见谕。"那人答道:"小人乃史敬思之孙,史建瑭之子,名唤史魁。只因刘主登基,父亲早丧,小人流落江湖,佣工度日。前日忽遇了一位相面的先生,名叫苗光义。他交与小人一个柬帖儿,叫小人于今日今时,在这枯井铺等候;若遇见一位红面的壮士,便是兴隆真主,将这柬帖送上,所以小人在此等候,不想果应其言。"说罢,身边取出柬帖,双手送将过去。匡胤接在手中,拆开观看,只见那上面写的是几句七言诗儿,说道:

> 枯井铺里宜早离,枯水井里龙怎居?
> 遇鬼休把钱来赌,华山只换一盘棋。
> 空送佳人千里路,香魂渺渺②枉嗟吁!
> 路逢哑子与讲话,恐惹愚民苦相持。
> 桃花山上有三宋,古寺禅林战马嘶。
> 五索州中休轻入,三砖两瓦炮来飞。
> 贬却城隍并土地,那时依旧在关西。
> 雁行重叙正相欢,水泛城垣祸怎离?
> 关东再与君推算,眼望陈桥兵变期。

匡胤看了诗词,半明半暗,一时不解其意,只得收在囊中。开言叫道:"史兄乃是将门之子,在下未曾会面,多有简慢。"史魁道:"公子休要谦

---

① 见谕——见教。
② 渺渺——遥远,远。

词,小人虽听苗先生嘱咐,一时恐惹人疑,不敢泄漏。公子日后兴腾发迹,小人便来效劳辅助,望勿推辞。"匡胤笑道:"这些野道之言,史兄莫要信他! 我们知己相逢,须当谈心畅饮,乃是正理。"于是二人重整杯壶,开怀欢饮,彼此各把生平本事,互相剖露一番。时已酒深,遂即下楼。匡胤将钞会讫,同出店门分别,两下恋恋不舍,各自情深。史魁无奈何,只得谢别,投往别处去了。后来在五索州匡胤有难,前来相救,得能会面。此是后话,按下不提。

单说匡胤别了史魁,心下想那柬帖上的言语,起头两句说的枯井铺、枯水井,毕竟是那地名不好,故此叫我不可久居。如今且往前面,寻个宿店安歇了,再作道理。当下离了枯井铺,一路前行,正值暮秋天气,金风阵阵,透体生凉。正是云飞送断雁,月上净疏林。匡胤独步踽踽①,不觉浩然叹道:"我因一时性起,杀了女乐,抛亲弃室,避难他方。幸遇大哥、三弟,陌路相亲,黄土坡前结义,木铃关外分离,以致投亲不遇,日暮途穷,海角天涯,令人增叹。未知行踪何定,归着何期?"一路思想之间,不觉日已沉西,前不巴村,后不着店。举眼一望,见那北山坡下,却有许多房屋,中间设着一所庙宇,一般的东倒西歪,破败不堪。即时索行几步,奔近前边,见路旁一座石碑,隐隐的镌着"神鬼庄"三个大字。匡胤心中暗想道:"此处是座村庄,怎的这般败坏荒凉,不知遭了兵火,还是遇了饥荒? 所以黎民逃散,房舍凋零。"复又走至庙门前,看那匾额写着"神鬼天齐庙"。匡胤不觉发笑道:"哪座庙里没有神? 哪座庙里没有鬼? 这庄既叫神鬼庄,为何这庙也叫神鬼庙? 这个名儿倒也稀罕。"

移步进了庙门,看那两边的钟鼓二楼俱已坍损,墙垣榱桷②零落崩残。又进了二门,仔细看时,只见那泥塑的从人,身体都是不全:千里眼少了一脚,顺风耳缺了半身。两廊配殿,坍塌不堪,殿下丹墀③,草丛遍地。将身上殿,见那正中间供着一位天齐神圣,金光剥落,遍体尘埃,香雾虚无,满空蛛网。那左右威灵横卧,东西鬼判斜倚,真个荒凉凄楚,易动人怀。匡胤点头叹想道:"似此景象,莫说为人兴衰有数,就是神圣庇佑十

---

①　踽(jǔ)踽——形容一个人走路孤零的样子。

②　榱(cuī)桷(jué)——桷,方的椽。榱为屋椽屋桷的总称。

③　丹墀——古时宫殿前的石阶以红色涂饰,故名。

方,也有个艰难时候。果然阴阳一理,成败皆然,真为可叹。"伤感之间,早已星斗当空,黄昏时际。匡胤走至供桌前,作下一揖,朝上说道:"神圣,我赵匡胤投奔关西,只因错过宿头,特到尊庙打搅一宵;后有寸进,自当重修庙宇,再塑金身。"说罢,往阶前扯些乱草,将供桌上灰尘重重抹去,放下行李,将身跳上,枕着包裹,和衣而睡。不觉的呼呼睡着,鼻息如雷。正是:

> 一觉放开心地稳,梦魂遥望故乡飞。

匡胤睡在供桌之上,虽然行路辛苦,身体困倦。怎奈此时正当暮秋天气,寒风栗烈,直透肌肤。睡未片时,忽而惊醒,翻身定性了一回,耳边忽闻哗哗啦啦,呼么喝六之声,恁地闹热。匡胤想道:"这冷庙之中,怎的有人赌博?听这声响,却也不远,值此天气寒冷,料也睡卧不着,何不走往前去,看玩一番,聊为消遣!"主意定了,跳下桌子,手提行李,出了大殿,顺着响处,一路行去。望见西北角上,影影露出灯光,紧步上前一看,原来在侧首一间配殿里耍钱。匡胤一时心痒,咳嗽一声。

只听得里边有人说道:"兄弟们,我们趁此把场具收拾了罢,你听外面有人来了!"一个道:"果然,我们收罢,这来的人儿有些不好。"又一个道:"不要收,不要收!我们正要等他进来,讨个着落,好待出头,怕他怎么?"匡胤不管好歹,两三步走进了殿门。只见殿上有五个人席地而坐,轮流掷色,赌做输赢。那上面坐着一个纱帽圆领的抽头监赌。匡胤暗自诧异,道:"怎么!做官的也在这里设赌,滥取匪财,却不道'荡废官箴,作法自弊'。我如今也不要管他,且自当场随喜片时,有何妨碍?"即时说道:"列位长兄恁般兴致,小弟也来一叙何如?"那五个答道:"使得,使得。"即便挨了一个空儿,让匡胤坐下。将包裹放在身旁,叫道:"列位,我们既做输赢,不知赌银子,还是赌钱?"那上面抽头的官儿答道:"我们银钱尽有,好汉只管放心注马便了;倘遇输赢,我自开发①。"匡胤满心欢喜,告过了么,就把骰子抓将起来要掷;下边的几家,买上了七八大注。那匡胤掷下盆中,却是个"顺水鱼儿"——开先到底,三七共该输了二两一钱。心中不舍,并一并人家,掷了个黑十七,又输了三注。此时放头的风快,再不杂手。匡胤输得心焦,正在发躁,只见头家说道:"且住,我们掷了多

---

①　开发——支付。

时,把这输赢结一结账,开发了再掷。"匡胤便将注马点算,共输了三十三两六钱,随即解开包裹,把银子称出,每锭计重五两,共开发了六锭,欠下三两六钱。那放头的说道:"好汉,既然开发,何不一总儿归清?不如再发出一锭,待下回退算何如?"匡胤依言,复又取出一锭交与头家,当场又告了幺,重新又掷。

此回轮该上家先掷,匡胤却把骰子抓在手中,说道:"是我掷的下注,倒买一盆罢。"下边的即便买上两大锭。当时匡胤举手掷下,指望开快满赢;不期那骰子在盆中滴溜溜的旋,旋了一回,先望四个二,然后又是两个幺。那上家正要掠起骰子来掷,那匡胤输得急了,一心要赖,将手拦住。那上家说道:"你掷的是'一果头儿',理该我掷,为何把我拦住?"匡胤道:"我掷了这个'大快',你为甚又掷?"那人道:"五个一色,六个一色,方算得输赢;你掷的是四个二,两个幺,名为呆头名色,非又非快,为什么不许我掷?"匡胤微微冷笑道:"你们虽会赌钱,却没经过阵场,连那名色儿都不认得,还赌甚钱?"那人道:"你又来了,这的骰子有甚名色,反说我不认得!"匡胤道:"原来你们果不识得。我这骰子名为'果快',又为'巧色',待我把这骰子的名色,逐项儿说与你们,方才知道:

若掷四个六,一个四,一个二,名为'锦裙襕';有幺有五,名叫'脱爪龙',又叫'蓬头鬼';若两个三,名为'双龙入海'。若掷四个五,一个幺,一个四,名为'合着油瓶盖';有二有三,名叫'劈破莲蓬'。若掷四个四,两个二,名为'火烧隔子眼';有幺有三,名为'雁衔火内丹'。若掷四个三,一个二,一个幺,名为'折足雁'。若掷四个二,两个幺,名为'孩儿十'。

这些名色,都是有赢无输的'大快'。我掷的便是'孩儿十',已是赢了,你何为又掷?"那人听了,只是不依,彼此争嚷不休。

那头家说道:"老二,你也不必争嚷,这好汉说来,句句都是有理,这一盆算你输了罢。你们打上注,重新再掷,便见高下。"匡胤听了大喜,遂又打上了十锭注马,抓起骰子又掷。那下家也便买上三锭。匡胤掷下看时,却是三个六,两个二,一个幺。下家说道:"如今真也输了,却没得说。"伸手过来要取注马,匡胤将手挡住道:"今番原是我赢,你不将银子配我注马,反来强取,是何道理?"下家发极道:"你掷的是'四臭',怎么倒说是赢?"匡胤哈哈大笑,道:"我说你们果是没经过阵场,名色不知,强来与我戏赌。我且再把这骰子明白说与你听，方才信我。凡系四点、六点、七点为'叉'，只有这个五点，称为'夺子'。我掷的是个'四开大快'，如何不算我赢?"那头家听了，又说道："老五，你赖他不过，也不必说了，叫他打上了银子，你便再掷。"匡胤闻言，暗暗欢喜，即便打上了十二锭银子，举手又掷。

看官们明理骰子的，果不必细说，但说书的不得不历举名色，略为指陈。虽非妄凭臆见，牵扯荒唐，然从古相沿，亦非无据，不过依样葫芦，道听途说而已。相闻传流的六个骰子，辨别输赢，以五子一色，六个全色，名为"大快"。其余除了三同不算，那三个十点以上者为赢，十点以下者为输。还有对子幺二三，名为"顺水鱼"，也算为输。凡五点夺子，四呆外快，古时并作输论。只因赵太祖少游关西，遇赌输急了，强争赢注，所以传到如今，那天下人都算为快。闲话表过不提。

只说匡胤又打上了注马，抓起骰子又掷，下边的又打上几注。匡胤掷了三个四，三个六，名为"鸳鸯被"，四六加开，赢了七注。又打上了这一家，共有二十一锭。下家又要出注，匡胤把骰盆一推，说道："会要不会揭，必定是死血。你们要赌，算结了再赌。"一家赢三家，共赢了五十三锭。那输家，有银子的归了银子；没有的，把钱准抵，每锭该作钱五贯，一时间银钱堆满。匡胤见了，心中暗自欢喜，正是合着那古语二句，说道：

　　赢来三只眼，输去一团糟。

匡胤赢得性起，哪里肯住，从新又告了幺儿又掷。那五家一齐下注，叫声："好汉! 若有造化，这一掷儿赢了我五家；若没有造化输了，便是我们五家赢你一家。说过的，你我都不许悔赖，你可愿也不愿?"匡胤道："你们既有此心，只管下注，我便一齐都掷。"说罢，抓起骰子，向那盆中哗啦的一声，掷将下去，只见先望了三个四，那三个却又滚了一回，滚出了一个二，两个幺，这名儿唤做"龇牙红臭"。匡胤掷了这一盆，心下着急。想道："他五家一齐赢了，我哪里有这许多银子开发? 输去财帛不甚打紧，只是弱了江湖走闯之名，日后有何面目再与天下人说长道短! 我如今不如咬定牙，只得硬赖，胡乱儿顾了目前名目，再做道理。"想定主意，故意拍掌，呵呵大笑道："这一盆骰子掷得爽利，真是难得，才算赢得快活。"那五家听说，都发恼起来，把骰盆搂住，问道："你掷的是'龇牙臭'，怎么反说是赢? 方才'五点儿臭'被你赖去，这'四点儿臭'，又称他'夺子'不成?"匡胤道:"你们总没经过阵场,别的名儿不识,连这'踩遍夺子'也不认得,还要在此耍钱!"便把骰盆推开,就去抢钱。这五家儿哪个肯依,哄的一声,齐齐跳起身来,撑撑擦擦,便有争嚷之意。这正是:

> 运蹇人逢鬼,时衰鬼弄人。

匡胤一见,双眉倒竖,二目睁圆,开口骂道:"小辈囚徒! 你可去汴梁城中打听打听,我赵匡胤不是慈悲主顾,软弱娃儿。凭你什么所在,输了不给,赢了要钱,赌场中谁敢不让我三分! 勾栏院一十八口御乐,止供我剑上一时之快;销金桥私税的土棍,一家儿也在我掌上捐生。稀罕你关西这一伙儿野民,值得甚事?"说罢,轮拳便打。那五家儿一齐嚷道:"我们从来在此赌钱,并不曾遇着你这等赖皮! 赢了要钱,输了便赖,还要想抢我们的银钱。你这赖皮,怎肯饶你?"亦便动手乱打。

彼此正在喧闹,只见那上面的头家立起身来,一声喝道:"你们也忒觉性躁了些,全然不谙事体。他乃宋家的领袖,怎可动手? 你等两下也不必厮争,吾有主意与你们和解。"只因有此一番举动,有分叫:目前来邪氛侵扰之灾,身后定不入版图之地。正是:

> 饶君大任非常士,难免旁求虚引端。

毕竟头家有甚主意? 且看下回分解。

第 十 七 回

褚玄师求丹疗病　陈抟祖设棋输赢

词曰：

　　寂寥村庙夜偏长，角技陶情待曙光。身染浮灾扶不起，黄冠，暗济丹药有余香。　　恍入瑶台观不尽，仙乡，欣怀博弈较谁强？徬徨一着争先失，须降，到此唯教笑满场。

右调《定风波》

　　话说那头家见匡胤与五人争论输赢，各相混打，即忙立起身来，把五人喝住，不许动手。便将好言相劝匡胤道："方才'四果头'赖做'巧儿'，'五点臭'争是'夺子'，也便罢了。这'龇牙臭'委是好汉真输，再无勉强。论理该把银钱照注给付他们，才便正道，何必怒闹相争？如或好汉银钱不足，止把一半儿分绛他们，也便没得说了，直恁逼足了不成？"匡胤喝道："你头家只顾抽头肥己罢了，谁要你出头多嘴，判断输赢？你便帮着自己伙伴，欺侮外人，将这软款话儿说我，想望打发他们。实对你说，要我赵匡胤分毫给付，万万不能。只等我的日后重孙儿手内，才有你们的分哩！"那头家说道："是了，既是好汉有了日期，便是亲降纶音①，再无更变。你们各奔前程去罢，待后期到，才可取偿。"说了这一句，只听得远远地山鸡遍唱，曙色初光。匡胤还待开言，忽听一声呼哨，那殿上的六人，转眼间俱都不见了。四下张望，杳无影迹，不觉打了一个寒噤，一阵昏迷，倒在尘埃，沉睡去了。

　　且说这赌钱的，乃是五个魑魅恶鬼；这抽头的，乃是监察判官。因符上天垂象，该应这五鬼托生混世，因此来至天齐庙，与这监察判官做了一路神祇。每常里作福作威，搅得这村庄上家家都怕，户户不宁。那众人就把这庄称为"神鬼庄"，又把这庙也称为"神鬼天齐庙"。后来搅扰得昼夜不堪，人人无可存身，只得四散而去，只剩下空空庄子。那五鬼与这判官，等候太祖龙驾到来，他便设局引诱，要求封号。不期太祖说了"重孙儿身

---

　　① 纶音——皇帝的诏书、制令。

上"，这五鬼即当奉了御旨，各自散去。后来徽宗皇帝便是太祖的重孙，将半壁的天下与大金占去，就应在五鬼转世托生：一个是粘没喝，一个是二蟒牛，一个是金大赖，一个是娄室，一个是哈迷痴。那监察判官转生秦桧。一边外来侵削，一边内托议和，遂把大宋江山分了南北，皆因太祖今日赌钱之过。此是后话，不必赘提。

且说匡胤当时昏倒在地，直至日上三竿，方才渐渐苏醒，把眼一睁，只觉得浑身作痛，脑袋发眩。慢慢地将身立起，举眼看那上面塑着一位判官，旁边塑着五个小鬼，都是一般的凶恶之相。又见金银纸钱，铺满一地，纸糊骰盆丢在一旁。匡胤看了，甚是惊骇，暗暗想道："可煞作怪！难道昨晚赌钱，就是这五个恶鬼，抽头的敢是这个判官？"留神细瞧，越看越像。忽然想起苗光义柬帖上的言语，说："遇鬼休把钱来赌。"今日看将起来，果应其言，苗光义的阴阳，都已有准。思思想想，害怕起来。又见输的七锭原银，尚在地下。即便拾将起来，藏入包裹，背上行李，离了天齐庙，竟望关西路径而走。

一路行来，只觉得浑身冷汗，遍体发烧，头重眼昏，心神恍惚。走一步挨着一步，行一程盼着一程，强打精神往前行走。只见前面一座高山，甚是险峻。但见：

层冈叠巘①，峻石危峰。陡绝的是峭壁悬崖，逶迤的乃岩流涧脉。蓊翳②树色，一湾未了一湾迎；潺骤泉声，几派欲残几派起。青黄赤白黑，点缀出嫩叶枯枝；角徵羽宫商，唱和那惊湍细滴。时看云雾锁山腰，端为插天的高峻；常觉风雷起巘足，须知是绝地的深幽。雨过翠微，数不尽青螺万点；日摇赪嵝③，错认做玉岛频移。

当下匡胤挣扎前行，来至山脚之下。见有一座丛林，那山门上镌着"神丹观"三字，紧步奔将进去。刚到了正殿，只见里边走出一位道者来，见了匡胤，上下观看了一回，说道："君子，你贵体受了鬼邪之气了！这病染得不轻，虽无大患，终有啾唧④之虞。且请到后面卧室歇息。"遂将匡胤领至

---

① 巘（yǎn）——险峻的山峰或山崖。

② 蓊（wěng）翳——形容草木茂盛相互遮蔽。

③ 赪（chēng）嵝（è）——红色的山崖。

④ 啾（jiū）唧——细碎声。此为麻烦之意。

后边,用手指道:"君子,你可就在这卧榻上权且安歇。贫道往一个所在去取了丹药,少时就来。"说罢,移步转身,往外徜徉而去。匡胤走至卧榻之前,放下行李,眠在榻上,悠悠忽忽,昏迷不醒。

且说这求丹的道者,出了山门,缘着山脚,层层的步上山去。这山果是高峻,恁般层叠,乃是天下最有名的,属于陕西华阴县管辖,名为西岳华山。山上有个仙洞,名叫"希夷洞",洞中有一位得道的仙翁,姓陈名抟,道号希夷老祖。这位老祖,得龙蛰之法,在睡中得道,所以一生最善于睡,能知过去未来一切兴废之事。这神丹观的道者,就是徒弟,姓褚名玄,也有半仙之体。因此老祖令他在山下观内,一来焚修香火,二来等候匡胤。当时褚玄进洞,来见老祖,礼拜已毕。老祖问道:"你不在观内焚修,今来见我,有何事体?"褚玄禀道:"启上我师,今早观中来了一个红脸的壮士,身带微灾,行步恍惚。弟子细看,此人相极尊贵,无奈着了鬼邪之气,现在昏沉,理当相救,故此求取仙丹,望老师慈悲悯赐。"那老祖听了此言,拍手大笑道:"好了,好了,香孩儿可也来了。今既在你观中,身带浮疾,贫道理当救之。你且随我进来。"那褚玄跟至丹房,只见老祖取过葫芦,倾去了盖,倒出一粒金丹,托在手中,递与褚玄,说道:"徒弟,你将此丹回去,只用井水一盅,将药研化,灌入口中,便能即愈。待他将养几日,神完气足之后,休叫放他就去,可引来见我。须要如此,如此,我自有话说。"

褚玄领命,答应一声,出了洞府,下了高山,来至观中。即着童儿去取井水一盅,再取一根筷子。童儿不敢迟误,登时把二物取至跟前,一齐来至卧室之内。见那匡胤兀是昏沉不醒,如醉卧一般。褚玄将丹药如法调和,师徒二人把匡胤搀将起来,用筷子撬开牙关,将丹药慢慢的灌将下去,仍复睡好。那药透入三关,行遍九窍,须臾之间,只听得腹中作响,口内呻吟;复又半盏茶时,匡胤渐渐醒来,口内连叫"好睡"!张眼一看,见面前立着一位道人,一个童子,心下不知所以,急忙问道:"敢请道长何来?此处是何所在?不知在下怎的到此,望乞指教。"褚玄道:"此处乃是西岳华山,这里称为神丹观。今早君子带病降临,贫道细观贵恙,受了鬼邪之气,十分沉重,为此特往家师洞中求取丹药,疗治浮灾,今得安愈,诚可庆也!不识君子尊姓大名,仙乡何处,曾在哪里经过,遇此鬼邪?敢望一一指示。"匡胤听了褚玄医病等语,即时跨下榻来,施礼称谢。褚玄慌忙答礼道:"贵体尚在虚弱,何必拘礼。"彼此分宾坐下,匡胤遂把乡贯姓名,避灾遇鬼，及赌钱争殴之事，细细说了一遍。褚玄道："原来就是赵公子。久仰大名，失敬，失敬！公子方才说的那神鬼庄，真乃一个凶险去处。当初原有人家居住，因为天齐庙内出了这五个恶鬼，初时还到天晚出来，后来渐渐白日现形，把这些百姓搅扰得老少害怕，坐卧不安，只得各各分离四散，所以此庄无人居住。亏杀了公子住这一晚，若非大福之人，恐怕性命难保！今公子逢凶化吉，贫道不胜之喜也。"匡胤道："实赖仙长扶持，感恩铭刻。但不知仙长贵姓尊名，令师是何道号？"褚玄道："贫道姓褚名玄，就在这神丹观内焚修香火。家师道号希夷，就在山上居住，善能相法，不爽穷通。待贵体全安，贫道意欲相屈上山，与家师一会，不知尊意如何？"匡胤道："若得仙长引领上山，参见了尊师，倘蒙道心不吝，指示迷途，便是仙长所赐，在下之万幸也！"两下谈论了一回，就有童儿送过香茗，宾主各饮毕。褚玄吩咐童儿备饭，那童儿登时把饭收拾进来，摆在桌上。只见那摆的肴馔，只用四品素食，甚是洁净。又因匡胤病体初痊，只用稀粥。二人用过之后，才便撤去。自此，褚玄把匡胤留在观中，调和保养。不上几日，匡胤精神康健，复旧如初。

这日邀了褚玄，一齐出了山门，缓缓步上山来。四下观看，真的好一派山景，但见：

麋鹿衔花，猿猴献果。樵子担柴歌唱彻，童儿炼药火功深。

匡胤正看之间，耳边忽听下棋之声，抬头一望，只见远远地山洞之前，坐着两个老者下棋消遣。匡胤见了，满心欢喜。叫声："仙长，你看那边山人下棋，真乃幽闲乐趣，千古高风。我们趁今天色尚早，且去观玩片时，然后参谒尊师，谅亦未晚。"褚玄道："使得，贫道自当相陪。"二人缓步而行，须臾来至洞前。只见那洞前松柏参天，遮遍了日色，这两个老者，倚松靠石，对面而坐。居中却有一座白石台，台上摆着一个白玉石的棋盘，上面列着三十二个白玉石的棋子，一边镌着红字，一边镌的黑字，正在那里各争高下，共赌输赢的对弈。

匡胤悄悄地站在使黑棋的老者背后，暗暗观看。只见那使红棋的老者，用了个舍车取将之势，把这红车放在黑马口里，哄他来吃。那黑棋的老者，正待走马吃车，匡胤在背后不觉失口，猛地说声："走不得！"那对面使红棋的老者，把匡胤一看，瞅了一瞅，低头不语。这黑棋的老者闻了匡胤之言，把马按下不走，细细将满盘打量一番，点头会意，这红车果然吃他不得。但自己若闪开了马，又怕红炮吃了象去，这个也是输局，再无解救。复又模拟了一回，忽然看出红棋的破绽来了，他便不将马去吃车，也不把马动移，另将别着行走。不消几着，反赢了红棋。那红棋的老者输了，侧身往旁边提出一只布袋来，伸手取了两锭金子，递与赢棋的老者收了，从新摆整了棋又下。那红棋老者未曾起手，先开口说道："那多嘴的，你看棋盘中间，写的是什么言语？"匡胤听说，定睛望盘中一看，只见那河界上两边对写着两句道：

观棋不语真君子，看着多言是小人。

匡胤起初看时，只留心在棋上盘桓，所以不曾看到这两句话儿。如今这老者输了，未免略有愠①心，只把这两句儿说明与他，免得再有多言饶舌之意。只是从来的通弊，当局者迷，旁观者清。看官们于此，那位肯见输不救，袖手旁观？即或不致明言取怨，那牵衣号噭，暗打机关，种种薄行，在所不免也。

闲话休提。只说匡胤当时见了盘上之词，心下想道："原来他们将金子儿角胜，并不空自消闲。这两锭金子非同小可，因我一言指点，赢棋反作输棋，怎禁他嗔怪于我。他既怪我，不免待我再看些破绽，也指点他一着，赢了转来，便可准折了。"暗想之间，那两个老者重新又着，此盘该是黑先红后。当下两个各自布置起来，你一着我一着，下到七八着上，只见那使红棋的老者提炮要打黑卒，匡胤免不得又要多说了，道："空打无益，且顾自家。"那红棋的老者才把自己的棋势细细一看，闪着一个双马卧槽的输局，连忙放下了炮，挨那马眼。那黑棋的老者回头把匡胤瞧了一瞧，开言说道："红面君子，你忒也不知见景了！难道没有一个耳信的？请你不要多嘴，你偏要多嘴。既是这等高棋，敢来与我下三盘，才算是个好汉子！"匡胤乃是天生的傲性，如何受得这样言语？不觉微微冷笑道："老者，你这等高大年纪，也觉得太傲了！怎么就小视于我，我就与你下三盘，亦有何妨？"那红棋的老者说道："二位既要下棋，先要讲定，不知是赌金子，还是赌些银子？"匡胤道："吾乃过路之人，那有黄金？只赌银子罢。"这个老者说道："既然只赌银子，我们可定了规，每盘必须彩银五十两，无欠无赖，方才与你对弈。"匡胤听言，只认了这老者把银两来压他，便应

---

① 愠（yùn）——怒。

道:"就是五十两一盘。"说罢,那老者让匡胤是客,送过了红棋。匡胤就在那红棋的位中坐下。

二人摆好了棋,红先黑后,两下起手而行。这使红棋的老者,翻着手在旁观看。只见:

　　匡胤起手先上士,那边老者就出车。
　　红棋又走当头炮,老者出马把卒保。
　　匡胤使个转脚马,黑棋便用将来追。
　　你上卒来我飞象,红家吃马黑吞车。
　　演就梅花十八变,无穷奥妙少人知。
　　棋逢敌手难藏巧,两下各自用心机。
　　老者舍车来取胜,匡胤入了骗局中。
　　只因一着失了手,致使黑棋胜了红。

头一盘就被老者赢了,匡胤心中不服,说道:"这一盘我和你赌一百两。"老者道:"就是一百两,难道我怕你不成!"重新又把棋来摆好,该是赢家先走。只见这老者偏又走得变化,但见他:

　　不走马来不发炮,先挺一卒在河边。
　　匡胤那晓其中意,两胁出车要占先。
　　黑棋双使连环马,红棋举炮便相研。
　　老者又把棋来变,变成二士入桃园。
　　车坐中心卒吃将,赢了红棋第二盘。

匡胤一连输了两盘,心中发急,肚内寻思:"向在汴梁下棋,我为魁首,怎么到了关西,便多失势? 输去财帛,不过小事,弱了名声,岂不被人谈笑! 这一盘一定要与他相并,把本儿翻了才好。"想罢主意,开言说道:"老者,这一盘我便和你相赌,把这两盘的一百五十两彩银为并,你若再赢,我便照数给银。我若赢了,把先前两盘退去,你道何如?"老者笑了一笑道:"凭你什么法儿,我总不怕。依便依你,只是还有一说:此一盘你若赢了还好,若是再输,连前两盘共是三百两银子,只怕你拿不出来,那时不但费气,只恐还要讨羞。"匡胤听了这般言语,欲要发作,又是翻本的心盛,只得忍气吞声,说道:"你这老者,休得小视于我! 我们既赌输赢,只管放心下去,何必多言?"那老者又道:"不然,我们空口说话,是无实据;此盘棋必须设立监局,方才各无翻悔。"就烦那使红棋的老者,在旁监局。

此时褚玄也在旁观，不敢言语。那老者又把棋儿摆好，才要起手，忽又说道："也罢，本该我赢家先走，如今让你先行，使无别说。"匡胤听言，满心欢喜，忖道："我今先着，难道又输了不成？"遂加意当心，将棋布置，只见他：

> 飘象先行保自宫，敌人仍把卒来冲。
> 红棋提炮相照应，黑着空虚设局松。
> 匡胤运筹多实济，互相吞并在盘中。
> 红棋算尽能必胜，谁知此老计谋通。
> 重重只把卒来走，逼近将军用力攻。
> 着成四马投唐势，一卒成功赢了东。

这一盘，匡胤满望成功，谁知又被老者赢去。只气得目定口呆，烟生火冒。思想："今日上山，却不曾带着财帛，这三百银子将什么给付与他？"左右寻思，并无计较，只得说道："老者，方才这盘本是我赢，被你错走了一着，反叫屈我输了。这却空过了不算，要赌银子，我们再着。"那老者听了，变脸道："你说甚的话儿！方才你我对下，乃是明白交关，那个错走？你却要赖，我便不肯与你赖。"匡胤道："你委实屈我输了，却不肯再着，只得把先前两盘一齐退去。"那老者道："你这话一发说得荒唐，全不似那堂堂男子做事光明，直把别人认做孩童，由你哄骗。不瞒你说，我方才实防你反复，故此设立这监局的做证。你既着了要赖，这监局设他何益？"匡胤听言，正待回答，只见那监局的在旁微微冷笑，叫声："红脸的君子，古语道得好，说是：'好汉儿吃打不叫疼。'又道：'愿赌愿输。'我们在此下棋，又非设局儿骗人财帛，这是君子自己心愿，说定无更。既然输了，该把彩银发付，才是正理。偏又费这许多强辩，希图一赖。我们年老的人，风中之烛，又与你殴打不过，只算把这项银子救济了穷民，布施了饿汉，做了一桩好事罢了。只是可惜了君子，现放着轩昂的身儿，光彩的貌儿，顶了这不正之名，传了那无行之讳，自己遗羞，还被别人笑话。"这监局的把这一篇不痒不疼的说话，说得匡胤无名高放，烟雾腾空。有分叫：三局残棋，只留得数行墨迹；一时义举，却消了几处烟尘。正是：

> 片舌严于三尺剑，单身酷似万人骑。

不知匡胤怎生发付？且听下回分解。

第 十 八 回

卖华山千秋留迹　送京娘万世英名

词曰：

名山青翠如常路，要游时，蹁跹①步。梵宫静炼同云卧。餐松饮露，泉窠烟霞，堪使行人慕。　只为争雄博几度，一时负却谁容恕？稳将山洞凭君卧。隐中相慕，留迹昭彰，错笑他人误。

右调《青玉案》

话说赵匡胤在西岳华山，与那老者对下象棋，不想连输了三盘。一时要赖，反被这监局的说了许多不疼不痒的话儿，只气得敢怒而不敢言。自知情亏理屈，难与争强，只得说道："罢了，罢了！只当我耍钱掷了个黑臭。你们也不必多言，待我下山，到神丹观内把银子取来打发，便也了账。"老者道："君子，你休要拈东说西，我怎得知哪里是神丹观？你若哄我走了，又不知你的姓名住处，叫我到那里来寻？输赢不离方寸，就在此间开发。"匡胤道："也罢，就烦观主代我去取。"一回头不见了褚玄，左右瞧看，都也不见。此时，走又走不脱，赖又赖不成，急得只是搓手掷脚，无主无张。

那老者登时发怒道："我们在此下棋，谁要你来多嘴？又自逞能，强赌输赢。既输了三百银子，故意妆②憨不给，欲图悔赖。若在别处，有人怕你；我这关西地面，却数不着你。你既不肯给银，倒不如磕了个头，饶你走路，只当买个雀儿放生。"这一句骂得匡胤满面羞惭，心中火冒；欲要动手，又恐被人知道，说我欺负年老之人，只得把气忍了下去。那监局的道："红面君子，我们下棋的输赢，都是正气；你既不带财帛，或者有什么当头，留下一件，然后你去取那银子，免得争持。"匡胤道："你这老人家也没眼力，我乃过路之人，哪有当头？总把浑身上下衣服与他，也不值三百两

---

① 蹁(pián)跹——跳舞的样子。

② 妆——同"装"。

银子。"赢棋的老者道："谁要你的衣服！凭你什么五爪龙袍，我老人家也不稀罕。你家可有什么房产地土，写下一桩与我，方才依允。若没有产业，或指一条大路，或将一座名山，立下一张卖契，也就算了。"

匡胤听了，心下想道："常言说，有志不在年高，无志空长百岁。你看哪一家有大山大路？偌大的年纪，原来是个痴子。待我混他一混。"说道："老人家，你既要大山，我就把这座华山写与你何如？"老者道："我正要你家这座华山，可快快写来。"匡胤道："纸笔不便，你去取来用用。"老者道："谁有工夫去取纸笔？不论什么石头，画上几句也就罢了。"匡胤听了，又自暗笑道："真正是个痴人，石上画了字迹，如何算得凭据？"遂瞧了一瞧，见面前有一块峻壁危峰，下面倒也平正可画。遂拾一块石片，又问老者尊姓。老者道："老朽姓陈。"匡胤便向石壁上画道：

> 东京赵匡胤，为因无钱使用，情愿将华山一座，卖与陈姓。言定价银三百两，永远为陈姓之业，并无租税。恐后无凭，石山亲笔卖契为证。

匡胤把卖契画完，那山神土地见真命天子把华山卖了，留下字迹，万古千秋，谁敢不依？就把石上白路儿登时的变了黑字，比那墨写的更加光耀。

此时匡胤只当儿戏，不过哄骗权宜之计。谁知后来陈桥兵变，登了大宝，这华山地亩钱粮，并不上纳分文。到了真宗之时，闻华山隐士陈抟，乃有道之人，遣中使征召进京，欲隆以爵禄。陈抟不应，真宗怒责之道：

> 江山尽属皇朝管，不许荒山老道眠。

陈抟笑对中使道：

> 江山原属皇朝管，卖与荒山老道眠。

遂引中使看了太祖的亲笔卖契，中使只得回朝复旨。真宗听知是他始祖卖的，不好屈他，只得任他高卧。此是后话，表过不提。

只说匡胤画完卖契，仔细一看，初时原是白路儿，顷刻间即变成了黑字。心下惊疑，把手中石片掷下，正要回头与老者说话，举眼见了褚玄，便问道："仙长方才哪里去了？"褚玄道："因为走得口渴，往涧边吃口泉水，致有失陪。"匡胤道："不知令师在于何处？我们快去参过，便好下山。"褚玄把手指道："这一位就是家师。"匡胤大惊道："怎么就是令师！小可几乎错过。"说罢，就要执了弟子之礼拜见。老者哪里肯依？逊了多时，原行宾主之礼，又与那监局的也叙过了礼。匡胤遂问老者名氏道号，那老者道："贫道姓陈名抟,别号希夷。不知贤君贵姓高名?"匡胤道："愚下姓赵名匡胤,表字元朗。"陈抟道："原来就是东京的赵大公子,久仰英名,如雷贯耳,今日得见,三生有幸!方才早知是公子,怎敢相对下棋,多有得罪!幸勿挂怀。那石上的字迹,使人观见不雅,公子可擦去了,休要留下。"匡胤当真的走将过去擦磨,谁知越擦越黑,如印板印就的一般。那监局的老者道："不必费力,留了在此,做个古迹儿罢。"匡胤只当戏言,哪里晓得这话确确的应验。那华山的字样,至今隐隐儿依稀尚在。

当时匡胤叫声："仙翁,某闻令徒称扬大法,相理推尊,愚下敢恳一观,指点前程凶吉,则某不胜幸甚!"陈抟道："休听小徒之言,贫道哪里会得?我有一个道友相法甚高,那边来了。"匡胤回头观看,那两个老者化一阵清风,忽然不见,只见一张柬帖在地。匡胤拾起来细细观看,只见上面写着的:

　　贫道陈抟书奉赵公子足下:适因清闲无事,特邀西岳华山仙翁遣兴下棋,本候行旌,乃希厚惠。不意三局幸胜,妄窃先声,果承慨赐华山,税粮不纳,贫道稳坐安眠,叨光无尽,谢谢!因思愧无所报,妄拟指陈:细观尊相,贵不可言,略俟数秋,登云得路。惟时汉毕周兴,雀儿终祚①,陈桥始基,才得天水兴隆;烛影摇红,便是火龙升运 。俚言奉达,伏望详参。

匡胤将柬帖反复看了数遍,止明白前半之言,后半不解其意,遂把帖儿藏在身边。谓褚玄道："令师真乃神仙,幸遇,幸遇!只是输与三盘棋子,倒被令师暗笑。"褚玄道："偶尔见负,老师何敢取笑?"说罢,遂与匡胤一齐下山。回至观中,天色已晚,道童送上夜膳,二人饮了,各自安歇。

次日,匡胤收拾行李要行,褚玄百般苦留,道："公子贵体尚未痊愈,不宜远行;须再将养数天,再行未迟。"匡胤见褚玄诚意相留,只得住下。不觉又过了数日,身体复旧如初。这日褚玄不在,独坐无聊,绕殿游观,信步而行。来至后面,只见是个冷静所在,却有一间小小殿宇,殿门深锁,寂静无人。匡胤前后观玩了一回,正欲回身,忽闻殿内隐隐哭泣之声,甚是凄楚,匡胤侧耳细听,乃是妇女声音。心内暗想道："这事有些蹊跷。此处乃出家人的所在,缘何有这妇女藏匿在内?其中必有缘故。"方欲转

---

① 祚(zuò)——君主的位置。

身,只见褚玄回来。匡胤一见,火发心焦,气冲冲问道:"这殿内锁的是什么人?"褚玄见问,慌忙摇手道:"公子莫管闲事!"匡胤听了,激得暴跳如雷,大声喊道:"出家人清静无为,红尘不染;怎敢把女子藏匿,是何道理?"褚玄道:"贫道怎敢!自古僧俗不相关,总劝公子休要多事,免生后患。"匡胤一发大怒道:"尔既干此不法之事,如何还这等掩耳偷铃,欲要将我瞒过!我赵匡胤虽承你款留调养,只算是个私恩小惠;今遇这等非礼之事,若不明究,非大丈夫之所为也!"

褚玄见匡胤这等怒发,量难隐瞒,只得说道:"公子不必动怒,其中果有隐情,实不关本观之事,容贫道告禀:此女乃是两个有名的响马①——一个叫做'满天飞'张广儿,一个叫做'着地滚'周进——不知哪里掳来的?一月之前寄在此处,着令本观与他看守;若有差池,要把观中杀个寸草不留。为此贫道惧祸,只得应承,望公子详察。"匡胤道:"原来如此。那两个响马如今在于何处?"褚玄道:"他将女子寄放了,又往别处去勾当。"匡胤道:"我实不信你,那强人既掳此女,必定贪他几分颜色,安有不奸不淫,寄放在此,竟自飘然长往之理?如今我也不与你多言,只把殿门开了,唤那女子出来,待俺亲自问他一个备细。"褚玄无奈,只得叫道童取钥匙来,把殿门开了。

那女子听得开锁声响,只认做强人进来,愈加啼哭。匡胤见殿门已开,一脚跨进里边,只见那女子战兢兢的躲在神道背后。匡胤举目细观,果然生得标致:

> 眉扫春山,眼藏秋水。含愁含恨,犹如西子捧心;欲泣欲啼,却似杨妃剪发。窈窕丰神芍药,鸿飞怎拟鹧鸪天;娉娉姿态轻盈,月宫罢舞霓裳曲。天生一种风流态,更使丹青描不成。

匡胤好言抚慰道:"俺不比那邪淫之辈,你休要惊慌。且过来把你的家乡姓名,诉与我知。谁人引你到此?倘有不平,我与你解救。"

那女子见匡胤如此问他,又见仪表非俗,心内知道是个好人。转身下来,向着匡胤深深谢了万福。匡胤还礼毕,那女子脸带泪痕,朱唇轻启,问道:"尊官贵姓?"褚玄代答道:"此位乃是东京赵公子。"那女子道:"公子听禀:奴家也姓赵,小字京娘。祖贯蒲州解梁县小祥村居住,年方一十七

_____

① 响马——强盗。

岁。因随父亲来至北岳进还香愿,路遭两个响马,抢掳奴家,寄放此处,饶了父亲回去。"匡胤道:"这两个强人又往哪里去了,怎么抢了你反又寄你在此?"京娘道:"奴家被掳之时,听得那两个强人互相争夺,后来又说道:'我等岂可为这一个女子伤了弟兄情义,不如杀了,免得争执。'那一个道:'杀之岂不可惜,不如寄在神丹观内,我们再往别处找寻一个,凑成一双,然后同日成亲。'两个商议定了,去了一月,至今未回。"匡胤道:"观中道士可来调戏么?"京娘道:"在此月余,并未见一人之面,可以通一线之生,终日封锁在此;只有强人丢下的这些干粮充饥,奴家哪有心情去吃!"言罢,不觉心怀悲惨,雨泪如珠。匡胤见了,亦甚伤感,说道:"京娘,你既是良家子女,无端被人抢掳,幸未被他所污。今乃有缘遇我,我当救你重回故土,休得啼哭!"京娘道:"虽承公子美意,释放奴家,脱离虎口。奈家乡有千里之遥,怎能到彼? 这孤身弱质,只拼一死而已。奴家在此偷生,并非欲图苟且,一则恐累了观中的道士,二则空死无名,所以等这强人到来,然后殒命,怎肯失身,以辱父母!"匡胤听了,不胜叹羡,道:"救人须救彻,俺今不辞千里,送你回去便了。"京娘听说,倒身下拜道:"若蒙如此,便是重生父母!"褚玄阻道:"公子且住! 你今日虽然一片热心救了此女,果是一时义举,千古美谈。但强人到来,问我等要人,叫我怎处? 岂不连累了贫道! 此事还该商议而行。"匡胤道:"道长放心。那强人不来便罢,若来问你要人,你只说俺赵匡胤打开殿门,抢掳了去。他或不舍,到寻俺之时,叫他问蒲州一路寻来就是。倘或此去冤家路窄,遇见强人,叫他双双受死,也未可知。"褚玄道:"既如此,不知公子何日启程?"匡胤道:"只在明日早行。"

褚玄遂命道童治酒与匡胤饯行。不多时摆上酒筵,正待坐席,只见匡胤对京娘道:"小娘子,俺有一言相告,不知可否?"京娘道:"恩人有何吩咐,妾当领命。"匡胤道:"此处到蒲东,路途遥远,非朝夕可至,一路上无可称呼,旁观不雅,俺欲借此酒席,与小娘子结为兄妹,方好同行。不知小娘子意下何如?"京娘道:"公子乃宦门贵子,奴家怎敢高扳?"褚玄道:"小娘子既要同行,如此方妥,不必过谦。"京娘道:"既公子有此盛德,奴家只得从命了。"遂向匡胤倒身下拜,匡胤顶礼相还。二人拜罢,京娘又拜谢了褚玄。褚玄另备一桌,与京娘独饮。自与匡胤对坐欢斟,直至更余方才撤席。又让卧房与京娘安宿,自己与匡胤在外同睡。一宵晚景休提。

　　次日天明,褚玄起来安备早饭,与匡胤、京娘用了,又备了些干粮路费。匡胤遂扮做客人模样,京娘扮做村姑一般,头带一顶盘花雪帽,齐眉的遮了。将强人掳来寄放的马拣了一匹,端上鞍辔,叫京娘骑坐。京娘谦逊道:"小妹有累恩兄,岂敢又占尊座?"匡胤道:"愚兄向来步履,不嫌跋涉,且得行止自如,贤妹不须推让。"京娘不敢多繁,只得乘坐。匡胤作谢,拜别了褚玄,负上行李,手执神煞棍棒,步行相随,离了神丹观,望蒲州一路进发。正是:

　　　　平空伸出拿云手,提起天罗地网人。

　　在路行程,非止一日,至汾州地介休县外一个土岗之下,有一座小小店儿,开在那里。匡胤见天色将晚,前路荒凉,对京娘道:"贤妹,天色已暮,前途恐无宿店,不若在此权过一宵,明日早行何如?"京娘道:"任凭恩兄尊意。"匡胤遂扶京娘下马,一齐进了店门。那店家接了进去,拣着一间洁净房儿,安顿下了。整备晚膳进来用了,又将那马牵至后槽喂料。匡胤叫京娘闭上房门先寝,自己带了神煞棍棒,绕屋儿巡视了一回。约摸有二更光景,方才往外厢房打开行李安睡。不觉东方发白,匡胤起来,催促店家安排早饭进来,兄妹二人饱餐已毕,算还了店钱。叫店家牵出了马,扶京娘乘了,自己背了行李,执了神煞棍棒,离店前行。

　　约过十数里之地,远远望见一座松林,如火云相似,十分峻恶。匡胤叫道:"贤妹,你看前面这林子,恁般去处,必有歹人潜匿;待为兄先行,倘遇贼人,须结果了他,方可前进。"京娘道:"恩兄须要仔细。"匡胤遂留下京娘在后,自己纵步前行。原来那赤松林内,就是着地滚周进屯扎在此,手下有四五十个喽啰,四下望风,打劫客商,专候美色。这日有十数个喽啰,正在内中东张西望,忽听得林子外走的脚响,便往外一张,只见一个红脸大汉,手提棍棒,闯进林来。慌忙寻了长枪,拿了短棍,钻将出来,发声喊,齐奔匡胤。匡胤知是强人,不问情由,举棍便打。打了多时,早有五六个喽啰垫了棍棒,余的奔进林去报知周进。

　　那周进提了一根笔管枪,领了喽啰跑出林来,正与匡胤撞个满怀。两下里各举兵器,步战相拼,约斗二十余合,那喽啰见周进赢不得匡胤,便筛起锣来,一齐上前围住。匡胤全无惧怕,举动神煞棍棒,如金龙罩体,玉蟒缠身。迎着棍,如秋叶翻风;近着身,似落花坠地。须臾之间,打得四星五散。那周进胆寒起来,枪法乱了,被匡胤一棍打倒。众喽啰见不是路,呐声喊，多落荒乱跑。匡胤见那周进倒在尘埃，尚未气绝，再复一棍，即便呜呼。转身又不见了京娘，急往四下找寻，见京娘又被一群喽啰簇拥过赤松林去了。匡胤急忙赶上，大喝一声："毛贼，休得无礼！"那喽啰见匡胤追来，只得弃了京娘，四散逃走。匡胤亦不追赶，叫道："贤妹，受惊了！"京娘道："适才这几个喽啰，内中有两个像跟随响马到过神丹观内的，认得我，到马前说道：'周大王正与客人交战，料这客人斗大王不过的，我们送你去张大王那里罢。'正在难以脱身，幸得恩兄前来相救。"匡胤道："周进那厮已被俺剿除了，只不知张广儿在于何处？"京娘道："只愿恩兄不遇着便好。"原来张广儿又在一座山头屯扎，离此只十数里之地，与周进分为两处，专行劫掠，彼此照应，为犄角之势。倘有美貌女子，抢来凑成一对，好两下成亲。

　　且说那逃走的喽啰，飞奔到山上，报与张广儿道："大王，不好了！那神丹观内寄放的女子，被一个红脸大汉夹着同行；方才到赤松林经过，被周大王阻住，与这大汉交战。小的们又抢了那女子，不道那大汉赶来，小的们只得走来报知大王。"张广儿道："如今周大王在哪里？"喽啰道："小的们抢那女子时，周大王正与那大汉交战，如今不知在哪里？"张广儿听说，即忙带了双刀，飞身上马，跟了数十个喽啰，拍马加鞭，如飞的赶来。

　　却说匡胤正同京娘行走，已有十数里，只听得后面呐喊而来。匡胤回头一看，正见贼人带领喽啰赶来切近。匡胤料道张广儿，连忙手持神煞棍棒，迎将转去，大喝一声："强贼看棍！"张广儿舞双刀来斗匡胤，匡胤腾步到那空阔去处，与广儿交战。两个斗了十余合，匡胤卖个破绽，让张广儿一刀砍来，即便将身躲过，回手一棍，正中左手。广儿忍痛失刀于地，回马便走。匡胤奋步赶来，看看较近，手起棍落，把张广儿打于马下。可怜有名的两个响马，双双死于一日之内。正是：

　　　　三魂渺渺满天飞，七魄悠悠着地滚。

众喽啰见大王已死，发声喊，却待要走。匡胤大喝一声，飞身赶上。有分叫：知恩女子，欲酬大德于生前；秉义丈夫，不愧英名于身后。正是：

　　　　勋业止完方寸事，声闻自在宇中流。

毕竟喽啰怎的脱身？且听下回分解。

第 十 九 回

匡胤正色拒非词　京娘阴送酬大德

诗曰：

> 荒山险岭多盗跖①，阻隔行人掠美色。
> 壮士遇之心不平，宝剑一挥颈沥血。
> 受恩思欲报深恩，几遍欲言心未宁。
> 一朝诉出衷怀事，引得英雄性火烈。
> 蜀中当垆卓文君②，至今犹见诗人说。
> 三原红拂有谁称，暧昧遗羞何足贵？
> 睹此余生终不失，唯有黄昏相感泣。

话说张广儿领了喽啰赶来，思想要夺京娘，谁知反被赵匡胤打死。那众喽啰正要逃走，却被匡胤喝住，说道："尔等休得惊慌！俺乃东京赵大郎便是。自与贼人张广儿、周进有仇，今已多被俺除了，与尔等无干。"众喽啰听说，一齐弃了刀枪，拜倒在地。匡胤吩咐道："尔等如今以后，须当弃邪归正，不可仍是为非。倘不听俺的言语，后日相逢，都是死数！尔等各自去罢。"众喽啰听了吩咐，磕了一个头，扒起身来，俱各四散的去了。

匡胤收拾要行，早见金乌西坠，玉兔东升。远远望见前面有座客店，便同京娘趱行③几步，到了店门，扶着京娘下马，一齐进店，把马交与店家喂养，进了客房。店家整备晚膳进来，兄妹二人吃了一餐，各自安寝。

且说京娘想起匡胤之恩，无以为报，"想当初红拂本一乐女，尚能选择英雄；况我受恩之下，舍了这个豪杰，日后终身，哪个可许？欲要自荐，

---

① 盗跖(zhí)——即跖，春秋战国之际的起义领袖。盗跖乃旧时对起义者的蔑称。

② 蜀中当垆卓文君——指西汉临邛（今四川境内）人卓文君夫死后与司马相如相恋出走，后又同返故里，自己卖酒的故事。当垆，卖酒。

③ 趱行——快走。

又觉含羞,一时难以启口;若待不说,等他自己开口,他乃是个直性汉子,哪知我一片报德之心。"左思右想,一夜不能合眼,不觉五更鸡唱。匡胤起身,整马要行。京娘闷闷不悦,只得起身上马,出门而行。乃心生一计:一路上只推腹痛,几遍要出恭。匡胤扶他下马,又搀他上马,京娘将身偎倚,万种风流。夜宿之时,又嫌寒憎热,央着匡胤减被添衾。这软玉温香,岂无动情之处?匡胤乃生性耿直,尽心服侍,不以为嫌。又行了三四日,已过曲沃地方,一路上又除了许多毛贼。约计程途,只有三百里之间。其夜宿于荒村,京娘心中又想道:"如今将次到家了,只顾害羞不说,岂不错过机会?若到了家中,便已罢休,悔之何及?"满腹踌躇,不觉长吁短叹,流泪凭几。匡胤在外厢听了,不知所以,即慌进来问道:"贤妹,此时夜已深了,因何未睡?你满眼流泪,有何事故?"京娘道:"小妹有一心腹之言,难以启齿,故此不乐。"匡胤道:"兄妹之间,有何嫌疑?但说不妨。"京娘道:"小妹系深闺弱质,从未出门;因随父进香,误陷贼人之手。幸蒙恩人拔救,脱离苦海,千里步行,相送回乡。又为小妹报雪深仇,绝其后患,此恩此德,没世难忘。小妹常思无以报德,倘蒙恩兄不嫌貌丑,收做铺床叠被之人,使小妹少报涓埃①,于心方安。不知恩兄允否?"匡胤听了,哈哈大笑道:"贤妹之言差矣!俺与你萍水相逢,挺身相救,不过路见不平,少伸大义,岂似匪类之心,先存苟且?况彼此俱系同姓,理无为婚;兄妹相称,岂容紊乱?这不经之言,休要污口!"

　　京娘听了此言,羞惭满面,半晌无言。沉吟了一会,复又说道:"恩兄休怪小妹多言!小妹亦非淫巧苟贱之辈,因思弱体余生,尽出恩兄所赐,此身之外,别无答报。不敢望与恩兄婚配,但得纳为妾婢之分,服侍恩兄一日,死亦瞑目。"匡胤勃然变色道:"俺以汝为误遭贼陷,故不辞跋涉,亲送汝归。岂知今日出此污蔑之言,待人以不肖。我赵匡胤乃顶天立地的男子,一生正直无私,倘使稍有异志,天神共鉴。尔若邪心不息,俺便撒手分离,不管闲事。那时你进退不得,莫怪俺有始无终!"匡胤言罢,声色俱厉,唬得京娘半晌不敢开口。遂乃深深下拜,说道:"今日方见恩兄心事,炳②若日星,严如霜露,凛不可犯。但小妹实非邪心相感,乃欲以微躯报

_____

① 涓埃——比喻微末。

② 炳(bǐng)——光明。

答大恩于万一，故不惜羞耻，有是污言。既恩兄以小妹为嫡亲骨肉，妾安敢不以恩兄之心为心？望恩兄恕罪。"匡胤方才息怒，将手扶起京娘，道："贤妹，非是俺胶柱鼓瑟①，本为义气所激，故此千里相送。今日若有私情，与那两个强人何异？把从前一片真情，化为假意，岂不惹天下的豪杰耻笑！"京娘道："恩兄高见，非寻常所比，妾今生不能补报，死当结草衔环②。"两个说话，直到天明。正是：

　　落花有意随流水，流水无情恋落花。

　　自此京娘愈加严敬匡胤，匡胤愈加怜惜京娘。看看到了蒲州，京娘虽知家在小祥村，却不认得路径，匡胤就问路行来。将到小祥村，京娘望见故乡光景，好生伤感。

　　却说赵员外，自从进香失了京娘，将及两月有余，老夫妻每日相对啼哭。这日夜间，睡到三更时候，员外得其一梦：梦见一条赤龙，护着京娘从东回到家中，员外一见大喜，接了女儿，安顿进去。看那赤龙登时飞去，回至里边，忽又不见了女儿，四下寻觅，却被门槛绊了一跤，遂而惊醒。即时说与妈妈，妈妈道："此乃你的记心，不足为信。"赵员外忆女之情，分外悲戚。

　　至次日日午，忽庄客来报道："小姐骑马回来，后面有一红脸大汉，手执棍棒跟随而来，将次到门了。请员外出去。"员外听报，唬得魂飞魄散，大声叫道："不好了，响马来讨嫁妆了！"说犹未了，京娘已进中堂。爹妈见了女儿，相持痛哭。哭罢，问其得回之故，京娘便把始末根由，细细说了一遍。又道："恩人现在外边，父亲可出去延款③，不可怠慢，他的性如烈火，须要小心。"赵员外听了女儿之言，慌忙出堂拜谢，道："若非恩人相救，我女必遭贼人之手。今生焉得重逢？"遂叫妈妈与女儿出来，一同拜谢。那员外有一个儿子，名唤文正，在庄上料理那农务之事，听得妹子有一位红脸汉子送回，撇了众人生活，三脚两步奔至家中，见了京娘，抱头大哭，然后向匡胤拜谢。正是：

　　喜从天上至，恩向日边来。

---

①　胶柱鼓瑟——比喻拘泥不知变通。
②　结草衔环——比喻感恩报德，至死不忘。
③　延款——邀请、款待。

赵员外吩咐庄丁宰杀猪羊，大排筵席，款待匡胤。那妈妈同了京娘来至里边，悄悄叫道："我儿，我有一句言语问你，你不可害羞。"京娘道："母亲有何吩咐？"妈妈道："我儿，自古道：'男女授受不亲'。他是孤男，你是寡女，千里同行岂无留情？虽公子是个烈性汉子，没有别情，但你乃深闺弱质，况年已及笄，岂不晓得知恩报恩！我观赵公子仪表非俗，后当大贵。你在路曾把终身许他过？不妨对我明言。况你尚未许人，待我与你父亲说知，把他招赘在家，与你结了百年姻事，你意如何？"京娘道："母亲，此事切不可提起！赵公子性如烈火，真正无私，与孩儿结为兄妹，视如嫡亲姊妹，并无戏言。今日到此，望爹妈留他在家，款待十日半月，少尽儿心。招亲之言，断断不可提起。"妈妈将京娘之言述与员外，员外不以为然，微微笑道："妈妈，这是女儿避嫌之词。你想人非草木，放着这英雄豪杰，岂无留恋之情？少刻席间，待我以言语动他，事必谐矣！"

不多一会，酒席完备，员外请匡胤坐于上席，老夫妻下席相陪，儿子、京娘坐于旁席。酒至数巡，菜过五味，员外离席亲自执壶把盏，满斟一杯，送与匡胤，道："公子，请上此杯，老汉有一言奉告。"匡胤接过酒来，一饮而尽，说道："不知员外有何见教？愿赐明言。"员外赔着笑脸道："小女余生，皆出恩公子所赐。老汉与拙荆①商议，无以为报，幸小女尚未适人，意欲献与公子，为箕帚②之妇，伏乞勿拒！"员外话未说完，匡胤早已怒发，开言大骂道："好一个不知事的老匹夫！俺本为义气，故不惮千里之遥，相送你女回家，反将这无礼不法的话儿污辱于我。我若贪恋你女之色，路上早已成亲，何必至此？"说罢，将酒席踢翻，口中带骂，拔步往外就走。赵员外吓得战战兢兢，儿子、妈妈都不敢言语。京娘心下甚是不安，急忙出席，扯住了匡胤衣襟，道："恩兄息怒，且看小妹之面，请自坐下，小妹即当赔罪。"匡胤正当盛怒之下，还管什么兄妹之情，一手洒脱京娘，提了行李，出了大门，也不去解马，一直如飞的去了。有诗为证：

　　义气相随千里行，英雄岂肯徇私情？

　　席间片语来不合，疾似龙飞步不停。

京娘见匡胤不顾而去，哭倒在地。员外、妈妈再三相劝，扶进了房中。

---

①　拙荆——旧时对人称自己妻子的谦词。

②　箕帚——为妻的代称，谦词。

京娘只是啼哭,饮食不沾,心中想道:"亏了赵公子救得性命回乡,不至失身于异地,爹妈反多猜疑,将他激怒而去。我这薄命,既不能托以终身,又不能别图报答,空生何益?不如一死,倒得干净。"挨至更深,打听爹娘都已睡了,即便解下腰间白汗巾,悬梁自缢。正是:

可怜香阁千金女,化作南柯一梦人。

次日天明,员外夫妇起来,不见女儿出房。员外道:"妈妈,为何女儿这时还不出房?"妈妈道:"想是行路辛苦,此时还在熟睡里。"员外道:"我实放心不下,你可进去看看。"妈妈当真的推进京娘房内去看,年老之人,不辨东西南北,正望床上去叫,不料头儿一撞,可可的撞在京娘身上。妈妈初时还只道挂着什么,及至仔细一看,见是女儿。只唬得:

魂向天边飞舞,魄归云内逍遥。

当下妈妈叫喊起来。员外听得,慌忙赶至房中,见了如此光景,与妈妈相对痛哭。免不得买棺成殓,做些僧道功德,水陆道场,忏悔今生,博望来世。这些事情按下不提。

且说赵匡胤因赵员外一言不合,使性出门,一口气竟走了十余里路。看看天色晚了,前不着村,后不着店,正在难为之际,忽然就地里一阵阴风,觉得凄凄惨惨,冷气逼人,伸手不见指掌,恁般昏暗。此时心中惶惑,进退两难,只见前面隐隐的有人骑马,手执红灯而走,闪闪烁烁,微有亮光。匡胤见了,满心欢喜,欲要赶上同行。那灯光儿可杀作怪,匡胤紧行,这灯光也是紧行,匡胤慢走,那灯光也便慢走。凭你行走得快,总然赶他不上。心下甚是疑惑,即便开言叫声:"前面的朋友,可慢行一步!乞带同行。"只见前面灯光停住,应声答道:"妾非外人,乃是京娘。因父母不察,有负恩兄,以致恩兄发怒出门,将这一片义心化为乌有。妾心甚不安,只得痛哭至晚,自缢而死。但蒙恩兄千里送归,得表贞白,妾无以为报,故此执灯前来引道,远送一程,以表寸心。所恨幽明路隔,不敢近前,只得远远相照,望乞恩兄恕罪!"匡胤听言,不胜骇叹,道:"据贤妹所言,轻生惜义,反是愚兄之故。但贤妹既已身亡,为何还会乘马?"京娘道:"好叫恩兄得知,此马自蒙恩兄所赐,乘坐还家。今见恩兄已走,小妹已亡,此马悲嘶,亦不食而死。"匡胤听了,甚为感叹。因又说道:"贤妹,你生死一心,足见贞节。又蒙阴灵照护,盛德难忘。愚兄后有寸进,便当建立香祠,旌表节烈。"京娘称谢不已。说话之间,将及天明,只见京娘还在前面,叫声:"恩兄,天色将晓,小妹不能远送了! 后会难期,前途保重!"说罢,隐隐痛哭而去。匡胤望不见了灯光,心下十分伤惨。因思苗光义柬帖之词说:"空送佳人千里路。"如今果应其言。

正行间,只见前面有座小山,山下有一所古庙,树木苍苍,香烟杳绝。匡胤问及土人,土人答道:"客官休问,快快走罢!"匡胤见说话蹊跷,必要追问其故。土人道:"此庙原系本处的社庙,因为近来出了一个妖怪,每夜出来害人。近村人家尽都怕惧,各自远移。因此叫客官快行!"匡胤听了,大笑不止,道:"俺生平遍走天下,总不信邪。既然此地有妖,俺又走得力乏,不免就在此庙安息一日,有何不可?"说罢,走入庙中,坐在板上,打开包裹,吃了些干粮,放翻身躯,呼呼熟睡。直至天晚,方才醒来,睁眼往外一瞧,只见日色西沉,鸟雀归宿。复往庙外四野观望,并无宿店。只得重进庙来,又吃了些干粮,将腰中鸾带解下,搦成了神煞棍棒,执在手中,仍复坐下。心中又记着京娘的事情,更加叹息。

将至二更,果见阴风飒飒,冷气凄凄,匡胤一时惊疑起来,将身立起,定睛一看,那天光微亮,透进殿来。只见神座下面,隐隐的盘着一条大蛇,头如巴斗,眼似灯光,口喷黑气,甚觉腥膻。匡胤道:"原来是这个孽障在此害人! 待我与这地方除了害罢。"举起神煞棍棒,望了大蛇,喝声着,奋力打将过去。有分叫:仙棍腾挪,数载妖魔须就死;神威奋武,积年骁恶总成灰。正是:

事从阅历奇方见,人极凶残命必倾。

毕竟妖蛇除否? 且看下回自知。

第 二 十 回

真命主戏医哑子　宋金清骄设擂台

诗曰：

> 扫尽浮翳世路清，行人相唤话衷情。
> 天星本是文明质，地界偏来指点灵。
> 风景有殊多阻隔，山林无路被占侵。
> 神威到处烽烟息，万世犹令仰德钦。

话说赵匡胤因与赵员外一言不合，激怒出门，气愤而行，错过了宿头，感得京娘阴灵儿执灯相送，因此又行了一夜。不期精神困惫，路逢古庙，将息了一日，至夜二更，果见庙有妖蛇。当时举动了神煞棍棒，大喝一声，望着蛇头便打。那蛇看见匡胤打来，便昂起头儿，一窜躲过，就望匡胤扑来。匡胤躲过，却扑个空。匡胤提起棍棒正要打下，只见那蛇盘动身躯，蓦将尾儿望匡胤鞭将过来，却鞭不着。那蛇也便心慌，仍复昂起这斗大的头儿，直扑将来。匡胤把身一闪，乘势将棍一搅，不端不整正中在七寸之间。那蛇痛极，已是半死。匡胤因黑夜微明，看不清切，只把棍棒一阵乱打，只打得不见动弹，然后住手。复又坐在板上，打盹片时，不觉村鸡三唱，日色初升。匡胤醒来，将妖蛇一看，委的长大，甚是怕人。遂向壁上留诗四句云：

> 遍走关西数座州，妖蛇为害几春秋？
> 神前棒落精神散，从此行人不用愁。

题罢，将神煞棍棒复将弯带，束在腰间，背上行李，离了庙祠，望前行走。

这日正行之间，只见前面有所高大宅子，门首坐着一个老者，鬓发苍苍，往来观望。见了匡胤，离坐欠身，满面堆笑，道："君子权且请留贵步，到舍下奉茶。"匡胤见是老者相留，不好违他，只得同进大门，至厅上放下包裹，叙礼坐下。安童献上茶果，彼此饮毕。匡胤开言问道："老丈，素未相识，今日见招，敢问有何见教？"那老者口称一声："君子，老汉姓王，今交六十八岁，薄有些祖业庄子，这里冻青庄，人人称我百万。空有田园，吃亏了老年无子,为此往寺里烧香许愿,求子传宗,五十六岁上,才得生了一子。老汉以为大幸,可望承桃,谁知命薄,又得了一个残疾之儿,养至如今,长了一十三岁,却原来是个哑巴儿,并不会说话。老汉日夜心焦,无从法治。因于两月之前,有个算命的先生在此经过,老汉请他推算哑儿。那先生姓苗名光义,却也算得古怪。他说:'哑巴儿,哑巴儿,今日不开口,他年宰相做公侯。'叫我今年今月今日今时,在此等候一位红面君子,他善治哑巴,可使能言。所以老汉诚心在此奉候。不想果应其言,遇着君子,若能治得小儿能言,老汉情愿平分家业,决不食言。"

匡胤听言,心下暗想道:"这苗光义虽然言言有准,句句皆灵,只这一桩事情,便是荒唐无据了。世间诸病有医,哪见哑巴儿也可治得?况我又不知治法如何,怎的把这担儿卸在我身上?我如今若说不会,却又辜负了这老者一片诚心。不如将计就计,且含糊应他,哄过了此时,离了这里,管他会说不会说!"主意定了,开言答道:"这哑巴儿在下虽然会治,只看各人的造化何如?能言不能言,乃系定数,不可勉强。可请令郎出来一看,便知端的。"旁边站着一个安童即忙应道:"我家小相公,正在书房内攻书哩。"匡胤道:"既已哑巴,怎么会得攻书?"安童道:"别人是念书,我家这小相公乃是悟书。虽则整日不离书本,只好空作想,应个名儿,叫他怎样好读?"那员外喝道:"狗才,谁要你多讲!快去领小相公出来,好求这位君子医治。"安童应声去了。去不多时,把哑巴儿领至厅前,朝上施礼,站立旁边。匡胤举眼看他,但见:

　　头带束发包巾,齐眉垂发;身着大红道服,满绣寒梅。衬衣鲜艳是松花,护领盘旋乃白色。齿白唇红,面如满月非凡相;眉清目秀,鼻如悬胆有规模。

匡胤看了,心下想道:"这样一个好孩子,生得大有福相,可惜是个哑巴儿。他既然出来,待我胡念几句,打发他进去,我便辞了,管他则甚?"遂问道:"令郎可有名么?"员外道:"他学名叫做王曾。"匡胤道:"我这个治法,只看各人的虔心,虔心若至,登时会言。若虔心不至,要等三年。"员外道:"老汉的虔心,无所不至。只把他治得讲出话来,就是老汉的万幸了!"匡胤即便用手把哑巴儿一指,口中念道:

　　王曾又王曾,聪明伶俐人。

　　今日遇了我,说话赛铜铃。

匡胤只当戏词，权为抵塞之意。哪知金口玉言，好不应验。话才说完，只见王曾将身跪倒，口吐言辞，甚觉清亮，说道："多谢指教，小子得开蒙混矣！"说罢，立起身来，又望着匡胤嘻嘻地笑了一声，竟往里边去了。看官不知，王曾原是文星降世，数定如此。后来太祖得了天下，王曾得中三元。至太宗御极之时，做了当朝宰相，辅佐朝廷，调和鼎鼐①。此是后话，不提。

只说匡胤当时说了几句言语，果见王曾开口起来，连自己也都不信，着实骇异。那员外在旁，见儿子说得出话，心中大喜，惊异如狂，上前拜谢道："感蒙君子神术高妙，治好了小儿。老汉有言在先，愿把家私平分，就请君子收纳。"匡胤道："老丈不必费心，令郎开口能言，一则是他天资固有，二则老丈世代积德之处，与在下何能？敢行冒赐！"说罢，就要告别。员外怎肯放行？一把手执住，复请坐下。遂又问道："适才尚未拜问，不知君子尊姓大名，府居何处？"匡胤答道："在下汴梁人氏，父亲赵弘殷，官居都指挥之职。在下名唤匡胤，字元朗。"员外道："原来是位贵公子，老汉多有失敬，幸勿见罪！但公子既然恁般廉介，不受老汉微资，万望屈驾在舍盘桓数月，少尽老汉一点之心，然后行程，望勿再却。"匡胤不好拂情，只得住下。每日款待丰盛异常，趋附之情，自不必说。

时当秋末冬初，员外见匡胤寒衣未备，即忙吩咐家人叫了裁缝，做了几套上好整洁的绵衣，送与匡胤御寒加减。其时就有村庄上的好事之人，你我相传，声闻远近，都说："王员外家来了一位会治哑巴的神仙，委实灵异。凭你说话不出的，一经他神治，便会开谈。"登时轰动了许多愚夫愚妇，不论若远若近，是女是男，如鸦群蜂涌的一般来到冻青庄上。就把王员外家的大门团团围住，一齐喧嚷起来，声声要请神仙出来医治哑巴。当有庄丁进内通报，匡胤只得出来道："列位休得啰唣，你们来的已不凑巧，我这治法本有定则，一年只治得一个。若是有缘，明年再来相会。"众人听说，一齐乱嚷道："你只认有钱的，就肯医治；我们穷人到此，就这等嫌贫憎苦，不肯好好儿医治。同是一样的人儿，却两般看待，理说不去，情上难容。"这个说着，那个就拾泥土乱丢；那个喧闹，这个就把砖块乱打。一时间，闹得匡胤无主，只得往内就跑，紧紧的把大门闭上。也顾不得告辞员外，背了行李包裹，叫庄丁领路，悄悄出了后门，往前竟走。

---

① 鼎鼐——旧指宰相治理国事。

又来到一个村庄,地名桃花庄,有座酒铺,开在那里。走将进去,叫店家取酒来饮。方才坐下,只见一个行客,慌慌忙忙奔进店来,把桌子一拍,乱叫道:"打酒来,打酒来! 不论热的冷的,只吃一壶,助助兴头,好去看打擂台。"那店家慌忙取将酒来,摆在桌上。那人筛来便吃。匡胤听说"打擂台"三字,即忙问道:"请问朋友,这个擂台是何人所立? 不知在于何处?"那人一面喝酒,一面答道:"这座擂台,就立在这里桃花庄西首,乃是桃花山上的三个大王所立。"匡胤道:"那大王叫甚名字? 他的武艺如何?"那人道:"这山上的三个大王,乃是一母所生的;大大王名唤宋金清,二大王宋金洪,三大王宋金辉,还有一个妹子叫做宋金花,一般的本事高强,武艺出众。聚齐了许多好汉,住这山上,做那英雄事业,霸踞一方,无人敢犯。因此在山下摆设擂台,每逢三六九之期,轮流下山,上台比武。那台上摆着许多金银做采,若是有人上台打他一拳,赢他一锭金元宝;踢他一脚,赢他一个银元宝。若是输了,给他十倍。每每里只有输与他的,再不见有人赢得。今日轮该大大王上台,所以要去观看。说罢,会了钱,出店而去。

匡胤听了,一时心痒,也只吃了一壶,还了钱,出门往西而来。走不多路,只见那边果有一座擂台,四围观看的人如山似海,甚是闹热。只见那台上立着一条好汉,扎束得十分齐整,正在上面耀武扬威,对着下边说道:"你们众人中,可有本事么? 便请上来会俺,赢得俺时,金银相送;怕给十倍的,休得上台出丑。"说不了,早见匡胤分开众人,一个飞脚跳上台来,大喝一声:"小辈休得夸口,俺来也。"只这一声,把宋金清唬了一跳,皱着眼把匡胤一看,暗道:"好个红脸汉子!"便道:"你这红脸大汉,敢是要与俺比么?"匡胤叫道:"宋金清,闻得你大有本领,故此俺特备十倍金银前来会你。"说罢,放下包裹,脱去了袍服,摆了两个架儿。那宋金清大怒道:"红脸贼! 怎敢道俺名字?"照着腿就是一脚。匡胤将身一闪,却踢个空,就势打个反背。宋金清用个泰山压卵势,望着匡胤打来,匡胤把身子一迎,故意失脚一滑,扑通的躺倒台埃。宋金清心中大喜,便使个饿虎扑食势,来抓匡胤。匡胤见他来的凶猛,就使个喜鹊登枝,将双足对着宋金清的胸膛,用力一蹬,早把宋金清踢倒。即忙跳起身来,上前擒住,双手拿住了宋金清的两腿,提将起来只一按,把宋金清的粪门劈开到小肚上,活活的分为两半,望台下丢了下来。那台下有十二个徒弟,百十个喽啰,大喊道："休叫走了红脸贼！快些拿住，与大大王报仇。"说罢，一齐举动枪刀，围住了擂台，喊声如雷，乱箭齐发。匡胤见势头不好，又没避身之处，心中着慌，舍下了行李袍带，跳下台来，赤手轮拳，打开一条活路，往南疾走如飞。正是：

> 撒手劈开生死路，翻身跳出是非门。

匡胤正走之间，后面喊声大举，追赶上来，看看将近。怎奈寡不敌众！难与争锋，只是望前飞奔。正在危急之际，忽然布起一阵黑雾，迷天暗地，掩石遮林，那喽啰失了路径，又不见了匡胤，只得回转桃花山报信去了。

匡胤见大雾退了贼兵，心下稍定，慌忙奔赶前途。当时来至一山，正在行程，蓦地里刮起一阵大风，十分厉害。风过处，忽听呼的一声跳出一只斑斓猛虎，张牙舞爪，摆尾摇头，望着匡胤便扑。匡胤侧身躲过，那虎扑了个空，转身复又跳将过来一抓，匡胤跳过一边，说声："不好！前有猛虎阻路，后有贼寇来追，我命今番休矣！"正说着，那虎又把身儿吊展过来。匡胤一时慌了，不将拳去抵敌，只把眼儿往后一望，只见路旁有株大树，迈步上前，扳住了树身，爬将上去，坐在枝上权为躲避。那虎却又作怪，见匡胤走了上去，跳将过来，也便坐在树下，把嘴向着那树根儿，只管去啃。堪堪地啃去了一半，那上面的树枝儿，就不住的摇晃起来。此时匡胤心中好不着急，说声："不好！这孽畜把树啃去半边，吊将下去，不是跌死，就是落在他口里。"心中一急，冲破泥丸，现出一条真龙在空中升腾旋绕。正是：

> 福无双至，祸不单行。

> 才退贼兵，又逢虎厄。

不说匡胤有难。且说这座高山，名为困龙山。山上有一座古寺，名为蛰龙寺。那当家长老法名昙云，本是残唐时的大将马三铁，曾做潼关总兵，后来弃职修行，住居此寺。寺中有五百名上堂僧众，个个拳棒精通，都听长老法纪。这日有两个僧人要往涧中取水，走出山门，忽见树林边坐着一只猛虎挡住去路，连忙跑进寺中，至禅堂报知长老。那昙云长老骂道："这孽畜，怎不在深山养静，擅敢扰害生灵。"吩咐："徒弟们！跟我前去走走。"说罢，立起身来，取了一只铁胎弓，三枝连珠箭，领着大众出了山门，立在阶沿石上观看：那树林边，果见一只大虫在那里啃树；又见半空中，现着一条赤须火龙。长老看了，微微冷笑道："我这寺门，乃清静之地，岂容这两个孽畜在此作耗？"左手弯弓，右手搭箭，正要射去，旁有一个徒弟叫道:"师父且慢! 那树枝上还坐着一人,这龙就是他头上现出来的,想必是个妖怪。"长老听了,定睛一看,果见一人在树枝上坐着。心中想道:"必竟这人遇着这虎,怕伤性命,因此扒在树上暂且躲避,等候人来救他。如今猛虎啃树,他心下岂不着慌,一时害怕,故此迸开顶门,现出此物。此人有此奇征,日后福分不小。待我出家人救他一命。"正是:

　　收起降龙意,又生伏虎心。

　　长老执定了弓箭,对着猛虎正待放去,众僧齐声道:"师父,不可!"长老道:"我要射虎救人,尔等缘何又说不可?"众僧道:"师父,我们佛家弟子,慈悲为本,方便为心。方才既不射龙,如今却要伤虎。放了一个,害了一个,岂无偏见之心?"长老道:"依你们便怎样?"众僧道:"若依弟子们主意,且把大虫哄去,救了树上的人,两下都不伤命,这便是慈悲之心了!"长老道:"说得有理。"放下了弓箭,就叫众僧上前哄去大虫。那众僧齐声呐喊,共力驱除,指望大虫跑了去。谁知他任你呼喝,只是不采。长老道:"尔等退后,待我吩咐于他。"遂大声喝道:"你这孽障,此地乃清净法门,谁许你在此作耗? 若不快走,叫你目下就要倾身!"长老方才说完,那虎立起身来,望着长老看了一看,抖抖毛,竟是望深林里去了。众僧夸奖道:"终是师父法力无边,只几句法语,就叫这畜生去了。"

　　那长老见虎已去,望上叫道:"树上君子,那大虫已去远了,你可放心下来。"此时匡胤被虎唬慌,真元出现,正在闭目凝思,待其天命,故此众人喧闹,不曾相闻。及至长老到树边叫唤数声,一如提撕惊醒,便尔元神归窍,清晰如初。开眼一看,果然猛虎已去,看见许多僧人立在下边,方才放心,溜下树来。到着寺门,细看那为首的老和尚,生得清奇古怪,老耄雄伟。以下僧人,尽多壮丽。但见那老和尚:

　　双眉似雪,两鬓如霜。面犹蟹壳,狰狞不亚揭波那;目若朗星,润泽无殊阿罗汉。毗卢帽整齐抹额,貌端端显得佛相庄严;红袈裟周正披身,气昂昂露出英风凛烈。两下门徒齐拥护,一如捧月众星辰。

　　匡胤见长老这等丰神,不住的暗暗喝彩。那长老也把匡胤细观,见他面貌神威,隐隐君王之相;身材厚重,堂堂帝主之容。心下也是暗喜,满面堆笑,开言问道:"不知君子尊姓大名,仙乡何处? 今日到此,有何贵干?"匡胤答道:"承长老下问,在下家住汴京,乃殿前都指挥赵弘殷之子,名叫匡胤,表字元朗。因到关西投亲,路过桃花山,见有强人卖弄,因一时不平,擂台力劈宋金清。不期他手下人多,一时难以抵敌,得便逃行,来到宝山,又遇了猛虎,所以权在树上躲避片时。正在危急,幸得长老相救,此乃死里逃生,皆出长老大德!"那长老听说,满心欢喜,说道:"原来就是赵公子,失敬了!请到里面讲话。"把手一拱,接进了匡胤,将山门闭上。彼此来至禅堂,叙礼送茶已毕,匡胤问道:"请问长老法名,俗家何处?乞道其详。"长老道:"老僧法名昙云,又名佛瑞;俗姓马,名三铁,残唐时曾为潼关总兵,与令尊有一面之交。后来因见国事日非,天心已去,弃职归家,来至此处出家,修心养性,远避俗缘。方才打死的宋金清,乃是桃花山的大王,本寺的施主。公子一时豪举,力劈此人,惹下滔天大祸。他还有二个兄弟,有万夫之勇;一个妹子,有妖法之能。手下有许多徒弟,五千喽兵,方才没有赶上,一定回山报信。他兄妹三人闻知大王被害,必来报仇。只是众寡不敌,如何是好?"

匡胤听了大惊,心中想道:"我指望避祸,如今倒自投罗网了。原来他与贼人一党,故此哄我进来,就把山门紧闭,心怀不测,必有鬼谋。我欲待打出山门,预寻生路,看这和尚年纪虽老,豪气尚存,况有众僧帮助,怎得出门?若徒坐观动静,时刻提防,亦非自全之策。"左思右想,一筹莫展。忽又想道:"我如今误入他门,料难出去。不如用一苦肉计,看他意向若何?"便道:"长老!那大王既是宝刹的施主,在下至此,谅无得生。可将我绑去送上山寨,一则遂了他报仇之心,二则也见得长老的无量功德。望即施行,莫须故缓。"那长老听了,笑容可掬,说道:"公子!你不必多心,休疑老僧有甚歹意。那宋家弟兄,虽是我寺中施主,却非心愿。因老僧贱名难犯,故假布施之名,暗里结交。老僧久欲驱除,因是无衅可乘。且独力难以大举,故得养成锐气,以至于今。况贫僧与令尊有一面之交,焉肯把公子献与贼人?我想他此来,必定先到寺中搜检。不如将计就计,我与公子并力同心,结果了这伙毛贼,与地方除其大害,这才是无遮无量绝大的功德。"匡胤道:"长老果有此心,还是戏语?"长老道:"老僧并不虚言,公子勿疑。"匡胤道:"长老有此盛德,不知计将安出?乞道其详,以释愚怀。"那长老用手一指,说出这个计来。有分叫:僧俗同心,蛰龙寺中顷刻尸横血溅;兄妹报怨,桃花山上登时瓦解冰消。正是:

　　　　共叹荣枯诚异日,堪悲今古尽同灰。
毕竟长老说出什么计策?且看下回自见分明。

第二十一回

马长老双定奇谋　赵大郎连诛贼寇

词曰：

羁人怀旅，回首乡关远。莺声催泪痕，方踯躅，烽烟满眼。平生志奋，欲尽扫妖氛。任角逐，逞追奔，指顾旌旗断。　　神谟妙算，矰①缴施羊犬。连驽绝归程，漫赢得，泉喷风卷。元凶已馘②，编鄙见尘清。鸿路靖，豹山宁，显得男儿愿。

右调《蓦山溪》

话说昙云长老见匡胤疑他有相害之心，便说道："公子何用疑心？老僧委的真心，故此屈留公子在此商议。必须设一奇谋，将他剿绝，方无后患。"匡胤道："既长老有此盛德，请问计将安出？"长老道："老僧有一神弓，名曰'插靶铁胎弓'，又有三枝连珠神箭，今交与公子，伏在大殿供桌之下。我把贼人哄了进来，见机行事。公子只听我口念'工'字为号，就便开弓放箭。天幸得能成功，结果了一个，就少一个帮助了。"说罢，把弓箭递与了匡胤，把那射法架势，教了数遍。匡胤天资敏捷，一教就会。跟了长老来到大殿，钻在供桌之下，放下了桌帏，安排停当。又吩咐众僧，把山门大开，若有桃花山贼人到来，只管放他进来，不必拦阻。众僧答应一声，开了寺门，等候不提。

再说那追赶的喽啰，被黑雾迷路，回转桃花山，报知了兄妹三人。那兄妹三人闻了此信，一齐放声大哭，切齿咬牙，务要追拿回来，报仇泄恨。当时留下宋金花看守山寨，兄弟二人点起五百喽啰，一齐下山，望前追赶。到了蛰龙寺，将山门围住，高叫道："寺内和尚听者：方才有一红脸汉子逃走到此，谅在你寺中藏躲。你们快快献将出来，每年加增你十万钱布施。"山门上的众僧，连忙报与长老。长老走将出来，一见了兄弟二人，满

---

① 矰（zēng）——古代射鸟用的拴着丝绳的箭。

② 馘（guó）——古代战争中割掉敌人的左耳计数献功称为馘。

面堆下笑来,问道:"二位大王,带领人马到来,不知何故?"宋金洪道:"长老有所未知,今日早上,有一红脸贼人与俺大哥在擂台上放对,不料俺大哥一时失手,被他劈死。言之痛心!喽啰们正要拿住,又被他走了。故此俺便前来追赶,不知可曾到此?若在你寺中,快把将来与我,定然重重相谢。"长老道:"原来如此。只是我寺中并未曾看见,大王再往别处追寻,不必耽误。"说罢,转身进去,把山门闭上。

宋金洪见了,心下疑惑,道:"兄弟,方才我们到时,山门大开;如今听着我们要寻,他就把山门闭上,其中必有缘故。你可在外看守张望,我进去搜寻一番,或者仇人在里,也未可知?"宋金辉道:"哥哥言之有理。"金洪下马,带领三十名喽啰至山门前,一齐叫门。那众僧做成圈套,就把山门开了。金洪当先,喽啰在后,一齐进了寺门,来到大殿。长老迎将出来,道:"二大王,想不信贫僧之言,要来搜么?"金洪笑道:"俺实不信长老之言,只得要得罪一遭。"就叫:"喽啰,与我进去搜寻!"喽啰答应一声,拔步下殿,从两廊搜起,复上大殿,往罗汉堂及天花板内,至厨灶僧房,地板天井,各处搜寻,并无踪迹,出来回了宋金洪的话。金洪喝道:"你们这班奴才!未曾搜到,就来搪塞。这供桌底下为何剩着不搜?"长老听了,暗暗笑道:"谁说不在供桌底下!总然搜将出来,我马三铁在此,怎肯叫你拿去。"当下喽啰走至供桌跟前,正欲将桌帏揭起。只听得檐前风声骤发,就地滚滚尘埃,早来了两位护驾神祇。只见那左边的装束得十分凶恶,异样惊人。怎见得:

　　头上纸锭映风飘,散发垂肩眼坠梢。
　　脸带凶愁如粉洁,口涂嘖①血似湾超。
　　白布袍儿腰系草,轻麻裙子足穿鞋。
　　手中端执长杨拐,护驾丧门神圣标。
再看那右边的,更觉威风。但见:
　　头带银盔光闪烁,身披锁子镫镍甲。
　　右手提着方天戟,左手托座黄金塔。
　　镇静威仪神道伏,庄严色相佛门钦。
　　陈塘关上有声名,蛰龙寺中来保驾。

————————

　　①　嘖(xùn)——含在口中而喷出。

两位神圣站在案桌左右,护住匡胤。那些喽啰正待掀起桌帏,早被托塔天王把黄金塔一幌,把喽啰的眼珠儿都幌黑了,一些也不见影响,只得走了下来回覆。

宋金洪道:"只怕你们搜的不细! 今日有心得罪寺里,你们可再往各处细细的搜看,便见有无。"喽啰奉命,重新又从两廊搜起,直至卧房住手。这一回搜寻比前大不相同。但见烟尘缭乱,橱柜乒乓,千年古佛尽翻身,几处经箱多倾倒。喽啰寻了多时,出来回复道:"前后细搜,并无踪迹。"金洪听言,心中闷想:"这红脸贼果然不到寺中不成?"正待起身,长老道:"二大王,如今可信贫僧之言并非虚谎。"宋金洪道:"这贼虽然不到寺中,不知逃往哪里去了?"长老道:"何不佛前求上一签,问问去向,也省了胡乱儿追赶,枉费大王的工夫。"金洪道:"长老言之有理。"遂即走至佛前,取了签筒,双膝跪下,口内通诚道:"弟子宋金洪,住居桃花山。因于今日有一红脸大汉,不知姓名,在擂台上将弟子长兄劈死,逃去无踪,哀求我佛慈悲,悯赐一签,指明去路。"

金洪正在祷告,那长老在旁把磬儿敲动,口里念声:"工,工。"金洪听见,立起身来,问道:"长老,我在这里求签,你为甚起'工'来?"长老道:"二大王有所不知,这是求签的灵咒。若不宣念几声,总你虔诚,不能感应。"金洪道:"如此,烦你多念几声。"说罢,便又跪下,执了签筒乱摇。长老口中又念"工,工"。不上两声,匡胤在案桌下听见,把神弓搭上了箭,轻轻把桌帏掀开,对着金洪,说声:"强贼,看箭!"嗖的一声,正中咽喉。金洪手撒签筒,身躯仰倒,一命呜呼归阴去了。众喽啰看见,一齐发喊道:"不好了! 有刺客在此,把二大王射死了。"往外乱跑。长老丢了磬儿,身边拔出戒刀,当门拦住。匡胤跳将出来,把宋金洪的宝剑取了,执在手中。僧俗二人一齐动手,砍倒了二十多人,余者逃往外边。那宋金辉正在山门等候,忽见喽啰跑出来,叫道:"三大王,不好了! 这寺里的和尚与这红脸大汉通同设计,暗箭把二大王射死了,又伤了大半人,小的逃得快,全了性命。三大王作速整备。"

宋金辉听了,魂飞魄散,顿足捶胸,叫道:"马三铁! 你为山寨上门徒,得了若干布施,怎敢通同野贼,伤害我哥哥? 若不报仇,誓不立于人世!"把刀马交与喽啰,拔出宝剑,带领了五十名健汉,跑进寺门,一齐叫喊道:"马三铁,你快把红脸贼献出,万事全休;若有半个不字,叫你合寺僧人不留一个!"长老听知,谓匡胤道:"公子,此贼力大无穷,当用智取。公子可躲在窗后,待贫僧引他进来,与他一个暗送无常,免了你我费力。"匡胤依计,将身闪在窗后。长老手执戒刀,大步迎将出来。刚到金刚殿,正遇宋金辉。长老喝道:"宋金辉! 你等兄弟不守本分,无故扰乱我清净之场,两次三番进来搜检,是何道理? 只是你自取灭亡,休要怨着老僧!"金辉见了,怒气填胸,口中大骂道:"马三铁! 你这老贼秃,你从前以往,不知得了我山寨多少钱粮,舍在寺中,不思报答施主之恩,反与野贼同谋害我兄长,怎肯甘休?"说罢,仗剑赶至面前,劈面一剑,长老将戒刀火速相迎。两个杀在当场,战在一处,约有十合,长老诈败,虚晃一刀,跑进了大殿,宋金辉随后追来。匡胤在窗后看得明白,让过了长老,把手中宝剑举起,对准了宋金辉的脑后,喝声:"强贼看剑!"这一剑砍来,金辉哪里躲闪得及,叫声:"不好,吾死也!"只听得一声响处,早已:

> 连肩砍断丫叉骨,带臂劈开粗细筋。

宋金辉既死在地,那些喽啰齐声叫道:"不好了! 三大王也被害了,我们快些逃命罢!"呐喊一声,往外乱跑。长老与匡胤从佛殿上赶出来,刀剑并举,一连砍倒了二十多个。长老吩咐众僧一齐跟走出去。那山门外的喽啰,正在那里等候里边消息,只见众健汉往外乱跑,后面许多和尚追赶出来。见了如此光景,知是败了。指望要逃,长老把戒刀往后一摆,许多上堂僧发声喊,杀将过来,好不厉害。只见:

> 征云笼地,杀气迷天。征云笼地,扬尘布土慢山河;杀气迷天,惨喊愁声彻霄汉。追奔和尚,一排头齐眉棍棒,举动处犹如雾卷游龙;败北喽啰,尽抛却光闪枪刀,跑走时好似弹伤飞鸟。自悔当年入了伙,岂是争名;不图今日丧其躯,只因夺利。

当下长老见喽啰死的死,跑的跑,已是了账。便吩咐众僧不必追赶,众僧依言,各自回身。只见宋金辉骑的一匹赤兔马在那里乱叫。匡胤听了马嘶,仔细一看,见那马周身如火炭一般,身条高大,格体调良。走至跟前,将缰绳拉住。那马见了匡胤,摆尾摇头,嘶鸣不已。匡胤满心欢喜,收了良驹。又见那首戳着一柄宝刀,将马交与僧人牵着,自己走将过去,提起来一看,果然好一口宝刀。有诗为证:

> 火炼功深久,枪锥怎敢当?
>
> 锋利谁得比? 九耳八环刀。

匡胤看了心中大喜，取将来与长老观看。长老道："此乃九耳八环刀，乃是纯钢炼就，锋利非凡，真乃一口宝刀，可惜落于贼人之手。今归公子，可谓物得其主矣！"言罢，即命僧人牵了良马，执了宝刀，与匡胤一齐进了寺门。

　来到大殿，见了宋金洪弟兄二人尸首横卧在地。长老叹息道："孽障，你二人不为争名，不为夺利，无故枉送性命！方才的英雄，而今安在哉？"正言间，见宋金洪的盔甲甚好，便对匡胤道："公子，这宋金洪的盔甲亦是齐整精奇，公子何不卸他下来？"匡胤走上前来，遂把勒甲绦解开，将这副锁子黄金甲卸了下来，披在身上，倒也可体。又把凤翅盔除下，戴在头上正好合适。打扮齐整，长老大喜，道："公子，你如今得了刀马，有了甲胄，此乃天之所赐，假手于贼人。若遇贼兵，何足惧哉？"遂吩咐众僧，将这大殿丹墀的尸首及寺门外的尸骸，一齐扛去山后空地上，尽都烧化了。又将各处佛前供桌上的桌帏，解来做了旗号，端整①与桃花山贼兵厮杀。

　且不言蛰龙寺中有了整备。再说桃花山上宋金花，见两个哥哥领了喽兵去追拿红脸大汉，去了许久，不见回来。正在忧疑，只见一群喽啰跑上山来，见了金花，一齐哭拜在地。金花慌忙问道："你们为何这般模样？二位大王如今在哪里？"喽啰禀道："小姐，不好了！那马三铁与红脸大汉同谋设计，把二位大王一齐杀害在寺中，又把兵马杀了大半。吾等得逃性命，回来报知，望小姐做主！"那金花听了此信，只唬得死去复生，放声大哭，痛骂："贼僧！你忘了大恩，反助贼人杀我兄长，誓不与贼并生！"遂取披挂结束停当，提刀上马，带领了合寨儿郎，一齐下山，奔蛰龙寺来。

　一路上喽啰呐喊，兵马奔驰，早到寺前。却有僧人报知长老，长老同众僧各执兵器，扯了桌帏的旗号，簇拥着匡胤走出山门。到平阳之地，正见贼兵扎住阵脚。那宋金花一马当先，娇声喝道："马三铁！吾山寨上有甚亏负你处，你便与红脸贼通谋害我兄长？今日我亲自到此，快将红脸贼送出，与我兄长报仇，你死略可俄延。若道半个不字，叫你狗命立刻归阴，合寺僧人不留只影。"匡胤听了大怒，提刀出马，大骂："鸟婆娘！汝来送死，尚自不知；还敢鼓舌摇唇，做此伎俩？"宋金花抬头一看，见匡胤盔甲

_____

① 端整——此为准备之意。

刀马都是兄长之物，不觉睹物伤情，两眼流泪，喝道："红脸贼！你害我兄长，又窃取了盔甲刀马，尚在此狐假虎威，岂不可羞？快通名来，好取你首级。"匡胤闻言，举眼重观，只见他：

> 烂银盔上双凤翅，白甲素袍彩战裙。
> 胸前宝镜光闪电，勒甲丝绦九股均。
> 袋内弯弓犀角面，壶中箭插玉雕翎。
> 打将钢鞭鞍上挂，杀人宝剑鞘中存。
> 爱骑走阵玉雪马，三尖两刃手中擎。
> 杏脸桃腮生杀气，柳眉凤眼带凶形。

匡胤高声喝道："你要问我大名，我乃东京赵指挥老爷的公子，赵匡胤便是。你是何名，也快通来。"金花听了，心中倒有几分怯他，暗自想道："我闻他绰号叫'赵闯子'，惯要招灾惹祸，因杀了御乐，逃走在此。打遍关西，并无敌手，怪不得兄长三人都丧于此人之手。"遂开言道："赵匡胤，我乃桃花山大王的亲妹，紫霞洞老母的门人，宋金花便是。闻你在东京惹下大罪，逃到这里，应该隐姓埋名，改恶从善，才是正理。不道狼子野心，仍然行凶害命，不要走，吃我一刀！"拍马举刀，往匡胤顶门上剁来。匡胤将刀望上架过，两个往来冲杀，大战在龙潭虎穴之中。真好厉害：

> 一双男女相争战，两边僧俗助威风。一个三尖刀拦头便砍，一个九耳刀赴面相迎。刀去犹如一片雪，刀来好似一团冰。八只马蹄就地滚，四条膊臂定输赢。金花恨如切齿报兄仇，匡胤勇猛无穷怎惧怕。

二人战到三十余合，不分胜败。金花料不能胜，心中暗想："此人武艺高强，毫无破绽，须用法术方可胜他。"想定主意，遂即将刀一晃，败下阵去。匡胤不知是计，喝声："鸟婆娘，往哪里走？"拍马随后追来。金花回头看见，心中暗喜，放下三尖刀，伸手往豹皮囊中取出一宝，名为烈火珠。口念真言，祭在空中，往匡胤顶门上打来。昙云长老见了大惊，高叫道："公子，少要去追，邪术来了。"匡胤抬头一看，只见半空中一道红光落将下来，匡胤叫声"不好！"勒马要跑。不想宋金花用手一指，这颗珠随着匡胤顶上飞来。匡胤只觉得热气蒸人，眼花头晕，说声："我命休矣！"双眉一紧，二目一合，急得顶门迸开，现出一条赤龙往上升腾，有万道毫光拥护。那珠方落下来，正遇火龙将爪抓住。长老看得分明，心中大喜。叫道："公子休得害怕！这邪术已破了。"

那金花听见，抬头一看，只见毫光万道，拥着一条赤龙在空中旋绕，那烈火珠影迹全无。心中焦闷，呆呆的只看天上。长老瞧见，动了杀戒。心中一想："待我断送了这个贱婢的性命！"遂取出弓来，搭上了箭，大喝一声道："宋金花，看我的连珠神箭！"一声响射的过去。金花微笑道："老贼秃！你有连珠箭，难道我怕你不成？"乘着箭来，身子一些不动，把左眼一瞅，左边的箭堕地；右眼一瞅，右边的箭垂埃。长老见了，心中惊骇，道："不道这女子倒会瞅箭法。我如今连发三枝，看他如何躲避？"遂又取出三枝箭来，先发二枝，金花仍把二目瞅落。长老忙把第三枝发去，宋金花不及提防，叫声"不好！"歪倒身躯，那枝箭刷的一声，打从肋下蹭将过去。这时匡胤原神归窍，勒马停刀，正在思想欲诛金花之策。却见他在那里遮挡连珠神箭，心中暗喜，此妇合该休矣！把马一磕，轻轻的盘到宋金花背后，举起了九耳八环刀，喝声："贱婢看刀！"金花只顾前面躲箭，哪知背后刀来，一时措手不及，被匡胤一刀砍于马下。

众喽啰发声喊，正待逃走，却被众僧赶上前来，齐齐围住。长老道："徒弟们，不必坏他性命！待我发放于他。"遂提了禅杖，走至跟前，说道："尔等俱系各处饥民，无奈被贼所诱，做了无良。常言道：'树倒猢狲散'，今宋家弟兄俱已丧命，料尔等一身无主，四海无家。依我良言，可各回乡土，改邪归正，本分营生，与父母妻子团圆，岂不美哉？"喽啰听了，各各下马弃了刀枪，道："承蒙禅师劝化，我等皆愿听从。乞求保全蚁命，万世恩德！"长老道："我既劝你，焉有杀害之心？但汝等去后，幸勿再蹈故辙，方是正道。"即命众僧："放开一条大路，让他去罢！"众喽啰各自感激，齐齐磕头，谢了长老活命之恩。然后回到山中，将积贮的金银珠宝、细软物件等类均匀分了。放火烧了山寨，各自取了行李，分头回乡去了。正是：

片言点醒迷途客，一语参归正觉门。

却说昙云长老既放了喽啰，吩咐众僧把撇下的马匹、弃下的刀枪收进寺内；又将金花尸首扛去烧化。诸事已毕，那匡胤下马提刀，同长老进了山门，至禅堂坐下。长老即命僧人安排筵宴，庆贺成功，彼此欢饮，直至更深方才撤席安寝。

次日起来，早饭已过，二人正坐谈心。只见僧人慌慌忙忙跑进禅堂来,报说道:"外边有一群乡人要见长老。"长老不知所以,同了匡胤齐至大殿上来。有分叫:草莽肃清,人民感德;英雄困顿,途路悲穷。正是:

　　普天尽为名和利,大地都归数与机。

毕竟来的何人?且看下回分解。

第二十二回

柴君贵穷途乞市　郭彦威剖志兴王

词曰：

　　晚云凝，晚云横，烟草茫茫云树平。杜鹃声，不堪听，别泪暗倾，良宵空月明。　　冰蚕丝断琅玕①折，湘妃竹死青冥裂。短长亭，几千程。归计未成，愁随江水生。

右录刘伯温《旅怀》调《梅花引》

　　话说昙云长老与同赵匡胤将桃花山贼人，尽都剿绝，回至寺中，对坐谈心。忽见僧人进来报道："外有一群乡人要见长老。"长老便与匡胤一齐来至大殿，与众人相见。原来是桃花山的几个年高有德的百姓，见贼人都已死散殆尽，便将擂台上匡胤遗下的行李鸾带衣服等件，把来送至寺中。当时见了长老、匡胤，各各致谢道："多承公子与长老盛德，除了地方大害，重见清平；小的们特来拜谢，并送行李衣服在此。"长老大喜，道："感蒙众位施主费心，请坐献茶。"因说道："这位公子，乃东京赵老爷的公子，名匡胤。与贫僧有通家之谊，为人专打不平，剪除强暴。如今桃花山的贼人既灭，撇下这许多牲口在此寺中，但此地并非养马之所，烦列位施主带回村庄。如有缺少耕牛之家，发他一头两匹，免得乡人劳苦，乃是众位施主作善之地。"众人听了，一齐说道："长老既有慈悲之念，我等自当效力。"长老大喜，吩咐僧人把马匹尽都赶到桃花山去，只留下赤兔龙驹马赵公子骑坐。众僧奉命，随着众人，将马匹赶往桃花山去了。正是：

　　不顾肥身保后计，常思利物济人心。

　　匡胤在于寺中，又过了一宿，次日清晨，来别长老，就要动身。长老留定盘桓，又遇天色阴雨，路上难行，只得住下。终日与长老谈兵说法，论战言攻，彼此参互深机，追求妙理。因思"蛰龙"两字取得不妥，道："龙遇了蛰，难以兴旺。"与长老商议，将山门匾额改作"兴龙"两字。自此住在寺

---

　　①　琅玕——珠树。

中，按下不提。

却说柴荣在招商店，自郑恩去后，病又复发，十分沉重。又兼无人服侍，汤药不调，因此卧床日久，奄奄一息。看看病有三月之外，柴荣命中该有百日之灾。那一日合当难星过度，灾去安来，适遇天时顿变，大雨倾盆，一声霹雳，把柴荣唬出一身臭汗。虽然七窍通快，内热消除，到底久病之人，身体软怯，怎经得大汗一出，元气不敷，竟自昏昏沉沉的睡在被里，就如死人的一动也不动。那店主人在外看见这大雷大雨，恐怕客房中漏湿，进来逐房照看。看到柴荣房内，只见炕头上点点滴滴的雨泪下来，叫声："柴客人醒来，你的铺盖儿多漏湿了。"连叫数声不见答应。走至跟前，用手推了两推，绝无动静。只得揭开被来一看——不看犹可，看了只唬得三魂失去，七魄无存。只见那柴荣仰面朝天，寂然不动，真似三分气断，一旦无常。那店主慌了，只叫声："苦也！柴客人，你坑杀我也！自你到店以来，病倒了三个月日，房钱并不与你算讨。那黑脸贼又私自逃去了，你死在此，叫我当灾。来往的客人，怕染恶病，多不上门，连鬼也没有影儿。害得我家中诸物当尽，还指望你病好离门，等我烧陌纸钱，送出了瘟神穷鬼，重整店门。谁知你一病命绝，叫我哪里制办得棺木起？"

店主正在自言自语无法支持，只见柴荣翻转身来，唬得往后乱退，满口只叫："有鬼，有鬼！"柴荣听了，渐渐开眼，见了店主，叫声："老店家，为何这等大惊小怪，只往后退？"店主听了柴荣声唤，又道："好像不曾死的。"把眼揉了两揉，说道："柴客人，你当真是人是鬼？老实说了，免得我惊怕。"柴荣道："我乃是人，你怎说是鬼？我方才出了些冷汗，病体大略有些好了。你休得这等惊恐！"店主听了这些说话，谅来未死，才得放心，叫道："柴祖宗！宁可好了罢，休要唬死了我。你要想什么汤水吃，待我整治取来？"柴荣道："承老店主美意，别的不想吃，只把米汤见赐半碗。"店主出去，即忙端整一碗与柴荣饮了，服侍安睡。

此时天雨已住，店主出去料理店务。到了次日清晨，店主记着柴荣病体，走进里边，问长问短。那柴荣渐渐想起饮食来吃。店主经心用意，递饭送粥，随时服侍。约过了五六日，病体好了一半，看看的硬挣起来。强坐无聊，以口问心，暗想往事，道："我家祖传的推车贩伞，只因父在潼关漏税,被高小鹞①拿住,乱箭射死。我欲报仇,怎奈官民不敌,贵贱难争!只好含忍饮恨而已。今又流落在外,小本经营,又亏赵公子众友意气相投,结为手足。岂知木铃关外,又与二弟相离。只剩下愚鲁郑恩,指望相为裨益;谁道将我资本食尽,弃我而逃。以此气成大病,缠了百日,才得轻安。欠下房钱,毫无抵还。如今病虽好了,只是腰下无钱,三餐茶饭,从何而至? 可怜举目无亲,形影相吊。再住几日,店家打发出门,叫我何处栖身,将谁倚靠? 作何事业以给终身?”左思右想,忽然忆着道:“我有一个嫡亲姑母,现在禅州。闻得姑丈做了挂印总兵,执专阃外②,甚是威雄,何不投奔那里安身立命? 但是欠下房钱,店主怎肯放我起身? 就使肯放之时,无奈盘费也无,如何去得?”正在两难之际,只见店主走将进来,叫一声:“柴客人,你今日的容颜比昨日又好了许多,身子也渐渐轻强起来,应该出外经营,方好度日。”

柴荣听了,长叹一声,说道:“老店主,小弟为此正在思想,所有些许资本,连货俱被那黑贼用尽,又已逃往他方,因此我气成此病。幸今灾退,又蒙老店主大行阴德,念我孤客,调养余生。欲待经营,又无资本,唯有一处可以去得,乃是一个姑娘,嫁在禅州。意欲投奔于他,又无盘费;更兼欠下老店主许多房钱,一时难以起身,因而无策可从,在此思想。”说罢,泪如雨下。

那店主听了此言,心下打算,巴不得送出瘟神,眼前讨个干净。就是舍了这三个月的房钱,譬如前日死了,也免不得买口棺木与他殡殓,还落下个野鬼在家,终日担惊受怕。就满口答应道:“柴客人,禅州既有令亲,急须前去投奔才是。就是欠下的店账房钱,也是小事,待你日后得了好处,再来还我不迟。若是没有盘费,也还容易,待我出去对那旧日买伞的各铺店家,央他资助一二。他念昔日主顾,难道不肯不成? 有了此项,便可起身了。”柴荣听了,满心欢喜,道:“老店主所言极妙,只是又劳尊步,事属不当。”说罢,遂同店主出去。大凡交易过的铺家,店主善言相告,彼处各无吝色,一口应承,也有助一钱的,也有助五分的,共十余家,随多凑少,约有九钱余银拿回店来。柴荣方才心定,打点起身。那店主把行李收

---

① 鹞(yào)。

② 阃(kǔn)外——负外城门外军事专责的人。

拾起来，款款①的在旁催促。禅州本有一千余里，只说八百里程途，巴不得早早出行，才得了账。柴荣叫声："老店主！小弟在此，多蒙厚情，此去略有好日，补报大德。"说罢，别了店家，离了泌州，望禅州大路而行。

此时正当早寒时候，一路上但见：浮阳减青晖，寒禽叫悲壑。晋时夏侯湛曾有一谣，单道寒时行路之苦，云：

唯立冬之初夜，天惨懔以降寒。霜皑皑以被庭，冰塘濑于井干。

草槭槭②以疏黄，木萧萧以零残。松陨叶于翠条，竹摧柯于绿竿。

柴荣在路行程，将有十日之外，把九钱余的银子用得罄尽。无计可施，只得又把行李变卖了几钱银子，苦苦费用。又行了几日，不见到来，心内闷恼，遂问土人道："此处可是往禅州的去路么？"土人答道："正是。"又道："还有多少路程？"土人道："早哩！还有七百里程途，方是禅州界上。"柴荣听了，顿口无言，心中思想："路程尚有大半，盘缠用尽无余，如何行得到彼？"身上又是单薄，腹中更且空虚。饥寒兼受，困苦难言，没奈何，只得沿门求乞。遇着村市店房，不惜体面的上前乞食。可怜把那剩饭残羹，当作美味时食。正是：

洪运未通，暂为乞食。

昔年子胥，匍匐沿门。

在路之间，约又十数日，方到禅州，才把忧闷之心放下一半。细细打听，果然是姑丈郭彦威做了此处元帅。闻了此信，十分欢喜，迈步进城，到十字街上，逢人就问的来至帅府辕门。早见那两边巡捕官员，巡风军卒，一个个身强体大、面目凶横。见了柴荣身上褴褛，一齐高声喝道："你这乞丐的死囚！这里是什么去处，你敢探头探脑，大胆胡行，想你有些不耐烦，要讨几记棒吃么？"柴荣见势头不好，怎敢分说，只得诺诺而退，半响做声不得。心下想道："我千乡万水，讨饭寻茶来到此处，岂是容易？实指望投奔姑娘，得见一面，倘肯相留，便好立业。谁知帅府规模这等威恐！他既不肯放我进去，且往衙门后面去看，若有后路，便好进府。"想定主意，顺着右边而走。

不多时，忽见有座后门紧紧闭着，两边也有四个小军把守巡逻，柴荣

---

① 款款——和颜悦色的样子。

② 槭(sè)槭——光秃的样子。

看了，心中害怕。正在无措，忽听得里边有人高叫开门，那军校忙把门儿开了。只见里边走出两个丫环来，叫道："军校，我奉太太之命，有三两银子在此，叫你送到万佛观中，交与当家的老师太，明日初一，要在佛前供养，顶礼宝忏的。快去快来，立等回话。"两个军校接了银子，如飞的去了，剩下两个军校在此守门。柴荣道："我既到此，趁他有人出来，何不上前问他一声？虽着他一顿打，也强如饿死在此。"立定主意，连忙紧步走上前，叫一声："姑娘！烦你通报一声，有个柴荣在此探望。"军校听了哪肯容情，大喝道："你这囚徒！这里是什么所在，你敢大胆前来求乞？"举起了棍儿，就要打来，唬得柴荣无处躲闪。那里边的丫环连忙喝道："你等休便动手，且问他一个明白，然后定夺。"军校听了住手。那丫环问道："你是哪里人氏？从何处而来？到此找寻何人？你须细细直说，我便与你做主。"柴荣便说道："我姓柴名荣，表字君贵，祖贯徽州人氏。一向推车贩伞，流落他乡，不幸本钱消折，无计营生，因此不辞千里，特来投奔姑娘，万望通报一声！"那丫环道："原来你就是柴大官人，我太太常常思想，不能见面。今日天遣相逢，来得凑巧。你且在此权等一回，我与你通报。"说罢，转身进去。

那两个军校见他是元帅的内侄，虽然身上不堪，哪里还敢拦阻。不多时，只见起先的两个丫环走将出来，笑容可掬，叫道："柴大官人，太太传你进去相见。"柴荣听了满心欢喜，跟了丫环，转弯抹角来到后堂。丫头上前禀道："柴大官人到了。"夫人听说，往下一看，见的衣衫褴褛，垢面蓬头，肌瘦背耸，好似养济院内丐者一般。细看形容，依稀却还认得，便问道："你果然是我的侄儿么？"柴荣道："侄儿焉敢冒认？"夫人道："你果是我的侄儿，可不苦杀我也！你父亲今在哪里，做甚生涯？为甚你孤身到此，这般形容？可细细说与我知道。"柴荣双膝跪下，两泪交流，叫声："姑母大人，一言难尽！自从姑母分别以来，至今一十二年，父亲在外贩伞营生，权为糊口。只因在潼关漏了税，被高总兵捉住，乱箭射死，言之痛心。致使侄儿一身孤苦，茕子①无依。不得已，仍将父业营身，流落江湖已经八载，历尽了万苦千辛。不幸在泌州得病，延了三月，因而盘缠费尽，资本一空，无所聊生，特到姑母这里寻些事业。又打听得姑爹做了此处总兵，

————————
① 茕(qióng)子(jié)——形容孤孤单单，无依无靠。

帅府威严不敢擅入,因此只从后门,遇着了这位姐姐。蒙他引见,真乃天假之缘,不胜欣幸。"

那夫人听了此言,不觉下泪,说道:"自从你姑夫那年接我到此,与你父亲分别之后,我几次差人打听消息,多说你父亲身安家盛,谁知已作异乡之鬼。待我与你姑爹说知,务必提兵前去与你父亲报仇。但你姑爹生性好高,最爱的是秀丽人才,今日欲叫你就去见他,恐你容貌不堪,未免有轻慢之意。如今且未可相见,我后边有三间佛堂,倒也幽僻,你姑爹从不至此,你可在内安身,将养几月,待等容貌光彩,然后见他。"说罢,就命丫环送至佛堂。又吩咐在内丫环及使用人等不许多言,说与老爷知道。众人各各依从。

当时柴荣来至佛堂。原来这佛堂平列三间,中间供着观音大士,乃是金装成的尺余法身,庄严色相,摆列香儿,供设灯烛。两边俱是书房,极其洁净,真是幽闲趣致,尘俗消除。柴荣进内,顿觉清爽异常,心怀淡荡。须臾小厮送将一盆热水出来,还有一套新鲜衣服。柴荣就在书房沐浴了身体,梳发带巾,换上新衣。随后送进酒饭,甚是丰盛。又有小使两边服侍,听从使唤,这回比前便大不相同。正是:

　　饔飧①和羹味,寝眠锦绣重。

　　从今洪运至,平步上穹隆。

自此以后,柴荣在佛堂居住,要汤则汤,要水则水,每日安闲快乐,毫无烦闷忧愁。自古心广体胖,不上一月的将养,把那肌黄肤瘦形容,竟换了一副润泽光华体貌。那一日夫人来到佛堂,见了柴荣,不胜欢喜,道:"侄儿,你如今可去见得姑丈了!"遂吩咐小厮,去后槽端整一匹齐整的骏马,又叫内班院子,到外边暗暗的雇了一个跟随。重新换了一身华丽衣服,从后门出来上马,仆从跟随,往别处超至辕门之前。柴荣策马扬鞭,高声叫道:"门上的官儿,快些通报! 说有内亲柴大官人到了。"那些军校见了柴荣,身披锦绣,跨坐雕鞍,如王孙公子的模样,口中又称是内亲。也不敢轻觑,也不敢喝骂——他哪里知是个前日到过,曾被骂退的人。正是:

　　世态惟趋豪富贵,人情只附掌威权。

当下军校见了,一个个堆下笑脸,说道:"尊驾既是内亲,权请少待,

---

①　饔(yōng)飧(sūn)——早晚熟食。

容当通报过了，自然相见。"那巡捕官即忙进了帅府，报与郭彦威道："外面有一位公子，口称内亲，要见元帅，专候严命。"郭彦威听报，即传命："请来相见！"巡捕官奉命，连忙奔至辕门，道："柴大官人，我家老爷有请！"柴荣即时下马，跟了巡捕官，踱进帅府。至堂上，只见郭彦威高高坐起，甚是威严。柴荣朝上鞠躬施礼，双膝跪下，口称："姑爹大人在上，小侄柴荣不远千里而来，特叩尊座！"郭彦威听言，把双目往下一看，见柴荣生来福相，楚楚人才，心中大加欢喜。即便欠身离座，用手搀扶，叫声："贤侄！你远路风霜，休得拘礼。你的姑娘终朝想望，时刻挂怀，幸喜今日到此，堪称素愿。可随我后堂见你姑母，以叙骨肉之情。"说罢，携手而行，来至后堂，拜见夫人。

那夫人看见，假意问道："这是何处来的外客？直引到内堂来却是何故？"彦威道："夫人，这是你骨肉之亲，君贵贤侄。你日常想念，今日见面，怎么不认得了？"夫人道："这就是我的侄儿柴荣么？想杀了姑娘也！"说罢，抱头大哭。柴荣拭泪施礼，就坐于旁。茶罢，夫人故意动问家中事体。柴荣把那父亲遭戮之事，从头至尾说了一遍。夫人心伤悲戚，哽咽不止。彦威在旁相劝道："夫人不必悲伤！待下官事机得便，领兵杀上潼关，拿住此贼与舅报仇便了。"后来赵匡胤兴兵上潼关，逼取高行周首级，正为此事而起。这是后话，按下不提。

当下郭威吩咐备酒，与柴荣接风。至亲三人，依礼而坐，传杯递盏，欢饮闲谈。郭威举杯在手，谓柴荣道："贤侄，你一向在外，可知近日朝内事情兴废如何？各处民风可好？"柴荣道："小侄近来相闻，纷纷传说，新主登基以来，贪色好酒，终日与粉黛姣娥百般取乐。辄兴土木，不理朝纲，以此民情大不能堪，四方干戈并起，只怕大汉的天下，难保安享，眼前必生事变，祸乱立至矣！"郭威听了，把酒杯放下，道："贤侄，想当初刘知远与我同在东岳总兵麾下，建了许多功绩。后来晋祚倾亡，他便自立为君，封我外镇。老夫心实不忿，常怀袭取之意，怎奈没有机会，隐忍于心。幸今匹夫丧命，竖子荒淫，务要夺取刘家天下，吾愿毕矣。但今半年前，有个相士名叫苗光义，在此经过。老夫闻他阴阳有准，因而请他相我，他言有一朝天子之份，只待雀儿得了饱食，方能遂其大志。"柴荣就问道："这雀儿之言是何解说？"郭威道："贤侄却也未知：老夫左膀，天生的一个肉瘤，如雀儿形状，右膀上也有一个肉瘤，似谷稔一般，因此人人都称我为'郭雀儿'。那苗光义说:雀儿若能飞上谷穑,方是我兴腾发迹之时。老夫思想,左右生成,相离五寸有余,焉能飞得过去? 以此难遂其心,终日坐怀妄想。"柴荣听了此言,暗自忖思,一时起了许多妙想。有分叫:暗动机关,提起兴王之志;明承襄赞,助成建业之功。正是:

　　　运至言言成妙解,时来款款见征符。

毕竟柴荣想甚念头? 当看下回便见。

第二十三回

太祖尝桃降舅母　杜公抹谷逢外甥

诗曰：

> 远游留滞寺禅间，言别依依古道趋。
>
> 方物果堪观朵颐，奇馐①亦可进盘飧。
>
> 岩岩气象高千古，烈烈肝肠耀万年。
>
> 任是党姻尊长者，锋芒到处不相谦。

话说柴荣在帅府内堂，与同姑丈姑娘，至亲三口开怀畅饮，酒席之间，郭威将平日想望之心，尽情剖露。刻欲成基立业，定霸兴王，正打着柴荣心事。当时听了郭威这番言语，不觉暗自思忖道："我姑爹既有吊伐之心，何不乘机撺掇，建立根基，以成大事？况姑爹年已高大，膝下无嗣，日后大位，终属于我。我当以言探之，便见分晓。"想定主意，开言问道："姑爹既有贵相，具此异物，小侄不揣亵尊，思欲一观，不知可否？"此时郭威已带三分酒兴，听了此言，不禁掀髯大笑道："贤侄既要相观，待俺脱去袍服，与你一瞧，有何不可？若得雀儿果能牵入谷稔，便是我称王道寡之时，定当封你为守阙太子，以续鸿基。"柴荣听言，满心暗喜，即忙离席谢恩。郭威大喜，遂命小厮撤去筵席，叫过两个丫环宽去袍服，除下里衣，将两边膀臂露出。柴荣上前定睛一看，果然生就的奇形，天然妙相。只见左右肉瘤，相离五寸有余，似两峰对峙，等待相连的一般。因思："我姑丈是个爱奉承的，方才我谢得一声，他就欢喜个不了。如今我索性赞扬一回，看他怎地？"于是一只手按住了左膀的雀儿，一只手按住了右膀的谷稔，两边一齐挤动起来，不知不觉，把个雀儿款款的挤到谷稔里了。柴荣高声叫道："姑丈大人！今日雀儿到了谷稔里了。"看官：那柴荣本是金口玉言，况又福至心灵，便有符验。这句话不打紧，早惊动了虚空过往神祇，大显神通，往膀上吹了一口气，把这雀儿挪在谷稔里，紧紧相连，分离不得。这

---

① 馐(xiū)——滋味好的食物。

也是天数当然,该应郭威兴发之时,故而相凑。

当时郭威听了此言,知是哄他,叫声:"贤侄,你用手挤在一处,自然相连;你若放手之时,难道牵着不成?"柴荣把手撒开,谁知这雀儿竟在谷稔里边,动也不动,宛是造物生成,移挪不出。柴荣看了,反觉痴呆半晌,暗想:"方才相离有五寸余远,怎么如今当真的相连一处?"也便发急起来,叫道:"姑母!请将过来一看,这雀儿果然连在一处,非是小侄虚言撒谎。"柴氏夫人听说,走到跟前仔细一看,果见相连,分毫不爽。叫道:"老爷,侄儿的言语当真是实,如果不信,可取着衣镜过来照看,便见端的。"彦威遂命两个丫环,抬过那座着衣镜来,摆在中间,自己执了一面雪亮的菱花手镜,对着了背后的着衣镜,前后照了,看得分明,果然两物牵连,一些不错。不觉的手舞足蹈,哈哈大笑道:"妙哉!妙哉!今日方遂吾愿,此乃贤侄之福,为我庇佑也!"说罢,遂命丫环抬过了着衣镜,重摆宴赏,再叙衷谈。各各欢欣,直至更深而罢,彼此安宿一宵。正是:

从前无限忧虞事,今日翻成欢喜心。

次日郭威升堂,受了手下将弁参见,就封柴荣为帐下参军,运筹帷幄。因谓之道:"本帅谨奉王命,职守此关,每患兵微将寡,难挡要冲。今日特命贤侄此职,各往各门建立旗号,招军买马,以备操选。此系为国大事,吾侄幸勿有误。"看官:此是郭威当众而言,不好直抒心事,故而假公济私,以掩众口。他便暗中培养,待时而行。

当下柴荣领命拜谢,挂了参军印,出了帅府,就往四门各立旗旌,招军买马,挑选英雄。果然四方英俊,如云集而来,备载军籍,等候操演。有诗为证:

衔命初将幕府开,壮夫勇士望风来。

当时只道忠王事,捍蔽谁知放伐怀。

不说柴荣招军买马,暗图大事。且说赵匡胤在兴龙寺中住了一月有余,这日便欲辞别西行。长老苦留不住,只得备酒饯行。宾主饮毕,匡胤扣备鞍马,捎上盔甲、行李、包裹、军器等项,周身打点,神煞棒系在腰中,出了山门,将身上马。长老带了众僧,一齐相送,直至三岔路口各各珍重而别。

此时正当初冬时候,天气将寒,一路上策马加鞭,驰驱道左。正在心烦意乱,蓦地抬头,忽见路旁有座花园。那园内更无别样树木,只有数十株桃树,稀疏布种,株株树上挂着十数个碗口大小的鲜桃,生得红白相匀,滋润可爱,心下甚是稀罕。想道:"此时已是冬季,怎的这树上还有鲜桃?不知他用甚法儿留养至今? 还是风土所产,有此种类?"心下正然羡慕,口中流涎起来,不知不觉,顺着马儿进了花园。到那桃树之下,弃镫拴马,不管他有人没人,将手一探,摘下一颗红桃,咬上一口,又香又甜,水浆满口,美好异常。原来这桃名为"雪桃",三月开花结实,培养至冬而食,遇了雪花飘洒,分外娇艳。真个观之有余,食之可口,种类异奇,闻于天下。直至后来金人生乱入寇,到陕西地界戕害人民,蹂躏土地;破城之后,玉石俱焚,因而此桃遂绝,亦甚惜哉!

当时匡胤把这雪桃缓缓的吃了下肚,觉得心爽神通,遍体畅快。一之未甚,思欲再焉! 遂又摘下一个把来吃了,心甚欢畅。因又想道:"园内虽是无人,再无白吃之理! 况他劳心劳力,经多日月,博得成功。我若不给他钱,于心何安? 谅这桃子该值十文钱一个,也须与他。"遂向腰间取了二十文钱钞,用一根草儿穿了,把来挂在树上。又思想道:"我索性再摘两个,带在前途解闷消遣,有何不妙?"复又留下二十文钱,伸手去摘桃子。才得取下,只见门里边走出一个看桃的丫环,见了有人偷桃,不敢声张,侧身望内就走,报与家主知道。

那家主也是个女中豪杰,门内英雄,年纪有三十以外,生来力大无穷,性如烈火,凭你赴汤蹈火,也都不怕。只是相貌丑陋,粗蠢不堪,因此众人称他一个雅号,叫做"母夜叉"。当时正在房中闲坐,只见丫环进来报道:"园内有贼偷桃!"登时发怒,即忙提了两根生铁棒锤,飞跑的奔至园中,正见匡胤把雪桃揣在怀中。母夜叉大喝一声,道:"哪里来的贼囚? 敢在这里大胆偷桃! 与我快些拿住。"那后面就有跟随的十数个丫环,便立定了脚,一齐发喊,却不敢上前。匡胤正要上马出门,忽听有人喊喝之声,遂回头仔细一看,见那当前有个凶狠的妇人,生来觉得异样。但见:

　　两鬓蓬松,发梳三绺;双眉帚簇,目射重光。黑煨煨面肉横生,香粉搽匀,好似乌云罩雪;红闪闪口宽颐阔,黄牙遍满,有如血洞栽金。玄色衫卷袖施威,毫无窈窕;绿绫裙迎风招展,纯是凶顽。排开七寸金莲,执定两般兵器。

匡胤看了,满面赔笑,口称:"大嫂! 休便出言,俺非白吃你的,何必动怒?"母夜叉喝道:"你这红脸贼囚! 这里无人在此,你便大胆偷桃,怎么还说不曾白吃?"匡胤道:"大嫂,休要错怪于我! 俺乃远方过客,在此经由,因见宝园中的鲜桃结得可爱,心实羡慕,不顾无人,粗心造次,一时闯进园来,吃了几个,于理原属不该;因思再无白吃之理,已将钱钞给还,现今挂在树上,请自观看,便知真实。若是嫌少,我当加倍奉还,何用这般动气?"

母夜叉听了,粗眉直竖,怪眼圆睁,喝道:"贼囚! 你说这些混话,还在梦里哩。你道这是民间园囿,敢自这等大胆。这是进上的雪桃,土产方物,谁敢妄动! 若有人左手摘桃,便剐左手,右手摘桃,便剐右手。若吃了一个,就要敲牙击齿。莫说有钱给还,凭你千百贯金钱,总也不算。"口里说着,身便赶上前不,照顶门便是一锤,匡胤侧身躲过。那母夜叉又是一锤,匡胤又复躲过,叫声:"大嫂! 古语道'不知不罪',又道'既往不咎'。俺虽一时不是,已曾自认其过,你便这等认真,却要怎的?"那母夜叉大恼道:"你私偷禁物,已得大罪;还敢多言,累着老娘受气!"抡动了铁锤,没头乱打。匡胤亦是大怒,乘着一锤打来,将身一闪,趁势把脚一扫,早将母夜叉翻倒在地。匡胤一脚踏住,伸手攀了一根桃条,连头带脸乱抽乱打。只打得母夜叉喊叫如雷,吼声不止。匡胤喝道:"泼婆娘! 你还敢欺客么?"母夜叉道:"你这红脸贼囚! 偷了桃子,反是行凶;今日就打死老娘,断然不输口气。"匡胤听了,更加大怒,提起了桃条又是一顿狠抽毒打。母夜叉便熬当不起,只得哀告道:"红脸好汉,饶了我罢! 任你摘桃去吃。"匡胤哈哈大笑道:"你这泼妇,既是告饶,俺便放你;后次再若欺生,定当打死。"说罢,喝声"起去!"母夜叉爬将起来,披头散发,眼肿鼻歪,倒拖着鞋儿,手压裙裤,两个丫环搀了便走。回至里边,拍案打凳,号啕大哭了一回。这正是:

　　　　烦恼不寻人,自去寻烦恼。

且说匡胤放起了母夜叉,将怀中的两个雪桃藏好,上马出了园门,望前行走。约过二里之程,又见路旁有一座界牌,上面写着"千家店"三个大字。匹马进了界牌,行到招商酒店门前,即时下马进店,把马与包袱交与了店小二,自己提刀,拣了一间洁净房头。那店小二把马牵去喂料,将这行李包裹送进房来。须臾摆上酒饭,匡胤用毕,适值店主进来叙谈,匡胤遂问:"店主尊姓?"店主道:"小老姓王,单生一子。这店业是祖遗的,靠着神天,倒也兴旺。"

正说之间，只见小二慌忙进来，叫道："当家的，明日乃是十月十五日，正该太岁下山。方才喽啰传说，叫我们把谷子量下三十石，预备上纳。大王明日到来，务要正身抹谷，不许雇名顶替。若不遵令，声言罪责。当家的可作速主意。"那店主听罢，只急得搓手掷脚，呷牙嗟嘴。匡胤见了，不知就里，即便问道："老店东，方才小二说的这话，在下实不明白，不知哪里的太岁，何处的大王，要这三十石谷子做甚使用？如何叫做正身抹谷？怎么不许顶替代名？望老店主说与我知。"店主道："客官有所不知：这里二十余里有一座山，名叫太行山，山上有二位大王，一个叫做'成山寨尊'，一个叫做'巡山太保'，哨下五千人马，极是虎踞一方。新近又来了一位，叫做'抹谷大王'，坐了第三把交椅。"匡胤道："这个名儿，倒也称得稀罕！"店主道："说起来真是稀罕！此人生来好吃狗肉，整治得五味调和，薰香可口。自从他上山入伙，便定下了这个号令，每逢初一十五两期，煮就了狗肉，叫那喽啰抬到村庄镇店，轮流抹谷：分上中下三等，挨门逐户都叫出来，就把这五味薰香的狗肉，在那嘴口上揩抹闻香。可怜没有到嘴下喉，反要献纳谷米。上户的抹一抹，要纳谷三十石；中户的抹一抹，要纳谷二十石；下户的抹一抹，要纳谷十石。送到山寨，养膳这些人马，所以叫做'抹谷大王'。这是他新来创立的规模，谁敢与他违拗。明日是十五之期，轮着我们千家店来了，故此预先吩咐。小老因而忧虑，难以应名，如何是好？"

匡胤听罢，大笑道："原来有这许多缘故。老店主且免踌躇，他若明日抹到这里，待在下出去替你顶名抹抹，也使我见见那位大王，识识这个规矩。"店主连忙摇手道："这使不得！大王的号令，言出如山，好不严禁。怎敢顶名，致生事变？"匡胤道："不妨！他的号令不过虚张声势，焉能逐家的辨别真假，识认是非？老店主不必犹疑，在下决不误事。"那店家见匡胤决意要去，料难阻挡，只得说道："既客官要去，必须小心在意，方无他患。但你我亦须认个亲戚，才好顶名。"匡胤思想道："也罢，只说我是你的舅舅便了。"店主道："不妙，不妙！小老偌大年纪，怎得有这个后生舅舅？若使大王识破，却不要动干戈么！"店小二道："当家的，原来你是个执滞①不通的。这位客官既肯替你顶名，哪里在于老幼；明日见了大

----

① 执滞——固执不通。

王,只说是这位舅舅是外婆老来生的,却不是好?"三人一齐大笑。正是:

> 暗将机械分排定,等待豺狼逐群来。

当下三人说笑了一回,不觉已是黄昏时候,那店主与小二各各告辞出去。匡胤铺开行李,安宿一宵。

次日起来,早饭已毕,店主进来,再三叮嘱,无非要他小心谨慎,不得生事之意。正在言语,只听得外面轰轰涌涌,动地惊天,连声高叫道:"大王爷到了,店主出来抹谷。"那店小二飞跑进来,陪了匡胤走出门来。只见那大王骑在马上,众喽啰两旁簇拥;马前喽啰捧着朱红食盒,都是狐假虎威,唬吓小民。匡胤举目细看那大王,果是好条大汉,结束威严。怎见得:

> 头戴素缎扎巾,身着紫罗箭服。腰系鸾带,足踏乌靴。浓眉目朗
> 如星,高鼻面圆似月。长髯飘拂,身体高强。错疑天将降凡尘,却是
> 山王离哨寨。

匡胤见了,心虽喝彩,貌若不知。

众喽啰高声叫道:"那个红脸大汉,还不过来跪着!连大王爷也不认得了么?"匡胤并不答应。又有几个说道:"这定是个青盲眼聋耳朵的,不要理他;且叫老王出来便了。"遂一齐高叫道:"王店官,大王到了!快些出来抹谷。"那大王听见此话,一马当先,见了匡胤,便问喽啰道:"这就是开店的老王么?"喽啰答道:"这个不是,想是替老王顶名的。"大王闻言大怒,喝声:"胡说!我昨日已曾吩咐过的,只要正身,不许替代。为何不遵吾令?快叫正身出来说话。"小二连忙跪下,禀道:"小的们当家的老王,身子得了瘫疾,不能起来,所以叫他舅舅在此顶替抹谷,好待交粮。完了今日一限,下期再叫正身出来遵令。望大王开恩!"那大王道:"既然老王有病,快叫他的舅舅上来。"那众喽啰一齐叫道:"老王的舅舅,大王叫你上来抹谷。"匡胤道:"你们若不要抹谷,我便下去;既要抹谷,快拿上来我抹。"那大王听了,即命喽啰把朱红漆的食盒揭开了盖,提出那狗肉腿子,拿到匡胤跟前,叫道:"老王的舅舅,这是法制的五香狗肉,抹一抹消灾降福,抹两抹祛病延年。天幸的命该造化,遇着今日受享,你可快些儿抹。"匡胤接过手来,就要一口,做几气一连吃个干净。那喽啰一齐乱嚷道:"啊哟!谁叫你当真吃起来?这是规矩,抹了一抹纳谷三十石;若是吃了一口,就要六十石了。你今把这腿狗肉吃尽了,不是替老王顶名,竟是替

老王作家了。"匡胤道:"你们这般小人,忒也量浅! 我虽吃了这些,难道白吃了不成? 常言道'卖饭人不怕大肚汉',你既有心抹谷,只拣好的拿来,我老爷吃得快活,莫说六十石,就是六千石,只管跟我前去取便了,何必这般着急?"

那大王在马上听了这些说话,又见匡胤身材雄壮,相貌不凡,量是难缠。想道:"破着两腿狗肉不着,他吃了只与老王算账便了。"随叫喽啰道:"此人既说大话,只管拿与他吃。我自与老王算账。"喽啰答应一声,遂把前腿后腿并蜜罐儿,一齐递与匡胤,道:"老王的舅舅,你说要吃的快活,大王特地叫我拿来与你吃了,好去量谷。"匡胤见了大喜,拿起前腿,撕做几块,把来吃了,果然滋味调和,香美可口。又把后腿、蜜罐儿一并吃了。心里只要寻他晦气,口里只嚷:"不够,不够! 你等把这食盒拿过来,我还要吃个尽兴。"喽啰不知好歹,就把食盒捧到跟前。匡胤瞧了一瞧,那盒里还有一块后座儿,说道:"你们忒也欺心,放着好的不与我吃,看你怎样与我算账?"就有一个喽啰,伸手把后座儿拿将起来,指望递与匡胤;不想匡胤正要寻他短处,故意把手一松,将那后座儿吊在袍服之上,登时皱眉咬牙,大喝道:"你这狗男女! 为何污了我衣服?"站将起来,一掌过处,把那喽啰打倒在地。

那大王见了大怒,喝声:"红脸贼! 焉敢打吾手下儿郎?"即便揎拳掳袖,跳下马来,赶至跟前,照匡胤脸上就是一拳。匡胤把头一低,用左手架过,也就还了一拳,大王也便躲过。匡胤暗想道:"这强盗原来是个会家,少不得与他比并三合。"喝声:"狗贼! 你使手递脚,想必也会几着武艺;我今让你先走三个趟头,俺便与你见个高下。"那大王笑道:"红脸贼! 我听你说话倒也通明;想你也曾受过传授,既然不敢争先,且看老爷先走三趟。"说罢,跳在当场,先打了一个飞脚,然后丢开架势,使动起来,真的好路拳法。有诗为证:

自幼学成五脚操,长拳短打逞英豪。

先开一路四平架,后使翻身出洞蛟。

当下大王走了三趟,拉了三个架势,丁字脚儿立着。叫声:"红脸的贼! 你有本事敢与我舞较一会,看是谁输谁胜?"匡胤听了,走过那边,对面站住。先把两腿偃了一偃,蹼一个双龙飞脚,离地就有八尺多高;然后拉开架式,踊跃腾挪,更觉武艺高强,比前大别。有诗为证:

太祖神拳出少林，全凭本领定乾坤。

发扬蹈厉师先哲，永奠华夷四百春。

匡胤也走了三趟，使了三个架势。叫声："狗贼！凭你有甚本事，只管使来；我老爷誓必把你踏成泥土，决不甘休。"

那大王大怒，先把左拳一伸，搭着了右手，斜行拗步，抢将进来，左脚一跺，就把右脚望着匡胤面门便踢。匡胤侧身闪过，顺势一晃，脚面上着了一掌。那大王见输了一掌，就把架势改过，收回飞脚，换了长腿，先使个泰山压顶。匡胤又复闪过，大王又使个饿虎扑食，夜叉探海。这两个架势多被匡胤躲过，那大王即便一拳一拳的乱打，一脚一脚的乱踢。匡胤乘他胡乱无纪，遂便使开架势，搭上手便打。彼此正在交锋之际，只听得一声响处，两个里却已倒了一个。只因这遭相斗，有分叫：觌面①未辨亲疏，势难两立；追迹才分黑白，情派一支。正是：

尽道容情不举手，果然举手不容情。

不知胜负何如？且看下回分解。

---

　① 觌（dí）面——相见，见面。

第二十四回

赤须龙义靖村坊　　母夜叉计和甥舅

词曰：

　　英风四被，谁来劲敌堪称技。美君谈笑锄强义。安境良深，扫尽烽烟地。　　孤踪无托今已矣，无情欣遇周亲谊。盘桓共叹相须异。骨肉周旋，何限殷勤意。

右调《醉落魄》

话说抹谷大王自恃拳高力勇，先使了三个架势，然后叫匡胤使过了架势。彼时交手便打，将平生学的妙技，尽数使出，意在必赢，不道都被匡胤闪过。那时心下却慌，拳法错乱，胡意的乱踢乱打，勉强支持。匡胤趁他胡乱无纪，伸手把他左脚接住，往后一推，就把那大王仰面朝天，跌在地下。匡胤就像桃园里打母夜叉一般，赶上前去，用脚踏住胸膛，举起拳头望着鼻梁上就是一拳。又把那大王周身痛打，恣意奉承。但见他一起一落，就如捣蒜一般，只打的大王哎声不止。那些喽啰又是惧怕匡胤力大高强，谁敢上前解救？

这千家店上的居民百姓，都是立在一旁干瞧，也不上前解劝。内中却有几个老者，恐怕打出祸来，慌忙挺身而出，分开众人，一齐上前把匡胤抱住，说道："汉子住手！这是我们地方上的寨尊，你行粗鲁不打紧，只怕要移祸于我等。那时大王一怒，我们百姓怎禁得起？还要你忍耐三分，才是保命全生的正理。"匡胤听了这话，只得把手住了，喝一声："狗贼奴！俺本待把你打死，且看众人之面在此讨饶，放你去罢！"那大王爬起身来，得了性命，不顾鼻青眼肿，跨上了马，也不去别处抹谷，带了喽啰，飞跑的回山去了。正是：

　　项将斩将搴①旗志，顿作追奔逐北形。

当下匡胤见大王去了，哈哈笑道："这等狗贼，亏他自称什么大王！

---

　　① 搴（qiān）——拔。

一些本领也无,还在人前夸口,卖弄精神。"那些百姓一齐埋怨道:"这多是老王不是,自己不出来抹谷,偏着这后生舅舅出来招灾惹祸。大王此去,决往山寨里调兵,此祸非小,我们怎好?"匡胤道:"列位不必埋怨,休要吃惊;我一身做事一身当,既有本事打了这强徒,哪里等得他去调兵!俺今就到他的巢穴,务要刀刀斩尽,剑剑诛灭,索性与你们除了大害,显一显我素性雄心。若使有头无尾,移祸别人,非大丈夫之所为也。"说罢,气冲牛斗,跋步欲行。

内中便有一个多嘴的说道:"好汉且慢!你既要寻他,何必远去?这大王的家里,现在我们村西居住,相去半里之间。只因他家用的是朱红油漆门,极是高大。他家里有老母妻子,上下多人。若肯寻到他家里了事,才算你是个真正好汉。"匡胤听说,哪肯停留,叫道:"列位,你等各干其事,不必顾我。俺须好歹寻到他家里,斩草除根,不留分寸。"说罢,往前便走。那些老者的叫道:"好汉,莫要性急!那大王的妻子也是强狠异常,不避水火的人;你此去枉送性命无益,不如不去了罢。"匡胤只做不闻,飞步往西而走。约有半里,果见路北里有座高大房子,那朱红门楣极其轩昂,如衙门相似,却又紧闭无人。

匡胤走上前去,把门敲击,不见有人出来。心中怒起,把双拳在门上如擂鼓般狠敲,略停一回,只听得里面有脚步之声,隔着门问道:"是哪个扣门?"匡胤在外,怒声答道:"我姓闯名祸,东京下来的,特要寻那欺善怕恶的狗贼,与他算账!"只听得一声响,便把两扇大门开了,门里立着一个白发婆婆,见了匡胤,定着双睛把周身上下不住的看,叫道:"君子,你敢是吃了酒来的么?"匡胤道:"清清白白,又不去掳掠良民,哪里有得酒吃?"婆婆道:"既未吃酒,为何君子的面目如此般红?"匡胤道:"我本生来面色,与酒何干?"那婆婆好言相问,见了如此回答,又是怒目睁睛,这等凶势,心下摸不着路,不知所以,只得又问道:"君子,你既从东京而来,有一个像你红面的人,名叫香孩儿,你可曾会过他否?"匡胤听了,大喝一声:"老乞婆!你怎敢犯名乱叫,无礼于人?"那婆婆被这一声,只唬得战战兢兢不敢作声,心下暗想:"他怪我犯名乱叫,莫非就是我的外孙么?"偷眼再看,依稀相像,只得大着胆,不顾呼喝,走近身来,拽住了匡胤袍服,叫声:"我的亲外甥儿!你莫把我看是别人,你的杜氏亲娘便是我的女儿,我便是你指挥爹爹的岳母。你是生在夹马营中,乳名叫香孩儿。自从那年与你母亲相别之后，你还七岁，至今十余年，杳无音信。不想你今日到此，未知有何缘故？你可诉与我知，休要隐瞒。"

匡胤听了，暗暗吃惊："我本找寻强贼而来，怎么走到妈妈家里？莫不一时性急，走错路头？但此亲情未知真假，我须细细盘他，便知分晓。"开言问道："老人家，你既自认亲情，可知我母亲年庚几何？生来容颜怎样？道得一字不差，我便认你妈妈。若有半字支吾，休怪吾直性吵闹。"那婆婆听了，大笑道："你这小闰子，倒要盘起吾来。我若不与你说明，只道我果是冒认。我且说与你听：你的母亲是辛酉年八月十五日子时生的，目今年交五十二岁，身长只得四尺九寸，生得凤目柳眉，端庄稳重。这便是的确的明证，你去细想，可对也不对？汝若再有疑心，我再把你父亲庚年相貌也便与你表明，你须信服，没得说话。"匡胤听得一字不差，量来是实，连忙跪下道："姥姥，你果然是我的外祖母，我便是香孩儿赵匡胤。只因在汴梁闯了大祸，逃至关西，正在无处投奔，不想鬼使神差的叩门相遇，真是天幸。我母亲在家也常挂念。我方才多有冒犯，望外祖母恕我无知。"那婆婆大喜，道："这都不知不罪，休要挂怀。"忙把匡胤扶起。又见生得体态雄伟，仪表冠冕，心下更加欢喜，道："我老人家这几日闻得喜鹊连噪，正在寻思，不想是外孙儿到来佳兆！"说罢，扯了匡胤的手，领至后堂坐下，吩咐丫环看茶。

茶罢，匡胤便把红漆大门动问。太太道："我儿！你却也不知，这是朝廷的御果园，收果子的衙门，所以如此。若是百姓人家，如何敢住？"匡胤道："怎地请问二位母舅如今都在何处？"太太听问，两眼汪汪，说道："我儿，一言难尽！原有两个舅舅，不幸你大舅舅死在任上。只剩下你二舅舅，名叫杜二公，虽然事我百般孝顺，家内欢娱；只忧一件不好，他倚仗着一身本事，武艺精通，专管非为歹事。前年领着老身，带着家口来到此处，倚强压弱，把人家管的御果桃园夺在手中，强住在此。衙门之内，呼喝平人。不道欺心不足，又上太行山去坐了第三把交椅，时常抬着狗肉到那村坊镇店之上，叱诈乡民，挨门排户叫百姓出来抹谷，自己称为抹谷大王。靠着山寨上做此勾当，灭理害人。这畜生若得改恶从善，老身情愿吃斋念佛。"说罢，频加嗟叹，拭泪不已。

匡胤听了这等言语，心下不胜惊惶，道："坑杀吾也！怎么这抹谷大王，就是我的嫡亲母舅？做梦也不知其情。方才打了这一顿，怎好与他相见？这都是吾的热心太过，致此莽撞之行。"转辗踌躇，懊悔无及。当时思想了一会，道："吾今有此大过，不如央求妈妈说情，于中调妥，便可解释了。"复又想道："倘妈妈说了，母舅不肯听从，我赵匡胤这犯上之罪，如何可免？"心下愁思百结，竟无一策。追思半晌，忽然暗喜道："是了！常言道：男子肯听妇人言，吾今当请舅母出来相见，面求解劝，自然无事。但不知可有舅母也不曾？"遂便问道："妈妈，原来二母舅是位英雄豪杰，正也不忝名门，诚为可喜。不知可娶舅母也未？"太太道："就在本处娶讨一房妻小，只是也好横行招灾惹祸，因此老身更添愁闷。"匡胤道："这也不妨，英雄配偶，理固相当。敢祈通报，请来相见。"太太道："且慢，闻说昨日往桃园里去了，敢是此时尚未回家。"匡胤听了，又是惊呆："怎么往桃园里去了，难道昨日打的这位就是不成？"便问道："妈妈，你家的桃园不知在于何处？"太太道："这所桃园就在千家店的庄梢，相离里余之路，可唤丫环请来，与你相见便了。"随叫一个丫环出来，对他说道："你可往桃园去请你主母回来，说有东京来的赵公子到此，请他回来相见。"丫环道："奶奶今日清晨回家，现在房内安歇。"太太道："既已回来，快去通报。"丫环答应一声，走至内房报道："奶奶，东京城来了一位赵公子，就是太太的外孙，太太叫请奶奶出去相见。"

原来这妇人，因是昨日被匡胤打坏，今日回家，正在房内睡。听见这话，暗自忖思："我久闻东京赵家外甥，乃是当今豪杰；今日到来，礼宜相见。只是可恨昨日那偷桃的贼，把我打了一顿，浑身疼痛，行步艰难。"勉强起身，往妆台前整顿乌云，把菱镜一照，但见鼻青眼肿，残破难堪。只得把些脂粉满面搽盖。梳妆已毕，换上一套新衣，挨着身上的痛，慢慢的步出堂来。先使丫环通报，匡胤立起身来，留心往里一看，早惊得面如土色，暗暗跌足道："坏了，坏了！果是我误打了裙钗。得罪母舅，还可委曲解释；今又得罪了舅母，这是如何可解？却不道两罪俱发，谁来讲情？"没奈何走上前去，曲背躬腰，叫声："舅母大人在上，外甥赵匡胤拜见。"那母夜叉还了礼，将眼往外一看，唬了一窜，往后倒退几步，肚里想道："这不是昨日在桃园里打我的红脸大汉么，怎么就是我家的外甥？但是舅母被外甥打了，羞也不羞？我还有何面目去见他！"转回身来往后就走。

那太太见了，登时大怒道："这贱人却也作怪，平日间见了外人，尚然泼剌剌①有许多说话；今日见了外甥，反是这等小家样子。我儿，你且坐下等着，待我亲去问他有何缘故？"说罢，往后要走。匡胤暗想道："我如今若不说明，妈妈怎知就里？"遂走上前来，一手搀住道："妈妈且请回来，尚有说话。"太太道："我儿，休要扯我！待我问他一个端的。为何见了别人不怕，见了外甥就羞怕起来？"匡胤道："妈妈，且休动怒，内中却有隐情，待外孙细说。"太太道："我儿，你也说这混话！你从来不曾与这贱人相见，怎知有甚隐情？"匡胤道："妈妈有所未知，我昨日未进千家店时，误入桃园，因见园内鲜桃生得异种，况在初冬，觉得稀奇，一时动了喜爱之心，不问而取，食了几个，却被丫环见了，报知舅母。舅母就拿着两根铁锤，赶到跟前便打。"太太听了大怒，一手指定里边，高声大骂："贱人！你这没廉耻的劣货，外甥吃了几个桃子，能值几何？你便拿了这铁丧棒去打他，可不打伤了我的亲肉么！"匡胤慌忙止住道："妈妈，且休烦恼！外甥还有话说。那时在我一则未曾会面，不知是位长上；二则我生平贱性不肯下人，因此得罪了舅母，致有害羞。只怕舅母因羞成怒，外甥受责难当，还求姥姥做情解劝则个。"太太听了，方才明白，叫道："我儿，你且放心，这是从未识面，一时得罪何妨！待我与你和解，你舅母自然不怪了。"说完，来到后房，正见母夜叉独坐床沿，羞惭忧闷；见了婆婆进来，即忙立起。太太叫道："媳妇，方才外甥告诉与我，昨日他在桃园经过，偶然见了鲜桃可爱，因此吃了几个，你就将铁锤打他。也算你倚大欺小，量窄不容，然从未识面，却也怪你不得。自今与你辨明，便是一家人，长幼定分，再无多说。你可同我出去相叙，方是正理。"母夜叉道："婆婆休听一面之词，这是油嘴光棍，专会骗人。他昨日打了媳妇，倒说媳妇打他，真是屈天屈地。婆婆不信，亲看媳妇的伤痕，便知真假。"说罢，掀起衫衿，唾上涎沫，把脸上香粉红脂一齐抹去，只见他黄瓜一楞，茄子一搭，满面尽是青肿。太太看了，也是暗笑，只得说道："理讲起来，原算外甥不是；但你做舅母的也有三分差错。我平日间常与你说：我家有个红面外甥，自幼极是顽劣，你也听见，难道一时就忘记了？你昨日未曾争打，也该问他姓名，你怎么这等粗鲁，有此过端。如今这事两下俱不知情，总总不必提起，快依我出去，我便叫他与你请罪便了。"母夜叉听了，不敢违忤，只得跟到前堂，还把衣袖

① 泼喇喇——同泼辣辣。

儿将脸遮掩。太太道："你们今日见了，不必再说；彼此舅母外甥，原是一家人，可重新见礼，尽都消释。"母夜叉听了婆婆吩咐，只得把袖儿放下，露出伤痕，垂头不语。匡胤上前，双膝跪下，口称："舅母大人！甥儿未睹尊颜，冒犯长上，罪在当责；恳求海量，涵容饶恕则个。"母夜叉听了，笑了一声，答道："公子请起，不必记怀。早知甥舅至亲，不致粗鲁。是我无眼，多有失礼。"那太太在旁大喜，将匡胤扶起。叫道："我儿，你们既已说明，皆休记怀，起来坐着。"

匡胤道："姥姥，舅母虽然饶恕，只是还望与外甥说个大情。"太太道："方才我已讲过，你舅母已经不罪你了，还要我说甚情？难道你打了两次不成？"匡胤道："非也！这个大情，妈妈说来有些未妥；必须舅母肯说，方可依允。"太太道："这话一发糊涂，我却不解。这里只有你我等三口至亲，还有哪个在此，又要说情。看你意思，难道连母舅也都打了不成？"匡胤道："不敢欺瞒，实是孙儿粗鲁，又得罪于母舅了！"遂把王家店的事情，细细说了一遍。太太听了也是惊骇，暗暗想道："我两个儿媳都被他打了，这是如何理说？媳妇的火性虽然被我制服倒；儿子的火性，叫我怎好再服？这个必须媳妇去压，方才使得。"遂叫道："我儿，你这不明道理的孩子！从小专好惹祸招灾，长大了还是这般情性。你得罪了舅母，我把这情说了，幸而宽恕。今又得罪了母舅，我若再说，显见得偏疼外孙，不疼儿媳了，这情实难再说。你既得罪，只好自己去请罪；倘你母舅也似舅母的大量，或者饶恕了你，亦未可知。"说罢，并不做声，匡胤也是默默。

那母夜叉见了，心中暗想道："我的事情既不与他计较，丈夫之事，何不一力承当，也与他和解，觉得见情些。况我细观此子，真乃英雄俊杰，后必大贵。日后相逢，也显光彩。"主意定了，开言叫道："公子放心，婆婆也不须多虑。这些须小事，我便与你们和解。但他本性刚强，急切未肯依允。为今之计，等他回来之时，公子且莫见他，婆婆也不要出面，待媳妇行事，须得如此如此，方才可妥。"太太听了，十分大喜，称赞贤能。匡胤心中感激，上前拜谢。

说话之间，已是黄昏时候，只听得外面人声喧嚷，火光冲天。有丫环进来通报道："二爷不知何故？领了帅府众人在外屯扎，自己将次进来了。"原来杜二公因被匡胤打败，逃奔上山，与那两位大王商议定了，点集三百喽啰，下山来时，天已傍晚。更兼心中气怒，腹内饥饿，未到千家店去,先至家中,欲要饱餐战饭,然后整备擒龙。

当时母夜叉听了,即请太太与匡胤回房躲避,自己独坐堂中,两旁立着数个丫环,吩咐不许点烛。方才说了,只见外面灯笼火把,杜二公缓步进来。到了后堂,开口问丫环道:"你奶奶往桃园里,回来不曾?"丫环道:"回来了,那上面坐的,不是奶奶么?"杜二公听言,接过灯来一照,走至跟前,叫声:"二当家,这时候还不叫丫环点烛? 为甚不回房去,独坐在此,有何事故?"问了数声,并不答应,遂把灯笼提起,对面一照,吃了一惊,说道:"贤妻,你的面目为甚这等模样?"母夜叉故意痛哭,只不答应。杜二公又问道:"贤妻,莫不有人打了你么?"丫环在旁答应道:"谁敢打我奶奶,这是太太发恼,因此把奶奶责打了几下,故而在此痛苦。"杜二公道:"为甚婆婆打你? 却为何事冲撞了他? 你可诉说我听,我去哀求饶你。"母夜叉立起身来,带泪骂道:"天杀的! 我从不敢冲撞婆婆,多是你惹下的祸根,累我受打,还来问我做甚?"杜二公惊问道:"我惹下的什么祸根? 倒要说个明白。"母夜叉道:"你打了婆婆外孙,乃是东京的赵公子,他寻上门来,认了姥姥,哭哭啼啼,告诉一遍。老人家痛的是外孙,见他被你打了,一时怒发,抓不着你,先把我打了一顿出气。这祸根不是你惹,倒是我惹的么?"杜二公听了,心中纳闷,叫道:"贤妻,你这说话,我实不明,那赵家总然有个外甥,从来未曾会面,知他面短面长? 晓他穿青穿白? 况东京离此有二千余里之遥,他又不来,我又不去,焉能打得着他? 这是无中生有,空里风波,我实不解。"母夜叉道:"你的外甥现在这千家店上,青扎巾绿扎袖的一个红面大汉就是。你在王家店门首打了他,晌午的事情,难道你忘记了么?"杜二公听了这番言语,只气得目定口呆,搓手掷脚,半晌说不出话来。只因这番谋划,有分叫:一策调和,骨肉怒气成欢;片言指点,英雄邪行归正。正是:

平旦鸡鸣分舜跖①,临机棒喝定鱼龙。

毕竟杜二公怎生回答? 且看下回自知。

----

① 跖(zhí)——此为"跖"的异体字。

第二十五回

杜二公纳谏归正　真命主违数罹灾①

诗曰：

徒步逾秦岭，道阻势逶迤②。

聊为寂寞唱，慨彼陟岵诗。

宵风入我目，襟期可设施。

得遂凌云志，岂使俗人欺！

一朝分剖后，甘自尽礼仪。

言旋虽云乐，御侮后当期。

话说杜二公听了妻子这番言语，半晌不做一声，心中想道："原来王家门首打我的这个红脸大汉，做梦也不知是我的外甥。他打了我，倒来说谎，我母亲怎知委曲，听了一偏之言，痛了外孙，先把媳妇拿来出气。若然见我，决是动气。"遂又叹了一声，叫道："我那褚氏贤妻！你道我回来做甚？"原来那母夜叉，乃是本处一个富户褚太公的女儿。这太公单生一女，自幼专喜使枪弄棍，因是爱惜心甚，见他力大气高，只得任他性子，不去禁戒。后来杜二公闻知其名，亲自上门求亲；太公见他英雄气概，一口应承，行聘过门，成其姻眷，这也是旗鼓相当，阴阳得所。当下褚氏原妆了怒容，答道："我知道你回来做甚？"杜二公道："我若不说，你怎知其中备细？我今日下山，该是千家店上抹谷，刚到王家门首，有一个红脸大汉抵名出来，把我的法制狗肉吃尽，一心要寻我是非。我怎肯容情，彼时与他争打起来，谁知他武艺高强，力气又大，我一时对他不过，反被他打了一顿。你若不信，可看我的面目，却也与你不相上下。我一时气闷，回到山寨调兵，指望前去捉他报仇，谁知是我的外甥！他既打了我，为何又跑到母亲跟前讲这谎话？真是难缠！不知母亲在哪里？待我去诉诉冤屈。"

---

① 罹(lí)灾——遇灾。

② 逶迤(yí)——形容道路等弯曲的样子。

褚氏道:"婆婆痛惜外孙打坏,现今气倒在房里。"

杜二公听说,只是摇头叹气。提了灯笼,来至母亲房前;只见房门紧闭,寂静无声。杜二公即忙高叫道:"母亲,孩儿回来了,请母亲开了房门,孩儿有话。"太太在里故意答道:"我知道你回来,谁要你进来见我!"杜二公道:"母亲,且开门,孩儿有桩屈事特来告诉。"太太道:"有什么屈事? 无非倚大欺小,打了外甥,指望到我跟前要我说情,只怕不稳。"杜二公道:"母亲,休要听他说谎;待孩儿把这始末根由,诉与母亲知道,便见谁是谁非。"遂把下山抹谷,至王家店吃打,从头至尾隔房门告诉了一遍。太太道:"哎哟! 我起初只道是母舅打了外甥,如今听你说来,却是外甥得罪了母舅。怪道这孩子跑到这里,原来自知理亏,做此模样。我儿,你既然吃亏,看我做娘之面,恕了他罢! 待他再到家来,我便叫他磕头与你赔罪。"杜二公道:"既是外甥,也就罢了,怎么他竟自去了? 孩儿想起日前有个相面先生,名叫苗光义,到山上来看相,相到孩儿跟前,留下几句言语,他说道:

　　　甥打舅今即日见,赵家九五他登殿。

　　　招兵买马积粮储,好与君王将功建。

这先生阴阳有准,推算无差,说的甥打母舅,今日果应其言。以此看来,他后日必然大贵,我们外戚也是荣耀非常。他既然上门,母亲也该留住在此,怎就放他回去?"太太听了,冷笑不止,开了房门,叫声:"吾儿,你既要见他,待做娘的赶他转来,与你相见何如?"杜二公道:"母亲,你年老难行,怎的赶得他上?"太太大笑道:"我儿,你真个要见他么? 远不在千里,近只在目前。若要见时,我便叫他出来便了。"遂命丫环:"去请赵公子出来相见。"丫环去不多时,只见匡胤走入房来,见了杜二公倒身下拜,叫声:"母舅大人,愚甥一时横行,得罪长上;今日至此,请母舅正治。"杜二公见了,慌把灯笼递与丫环接了,用手扶起,道:"贤甥不必过谦,是我不明,以致甥舅鱼鳞①。今日相见,实出望外。"遂命丫环张灯,便请太太、匡胤同至前堂。

此时堂上灯烛辉明,褚氏尚在等候。早见丫环送出酒席,至亲四口,同坐欢饮。杜二公又叫丫环传令出去:着众喽啰各归山寨。当时饮酒之

———————

　　① 鱼鳞——此有误会之意。

间,杜二公把苗光义的诗词,读与匡胤听了,说道:"看这先生,实有先见之明,谅贤甥日后必然大贵,愚母舅亦定叨光矣!"匡胤道:"母舅,为何听术士之言?彼乃虚诞之词,何足深信。"杜二公道:"不然,观词达理,遇事推情,吾非误听其言,实因他阴阳有准,才能信服。况贤甥器宇不凡,定成大事。望贤甥自爱,勿再多疑。"正说之间,只见褚氏格的一声笑道:"原来吾外甥有皇帝之分,却也不枉了这一顿。"杜二公听了,不知就里,便问其由。褚氏道:"实不瞒你,我先请教了外甥一顿。"太太接口,遂把桃园内的事情说了一遍。杜二公道:"我夫妇二人多已承教,足见贤甥英俊过人矣!"于是四人重复欢饮,直至四更而罢。杜二公遂命丫环收拾书房,请匡胤安歇。

次日清晨起来,饭毕,杜二公叫丫环请小姐出来相见。那褚氏已生一女,年方二七,名唤丽容。生得姣艳娉婷,端庄厚重,不似母亲罗刹形容,粗蠢体段。当时出来,与匡胤相见过了,即便回房。匡胤心中甚加惊异。彼时又过了一日,次日,匡胤便欲告辞。杜二公哪里肯放?说道:"贤甥,你我已在至亲,当盘桓多日。何多见外,急欲辞行?"匡胤道:"甥儿并非见外,只恐安闲在此,空费岁月。因此欲往禅州访友,倘顺便得遇苗先生,也要与他一叙。"太太叫道:"我儿,你千山万水来到此间,好不容易!我见你这般豪杰,正在欢喜,怎么就要分离,我哪里放心得下?好歹且过了年去,也不为迟。"匡胤道:"妈妈,外孙本该从命,奈我抛亲弃室,远奔他乡,只为避难逃灾,出于无奈。因想前日苗先生寄一束帖与我,上面言语,已有几件应验,委实要去寻他,问问终身结局何如?还有两个契友,也在那里,所以要去寻访,望妈妈不必苦留。"太太道:"我儿,你既不肯住下,想去志已决,我也难以苦留;只是访着了苗先生与那朋友,必须再来看看老身。"匡胤道:"不须妈妈叮咛,若有空闲,定然来望。只是外孙的行李马匹等件,俱在王家店内,须望母舅差人取来为妙。"杜二公见留不住,只得着人往王家店取齐物件,一面整备酒筵送行。

饮酒之间,匡胤执杯说道:"愚甥有几句污言,愿当奉告,望母舅择取。"杜二公道:"贤甥有甚言语?便请即说。"匡胤道:"甥闻良善者,世所宝;强暴者,众所弃。母舅虽系绿林聚义,山泽生涯,然须保善锄强,不愧英雄本色。这抹谷营生,断然莫做;替天行道,乃是良谋。但当聚兵积饷,以待天时,若得皇诏招安,便可建功立业,名垂竹帛,荣耀多多矣!愚甥越分僭言，望母舅勿罪。"杜二公听了这等言语，心中大喜，道："贤甥金玉之言，愚母舅顿开茅塞，从此改过自新，当归正道。但贤甥此去，若得空闲，便望再图会晤。"匡胤允诺。须臾席散，早见王家店去的人，已把行李刀马，俱各取来交割。匡胤把行李兵器，捎在马上已毕，便来拜别。那太太与杜二公、褚氏多来相送。杜二公手执两封银子，送与匡胤为路费之用，匡胤并不推辞。即便拜谢，别了各位，上了征鞍，洒泪而去。正是：

　　　　从此雁音西岭去，他年凤诏自东来。

　　自此杜二公听了匡胤之言，与那二位好汉商酌，将平日号令改换一新，凡过往客商，秋毫无犯。贤良方正，资助盘缠；若遇污吏贪官、土豪势恶，劫上山去，尽行诛戮，资财入库，给赏兵需，因此山寨十分兴旺。那四下居民，尽皆感德，安居乐业，称颂不休。这里山寨之事，按下不题。

　　单说匡胤别了杜二公，离了千家店，策马尽行。非止一日，来到一个去处，望见前面有座城池，纵马而行。来到城门下，举眼观看，只见上面镌着"五索州"三字。匡胤暗想道："我记得苗光义的柬帖上说是'五索州莫入'，今日至此，不意果有这城名。吾如今依着他言语，不如绕城往别处去罢。"才要转身，忽又想道："我如今往别处去了，倘苗先生仍在城中开馆，却不当面错过，失了机缘，枉费这一番心志。不如且进城去，或者遇着，也未可知。"主意已定，拍马进城，只见满街上大小铺户，买卖兴旺。真是人烟凑集，十分闹热。

　　匡胤信马由缰，来至十字街头，只见中间搭着一座高台，众人四面围绕，各各翘首观看——却是彼处的风俗：神诞佳辰，那百姓们凑份儿敬神演戏。匡胤收住了马，就在旁边，停驹观看。那台上锣鼓喧天，呐喊振野，正演那剧《隋唐传》的故事，乃是单雄信追赶李世民。当时那台上单雄信狂叫如雷，精神抖擞，追赶秦王；追得正在危急之际，把个匡胤急得心慌意乱，想道："怎么不见尉迟恭出来救驾？若再迟了，可不把个创立天下的皇帝被他拿住了么！有了，待我搭救了他罢。"遂把马三铁送的神插弓拔出，搭上了连珠箭，拽满弓弦，嗖的一箭射去，正中在单雄信左胯上。只见那单雄信翻身扑倒在台板上，滚了几滚便不动了。那台上的人尽都慌了，登时住了锣鼓，往下一看，一齐乱叫道："不好了！台底下有个骑马的红脸醉汉，射死人了！快些拿住。"下边看的众人，也多乱嚷道："果然他手内还拿着弓箭，骑着红马，不可放他走了！"发声喊，把匡胤围住。内中有

个姓解的,名唤解保,乃是五索州的团练长,原是韩通的徒弟。当时在大
名府,也曾会过匡胤。今日见面,分外眼清。遂乘马上前,大声叫道:"尔
等百姓,休要放走了他,这就是杀死御乐的赵匡胤,现今奉旨画影图形的
拿捉,不想今日自投罗网。尔等须要拿住,好去请功受赏。"那解保手下
有四个徒弟,五百团练民兵,都在台下看戏,听了这声吩咐,一个个摩拳擦
掌,奋勇争先,发喊围裹将来,把匡胤围住中间,一齐攻击。但见:

内外重重千万人,四围困住布烟尘。

长枪只望咽喉刺,短棍齐钻肋下腾。

梢棒朴刀相奋武,挠钩套索尽飞抢。

同心并胆盘旋绕,希望功成不世存。

匡胤见了,全无惧怕。抢开九耳八环刀,四面招架;转折腾挪,上护其
身,下护其马,毫无渗漏之处。只是四下人多,一时冲突不出。那解保看
见匡胤这等勇猛,恐他杀出重围,被他逃走,遂叫四个徒弟,去把四门紧
闭,各备器械,端整捉人。这里督令民兵用心攻杀。匡胤招架了多时,望
那兵少处砍倒了数人,乘势杀出,冲开血路,拍马向正南而走。来至城门
边,只见城门紧闭。正欲上前砍门闯出,忽被解保的二徒弟叫做"江吊
客"瞧见匡胤要来闯门,连叫军士把城砖抛下去,一块正打在匡胤顶门,
吃了一惊。才要转身,不防又是一块飞将下来,却打着青渗巾上,从耳边
擦了下去。匡胤慌了,说声"不好!"急把马拎回时,上面又是一块打来,
几乎打落下马。心下着惊,竟望东门而来。将至城前砍锁,早惊动了解保
的大徒弟叫做"邓丧门",他在城上瞭望,看见匡胤欲来砍门,急令军士把
城楼上铜瓦掀下来乱打,一块正从匡胤耳门上蹭过,匡胤大惊不迭。抬头
正看,只听得一声响处,又是一块铜瓦打来,却好打在那赤兔马的头上,那
马负痛,嘶呖呖一声叫,掉回头顺着一条小巷里窜将进去,几乎把匡胤掀
下马来。匡胤见东南二门多无好势,谅难出去,只得投正北而走。来至北
门,只见城门也是紧闭。思量要斩关而出,怎当得城楼上有解保的第三个
徒弟,叫做"史黄幡"在此把守。他见了匡胤,即忙吩咐众人:"拿了炮石,
快快打下!"说声未了,只听得上面嗖的一声响,那个炮石正望着匡胤的
面门打来;匡胤急往后一闪,几乎打着,那炮石就吊在地下,把尘土卷得乱
滚。匡胤见有整备,不敢前行,带转了赤兔马,复望西门而来。

正走之间,只见街北里一座庙宇,门前立着一位老者,见了匡胤,将身

跪下,口内说些言语。有分叫:役鬼驱神,再睹明良来护卫;披星戴月,重逢手足话晨昏。正是:

满目干戈谁抵敌? 遍腔忧愤孰扪谈!

不知老者是谁? 且听下回分解。

第二十六回
五索州英雄复会　兴隆庄兄弟重逢

词曰：

　　客路多愁，风景寒飔，怎禁那虎狼临头！漫相争持，幸有英俦①。扫蜉蝣，深款曲，意情留。　　襟期绝俗，奔走单驹，愤同盟去矣难求。谁将往事，肯付沙鸥？一朝聚乐，伊故事，要重修。

右调《行香子》

　　话说赵匡胤在五索州城中，被解保领了民兵围捉，幸而杀出重围，欲要斩关而出；谁知那东南北三门，多有整备，不但不能出去，反受了三砖两瓦炮石之危。只得带转了赤兔马，欲望西门出去。正走之间，只见那路北里有座庙宇，那庙内走出一个老者来，苍颜白发，手执杖藜，望着匡胤将身跪倒，口称："小神本境土地，特来接驾。"匡胤见了，心甚惊疑："这老者为甚这般跪接于我，莫非其中有诈？谅要骗我下马，就好擒住。我且混他一混，看是如何？"说道："你这老者，既称土地，为何不早来救护，尚是迟迟？与我把头砍了！"匡胤本是戏言，欲要试他有计没计。谁知真命帝皇，虚空自有神护，话才说完，早有值日功曹，听了圣旨，就把土地登时砍了。匡胤见老者头儿落地，心甚惊讶，定睛细看，乃是个泥塑的土地，方才信以为实，至今五索州古迹尚存。此时城中百姓，因见民兵沸乱，擒捉杀御乐的钦犯，各家儿都是关门闭户，路上通无行人，任从兵马往来追捉。

　　当下匡胤看那庙宇，那门上边有一匾额，写着"城隍庙"三个金字。看罢，才要转身，只见庙内又跑出一个人来，幞头象简，圆领乌靴，走上前来，躬身下拜，道："小神本州城隍接驾！"匡胤想道："方才土地，此时城隍，我赵匡胤莫非日后果有帝王之分么？"叫道："城隍，我今误入此城，陷遭困迫；你救护来迟，先贬你云南驻足。我若出不得这五索州，还要问你一个重罪。"那匡胤金口玉言，非同小可，城隍不敢停留，连忙谢恩起来，

---

　　① 俦（chóu）——伴侣。

就往云南而走。心中想道："我虽受贬，倘真主一时有失，我神性命亦难保矣！须寻一个救驾之人，方才好往云南而去。"正是：

　　莫道幽明多间隔，果然赏罚自相符。

　　不说城隍在空中寻人救驾。且说匡胤斩了土地，贬了城隍，才要转身，只听得后面喊声大振，尘土飞扬，乃是解保带了团练兵并四个徒弟，各执挠钩套索、棍棒刀枪，一齐望西赶来，追至城隍庙前，又把匡胤围住了。各人举了兵器，乱戮乱砍。匡胤抢刀招架，往外冲突；不防背后伸出几把挠钩，连把匡胤的袍服搭住扯去了数绺。匡胤手中刀虽然前后遮护，怎当他兵马众多，难寻出路，心下甚是慌张。

　　且说城隍往南而走，寻访救驾之人，一时难得，甚是着急。只见前面有座酒楼，忽然想起一人，按上界金甲神祇转凡，姓史名魁，生来力大无穷，现在酒楼上走堂。此人前去救驾，方得成功。遂把神光一起，上了酒楼。正值无人饮酒，史魁闷坐无聊，在那里打盹。城隍在梦中叫道："史魁听者！今有真命天子在城隍庙前有难，汝可快快前去救驾，日后不失封侯之位；须认赤面红驹，便是真主，汝可快快醒来，勿得怠慢。"那史魁猛然醒来，哪里肯信，自言自语道："俺真晦气！正在好睡，没要紧做这春梦，那真命天子飞也飞不到这五索州来，有什么的驾要我去救？封什么的公侯婆侯？不要管他，我自打我的睡。"朦胧说完，又是呼呼的睡了。那城隍好不着急，又把史魁叫醒。

　　如是者三次，史魁惊觉，心内思量道："我一连三次做了此梦，决有缘故；我宁可信其有，不可信其无。趁此空在这里，且到城隍庙前看看，便知真假。"即忙爬起身来，下了酒楼，只推解手，跑到街中。复又想道："既然要去救驾，必须有了一件军器方好；若只赤手空拳，干得甚事！"一面儿走，一面儿瞧，忽见路旁有一根幌竿，约有碗口大小，数长丈余，觉得称手可用。即时将竿扳倒，扯来捎在肩上，迈步望城隍庙来。果见有许多人马，围住在那里厮杀。史魁暗暗称奇，道："我说是梦中的虚话，谁知果有其事！"即忙抢动幌竿，闯入重围，正遇解保，史魁顺手只一竿，把解保打去了半个脑盖；又是几竿，一连打倒了数人。那四个徒弟与这些团练兵，见史魁来得凶狠，更兼解保已死，古云"蛇无头而不行，鸟无翅而不飞"。看这风色不好，心中俱各着慌，哪里还敢厮杀，哄一声，各望四野里乱窜奔散。

匡胤正欲追赶,只见那史魁认得是赵匡胤,即忙叫道:"赵公子,休得赶他;且请回来,别有相叙。"匡胤听说,回头观看,却原来就是枯井铺相会之人,心中大喜。即便下马,与史魁相见,说道:"自从分别以来,常怀渴想,不意今日又蒙相救,使弟感激不忘!"史魁道:"些须薄力,何足挂齿?但此城不可久居,小可自当相送出城,免得又生别议。"匡胤感谢,牵马与史魁并步同行。又问史魁,因何在此重能相会?史魁道:"自与公子别后,无处存身,因而同了老母,来此五索州酒店中帮闲过日。所得微资,权为养母之计。小可本不知公子驾临,因今日无事,打盹片时,梦见城隍命我救驾,不想正遇公子,诚大幸也!"匡胤见史魁孝义俱全,心下十分爱敬,因说道:"既史兄流落在此,尚无际会,何不与小弟同往禅州,寻些事业便可荣身矣!"史魁道:"本欲与公子同行,奈因老母在堂,无人侍奉,不敢远离。日后倘或重逢,愿随鞭镫。"匡胤听了,不胜感动,遂把杜二公送的两封银子,取来送与史魁,道:"这些许薄物,权为薪水之助,聊表赵某寸心!他日若得空闲,愿期相会。"史魁义不容辞,只得拜受。两个说话之间,不觉已出了西门,来至一高阜之处。史魁辞别道:"公子此去,路途保重!小可因有俗事缠身,不能远送了。"匡胤听言,心中不忍分别,只得也说了一句"保重",依依不舍而别。后来直到太祖三下河东,方与史魁相会。有诗为证:

> 神助英雄救驾功,疆场威武孰能冲?
> 依回不忍分离别,中夜殷勤心际空。

不说史魁回城归店。且说匡胤上马提刀,望前行走,一路上不住的赞叹:"苗光义阴阳有准。他叫我五索州莫入,有三砖两瓦炮石之灾,今日果应其言,毫厘不爽。我此去务要访他,问问后举如何?"行路之间,天已傍晚下来。况此时正当隆冬之际,阵阵寒风透入肌肤。匡胤也觉身上寒冷起来,跳下马将行李打开,取出那王员外所赠的棉衣,把来穿在里面。又因日中厮杀了多时,口中烦渴,把摘来的两个雪桃食了一个。打好包裹拴在马上,跨上雕鞍,策鞭而走。

原来此处乃是山僻幽径,名叫"寂寞坡",人烟稀少,树木参差,来往人疏,哪里有得宿店。匡胤见是这等冷静,无处安宿,心慌意闷。正走之间,只见前面山侧里,露出一间茅屋,那门首立着一个婆婆,手内抱了一个三四岁的孩子,正在那里观看。匡胤紧马上前,见了婆婆,下马施礼。那婆婆慌忙还礼,问道:"客人何来? 有何话说?"匡胤道:"小子乃东京人氏,欲往禅州公干;因错过了宿店,无处安身,欲求婆婆方便,借宿一宵,不知可否?"婆婆道:"原来客人要过宿的,这却不妨;况此幽僻路途,怎好夜间行走? 但是草舍不堪,恐有亵慢。"匡胤称谢过了,把马拴在屋旁树上。取了行李,跟了婆婆至中堂里坐定。那婆婆抱了孩儿,往内取了灯火出来,摆放桌上。复请匡胤把马带了进来,就系在天井之中。又将柴扉闭上,然后复到草堂,彼此问答了一回。匡胤又问:"府上还有何人?"婆婆答道:"老身所生一子,因出门生理,不在家中。娶过媳妇,生下这个孙儿,已是四岁,极是聪明,因此老身倒也欢喜。"正说之间,只见那孩子曲过身来,望了匡胤要抱。那婆婆笑道:"你看这孩子好不作怪! 方才说得聪明,他便真个妆这聪明出来,见了客人,就要累他抱了。"匡胤心中亦是喜欢,接将过来,坐在膝上。那婆婆回身往里,便叫媳妇端整晚膳去了。

匡胤独坐草堂,细看这孩子,果然生得眉清目秀,相貌端方。想他村僻人家,生得这样儿子,日后福分亦是不小。正在思想,忽听得四下里阴风飒飒,乱卷尘沙,险些把灯火亦多吹灭。这孩子却也稀奇,从那风起之时,他便伏在匡胤怀中,酣酣的睡了。匡胤见这风来得古怪,振起精神望外观看,只见那天井中隐隐的有几个人儿,闪来闪去,却不进来。耳边又听他唧唧哝哝在那里说话,却又听不得仔细。但听他说:"吾们奉命而来,又被这位皇帝做情抱了,叫吾们怎好下手? 只索回去便了。"后面又有几句,听不出来。说完又是一阵旋风,却已不见了。匡胤明知鬼祟,未晓缘由,只惊得毛发耸然,不敢声响。

看官们有所不知,盖因这孩子本有根器,托生人间,他的命里,该有这一遭关煞大难,所以阎君特差鬼卒,前来降祸。虽无性命之忧,终有淹染之苦。却是这孩子天大福缘,命多厚禄,得遇匡胤暗中救护,免了灾屯。闲话休题。

当时婆婆送将晚膳出来,却好这孩子已醒,接过来抱了,便请匡胤用饭。须臾食毕,婆婆收了进去,请过匡胤安置,然后将中门闭了,往里去讫。匡胤铺开行李,将身安睡一宵。晚景无词。

次日起来,匡胤请出婆婆谢别,送上一锭银子作为谢仪。婆婆哪里肯受。正在推辞,只见那孩儿慢慢地走将出来,见了匡胤嘻嘻的笑。匡胤大喜,把这银子递与他拿了,那婆婆推辞不得,只得谢了。

当时匡胤别了婆婆,牵马出门,将行李兵器一齐捎放好了,纵身上马,望西而行。一路上又过了些山川原隰①,城市村庄。那日正行之间,只见正南上有座庄子,屋宇参差,人烟稠密。匡胤策马进庄,见那北首有座酒店,即便下马,提了行李物件,入得店来,拣副座头坐下。便叫:"酒保!端上好热酒三角,猪肉一盘。"酒保道:"敢告客人得知,热酒猪肉都已无了,只用些冷酒素菜罢!"匡胤发怒道:"你那锅里煮的不是肉?炉内烫的不是酒么?直恁如此欺负人,拣人买卖,是何道理?"酒保道:"原来客人不知,这锅里的肉,炉里的酒,却不是卖的;乃是敬我们这兴隆庄的黑吃大王财神爷,所以不敢便卖。"匡胤道:"怎么的叫做黑吃大王,如今却在何处?"酒保道:"若说起了财神爷,客人也须敬重哩!我们这座庄子,向来称为孟家庄。数年前出了一个妖怪,在这庄上作耗,每年一期,要童男童女祭赛,方得合庄公然无事;若不祭赛,他便搅得逐家儿人丁离散。因此都奈何他不得,活活的把男女儿作为羹馔,其实可怜!却在秋末间,来了这位财神爷,听了妖怪,他便立心要去拿捉,我们众人只得将他送到庙中。那财神爷真有通天的手段,彻地的才情,一夜之间,便把妖怪降服了——原来是个鹿精。故此我们众人留他在庙里住下,轮流供养,镇压邪魔。我们得这财神爷在此,不但家家安静,连把这座庄子也兴发起来,所以改做为兴隆庄。今日该是我们供膳,财神爷现在店后歇息,所以不便把这酒肉货卖,望客人莫怪!"匡胤道:"原来如此。既是这大王伏妖除害,安镇村坊,便是有功于民,也算是个豪杰。俺便去会他一会何妨?"酒保道:"这却使不得。那大王生性凶狠,一怒之间,不顾好歹,便要打人。劝客人莫去见他罢!"匡胤坚执要去,酒保再三阻挡,只是不听,立起身来往里便走。

只见里面有间洁净书房,居中摆了一只桌子。那桌上有一条大汉,满身都是青衣,横着身躯眠在桌上,脸儿朝着里面,口内唱着曲儿,说道:

南来雁,北去雁,朝夜飞不厌。

日日醉呼呼,几时得见我的二哥面?

当下匡胤见了大汉,听了声音,暗道:"这是我的兄弟郑恩,为何独自在此,却不见有大哥?但方才听他的言语,甚有顾恋之心。我且不与他相

---

① 隰(xí)——低湿的地方。

见，耍他一耍，看是如何？"遂轻轻挨到跟前，望着郑恩后背就是一拳。郑恩大叫道："哪个驴球入的，和乐子玩耍？"说了一声，翻转身来往外一看，见是匡胤，即便滚下桌来，说道："乐子醒着呢，还是做梦儿？"匡胤道："兄弟！你方才尚是唱曲，明明醒在这里，怎么说起做梦来？"郑恩听了，跪了下去，道："乐子的二哥，自从与你分手以来，没有一日不想念着你。今日天赐相逢，乐子便欢喜杀了也！"匡胤连忙扶起，道："兄弟休得如此，那大哥如何不见，你独自一个怎能得到此地？你可说与我知。"郑恩道："不要说起！乐子自从跟伴着他到得泌州，失去了裤儿里的银子，他又病倒在饭店中。却又心地狭窄，日日的吃用又不称乐子的心，故此抛了他，跑到这里除了一个妖怪，众人留我在此镇压，竟得了安身。只是放不下你有仁有义的二哥。今日得见了你，乐子便已心满意足。"匡胤听了，伤心嗟叹道："贤弟，愚兄孤身远奔，也无日不念手足之情。今日相逢，实为天幸。但大哥乃是兄长，不该抛弃分离。他有甚不足，须该忍耐三分才是正理。怎么粗心忿气，如此胡行，有伤情义。不知流落何方，愚兄委实放心不下。"郑恩道："二哥，你休要想他。乐子若再跟他几日，定要饿死，焉有今日这般好处？你看乐子，穿的这样华俏，那吃的又是恁般丰满，这等奉养，乐子实是称心，还要想他做甚？"匡胤听毕，仔细把郑恩一看，见他自上至下，都是青色布衣。故意奖道："好，好！果然华丽端严，愚兄万难及一。"

郑恩不觉大喜，忙叫店小二，快将酒食进来。那小二整齐了鱼肉荤腥、上好热酒，送将进来摆于桌上。弟兄二人对面坐下，开怀畅饮。饮够多时，郑恩也问匡胤行藏，匡胤把分别以后事情，一端一端的细说——说到了桃园事情，郑恩便接口道："可惜这样鲜桃，乐子没分，也得一个尝尝便好。"匡胤道："贤弟爱吃，愚兄尚有一个在此。"便叫店小二把行李取来，匡胤往包裹内取出剩下的这个雪桃，递与郑恩。郑恩见了，先喜个不了，慌把这雪桃做几口嚼下了去，口内只叫："妙！妙！"手内又拿了酒杯直吼。那匡胤又将以后事情一齐诉毕，郑恩大喜。两个又复欢饮，直至傍晚而撤。店小二进来收拾已了，郑恩便邀匡胤到庙中安住。叫店小二背了行李，出来拿了军器，牵了马匹，跟了兄弟二人，一齐来到庙里。小二把什物交割了，告辞回去。

匡胤看那庙宇，虽然神像全无，倒也收拾得整洁。遂把行李打开，铺设停当；那马就拴在庭心内窗柱上，喂了些草料。当下点上灯火，弟兄二人又是谈谈说说，分外亲密。那郑恩叫道："二哥，你如今也不要东奔西跑没有着落,不如就在这里住下。那些众人听了乐子的朋友,谁敢不来奉承? 咱们二人在此,岂不快活。"匡胤道:"贤弟,愚兄有一言相告,愿汝择取。"那匡胤正气严词,说出这几句话来。有分叫:闲人为数月之征人,遗像作万年之宝像。正是:

说开心事惊天地,提起行藏振古今。

毕竟匡胤说出什么言语? 且听下回分解。

第二十七回

郑恩遗像镇村坊　太祖同心除妖魅

诗曰：

> 忆昔君从东道至，驱驰多遇殷忧事。
> 履危涉险不寻常，奋壁飞腾云雨至。
> 自虑税驾属何方，欻然①中道意傍徨。
> 缱绻②适逢知己友，促膝谈心在庙堂。
> 百年瞬息如驹隙，白首徒伤奚足则。
> 丈夫志气须超凡，食前方丈终休歇。
> 雄才大略及时扬，愿作干城功满场。
> 徒使遗神及绘像，千秋能否有褒奖？

话说赵匡胤在兴隆庄酒店内遇着了郑恩，彼此离别多时，情深意笃。谈论之间，郑恩只图安乐，因此劝着匡胤不要奔走风尘，伴他及时快乐，絮絮滔滔说了一遍。匡胤道："贤弟，言之差矣！我与汝都是顶天立地之人，须当推施雄材，待时展布，或者图个封妻荫子，竹帛垂名；上不愧于祖先，下不负乎一身，方是丈夫志气。若然贪图安乐，靠人营生，乃是庸夫俗子所为，岂是你我终身事业？贤弟，听我之言，休图安逸，苟且存身。决当努力着鞭，冀求进取，断不可隳③了主意，将平生自命之志，埋没不闻，便与草木同朽，那时悔之晚矣！"匡胤一席话，把郑恩说得垂头叹气，半晌无言。想了一会，方才开口道："二哥，乐子听你的言语，实是有理。就要乐子离了此地，也是容易，但如今往哪里去安身？咱们须要商议定了，才好走路。"匡胤道："大丈夫处世，四海为家，何处不是安身之地！贤弟只管放心，与同愚兄此去，自有下落。"郑恩依允，便同匡胤各各安睡。

---

① 欻(xū)然——忽然。

② 缱绻——固结不解之意。

③ 隳(huī)——毁坏。

次日起身，即叫一个从人吩咐道："你去把庄上的头儿传来，乐子有话商量。"那从人就去把兴隆庄上的为头老者，俱各邀到庙中，一齐施礼，郑恩拱手还礼。那众人见了匡胤，便问郑恩道："好汉，这位是谁？"郑恩道："这是乐子的二哥，极是有仁有义的，你们也来见个礼儿。"众人又与匡胤见过了礼，然后郑恩开言说道："众位乡亲，今日乐子传你们到来，非为别事，只因咱的二哥当年在关西放债，放去十万八千两银子没有到手；如今要请乐子同去取讨利银，故此传你们到来，乐子就要辞别。"众人道："大王！你是个财主，又是个福神。自从来到小庄降伏了妖怪，请得英雄住下，以镇合庄，便是风调雨顺，地旺人兴，真乃一方的佑神，百姓的吉星。我们怎肯舍得你去！还望安心住下几时。"郑恩道："乐子主意已定，随你怎样待咱，总留不住的。"众人道："既神爷立意要去，但请再住几日，且过了岁朝灯节，方去不迟。"郑恩道："不必。乐子想天天吃饭穿衣，管什么岁朝灯节，要去就去，有甚的流连疙瘩？"

众人见他立意要去，只得背地里商量道："看这神爷已是不肯住下的了，我们苦苦留他，也是无益。为今之计，不如大家凑出盘缠，治了酒席与他送行，只当在此打伙一场，以尽我们的心事何如？"众人道："说得有理！我们及早儿去办事。"说罢，各各出了庙门，分头凑措盘缠，整治了一席酒，抬到庙中，当殿摆下，就请郑恩、匡胤坐在上面。那两个年高的上前把盏，说道："神爷！我等皆蒙大恩除妖，保全合庄的性命；指望长在此间，使我等孝敬报答；不意今日一旦分离，抛别远去，不知何日再得重逢？叫我等如何忘念！"说罢泪如雨下。郑恩道："众位乡亲，也不必悲泪，乐子在此，承你们这般厚意，又是如此不舍；如今乐子倒有一法，便可报你们相待的厚情了。"那老者连忙问道："神爷有甚法儿，可使我们尽敬？"郑恩道："你们这里可有什么画师？与我叫将一个进来，乐子要用。"老者道："有，有！不知神爷要来画甚？"郑恩道："乐子去后，怕又出什么妖怪害民，故此叫他把我的图样画下来。一则镇压妖邪，使他不敢侵犯；二则你们思念乐子，看了这像，就如亲见的一般。这个法儿却不好么？"匡胤从旁赞道："贤弟此法，果是不差。列位，快央人去请那丹青来，传写了像，我们好告辞也。"

那老者听了，即便使人去，登时请了一个妙手丹青，领到庙中。与各人施礼已了，就在酒筵前放下一只桌子，备上笔砚，铺下一幅素笺。那画

师对面坐下,提起狼毫,蘸上香墨,看了郑恩模样,举手就描。但见他:

起手先将两眼描,熊鬃眉黛润添毫。

形容不用多颜色,墨黑浓浓任意调。

扎鼻下横盆口阔,高颧相配地盘朝。

横生怪肉惊人怕,千载英雄有几遭?

那画师把郑恩的形容细细描完,递与众人观看,众人一齐赞道:"果然画得好! 真的有一无双。"匡胤也便立起身来,接来观看,亦赞道:"委实传神,堪称妙手。"遂与郑恩看,道:"贤弟,你看这幅画像,与你毫发无差,不枉了此番举动,诚为可喜。"郑恩接过手来,把画左一看,右一看,看了一回,便大嚷道:"这驴球人的不中人抬举,怎么把我的形容竟画了一个鬼怪? 你们众人还要这等赞他,快与乐子把他赶了出去,休要在此。"匡胤笑道:"贤弟休怒! 这是你生成面目如此,与他何干?"因叫众人讨了一面镜子,递与郑恩,道:"贤弟! 你且照看,便知分晓。"郑恩接过手来一照,看看那画上的形容,瞧瞧那镜中的相貌,不觉大喜。复又大笑道:"怎么乐子的貌儿,生得这般模样? 真是可爱,乐子今日见了恁地欢喜。"众人道:"神爷的虎彪形,果然有些爱看。"郑恩道:"乐子有了这样妙相,匡耐前日在木铃关上,被那些驴球人的,还把唾沫来擦磨,真是好歹也不知。方才乐子若不把镜儿照看,险些儿又要得罪了画师。待乐子敬他三大碗酒,与他请罪。"说罢,将大碗斟了三盏酒递与那画师。那画师连忙作谢,接过来把酒一气饮了。

郑恩道:"画师,乐子已敬过你酒了,你好生把乐子的身材服式,照样儿画起来;旁边又要画一根酸枣棍,又要一只小犬。你若画得合适,乐子还要敬你酒哩!"匡胤道:"贤弟,你这主意便欠高了。那众位乡亲要留下你的真容,原为镇压邪魔;如若照依本身而画,只恐不成模样。据愚兄之见,可加上幞头、红抹额、乌油巾、皂罗袍,手内拿一根竹节钢鞭,旁边只画一个猛虎。如此配合,方是威风出色。"郑恩大喜,道:"二哥的主意不差,乐子及不得你。"便叫丹青:"你只依着咱二哥画便了。"那丹青听罢,就把颜色配成,依了匡胤的言语,绘画起来。须臾画就,悬挂起来,众人一齐上前观看,果然画得威风凛凛,气象岩岩。怎见得图像的好处:

铁幞头衬着抹额,乌油巾挂下龙鳞,皂罗袍纯似黑漆,乌云靴只用墨拖。左手执根竹节鞭,右手拿个金元宝,一只黑虎旁边卧,体段威严实怕人。

当下众人把图像看了，一齐夸奖个不了，郑恩听了满心欢喜道："画师，你果然真好手段！乐子再敬你三杯。"丹青推让道："神爷威镇小庄，我等咸叨福庇；今日传遗图像，理所当然，岂敢又辱赐惠。"郑恩道："乐子有言在先，必要再敬你三杯，你不必推辞。"遂又满满的酌了三杯递与丹青。那丹青不敢拂情，走上前，接来立饮毕，拜谢要行。郑恩道："且慢，乐子还有一个薄意儿与你。"遂叫众人送了丹青一个礼儿，打发他去了。然后叫声："众位乡亲，乐子就要告辞了。"那为首的老者道："既神爷不肯少留，我们不敢相强；但我们略有盘费银二百两，望神爷带往前途，为路费之用。"郑恩道："众乡亲，乐子在此，承你们的厚意，已是受当不尽；怎么还要你的盘缠，这是乐子断不受的。"众人道："些须路费，不过少表一点敬心；神爷若不肯收，我们要下跪了。"郑恩即忙摇手道："不要如此，待乐子收便了。"遂接了银子，打开包来，取了七八锭，叫道："服侍乐子的两个小娃子过来，你们辛苦了几时，可拿去买果儿吃。"那二人拜谢。

郑恩卷好银子，揣在怀中，提了酸枣棍，负了行李——那郑恩本无行李，因是郑老者所备，故此也有了。匡胤亦将行李兵器捎放好了，牵马出门，匡胤上马，郑恩步行，两个望前而走，众人随后送行，不觉走了五里多路。匡胤叫道："贤弟，送君千里终须一别，你怎不叫众人请回，还要送到哪里？"郑恩听言，回转身来，叫声："列位乡亲，不必远送了！"那众人尚要再送一程，郑恩不许，道："咱们后会有期，不必多礼。"众人无奈，只得挥泪别去。正是：

　　　　眼前图画终成假，路上殷勤才是真。

却说匡胤二人别了众人，望前迤逦而行，一路上饥餐渴饮，夜住晓行。两个在路说些闲话，一日到一高庄，寻下客店，安放了行李马匹等件，两个坐在客房，酒饭已毕。时当昏暮，高剔银灯，匡胤心有所触，长叹数声。郑恩问道："二哥，你为甚发叹？敢是这村店凄凉，不像那孟家庄上的那般闹热。乐子也曾劝你，你自己不听，要受苦楚。"匡胤道："贤弟说哪里来？愚兄想：人生在世，如驹过隙①，你我二人终日奔波，尚无归着，空费岁月，所以叹耳！"郑恩笑道："二哥，你忒也着慌，乐子与你都是少年英

---

① 驹过隙——比喻光阴流逝得迅速。

雄,怕日后没有事业? 愁他则甚!"匡胤亦便无言,两个各自安歇。

次日起来,正欲出门行路,匡胤忽然心不耐烦,只得住下。郑恩道:"二哥,你若有甚心事,乐子现有银子在此,就叫店家去备些酒食,乐子与你解闷消遣可好么?"匡胤道:"好,好!"郑恩遂向腰间取了两锭银子,便叫店家端整酒食,须要丰盛。那店家接了银子,便去叫人买办,整备烹调。不一时酒保送将酒肴进来,摆放桌上,便自出去。郑恩见肴馔丰满,心下大喜,掩上房门,便与匡胤对坐。两个畅怀欢饮,极尽绸缪,饮至午后,尚未撤席。

只听呀的一声,房门开处,蓦地里走进两个妇人来。匡胤举眼看他,年纪只好二十上下,身上都是一般打扮,青布衫儿,腰系白绫汗巾,头上也都一色儿青布盘扎。生得妖娆动人,狐媚勾人。手中各执着象板,轻移莲步,走上前来,见了二人,一齐万福。郑恩带着酒意,朦胧问道:"你这两个女娃娃,哪里来的? 来此做甚?"那两个妇人一齐轻启朱唇,娇声答道:"妾等二人,俱在近村居住,自幼学得歌弹唱曲,雅舞技能,专在店铺宿房,服侍往来商客。今闻二位贵人在此,妾等姊妹二人谨来献羞劝侑①。"匡胤此时也有几分酒意,一时心猿意马,拴缚不牢,便道:"尔等既有妙技,便可歌唱一回,自有重赏。"那两个妇人即便轻敲象板,顿启柔喉,款款的唱出一阕《阮郎归》来,道:

一别家乡音信杳,百种相思绕。眼前匀粉调脂妙,谁道相逢早?

忆襄王,高唐渺,梦里何曾晓? 怎如彩凤配青鸾,覆雨翻云好。

那两个妇人唱罢,好似黄鹂弄巧,宛转悠扬。匡胤听了大喜,称赞不休,又叫她歌舞。那两个妇人欲思迷惑,正中其怀,各施伎俩,带舞随歌,做作起来。但见万种妖娆,露出勾魂景态;千般娇艳,妆成吸魄形容。匡胤酒酣情洽,意乱心迷,痴着脸儿只是呆看。

此时郑恩虽也有些酒意,却只斜靠身躯,凝眸谛视。心下暗想:"这两个娃娃,有些诧异,怎么歌舞只向着二哥做鬼?"斜眼觑那匡胤,见他如出神的一般,双睛只盯住在妇人身上,心下愈加疑惑。按定心思,运动那雌雄神眼,不转睛的把那两个妇人上下瞧科。正见她转折盘旋,移挪闪跃,却早看出破绽来了。立起身来,将桌子猛然一拍,大叫道:"二哥! 这

_____

①　劝侑(yòu)——劝人吃喝。

两个不是女娃娃,乃是妖怪,你不要被她弄了。"这一声早把匡胤提醒,如梦中惊觉,酒意全无,说道:"三弟,怎见她是个妖怪?"一句话尚未说完,这两个妇人知事已泄,各把手中象板变了两对儿柳叶刀,望着弟兄二人一齐直奔。郑恩慌取了酸枣棍,匡胤取刀不及,闪身解下鸾带,迎风变成了神煞棍棒,四个就在房中,捉对儿相拼。虽非疆场武事,也如房室颠狂。但见:

> 未分妖类,尽是人形。两女双男,不见洞房花烛;相交对敌,果然萧墙干戈。刀分处,棍棒齐钻,何异男贪女爱;棍搅时,柳刀迎合,怎殊倒凤颠鸾。为探真元滋妖艳,免不得先礼后兵;岂容氛秽乱清尘,毕竟要斩妖缚魅。

当下四个在房中,你争我斗,各施本领。耳中又听丁当之声,却把那桌子掀翻,碗盏尽都打碎。

先说郑恩与那个妇人对敌,约有半个时辰。郑恩本是有心提防,胸中已有算计,正要捉她破绽;不期那妇人侧身处正蹈了那地上肴馔,一时腻滑,立脚不定,将身一歪,正欲颠翻。郑恩趁势举起酸枣棍,用平生之力狠命一下,只听噗的一声,早把那妇人打倒:便是四肢不动,断火绝烟,原形反本——乃是一只玉石的琵琶,温润洁白,光彩晶莹。这一个妇人看见羽党已亡,谅难如愿,只得弃了匡胤,将身一折,变还了一个玉面的狐狸,思量逃走。郑恩哪肯容情,蹿将过来,眼明手快,用力一棍,打倒在地。那狐狸负痛蹲伏不动,口里吱吱的叫,又经匡胤几下,早打得骨软皮残,绝淫断欲。正是:

> 凭他变化迷人巧,难免今朝棍下亡。

原来这二妖,专一变做美貌妇人迷惑男子,漏取真阳,补助自己工力。那愚人贪色误入彀中①,将有用之身命,填入火坑,究竟所得不偿所失,亦何取哉? 闲话休题。

只说那店家在外,当时房中举动之事,岂有不知的么? 凭你房屋重叠,路径迂回,终须有些声响;况饭店之中,所隔有限,如何湮没无闻,不来照看? 看官们有所未知:从来只口莫说双言,一笔难书两字,听在下慢慢分说,便见井井有条。那店家进来之时,就在这打翻桌子、碗盏丁当之际。

---

① 彀(gòu)中——比喻牢笼、圈套。

他闻此声响,急忙赶至客房前,正见两对男女在这里争斗,心下只猜是奸淫不从,恃强和闹。欲待上前解劝,又见他各执凶器,性命相拼,怎好赤手空拳排难解纷,只好远远的立着张望风景。看到郑恩打死妇人之后,他便暗暗跌足道:"怎么当真的将人打死? 这还了得!"不一时,又见这个妇人倏忽不见。心下又想道:"一定又把那个也打死了。这两个怎的行凶,必非善良之辈;我且进去与他理说,见机而作便了。"想罢,挺身而进,叫道:"二位客人,清平世界,朗荡乾坤,怎么将人打死? 却不害了小店受累,枉吃官司! 不知二位如何主意?"匡胤未及开言,只见郑恩早把店家扯了过去,指道:"店家,你且看着这是什么东西? 还在这里说那梦话!"那店家定晴一看,见一个是玉石琵琶,一个是玉面狐狸。心下甚是惊骇,一时没做理会处,便道:"客人,这是怎么讲?"匡胤道:"店家,你原来不知,这两个并非人类,乃是多年妖物变化人形,迷害生灵谅也不少。今日俺兄弟二人若无半点本领,焉能除灭于它,必然亦被其害。它向来出入,难道通无消息,不见踪迹的么?"那店家听了这番言语,顿然省悟道:"是了,是了!我们只道他进来趁些钱钞,谁知乃是个害人的恶物,吸髓的妖邪。怪道前番来的客人,进来都是强健身躯,与他交接之后,便是羸尪①形象。我们只疑是房屋不利,也曾几次请法师建醮②净宅,总然无益。原来是这孽畜作怪,实实不知。今日也算他恶贯满盈,遇着二位好汉断除了他,便是二位的阴德,方便于人。小店受此大恩,愧无答报奈何?"那店家说罢,复又再三的称谢,然后往店中去了。

此时日色正当晌午,匡胤便欲收拾出门。郑恩道:"且慢! 乐子还有未了的事,如何去得?"不争郑恩有此周折,有分叫:程途遍历,波浪递兴。正是:

　　爱向变中寻活计,喜从闹里觅生涯。

毕竟郑恩有甚未了之事? 当看下回自知。

---

①　羸(léi)尪(wāng)——瘦弱、曲脊。

②　建醮(jiào)——举行一种祭祀性的仪式。

第二十八回

郑恩无心擒猎鸟　天禄有意抢龙驹

诗曰：

> 春风从何来？吹彼芳树枝。
> 客心多惆怅，日夕千万里。
> 出门异南北，偕往任所之。
> 愿言絷①白驹，已见西日驰。
> 于心徒欲速，出没成参差。
> 徘徊一室中，恍惚始来时。
> 沉沉西林路，光暗从此辞。

右节录竹录坨古体

话说赵匡胤与郑恩在饭店之中，遇了玉石琵琶、粉面狐狸两个妖怪，扮了走唱妇人，前来迷惑，反被郑恩识破机关。兄弟二人，同心并力，把二妖尽都打死，复了原形。匡胤正欲收拾行囊，出门上路，只见郑恩叫道："二哥且慢！这两个妖怪虽被咱们打死，但留下这个形象，不是好处。咱们有心除害，何不将他一齐收拾，免得又有后患。"匡胤道："贤弟言之有理。"遂叫两个伙家进来，把狐狸抬出店外，就在空地上取火焚烧。只觉得阵阵风飘，焦毛烂臭，须臾煨烬，便把这枯骨捣碎，抛弃于野。那郑恩又把那玉石琵琶取将出来，仍放在空地之上，扬起了酸枣棍，猛力一下，打做了七八块，块块都有血痕。匡胤见了，也自高兴，执了神煞棍棒，弟兄两个一顿乱打，顷刻间打成齑②粉。叫那伙家把来扫去。两个一齐回进店房，只见房中排设一席酒筵，那店家在旁等候。匡胤动问其故，店家道："蒙二位好汉力除妖孽，免了民害；小店无以为报，只得薄治一杯蔬酒，少添二位的豪兴，望勿推辞。"匡胤道："既承老店主厚意，俺们只须领情便了。"

---

① 絷(zhí)——拴。

② 齑(jī)——细，碎。

那店家便请二人入席，自己执壶相敬，劝了多时，告辞出去。弟兄两个对饮谈心，各各尽量而散。看看天色将晚，出门不及，只得住下，又过了一宵。

次日，清晨起来，弟兄二人各自收拾行李，出房辞谢了店家上路。匡胤乘马，郑恩步行，两个取路望西而走。此时正是初春天气，正见草根透绿，树木萌芽。趱赶程途，非止一日，早见前面有座村镇，匡胤道："兄弟，俺们连日行路，有些辛苦，何不进这镇市，寻下店家，歇息数日，再行何如？"郑恩道："二哥说的不差，乐子也走得不耐烦，也要歇息歇息。"说罢，二人进了镇口，看的人烟凑集，闹热喧哗。当时寻下了招商店，把马匹交与当槽的喂养，拣了一间洁净的客房住下，安顿行李。须臾酒保送上酒食，二人用毕。看看天色已晚，二人各自安寝。

次日，用过了早饭，匡胤便叫店小二问道："此处叫什么地名？"小二道："客官，我们这个去处，乃是东西要路，名唤平阳镇，极是热闹的。"匡胤谓郑恩道："三弟，我们东奔西驰，只为访寻大哥而来；不道连走几处，并无下落。今到这平阳镇，久闻是个通衢大路，来往人多，我们左右闲住在此，何不到外面走走，或者遇着大哥，亦未可知。贤弟你道何如？"郑恩道："二哥说的不差，只是咱们莫要白走，带着马去遛遛缰，放放青，也是好的。"匡胤依允，郑恩遂到槽头解了马，牵将出来。匡胤锁上房门，一齐出店而走。到那大街之上，真的店铺相连，往来不绝。两个鱼贯而行，来至三岔路口，不道行人阻住，挨挤不开。众人你推我攘，哄的一冲，竟把弟兄二人冲为两处。匡胤不见了郑恩，分开众人，四望找寻，不见踪迹，心下想道："这鲁夫，不知挤到哪里去了？或者不见了我，牵马先回下处不成？"心下疑惑，转身便回店家去了。

那郑恩因不见了匡胤，也在那里寻觅，心下疑是先往前行，因而牵了马望前奔走。约走一箭之地，只见那边一簇人，团团围裹在那里看耍傀儡的，心中想道："敢是二哥在内观看，也不可知，待乐子瞧这一瞧。"遂带住了马，挨身在众人背后观看。见那搬演傀儡，玲珑尽致。郑恩看到快乐之际，不觉哈哈大笑，把手拍将起来，侧耳摇头，十分欢喜。谁知一拍手时，把缰绳松了下来，那马见脱了缰绳，便舒开四蹄，望前驰骤。郑恩正看得高兴，耳边忽听马蹄之声。回头一看，那马已是去远了。慌忙跋步去赶，不知不觉赶出了平阳镇。离镇已有二里之遥，赶到一座大树林中，方才把马拿住。郑恩赶得怒发,使着性儿,把马连打了几拳,牵住缰绳,将身席地而坐。

见那树林茂密,倒也幽雅。正在抬头瞧看,忽听得一声铃响,只见一只带脚线的黄鹰,飞来落在地下,尾上还带着铃儿,那身上的毛色,生得齐整可爱。郑恩本是粗鲁之人,焉能识得?当时见了黄鹰,心中大喜,道:"乐子正在烦恼,不知哪里来的这只野鸡儿,倒也肥壮,待乐子拿回店去,配与二哥下酒,也不枉白走一场。"遂把马拴在树上,趱将过去,将鹰拿住。那鹰见人捉他,也掉过头来,把郑恩手上狠命的一啄,再也不放。郑恩大怒,慌把那鹰一手挤住,往地下只一捧。将脚踏住了,把身上的毛片,登时捋得干净。那鹰满身负痛,只在地上打滚儿乱叫。郑恩看了,大笑道:"你这驴球入的,如今还啄得乐子么?停会儿还叫你热汤里去洗澡哩!"

正在说着,只见那边来了一伙人,牵了小犬,拿着梢棒,一齐跑到林子里来寻获黄鹰。但见地上堆下鹰毛,那鹰赤着身儿,在地死命的乱挣。众人见了,各各惊讶道:"是谁把俺家的鹰儿弄死了?"把眼团团一看,见了郑恩坐在那边,一齐道:"莫不是那边这黑汉不成?我们去套问他,便知是否。"说罢,一齐走上前去,叫声:"汉子,方才我们有只黄鹰儿飞了过来,你可也见么?"郑恩道:"乐子正在坐地,只见一只野鸡飞来,乐子已把毛衣去掉,要带回去配来下酒。却不曾见有什么黄鹰儿!"众人听了,一齐乱嚷道:"好大胆的毛贼!原来就是你把我家的鹰儿弄死了!这是怎的?快快赔了我们,饶你的打骂。"郑恩听了,睁圆双眼,开言骂道:"驴球入的!这是咱乐子拾得的野鸡,与你们什么相干?怎么你们说是黄鹰儿,在这里冒要。休想乐子把来与你。"那众人听了,亦是大骂道:"该死的狗头!这是我家公子养的,这一架鹰儿,如同至宝。方才拿了兔,被一拳儿打蒙了,飞来这林子里歇息。你这狗头却认做了野鸡,把来害了性命。如今总无别说,你只好好的赔了便罢;若没得赔,还须跟我们去见公子,当面与你说话。或者公子不要你赔,也是你的造化,我们也脱了干系。你若指望安稳的回去,这却万万不能的。"郑恩听了,便问道:"我且问你,这公子是何等样人?叫什么名儿?"众人道:"原来你是野外的狗头,哪里知道!俺们实对你说,你便晓得公子的厉害哩!我这公子,不是别人,就是本镇团练教师韩老爷的公子。他性如烈火,动手就要打人。你这狗头,快快跟我们去;若再迟延,便要打断你的狗筋,莫要后悔。"内中有几个道:"你们也不必与他费舌,只消拿这狗头去见公子就是了。"众人说声"有理",一齐动手来拿郑恩。郑恩大怒,提起拳头就打。那众人见郑恩发手,就便各举梢棒,乱打将来。郑恩哪里惧怕,抢开拳头,如流星赶月一般,四面挥打,须臾打倒了数人。那众人见无好势,恐怕他走脱了,只得一齐发喊,远远的围住,把郑恩困在中间。

正在攻打之际,只见韩公子带了几个乡兵,随后到来。见众人围住厮打,便叫过一个来问道:"你们为何厮打?"那人答道:"这黑汉因把我们的黄鹰弄死了,我们要他赔,他却不肯,所以在此厮打。"那韩公子听言,把眼望围中一看,心下暗自想道:"好一条梢长大汉!看他赤手光拳,敌住众人的梢棒,谅他也是个不善魔头。"又见那边树上拴着一匹红马,好生齐整,体段调良。心中甚是爱慕,谅着必是此人之物,一时起了念头,道:"这匹马,难道不值我的鹰么?我只消牵了他的马去,他若要马,不怕不赔我的鹰。"想定主意,趁这厮闹之中,便叫手下人暗暗去解下缰绳,牵到跟前,将身跳上。令人高声叫道:"尔等听者:这黑汉既坏了我家鹰,公子已把他马牵回去了。他若要马,自然赔鹰;他若没有鹰赔,就把这马折算了。尔等各自回去,也不必与他厮闹了。"说完,跟了韩公子,一直奔回店上去了。那些打围的众人,听了吩咐,脱了赔鹰的干系,谁肯又来作恶,也就一哄地跑散去了。

郑恩瞧看,不见了马,连忙跑出林子来,东张西望。不但马无踪迹,连人影儿也不见一些了。心中气发,暴跳如雷,只在这林子里跑出跑进,往回了数次,没做理会,只得高声大骂了一回。见没处追寻,使着性子跋步就走。一口气跑回平阳镇,进了招商店,到着房中,已见匡胤在内坐着。郑恩走得吃力,坐下身躯,闭了口只是喘息。匡胤见了这等模样,便叫:"兄弟,你方才怎么挤开了?在哪里耽搁多时?如今这马可拴在槽上不曾?为甚这般光景?"郑恩摇手,只是乱喘,一句话也说不出来。匡胤见了愈加疑惑,复又问他端的。郑恩只是不应,喘了半日,方才说道:"二哥,你倒问起咱来;乐子好好地走,不见了你。偏偏你的马又溜了缰!"匡胤听说,心中吃了一惊,慌忙问道:"因甚这马溜了缰?你可拿住也否?"郑恩道:"一匹马怎说拿他不住?被乐子一口气赶到一座树林里,把马拿住了。只是可恨那个驴球入的贼子!"匡胤忙问道:"既拿住了马,有甚的贼子可恨？”郑恩道：“咱吃亏在一只弯嘴的野鸡儿,那时飞进林来,被乐子拿住了,把他的毛衣尽都揪去,指望带回来与二哥下酒。谁知遇着一伙人,来寻什么鹰儿？要乐子赔他。乐子不肯,就和他厮打。可恼这些娃子驴球入的多,趁着空儿,就把二哥的马牵去了。”匡胤道：“怎么把马牵了去？你可曾追赶么？”郑恩道：“乐子本是要追,怎奈他走得无影无踪,没处追寻,故此只得跑了回来,与你商量。”匡胤听他失去了马,便道：“三弟,你忒也粗鲁了些,既然闹市中挤散,就该回店才是,怎么又去招灾惹祸。如今坐骑被人抢了去,只看这沉重行李,没有脚力担负,怎好行程赶路？”正在埋怨,郑恩忽然想起,道：“二哥,你休埋怨；那个牵名的是有名的人,如今咱们和这驴球入的要就是了。”匡胤便问道：“既有名姓,这马就有着落了。但不知他的姓名,你怎地知道？”郑恩道：“那时未曾厮打,乐子也曾问他,他说是什么团练教师韩老爷的公子,岂不是个有名儿的人么。”匡胤道：“既然有此着落,就好追寻。只消与店小二问明他的住处,和你前去取讨便了。”正是：

> 得者何足喜,失者不为忧。
> 须知塞翁意,喜恐变成忧。

当下匡胤便唤店小二进来,问道：“这里有个团练教师,不知住在何处？”店小二道：“客官问他,有何事故？”匡胤道：“我这个兄弟方才出去放马,不道溜了缰,被韩教师家的什么公子抢了去。我们要去取讨,所以问你。”店小二道：“原来如此。客官,我劝你把此事歇了罢,莫说一匹马,就是十匹,总也要不来的。”匡胤道：“却是为何,有这等势要？”店小二道：“客官有所未知：这个公子名叫韩天禄,他的父亲名唤韩通。此人拳棒精熟,作恶多端。两年前从大名府带了家小,来到我们镇上,倚仗着惯使枪棒拳脚,横行无状；我们做买卖的多要吃分开钱。他把刘员外家偌大的一所庄子,硬强霸夺,做了住宅,自己称为团练教师。他手下有一二百个徒弟,又豢养些乡兵,唤奴使婢,雄踞此地,每日到镇上科敛些许百姓们,要凑纳十两长税银子。众人惧怕他的威势,谁敢违拗了他！以此又是纵放儿子,常在外边淫人妻女,诈人财帛。这些恶款多端,横行不法,我们本地之人尚且惧怕,何况二位客官乃是异乡之人,怎好与他做对？故此奉劝客官,把这事甘休了罢,保得个平安无事,就算万幸了。”匡胤听毕,心中想道：“原来就是韩通这厮,又在这里不法害民,我怎肯饶他！”便道：“小二哥，你也不须这等担惊受怕，我这马，要不要尚在未定，你只说他的住处在于何方就是了。"小二道："既客官一定要去，我便说明这个住处，听从行止便了。他的庄子，就在这平阳镇正南上，野鸡林过去，一座大树林内便是。想是那马也在此地失的，客官们到彼，须要仔细。"那店小二说完，竟自出去了。

匡胤道："兄弟，你道这抢马的是谁？原来就是我时常对你说的，在大名府勾栏院打的韩通这厮。他又在此地害民，我且再与他厮闹一场，看他此地住得也住不得？"郑恩道："乐子却认得野鸡林。咱们趁此日中天气，正好寻到他家，有本事讨马回来，便好了账。"说罢，提了酸枣棍，同匡胤出了店门，洒开脚步，赶到野鸡林，至那大树林尽头，寻着了庄子。匡胤道："兄弟，你且去引他出来，好待愚兄与他算账。"匡胤说罢，自己闪在密树林中，暗暗张望。那郑恩执了酸枣棍，恶狠狠奔至广梁门首，放出那春雷般的声音，要把韩通叫骂出来。有分叫：狭路相逢，再教强梁失势；穷途发愤，才称棍恶从良。正是：

徒知背理谋身计，怎说安民除暴风。

毕竟韩通肯出来否？再看下回自知。

第二十九回

平阳镇二打韩通　七圣庙一番伏状

词曰：

　　君行无良,鸠居鹊巢安美？快当时,欲心贪恋。恃才妄作非为现,末路垂危,可否能常僭？　　　　到如今,回首他乡仍莫。人殊势异脑颜面,且效他投笔封侯,思想盖前愆,乃使吾成验。

右调《锦缠道》

　　话说郑恩失去了赵匡胤的赤兔胭脂马,跑回店来诉与匡胤知道。匡胤细问店家,方知就是韩通抢去。弟兄二人一齐来至野鸡林外,寻着了韩通僭住的这所庄子。匡胤便叫郑恩前去叫骂,自己闪在林中张望。那郑恩到广梁门首,看见里面没人出来,反把门儿紧紧的关闭,由不得心中大怒,便大骂道:"韩通的狗儿！驴球入的,你既然害怕,不敢出来,就不该叫你娃子来抢乐子的马了。你若知事的,快快出来相会,乐子就一笔勾销;你若不肯出来相会,乐子就要打折你的窝巢哩！"口里骂着,手里不觉粗鲁起来,挺起了酸枣棍在门上乱打,须臾将广梁门打了大大的窟窿。里面守门的看了,慌忙跑进厅去,禀知韩通。

　　此时韩通正坐家中,听知儿子得了宝马,即叫牵来观看,果是一匹赤兔龙驹,心下欢喜不尽。吩咐家人整备庆贺筵席,做个龙驹大会。赏过了那些跟随出猎的众人,于是父子夫妻及众徒弟等,正要各各入席欢饮。猛见守门的进来通报:说是黑汉打门,要讨马匹,现在外边叫骂。韩通听了,勃然大怒,即时点齐了众徒弟,带了儿子天禄,各执兵器,一齐往外边来。吩咐把大门开了,哄的涌将出去。

　　那郑恩正在叫骂,忽见大门已开,拥出一群人来,两边雁字儿分开。举眼看那中间为首的,也是勇猛,只见他:

　　头戴一字青巾,身着杏黄箭服。乌鞋战裤簇新新,拳棒精通独步。

　　暴突金睛威武,横生裂目凶顽。手提哨棒鬼神惊,不愧名称二虎。

郑恩大喝一声道："那穿杏黄袄子的,敢是韩通儿么?"那韩通听得叫他名氏,抬头往外看着,果然好一条大汉。怎见得:

乌绫帕勒黑毡帽,罩体披袍是皂清。

蓝布卷袱腰内结,裹脚鞴①鞋皆用青。

手执一根酸枣棍,威风飘凛世人钦。

烟熏太岁争相似,火炼金刚不让称。

韩通见了,大呼道："俺便是韩通,你是甚人,敢来犯俺?"郑恩道："乐子姓郑名恩。今日到此,非为别事,只为你的娃子把咱的宝马抢来藏过了,故此特来取讨。你若晓事,送了出来,乐子便佛眼儿相看;若你强横不还,只怕乐子手中这酸枣棍,不肯与你甘休。"韩通听了大怒,叫声："黑贼!你怎敢出言无状?谁见你的马来?你今日无故前来,把我大门打碎,这是你自要寻死,休来怨俺。"说罢,举起哨棒当头打来,郑恩举棍赴面相迎。两个打在当场,斗在一处,真个一场大战。但见:

一般兵器,两个雄心。一般兵器,棍打棒,棒迎棍,光闪闪不亚蛟龙空里舞;两个雄心,我擒你,你拿我,气赳赳俨如虎豹岭头争。初交手怎辨雌雄,只觉得尘土飞扬,疑是天公布雾;到后来才分高下,一任你喊声振举,须知人力摧残。

当下两个各施本领,战斗多时,不觉的斗了三十回合。郑恩本事不济,看看要败下来了。匡胤在树林中见的亲切,恐怕郑恩有失,暗暗解下腰中鸾带,顺手一抖,变成了神煞棍棒,轻轻的溜将出来,大喝一声道："韩通的贼!休要恃强。你可记得在大名府哀求的言语么?今日又在此地胡行,怎的容你?"那韩通正要把郑恩打倒,忽地见匡胤蹿到面前,吃了一惊。往后一退,匡胤趁势只一扫脚棍,早把韩通打倒在地。

说话的:韩通未及交手,怎么就被匡胤打倒?这等看起来,则是韩通并无本事,绝少技能,如何在平阳镇上称雄做霸,行教传徒?倒不如敛迹潜踪,偷生度日,也免了当场出丑,过后遗羞。看官们有所未知,从来事有必至,理有固然。转败为胜,移弱为强,其中却有一段变易的机趣,幻妙的工夫。如今只将拳法而论,匡胤所学,本是不及韩通。若使两下公平交

① 鞴(wēng)——靴鞡(yào)。

易，走手起来，以视郑恩曾经救驾，武艺略高，今日尚且输了锐气，则匡胤定当甘拜下风矣！怎奈彼时在大名府初会之时，幸有鬼神呵护，暗里施为，所以匡胤占了上风，把韩通无存身之地，远处逃窜。今日二次相逢，又是韩通未曾堤防，匡胤有心暗算，合了兵法所云"出其不意，攻其无备"，所以又占了上风。即如第三番相会，仍使韩通失手。正如博家掷色所言，又犯盆口之意。总而言之，只是个王者不死而已。闲话表过，不敢絮繁。

　　只说当下匡胤打倒了韩通，只一脚踏住胸膛，左手轮拳，照着脸上就打。初时韩通尚可挨抵，打到后来，只是哎哟连声，死命的狠挣。数次发昏，一时省不起是谁？那郑恩在旁观看，心中好不欢喜。正如：

　　贫人获至宝，寒士步瀛洲。

那郑恩叫道："二哥，你这拳头只怕没些意思，这个横行生事的驴球入的，留他何用？不如待乐子奉敬几棍，送了他性命，与这里百姓们除了大害，也是咱们的一件好事。"郑恩乃天生粗鲁，质性直遂，口里方才说完，手里就举起了酸枣棍，便望韩通要打。匡胤连忙止住，道："不可！我这拳头，他已是尽够受用了。贤弟，不必粗心，且留这厮活口，别有话说。"郑恩依言，只得提了酸枣棍，恶狠狠立在旁边。

　　那韩通的儿子和这些徒弟们，欲要上前解救，见那匡胤相貌非凡，身材雄壮，定是个难斗的英雄；二来怕那郑恩行凶，若使上前动手相救，倘他果把枣棍一举，韩通的性命就难保了。又听得匡胤说"且留活口"，谅来性命还可不妨，只得也不多言，也不动手，一个个袖手旁观，都在门前站立。这正如两句俗语说的：

　　嫩草怕霜霜怕日，恶人还被恶人磨。

　　当时匡胤一手揪着韩通的头发，一手执着拳头，照在韩通脸上，喝声："韩通！你且睁开驴眼，看我是谁？"此时韩通已是打得眼肿鼻歪，身体又被踏住，动弹不得。听见匡胤问他，便把双目乱睁，睁了半晌，方才开了一线儿微光，仔细往上爬上一看，方知是赵匡胤，唬得哽气倒噎，懊悔莫及。心下想道："好厉害！怎么他又在这里助那黑汉？可见我的造化低，又遇了这个魔头。免不得要下气伏软些，才可保全性命。"于是欢容的笑道："原来是赵公子驾临！自从在大名府一别，直到如今，不知公子可安否？"匡胤笑道："你既认得是我，可知当日在大名府打了你，如今可还害怕么？"韩通听问，想道："我前番虽曾挨他的打，连妻子也不知道。今日这些徒弟和我儿子在此，若灭尽了锐气，日后怎好出头？"仔细思量，莫输口气，输了身子罢，便道："公子，我与你多年相好，厮招厮敬，连面也不曾红过，今日如何取笑？请到舍下一叙久别之情，才见气谊的朋友。"匡胤喝道："韩通！我看你光棍样儿，对着众人面前，恐怕害羞，不肯认账。我也不与你多说，只教你再受几拳，与众人看看何如？"说罢，又要挥拳打下。韩通方才慌了，只得不顾羞惭，哀哀的说道："赵舍人！莫再打了。自在大名府见教一次，到如今想起来，真是害怕，梦魂皆惊。乞公子海量宽容，饶了我罢！"匡胤道："你既害怕，要我相饶，须要听我吩咐：你从今日快快离了此地，别处安身，改恶从善。再把这座庄子交还原人，我便饶你。若不依我言，仍在平阳镇上残害百姓，俺在早晚之间，必然取你性命。"韩通道："公子吩咐，怎敢不依？"匡胤道："你既依允，俺便放你起来，与同众人速往平阳镇去，写下一张执照，方才放你。"韩通只要性命，满口应承。匡胤把脚一松，韩通爬了起来，呆呆地立着，敢怒而不敢言。那郑恩在旁，说道："驴球入的！快把乐子的马牵了出来，待咱的二哥骑了，好回平阳镇去。"韩通听了，哪里还敢不依？连忙叫人，快把这马牵来交与匡胤。匡胤把神煞棍棒变成鸾带，束在腰间，跨上龙驹。郑恩拿了酸枣棍，带了韩通，把后边人喝住，不许一人同行。

当时三个人出了野鸡林，来到平阳镇口，登时轰动许多百姓，齐来观看，多说道："这是横行害民的团练教师爷，平日间只有他如狼似虎，还有谁人敢说他一个不字。今日为着甚来，吊在这里？"内中一个走上前来，叫道："团练老爷，你定下的每日规矩，要的这十两税银，我们凑分已齐，怎么今日不来收取？想是要我们到衙门里来完办么？"又一个道："众位，且看他妆这狗鬽之形，想是要去上圈哩！只是把往日英雄，一朝失了，觉得带累我们羞杀。"韩通听了这些言语，羞惭满面，低头而行。匡胤叫道："列位也不必多言！今日俺与你们解释了此事，便是两无干碍，各奔前程。列位可同我前去，要他写了一张执照，便好打发他起身。"众人道："好汉所处极当！"遂一齐来到十字街头，却有一座七圣庙，庙前有一座亭子。匡胤跳下马来，把马拴在柱子上，便说道："你们众位之中，有那年高德厚，请进几位，看他写下执照，再寻原主刘员外进来，当面交还庄子。"众百姓中有人答应道："那刘员外也在此间。"匡胤邀进亭中，就叫那百姓公同推举，议了五位老者——多是年及六旬，仁厚长者，齐往亭子内拱听调度。匡胤又叫人去取了凳桌,就请六位老者两旁坐下。中间摆下桌子,又取了纸墨笔砚,安放好了。匡胤然后开口道:"各位长者!非是在下沽名邀誉,妄断乡评。只为俺一生最喜锄强扶弱,进恶携良,因此路见不平,权为公举。倘有不合于礼,各位亦须面斥其非,方见公道。"那老者道:"好汉为民处分,已是极循道理的了,有甚不合?致使我等饶舌。请自尊裁,不必过谦。"匡胤便叫韩通过来,谓之道:"今日此举,并非俺苛刻于你;只因你行己不法,虐戾良民,须要自己服罪。俺不过大义而行,只叫你写下执照,不许再来。还要交还刘员外房屋,诸事清楚,俺便放你去路。"韩通到此地步,怎敢不依?提起笔来,就像犯人画招一般,登时把执照写完。名氏底下扎了花押,双手递与匡胤。匡胤接来一看,只见上面写来,果是明白干净,永无更变的。写道:

　　具伏辨①韩通,为因己性不明,冒居平阳镇刘宅房屋,欺公蔑法,横害良民,种种非为,果堪众愤。但从古开自新之路,君子宽已往之追。自知不容于此地,愿将该有庄房交还原主,全家远避,不复相侵。如后再至平阳,有犯一草一木者,愿甘众处。故立执照,永远存据。

匡胤看毕,递与众老者看了一遍。多说道:"写得不错,好汉便须放他去罢!"匡胤依言,即着韩通速速回家收拾,出房交割,快离了此地,不许停留。韩通得了性命,抱头鼠窜的去了。

　　那几个老者都想:"韩通虽然写下伏辨而去,犹恐事有反复,虑他日后再来,如何抵挡?"遂一齐说道:"请问二位好汉,尊姓大名?老汉等有一委曲之言,愿乞允诺。"匡胤道:"在下姓赵,这是结义兄弟姓郑。不知列位有何下教?愿乞明示。"老者道:"某等众人,蒙二位英雄路见不平,打了韩通,将他赶去。只怕这恶棍面虽顺从,心不甘服,日后知得二位去后,再来肆毒,我们合镇人民,便难承受了。所以我等私意,欲屈二位英雄留住此间,权住几月,与我们百姓做个护身。待他果已不来,然后请尊驾行动,不知可否?"匡胤道:"韩通此去,定是永不敢来,列位放心,不须多虑。况在下各有正事,不便在此久住。"说罢,就要辞别。众人哪里肯舍,一齐在亭子外拦住,不肯放行。那郑恩吃惯了现成酒饭,听见众人苦苦相留,心中暗自欢喜,叫道:"二哥,咱们打去了韩通,虽然与他们除了害,只

────────

　　① 伏辨——服罪的供状。

是咱们去后,这驴球入的果然再来,叫这百姓们怎禁得起? 他们留咱,决然也有信义。前日乐子在兴隆庄镇邪,也住了几时。今日他们叫住几月,决不误了正事,便与他做个护身,有何妨害? 况且这里是关西一带四通八达的地方,闲着工夫,探问柴大哥的消息也是好的。"匡胤低头想道:"我本为寻访大哥,故此终日奔波道路。今郑恩所言,甚是有理,我何必拒绝于他,拂情太甚?"遂说道:"既承众位厚意相留,只得领教了。但今先要说过,多则一月,少则半月,在下便要起身,莫再推阻。"那老者道:"二位英雄有心住下,只过了几月,任凭起行。"于是匡胤、郑恩权在这七圣庙内安住。又叫人往招商店去,把行李包裹兵器一齐取了来。又把那马拴在殿后披间内。自此每日三餐,众人轮流供养。闲暇无事,又往街上访体柴荣消息。这且按下不题。

却说韩通得了性命,忙忙然如丧家之狗,蹿出了平阳镇,将至野鸡林来,只见儿子韩天禄领了众徒弟前来迎接。问起其事,韩通把写伏辨等,一一说了,道:"如今这里住不得了,我们快快回家收拾,连夜起身。"说罢,一齐来至家中,又与娘子说知了,就把那所备的龙驹会筵席,各各饱餐了一顿,韩通又取些跌打的丹药啖①了一服。然后众人收拾了金银衣服细软等物,打成驮子,家口上了车子。父子二人带了徒弟家人,一齐保着车驮,连夜起行,离了平阳镇所属地方,望着禅州去路而走。只因这番投奔,有分叫:遇故谋新,大郡壮风云之色;改弦易辙,图王添羽翼之臣。正是:

但凭韬略行藏技,何惧山林跋涉劳。

毕竟韩通此去何处安身? 且看下回分解。

---

① 啖——吃。

第 三 十 回

世宗荐朋资帏幄① 弘肇②被谮陷身家

词曰：

　　幸相殷遇,诉风诉雨。汲引同袍,美他推许。良朋共吐衷怀,庆英材。　　孤忠惜被权奸挤,情何已! 君心竟辜负,斯意敢期。龙比留此官箴,万古咸称。

右调《怨王孙》

　　话说韩通既被赵匡胤责写了伏状,连夜奔回家中,收拾细软物件,妻女上了车子,自己与儿子及徒弟等,各各乘马,取了哨棒,护拥了车仗,望着禅州大路而行。一路上思前想后,打算安身之处。欲要养成锐气,俟报此仇,无奈彼此商议,仍无定所。正闷行之间,只见前面一伙行人,约有三四十个,多拿着枪刀剑戟而走。韩通暗想:"此伙必是歹人,待我问他端的。"遂拍马上前,高声喝道:"尔等手执刀枪,往哪里去的?"那众人抬头一看,见韩通人物轩昂,鞍马高大,知非寻常之士,不敢怠慢,说道:"马上壮士,我等俱系近处百姓,因为度日艰难,闻得禅州郭令公招军,故此前去应募。"韩通听言,心下又是暗想道:"我被赵匡胤这贼连打两次,闪得我无家可奔,无国可投;今又尚在道路傍徨,我何不将机就计,把这些人收在手下,同上禅州,倘能够寻得大小前程,便好报这仇恨了。"主意已定,开言说道:"尔等既要投军,可多跟着我走。那禅州的郭令公,是我亲戚,我今正要去见他,管取你们一到就有粮吃。就是那路上的盘费,都是我应给。"那众人听言,俱各欢喜道:"既是将军怜恤,我等情愿跟随前去。"韩通大喜,遂即取些银钞,给散众人,一齐望禅州而来。

　　到了禅州城中,寻下客店,安顿了家小众人,自己出外打听。闻得人说:"凡有投军的,必须先到监军府去报名投见,然后引至都元帅处验看,

---

① 帏幄——帐幕。后多指军帐。

② 肇(zhào)。

才有职事。"韩通闻了这信,急忙回至店中,打点了投见的手本,加了一个礼单,换了一套新衣服,领着众人来到监军府前,随了那些四方来的投军人众,把手本递了进去,等候传见。

不多时,只见一个军校走将出来,道:"那一位是投军的韩通?监军老爷有令箭相传,快进去参见。"韩通听令,上前答应道:"在下便是韩通。"那军校随引进了角门,至大堂阶下,跪着道:"投军人韩通报名参见。"那监军不是别人,正是柴荣。见了韩通,慌忙离座下阶,用手扶起道:"贤友请起!"原来韩通与柴荣自幼相交,极称莫逆;后来天各一方,遂而疏阔。今日收募军人,先前见了手本上的名姓,已是疑惑;犹恐不的,故此单传进去,面视是否,不期果是韩通。当下柴荣扶起了韩通,那韩通见了柴荣,亦是惭愧,遂携手上堂,重新见礼坐下。韩通道:"自与台兄分别,不觉数年,谁知大驾执掌兵权,如此荣耀!若论韩某旧日交情,一定沾恩矣!"柴荣道:"久知贤兄精通武艺,勇略过人;小弟正欲差人寻请,不意今日相遇,诚三生之幸也!况郭元帅乃小弟姑丈,俟明日引见,得睹贤兄如此英才,何愁不大用耶!"说罢,遂命军校传取各路投军人等,进堂看验,载册送进帅府,以备编伍操演。公事已毕,即命承办人整备筵席,款待韩通。

到了次日清晨,柴荣把韩通引进帅府,参见了郭威。郭威见韩通壮年人才,仪表不俗,心下早有几分爱恤;又遇柴荣称赞才能,极力荐举,更加欢喜。遂即赏了一张委牌,授他权受五营团练使司之职,仍同柴荣招纳四方豪杰,每日操演兵马。韩通受命,拜谢出来,同了柴荣归监军府,自此一心供职,竭力同谋。按下慢题。

且说汉主自即位以来,听谗贪色,黜货远贤。大兴土木之工,黎民甚是怨恨。平日又宠用了一个国丈,名叫苏凤吉,生成妒害忠良,笼络奸小,在朝十奏九准,任意横行。群臣侧目而视,谁敢多言作对!那日却有细作打探回来,将郭威招兵买马之事,密密报知。苏凤吉得此消息,即于次日早朝,执笏①上殿,俯伏奏道:"臣昨接密报,称是郭威在禅州招兵买马,大有谋叛之心。乞陛下早为剪除,以免后患。"汉主闻奏大惊,道:"怎奈郭

①　笏(hù)——古代君臣在朝廷上相见时手中所拿的狭长板子,用玉、象牙或竹制成,上面可以记事。

威阴蓄不臣之心,有乖王法;太师有何良策,急与朕处裁?"苏凤吉奏道:"陛下且不必性急,依臣愚意,可差官赍旨往禅州调取郭威。彼若恪守臣节,自必随使来京;若有谋反之心,必然不至。那时陛下再遣将发兵,名正言顺,往彼问罪;郭威既不敢抗命,又使在朝诸臣不生异言矣!望陛下龙心裁夺。"汉主听奏,龙颜大喜,道:"太师所奏,真乃治国之良谋也!朕当准奏。"苏凤吉谢恩起来,汉主正欲敕旨差官,忽见阶下一臣,红袍金幞,玉带乌靴,执笏当胸,上前奏道:"陛下!不可听谗潜之言,误了国家大事。"汉主举目看时,乃是平章事史弘肇。汉主问道:"朕因郭威阴蓄不轨,故此调取回京,别有处置。卿何阻焉?"弘肇道:"非臣敢行阻拦,但思臣与郭威同佐先帝,披坚执锐,创业开基,成就社稷,君临天下,郭威多有勋劳。因此先帝简拔,托以重任,使之威镇禅州,诚国家之保障也。今陛下无故调取进京,君臣疑间,分明逼反重臣。臣恐郭威手下将士极多,决然生变。更且风闻各镇诸侯,人人自危,齐动干戈,陛下何以处之?愿陛下圣断为幸。"汉主道:"不然!郭威自恃在外,招兵买马,显有谋反之心矣!今日若不早除,日后养成胚胎,悔已无及,卿勿多言再阻。"弘肇复奏道:"郭威招兵买马,此乃深为国家之计,臣子职分所当为。陛下岂可以此事加罪,欲致郭威于死地,不以自戕其股肱①乎?且陛下自即位以来,不行仁德之政,大兴土木之工,听谗陷忠,沉溺酒色,臣恐天下自此危矣!愿陛下亲贤远佞,贵德褒能,先斩苏凤吉于市曹,贬苏后于冷宫,肃清朝宁②,靖③其内患。然后再加郭威王位,稳住其心,开帑④库以赏军民,则人情感悦,自然皇图永固,内外皆安矣!"

汉主闻谏,勃然大怒道:"朕自即位以来,一遵先帝遗命,未尝失德,汝反面斥朕躬宠奸溺害。你看民家富豪饱暖,尚且造建花园,以为春秋赏玩;朕今止建一所御园,亦未为大兴土木。苏娘娘乃朕之元配,又无失德,如何教朕黜他?朕思夫妇乃人之大伦,庶民之家,尚是笃于恩爱;况朕身

---

① 股肱(gōng)——比喻左右辅助得力的人。

② 宁(zhù)——古代宫室门屏之间,此有君侧;朝廷之意。

③ 靖——平定(变乱)。

④ 帑(tǎng)——国库里的钱财;公款。

率万民,焉有先薄其伦理,而能表正天下者? 即苏凤吉所奏,实系为国远猷①,非为一己之事,岂可因汝妒忌,使朕屈斩忠良。若依国法而论,汝之自恃功高,辄行诽谤,理当诛戮。姑念汝乃先帝老臣,宜从宽典,革职为民,永不录用。汝可速退,不必多缠。"

史弘肇见幼主不听他谏,反为革职,知是幼主溺于酒色,强谏无益。因不复再奏,暗暗叹气,立起身来往外要走。却见苏凤吉立在旁边,不觉心头火发,口内烟生,大骂道:"误国欺君的奸贼! 多是你蛊惑圣聪,颠倒朝政,以致人民怨望,藩镇离心,眼见锦绣江山,毕竟断送在你这奸贼之手!"苏凤吉亦大怒道:"史弘肇! 你只是回护郭威,想与他通同谋反,故此欲害我耶!"史弘肇益怒道:"奸贼! 你不思省过,尚敢乱言;你将血口喷人,情实可痛,我誓必与你拼一拼。"说罢,举起朝笏,照面门狠力一下。那朝笏折为三段,打得苏凤吉鼻眼歪斜,口流鲜血,一跤滚倒地下,喊叫道:"皇上明鉴! 史弘肇私通郭威,生心谋反,怪臣多言。当圣上面前,把臣毒打,望陛下天命救臣。"那汉主在龙床上,亲见史弘肇把苏凤吉打倒,又见喊叫,心中大怒,用手指定史弘肇,大骂道:"万恶的奸贼! 你道朕不明不仁,朕也不恼;当殿毁打太师,也还可恕;不该私通反叛,把朕的江山做情。你今大罪难容,留你必为后患。两边的,与朕把这奸贼绑赴市曹,候旨斩首示众!"只听得两边一声"领旨!"走出几个驾上官来,登时把史弘肇绑了。两旁文武个个惊骇,都怀不平,欲待上前保奏,又怕苏凤吉权奸势焰,只得叹息而已。正是:

　　惧祸不谈朝中事,贪生岂顾谏诤风。

当下苏凤吉又奏道:"史弘肇私通谋叛,诛他本身,不足以尽其辜;应将满门家口一概斩戮,庶使后人尽怀警畏。"汉主悉准其奏,即传旨:命殿前校尉,速将史弘肇全家一同绑赴市曹处斩。那校尉领旨,带领禁兵,将史弘肇府第前后围住——可怜忠良眷属,不分良贱,老幼男女,尽行绑赴市曹。那满朝文武虽多,也有平日和弘肇情投意合的,到了此时,也不肯把性命去保。只有那在城的百姓,见了皆怀不平。三个一堆,五个一处的说道:"天下才得太平几年,朝内又生这大变。只这史老爷,何等为国爱民,今日朝廷无辜将他杀了,只怕刀兵起在眼前。想多是我们百姓无福,

_____

① 猷(yóu)——计划;谋划。

又要遭此劫数了!"内中有个年老的,开言说道:"列位! 这些闲事,且莫要管他。老汉倒有一件紧要事情,要与众位商议,不知可使得么?"众人道:"有甚事情,不妨明言。若可做得,无有不依。"老者道:"列位! 老汉想这史老爷,乃是忠臣,我们众百姓,平日间承他惠养爱恤。今日遭此大变,我们理该买些纸钱到法场上焚化,送史老爷归天,也见得我们百姓之情,不知众位心下何如?"众人齐声应道:"有理! 有理! 我们当得都去送他。"于是大家抖出些银钱,多少不等,就去办了纸钱,一齐到市曹上来。

只见四面八方,军兵围住,哪里有得空儿? 那老者高声叫道:"众位! 可相让让儿,我们要进去送史老爷的。"遂挨开人众,齐到中间。举眼看那史弘肇及合家眷口,共有一百零三口,个个绑缚而立。那些围护的兵马在外,都是弓上弦,刀出鞘,四下站住。又有那些夜不收,各在四面巡逻。只见那史弘肇叹声叫道:"皇天后土,实鉴我心。我史弘肇为国忘家,所得何罪? 以致全家受戮! 我生不能食奸贼之肉,死必啖奸贼之魂。"夫人在旁说道:"老爷何必如此? 古云'忠臣不怕死',只愿死得其所而已。今日为国忘身,全家受戮,其中是非曲直,自有公论,老爷何必叹息?"史弘肇点首称善。

那些众百姓看了,俱各流泪,拥至跟前,一齐跪下。史弘肇问道:"尔等前来,有何话说?"众人答道:"小的们都是本城的百姓,一向在老爷马足之下,蒙老爷抚恤教养,何可报答? 今日闻知老爷被害,小的们无以孝敬,聊备些许纸钱,伏乞老爷当面生受,以表小的们一点敬心。"说罢,就将纸钱抖开,点上了火,朝着史弘肇焚化,一齐放声大哭。史弘肇看了连叹数声,即便止住道:"尔等百姓,不必如此。我平日为官,并无惠德及于尔等,诚有愧于古臣。况我年过花甲,福业随身,今日命该刀剁,岂敢怨尤! 只图不愧此心而已。极承尔等送我老汉夫妇,九泉之下亦感厚情。但我有几句言词,尔等百姓须当谨记,则老汉虽死之日,犹生之年也!"众百姓道:"老爷有甚教诲,小的们自当谨记!"史弘肇道:"尔等众百姓听者:

> 在家俱要敬父母,百善之中孝独先。
> 弟兄友爱敦手足,乡邻和睦莫憎嫌。
> 教子须当明礼义,闺门训女母该严。
> 吃亏认可安本分,贫苦勤将技艺研。

随缘淡泊平情过,乐业安居无用煎。

任尔一生名与利,穷通得失总由天。"

史弘肇正在说话,只听得军民乱嚷道:"朝廷驾帖来了!"那四下里看的百姓,一齐拍手道:"不好了,驾帖来了,史老爷转眼就要丧命了!"时有兵士早把百姓赶开,监斩官起身拜了圣旨,供在营栅,吩咐:"带过犯官听点。"遂把史弘肇签了犯由牌,即命带至引魂幡跟前。土工把两条芦席铺好在地,史弘肇夫妻对面跪下。怨气冲天,霎时间天昏地暗,日色无光。但见愁云漠漠,惨雾沉沉,刽子手提刀等候。只听得阴阳官报说:"午时已到,快些开刀!"只听得一声炮响,众百姓一齐拍手,悲喊声喧,早把夫妇二人头儿落地——正是两股白气冲天,一双英魂西逝。有诗为证:

忧国勤民已数年,寸心终日惕乾乾①。

天公偏使奸臣陷,血泪鹃啼满壤泉。

监斩官既看杀了史弘肇夫妻两口,又点名杀了合家良贱男妇,共计一百零三口,将那尸骸都已埋葬讫。监斩官进朝缴旨,汉主方才退朝。

到了次日,苏凤吉又奏汉主,早早差官调取郭威还朝。汉主准奏,即差翰林承旨孟业赍奉旨意,星夜往禅州,调取郭威克日进京,毋得违忤。孟业奉了旨意,辞驾出朝,带领从人,乘马出了汴梁城,往禅州进发不提。

却说河南归德府节度使史彦超,乃是史弘肇的胞弟,那日正在府中与手下属将饮酒闲谈,只见有一个漏网的家人跑进府来,见了彦超,把主人全家被害事情,一一哭诉了一遍。史彦超闻兄被害,登时惊惶满腹,怒气填胸,大叫一声:"痛杀吾也!"登时晕倒在地。众将上前急救,半晌方醒,咬牙切齿,大声骂道:"无道昏君!吾兄有汗马功劳,不思优待恩荣,反听奸臣谗谮,将吾兄长屈害。一命不足,又将全家抄戮。如此惨酷,理法已无。我誓必生擒奸贼,削去昏君,与我兄长报仇。"言罢,悲泪大痛。众将劝谕,方始收泪。遂谓众将道:"既昏君害我兄长,早晚必有兵来寻害于我。吾今兵微将寡,如何抵敌?想吾兄长因为郭威而起,吾如今投奔于他,方可免祸,又好与兄长报仇。众位将军若肯同行,吾也不辞;不愿去者,吾也不强。"当有八员健将一齐答道:"我等向受主将知遇之恩,未能报效。今日遇变,俱愿同行。"史彦超大喜,道:"既将军等皆肯同行,就此

---

① 乾乾——自强不息。

收拾行李,今日就要起身。"于是众将等各备行装。史彦超亦即收拾行程,保着家小,带了八将,离归德府,竟投禅州而来。按下慢表。

且说郭威一日正在帅府闲坐,忽见门官来禀道:"今有朝廷差官在外,乞元帅接旨。"郭威听了,即忙率领多官,齐出帅府迎接。钦差至堂上开读了圣旨,郭威心下大惊。且与钦差见礼,分宾而坐。茶罢,郭威开言问道:"钦差大人,圣旨到来,要调取郭威回京,不知所为何事?"那孟业忙赔笑脸,从容说这缘故出来。有分叫:激变了藩镇之将,指日兴兵;冷淡了忠勇之心,凭天安命。正是:

　　　燕雀①处堂事已坏,熊罴②压境势何支?

　　毕竟孟业怎样回答?且看下回自有分明。

---

　①　燕雀——此指奸臣。

　②　熊罴(pí)——指武将。

第三十一回

郭彦威禅郡兴兵　高怀德滑州鏖战

词曰：

君暗臣奸，看共把朝纲颠倒。股肱戕，贼衅边开，变由一诏。致来旗鼓惊心炮，烽烟云雾山河罩。叹群黎祇向彼苍呼，谁堪告？

将熊罴，勋猷报；士貔貅①，诚作好。攻战拔弧，功成谈笑。一朝徒把勤王召，怕他义胆忠肝照。总徘徊强将天意垂，空悲号。

右调《满江红》

话说郭彦威接了圣旨，心下不胜惊疑，便问钦差调取之由。那孟业笑容可掬，开言答道："老元戎！圣上因你在此招兵买马，积草屯粮，故此特差下官，特来调取你进京，要问端的。老元戎果无异心，不妨进京，当朝面质，那时自有忠良大臣，保举回任。若不进京，现有三般朝典在此，请老元戎裁夺定了，以便下官回朝复旨。"郭威听了，暗自沉吟："我若随诏进京，谅着多凶少吉；如不进京，这三般朝典，怎肯容情？今日就使起手，又恐兵微将寡，大事难成。况又闻苏凤吉行奸谄妒，把握朝纲。幼主近又昏暗无道，不念功臣，欲行剪灭，事在万难，如何处置？"想念多时，并无主意。那孟业又催促道："老元戎！下官奉旨前来宣召，不许停留；若抗违朝廷，只恐法度不能容情，那时悔已无及。"

正在逼勒之际，只见阶下一人，手按宝剑走上堂来，大声叫道："元帅！不可听诱引之词，自堕奸计；若一进京，断无再生之理矣！"郭威举目视之，乃是监军柴荣。郭威道："天子明诏，调取入京，怎好违忤？"孟业道："便是如此，某亦难以复旨。"柴荣道："当今幼主无道，听信奸邪；不念武臣汗马之功，保安社稷。终日深宫般乐，好色贪财，以致是非颠倒，赏罚不明。昨又闻报，史平章全家受戮，如此忠良屈害，岂不可伤！今日这道旨意，一定又是苏贼之计，逼反镇臣，要害元帅。"又指了孟业骂道："都是

---

① 貔(pí)貅(xiū)——比喻勇猛的军队。

你这班狐群狗党之类,逢迎君上,误国害民。今日合该丧命,来得凑巧。汝等众位将军,看我手刃此贼!"说罢,举手中剑,望孟业一刺,登时血溅尘埃,身躯倒地。两边众将一齐拍手道:"杀得好! 杀得好! 大快人心也。"那郭威本欲阻挡,奈一时劝慰不及,只得喝道:"汝这小子,不自忖量,轻举妄动,擅杀钦差;朝廷知道,发兵问罪,那时难免灭门之祸矣!"柴荣道:"元帅! 自古英雄,须要识时务。目今朝纲变乱,国事日非,元帅国之大臣,功业素著;况又掌握大军,据守重镇,趁此机会,正好兴兵举事;杀上汴梁,除奸去佞,别立新君,有何不可?"众将闻了此言,一齐说道:"柴监军之言有理! 元帅不可错过机会,图王定霸在此一举。某等愿效犬马之劳,共成大事。"

郭威见人心变动,心中暗喜,说道:"列位将军! 虽承美意保佐本帅起兵,只怕德薄福微,不能成事;日后偾①败,不但辜负众位之心,且使本帅亦无存身之地,奈如之何?"正言之间,只见一人应声说道:"明公不必狐疑,当从众将之言,谋取大事,某敢保其必胜,共襄王业也!"郭威视之,乃是太原人,姓王名朴,字子让。生得面如美玉,目若朗星,七尺身躯,堂堂仪表。幼年曾遇异人传授,善观天文,精知地理,现在郭威帐下为参谋之职,言听计从,极其爱敬,麾下诸将,无不悦服。当下郭威问道:"先生所言,何以知其必胜,大事能成?"王朴道:"某夜观天象,见帝星昏暗,汉运已倾,旺气正照澶州。乘此国运衰微,幼主昏残之际,明公当应天顺时,首举大事。将见雄兵一起,天下响应,何愁王业不成耶?"郭威大喜,即命左右,将孟业尸首扛出埋葬讫,是日各散。

到了次日,在大堂上摆设筵席,遍传麾下将官,饮宴议事。酒至三巡,食上几品,郭威举杯在手,开言说道:"今日本帅蒙众位将军齐心协助,举兵南行,洗荡奸党,肃清朝宁,诚为美事。但思粮草未足,将寡兵微,此行成败未卜,不知众位将军有何高见?"道言未毕,早见一将欠身高叫道:"元帅何必多虑,只某凭着这柄大斧,愿为前部,以图报效。"郭威视之,乃是上将王峻。郭威道:"王将军! 澶州到汴京有二千余里,还有黄河之隔;我兵一动,沿路州城必有飞报进京;汉主若发京中人马,还可抵敌;倘调外镇诸侯,将黄河挡住,那时将军虽勇,只怕插翅难飞!"王峻生平性如

---

① 偾(fèn)——毁坏;败坏。

烈火,喜的是奖他勇猛,恼的是说他不济。当时听见郭威说他杀不过黄河,心中不愤,喊叫如雷,说道:"元帅,不是王峻夸口,那各路诸侯,有甚能人? 某视之直如土木! 此去若不夺取汴京,也不算为好汉。"看官:这王峻所言,正如兵法所谓"欺敌者败"。他自恃斧精力勇,惯战能征,眼底无人,藐视天下没有好汉;谁料兵至黄河,被高怀德枪伤左肋,险些性命之忧。此是后话,这且慢提。

只话当时王峻与郭威正在议论,忽见门官来报,说:"有河南归德府节度使史老爷求见。"郭威听报,知是史彦超到来,令左右撤去残席,吩咐门官:"只说我整衣不齐,在二门拱候。"门官奉命往外与史彦超说知。彦超便进师府,将至二门,果见郭威率领许多将佐出来迎接。史彦超趋上几步,手撩甲胄,便要下跪。郭威慌忙搀住,说道:"贤弟! 为何行此大礼?"遂邀至堂上,叙礼已毕。又与各将佐一一见过了礼,逊位坐下。彦超诉道:"元帅威镇禅州,怎知朝中大变。"就将幼主屈害全家之事,细细诉说一遍。"为此,小弟挈家前来相投,望元帅念家兄一体同人之谊,早早兴师,乞为家兄报仇。则不惟小弟佩德,而家兄亦衔恩于泉下矣!"言罢,泪如雨下。郭威劝道:"贤弟,且免愁伤。我不久兵上汴梁,定当削除奸佞,与令兄报仇。"史彦超谢了,令人到外边把手下兵马将士都归了队伍。郭威吩咐重整筵席,与史彦超接风。酒散安寝,一夜晚景休题。

次日郭威分拨房屋,与史彦超家小安住。自此又过了数日,这日郭威升帐,与众将商议起兵,留大将魏仁甫、赵修己等镇守禅州。遂拜王朴为军师,史彦超为先锋,柴荣为监军,王峻为左营元帅,韩通为右营元帅,选定乾祐三年二月十六日起兵。到了这日,在教场发炮祭旗,大兵出了禅州,浩浩荡荡,一路前进,攻打府州,无人敢挡,势如破竹。

且说那沿途的地方官,听知郭威起兵犯境,差官星夜入京,报知幼主。此时幼主因见孟业的逃回从人奏知,郭威擅斩钦差,兴心谋反。幼主正在盛怒,商议遣将问罪。忽又接得边报,心下大惊,急召苏凤吉共议伐叛之策。苏凤吉奏道:"陛下勿忧! 臣保一人,命他剿除反贼,必定成功。"幼主问道:"卿所保何人,可以奏绩?"苏凤吉道:"臣所保者,乃是潼关元帅高行周,此人精于用兵,智勇莫敌;若使他领兵去剿,如探囊取物,易如反掌耳!"幼主听奏大喜,即时亲写了一道诏书,遣官前往金斗潼关,调取高行周,克日领兵往禅州擒获叛逆郭彦威,献俘京师,照功升赏。旨到即日起行,不必来京见驾。

钦差领了旨意,离了汴京,不分星夜,兼程而走。不几日来到金斗潼关,进城至帅府,开读旨意毕。高行周不敢迟延,先打发天使进京复旨,然后挑选了三万人马,各各整备了战攻之具,发炮三声,大兵离了潼关,昼夜兼程,望禅州进发。看看过了黄河,正望滑州而来。早见探马来报,滑州已失,现今郭兵屯扎城中,我军难以前进。高行周听报,即时传令,离城十里下寨,整备明日攻打不提。

却说郭威兵屯滑州,息军养马,以备渡过黄河。忽见探子进来报道:"启元帅,今有潼关高行周,领兵在城外安营,特来报知,请令定夺。"郭威闻报,只唬得面如土色,心胆皆裂,把那要成大事的心肠,减去了一半。列公:这却为何? 只因想起昔年之事,高行周在鸡宝山一场大战,把王彦章①逼得自刎而亡。这高家枪法天下无敌,人人闻名丧胆,个个见影寒心。况又将门出身,传授精通,兼他足智多谋,善于调用。还有一件惊人之术,乃是马前神课,占断吉凶,百无一失。为此,郭威思前虑后,心恐神沮,只得眼盼着王朴,说道:"先生! 高行周乃将家之子,善能用兵;今他引兵前来,只怕本帅难免折兵之厄。不知军师有何妙计,可解其危?"王朴道:"明公勿忧! 朴曾夜观天象,见高行周将星也是昏暗,料他不久于人世。只是一件,凡为大将者,最怕是个诨名,觉有嫌疑。某闻高行周曾自称为'鹞子',明公又号'雀儿';那雀儿与鹞子相争,何异驱羊斗虎! 卵石相交,未有不败者。况雀儿乃鹞子口内之物,如何敌得他过?"郭威道:"似此如之奈何?"王朴道:"朴有一计,使高行周敛兵自退,让明公长驱入汴,不敢阻挠。"郭威道:"计将安出?"王朴道:"自今明公且按兵不动,坚守滑州,等待数月,不必与他交战。那鹞子无食,腹中饥饿,自然飞去。那时我等进无所阻,退无所扼,长驱而进,汴梁可破矣!"郭威大喜称善。只见史彦超一闻此言,便大叫道:"明公何须这等害怕,军师亦太觉畏缩;量一高行周,有多大本领,直须如此怕他? 若依军师之言,按兵不动,则这末将杀兄之仇,何日得报? 末将不才,愿领本部人马前去对阵,务要斩高行周首级献于麾下。"说罢,吩咐左右,抬枪牵马,回步往下便走。郭威未及

①　王彦章——五代后梁人。作战时善用两支铁枪,称为军中王铁枪,后被后唐军俘获身亡。

开言,那王朴见他要去,倒吃一惊,连忙叫道:"将军慢走! 下官有一言奉告。"史彦超听唤,便立住了脚,说道:"军师,有何吩咐?"王朴道:"将军既要出战,下官不好拦阻;但此去临阵,凡事必须斟酌。况高家枪法,变化无穷,不比寻常之将。将军今去会他,我有几句言语,切须紧记于心,庶无后悔。你此去须当:

　　　　知己知彼,量敌而进。

　　　　切莫心高,还宜谨慎。"

史彦超听了,微微笑道:"军师但请放心,不必嘱咐。史某此去,定要成功。"说罢,披挂戎装,出了帅府,提枪上马,领众出城,冲往高营去了。那王朴见史彦超坚执要去,料不能胜,遂差王峻带领三千人马,出城接应。王峻欣然引兵出城接应不表。

　　再说史彦超领了本部人马,带了手下健将八员,一齐扑到高营,坐名讨战。探马报入高营,高行周即时顶盔贯甲,挂剑悬鞭,上马提枪,放炮出营,来到阵前。史彦超听得炮响,知有敌人临阵,抬头往对面一看,只见:

　　　　两杆门旗分左右,坐纛①后面紧随身。

　　　　四员健将押阵脚,引领三千铁甲军。

　　　　中军主将能威武,装束天神貌绝伦。

　　　　头顶朱缨红似火,前后柳叶绛征裙。

　　　　团花袍衬琼瑶带,宝镜青铜映日明。

　　　　左悬铁胎弓半月,右插狼牙箭几根。

　　　　手执长枪丈八矛,坐下良马善奔尘。

　　　　平生智勇空天下,术数精奇远近称。

史彦超一见高行周,心中火发,恶气填胸,骂一声:"老贼! 我兄在刘先王驾下,与你都是一殿之臣,今被昏君屈害一门生命。常言道:'兔死狐悲,物伤其类。'你只该拿获奸臣,与我兄长报仇,才算同病相怜之义。怎么反领兵来阻住我的去路? 我今日会你,务要取你性命。"高行周听了大怒,喝道:"史彦超! 休得胡言。你哥哥史弘肇在日,也不敢称我名氏;况你勾连郭威谋反,兵犯皇都,身带弥天大罪,尚敢乱言藐我? 若论国法,定当把你拿解进京,碎剐示众。但念史弘肇平日交情,且饶你狗命去罢,只

---

① 纛(dào)——古代军队里的大旗。

叫反贼郭威出来受死。"史彦超听罢,怒发如雷,耳红面赤,大叫道:"老贼欺我太甚,怎肯甘休!"举手中枪当胸就刺。高行周亦大怒道:"好逆贼,焉敢无礼?"挺起蛇矛枪正要交战,只听得后面抢出一员少年将来,马走如飞,举起长枪,望史彦超肋下便刺。彦超吃了一惊,掣回枪连忙架住。看那小将果是英雄。但见:

　　面如满月,唇若涂朱。红缨灿烂耀银盔,素袍招展露白甲。悬弓
　　插箭,曾经自号左天蓬;坐马摇枪,不让前朝白虎将。

史彦超大喝道:"来将留名,好待本先锋动手。"那小将也是把彦超一看,只见:

　　黑脸乌鬓,神眉怪眼。头戴红幞盔,朱缨簇簇;身披锁子甲,黄金
　　澄澄。长毛吼端坐似追风,乌缨枪使动如飞电。

那少年将听问,便喝道:"反国逆贼!你连我也不认得么?我非别人,乃威镇潼关元帅长子,左天蓬高怀德便是。你生心谋反,罪不容诛,我故特来取你之命。"言罢抢枪直刺,史彦超用手中枪火速相迎。两个杀在一团,战在一处,真的厉害。但见:

　　两马相交,双枪并举。两马相交,驰骤疆场,尘衬蹄,蹄搅尘,荡
　　起满天征雾;双枪并举,盘旋架舞,我刺你,你奔我,飘来一块飞霜。
　　往来争战有多时,勇怯高低难定局。

　　两个正是棋逢敌手,将遇良材。高怀德混名"左天蓬",家传枪法,哪里惧你年老将;史彦超乃本领高强,久战沙场,岂肯让你少年郎。二人战已多时,约有七八十合,胜负未分。高怀德见史彦超马快枪急,果是骁勇,心中暗想:"这黑贼!要想在我手内逞强,待我赚他猛力用完,再与他算账。"就收回了枪,只管招架,不肯冲前。那高元帅在门旗下观看,只见史彦超枪法如骤雨一般,往来冲杀;高怀德只是遮架退避,无暇还兵。只道他年轻力小,对敌不过。又见手下属将,多是眼巴巴嗟叹厮嗔。高行周平日最是好胜,今见儿子当场不济,自觉面上无光,心头火发。把枪一摆,吩咐军士多添战鼓,催动如雷,三军呐喊摇旗,上前助敌。高怀德正在招架之际,忽听军中紧催战鼓。回头一看,见军士蜂拥而来,知道父亲动怒,低头暗想:"我若再与这贼相持,父亲在军前必不放心。"遂即暗向腰边取出那打将钢鞭,执在手中;那史彦超只顾拍马冲战,双手擒枪,正照高怀德劈面刺来。怀德右手抢枪,仍前招架,冲锋过去;回马转来,左手举起钢鞭,

喝声:"着!"照头打将下来。史彦超说声"不好!"把头往后一侧,只听当的一声响,正打中在背上。史彦超口吐鲜红,伏鞍而走。怀德拍马挺枪,随后飞马追来。有分叫:声名到处,惊碎了将士之心;枪剑来时,堆积了尸骸之路。正是:

　　　　一身可战三千里,匹马堪当百万师。

毕竟史彦超性命如何? 且听下回分解。

第三十二回

高行周夜观星象　苏凤吉耸驾丧军

词曰：

　　念臣工，畴似能为国，忘身皎皎。鞠躬诚尽瘁，至死方堪表。经纬垂象纵昭明，成败果通晓。怎移易，蹇蹇①匪亏，王臣节操。无奈藩篱倒，看猛虎豺狼，啮人多少？聚群入室，有孰肯，分忧到？只落得离黍丘墟，感慨已虚邈。咎谁归？怪他息肩怎早。

右调《探芳信》

　　话说史彦超与高怀德大战在滑州城外，因那报仇心甚，不及堤防，为此被高怀德计赚，鞭打后心，吐血伏鞍而走。怀德不舍，拍马赶来，将至门旗之前，早有王峻带兵接应，见史彦超大败而来，后面追赶甚急，提斧上马，滚至军前，大呼道："小将休得逞强，赶我兄长，我来也。"即时放过了史彦超，上前挡住。怀德看那王峻，果然生得厉害：

　　赤面虎须，金睛尖嘴。头戴镀金盔，身穿锁子甲。纯钢斧手内轻提，枣骝驹身端稳坐。

怀德见王峻生得凶恶，也不答话，拍马冲杀过来。王峻抡动大斧，嗖的一声当头砍来。怀德将手中枪架开，觉得两膊上好些沉重，暗自想道："这丑贼力勇斧重，难以与他久战；只可智取，不可力敌。"带转马，圈将转来，重把手中枪直取王峻。王峻见他本领高强，史彦超被他打了一鞭，因此把浑身膂力振用来战，心下又堤防他暗器来伤。两个约战到五十余合，只见高怀德忽地抽回了枪；王峻用力太猛，那斧便砍了个空，身躯反往后一仰。高怀德趁势把梨花枪一紧，竟望王峻心窝里刺来。王峻措手不及，叫声"不好！"急把马往旁边一扯，只听得嗖的一声响处，枪已穿在左肋甲上，连袍带去了半幅。唬得王峻胆战心惊，面皮失色，兜回马拖斧而逃。那高行周见怀德两阵全胜，敌将俱逃，心中大喜。把枪一摆，三军呐喊，战鼓如

---

①　蹇(jiǎn)蹇——为进尽忠言之意。

雷,潼关兵随后追杀,把禅州人马如砍瓜切菜,乱杀将去,真好厉害。有诗为证:

> 高氏雄威父子才,千军万马似潮来。
>
> 雀鹞原是难相敌,尸满郊原血满垓。

滑州城外这场大杀,至今草木犹红。那史彦超、王峻各带重伤,败进城中,坚闭不出。高行周大获全胜,收兵回营赏劳军士,父子各卸戎装,设酒欢饮。高行周因见怀德十分勇猛,事事高强,心下甚是欢喜,暗想道:"主上,你若有潼关高鹞子,哪怕禅州郭雀儿!"又叫怀德道:"我儿,你今日鞭打史彦超,枪挑叛贼,他闻名已是丧胆,明日与他交战,须要一阵成功,便好奏凯。但郭威部下虽无能人,只有王朴足智多谋,善晓阴阳。他与为父同学艺术,专习六壬①奇门,善知过去未来,并晓天文地理;我儿今夜须当加意用心,防他劫寨。"怀德道:"爹爹所见甚远,待孩儿吩咐军士今夜不要安睡,小心防贼。"高行周遂传军令,各各谨守了一夜。

次日黎明,各自饱餐,拔寨多起,至滑州城对面安营。高行周即命怀德至关前讨战。怀德奉令,披挂整齐,绰枪上马,领兵至城下,坐名②要郭威出来答话。那城只是紧闭,无人出来。怀德叫了一日,空自回营。一连五日,城中并无动静,任你外边百般叫骂,只做不闻。怀德禀知了父亲,高行周大怒,把那三万人马分拨二万,将滑州城四门攻打,留下一万守营。当时众军用力攻打,城上只把灰瓶石子打下,潼关兵多被打伤。看看围攻了三日,城不能下。

原来这都是王朴之计,他观看天象,已有定见,总把四门紧闭,不许出战。外面虽极力攻打,只叫众将百般保守。况滑州城池坚固,如何便能得破?这日,郭威亲自上城巡视,手扶垛口,见城下军士,个个争强,人人贾勇,如海潮冲击,似蜂拥相攻。起初见二将失机,魂梦已是惊乱,况今亲见攻打,势甚危急,哪有不惧之理!只唬得面如土色,即忙下城,回至帅府,与众将商议道:"本帅自悔失了主意,反叛朝廷;今日天理昭彰,遇了高家父子之兵,部下又无上将与他对敌。又且攻城甚急,破在旦夕;那时玉石俱焚,却不枉费了诸公推戴之心。如之奈何?"只见王朴开言说道:"明

---

① 六壬——术数的一种。

② 坐名——指名。

公！且免忧疑。王某前曾有言，高行周将星昏暗，必有灾屯。且请宽心，等待十日，明公大运一通，高行周自然兵退。此非王某谬言，实系上天垂象。目下只图保守，便无他虑矣！"郭威听了，便依王朴之言，传令城上多加灰瓶炮石，昼夜堤防，小心坚守。按下不提。

再说高行周见攻城不下，士卒伤者极多，只得传令撤兵回营，别思良策。父子回营，时已天晚，点上灯烛，用毕晚膳，众将退出帐外，各自调换安息。怀德查点三军，吩咐各各省睡，不许懈怠。高行周独坐帐中，心中思想："这都是天子年幼，宠信苏凤吉，被他蛊惑，赏罚不明，以致激反郭威。到今劳师动众，未见成功。"又想："史弘肇全家遭谗被戮，说也惨然！"长叹数声，把忧国忧民之心冷了一半。不觉鼓打三更，四下人声寂静，高行周离座，走出中军帐来。只见五营四哨严谨肃然，又觉寒风扑面，遍体如冰。抬头一看，那满天星斗，灿乱当空。又向天河参看，见紫微斗口生了黑气，一会明朗，一会昏暗。客星犯帝座，明星旺气，正照禅州。就知大汉天下不久，必属于郭威。为此一忧，又被寒风吹冒，忽然打了一个冷战，觉得身上凛寒，渐渐发热。回到中军，心中不乐，翻来覆去，一夜不宁。到了次日，心中忧惑频添，烦闷转盛，茶饭不思，卧病不起。传令怀德管理军情，三军不得乱动。那麾下兵将见主将有病，把战斗之心也消去了一半。

又过数日，病体更盛。那日到了夜间，至三更时分，高行周心因疑虑，叫声："我儿，你扶我出去，再观星象何如？"怀德道："爹爹身体不安，且须养静为主；待等痊好，再去观看不妨。"行周道："你便扶我出去，决无妨碍。"怀德不敢违忤，只得扶了父亲，走出帐外。仰观天象，见自己本命星昏昏沉沉，不住的欲坠，叹了一口气，默默无言。遂命怀德扶至后营，坐在软榻之上，踌躇叹息。怀德问道："爹爹观看星辰，为何不言长叹？"行周道："我儿，你怎知星理玄微？我欲待不说，你便不知其故；我且说与你知，自然明白。方才我仰观天文，见本命将星昏暗。又于前夜观看，见客星犯帝座，主宿不明，此乃欲换新主之兆。又见旺气正照禅州，应在郭威承袭天下。你父奉命兴师，前来拒敌，谁知上天不容，降下灾患，使我不能灭贼，诚天意也！目今大兵驻扎在此，空费钱粮。王朴善于守城，又难即破。欲顺天心，断无归降郭威之理！若只拥兵挡住，非但身带重疾，不能主持；又恐违逆天意，还主不祥，故此进退两难，尚在未决。"怀德听罢，想了片时，对道："爹爹，孩儿倒有一条两全之计，不知可否？"行周道："有甚计策，你且说来；当行则行，当止则止。"怀德道："爹爹，既是上天垂象，不可逆天而行；依孩儿之见，何不撤兵回镇潼关，听天由命，做个明哲保身，也是退步之策。不知爹爹以为何如？"行周道："我儿，你年纪虽轻，倒也透彻，为父也想此策，庶几为可；只是一件，恐于理上不顺。"怀德道："爹爹，尚有何事不顺于理？"行周道："为臣当忠，为子当孝；汝父食了汉主之禄，不能尽忠杀贼，反是全身远避，偷生于世间，只怕青史遗编，难逃不忠二字。"怀德道："爹爹，自古道：'君不正，臣投外国。'昔日岑彭①归汉，秦叔宝②舍魏投唐，古来名将，皆是如此。况今幼主昏德，宠信奸邪，杀戮忠良股肱，还想什么开基之将，汗马功劳？请爹爹不必多疑，且自回兵，等待病愈，然后观其事势，再为区处。"高行周心内也有回兵之意，听了公子之言，定了主意。便传将令，大小三军整备明日回兵。那众多军士，听见主帅有病，正在惶惑；忽闻回兵之令，大家欢喜，整顿起行。看官：凡为大将之人，全赖主意；主意没了，就落褒贬。使高行周立意带病督兵，在黄河口将郭威挡住，虽然违了天意，就死也得个尽忠死节之名。不道无了主意，听了怀德之言，卷兵回镇。日后虽然不服郭威，尽心自刎，终恐难掩今日之咎矣！闲话莫赘。

　　只说高行周到了次日五鼓时分，即令三军拔营归师。怀德保住中军，缓缓的退回潼关去了。这一撤兵，汉主的江山便不能稳坐矣！报马报进滑州，郭威大喜。犹恐高行周诓军之计，心下尚是犹豫。吩咐探子，暗暗去探听消息真假何如，再来回报。王朴摇手道："元帅不必多疑，高行周与某同师学艺，善晓天文，他见客星犯帝座，另有新君出来承袭；又见自己本命昏沉，一定不敢逆天行事，所以全身远害，坐观成败。退兵是真，元帅只管进兵，别无他虑。"郭威终是惧怕，不敢进兵。又在滑州住了三四日，见那探子打听得潼关兵果已退去，方信王朴之言果有定见，方知高行周撤兵不是诓军之计，方才放心。传令大军起行，三声炮响，大队人马离了滑州，渡过了黄河，一路上秋毫无犯，军令森严，因此各处郡县望风而降。大兵行了数日，来至汴梁城外，放炮安营。

---

①　岑彭——东汉初南阳人。新莽时为县长，后归刘秀，东汉建立后，被封舞阴侯。

②　秦叔宝——即秦琼，唐初将领。先从隋后投唐，官至左武王大将军。

那日汉主驾坐金銮宝殿，听得大炮连天，响声不绝，一时不知其故。早有黄门官进来奏道："今有郭兵到了封丘门外，请旨定夺。"汉主听奏大惊，即问苏凤吉道："前日太师已保潼关高行周领兵拒贼，至今未见捷音，反有逆贼兵至，如之奈何？"苏凤吉奏道："臣昨闻高行周在黄河岸大破郭兵，杀得郭威惧怕，坚壁不出；不知高行周何故即便撤兵。臣正欲差人探听，不想贼兵已至都城。陛下且免忧虑，当即命将出师，问以叛逆之罪。看其事势如何，再为区处。"汉主准奏。即遣大将慕容彦超、侯益，领兵出城擒贼。二将领旨点兵出城，至郭营对面，列阵以待。探马报进营中，郭威便令史彦超出敌。彦超领兵来至阵前，大呼搦战①。慕容彦超与侯益一齐出阵，大喝道："反国逆贼！不思守分，敢兴叛主之师，直犯皇都；今日天兵一出，汝等还不下马受缚，直待要污我刀斧耶！"史彦超大怒，骂道："汝等都是奸臣之党，屈害我兄长一门。此恨不并日月，今日务要碎汝万段，以报兄长之仇。"言罢，挺起乌缨枪，望前直刺。慕容彦超挥大砍刀，火速交还。二马相交，双器并举，一阵大战。正是：

> 山边垒垒黑云飞，海畔莓莓青草起。

二将战有三十余合，胜负未分。那侯益见慕容彦超战史彦超不下，即便挺枪拍马，上前夹攻。史彦超全无惧怕，勇力倍加。正战之间，只见汉兵后面大乱，却是王峻预受王朴密计，领兵抄向汉营后面，袭杀将来。侯益看见兵乱，回马转来，却与王峻打个照面，被王峻拦腰一斧，砍于马下。慕容彦超见了，一时心慌，刀法乱了，措手不及，早被史彦超一枪挑去了半个脑盖。郭威在门旗下，将鞭梢一指，大军喊杀前来，势如压卵。汉兵一半被杀，一半投降，余剩数十人，逃往城中去了。郭威收兵回营，赏兵贺功，自不必说。

却说败兵逃进城来，递报汉主。汉主闻奏，惊惶无措，慌集两班文武计议退兵之策。汉主问道："郭威反朕，兵势甚大。朕差遣慕容彦超、侯益出兵拒敌，又已阵亡。汝等众卿，谁肯与朕分忧，领兵出去擒贼？"连问数声，无人答应。汉主见此光景，心中更加忧惧，想起史弘肇当日之言，追悔无及。只因听了苏凤吉所奏，平白地偏要调取郭威进京，如惹火烧身，自取其累，如何是好？又向两班文武说道："朕虽行事错乱，尔等诸卿也

---

① 搦(nuò)战——挑战。

该看先帝之面,为国家出力;怎么这般畏缩,不肯与朕分忧!"汉主话才说
完,却有苏凤吉执笏当胸,俯伏奏道:"陛下少有忧思,恐伤龙体。况京城
尚有雄兵十万,战将千员,微臣食君之禄,当与君分忧,愿效犬马之力,出
城与郭威抵敌。若得上天默佑,自然杀退贼兵。"汉主听奏,大喜道:"若
得太师一行,朕无忧矣!"苏凤吉又奏道:"臣受君恩,故愿舍此微命报答
陛下! 但须请陛下御驾亲征,才好立功奏绩。"汉主道:"老太师既肯前去
杀贼,为甚要朕亲征?"苏凤吉道:"微臣出去,止带手下兵将,其中勤惰不
一,焉肯悉皆用命! 唯陛下亲征,又得满朝文武保驾:一则御驾监临,诸臣
皆愿效力;二则天威所至,添助军威,并力齐心,便可成功矣!"原来苏凤
吉唯恐不能取胜,故要朝廷带着文武,御驾亲征。他的奸心以为不能取
胜,大家一窝儿都死,倒也干净;若是文武都要性命,自然出力厮杀,断无
不胜之理。这是奸臣设心不善,说话偏是循理,往往如此。怎奈汉主,一
来年轻,不谙大体;二来从幼不曾打仗冲锋,怎知一枪一刀的事业,行兵摆
阵的机谋? 听得苏凤吉说得这般容易,心下便满望杀退郭兵,回来原坐金
銮。当下汉主又说道:"太师既要朕亲征,速速挑选了人马,然后启行。"
苏凤吉领旨出朝,把十万御林军挑选了五万,次日调出封丘门外扎营,然
后来请圣驾出城。汉主传下旨意,满朝文武,无论大小官员,多要随征保
驾。倘有一官不到者,即以叛逆论。文武见此旨意,没奈何,一个个战战
兢兢,只得舍着性命去保驾。

　　那汉主领文武出了城,带了人马,至七里店安下营盘。远望郭兵枪刀
耀日,旗帜漫天,甚是厉害。又听得郭营内炮响振天,唬得心惊胆裂。便
传旨,要宣苏凤吉来商议。当驾官奏道:"苏丞相正在前面督兵,分拨将
士出战。"汉主暗自忖道:"朕的人马不少,况有苏太师在前督阵,料然不
妨。即使叛贼杀来,自有太师迎敌,也不能就到朕的面前。"因此把胆儿
略略放下了些。那苏凤吉在前面见了郭兵如此势大,心中其实害怕;无奈
势成骑虎,只得勉强要去厮杀。领了一万精锐兵马,带了数员骁勇偏将,
离那御营有二里多路,扎住阵脚。那郭威带领众将,也到阵前,两边排开
阵势,发动战鼓。郭威望见汉阵后面,还有一支大队人马安住营盘,知是
汉主亲征。便问众将道:"哪位将军出去见阵?"只听得背后冲出一员大
将,应声而答道:"小将韩通,愿决一阵!"说罢,带着家将,催马上前,大声
喝道:"有能事的前来会俺!"苏凤吉见来将甚是英雄。但见:

头戴银盔,身穿铠甲。手执长枪,骑坐高马。立于阵前,威风凛烈。

苏凤吉便问众将:"谁敢上前擒贼?"早有禁军教师索文俊,拎马抢刀,顶盔贯甲,厉声大叫道:"丞相!待末将去擒拿叛贼!"说罢,拍马冲来,望韩通直奔。韩通拍马相迎,二将刀枪并举,大战沙场。两边战鼓如雷,对阵喊声大举。苏凤吉见索文俊不能取胜,又点四员汉将出来,乃是孙礼、牛洪、刘成、吴坤,一齐出马,各举兵器上前助战。郭营内恼了大将王峻,举起大斧,奔至阵前接战。后面又有骁将曹英、王豹,监军柴荣,一齐出马,举兵器,寻对儿厮杀,真好一场大战。有诗为证:

> 两阵咚咚战鼓催,疆场十将逞英威。
> 刀枪抵敌寒光迸,斧戟奔迎电闪辉。
> 杀气弥沦天欲暗,征尘荡舞日无晖。
> 从来争斗皆如此,谁是麒麟名姓归?

军师王朴也在营前观战,对史彦超道:"史将军,你看那军前骑赤马、穿红袍的,就是苏凤吉。你杀兄之仇,今日不报,等待何时?"史彦超听说杀兄之贼,现在军前。举眼一望,果见苏凤吉提刀坐马,在阵前监战。登时心头火发,环眼睁红,把坐马一拍,双足一磕,挺起长枪,望汉营冲来。高声喊骂道:"奸贼!我只说你当时当道,长享富贵;谁知你错过午时,一般也有今日。可见我兄长有灵,冤家相遇,不要走,我来取你的命也!"那苏凤吉一见史彦超,轰走了三魂,惊吊①了六魄,不敢交战,回马拖枪,望东而走。史彦超随后追赶。那阵上交战的汉将,见主将已走,各各无心相杀,手忙脚乱。刘成被王峻一斧砍死,曹英刀劈吴坤,王豹活擒孙礼,韩通枪挑了索文俊,柴荣杀了牛洪,五员汉将,阵亡了四个,捉了一个。柴荣把刀一晃,后面随征兵将,发喊冲杀过来;一万汉兵,哪里还站立得住,各自四散奔走。

郭威见汉兵败了,亲率大兵压下来。那汉主同着文武在大营中呆呆地等着,满望苏凤吉来报捷,谁知郭兵已杀至营前。汉主见事不妥,只得不顾文武,从后营上马就走;众文武忙要保驾,谁知朝廷先走了,一时奔走不及,只得降的降,自刎的自刎,不留一个。所以四万人马已被郭兵杀了

---

① 吊——同"掉"。

大半,其余的哪里还有战斗之心,各要保全性命,都往城内逃走,将封丘门挤得水泄不通。可怜:人挤人声悲叫苦,马踹马肉烂皮飞。人多门窄,汉兵不能进去。禅州人马赶到城下,举动兵器,排头价乱砍乱戳,登时之间,把汉兵杀得尸如山积,血似江流。正是:

　　　血埋诸将甲,骨衬众骑蹄。

　　禅州兵马都进了封丘门,当有曹英、王豹杀进了董市门,柴荣、韩通杀进了万寿门,王峻领兵,杀进酸枣门。各门俱已打破,同进了玄武门,把住汴梁皇都。正是经商罢市,黎庶关门。只苦了汉主,弃营逃走,只带几个内侍跟随马后,望着皇城而来。有分叫:枪刀队里,难逃天子残生;神圣庙中,管取奸臣性命。正是:

　　　轻将社稷酬私愤,快把身家雪众心。

毕竟汉主进得城否? 且看下回分解。

第三十三回

李太后巡觅储君　郭元帅袭位大统

诗曰：

忆昔中原逐秦鹿，五军失利屠睢毅。

番君一出王衡山，户将从征入函谷。

自古羁縻①称外藩，谁令市铁禁关门？

不见鲛鱼重入贡，旋看黄屋自言尊。

人事消沉洵可哀，千秋朝汉余高台。

汉家遗迹不可问，歌风柏梁安在哉！

右节录朱锡鬯②古体

话说汉主听了苏凤吉所奏，御驾亲征，不道一阵战争，被郭兵杀得将亡兵败。自要保全性命，只得弃营而逃，止带随身几个近侍，一齐望玄武门来。才到门外，只见旌旗满布，剑戟如林，有无数郭兵，拦住去路。汉主着忙，不敢进去。才要回马，又见封丘门外郭兵不远，只得带着丝缰，顺着玄武门的大街，向西而走。刚到西华门，只见明盔亮甲，尽是禅州兵马，料想走不过去，回马又走。跟随的内臣，一个全无，孤孤凄凄匹马行来，抬头观见一座禅林，上写白云禅寺，遂即下马，走进山门。来到殿上，只听得街上甲叶乱响，鸾铃振耳，不住的马跑，料想大势已去，不能挽回。长叹数声道："我刘承祐，今日皇天不佑，以致郭兵破了汴梁。我一死固不足惜，只是我父挣下的江山，轻轻送与别人，有何颜面再见臣民？又且撇下养老宫王母，无所倚靠，空养一场。总由我不明之故，以至国破家亡，我还要留这性命何用！"说罢，腰间解下黄绫，系在看柱之上，复又大叫道："我悔不听忠谏之言，致有今日！"即时自缢而亡，在位三年，寿二十一岁。后人有诗以吊之：

①　羁縻（mí）——笼络使不生异心。

②　鬯（chàng）。

　　践祚①洪基不数年,藩臣士马至朝前。

　　身亡才悔忠良谏,何似当时莫调遣。

　　却说郭威大兵进了汴梁,令把四门守住。带领众将先把苏凤吉私宅围住,查明家口,共拿男妇一百九十四名。然后令人进宫,将苏皇后拿了,专等史彦超拿住了苏凤吉,好与史平章报仇祭奠。按下慢提。

　　且说养老宫李太后,正坐宫中,有内臣来报道:"启太后娘娘,不好了! 万岁爷御驾亲征,不知下落;郭兵已进皇城,文武俱各逃散。那郭威现在朝前,方才有无数贼兵,把苏娘娘拿了出去,请娘娘裁夺。"李太后闻报,只唬得魂飞魄散,泪落珠流。吩咐内侍引道,望外而来。当有掌宫太监拦住道:"宫门外都是贼兵把守,太后娘娘欲往哪里去?"李太后道:"今日国破家亡,有甚去处? 老身拼着一死,去见郭威,问他幼主存亡。"当时出了安乐宫,竟往分宫楼来。那胆小的内官,俱各躲避,有几个胆大的,跟驾而行。过了分宫楼,就有守门的郭兵拦住。太监道:"这是太后娘娘,要见郭元帅有话要讲,快去传报!"那郭兵听说,便去通报郭威。李太后便上了金銮大殿。那李娘娘人所共知,是个贤后,况郭威昔日在刘王部下,极是亲信。李太后管待柴氏夫人,如同胞姊妹一般。今日郭威破了都城,逼去幼主,朝见之际,不觉心中带愧,面上包羞。往后倒退几步,双膝跪倒,口称:"娘娘! 微臣郭威朝见。"那禅州众将,见元帅行了君臣之礼,便不敢怠慢,一齐在丹墀之下叩头朝见。太后传旨平身,众将谢恩,起立傍边。太后问道:"郭元帅! 你今无故兴兵至此,扰乱社稷,所为何意?"郭威奏道:"臣受先帝殊恩,恪守臣节;不意主上宠信奸臣,欲致臣于死地;臣是以不得已而至此,只欲除奸去佞,肃清朝宁耳。望娘娘明鉴。"李太后道:"既是幼主年轻,有负于汝,也该看先帝之面。汝可记得先帝在日,与汝情同手足,苦乐同受,南征北讨,混一土宇,才得正位。因汝功高勋大,封为元帅,执掌兵权。况先帝临崩,以汝忠义,故又托孤于汝,指望辅佐储君,匡扶社稷。岂知汝半途而废,改变初心,欺负我寡妇孤儿,兴心造反。只怕皇天不佑于汝!"言罢,泪流满面,不胜凄怆。郭威见此情形,心下恻然,不觉也掉下泪来,道:"微臣领兵前来,只除奸贼苏凤吉。一则整理朝纲,二则与史平章报仇。安敢有怀异志,乃言反也!"太后道:"汝

---

　　① 祚——福。

既无异志,因甚与皇上打仗?"郭威道:"此是苏凤吉领兵出城,要害微臣;臣不得不开兵抵敌,安敢有犯于圣上耶!"太后道:"既不与圣上开兵,如今驾在哪里,为何不见回朝?"郭威道:"想在乱军中走散。娘娘且请放心,待臣差人四下寻访,请驾入朝。臣便奏明委曲,只将苏凤吉正法,那时臣当退守臣节,调遣回兵。"李太后听了这席言语,信以为真,领了宫官,含着眼泪回进安乐宫去了。正是:

只望统系仍旧按,谁知大宝属他人。

再说史彦超追赶苏凤吉,把他赶得上天无路,入地无门,急急如漏网之鱼,忙忙似丧家之狗。史彦超这匹马离着苏凤吉有百步之远,再也赶他不上。看官:凡人到紧要之处,往往没有见识。即如史彦超在后追赶,若是开弓射箭,或者不中了人,也中了马,岂不是省了许多气力。那知史彦超一心只要拿着活的,好与兄嫂报仇,也不想着开弓发箭,只顾望前追赶。见赶他不上,激得心头火起,口内怪骂道:"奸贼!你要往哪里走?我今赶到你一个尽头,总要拿住。"一面喊叫,一面拍开坐骑,往下紧紧地追来。此时苏凤吉只唬得魂胆飘扬,低着头,磕着马,没命的狠走。只恨坐下马少生了两翅,不得会飞;若会飞时,就有命了。正走之间,只见道旁有座古庙,才到山门,便弃了马,提了刀,跑进了山门。心中一想道:"我与这黑贼拼了命罢!不是他死,就是我亡。"算计已定,将身一闪,伏在山门之侧,将手中朱缨刀举起过头,只等史彦超进来,就要一刀送命。

谁知史彦超命不该绝,正在追赶,望见苏凤吉跑进庙门,须臾也到了山门前,滚鞍下马,不管深浅,提枪正要进门。只听得一阵阴风,就在庙里滚出,吹得烟尘抖乱,隐隐带着哭声,心中疑惑,不敢进门。又听得空中叫道:"兄弟!不可进门,那奸贼闪在里面,暗算害你;你且守住山门,救兵即刻到了。"说罢,登时风定尘息。史彦超哀悲流泪,叫声:"哥哥阴灵有感,暗中保佑;兄弟拿住贼人,与你报仇!"正言间,听得甲马声鸣,回头一看,正西上尘土飞扬,来了一彪军马,打着禅州旗号。原来是王峻、韩通二人领了郭威将令,前来接应。当时史彦超见了,叫道:"二位将军,那奸贼苏凤吉,被我赶进庙中,快些拿捉!"二将听言,即令兵士将庙宇围住,整备捉贼。那苏凤吉正在门后等着,忽听外面有了接应人马,哪里还敢算计。移步望里便走,过了大殿,来至侧首十王廊下。只见史弘肇幞头象简,玉带乌靴,当面迎住,大声喝道:"奸贼往哪里走,还我命来!"举起朝笏劈面打来,苏凤吉把口一张,跌倒在地,昏迷心窍,人事不知。正值王峻、韩通同着史彦超领兵进来搜捉,见苏凤吉横倒在地,不废其力,把他五花绑了,拴在马上,一齐出了庙门。回至汴梁城,见了郭威,缴令已毕。

郭威传令,将史弘肇夫妇骸骨起出,用棺椁盛殓,殡葬祖坟;再把举家尸骸,检地埋瘗①。到了下葬之日,史彦超禀过了郭威,将苏凤吉全家男妇拿到山坟,祭奠兄嫂。王朴拦住道:“二将军!下官有一言奉告,常言道:‘养家千百口,作罪一人当。’彼时陷害令兄者,唯苏凤吉一人而已,与他全家无涉。况今将军才进汴梁,最要先得民心。若把他全家老幼一概杀戮,一则伤了天地好生之心,二则黎民恐惧,必怀怨愤之意,便于将军多所不利。依下官愚见,只将苏凤吉夫妇与令兄令嫂祭灵;或者再将他子妇二人,当抵了一家生命。其余总无相干,即行释放。此便是既尽国法,又协人情,至当之举也!”史彦超道:“军师所言,末将无有不依;但昭阳宫苏后,是奸臣的亲生之女,都是这贱人惑乱,坏了朝廷大事,理该把他祭灵。”王朴道:“将军,此意更为不可!苏后虽系凤吉之女,乃是汉主之后,你我与他都有君臣大义,不可变常。若与令兄祭灵,不唯令兄阴灵不安,更有碍于元帅之声名,此事万万不可。”史彦超道:“军师,那苏后虽是君后,既于臣子有亏,便是寇仇。末将一定要杀他祭兄,庶几九泉之下,也得瞑目。”王朴道:“将军必欲如此,下官有一主意,可以两全。方才探子来报,汉主在白云寺自缢身亡;不如叫苏后自尽,与汉主随葬,就如与令兄报仇一般,岂不为美!”郭威听了,也是劝道:“贤弟,当依军师之言,不必固执。况令兄在日,为国为民,极是忠正,死后一定为神,佑庇百姓,依了罢!”史彦超见郭威相劝,只得含泪依允,只把苏凤吉夫妇、儿媳四人绑到坟前,齐齐跪下。

那满朝文武,闻得把苏家父子与史平章祭灵,都来随了郭威,同到坟茔。但见坟前摆设祭礼、筵席、香烛、纸锭,那苏门四口跪在下面。先是郭威率领了满朝文武及禅州将佐,依次祭奠,烧化纸钱;然后史彦超拈香奠酒,哭拜在地,叫声:“兄嫂!你生前正直,死后神明,今日愿来受飨!”拜罢,立起身来,揎拳捋袖,满眼睁红,令手下人将苏凤吉身上衣衫,尽皆剥下。史彦超双睁圆眼,切齿咬牙,举起纯钢利刃,指定了苏凤吉骂道:“误

---

①　瘗(yì)——掩埋。

国欺君的奸贼！妒贤害人的佞夫！你倚仗椒房①贵戚，作福作威，谋削藩镇诸侯，屈害我兄长一门生命。只道无人报怨，谁知今日天理昭彰，也被我拿住。我今日只把你心肝取来，祭奠兄嫂。"又吩咐两边的烧化了纸钱。那苏凤吉听了，深自懊恨，早知今日，悔不当初。正是：逆理害人，报应就在自己。低头不语，专等一死。史彦超刻不容情，左手按住苏凤吉，右手执了利剑，照定心窝只一搠，胸破腹开，血流满地，双手把心肝取出，血淋淋的供在桌上。哭声大痛，高叫："兄嫂阴灵不远！小弟今日杀了仇人，取心在此，快来受祭！"哭罢，又将一门四口之首尽皆割下，都供桌上。只见坟前就地卷起一阵阴风，黄沙滚滚，隐隐带着哭声，向西而去。郭威率领一班将士齐齐下拜，彦超回拜已毕。复又奠酒三杯，祭了兄嫂之灵。转到郭威跟前，双膝跪倒，口称："元帅！史某得蒙威力，与全家报了此仇，使我铭刻于心，生死不忘大德。"郭威慌忙用手扶起，道："将军过礼！这是令兄阴灵有感，得报此仇，与我何干？"史彦超立起身来，又谢了禅州众将。然后同着文武一齐回朝，才把苏后逼死，与同汉主葬于王陵。诸事已毕。

到了次日，郭威率文武百官，朝于太后，将隐帝自缢等情，一一奏闻。太后无可奈何，唯挥泪而已。文武因奏道："国不可一日无君，请早立明主，以安天下。"太后下诏，迎立幼主之弟河东节度使刘赟为君——赟乃晋阳公刘朱之子也。当时遣使安备车驾，奉迎去讫。忽报契丹举兵入寇，侵犯边界甚急，太后即命郭威领兵往救。郭威奉诏，带同手下一班战将，率领所部之兵，起行击救。大兵来至澶州，是夜城中过宿，诸将背地里商议道："我等禅州起手，共图大事，本为扶立元帅为君，故此披坚执锐，以图荫子封妻。不意兵至都城，昏君自缢，乃更立汉家宗党，我等誓死决不服也！"军师王朴说道："尔等诸将所议与我相同，此事亦不可缓，当于来日，必须如此如此，大事便定矣！"诸将大喜，整备行事。

次日黎明，郭威起身，正欲传令起行，忽听外面鼓噪大振。郭威疑是兵心变乱，急令从人把馆门紧闭。须臾，众多将士一个个逾垣②进来，拥到面前。郭威惊问其故，诸将道："我等出万死于一生，跟随元帅举事者，

---

① 椒(jiāo)房——后妃的代词。

② 逾垣(yuán)——越墙。

欲以元帅为天子。今乃更立别人，众心实为不服。因与军师定议，册立元帅为君，号召天下。"郭威道："新君已立，有甚变更？况此乃大事，汝等诸将岂可草率为之！"王朴道："众心已定，明公决当允从。况诸将已与刘氏为仇，岂肯束手服乎！"言未毕，早见王峻开了馆门，就在军士手内，裂了一面黄旗，将来披在郭威身上，口中大呼道："我等共立元帅为主，谁敢不服！"诸将尽皆俯伏高呼，门外众兵齐呼"万岁"，欢声振闻数十里。将士拥护郭威，兵回汴梁，遂乃上笺于太后。大略言被众将所误，势不能推，愿奉大汉宗庙，事奉太后为母。太后见了此笺，自思郭威兵强将勇，兼之腹心布满朝堂，大势已定，难以挽回，只得下诏废刘赟为湘隐公。即命郭威监国，是岁汉遂亡矣！史官评之云：

> 高祖拥精锐之兵，居形便之地，属胡骑北旋，中州乏主，故雍容南面，而天下归之。岂其材德之首出哉，乃会其时之可为也。夫根疏者不固，基薄者易危。隐帝虽有南面之号，而政非己出，民不知君，轻信群小之谋，欲杜跋扈①之臣，祸不旋踵，自然之势也。父子相继，四年而灭，自古享国之短，未有若兹也。吁！哀哉！

是日郭威即了帝位，受文武百官朝贺已毕。谥幼主为隐帝，尊奉李太后为昭圣太后。至次日，郊天祭地，大赦天下。自谓系出周虢②叔之后，国号后周，改元广顺。立柴氏夫人为皇后，封柴荣为晋王，王峻为邺郡节度使，史彦超为京营总都，韩通为御营团练元帅。偏将王豹、曹英等，俱加封总兵。封王朴为昌邑侯、大将军兼军国大事。又封汉朝旧臣范质为右丞相，贞固为左丞相，窦仪为翰林学士。其余汉臣，各居原职。内有不愿为官者，准其退归。随征兵士，给赏钱粮。封赏已定，文武各各谢恩。只见内有一臣，纶巾道服，俯伏阶前，且不谢恩，推辞奏道："臣有愚衷，望乞天听。"不争有此一奏，有分叫：征诛克遂初心，泉石堪娱素志。正是：

> 人爵不如天爵贵，功名怎比孝名高。

毕竟奏的谁人？且听下回分解。

---

① 跋扈——专横暴戾，欺上压下。
② 虢（guó）。

第三十四回

王子让辞官养母　宋太祖避暑啖瓜

诗曰：

> 惟忠且惟孝，为子复为臣。
> 一朝人事尽，身名不足亲。
> 吴起尝辞魏，韩非遂入秦。
> 壮情将消歇，雄图急欲伸。
> 暂处华阴下，不终关外人。

上录庾信《咏怀》

话说周主登了大宝，大封功臣，文武百官尽皆谢恩已毕，只有王朴推辞不受，俯伏奏道："臣本无功，反蒙陛下隆以重任；臣伏念德微命薄，不堪拜受。愿陛下收回成命，放臣归乡，此臣之素志也！"周主听奏，吃了一惊，说道："朕自得先生以来，屡建奇功。今日九五称尊，身临臣民，皆先生所致也！区区爵禄，未足言报，望先生勿惜勤劳，匡扶社稷，则天下幸甚。"王朴叩头，叫声："陛下！臣实命薄，福禄难安；若受显职，必然损寿。况有老母，年逾八旬，理宜侍奉。望陛下以孝治天下为心，放臣得还故里，奉菽水①于日月，尽定省②于晨昏，终养优游，则臣母子之余年，皆陛下恩赐之年也！"周主道："先生虽然笃于孝道，但朕新得天下，枕席未安；倘有变端，使朕如何措置？"王朴道："方今国运初兴，宏图永固；上有尧舜，下有皋夔③，君臣致治于朝堂，天下自然向化，何必多此远虑耶！"周主见他去志已决，不好强留，只得说道："先生既不肯留，必成其志；但朕倘有军国大事，来请先生，幸勿推诿。"王朴道："臣受主上天恩眷念，焉有不奉诏

---

① 菽(shū)水——豆和水，常用作孝奉父母之称。

② 定省——指子女早晚向父母问安。

③ 皋(gāo)夔(kuí)——即皋陶和夔的并称，分别为虞舜的刑官和乐官，后常指贤臣。

旨之理！"周主便准了奏,传旨摆御宴,与王朴送行,即命百官陪饮。王朴谢过了恩,领了御宴,便要别驾。周主依依不舍,无计可留,只得多赐金银彩缎而已。王朴叩头谢恩,辞驾出城而去。正是:

且图衡泌①栖迟乐,暂释邦家夙夜忧。

原来王朴数学精明,预知兴废,虽然郭威登了皇位,日月一新;然不过应运兴基,气候不久。况真主出世,自有一班开国的能人、治世的贤士出来辅佐,定国安邦。自己只好退归林下,全名完节的了。闲话休题。

只说周主见王朴辞官去了,便问两班文武道:"朕今初登大位,尚有几处刀兵未能宁静;卿等都怀经济之才,必有安定之策,不妨为朕奏来。"言未尽,有翰林学士窦仪出班奏道:"别处郡县,不必为虑;所患者,晋阳刘崇耳!彼见陛下为君,其心未必能甘,倘结连契丹,妄举入寇,人心一动,为祸不浅矣!依臣愚见,必须责任亲信名将,于禅州、百铃两处,重兵据守,阻住咽喉,使刘崇无隙可窥,安能摇动?臣意如此,望陛下圣裁。"周主听奏称善,便俟选将,到彼镇守。按下慢题。

却说晋阳刘崇,初闻周主起兵,隐帝遇害,便欲举众入京,奠安社稷。及闻太后下诏,迎立刘赟为帝,便大喜道:"吾儿为帝,吾又何求!"遂息了举兵之念。后闻刘赟废立而死,心甚愤忿,遂自称帝。所有并、汾、沂、代、岚、宪、隆、蔚、麟、石、沁、辽十二州之地,即以判官郑琪、赵华国同平章事,国号北汉。厉兵秣马②,窥图报复。消息传入汴梁,周主忧惧,便想:"百铃关、禅州果系要路,须得亲信之臣保守,方始无虞。不如命侄儿柴荣前去,一则迎接皇后,二则威镇禅州,岂不为美!"主意已定,便传旨意,命柴荣镇守禅州,奉迎国母。又命韩通镇守百铃关。二臣领命,各自带了所部之兵,辞王别驾,出城起行。不一日兵至禅州,韩通自去镇守百铃关。

那柴荣进了帅府,所属文武官员,参见已毕。柴荣退进私衙,取银三百两,打发差官到泌州张家饭店,酬谢店主养病之恩。差官奉令去讫。柴荣来到后堂,拜见了姑娘。请安毕,把一路得胜,兵破汴梁,汉主自缢,姑爹得了天下,南面称尊,为此前来迎接姑母进京,共享富贵,这些前后事情,细细说了一遍。柴娘娘听了大喜,当晚安排酒筵,与柴荣接风。至亲

① 衡泌——隐居之地。
② 厉兵秣(mò)马——做好作战准备。

两口，开怀欢饮。柴娘娘心中快乐，多饮几杯，不觉冒受了风寒，身上便寒热起来，卧床不起。柴荣心下慌张，一面延医调治，一面写本进京。差官赍了本章，星夜赶至汴梁，到了午门，将本交与了黄门官。黄门接本送进朝去，周主览毕，即批一道旨意："就命晋王柴荣，侍奉皇后，调和疾病，等候病愈之日，一同来京。顺便监军百铃关节制，便宜行事。钦此钦遵！"这旨意降到禅州，柴荣当堂拜受。勤心汤药，侍奉姑娘。病体将瘳，又到百铃关监军，与韩通操演人马。此话按下不题。

却说赵匡胤与郑恩自从野鸡林打走了韩通，住在平阳镇七圣庙里，百姓敬之如神，真是朝供饭，夜供酒，一日三餐，鱼肉不离口。在那镇上专打不平，那些土豪光棍闻了匡胤之名，潜踪远避，不敢胡行。因此平阳镇地方宁静，人士循良。二人在镇盘桓，不觉住了四月有余，时当暑热天气，匡胤心烦意躁，坐立不住，叫声："三弟，你看天气这般炎热，汗流如珠，怎好闷闷地坐着？何不往外边寻个凉快去处，避暑乘凉，也得爽快些儿，却不好！"郑恩道："乐子昨夜贪着嘴，多呷了几杯酒，身子有些不快，谁耐烦往街上去跑，反被这大日头晒得焦黑，乐子却就在屋里坐地，怕不凉快！二哥自去。"匡胤见他不去，便往后房解了马，牵出庙门，上了马，出了平阳镇口，信马而行。一路上正当赤日当空，火云散野，行人摆扇，树木无风。真是炎热熏蒸，汗流如雨。唐时刘长卿曾吟《苦热行》，诗中有几句云：

> 清风何不至，赤日何煎铄！
> 石枯山木焦，鳞穷水泉涸。

匡胤正行之间，见前面有座林子，心下想道："这不是野鸡林么，里边正好乘凉。"策马进林子里来，拣了一处树木茂密之地，下马离鞍；把马拴在树上，看着那首一株大树下，将身席地而坐。喜得阴浓遮日，凉风徐来，匡胤露体舒怀，坐得困倦，不觉呼呼的睡着，鼻息如雷。睡过午后，方才醒来，骨碌爬将起来，揩揩双眼，口内甚是烦渴。心中想道："哪里寻些凉水，消消热渴也好。"把马牵出树林，扳鞍上马，往前而走。举目往四下观望，并无溪涧井泉可以汲水，口内更觉燥暴。正在烦闷，远远地见有一个汉子，蹲着身躯，在那柳荫之下打盹。旁边放着一副筐子，那筐子里放着青旺旺的不知什么东西。匡胤拍马紧行，走至跟前，原来是一担大大的西瓜，心中喜的不了。暗自想道："好西瓜！买他两个正好解渴。"顺手往身边取钱,却撮了个空,说声:"啊哟! 忘带了钱,怎想瓜吃?"口虽说着,心下却是喜欢。踌躇了一回,说道:"也罢! 我且叫醒了他,与他商量,或者肯赊与我也未可知。"遂叫道:"朋友醒来! 要照管这瓜。"连叫数声,却不肯醒。

原来这卖瓜的姓王,为人忠厚朴实,守分营生。任你有人欺负于他,总不较计争论。因此众人送他一个雅号,叫他做"佛子"。他也逆来顺受,居之不疑。每年到了夏天,往那出产之处,买了这西瓜,便到百铃关去卖,甚是得利。今日因天气炎热,走得吃力,就在这柳荫之下,歇息乘凉。忽然困倦,一觉睡去,正见一条赤须火龙,吊在那干坑里面,昂起了头看着他只顾点。王佛子说道:"这条龙在干坑里,想是渴了,待我解他一解。"随手提了一个瓦罐,往泉里取了一罐水,走至跟前,望了干坑缓缓的倒了下去;那龙见了这泉水,觉得清凉爽快,一般张牙舞爪,舒展起来;猛地里一声霹雳,只见那龙腾空而去。王佛子被雷惊醒,原来是梦,正见一个红面大汉,骑了赤马,立在面前。王佛子看了,暗暗称奇。

那匡胤在马上,赔着笑脸,叫声:"朋友! 惊动了你的睡兴;在下有话要与你商量。只因天气炎热,烦躁难当,欲得一瓜解渴;又是不带钱来,朋友若肯赊时,吃了几个,跟我到平阳镇上,加倍还你。不知可否?"那王佛子听了此言,想起梦中之事,"那赤龙吊在坑内,我给他一罐清泉,他便上天而去。今看此人,也是红面,却又要赊我瓜,莫不应了方才之梦? 敢是他大贵的人,后有好处。我何不破费这几个瓜,与他解渴,也算是个方便。总然吃完了这担,我也不致心疼。为人在世,谁无朋友交情,别人尚有仗义疏财,我这瓜值得什么!"开言答道:"君子既然心爱,但请何妨! 谁人保得常带银钱,这些许小事,说甚商量。改日或者遇见,顺便给还我就是了。"匡胤听了,心中欢喜,暗暗赞叹,世上原有这等好人;与我并不识面,便肯赊物,实为难得。忙跳下了马,把马拴在柳树上了。正值王佛子拣个熟大的西瓜,打做两半,双手托将过来。匡胤渴得极了,接过那西瓜,将身坐在树下,流水①的吃个干净;觉得爽口清心,躁烦顿解,比那雪桃何啻十倍! 那王佛子又打了一个送将过来。匡胤接了又吃,浆水淋漓,十分可口。正吃之间,猛可的想道:"我虽有这瓜解了炎热,只是三弟在家,料他

---

① 流水——迅速,马上。

烦闷更甚。我何不带这半个与他,也可消烦解闷。"想罢,便把这半个瓜,安放在地。那王佛子见了,便问道:"君子,原来你恁般的量浅,怎么这两些儿瓜,尚不用完?"匡胤道:"不瞒朋友说,在下还有一个兄弟在家,故把这半个带去,与他解闷。"那王佛子便笑道:"我说君子量儿恁浅,原来果是如此。既有令弟在家,不值带这两个回去,却恁地自家克己,省这一星儿拿去,像甚模样?"一面说话,一面便往筐子里取了两个大瓜,放在跟前。匡胤心甚感激,只得把这半个也吃了。坐在树下,好不凉快。

当时开言问道:"朋友,你这担瓜挑往哪里去卖?"王佛子道:"我这瓜要到百铃关去货卖的。"匡胤道:"这百铃关离此有多少路?"王佛子道:"远得紧哩!离着这里,有六七十里。"匡胤道:"一担瓜可值几何,便是这等费力,走这远路?"王佛子道:"君子有所不知,往年间,只在这里平阳镇上卖的。如今汴梁城却换了朝代,立了新天子。这百铃关又新添了一位韩元帅,手下有十万大兵,甚是闹热。我这一担瓜挑往那里,比着别处,要多卖二百余钱,所以不怕路远,情愿奔波。"匡胤道:"原来东京又换了国朝。朋友,可知当今的天子是谁?"王佛子道:"你拿过耳来,我与你说:就是这禅州的元帅郭彦威。他起兵入京,把汉帝逼死,竟登了位,做了皇帝。难道你不知么?"匡胤听了,暗暗欢喜道:"我离家日久,只为了幼主贪淫好色,故此杀了御乐。又碍着父亲现做朝臣,所以弃亲逃避,流落他乡。目今汉主既死,便可回家省视了!"那王佛子也问道:"君子,我看你声口不是这里人,敢是到此做甚买卖也否?"匡胤道:"在下乃是东京人氏,并不会做买卖,只因闲游过了日子。"王佛子道:"只闲游有甚好处?现今百铃关韩元帅正在挑选英雄,君子有这身材,何不去投了军,博得事业荣身,强如在外游荡。"匡胤笑道:"这军岂是在下当的。"王佛子道:"君子,你这话就不明了。只看那汉高帝刘智远,原是养马当军出身,后来做了皇帝。你怎么轻把这投军去奚落他!"匡胤暗想:"此言果是有理,我今就到百铃关去走一遭,有何不可?"遂又问道:"朋友,请问你的姓名,说与我知,好使日后相逢,偿还瓜价。"那王佛子便大笑道:"君子,你忒也虚文,谅这几个瓜值得几何,我便做东不起,要你偿价。今日说过,日后总总不要。况我经纪的人,也没有什么名号,只叫王佛子的便是。"匡胤道:"也罢!既承佛哥如此美情,我便留下姓名在此,日后倘得相逢,当报你赠瓜之德。我非别人,乃东京赵匡胤便是。只因怒杀了御乐,逃避在外,今朝代变易,就好出头。我此去倘有寸进，恩有重报，义不敢忘。"说罢，将那两个瓜把手巾包裹，提在手中，一手解了缰绳，将身上马，叫声："朋友请了!"把手一拱，策着马，徜徉而去。那王佛子见此仪容，听了名姓，不住口的赞道："果然好一位英雄，日后必然大贵。"遂把瓜担挑了，望百铃关奔走去了。正是：

　　　　不经知者道，怎晓彀中情?

　　却说匡胤回至平阳镇七圣庙，下了马，牵到后面拴讫。出来见了郑恩，把这两个瓜与他吃。郑恩正因天气酷烈，袒胸露腹，坐在椅上，张开了大口，在那里发喘。见了此瓜，十分欢喜，道："二哥，又要你破钞买这瓜儿与乐子吃。"接过手来，把瓜挎做几块，连皮带水，吞了下肚。不消二刻，吃得干净。说道："爽快，爽快! 二哥，你用了多少钱买得这样好瓜?"匡胤道："这瓜不是买的。"遂把王佛子相赠之情，说了一遍。郑恩大喜道："难得，难得!"匡胤又把郭彦威做了皇帝，百铃关现在挑选英雄，故此要去投军的话，告诉与郑恩听了。郑恩道："郭彦威这驴球入的名儿，耳朵里好生相熟，待乐子想一想。"低着头，侧着目，思想了多时，说道："是了，是了! 乐子常听见柴大哥说，他有一个姑夫，叫做什么郭彦威，敢是他做了皇帝? 柴大哥的下落，也有了影儿了。咱们就到百铃关去走走，打听信息，也是好的。"匡胤道："贤弟之言正合我意。"当时用了晚膳，各自安寝。次日，清晨早起，便把镇上的父老请来，就要辞别，往百铃关去。有分叫：无心欢遇螟蛉①，有意怒寻虎狼。正是：

　　　　恩情何幸萍踪合，怨愤偏从腋肘来。

毕竟二人脱身去否? 且听下回分解。

———————

　　①　螟蛉——为养子的代称。

第三十五回

宋太祖博鱼继子　韩素梅守志逢夫

词曰：

散虑逍遥，具膳餐饭，适口充肠怎慢？饱饫①烹宰不如前，游鲲独运谁能办？　　路侠槐卿，逐物意移，犹子比儿非滥。虚堂习听已情深，因爱他守真志满。

右调《鹊桥仙》

话说赵匡胤因避暑乘凉，遇了王佛子赠瓜解渴，教他投军博些事业。一时鼓动了功名之心，感触了寻兄之念。便回至庙中，与郑恩商议定当，收拾了行李包裹，把镇上父老请来辞别。那些父老一齐问道："二位贤士，呼唤小老们到来，有何吩咐？"匡胤道："在下弟兄二人，要往百铃关访一朋友，往返有数日之隔；因此相邀众位到来，暂为告别。"父老道："既二位有此正事，我等岂敢屈留！但访着了令友，即望回来，幸勿阻滞。"郑恩道："你们放心，包在乐子身上，一同就来；倘二哥不来，乐子毕竟来的，好领你们的厚情。"说罢，把包裹行李一齐捎在马上；提了酸枣棍，把马牵出了庙门，让匡胤坐了。匡胤拱手辞别，提刀策马而去。郑恩步行，也别了众人。

两个离了平阳镇，缓缓行程。怎当那火块般的大日，照临下土，热气蒸人。两个行行止止，不觉到了百铃关。只见城楼高耸，垣桷巍峨，两个走进了城。此时国异人殊，城门上也不来盘诘，因此放胆前行。见那街市喧哗，店铺接续，人烟集凑，风景繁华，果然不亚于东京，好个闹热去处。当时寻觅了店房，匡胤下了马，店小二牵往槽头。弟兄二人拣了一间洁净房屋住下。小二端了面水进来，各自洗了面，又将午饭吃了。郑恩道："二哥，我们闲着没有事情，何不到街上去玩玩儿，也是爽快。"匡胤道："使得，使得。"带上银包，叫店小二锁上房门，离了饭店，到街市上闲走了

---

① 饫(yù)——饱。

一回。见那路旁有座酒楼，匡胤道："三弟，天气恁般炎热，行走不得，我们且到这楼上沽饮三杯何如？"郑恩道："妙极，妙极！"两个一齐进店，拣了一座有风透的楼上，对面坐下。酒保上前问道："二位爷用什么酒菜？"郑恩道："你只把好酒好菜拿上来我们吃。"酒保听说，走将下来，提了两壶酒，切了两盘子牛肉，送上楼来，摆在桌上。郑恩把眼一看，只有一样的两盘子牛肉，顿然发怒，把桌子一拍，骂声："驴球入的！乐子叫你拿好酒好菜上来，怎么只把这腌臜的牛肉与我们吃？"酒保满面堆笑，说道："爷们不要动恼！此刻已是平西时候，小店虽有几味好菜，早上都卖完了。只有这煮牛肉，权且下酒。要用好菜，爷们明日早些来，小人自然效劳，管待二位爷吃得欢喜。"匡胤听那酒保言语温柔，小心应答，叫声："三弟，你且吃杯空酒，待愚兄往街上买些下酒之物与你欢饮。"郑恩听说，拿起壶来自酌自饮。

匡胤下楼来到街上，走无多路，只见一个童儿拿着一尾活鱼，立在当街，口内说道："过往的客官！倘有兴儿，可来博我的鱼，只要赢了去吃。"匡胤听说，心中不解，止步观看那童儿，只见：

　　天庭高耸眉清秀，地角方圆骨有神。

　　悬胆鼻梁多周正，堕环耳畔定方棱。

　　唇红齿白人伶俐，气足形端后必成。

　　虽说布衣能洁净，口中只叫赌输赢。

匡胤叫声："童儿，我正要买尾鲜鱼下酒。你何不卖与我，多付你几个钱，强如在这里叫输叫赢，说厚说薄。再隔一回，这鱼要臭了。"童儿听说，把匡胤上下看了一看，笑容答道："爷们想不是这里人，所以不晓得此处风俗。我这鱼不是卖的；乃是颠那八叉八快，赌输赢的利物。我在这里叫说的，便是博鱼的'博'字，不是厚薄的'薄'字。客官若要鲜鱼，请往别处照顾罢。"匡胤听了这席言语，心中暗想："好一个伶俐的童儿，看他年纪虽小，说话倒也乖巧，齿牙干净。又通文理，后来必有福气。"遂叫声："童儿，怎么叫做'八叉八快'？你可说与我听。"童儿道："客官，我这手里八个铜钱，一字一河叠将起来，往地一丢，或成八个'字'，或成八个'河'，总然谓之八快。客官颠得这八快，就是赢了，一文钱不费，拿了鱼去，只当白吃；若丢下去七个'字'，一个'河'，或七个'河'夹着一个'字'，总之算为八叉，客官便要给我五文钱。十下不成，给我五十文钱，就算客官输了，这尾鲜鱼还是我的。故此叫做'八叉八快'，博个输赢。"匡胤听了，微微笑道："童儿，既是如此，我与你博了这尾鱼罢！"那童儿道："客官，你既要博我这尾鱼，只是先把输赢讲过，见见宝钞，然后好博。"匡胤暗想："这小儿果然老倒。"便往身边摸出银包，打开与童儿看，道："你见输赢么？"童儿见了银子，说道："客官倒也正气。"便将八个铜钱，一字一河叠将起来，递与匡胤。匡胤接了，便往地下一颠，只见七个钱先成了七个"河"，只有一个尚在地下乱滚。滚了一会，影影的露出"字"来。匡胤慌忙喝道："河！河！河！"真命天子非同小可，才说得"河"，那暗地里护驾神祇听这旨意，便向那钱上吹了一口气，真也作怪，明明见是个"字"了，忽地叮的一声，颠了转来，却又是"河"。两旁看的人一齐拍手大笑。匡胤也是欢喜，把银包揣好腰间，提起鲜鱼就要行走。那童儿急了，一把手扯住了衣襟，再也不放。匡胤回转头来，对着童儿哈哈大笑道："你这顽皮，既赌输赢，扯我做甚？想是你输不得么？也罢！你既舍不得这尾鱼，就在当街上，磕下个头，叫我一声父亲，我便重重的偿还资本。"那童儿也便笑道："客官莫要哄我，想我们既在当街上博鱼，受得赢，难道受不得输？莫说一尾，就输了十尾，也不肯轻易磕人的头。况为人只有一个父亲，若是叫了别人为父，岂不被人笑话！客官，你也休小觑于我。我扯住你，非为别事，只为方才那个钱，丢在地下，明明是个'字'；怎么你叫了一声'河'，这钱就颠了转来，所以倒要请教，是甚么的法儿？"匡胤听了暗笑："我知道什么法儿？待我且耍他一耍。"说道："我这法儿，其名唤做'喝钱神法'，乃是梦中神人传授，灵验非常。凭你给我一千银子，也不肯轻易传人。"那童儿听罢，把手松了。

匡胤提了鲜鱼，步到店来；那童儿却暗暗的随后跟来。匡胤走上了楼，郑恩便问道："二哥，这尾鲜鱼怎地活跳，不知费了几分银子买的？"匡胤道："是赢来的。"郑恩道："怪道二哥去了这一会，原来在那里耍钱快活。"匡胤便将博鱼的缘故说了一遍。郑恩大喜道："二哥真是有兴，才进百铃关，就赢了整尾的鱼来，必定有个好处。"叫酒保快拿去烹了来，与乐子下酒。郑恩正叫酒保，只见那童儿走上楼来，见了匡胤双膝跪下，磕一个头，叫一声："父亲！孩儿特地前来赔礼。"匡胤看了，只是笑个不住，开言说道："你这不识羞的顽皮！你方才既说不肯与人磕头，不叫别人为父；怎么这会儿又来认父磕头，却不惭愧么！"那童儿赔笑答道："客官有所不知,方才在当街,若是磕头叫你,岂不羞杀;日后怎好做人,再在街上做这博鱼道路? 如今在这酒楼上磕头叫父,只有这位黑爷看见,再无别人。因有一个下情相告:我只有一个母亲,没有父亲,本是大名人氏。因前年逢了饥荒,母子两个难以过活,为此到这百铃关来投奔亲戚。不料扑了个空,又无盘费回家,只得流落在此;没有度日,弄这法儿,用五六分银子买这一尾鲜鱼,拿到街市上,每日叫人来博,博了五分我就勾本;若有了十分,就是利息了。这不过是个哄人法儿,拿回家去养膳母亲。谁知今日遇了客官,一博就成,连本带利多没了,叫我母亲怎好度日? 因此跟到此间,磕头叫父,望父亲把这尾鱼舍了孩儿罢! 还要求这喝钱神法传与孩儿,日后长大成人,定当报答。"匡胤未及回言,只见郑恩在旁听了这些言语,只把雌雄眼笑得没缝,说道:"二哥,这个娃娃好乖嘴儿的,说了这样可怜的话儿,把这尾鲜鱼与了他罢!"匡胤道:"童儿,你今年几岁了? 叫甚名字?"那童儿道:"我叫禄哥,今年长成十岁了。"郑恩道:"乐子不信,这十岁的娃娃这样贼乖? 二哥,你何不收了他做个干儿子,也是好的。"匡胤听言,也是欢喜,便道:"禄哥,我欲继你为子,你可肯么?"禄哥道:"父亲果肯垂恩,便是孩儿的大幸了,焉有不肯之理!"说罢,重新对了匡胤恭恭敬敬拜了四拜,立起身来,又向郑恩作了四揖。郑恩把嘴一撅道:"你看这驴球入的贼乖的娃娃,见父亲就是磕头,望了乐子只是唱喏。"禄哥复又作了一揖,说道:"三叔,恕侄儿无礼之罪!"匡胤见了,心中大悦,叫道:"三弟,这是好汉之儿,不轻下礼,你莫要怪他。"遂向身边取了一锭银子,说道:"禄儿,这鱼留在这里,要与你三叔配来下酒;这一锭银子你拿回家去,做本养母。你去罢。"禄哥接了银子,又说道:"父亲,还有那喝钱神法,一定要传与孩儿,好待孩儿回家,见了母亲表扬大德。"匡胤想道:"这就难了! 我不过一时戏言,有甚神法? 也罢,且将他哄过了,打发他去。"说道:"禄儿,这神法不用传授,你只把这八个钱来,我与你做法。"禄哥将钱递与匡胤。匡胤故意诌说了几句法语,将钱吹上了一口气,说道:"你将此钱拿去,有人与你博鱼,喝声要'字'就字,要'河'就河,再不输与别人。若遇没钱用度,可问王家店来寻我便了。你去罢!"禄哥拿了银钱,遂即拜别下楼,千欢万喜的回家去了。

那郑恩哈哈笑道:"二哥,虽然你给他一锭银子,却已得了鲜鱼,又认了儿子,真是喜事。快叫酒保把这鱼去煮来,乐子多敬你几杯喜酒。"那酒保登时把鱼烹庖好了，送上楼来。弟兄两个开怀畅饮，直到黄昏时候算还酒钱，回归饭店，收拾安寝。正是：

> 喜将沽酒饮，笑待玉人来。

不说匡胤二人回店。且说禄哥回至家中，见了母亲，满面堆笑，把银子放在桌上。其母见了，便问道："我儿，你今日好个彩头，赢得这整锭银子回来！"禄哥道："敢告母亲得知，这银子并不是博鱼赢来的，乃是孩儿的干爹所赠。叫儿做本营生，养膳母亲的。"其母听了，说道："你这畜生！小厮家偏会说谎，哪里有甚干爹赠你银子？"禄哥便把博鱼始末告诉一遍。其母就问："这人如此仗义疏财，你可知道他的名姓么？"禄哥道："他的名姓，孩儿倒不曾问得；只听他口气，好像东京人氏。他的相貌是一个红脸大汉。"其母听了，低头不语，暗自沉吟。不觉感动了万千心事，数载相思。

看官知道甚么缘故？原来禄哥的母亲不是别人，却是赵匡胤的得意玉人、知心表子韩素梅也。自从在大名相处，匡胤分别之后，他就帨㡆①誓操，冰雪居心，宁受鸨儿打骂，抵死不肯从人。后来老鸨死了，又遇饥荒，把他的姐姐所生儿子过继为子，取名禄哥。这孩子胜似亲生，十分孝顺。那素梅有个姑娘，嫁在这百铃关一个千户为室，所以娘儿两个乘大名饥荒，投奔百铃关来。谁知姑夫姑娘俱已弃世，因而母子无依，进退两难，只得生出这个法儿，叫禄哥到街上博鱼度日。今日又听了禄哥之言，怎的不触动前情。沉吟暗想："只有当年赵公子是红脸大汉，住在东京。他在大名与我相遇，恩情最重；后来军满回家，又听得惹了大祸，逃出城外。我几遍打听他消息，不见着落；今日禄哥所认的干爹，莫非就是他？我何不明日邀他到来，便见是否？"想定主意，叫声："禄哥，你明日早起，把你干爹请来，我有说话。"禄哥道："母亲！孩儿不去。"素梅道："你因甚不去？"禄哥道："母亲！你是个女人，那干爹是个男子，现是家中没有男人，非亲非故，把他请来相见不便。倘被外人谈论，背地骂着孩儿，这便怎处？"素梅大喝一声："咄！畜生，怎敢胡言，你小孩子家省得什么道理？人生面不熟，就给你一锭银子，知他是好意，还是歹意？请他到来，待我当面问他

---

① 帨(shuì)㡆(méng)——帨，佩巾；㡆，散乱。帨㡆，在此有衣冠不整，不加修饰意。

一个明白,用这银子才好放心。倘然胡乱用了他,或者到来取讨,你把什么还他?"禄哥道:"哦!原来是这个缘故。这却不妨,待孩儿明日去请他便了。"说罢,拿了钱钞筐篮,往街上买了些东西回来,母子两个安备晚膳用了,收拾安寝。一宵晚景不题。

　　到了次日清晨,禄哥起来梳洗已毕,出了门便往王家店来。走往里面,逐房瞧看,至一间大房中,才见他二人正在房里闲坐吃茶。禄哥笑嘻嘻地走将进去,作了揖。郑恩叫道:"乐子的侄儿娃娃,我问你,大清早到来做什么?"禄哥道:"没有别事,奉母亲之命,叫我到来请父亲去,有话面讲。"郑恩哈哈笑道:"乐子的侄儿,这个光景,乐子猜着了。"禄哥道:"三叔,你老人家猜着什么?"郑恩道:"乐子猜着:你娘见你认了干爹,他心里也要认个干丈夫哩!"禄哥道:"三叔,大清早起不要取笑,请父亲去自有正事。"匡胤道:"禄哥!我昨日认你为儿,不过一时情兴,取个异路相照而已。若与汝母从未会面,况你说过,自己父亲不在家中,我若去时,便是男女授受不亲,断然难以相见。"禄哥道:"这话孩儿也曾说过,母亲说:'男女不便相见,果是正理,如今只好用权。'孩儿来请非为别事,只因昨日父亲给我的银子拿回家去,母亲见了,有些疑心。孩儿从直告诉,总然不信。故此来请父亲到家,当面问个明白,然后好用。"郑恩听言,不住口的赞道:"好,好!好一个女子!虽然未曾会面,必要问个明白,乐子欢喜着他。二哥,你便去走走何妨?"匡胤道:"既如此,三弟可同我一行。"郑恩道:"当得,乐子一定奉陪。"说罢,二人各穿了袍服,拿了纨扇,一齐出来,锁上房门,吩咐店小二喂马饮水。

　　禄哥当先引路,弟兄两个随后而行。转弯抹角,不多时到了门前。禄哥立住了脚,叫声:"父亲、三叔,草舍柴门,里面浅窄,待儿进去禀知了母亲,然后来请相见。"匡胤点头称善。禄哥推门进去,见了素梅,说道:"父亲请到了,现在门外。"素梅道:"快请进来相见。"禄哥把弟兄二人请到里面。匡胤举目观看,虽然三间草房,倒收拾的洁净。二人到了草堂,便立住了脚。那素梅在里面,隔着帘儿往外细看,不是别人,正是在大名府打走韩通,关心切意之人。不觉心头酸楚,珠泪频抛。顾不得郑恩在旁,迈动金莲,步出堂来,叫声:"赵公子!你这几年在外,想杀奴也!今日甚风到此,得能重会。"匡胤听了,不知是哪里来的冤愆,吃了一惊,往后倒退几步,斜眼往内一睃①,却原来是心上之人。也顾不得郑恩在旁,走上前,挽住了素梅之手。两下叙过了别后事情,悲喜交集,见了礼讫。那郑恩在旁,见了这等光景,不知就里,呆呆地立了一回。就把匡胤一扯,叫道:"二哥,立远些!方才你未来的时节,说话何等正经:道是什么男女授受不亲,不好相见。及至到了这里,看他有些齐整,你便不肯老成,拉拉扯扯,讲起情话来了。从今以后,你若再和乐子假撇清,乐子便不信你的心肠;你就住在这里,做个干丈夫快活过了日子罢,乐子去了。"说罢,怒气冲冲,拔步便走。有分叫:竹篱茅舍,聊存数日之绸缪②;皋比虎符,难免三番之羞辱。正是:

　　未识因缘须有怒,一经剖析自无忧。

毕竟郑恩去否如何?且看下回分解。

---

① 睃(suō)——斜着眼睛看。

② 绸缪——情意浓厚。

第三十六回

再博鱼计赚天禄　三折锉义服韩通

诗曰：

　　燃香郁金屋，吹管凤凰台。
　　春朝迎雨去，秋夜隔河来。

　　珠弹繁华子，金羁游侠人。
　　酒酣白日暮，走马入红尘。

右录庾信、孟浩然二绝。

　　话说郑恩见赵匡胤、韩素梅两个殷勤款洽，违了男女授受不亲之言，一时不明委曲，便要各奔前程，把匡胤奚落了几句，往外便走。匡胤慌忙赶上，一把扯住了，说道："三弟！你实未知其故，这就是愚兄时常对你说的二嫂嫂韩素梅。疏远了多时，今日偶然相遇，所以如此。"郑恩道："嗄！就是大名府那个小娘儿二嫂子么？怪不得见了你这等亲热，原来是亲丈夫，自然该的。"回转身来，叫声："二嫂子，乐子见礼了。"弯腰曲背的作了一个半截揖，素梅连忙还礼。把那禄哥欢喜得迷花眼笑，说道："今番我造化到了！昨日我只认个干爹，不道今日竟认个亲爹到家了。"素梅喝声："畜生胡讲！快与我看取茶来。"禄哥答应一声往里去了，素梅便请匡胤、郑恩坐下。匡胤问道："你自来不曾生育，这个孩儿哪里来的？"素梅道："这孩儿原是我姐姐所生，八岁上他娘亡了，无所归依，妾又无人照应，因此把他过继为子。年纪虽小，倒也伶俐，更且极知孝顺，称我心怀。"匡胤听说，颠了颠头，说道："委实好个伶俐的孩子！可惜不是吾的亲骨血。"郑恩把嘴一咂道："二哥，你说这话儿，可不寒了那娃娃的心哩！管他什么青骨血白骨血，收这儿子，只当与你压个子孙儿。要是二嫂子压下个娃娃来，却不是他的翅膀么！"韩素梅听了此话，掩着嘴格的一笑，引得匡胤也是大笑起来。不道这句话，倒被郑恩说着，后来南清宫的八大王，就是韩妃所生，因为母亲出身微贱，承袭不得天下。又因太后遗旨，命

太祖万岁之后,将大位传与兄弟匡义继立,免得幼冲嗣位,被人篡夺,一如
五代的故事。此乃太后深微之虑,郑重之心,古来后妃所不及也。后话
莫提。

　　再说匡胤等三人正在闲谈,禄哥送出茶来,与弟兄二人吃了,立在旁
边说道:"父亲,你如今比不得外人了。这里房子虽小,却有三间,尽可住
得,何不把行李搬来,与三叔一同住在这里,强似在饭店中栖身,无人服
侍,又要多费盘缠。"匡胤大喜,正中心怀,说道:"我儿,此言甚是有理。"
郑恩道:"二哥住在这里,乃是二嫂子的丈夫,可也住得。乐子是个外人,
怎么与你同住?"匡胤道:"三弟,你这话便是见外了。俺二人虽是异姓,
胜比同胞,怎的分其彼此,快同禄儿去算还店账,把行李等项一齐取了
来。"郑恩不好违阻,只得与同禄哥走出门去,不多一会,把行李兵器马
匹,俱各取回。把马拴在槐阴树下,行李兵器安在一间房内。匡胤取出两
块银子与禄哥,买了些鸡鱼肉酒,素梅在厨下收拾停当,把来摆在桌上,弟
兄两个对坐饮酒。虽是草堂茅舍,倒也幽雅清闲,比不得饭店客房,喧哗
嘈杂。正是:

　　　　屋小乾坤大,檐低日月高。

二人酬酢欢谈,直至更深人静,兴尽壶干,才把残肴撤去。又乘了一会儿
凉,然后安寝。

　　次日匡胤起来,叫声:"禄儿,天气炎热,这马缺不得水;你须牵往池
上饮些。"禄哥听说,扯了马,带到别处池上饮了水,牵马回家。路上遇着
了卖旧马槽的,说了价钱,叫人抬到家中,放在树下,把马拴好。匡胤便
问:"这是何处来的马槽?"禄哥道:"孩儿在路上见了,买回来便好喂料。"
不多一时,只见卖旧马槽的来称银子,禄哥即时称出了八分银子与了他。
郑恩说道:"乐子的侄儿娃娃,真正中用,连喂马的槽儿多想到哩!"那卖
马槽的也插嘴道:"你家这个学生委实伶俐,会买东西。我这口马槽原是
五钱银子打的,这学生只一口还我八分银子,再也不肯加些,我只因譬如
被柴殿下夺了去,做当官马槽,分文没有到手,所以折本的卖了,不然怎肯
白送与他?"匡胤听了这"柴"字,连忙问道:"伙计,那柴殿下叫甚名字?
生的怎样相貌? 你可知也否?"卖槽的道:"他出入坐着暖轿,跟随人役,
前呼后拥,严禁非常,来往的人只好远远站开,谁敢睁着眼珠儿张他,所以
并不知他相貌怎的,连及他的名字也不敢提着一声。谁肯舍这性命,轻送

与他！客官也不要在这里惹祸，且添上些银子来，好待我去。"匡胤见他是个老实人，遂摸出一块银子，添了他便去了。匡胤叫声："三弟，你听见那人说么，这个柴殿下莫非就是柴大哥不成？但名字又没打听，相貌又不得见，我们往哪里去探听才好！"郑恩道："听他说这个姓柴的，想来就在此处。乐子却有一个主意：我们到了明日，只在街上去闲撞，遇着了坐暖轿的，就拿住他，掀开轿帘瞧看，是便是了，若不是，再作商量。"匡胤道："你又来粗鲁了！这事须要慢慢打听，方才无碍。"二人闲话之间，不觉日色西垂，天气傍晚，韩素梅又收拾出酒肴果品，二人用了，打点安寝。匡胤虽与素梅重逢，乃是正人君子，原与郑恩同房共寝。当夜无话。

次日，禄哥打点行头，原要往街上博鱼。匡胤道："禄儿，你住在家中，衣食不缺，也就罢了，何必再去做这道路！"禄哥道："孩儿在家空闲无事，且出去胡乱赢些银子回来，每日多买几壶好酒敬我三叔，也是好的。"郑恩听说，满心欢喜，说道："二哥，这孝顺的侄儿娃娃，乐子的造化，叫他要要罢。"禄哥听罢，心甚欢喜。出了门，往街上买了一尾活鱼，用柳条穿了，提在手中，仍前吆喝博鱼。说也奇怪，遇着人来博的，这八个铜钱丢将下去，就像北新关抽税一般，只有赢没有输。这钱乃是金口玉言说定的，要"河"就河，要"字"就字，监赌神祇管定，那有走移之理。当时禄哥赢了钱，提了鱼，就往店铺里沽了美酒，奔回家来，备了菜蔬，就与匡胤、郑恩同饮。郑恩大喜，问道："侄儿娃娃，今日赢了多少？"禄哥满面堆笑，答道："靠父亲的恩，三叔的福，往常不过分数银子；今日有了父亲的喝钱神法，遇人来博，侄儿喝'字'就字，喝'河'就河，无不响应。七八个人博我一个，都被我赢了，共有五钱银子。"匡胤听了，暗暗欢喜。自此一连三日，都是得彩而回，把个郑恩吃得薰薰快乐。

到了第四日，等到晌午时候，不见禄哥回来。郑恩叫声："二哥，这娃娃这时还没有回来，定是赢得多哩！乐子今日的酒星旺，停会儿只怕没有这量来装哩！"正在说话，听得呀的一声，推进门来，只见禄哥掀胸露腹，撅嘴蓬头，眼带泪痕，没精没彩的走进门来。郑恩问道："娃娃，你今日没有赢么？"禄哥不应。郑恩连问数声，只是掩着眼立着，并不答应一声。急得郑恩心中焦躁，口里骂道："你这驴球入的娃娃！乐子问你，怎么声也不应，做这模样？输赢胜负，世之常事，你便做了哑巴儿，也该应咱一声。"那禄哥总不答应，扑簌簌掉下泪来。匡胤见了这等光景，便问道：

"禄儿,你今日敢是吃了人亏,所以如此么? 若果有人欺负你,可说来,我与你出气。"禄哥把嘴一撅,说道:"父亲虽然猜得不错,只是这口气有些难出;欺负我的,又是个都根子主子,好不了得!"郑恩慌问道:"侄儿娃娃,这个都根子主子,是甚驴球入的? 你快快说来,乐子和他见个高下。"禄哥道:"说来也是徒然,这个欺我的,就是本处韩元帅的公子。今日叫我去博鱼,一连博了五十多下,分毫银子也不给,倒把我这尾鱼抢去。这都根子,却有谁人敢去恼他?"郑恩听了,气得一腔心内烟生,两太阳中火冒。用手指着外边,高声骂道:"这驴球入的! 敢是吃了熊的心,豹的胆,来太岁头上动土! 哪里有博钱不给,反欺负乐子的侄儿! 慢说他是狗元帅,就是京城里的皇帝老子,乐子不怕半毫,也要与他拼着一遭。侄儿娃娃,快跟了乐子寻到他家里与他算账。"匡胤道:"且慢! 禄儿,我且问你:这韩元帅你可知他叫甚名字?"禄哥道:"他的名字,孩儿不曾晓得。只听见人说叫什么'通臂猿'。"匡胤对郑恩说道:"三弟,莫非就是韩通这厮不成?"郑恩道:"这驴球入的,怎能到得元帅地步?"匡胤道:"凡人不可貌相,海水不可斗量。他的本领,也不在你吾之下,或者夤缘做了此职,也未可定。但事情虽细,不得不与他计较,明日原叫禄儿去博鱼,你吾躲过一边,且把他儿子诱引出来,俺们瞧他一瞧,是不是再作道理。"商议已定,过了一宵。

次日,各各吃了早饭,郑恩拿了枣棍,同了匡胤,一齐跟了禄哥,来到街坊,买了一尾鲜鱼。未到帅府门前,只见那韩通的儿子坐在道旁一株杨树之下,监着军士在那里刷马。禄哥用手一指,说:"他就是!"郑恩把雌雄眼一看,叫声:"二哥,这个不是韩通的儿子么! 待乐子打这驴球入的几棍儿,替侄儿娃娃出气。"匡胤道:"三弟! 且莫性急,先叫禄儿前去博鱼,我且闪在一边,你可上前与他算账,他的老子自然出来护短,那时我便上前来,也只打韩通,强如打这小子。"郑恩道:"二哥言之有理。"便叫禄哥先去。那禄哥手提鲜鱼,走至树下,叫声:"公子,今日和你再博几下,不要像昨日赖我。"那韩天禄见了,说道:"你这小儿,来得正好。昨日那鱼不鲜,今日把这尾鱼抵了账罢!"遂叫手下小厮,上前夺鱼,禄哥哪里肯放,叫一声:"三叔快来!"郑恩听叫,飞奔上前,大喊一声:"好狗子! 怎么叫这些驴球入的伤我侄子娃娃?"抡起枣棍排头的就打,早打倒了三四人,都是脑浆直冒。那韩天禄见了,认得是野鸡林放马之人,叫声"不好!"回步便走。郑恩哪里肯舍,赶上前,一把抓住了衣领,撇了枣棍,提起拳头尽情痛打。韩天禄喊叫不止,那里挣挫得脱! 却早惊动了管辕门的官儿,远远见公子被人毒打,不敢停留,慌忙报进帅府里去。

此时韩通正在堂上,传齐军马要往教场操演。听了此报,心中大怒,发遣军士先下教场,自己扎束停当,带了手下兵丁,一齐出了辕门。扑到杨树跟前,正见儿子被那黑汉毒打,心下十分暴怒。举眼把黑汉一看,原来就是郑恩,正是仇人相见,分外眼明。大喝一声:"黑贼! 怎敢行凶? 我今日正要报仇,你来得正好!"说罢,挥拳望郑恩便打。郑恩未及还手,早被匡胤看见,急将鸾带迎风一抖,变了神煞棍棒,飞身蹿到跟前,喝声:"韩通,休得恃强,俺来也!"提起神煞棍棒,往肩窝上打来。韩通回头一看,吃了一惊,说声"不好"! 连忙将身一闪,棍棒落空,举步要走。匡胤怎肯容情,赶上前又是一扫脚棍,只听噗的一声,韩通跌倒在地。匡胤丢开棍棒,伸手按住,举起拳头照脸而打。郑恩见匡胤把韩通打倒在地,叫道:"二哥,你莫便放他,待乐子也来帮你。"遂把手故意一松,把韩天禄放走了去,自己跑到跟前,脱下一只鞋儿,望着韩通没头没脸乱打。韩通挨痛不过,哀声叫道:"赵公子,求你容情! 如今职掌元帅,比不得在大名府与野鸡林的故事,求你留些体面。"

说话的:我且问你,韩通职专元戎,手下兵将甚多,难道元帅被人痛打,一个也不上前来救护的么? 看官有所未知,常言道:"当差的,官面上看气;行船的,看风势使篷。"若是韩通今日见了匡胤,破口大骂,喝令上前,这些军士,自然要来帮助,各要见功。今见自家元帅满口哀求,只要留些体面,就知道他是韩通的上风了。况且匡胤打扮一如行伍中人,相貌非凡,又是东京口语,知他是甚来历? 打得好,只讨个平安;打得不好,弄出大祸来,韩通不肯认账,翻转面皮说:"奴才! 谁叫你们动手?"轻则捆打,重则砍头,如何了得? 况又胜负已定,纵使大胆上前,又恐投鼠忌器,既不能把行凶之人捉获请功,反使自家元帅误被伤了性命。所以能管不如能推,大家不敢上前动手。

不说韩通受打。再说晋王柴荣,奉旨调养姑母,代理监军。这日府中无事,即命应役人等,摆驾往元帅府探望。将至帅府,正值韩天禄得松逃脱,见了那边王驾到来,迎上前去。那些打执事的人员认得是韩公子,不好拦阻。韩天禄跪在轿前,口称:"冤枉!"柴荣听得有人叫冤,吩咐住轿天禄口称:"千岁!臣韩天禄,父亲韩通官居元帅。今日来了两个游棍,将臣父毒打,命在须臾,望千岁做主,剪除凶恶,救臣父微命。"说罢,只顾磕头。柴荣听诉,不觉怒发,吩咐御林军,速去把恶棍拿来,待孤家亲审。御林军不敢怠慢,拿了绳索,拥至跟前,将匡胤、郑恩围住。早见一个军士,趋到郑恩背后,夹领衣抓住,往怀中一拖,指望按倒了好绑缚。不想蜻蜓撼石柱一般,动也不动。郑恩正在拿了鞋儿把韩通打得高兴,只觉得领头儿紧紧的有人揪住,拗过头来一看,见是一个人抓住了他要绑。心中大怒,骂声:"驴球入的!谁敢来拿乐子?"提起大拳,望御林军只一拳,不端不正却好打在脑上,只听那军士唔的一声,将身躯挣了倒来。有分叫:金石愈坚,仇仇顿释。正是:

　　　莫把亲疏分美恶,只将恩怨决从违。

毕竟那个军士性命何如?且听下回分解。

第三十七回

百铃关盟友谈心　监军府元帅赔礼

词曰：

蜉蝣寄迹似虚花。渺富厚，薄笼纱。轩冕巍峨，妆点贵人家。记得初逢坡土下，曾几日，历金阶。　　雁行携手已堪夸。漫多嗟，夕阳斜。聊把穷通，得失等泥沙。愿笃金兰相培植，深臭味，胜荣华。

上调《江神子》

话说郑恩正把韩通打得高兴，忽见军士把他抓住了要绑，心头火发，骂声："驴球入的，韩通的帮手么，谁敢拿着乐子？"话未说完，早把拳头送过，照那御林军的脑袋只一下，不觉打倒在地，喷浆流血。众军大喊道："不好了！这黑汉力大凶狠，打坏人了！"遂一齐上前动手。郑恩见众人都来，也不惧怕，发开了两个拳头，往四下乱打。口里骂道："驴球入的，你们都上前来，叫你一个个都死！"众军士见拿他不住，只得四面围住，不敢近身。一齐乱嚷道："黑大汉！少要蛮强，我等奉的是王爷令旨。只因有人告你行凶，打坏了韩元帅，故此前来拿你。你今不伏拘唤，反把御林军打伤，王爷知道，只怕你的性命就难保了！"郑恩生成粗鲁，只晓卖香油的本事，一葫芦半斤，两葫芦一斤。怎知国家的王法，官长的规模。开言骂道："什么的黄爷黑爷？叫那驴球入的来，待乐子问他。"这里正在和闹，那边匡胤又不来问，只道这些人是韩通手下的兵丁。见郑恩打倒，倒也欢喜。及至听得军士说是王爷的御林军，方才暗自思忖："闻得禅州来了一位柴殿下，莫非就是他的军校不成？况是人多势众，放了他罢。"遂把手一松，韩通得空，扒起身来，往人丛里一钻，飞跑的去了。郑恩看见，便叫："二哥，这韩通驴球入的跑了去了！"匡胤道："三弟，罢了！他如今比不得前番了，手下现掌着十万兵马，还有将佐甚多，他的权重，俺们势孤。你又把他御林军打坏，这祸不小。趁今人少，我们走罢！若再迟延，韩通调了人马来，我们寡不敌众，设或被他拿住，却不弱了走闯之名。"郑恩道："二哥说的有理。"

　　二人正要举步,却好柴荣的轿子已到。御林军两边排开,柴荣轿内看见是匡胤,心下已自欢喜。即忙吩咐住轿,缓步出来,伸手扯住了匡胤,叫一声:"二弟,因甚在此粗鲁?"匡胤回头一看,见是柴荣,慌忙见礼,满面堆笑,说道:"小弟闻说禅州来了一位王子,不想就是兄长。今日幸遇,诚天遣也!望恕小弟不恭之罪。"那郑恩见了柴荣这般威赫,便大叫道:"柴大哥,久违了!你只会推车贩伞,怎么倒做了王子呢?哈哈,乐子快活哩!"匡胤连忙止住道:"三弟,莫要多言。"郑恩道:"二哥,柴大哥做了王子,乐子就是王了了,怎不叫咱快活?"那柴荣想着前日之情,抛弃不顾;今日相见,虽然怪在心头,却又不好说出,吩咐左右:"备马过来,请贤弟到愚兄衙内,叙谈久阔之情。"郑恩见了柴荣不理他,便扯住了袍子,说道:"大哥,你且慢去,韩通的小驴球入的,把乐子的一尾鲜鱼抢了去,大哥与咱讨了来,乐子要喝酒的。"柴荣一肚子没好气,不便发泄出来,又听他说话,一时未知其情,只说道:"三弟!原来还是这等要吃!鲜鱼,愚兄的衙内怕道没有?"说罢,上轿先行。匡胤取了神煞棍棒,复了鸾带,系在腰中。郑恩取了酸枣棍,各自上马,同了柴荣王驾而行。

　　那韩天禄满望随驾到来拿捉翻冤,方才了愿;谁知柴荣下轿,执着手,口口声声叫是二弟,哪里还敢上前分辨,抽身回去。那些军士只是暗暗念佛,说:"勾了!方才若是动手,这会儿膀子上早套了索子了。"看那打倒的这名军士,横卧在地,到了此时,哪里去讲论?只得不顾死活,抬起来往外就走。那韩通虽又吃这大亏,见仇人是柴王好友,明知白被他打,这仇断难复的了。不但不能复仇,兼且要去赔礼。但是骤然去认个不是,心中又觉不服;欲待不去,恐他倚仗王子势头,寻非论是,又觉难当。况手下兵将见了,成何体面?踌躇半晌,无计可施,只得要去走一遭。忙退进帅府,洗了脸,换了冠带,吩咐手下备马伺候,往监军府去。手下人答应了,整备不题。

　　只有那禄哥躲在一边,远远地看见柴荣相会光景,又备了马,叫二人同去,不知其故。谅着决有好处,必无疏虞。回转身跑往家中报信去了。

　　当时兄弟三人,到了府前,进的门来,赵、郑二人下了马,走上大堂。柴荣也下了轿,三人携手进了书房,重新叙礼,各各坐下。先是匡胤开言说道:"兄长,小弟自从木铃关分别以来,终日思兄,无由得见。前日在兴隆庄,遇了三弟,作伴奔驰,寻访兄长,不想今日重逢,弟之愿毕矣!未知兄长别后以来,怎能荣显至此? 诚为可喜。"柴荣道:"二弟,愚兄自盟拜以来,极承贤弟周恤;不意中道分途,天各一方。虽然三弟为伴,无奈不听愚言,自行粗鲁,因此过关遗失了贤弟所赠之银。至泌州下寓,不幸感患重病,危在须臾,幸该不死,暂至轻安。指望身体好了,便要发货收银,访寻贤弟。谁料三弟预将货物发卖,饱供酒食之欢,花费罄尽。愚兄说了几句,他就使性骂詈,不别而行,抛弃愚兄在饭店之中,所剩一身,难以调养。异乡病客,举目无亲,闪得我无依无养,卧床待毙!"说到此处,不觉纷纷下泪,气满填胸,登时发晕。匡胤大惊,慌忙叫唤,半晌方醒。复又说道:"我病得好苦,欲归故里,手里无钱。再欲经营,谁肯提拔? 因而情极无聊,只得投奔姑丈,权且安身。承他相待如亲生无二,故能得至于今。只因汉主无道,欲害藩臣,激变了姑爹,兵至京都,逼去幼主,承袭为君。因姑母尚在禅州,旨命愚兄委署监军,兼迎后驾。不期得遇二位贤弟,足遂平生之愿矣!"

那柴荣告诉了这席说话,把个郑恩坐立不安,望着匡胤道:"二哥,你是公道人,与乐子平这一平。那时乐子在前拽绊,大哥在后推车,被那驴球入的盗了银子去,倒怪乐子不会照管。他病在店里,乐子费了些须儿银子,又道乐子吃尽了本钱。乐子若不吃,早已饿死了,怎能的活到今日? 二哥,你是公道的人,还是乐子差了什么?"匡胤道:"三弟! 虽你用去钱财,无甚大过;但大哥是长兄,又病在店中,你该勤心服侍,保养安全,才是为弟之道。怎么说了你几句,你就抛他在店,自奔前程,你情理有亏,就算你不是了。"郑恩道:"二哥说的果是乐子不是,也就罢了。但大哥有病,乐子去请医生看他,又替他煎药服侍,送水递汤,这些事情,难道也是乐子不是么! 好的不说,竟把那不好的说起。乐子想着他的心里,如今做了王子,我们患难朋友都用不着了。二哥,你自在此,乐子便去了!"说罢,怒气冲冲往外就走。柴荣慌忙扯住道:"三弟! 你委实还是这等,愚兄今日喜得相逢,不过诉诉昔日之情,你便这般发怒。常言道:'钱财如粪土,仁义值千金。'难道为了这些小事,就要绝交不成? 可记得黄土坡前,原说'有官同做,有马同骑',誓言还在,那有半途改变之心,便是神明不佑。三弟不可造次,还当忍耐。"郑恩听罢,方才说道:"既大哥如此留着,乐子便不去了。"柴荣大喜,即令设宴接风,兄弟三人,开怀欢饮。席间柴荣又说道:"贤弟,目今愚兄叨居王爵,奉旨迎接国母。不期姑母抱病未痊,因此尚未进京。贤弟亦可在此盘桓,候姑母病愈,一同朝京。愚兄当在驾前保举贤弟才能,不愁不富贵也!"匡胤称谢。

正说间,忽报韩元帅求见。郑恩听了韩通来见,就说道:"那驴球入的来寻着乐子么,待乐子再去打他。"说罢,往外要走。柴荣道:"贤弟,这使不得。韩通乃是封疆大臣,你身无职分,论礼打他不得。望贤弟看愚兄之面,有甚前情,但当消释,切不可因他来赔礼服罪,再行粗鲁。"匡胤道:"韩通这厮,昔日在大名府横行无状,被小弟打了一遍;后来在平阳镇私抽王税,欺压人民,偶意相逢,又被小弟打了一遍;如今在此,既居显职,不改初心,所以小弟方才又打了他一遍。似这样的人,打他亦不为过,兄长反为劝阻,却是何故?"柴荣道:"贤弟,你有所未知,韩通虽多过失,奈是开疆展土之臣,身冒锋镝①,屡建功劳,上所亲爱。贤弟再若辱他,朝廷知道,岂不转怪于愚兄? 他今礼下于人,已是悔过,贤弟何必苟求,过于责备耶!"匡胤即时省悟,道:"既大哥相劝,小弟自当曲从。"正是:

> 岂曰多相辱,唯恐他不服。
>
> 彼既知过矣,用是当和睦。

当下柴荣吩咐传话官:"请韩元帅进府相见。"韩通见请,即往里面来,行过大堂,进了二堂,相近书房。左右报知柴荣,柴荣即忙离坐相迎。韩通见匡胤、郑恩身也不动,心下敢怒而不敢言。望着柴荣深深一拱,口称:"千岁! 臣韩通昏昧,不知赵公子是千岁故交,一时失礼,故而到此请罪,望千岁鼎力。"柴荣满面堆笑道:"元帅不必过谦。这赵、郑二位,是孤结义之友,为人仁德,极有义气。今日相见,都属朋侪②,日后同为一殿之臣,彼此多有补益。虽曾屡有小忿,孤当解和,请过来见礼。"韩通听说,举眼看时,只见郑恩坐在上面,睁圆虎眼,紧皱眉头,还狠狠的喷着。欲待不与他赔礼,倘郑恩粗鲁起来,在柴荣面前不好认真,未免再失了体面。无可奈何,只得向前见了匡胤,打一拱说道:"公子! 我韩通一时无礼,冒犯虎威,望乞海涵宽宥。"匡胤见他以礼相待,即忙离坐还礼,答道:"韩元帅,那已往之事不必再提,但愿自今以后,改过自新,我等决不相轻。"韩通道:"小将承教了!"遂又走至郑恩面前,叫声:"郑兄! 小弟方才多有得

---

① 锋镝(dí)——兵器,引申指战争。

② 侪(chái)——同辈;同类的人。

罪,乞望宽容。"郑恩幼年不学,那晓礼文。兼之言语又是不懂,只把那雌雄眼睁着,身也不欠,开言说道:"你今既来赔罪,乐子便不打你了。"说罢,总不礼他,韩通羞得满面通红。柴荣见郑恩言语粗俗,觉得没趣,连忙在旁陪话,曲为粉饰。韩通斜视郑恩,嘴脸不好,出言又硬,不敢久坐,即忙告辞道:"千岁!今日是三六九的大操,臣还要去操演人马,不及久陪了!"柴荣也知道他的意思,况有军务重事,不好强留,即时送出。正是:

> 酒逢知己千杯少,话不投机半句多。

不说韩通辞去下操。且说柴荣走进书房,兄弟三人重新叙饮,彼此各诉心事,共话离情。久阔重逢,开怀畅饮。直饮到:

> 滴漏铜壶三鼓,席前月影移西。
> 果然夜景清凉,欣喜安寝抵足。

次日天明,三人起来梳洗已毕,用过早膳,柴荣道:"二位贤弟,今喜姑母病将痊可,愚兄即欲回至禅州。贤弟亦可同行,去见一见,明日进京,好在皇上驾前保奏。"郑恩道:"大哥!你的姑母是乐子的什么人?"柴荣道:"贤弟!我与你既为异姓骨肉,我的姑母,就是你的姑母了。"郑恩道:"既大哥的姑母就是乐子的姑母,这一去见了他,乐子也叫姑娘哩!"柴荣道:"贤弟!只是你今到了禅州,见我姑母,还该敛迹;不要像我们兄弟相处,乐子长,乐子短,有这许多粗俗,总宜小心才好。"郑恩道:"咱不称乐子,该称什么?"柴荣道:"不必多说,只听愚兄称的什么,贤弟照依相称,自然无误。"郑恩道:"是了,是了!乐子依你便了。"当时计议已定,过了一宵。

次日,柴荣吩咐执役人员,安排銮驾①执事,整备轿马。弟兄三人出了书房,上大堂来。郑恩见了一乘大轿,两匹骏马,都在月台下。即叫道:"大哥,这大轿再弄一个与咱。"柴荣道:"敢是贤弟不喜乘马,要坐轿么?"郑恩道:"乐子哪里耐得性儿坐这闷轿,只为二嫂子要坐,故此要你再弄一个。"柴荣道:"贤弟,你的二嫂今在何处?"匡胤见郑恩说了出来,不好隐瞒,只得把在大名府充军之时,相识的韩素梅,极是贤能,小弟因而交纳。后因军满回家,分离两载,今在百铃关重会,同居几日的话,说了一遍。柴荣吩咐手下人,备了一乘小轿,去接韩素梅。先打发人到禅州,整

---

① 銮驾——天子的车驾。

理住宅。然后兄弟三人,乘轿坐马,出了百铃关往禅州而来。看看将到,只隔着一条太清河界,赶日色未下,进了禅州城。那手下人已端整了王朴的空寓,后面一所花园,极其宽大,更是幽雅。柴荣下轿,送进了花园,叫声:"贤弟,今日天已晚了,请自安便,愚兄不及相陪,明日当来邀请。"匡胤道:"兄长请便。"把手一拱,柴荣上了轿,自进帅府而去。匡胤与郑恩在厅上坐着,不一时韩素梅的轿子也到,禄哥也同了来,所有行李等件,都搬进了花园,赤兔马拴在一间空房喂料。素梅与禄哥在后面住下。匡胤赏赐了轿役,打发出去。又有厨役使唤人等,进来参见——都是柴荣拨付来伺候的。当时整备晚膳,大家用了,然后各自安寝。

到了次日清晨,柴荣来至花园,弟兄见礼已毕。柴荣道:"二位贤弟,趁此天早,当与愚兄进帅府参见姑母。"二人应诺,一齐出了花园,轿马并行,进了帅府,来见柴氏娘娘。有分叫:虽拨青云,未许得路;纵登金阙,尚俟请缨。正是:

　　　　皇家未际风云会,帅府先盟龙虎群。

毕竟见了柴娘娘有甚说话? 且听下回分解。

第三十八回

龙虎聚禅州结义　风云会山舍求贤

诗曰：

> 绿树繁阴夏正长，瓶荷香彻送清凉。
> 蜓飞蝶舞关人思，燕语蝉鸣动故乡。
> 赤日誓盟神鬼质，皇天眷顾意情良。
> 安闲且向山林乐，愿赋维萦诗一章。

话说柴荣自遇了赵匡胤、郑恩，安慰了平日眷恋之心，把他二人接到禅州，送入花园居住，一心只要他成名显达，辅佐王家，以践昔日盟结之言。因而相约二人，先去朝见了国母，好待他驾前保举，赐爵受封。这是柴荣待友之诚，不同庸流之处。当时兄弟三人，轿马同进了帅府，到了大堂，各自下马出轿。柴荣先进去禀明了柴氏娘娘，然后把匡胤、郑恩引至后堂，立于帘外。弟兄二人朝上跪倒，口称："娘娘！微臣赵匡胤、郑恩朝见，愿娘娘千岁！"拜罢，俯首而立。原来郑恩不知礼数，多是匡胤教他，所以也不失规仪。那柴娘娘在卧榻之上，往帘上细看，见那匡胤人物非凡，生成贵人相貌；郑恩虎背熊腰，甚是凶恶，一般的凛凛威风，心中大喜，想："这红黑二人，真是两条擎天之柱，架海之梁，若与侄儿为友，甚是相称。"开言问道："贤侄，这赵、郑二人，果是你的朋友么？"柴荣答道："是臣儿生死之交，情同休戚，贫富相关的。"柴娘娘道："这也难得。贤侄可请他外面款待，俟我病愈，一同朝京，我当驾前保举，决不有负于汝等也！"柴荣等三人谢恩退出。

来至前殿，才要排宴，只见把门军官进来报道："今有东京来了三位官人，擅闯辕门，说是千岁爷的故交，现在外面相待。"柴荣道："既是孤的朋友，可请来相见。"门官往外说了相请，便领着进来。到了二门，柴荣留心细看，不是别人，却原来是张光远、罗彦威，后边一人却不认得。须臾三人到堂上来，柴荣慌忙迎接。彼此见礼已毕，各依次序而坐。茶罢，柴荣先问："此位兄长是谁？"当有匡胤答道："此是舍弟匡义。"柴荣道："原来

二弟的令弟,可喜,可喜! 今日蒙三位贤弟到此,愚兄不曾远接,多多得
罪。"光远道:"自从新君即位,闻知兄长封了王,小弟等不胜欣幸,正要到
府奉拜,不期大驾又出都城。细细打听,方知兄长奉旨往禅州迎接国母,
故此小弟等星夜前来拜候。"张光远正与柴荣说话,匡胤暗暗相招,把匡
义叫过一边,附耳问道:"父母在堂俱各安否? 嫂嫂在家可也不失规仪?
愚兄惹下滔天之祸,以致弃亲远游,诚为不孝。今日贤弟到来,莫非父母
有些不安么?"匡义把手一摇,轻轻说道:"兄长不必忧心。父母在家,俱
各安泰;嫂嫂恪守贞节,妇道勤修。奈因母亲思念长兄,泪不能干。幸而
新君御极,敕下普天大赦,谅兄长前罪已在不问,母亲方始心安。以此叫
小弟沿路访寻,不想在此相遇,诚大幸也!"匡胤听说,方才欢喜。重复坐
下,各自谈心。正是:

　　　莺声报远同芳信,柳色邀欢似故人。

　　当下柴荣见这各家兄弟,多是济济彬彬①,心中大喜,叫声:"众位贤
弟,愚兄有一言相告,望众位静听。"众弟兄道:"大哥有何金玉,弟等愿
闻。"柴荣道:"吾等今当国运鼎新,正是世际昌明之会;又遇众位贤弟,人
才荔朴②,都怀奇特之资,愚兄得附骥尾,此诚大幸。在众位贤弟,虽曾联
盟结义,但其间先后不同,彼此心情尚恐不能相乎;愚兄意欲重新叙义,拜
告天地,效桃园之心术,学廉蔺之懿行,不间死生,共图患难,方为有合于
大义。不知众位贤弟,意下何如?"匡胤等一齐答道:"兄长所言,正合大
义,弟等焉有不从!"柴荣大喜。即命手下人整备祭礼,摆设堂上,点起了
香烛,祭祀虚空。命典礼官朗诵祭文,昭告天地。弟兄等各各下拜,都说
了海誓山盟,然后对面又行了礼。拜罢,定了次序,乃是柴荣居长,匡胤第
二,郑恩第三,张光远第四,罗彦威第五,匡义第六。此正是龙虎禅州大结
义也! 有诗为证:

　　　龙虎联情结大盟,郊天祭地告神明。

　　　一心愿学桃园义,留待他年辅弼勤。

　　拜盟已毕,帅府堂上摆下筵席,弟兄依次而坐,共饮醇醪。说不尽山
珍海味,写不尽玉液琼浆。酒至数巡,肴上几品,匡胤离坐擎杯,叫声:

---

　①　济济彬彬——有才文雅的人众多。

　②　荔(yù)朴——比喻人才众多。

"兄长,小弟有一事奉禀,愿祈允纳。只为老母在家,盼望心切,意欲暂别回家,探望一遭,即当拱候台驾,不知仁兄可容否?"柴荣道:"令堂在家,谅亦无恙。贤弟且免愁怀,等待数天,姑母病愈,便要起舆①。那时弟兄同进京城,岂不为美。"匡胤见柴荣不允其辞,犹恐再言却了高情,只得依从,仍复坐下饮酒。是日猜拳行令,各尽其欢,直至天晚方才散别。自此以后,柴荣在帅府住下,日侍姑娘。

匡胤等众兄弟,尽在花园内安住。每日一应食用等物,都是柴荣供给。一日,众弟兄用过了早饭,匡胤道:"列位贤弟,俺们闲居在此,好生困倦;趁今无事,何不往郊外打猎一番。一则散心遣兴,把弓马娴习;二则得些野兽回来,也好下酒,众位以为何如?"众人一齐答应道:"二哥说得有理。我们左右闲在这里,大家同去走走甚好。"匡胤吩咐答应人备下了马匹。有弓箭的带了弓箭,无弓箭的只带随用器械,弟兄五人各自上马,带领手下人等,出了禅州东门,往北而走。众人打猎高兴,因也忘了热气熏蒸。约走了二十多里路,来到太清河下梢的旷野去处,摆开围场,各执兵器,等了多时,并不见兽迹。原来这日光似火,晒得草木皆焦;那些毛虫都也怕热,只拣阴处藏匿过了。这浪荡荡地,如何得有只影?当时空空的等候,将有两个时辰,再不见有野兽出来行动。众人心下甚是懊恼,欲往别处搜寻,以满其欲。正要散围,只听得呼的一声风响,见那边跳出一个东西来,打从围前跑过,但见:

> 浑身如雪练,遍体粉相同。
>
> 两耳常舒后,单唇脂点红。
>
> 髭须犹玉线,纵跳似追风。
>
> 潜身藏草内,缩首卧沙中。

郑恩先已看见,叫道:"二哥,这驴球入的,莫不是兔儿么?"众人见了,都说道:"果然好一只白兔,生得可爱,我们快些拿住他。"说罢,弟兄五人一齐拍马去追。不想那只白兔甚是作怪,他见有人来追,把腰只一伸,连窜带纵,竟往正北飞跑将去。匡胤等众人俱在后面,如星飞电走的一般追赶,再也赶他不上。看官:这兔不是人间凡兔,乃是二十八宿内的房日神兔。只为引诱匡胤去会一位安邦定国之臣,故此下来走这一遭。

---

① 舆——车。

正是：

  暗里神明来挽合，人间君相际风云。

当下匡胤见追赶不上，心中大怒，喝叫一声："毛团！任你跑往哪里去，吾务要拿住，方才罢围。"遂把马用力加上几鞭。这马乃是宋金辉的赤兔龙驹，头上有角，腹下有鳞，日行千里，登山涉水如履平地一般。当时被匡胤打了几鞭，性劣起来，纵蹄飞跳，一时间将后面的马落下有数箭之遥。匡胤见仍追不上，一时性起，取出弓箭搭上弦，对了兔只一箭射去，正中白兔后胯。那兔只当不知，带了箭飞奔，比前更跑得快了。匡胤益怒道："好毛团！怎敢把我箭反拐了去？"如飞地赶卜来。不觉的赶过了三十余里，眼见前面一座村庄。忽地里又起一阵旋风，那白兔竟望庄里跑了进去。匡胤见了，将马一夹，也赶进了村庄。举眼往四下里一看，哪里见有白兔？只觉得花香扑鼻，鸟语留人。又看那庄，背山面水，竹木成林，果然是聚气藏风之脉，韫灵毓秀之基。匡胤正在观看，耳边忽闻操琴之声。按马细听，声在门内，但觉袅袅如缕，戛然动听。正是：

  音调五音和六律，韵分清浊与高低。

  匡胤听了一回，暗自思想："这弹琴的必定是个高人隐士，乐志山林。俺须会他一会，看他的品行何如？"正想间，又听得后面马蹄声响，回头看时，乃是众人跟寻而来。当时到了庄前，郑恩便叫："二哥，这白兔儿你拿了不曾？快与乐子拿回去，安排起来，好与你下酒，众人也得尝尝滋味儿。"匡胤把手一摇，众人来至跟前，听得里面琴声清朗，也便都不言语，一齐伫马而听。郑恩不识琴声，上前问道："二哥，哪个驴球入的在那里弹弦子？"匡胤道："你莫要胡猜！这不是弦子，是个瑶琴。"郑恩道："什么叫做瑶琴？乐子却不省得。"匡胤道："这瑶琴乃是昔年帝尧所制，内分宫商角徵羽，按清浊，定高低，随那人心弹出声响。比如贤弟生性粗鲁，弹起琴来，声音中也就粗鲁了。刚暴的人，声亦刚暴；柔弱的人，声亦柔弱。又如心高志大之人，其声便清扬动听。愚兄听他琴声，来得清响，知他气宇不凡，定是英贤之士，所以在此细听滋味。"正说间，只听得里面住了琴声，复在那里作歌，歌道：

  天下荒荒黎庶苦，只因未出真命祖。

  这几年来乱复生，江山又属周家坐。

匡胤听罢，叫道："列位贤弟！只听他口气不凡，岂不是个高士么？"忽又

听得里面鼓掌大笑,复又歌道:

> 十年窗下习孔孟,磨穿铁砚工夫纯。
>
> 青灯伴我夜眠迟,黄卷怡人广学问。
>
> 章句吟哦集大成,珠玑满腹隐丝纶。
>
> 自知待价非干禄,不见旌旄下聘征。

匡胤听他口气越大,知其必非常人,欲要进去会他,一瞻丰采。便与众兄弟说知,各自欣然下马,轻叩庄门。那里面的贤士正在吟歌自得之间,忽听门外马嘶,料是有人相探,及闻叩门声响,便唤童儿出去,看是何人。童儿开了庄门,往外一看,见那众人都是富贵装扮,一个个英气岩岩,即便向前问道:"众位从哪里来的? 到此有何贵干?"匡胤道:"童儿,俺们东京人氏,特来相访贤士的,烦你通报。"那童儿不敢怠慢,即忙跑至书房,报知其故。那贤士听知贵客相访,遂即整顿衣巾,出来迎接。果见庄门外五个人,都是将材打扮,气概不凡,后面还有许多人跟着。那匡胤预先留心,见这贤士出来,将他一看。见他头戴方巾,身穿儒服,面如冠玉,目若朗星,果是出类的高人,心下暗暗喝彩。只见那贤士走出门来,将手一拱,说道:"不知贵客降临村野,愚生不能远接,多多简慢,请到草堂献茶。"匡胤道:"特诚相访,有扰尊斋。"说罢,一齐进了庄门,都至书房中,各人叙礼坐下。匡胤细看:书斋寂静,茅屋幽闲,真与那凡人俗士大不相同。怎见得隐居好处,有《虞美人》一阕以志之:

> 金炉名册临机处,正是幽人住。闲将操缦写真材,便道有时丹凤也飞来。　　隔窗尘土恁他起,乐志耽书籍。偶然歌啸作长吟,从此一斋趣味遍芳芬。

当下各人坐下,童子献茶已毕。匡胤问道:"先生贵姓芳名,望乞指示。"那贤士欠身答道:"小生姓赵名普,此间人氏。因见世情荒乱,不乐仕进,隐居村僻之间,耕读自娱。乃蒙台驾枉顾,何幸如之! 敢问众位尊姓大名,仙乡何处?"匡胤道:"在下姓赵名匡胤,家住汴梁,乃指挥赵弘殷之子也。"又将各人姓名一一说了。那赵普听罢,暗暗吃惊。细看匡胤,帝相堂堂;匡义,君容隐隐;郑恩等三人,都是威容非俗,英杰良材。讶然想起前情,暗道:"苗光义先生真神仙也! 他说今日午时,有君臣五人到来相访。道吾有宰相之分,吾尚未信,不想果应其言,分毫不差。这是万民有福,天降真龙济世,大约不过十数年间而已。"原来赵普隐居在此,数日前却遇着苗光义算他命相,说:"日后当为两朝宰相,富贵非凡。"因又说在今日午时正,当有真命天子降临宅第,故此赵普抚琴自乐,不想都应验了。当时匡胤开言说道:"适来愚弟兄在外窃听,琴声清妙,一定是先生抱道不售,形容长啸么!"赵普道:"村野狂愚,一时失口,何足动公子之听乎?"匡胤道:"不然!先生抱济世之材,歌中已见其大略。奈因当宁不知,致使贤能隐迹山林,不能显用。禅州柴殿下,系是赵某生死之交,某当引荐,愿先生不惜珠玑,出身拯世。"赵普道:"虽承公子谬扬,但恐小生章句之徒,无实用之学,不能致君泽民,深有负于大德也!"匡胤道:"先生休得太谦,赵某瞻仰已久;况柴殿下求贤若渴,遍处搜罗。值此君正臣良之际,正先生致功民物之时也。望先生不弃,就此同行。"赵普乃是左辅星下界,奉玉旨临凡,保助宋家两朝天下赵匡胤弟兄,都是龙华会上之人,自然情投意合,一说便依。当时赵普见匡胤言词诚恳,只得依允。但说道:"今日天色已晚,暂屈各位贵体在舍草榻一宵,明日同行便了。"说罢,吩咐家童将各位马匹安顿草料,又叫安排酒肴,就在书房中摆下。六人传杯递盏,论古谈今。赵普口若悬河,随问随答。匡胤满心欢喜,自恨相见之晚。赵普又把跟随之人都与了酒饭,叫他在庄上草房里住宿。当下匡胤与赵普谈论之间,只有郑恩不懂义理,说道:"二哥!要呷酒就呷酒,不呷就去睡了罢;有这许多咶噝①,乐子哪里听得?要去睡哩。"匡胤道:"既贤弟要睡,先生把这残席收了罢。"弟兄就在书房安歇,一宵晚景休题。

次日起来,赵普即命排饭。用毕,又往书箱中取出一个柬帖,递与匡胤道:"这是十数日前,有位苗光义先生到舍,与小生推命,临行之时,留下这个柬帖,叫送与公子的。他说在东京等候。"匡胤接来看时,见面上写着一个"封"字。用手拆开,上面写着不多几字,道:"赵普有王佐之才,不可错过;公子异日为君,必当大用。至嘱!至嘱!"匡胤看了,暗自埋怨这苗光义,虽然阴阳有准,不该到处卖风对人乱说,倘被当今知道,如何了得?连忙揣入怀中。郑恩见了,便问道:"二哥,那口灵的苗先儿,给你这书子叫你做甚?"匡胤道:"他说周主登基,颁了赦诏,叫我速速回家省视。"郑恩道:"乐子只猜是什么的新文,原来是这个意儿。兀谁没有晓得,要他送这书儿!"正说间,童儿又送出香茗,各人取来用过,便要起身。

---

① 咶噝(huài)——啰唆。

赵普即时吩咐家小，安顿已毕。只是没有坐骑，却得郑恩情愿步行，把这马让与赵普骑坐。大家一齐出门，各上雕鞍，带了手下人等，离却村庄，按辔徐行，望禅州而来。

到了帅府，各下征驹，匡胤先入见了柴荣，将打猎赶兔，遇见赵普事情说知，"现今同在外面。似这等高人，兄长务必甄拔，必有可观。"柴荣听罢，吩咐快请贤士相见。赵普即便至内，参见柴荣。柴荣见他人物俊彦，心中亦喜。是日即拜为王府参军，只待进京朝见过了，方好荐其大用。那众兄弟也都进来，相见已了，当日无话。

到了次日，柴荣在帅府堂上大排筵席，请众兄弟并赵普会饮。真的水陆俱陈，宾朋欢畅。天交正午，只见门官慌慌忙忙跑上堂来，报称祸事。不争因这祸事，有分叫：霹遭淹没之苦，酿成梦寐之灾。正是：

眼前赤子应遭劫，民上储君用隐忧。

毕竟报的什么祸事？且看下回便见。

第三十九回

太祖射龙解水厄　郑恩问路受人欺

诗曰：

维水汤汤势溢决，奔腾澎湃城几没。

中有怪物似游龙，屈伸翻覆民遭劫。

安得莅①治有仁慈，拭目愀然②系所思。

睹此颠连诚画策，奠安国土镇氓蚩。

话说柴荣因又得了赵普，甚是喜悦，大设筵席，庆贺会饮。正在觥筹交错之际，忽见门官慌慌张张跑上堂来，跪下禀道："千岁王爷，了不得，祸事到了！太清河水泛平湖，水头高有十余丈，把两岸居民冲去了无数。现今离东门不远，望千岁作速定夺！"柴荣听报，不胜惊慌，叫声："列位贤弟！这太清河水涨，冲去民房，势非小比。列位可同愚兄去一看，作何处置？"说罢，众人一齐离席，出了辕门，急忙而走。还未曾到东门，又有人来报说，水已到了东门的城下，两重门都被水涨了。柴荣闻报，急从马道上城，至城楼边，手扶垛口，往下观看。只见太清河竟似一条大海，那水势汪洋，波涛有数十丈之高；声如狮吼雷鸣，望着城上扑来。转眼之间，那水又涨上来了，竟把禅州的城墙没了半截。

柴荣看了，只是搓手跌足，仰天长叹。只叫一声："苍天！想柴荣命薄，受不得周主爵土之封，故此天降灾殃，洪水为祸，眼看城郭沉沦，民藏鱼腹。但柴荣没福，只当淹吾一身足矣；何必连累满城百姓，皆遭此劫。"说未完，只听豁唧一声，那水把城墙一激，震动楼阁，只把柴荣唬得面如土色。当有赵普见此水势激烈，波涛不正，开言说道："千岁！某闻江河湖海，俱有水伯龙神，掌管其消长之权；若无天曹敕令，也不敢淹没城池，擅行祸害。如人民该遭劫数，千岁虽多忧急，总是徒然。某今细观，这水头

---

① 莅(lì)——来到。

② 愀(qiǎo)然——形容神色变得严肃或不愉快。

只往上冲,其中必有缘故。据臣看来,不是河神讨祭,定是孽龙作耗。古云:圣天子有百灵护佑,大将军有八面威风。一福能消百祸,一正能除百邪。依臣之见,殿下可备祭礼以祀之,或者仗殿下威福,保全一郡生灵,也未可定。"柴荣依议,令人速备祭礼。不一时,把猪羊礼物摆设城头,插烛拈香,柴荣下拜,祝告道:"柴荣奉天子之命,莅镇禅州,不敢虐民酷吏,妄肆行为。今遇水患大灾,如果满城生灵该遭此劫,柴荣愿以一身当之,免了百姓之厄;若神明矜恕,祈求速退洪波,以全微命。柴荣回京之日,即当奏闻天子,建设罗天大醮,报谢天地龙神,望明神灵鉴。"祝罢,奠酒,焚化纸钱。往城下一看,那水兀自不退,反往上冲,比前更又长了,离垛口不远。

看官:这水不往别处去,只望上长,却是为何?这却是郭威所致。那郭威本是乌龙降世,奉玉帝旨意下凡,与赵匡胤打前站。今在汴梁即了帝位,一心记念柴后娘娘病在禅州,未能进京相会。这日在宫无事,酣息龙床,不期元神出窍,竟往禅州而来。路过太清河,把水就带了起来。他在那波浪之中,看见柴荣立在城上,心下便是欢喜,颠着头道:"我的儿,想杀了我!你那姑娘在于何处?怎么不见他来迎接?"因此浑身攒动,往城上一蹿,只见一片黑云裹住了水头,竟往上面扑来。唬得柴荣往后一仰,那水头就豁唥一声,复又吊了下去。

说话的,又说差了。这水既已到了城上,怎么会得吊了下去?若果如此,则从古再无漂没之患,又何必多备御水之具,堤防其灾。看官:这又不然。从来淹没城池,乃是天心降祸,人民该受其殃。所以凭你城郭坚固,堤闸重重,只消水势一冲,一切皆葬鱼腹,顿成大海汪洋。今日这水,乃是郭威所致;因他搅动,所以时为上下。况城上有三帝存身,莫说赵匡胤弟兄是宋朝真命;就是柴荣有七年天子之福,诸神也来护佑,这水怎能为祸?当时郭威元神复又往城上蹿来,那保驾神祇着忙,便施威力,神光逼住了水往下一打,这水头就往两边一分,那龙随着水头便退了下去。不多时,水头仍旧长将上来,刚刚的到得垛口,却就消了下去。一连几次,都不得上来。柴荣唬得浑身发抖,匡胤心内也甚惊慌,张光远面色如纸灰一般,罗彦威形容若失魄相似,匡义呆呆的只把水看,赵普连连的频把头摇。唯有郑恩急得手足无措,只是怪叫,说道:"不好了!乐子今日活不成了。"一边口里乱叫,一边望城外看着水。那水忽又哄的一声长将上来,溅了郑恩一身的水。郑恩道："驴球入的,你怎么泼着乐子身上?"顺着雌雄眼,偶然看去;只见水里隐隐的藏着一物,在那里摇头摆尾,舞爪张牙,像要上来的意思。只见那物:

> 浑身似黑漆,遍体长乌鳞。
>
> 不住双睛闪,频将二角轮。
>
> 长躯旋汲浪,巨口吐波云。
>
> 随风借水力,翻覆任升沉。

郑恩一见,怪叫连天："好驴球入的,你在那里泛水洗澡么! 二哥,快来看那水里的怪物。"匡胤壮胆上前道："怪在哪里?"郑恩用手指道："这不是怪么! 他正在水里看着你哩。"匡胤定睛细看,果然隐隐的有一怪物,见他伏在水里。不多一会,那怪又是转动起来。郑恩喊道："不好了,他要把城墙撞倒了! 待乐子拿枣棍来打这驴球入的。"匡胤道："贤弟,你这棍短,恐打不着;倒不如拿箭来,待愚兄射他,或者可退。"即吩咐左右的取弓箭来。须臾弓箭取到,匡胤接过手中,扣满弦,搭上箭,弓开弦响,只嗖的一箭,射入水中,正中在那乌龙的左眼。那龙负痛,把尾在水中一摆,把水带上来,比城还高。匡胤唬得倒退不迭。只听得滔滔水响,登时之间,城墙露出半截。郑恩拍手的叫道："好了! 好了! 这驴球入的,中了箭去了。"柴荣等众人,一齐往城垛口望外一看,只见城墙都已露了出来。不多时,把水退尽了。看那城外的民房,冲成一片平地,居民漂流,不计其数。不是三帝在城,只怕禅州一城的百姓,皆为水鬼。

当时众人见水已退尽,皆顶礼神明,欣喜不尽,仍从马道下了城楼。早有手下人牵了马匹伺候,各人上了马,回至帅府,离鞍上堂。柴荣吩咐重整酒席:一来压惊,二来庆贺。须臾酒筵已至,柴荣满泛金杯,双手递与匡胤道："不是贤弟一箭之功,愚兄亦难保矣! 请饮此杯,聊酬大德。"匡胤道："此乃兄长洪福所致,于弟何干?"柴荣又酌一杯,与郑恩贺功。以下诸人,各各酬贺。当日情欢意乐,饮至黄昏而散。次日,柴荣督令在城军民,往城外整理水场,搭造民房,以备各处遗民迁来居住。此一番水患,正是:

> 已见稠居成薮①泽,再筹生聚固城隅。

---

① 薮(sǒu)——人或物聚集的地方。

　　按下禅州之事。且说中箭之龙，盖因周主一心想念柴后娘娘，这日朝政得暇无事，在宫一时困倦，假寐片时。不期元神出现，来到禅州，兴波逐浪，被匡胤射这一箭，中了左眼，负痛归原，大叫一声，滚下龙床。把随侍的宫官，个个惊惶不止。周主晕去了半晌，渐渐还过气来，只骂一声："红脸的贼！朕与你何仇，暗箭伤朕之目？左右快与朕绑来，不可放走。"宫官跪下奏道："启万岁！宫中并无红脸贼，想梦中所见，还请万岁安神。"周主听宫官之言，定性一回，方才明白。就问宫官："什么时候了？"宫官道："正交午时。"周主道："朕方才到禅州，被一个红脸贼箭伤了左目，疼痛难忍。尔等看朕目有伤否？"宫官启："万岁！左目青肿，有血微流。"周主便召御医入宫调治。太医官诊视明白，取神丹点上，登时止痛。只是伤了瞳神，一时不能回光速愈。周主又传旨意，差官速上禅州，言朕有病，请娘娘克日到京。

　　差官领旨，星夜赶至禅州，至帅府堂上，开读了旨意。柴荣谢了旨，禀过了姑娘，整备銮舆，择日起行。点了三千人马护从，将禅州交与韩通掌管。柴娘娘爱惜民力，吩咐路程遥远，免了銮驾，止乘小车一辆，带同各家盟友等众，及护从人马，是日齐出禅州，望东京进发。有诗为证：

炎天车驾载同行，欲到繁华锦绣邦。

只为后妃存民力，故叫仪仗莫纵横。

　　车驾在路行程，只因柴娘娘病体未曾痊愈，又兼天气炎热，趱赶不多，一日只行八十里。那日到了晌午时分，娘娘在车内叫声："贤侄！"柴荣一马至前，叫道："姑母，侄儿在此。"柴娘娘问道："天有多早了？"柴荣答道："交午了。"娘娘道："我身体劳顿，住了罢！"柴荣遵命，一声令下，登时安了行营，娘娘下车歇息，柴荣侍奉不题。

　　单说匡胤及赵普等六人，带了手下人等另外立下营盘。因是天气暑热，众人宽去衣袍，多在那避阴之处，坐地乘凉。只有郑恩把上身衣服脱得精光，坐在地下，手内拿了一个草帽，不住地扇风，望着匡胤说道："二哥，乐子浑身出汗，只是怕热，这便怎处？"匡胤道："常言说，冷是私房冷，热是大家热。兄弟，你只消静坐一回，自然生凉，何必躁暴。"郑恩道："乐子耐不得了！二哥，你可也怕热，乐子与你洗澡何如？"匡胤道："那里去洗？"郑恩道："河里去洗，好不爽快么！"匡胤道："这个爽快，愚兄却未惯，不好去洗。"郑恩道："乐子便与张兄弟去。"光远道："我不会浮水，不去。"郑恩道："罗兄弟，你和乐子去罢！"彦威道："这个不敢奉陪。"众人多厌薄他粗鲁，再无一人肯和他同去。郑恩嘻嘻笑道："二弟，这般火热，亏你耐得！你何不同着乐子去洗一回澡，好不凉哩。"匡义道："小弟身子不快，不敢去洗。"郑恩见他也不肯去，只得回头向赵普道："你便和乐子去罢。"赵普笑道："甚好，只是学生无福，失陪了。"郑恩见众人都不肯去，闷闷不悦，自言自语道："乐子好意叫你们洗澡，原来都是不识人照顾的。"匡胤听了，便道："兄弟，你试也多事！他们不喜洗澡，由他罢了；要去你便自去，何必有这许多噜苏。"郑恩道："你们不去，乐子也不去了不成？"遂把青布衫搭在胳膊上，赤了两腿，带上草帽，出了营盘，望西而走。众人都不去理他。

他便一口气走了有三里多路，立住了脚，自家问着自家道："乐子一时赌气要来洗澡，怎么走了多路，兀自不见有河。乐子如今走哪搭儿去呢？"东张西望，踌躇了半晌，说道："乐子不去洗了，回去罢。"正待转身，忽又说道："不好！乐子回去不打紧，反叫他们笑话。"又呆呆地立着，思想了一回，说道："有了！乐子且坐在这里，等那过路的来，问他哪里有河，便好洗澡。"说罢，把青布衫儿往地下一丢，将身坐在上面，往四下观看。那来往的人虽也不少，只是离他远远的走，不肯到他跟前经过。郑恩骂道："这些驴球入的，为甚不到乐子跟前来？怎地惫懒！"原来郑恩坐在荒地之上，又不是经由道路，如何得有人在他跟前行过？郑恩因见无人，爬起身来，拿了布衫儿，望大路而走。

此时正是七月天气，却有庄家正割早稻之时，那前面一人挑了一担稻子，正在奔走。郑恩赶上前，一把抓住了脖子。那人指望回过头来，看是谁人；谁知郑恩的手掌阔大，力气粗重，不但回不过头，连那担子都挣扎不得。郑恩骂道："驴球入的，你要挣么！乐子问你，哪里有河？"那人道："是谁这般取笑？你看我挑着重担子在这里，你便拉住了我作乐，却不道折了我的腰，不是当耍。快些放了手，若不放时，我就骂了。"郑恩道："驴球入的，你骂？"把手只一按，一哪人挑着一担稻子，那里经得这一按。只听得哄咙一声响处，连人连担跌倒在地，口里喊道："哪个遭瘟的把我这等戏耍？我是不肯甘休的。"扒起身来，欲要认真；举眼看见了郑恩，只唬得往后倒退，惊疑不定。古云："神鬼怕恶人。"那人虽然发恼，见的郑恩这般形容，唬得魂已没了，哪里还敢破口，只得叫一声："朋友，我又不认得你,为甚按我这一跤?"郑恩道:"驴球入的,乐子好好的问你,你怎么不来回答?"那人见郑恩口里老子长,老子短,说来不甚清楚。欲要与他争闹,谅是这个恶人,对付他不过;欲待不理他,挑了担子自走;又怕他拉住了,一时挣扎不去。没奈何,只得勉强赔笑,叫道:"朋友!你问我什么?"郑恩道:"乐子只问你哪里有河?"那人道:"我们这里的河也多,不知你问的是那一条河?"郑恩道:"不论什么的河,乐子只要洗得澡的就是了。"那人听了,心中暗骂:"这黑囚攮的!要问河洗澡,这样可恶,把我按这一跤,又讨我的便宜,要做我的老子。我且哄他一哄,叫他空走一遭远路,仍旧洗澡不成。"遂说道:"朋友,你要问河洗澡么?这里左右却没有河,你可向那树林子过去,那里有一条大河,水色清流,尽可洗澡。除了这一条河,都是旱路。"郑恩远远望去,果见有一座树林。也不问远近,说声:"乐子去了。"扯开了脚步便走。那人见了,暗暗欢喜:"我且叫这黑囚攮的吃些苦。"遂把稻子担儿挑了,竟望前面而去。

只说郑恩当时撒开飞腿,奔赶程途,耳边只听呼呼风响,顷刻之间,约走了十数里。过了树林,四下一望,哪里见有河水,都是村庄园圃。郑恩方才醒悟,骂一声:"驴球入的,乐子被他哄弄了!倒白走这一回,没有得洗澡。停会儿见了他,叫这驴球入的吃苦。"正要拔步回身,只见庄后露出一所瓜园,正见园门开着。一眼望去,见那瓜横铺满地,其大如斗。郑恩满心欢喜,口角流涎,想道:"乐子走得热极了!且把这瓜儿解解渴,再去洗澡未迟。"遂迈步走进园来,要把瓜儿解渴。有分叫:半日受三番辱殴,一瓜定千里姻缘。正是:

　　未经软玉温香趣,先受挥拳掷足欺。

毕竟郑恩吃瓜有人见否?且看下回自知。

第四十回

郑子明恼打园公　陶三春挥拳服汉

诗曰：

时值梧风送晚凉，熏蒸犹是湿衣裳。

清泉未解行人体，偏使流殃顷刻尝。

又曰：

未得清流趣，先将瓜果尝。

径情无款曲，何徒怪强梁。

话说郑恩因天气尚热，一心想浴。不道问路寻河，被人哄骗，却指引到那树林去处，空走了十余里路，连水影儿也不见一些。自知被人所欺，正欲回身而走，忽见那庄后露出一园。园门开处，见里面满地瓜实大小不均，心中欢喜道："乐子虽不得洗澡，且把这瓜儿吃他几个再处。"想定主意，不管有人没人，闯将进去，就往那茂密之处，拣了一个绝大的西瓜，随身坐在地上，把瓜只一拳，打成三四块，递到口便吃。古云：渴不择饮。郑恩已是走得热极，又见了这样妙物，又甜又凉，可口生津，吃下肚去，连脏腑也是清爽，如何不喜。当时吃了一个，又摘一个，把来打开，才待上口，忽听呀的一声，走进一个人来，把园门关闭。却是管园的园公，他往镇上去买办鱼肉等物，买了回来，进园关好了门。回转身走，正见有个黑汉，坐在地上吃瓜。心中发恼，走上前来喝声："黑贼！你是哪里来的，擅敢闯进园来偷取瓜吃？"郑恩见他来问，把瓜放在一边，笑嘻嘻的答道："乐子走得渴了，因见你们的瓜生得中意，故在这里吃这几个。值得甚么，你便这等小气！"那园公道："好黑贼！别人家辛苦多时，成功了这园好瓜，正待货卖；你这黑贼却来现成受用。你偷吃，便道生得中意；我们自己种下的，倒不中意？"郑恩道："你这等说，乐子便不吃了。"园公道："也罢！你既吃了我瓜，老实给还了钱，我便放你出去。"郑恩道："这却难哩！乐子又没有带钱，哪里得给你？只算你做个东，请了乐子罢。"那园公听了郑恩说的"老子"，便啐了一声："谁是你的老子？你老子从来不肯请人的！

你偷吃了瓜，休说这梦话。还了钱便罢，若不还时，我有本事请出一个人来，把你这贼吊打了三百，还要剥你的狗皮抵瓜钱。"郑恩听了，心头火发，大骂："驴球入的，乐子吃了几个瓜，你们便要吊打，剥乐子的皮。若乐子讨了你们女娃娃的便宜，你待怎的？"一面说话，一面立起身来，照着园公一掌，打了个倒栽葱。那园公跌得昏天黑地，爬将起来，手里的鱼肉多累了泥。他把郑恩狠狠的看了一看，竟往里面跑去了。郑恩不去理他，仍然坐下把瓜来吃。

　　原来这庄有名的称为陶家庄。庄上的员外，名唤陶尚仁，为人极是忠厚。所生两个儿子，一个女儿。长子名唤陶龙，次子名叫陶虎，女儿名为三春。那员外安人①都已去世，剩下陶龙兄妹三人，一同过日。广有田园，丰于积贮。这瓜园也是他的，算得是个富厚之家。这日，陶家弟兄俱不在家，只有这位小姐在庄内。从来的小姐都生得如花似玉，性格温柔，绣口锦心，甲于远近。即或容颜不能美丽，而举止之间，自有一段兰质飘香之趣。独有这位小姐，另有稀奇，不同庸众。说他的美貌，实是娇羞；道他的身材，果然袅娜。看官不信，请看在下的赞词，便见果否：

　　　貌，怪。形容，丑态。青丝发，金线盖。黑肉丰颐，横生孤拐。膂
　力举千斤，铁汉都惊骇。金莲掷地成声，错听艐船过海。家中稍有不
　如心，打得零星飞一派。

这小姐生得如此姿容，更且身粗力大。不必论他别件，只说他两条膀臂犹如兵器一般，凭他勇猛的人，也不敢近他的身。自小最好武艺，爱看兵书，十八般武器件件皆能，跑马射箭只当玩耍。家中的庄丁使女，略有不遵使令，只消抓住了一把，捏得人痛叫连天，正不知他有多少力气。远近村庄闻了他名，真的头脑儿都痛。因此背地里送他一个隐号，叫做"母大虫"。就是他两位哥哥，也敬之如神，并不敢违拗他心性。这小姐按上界地魔星临凡，奉玉帝金旨，叫他扶助真主开基创业，扫灭群雄。后来赵太祖三下南唐，在于寿州被困，陶三春挂印为帅，领兵下江南解围救驾。在双钻山收了刘金定，二龙山活擒元帅宋继秩，刀劈泗水王楚豹，有这许多功劳。目下年当一十八岁，乃是金霞圣母门徒，且又算命打卦都说他有王妃之福，因此哥嫂更加爱惜。

_____

①　安人——旧时所定命妇封号。

这日，三春小姐正在房中观看兵书，只见丫环来报，说是瓜园里来了一个黑大汉，在那里偷取瓜吃，把园公打坏了。现在外面，请小姐出去。三春听了此言，心中大怒。吩咐传叫庄丁，预备绳索，跟我到园中去拿捉偷瓜狗贼。即时站起身来，迈步出房，带了一众丫环，竟往瓜园而来。只见那园公正在外面等候，见了小姐，便诉说道："姑娘！当不得这个偷瓜的黑汉力大无穷，他在那里偷吃，我说得几句，他就一掌，险些儿跌个没命。喏，脸上兀是这般青肿！姑娘出去，务要仔细，不要失手与他才好。"三春喝声："奴才！没用罢了，还要多说。"那园公不敢言语，让小姐过去了，跟随在后。

三春来至园门首，抬头看去，果见一个黑大汉坐在地上，如狼餐虎咽一般在那里吃瓜。三春道："你们且莫跟来，都在这里伺候；待我拿住了他，你们来扛。切不可声张，被他走了。"那些庄丁使女一齐立住了脚，在门里等候。当时三春把头上乌绫帕紧了紧，把裙子整个结实，卷起袖儿，缓步进了园门，望郑恩坐处而来。那郑恩因把园公一掌打走了，放心乐意，坐在地上尽量而啖。况是天气尚热，食肠又大，越吃越有滋味。约有五六个大瓜埋在肚里，此时尚在吃得高兴。猛抬头见了这个女子走来，心下想道："看这女娃娃走来，与乐子做甚？咱且莫去管他。"此乃郑恩自恃力大，藐视三春是个女子，不作提防。且见三春又走得消停，不像与他对付的模样，所以郑恩只顾吃瓜，不去理他。这便是郑恩吃亏之处。那知陶三春远远见了，暗骂一声："黑贼！怎敢藐视于我？我若不把你打烂了，也不敢姓陶。"那些庄丁使女都在园门后，探头探脑的张看。当有那个被打的园公，悄悄叫道："腊梅姐，这个偷瓜的贼不知他有多少力气，两只手扯开，就像笪箕一般。把我这一掌，犹如打了一杠子的相似，怎般疼痛。我家姑娘要去拿他，若被他愣头的几拳，只怕也要叫屈哩！"旁有春香接口道："不相干，你可记得旧年么？我家的这个碾盘子有七八百斤重，被雨落淋坍了碾台子，重新要砌，五六个人抬也抬不动，却被姑娘提了上去。这样重的不费气力，何况这个黑汉。"腊梅道："他整日里只说我们没用，道是没沾着就要浪叫。他不说自己的手重，只说别人挨不得打。今日遇着主儿，叫这黑大汉打他几下子也好！"说罢，众人都掩口的笑。

说话之间，三春走到郑恩面前，把手一指道："你这黑汉好没分晓！人家费钱赔力种下的瓜，你不问生熟，倚仗强梁，进来白吃，还要打人，是何道理?"郑恩身也不动,睁着两只雌雄眼,瞧定了三春,说道:"女娃,你在这里说乐子么?"三春听了,恼触心怀,双眉一皱,二目圆睁,喝道:"黑贼! 你因天热,偷瓜也便可恕;打了园公,亦还饶得;绝不该大胆胡言,欺负于我,你要做谁的老子?"右脚往前,只迈上一步;伸手过来抓住了郑恩,在前只一提——这小姐果是厉害,两条臂膊,好似牛筋裹了铁尺。这一提,又往下一按,早把郑恩跌了个扑势,背朝天,脸着地,鼻孔嘴脸都印了泥。三春左手按住了郑恩,右手举拳向他背梁上一连几下,打得郑恩火星直冒。那些庄丁使女,看见三春已把黑汉按倒,一齐上前说道:"姑娘,着实按住,不要被他走了。"郑恩只因不曾堤防,被他按倒,打了几下,心中发急。欲要挣扎起来,无奈背上好似一堵城墙压住了,再挣也挣不起,只把两手向地上乱扒。一众庄丁唬道:"黑大汉,你不要只管扒;扒深了坑就埋你下去,把你烂了做灌瓜的肥壅哩!"又说:"姑娘,他不知你的利害,有心再打他几下,叫他知道,下次不敢再来放野。"三春抡起拳头,又是几下,打得郑恩怪叫不止,道:"乐子吃了亏!"三春恼的这一句,喝道:"好黑贼! 还敢胡说,你是谁的老子?"那园公要报打他之仇,便接口说道:"姑娘! 他讨的便宜,要做你的老子。"三春大怒,提着拳头,一连又是十数下。打得郑恩痛苦难忍,叫号连天。园公嘻着嘴笑道:"黑贼! 你原来也遇着上风了。你倚仗自己力大,欺我没用;谁知也被我家姑娘打了。黑贼啊! 这叫做强中更有强中手,恶人还被恶人磨。"三春听说,骂一声:"该死的奴才! 谁许你多讲,还不走开。"园公听了,往后退去。三春便叫一众庄丁,把绳索过来捆了。那庄丁拿过两条索子,正要上前动手,三春喝声:"放着!"自己依然按住,叫那几个使女拢来,一齐伏事;登时把郑恩四马攒蹄,捆得十分坚固。三春吩咐庄丁:"与我抬到前厅去。"庄丁不敢怠慢,拿了一条扁担,穿了绳索,一头一个,扛了就走。三春带了使女人等,一齐簇拥在后,都到前厅,将郑恩放在廊檐下。郑恩一堆儿横在地上,睁开雌雄眼往厅上瞧去,只见陶三春独坐中厅,两边立着几个丫环,阶下立些庄客。将三春细看,实是怕人。但见:

乌绫帕来黄丝发,圆眼粗眉翻嘴唇。

脸上横生孤拐肉,容颜黑漆长青筋。

陶三春这副容颜,越瞧越怕,与那庙中塑的罗刹女也不差上下。郑恩方才追悔:"乐子错了! 咱只把他当做个女娃娃,谁知这驴球入的,倒有偌大的力气。乐子一时不防,被他按倒在地,打了这一顿还不肯放,又把乐子捆在这里。明日若使二哥知道,怎么见人?"郑恩从来不曾吃过这样大亏,那手脚上的绳子只往肉里钻。欲待出言骂他几句,又怕他的拳头厉害,白被他打。欲要哀求讨饶,做好汉的人,如何肯服输,灭了锐气。没奈何,只得说道:"女娃娃,乐子吃了这几个瓜,该要几贯钱? 乐子去拿来赔罢!"三春大喝道:"好黑贼! 还敢胡言,与我掌嘴。"这一声喝,郑恩再不敢言语。三春暗想:"这贼出言不逊,其情可恼,理该打他一顿棍子,放他去。只是可笑我哥嫂,常常说我不守闺门,无事寻非,动手打人,这般冤屈我。如今若放了他去,嫂嫂必定轻言重告,说我生事打人了。不如把这贼捆在这里,且等我两位哥哥回来,恁他发落,也见得不是虚情。"想罢,立起身来,吩咐庄丁用心看守,等你大爷二爷回来发落。说毕,带了丫环自回房中去了。

且说郑恩见陶三春走了进去。心里暗暗地骂道:"这驴球入的女娃娃,把乐子捆在这里,还不肯放,要等什么哥子来。乐子也算是个好汉,关西一带地方也有个名儿。自从在十八湾头救了二哥,孟家庄上降了妖怪——大江的风浪经过了多遭,如今倒在死水里翻了船,败在这阴人的手里,辱没了乐子的声名。乐子若出了他门,管取把这狗贼杀尽,方才报得此仇。"正是:

虽然吃下眼前亏,他日风光谁得归?

不说郑恩在陶家庄受亏。且说匡胤见日色西沉,不见郑恩回来,心下着忙,叫声:"列位贤弟,你们的三哥往哪里去洗澡? 这会儿还不见回来,其中必有原故。"张光远道:"他既然欢喜洗澡,必定还在那里浮水哩,有什么原故。"匡胤道:"他虽然略知水性,但贪心过度,一时鲁莽,或者淹倒水中,事未可定。"罗彦威道:"这倒论不得。"那郑恩乃是匡胤患难弟兄,怎不记念。便对张、罗二人道:"贤弟,可同愚兄往彼一看。"二人允诺,便与匡胤一同上马,望了郑恩去路而走。行过多里,并不见有河水,也不见有郑恩的形儿。匡胤心里发急,遍体汗流,策马又望前行。忽听得那首田中,这些收割的人在那里说话,道:"老哥,也算这黑汉造化低,吃了这大亏。"匡胤听这话头,有些音响,就把马带住了。张光远问道:"兄长为何不行?"匡胤道:"你不听见么?"二人会意,便不复问。只见那一个问道:"这黑汉晓得他哪里人? 不知为甚的惹了他?"这人答道:"看这黑汉,像山西人,说得一口的西话。人材也生得高大,力气也来得勇猛。只因闯进园去,偷吃了瓜,园公说了他几句;这黑大汉动手就是一掌,打得园公爬了半日。那小姐出来,不知怎么的就把黑大汉按倒在地,打了一顿,还不肯放,至今捆着那里哩!”那人听了不信,道:“只怕没有此事,你今日又没有到他家里去,怎知他又去打人? 有这许多备细,你莫不是乱说,妆①他威势么!”这人道:“不然我也不知,只因方才回家去,遇见了他家的庄客,他对我说了,所以得知。”那匡胤细细听了,心下已是明白,暗骂一声:“黑贼! 贪了嘴,便把身躯像了个梆子儿——只离了我,便去挨人的打。不知这小姐怎样一个人儿? 住在那里? 何等样人家? 我且问他一个的确,再作道理。”遂叫声:“朋友,借问一声:这位小姐是谁家女儿? 住居何处?”那农夫抬头,见那匡胤生得异相非凡,行伍打扮;张、罗二人,也是轩昂武毅,不敢轻慢,说道:“三位爷,不像我们这里人。”匡胤道:“我住东京。”农夫道:“爷们,既住东京,问这小姐有甚缘故?”匡胤道:“我有一个朋友,是山西人,生得黑面长身;因无事出来游玩,不见回来。方才听朋友说什么小姐拿住了一个黑大汉,故此动问。望朋友说明住处,好去寻他。”那农夫答道:“要去寻他,也是不难。离此东北上,那林子里过去,就是他家的庄子。这小姐姓陶,闺名三春。父母都已亡过,只有两个哥哥,一个叫陶龙,一个叫陶虎,家中尽好过日。这小姐今当一十八岁,未曾受聘。他虽然是个女儿,却是比众不同。”匡胤道:“怎见得他不同于众?”那农夫道:“他喜的是弓马,爱的是刀枪,打的是好汉。两个哥哥也不敢管他,故此庄里人与他起个号儿,叫做‘母大虫’。远近的人都是闻名丧胆的。爷们若去见他,只可软求,不宜硬讲。”匡胤道:“因甚硬讲不得?”农夫道:“爷们不知,这小姐力气又大,见识又高;若有人触怒了他,总没有半点儿便宜入手,因此没人敢去撩拨他。爷们此去,也不必见他,只和他两个哥哥理说,自有好处。他的哥哥最有理信,从来不曾得罪于人。爷们与他说话,包管救得朋友了。”

匡胤起先听他说陶三春把郑恩打了一顿,还捆着不放,心中已是火发,就要问明住处,恨不得一步跨进他家,将这小姐一劈两半,方泄心头之

---

① 妆——此同“壮”。

气。后来听了他两个哥哥知得道理,是个好人,便把怒气消了。把手一拱道:"朋友,承教了!"遂与张、罗二人,各催坐骑,往东北里陶家庄上而来。有分叫:化怒成欢,破凶为吉。正是:

暗里丝罗曾系足,明中肝胆自知心。

毕竟匡胤此去可能见得陶三春否?且听下回分解。

第四十一回

苗训断数决鱼龙　太祖怜才作媒妁

词曰：

尘寰寄迹如朝槿①，名利机关，不许人侥幸。富贵荣华惟命定，皇宫金合终难赠。　　闲将休咎凭谁问，幸有神仙，好把前程论。于今曾遇王公觋，愿效联情昏媾顺。

上调《蝶恋花》

话说赵匡胤见郑恩洗澡不回，心怀疑虑，遂与张、罗二人，坐马跟寻。于路听得农夫之言，访问了姓名住居，遂对张、罗二人道："二位贤弟，愚兄走遍关西，公大王曾遇过了许多，唯有这母大虫从来不曾遇见。想陶家的女儿，年幼无知，敢把我兄弟拿住。我今务要会他一会，凭他有多大本领，若遇了我赵匡胤，只怕也支持不来。"张、罗二人道："兄长不可造次，自古道：'好汉天下有好汉，英雄背后有英雄。'此去倘有疏虞，如何处置？"匡胤道："不妨，二位贤弟何必多虑，凭那女儿铜胎铁骨，我必搅乱乾坤，致命与他相并一遭。若不能伏他，誓不为人。"二人见说不住，只得同着匡胤而走不提。

且说那陶龙、陶虎，只因永宁集上来了一位道人，就是苗光义，在那关圣庙中开设命馆，吉凶祸福，推断如神。因此弟兄二人，都要去问问休咎。这日早起，整顿衣冠，乘坐骏马，带了家僮，到那集上，至庙前下马。入的庙来，只见东廊下两旁柱子上，贴着一副对联，写着道：

能知埋名宰相，善识未遇英雄。

廊檐下挂着一面招牌，有许多诗句写在上面。弟兄二人细细地看，只见写着：

不必长安访邵子，何须西蜀询君平。

缘深今日来相会，道吉言凶不顺情。

---

① 朝槿——即木槿。花朝开暮落，喻事物的短暂。

　　　　机藏休咎荣枯事,理断穷通寿夭根。

　　　　任你紫袍金带客,也须下马问前程。

陶龙道:"兄弟,你看他夸这大话,说来高傲之极,不知他胸中才学何如?我和你进去叫他推算,便见他的深浅了。"陶虎道:"哥哥说得有理。"两个缓步进了东廊,来至馆里。只见上面坐着一位道人,果是仙风道骨,与凡俗不同。但见他:

　　　　头戴九梁巾,身穿水合袍。腰系丝绦,足登麻履。面如满月,目
　　若朗星。飘然超世之姿容,允矣神仙之气概。

　　当下弟兄两个与苗光义叙礼已毕,分宾主而坐。陶龙开言说道:"久慕仙长推算如神,愚弟兄特来请教。望仙长不吝指示,直言是幸。"苗光义道:"贫道据理推星,直谈无谬。请二位尊造一观。"陶龙便将两个八字写来递与光义。光义把来排在桌上,先排四柱,后看五星;远推一世之荣枯,近决流年之凶吉。查了半晌,对二人说道:"乾造二位,足羡埙篪;所嫌椿萱①早背,年幼当权;喜得妻宫贤淑,谐老遗芳。但子息艰难,未许承欢膝下;寿元②绵永,可庆颐彭。最妙时上坐了贵人,后来必得贵人提携。况贫道细看尊相,满面红光,眼前就有一桩喜事。尊驾可报个时辰,待贫道再为推算,看命中贵人在于何时发动?"陶龙随口报了辰时。光义默想了一回,说道:"尊驾可再报个时辰。"陶龙又报了个寅时。光义复又配合五行,搜求玄理,说道:"寅属虎,在东北方艮③位;艮为山,山藏云水。辰属龙,在东南方巽地;巽为风,虎啸生风。木上生机,金水互济,乃龙虎风云之兆。主今日酉时,有四位大贵人与二位相遇。尊驾速宜回府,迎接贵人,不可错过。日后功名富贵,只在一位红面长须的身上。二位须当紧记,不必延迟,恕贫道不送了。"弟兄二人听了,是信不信,只得送了命金,辞别出门,上马纵辔而回。

　　陶龙在马上叫声:"贤弟,我想苗光义命相,人人道他阴阳有准;今日看来,多是胡言乱话。说甚满面红光,主有喜事临门。又说酉时相遇贵人,富贵只在红面长须身上。这些言语,无非骗人而已,何足取信。"陶虎

———————————————

　　①　椿萱——父母的代称。

　　②　寿元——寿命。

　　③　艮(gèn)——八卦之一,代表山。

道:"兄长,何必认真,人生境遇,通在八字中造定的,痴心妄想,终是无益。不过顺理而行,凭天发付是了。"陶龙道:"贤弟之言大是有理。"

两个说话之间,驱马行来,日已垂西。已至庄上,抬头看时,只见村上有三匹马。陶龙留心观看,见马上的三个人,都是人物轩昂,品宇巍峨。中间一人,分外比二人高大,蚕眉凤目,面若胭脂。把陶龙惊得摇头吐舌,叫声:"贤弟,苗光义的阴阳却是准也!你看这个骑红马的,与他说的不差分毫么!"陶虎道:"兄长,据我看来,他人物穿戴,以及鞍马,均不同人,决不是个等闲之士。为今之计,我们也不要管他是否,且邀到家去,好歹款待了他,再问他家世,别作道理。"陶龙点头称善。两个一齐下马,来至匡胤马前问道:"三位贵客,从何处来?请到敝庄献茶。"此时匡胤正在伫马徬徨。见那二人来问,就在马上答道:"二位尊姓大名,府居何处?与在下素未相交,承蒙见招,有何贵干?"陶龙道:"乡民乃是陶龙,舍弟陶虎,村居就在这庄上。暂屈尊驾一叙,别无他故。"匡胤听他说是陶龙、陶虎,心中欢喜,想:"人言陶氏弟兄良善,知理通情,果然话不虚传。我且到他家去,探听三弟消息真假何如?"遂说道:"多承厚意,只是相扰不当。"陶龙道:"草舍茅居,有辱贵体。"弟兄二人步行,当前引路;匡胤三人策马随行。陶家的家僮,牵了主人的马匹,在后跟随,一齐进了庄子。至庄门前,匡胤三人下了马,彼此谦逊,移步进门。匡胤留心观看,早已见了郑恩被麻绳捆缚,闭着两眼,躺在廊下。匡胤暗笑:"这黑厮性喜招灾,今日也遇了主顾,叫他受些磨难,也得敛迹些儿。"遂望了张、罗二人丢个眼色,教他且莫说破,等他再挨些痛苦,然后救他。五人齐至厅上,叙礼已了,分宾坐下。陶龙请问匡胤姓名,匡胤将自己姓氏乡贯,并张、罗二人姓名,一一说了。陶龙听了大喜,道:"原来三位都是贵公子,乡民不识,致多失礼。"须臾安僮送出茶来,宾主用毕,陶龙吩咐快备酒席,款待嘉宾。

当时厅上叙话,郑恩在廊下已是听得。闪开双眼往上一张,见是匡胤三人,只不认得陶氏弟兄。郑恩想道:"原来二哥与他有亲的;不知与这女娃娃甚么称呼?他既到这里,怎么只管讲话,不来救乐子呢?想他还没有瞧见。"欲待开言叫他,觉得羞口难开;欲待不叫,这浑身绑缚,疼痛难忍。仔细思量,免不得要开口了。又见匡胤与张、罗二弟,同着别人坐在厅上,谈笑自如,这胆子就放大了。遂把好汉的威风妆作出来,便启口骂道:"你这驴球入的,不论好歹,把乐子捆在这里;乐子若脱了身,管叫你们的性命，一个个不活，才见乐子的手段哩！"那陶龙听了嚷骂之声，一举眼，见那廊下捆着一个黑汉在地，便问庄丁道："这廊下捆的是何人？"庄丁告道："这厮是偷瓜贼，被小姐拿住，叫我们捆在这里，等大爷回来发落。"陶龙听了，把头摇了两摇，说道："吾几次劝他，兀自拗着这等性儿。这火块般天气，他吃了几个瓜，也值得甚么？毕竟将他拿住！"庄丁道："只因他打了园公，所以小姐将他拿住的。"陶龙道："多事，多事！你等快与我扛去，莫要惊动了贵人。"庄丁奉命，不敢怠慢，就至廊下，将郑恩扛了就走。郑恩方才着急，高声喊道："二哥见么？是咱乐子！乐子！"匡胤听唤，便走下来叫声："兄弟，谁把你捆在这里？"郑恩道："是个女娃娃驴球入的，把乐子捆在这里。"匡胤道："兄弟，你是个大汉，这么反被女子所擒，我却不信。"郑恩道："二哥，你没有试着这女娃娃的厉害哩！"匡胤道："这女子怎的厉害？"郑恩道："说起来了不得！他一动手把乐子按倒在地，再爬也爬不起来，故被他拿了。"匡胤听了，假意不信，连把头摇，只是与他顾问，不肯放他。那陶龙见此光景，听了匡胤与他兄弟相称，谅着不是匪人窃贼，遂上前来，叫声："公子，这位莫非贵友么？"匡胤道："此是在下义弟，不知因甚捆在此间？"陶龙听说，即忙亲来解缚，延至中厅，赔着笑脸卑躬请罪，道："舍妹愚拙，年幼无知，一时冒犯虎威，望乞宽恕！"郑恩羞得满面绛色，半句话也说不出来。又是匡胤在旁代他解说。

当时摆上了酒筵，请匡胤四人上坐，弟兄二人下位相陪。酬酢之间，匡胤开言问道："二位双亲可在？上下还有何人？"陶龙道："二亲俱已去世，愚弟兄守业农桑。止有一妹，名唤三春，才年一十八岁，尚未适人。自幼爱看兵书，喜习武艺。只因性多高傲，不听兄嫂之言，仗了几分勇力，每要打人，因此又得罪了尊友，甚属荒唐。"匡胤听说，暗自思想："陶三春年幼力强，善习武事，倒是个女中丈夫。但不知他容貌如何？若有几分姿色，正好与兄弟匡义为妻，后来便是一个帮手。我必须面见一遭，方好定事。"想罢主意，向陶龙说道："在下有一言相告，不知二位可许否？"陶龙道："公子有何尊谕，便请一言，某当拱听。"匡胤道："在下遍历关西，广结豪杰，闻知令妹精通武艺，识见高深，诚女中之英杰也。在下不胜钦仰，欲请一见，不知二位允否何如？"陶龙道："公子吩咐别的事情，无有不遵；但此事某实不能专主，须当与舍妹商量，再容复命。"说罢，走往内堂。

那三春正在房中问丫环道："大爷二爷在前厅与什么人吃酒？那偷

瓜贼可曾发落了么?"丫环道:"那偷瓜贼,被大爷二爷一进门来就放了;倒请他上坐,设酒与他赔礼。"三春一闻此言,心头火发,口内烟生,说道:"可笑我家哥哥,一些也没分晓,这般胆怯。偷瓜贼不打也罢了,倒与他赔礼饮酒;分明道吾多事,羞我面光。"正在烦恼,只见陶龙走进房来。三春连忙立起,兄妹见礼坐下。三春问道:"哥哥!这偷瓜贼既不打他,也该赶了他去才是;怎么反治酒筵,与他赔礼,不知哥哥甚的主意?"陶龙道:"贤妹有所未知,愚兄今日,偶在永宁集上遇一算命道者,他算愚兄面有红光,定主喜事临门,在于今日酉时,当有贵人相遇。内中一位红面的,日后有帝王之尊,余者都有王子之福,愚兄的功名富贵尽在这红面的身上。其时愚兄只当是虚言谎话,不去信他;岂知才到庄前,却遇了三位英雄,内中果有一位红面大汉,贵相非凡,应了道人之算。愚兄因想天机不宜多泄,不敢直言,所以将他留住家中,设席款待,且做个异路相知,日后再图事业。不意贤妹所捉偷瓜之人,就是贵人的盟弟,名唤郑恩,也是一等好汉。愚兄怎敢轻慢于他,礼该赔话,因此亦在座中。"三春听了这番言语,暗暗称赞:"世上原来有这样的异人,先见之明,甚为奇事!"遂说道:"原来如此。兄长,这真主果是红面的么?"陶龙因匡胤要见,不好直说,却便乘机答道:"贤妹,倘若不信,何不出去一见,便知真假。"三春道:"自古以来,唯有三国时关公是红面长须;怎么这真主也是红面的,小妹实欲见他一见。"正要移步,忽又想了一想,叫声:"哥哥,小妹虽欲见他;但恐男女有别,理上不通。又不知他姓甚名谁,怎好与他相见?"陶龙道:"贤妹,这真主姓赵名匡胤,乃是东京都指挥赵弘殷的公子。因游历关西,偶到此地,为这郑恩出来游玩,吃了我的瓜,被贤妹拿住,不得回去,因而寻访到此。遇见愚兄,说起其情,道是郑恩恁般好汉,反败在贤妹之手,决定贤妹是个女中丈夫,专心欲见。愚兄不好做主,故此进来与贤妹相商。但思人有慕名而来,欲求一见,若拒而不允,反多物议了。况赵公子正人君子,与他相见有何妨害?贤妹当思之。"三春听说,暗暗点头,想:"赵公子久闻他天下好汉,今又有心欲见,我何必拒他?"遂说道:"既哥哥已是允他,小妹安敢不从?"遂同了陶龙,一齐走至内厅。陶龙又通知了匡胤,引至内厅。

匡胤居中站定,陶三春步至下面,朝上深深下拜。匡胤连忙答礼,暗暗偷看,见此形容,吃了一惊,暗想:"这事却做不成,可惜,可惜!"登时告辞出来，与陶龙仍坐饮酒，心下甚为不舍，想："三春有此勇力，兵法又精，可惜生得丑陋，凶劣不堪。天公既付其才，怎么不付其貌，事无全美，使人遗叹耳！"复又想了一回忽然转念道："有了！此女既不可与吾弟为妻，何不从中说合，配了三弟郑恩，郎才女貌，倒是一对相称的夫妻。也使他得这厉害夫人，有所制压，不敢胡行。"遂开言说道："令妹有此雄材，必须得其所配，方为不负其能。"陶龙道："因舍妹有愿在前，须遇英雄之士，方肯联姻。所以蹉跎至今，尚未受聘。"匡胤道："我这兄弟郑恩也未择娶，如贤东不弃，在下为媒，将令妹配与郑恩，甚为相合。不知贤东尊意何如？"陶龙听罢，暗自沉恩："这婚姻大事，我若做主应承，犹恐妹子嗔怪；若不依允，又恐赵公子面上无以为情。"左右寻思，毫无定见，只是呆呆沉吟，不好答应。匡胤已知其意，便叫声："贤东，在下愚意，无非女貌郎才，宜于配合，故敢为言。况我弟郑恩，亦非根浅门微之辈，也曾遍历江湖，名传远迩。又与当今天子之侄晋王柴荣八拜之交，眼见就有封爵。今日得配令妹，亦非辱没，贤东何必多疑，错了这遭美事。"陶龙被匡胤说了这席话，不觉志趣高尚，富贵动心，遂答道："承公子美情，本当依允；但此事非乡民可主，还当与舍妹相商，观其心志如何，允否自当定论。"匡胤道："贤东若与令妹相商，须善言曲成——谅令妹识见高明，不致见绝也。"陶龙辞席进内，要与三春商量。心下巴不得一说就成，好做王亲的舅子，也得显耀荣身。只忧的妹子不肯应承，把现在这个要封爵的娇客轻轻送与别人，却不可惜！因是这番委曲，有分叫：宛言联两宿之姻缘，凝眸望三星之在户。正是：

赤绳系足皆前定，异路谐婚由数成。

毕竟陶龙怎的说亲？且看下回分解。

第四十二回

世宗进位续东宫　太祖非罪缚金銮

诗曰：

> 尚论古治慕渊源，德礼同风体自然。
>
> 刑措政勤邦有道，民和化淳俗无顽。
>
> 皆由甄拔多才俊，果赖旁求尽圣贤。
>
> 任是君王怀隐憾，一旹岂可掩高彦？

话说陶龙听了匡胤之言，要把妹子三春配与郑恩为室，心有所嫌，未敢应允。及闻是柴王契友，日后自有王爵荣身，因又动了富贵之念，便往里面去说。那郑恩坐在席上，见匡胤做媒，把三春与他，心中又羞又怕，不好明言。只把眼儿望了匡胤乱丢，头儿不住的摇——无非是个不要的意思。匡胤已会其意，走至跟前，叫道："三弟，你莫嫌三春貌丑。看他广读兵书，爱习武艺，有此丈夫襟怀，诚妇女之中所难遇也！今日贤弟与他联姻，日后助益亦复不少。愚兄依理而行，决无遗害。"郑恩听说，不敢多言，只得垂头闭口而已。正是：

> 惧他年富力强，怎敢妇随夫唱。

不说前厅之事。且说陶龙走进房中，三春见了，即忙迎接坐定。便问："哥哥，进来又有何事？"陶龙道："愚兄有一至紧之言，所以特来商议，不知贤妹可允许么？"三春道："哥哥有甚言语，即当告我；事固当行，小妹再无不从之理。"陶龙道："愚兄想'男大须婚，女大当嫁'，古来大礼。自父母去世，只有我与你三个，一体同胞。愚兄每每与你寻其佳偶，皆非门当户对之人，因此心下常怀不置。不期前厅赵公子说起，欲与你作伐①，愚兄想此婚姻大事，终身所系，不好专主，故来与贤妹相商。"三春道："不知谁家之子？"陶龙道："说起来，贤妹莫要烦恼——这相对的，就是公子之友，名叫郑恩。在瓜园会过贤妹，必知其人。"那陶三春命有王妃之福，

---

① 作伐——做媒。

该与郑恩为妻，自然暗中挽合，凑聚机缘。他听了此言，并不恼怒，说道：
"赵公子要将郑恩配我，哥哥看来可允不可允？必然先有主意。"陶龙道：
"愚兄也曾说过，这门亲不好相联。怎奈赵公子甚多委婉，说郑恩也是世
之好汉，关西都已闻名。又与禅州柴千岁患难相交，日后柴王即位，郑恩
稳取封王。故此赵公子方才开口与贤妹作伐。贤妹即宜酌量，当允当辞，
决计定了，愚兄便去回复。"三春听罢，心中打量了一回，即便微微冷笑，
说道："哥哥，此事乃前定之缘，小妹也不好强得。但赵公子既要作伐，又
是哥哥谅已心肯，小妹安敢执拗，自误终身。但有一说，哥哥当与赵公子
言定，他若依得，小妹自然也依。"陶龙忙问道："贤妹有甚言语，待愚兄去
说，看是如何？"三春道："哥哥，你去对赵公子说：这亲事允便允了，但我
陶三春在家等待，只以三年为期。这三年之内，郑恩若有了王位，便来娶
我；若无王位，叫他不必来娶。今日当面说过，务要言须应口，日后自无他
说了。"陶龙应诺出来，将三春之言对匡胤说了。匡胤大加称赏，道："好
个有志的烈女，果然才高识透，他日福气不可限量也。"遂向腰间将碧玉
鸳鸯笔摘下一个来，递与陶龙道："这是我兄弟郑恩的定礼，贤东权且收
下。日后我兄弟若得身荣，便如令妹之约，当来迎娶不误也。"陶龙致谢
收讫，复整佳肴，重添美酝，宾主欢怀，饮至天晚而撤。匡胤起身辞谢，陶
龙兄弟苦留不住，只得叫人备了一匹马，送与郑恩坐骑。四位贵人慌忙下
了厅，出了庄门，一齐上马，陶龙道："公子前途保重。此去诸位若得荣
身，望公子勿忘今日之约，使舍妹遗恨白头也！"匡胤道："贤东不必挂怀，
此事各系名节，在下既已为媒，岂有相负之理！就此奉别，勿致多劳。"说
罢，两下各各珍重而别。有诗为证：

> 偶因无事觅河浆，误被馋涎起祸殃。

> 幸有天公施作合，一言能决百年良。

　　且说匡胤兄弟四人，策马投东，走有二十余里，到了营盘，下马进帐，
已是初更以外。匡义与赵普同来相问，匡胤把前事数一数二的说了一遍。
匡义上前，拉住了郑恩道："恭喜哥哥，定下亲事了！倘日后成亲之夜，上
床时，可仔细堤防，嫂嫂拳头厉害，莫要再去领情。"张光远道："不妨，嫂
嫂极是有涵养的，若见了哥哥这等美貌，又是温柔，偎倚已是不及，怎肯再
下毒手？"众人你一言，我一语，说的郑恩满面羞惭，道："多是二哥干的歹
事，乐子哪有这样心。"众人说说笑笑，直到三更方才安歇。一宵晚景

休提。

次日，柴娘娘车驾起行，柴荣领军簇拥在前。赵匡胤同了众兄弟，与韩素梅母子在后而行。正是有话即长，无话便短。行了多日，看看离东京不远。探马报进朝中，早有文武官员出城迎接，跪在道旁，口称："娘娘，臣等特来接驾，愿娘娘千岁！"柴后在车中，口传懿旨道："卿等免礼平身。"文武官员谢恩已毕，起来站立两边。柴后的车驾进了城门，过了正阳门，来至五凤门外，换了内侍推辇，只有柴荣跟随进宫。那司礼监在前引路，穿过分宫楼，至更衣殿，柴后方才下辇。早见掌印太监前来叩见，手捧着八般服物，又有宫娥彩女，齐来服侍，登时将宫服与柴娘娘穿戴起来。但见：

> 五凤珠冠嵌宝云，尊荣元首正宫庭。
>
> 身穿日月龙凤袄，腰系山河社稷裙。
>
> 束带玲珑琢玉玦，宫鞋刺绣的珠明。
>
> 斩妃剑与昭阳①印，象笏端持见至尊。

柴后换了宫妆，上辇进宫。举眼看那宫中富贵，果是非凡。来至寝宫门首下了辇，宫娥簇拥至内，见周主端坐龙床之上。柴娘娘正欲行朝见之礼，周主慌忙扶住，说道："御妻，我与你素同甘苦，恩义相当，不必行此大礼。"柴后谢了恩，同坐御榻。走过柴荣，朝见请安，周主赐坐于侧。夫妻二人共诉别后之情，柴后道："妾在禅州，屡闻捷音，及知陛下御极，私心不胜之喜。不意偶染小疾，幸得侄儿昼夜辛勤，侍奉汤药，才得安宁。"周主听言，大加慰劳。柴荣谢不敢当。周主又谓柴后道："御妻，朕想你我年已老耄，膝下无嗣。细观今侄，仪容出表，器度安舒，他日堪寄大任。朕意欲认为己子，不知御妻以为何如？"柴后道："陛下圣见与妾暗合，诚社稷生民之福也！"遂将此意与柴荣说知。柴荣辞道："臣儿无德无能，安敢当此重位！"柴后道："你不必推辞，圣意已决，过来拜谢了。"柴荣不敢违旨，即便朝上拜谢，认了父母。周主心中大喜，传旨设宴宫中，夫妻父子，共饮同欢。

酒至数巡，柴荣离席奏道："臣儿有一事启奏父皇。"周主道："我儿有何事情？"柴荣道："臣儿有一故友，名叫赵匡胤；此人有文武全才，变通谋

---

① 昭阳——宫殿名，为皇后所居之宫。

略,乃国家柱石之器。望父王选来重用,则皇基可固,四方宁静矣!"周主道:"王儿所奏,谅此人定是贤能。俟朕明日临朝,将赵匡胤宣来,封他官职。"柴荣谢恩,入席欢饮。至亲三口,论古谈今,直至三更方才安寝。正是:

> 一宫聚乐情无已,万国欢腾戴有周。

却说匡胤等数人至次早起来,张光远、罗彦威各各回家,匡胤亦至家中省视。唯郑恩、赵普住在柴荣王府之内。那匡胤来到家中,见了父母,就哭拜道:"不孝匡胤,惹下大祸,逃灾躲难,流落他方,以致抛弃膝下,久违定省。今日遇赦回家,望父母大人恕儿不孝之罪!"那赵弘殷因匡胤惹祸逃离,汉主追捕其急,因此报明其故,罢职回家,合家性命几乎不免。幸而换了新朝,一切前罪俱在不问,所以罢闲在家,倒也安乐。今日见匡胤回来,未免想起前情,心怀怒气,骂道:"好逆子!我只道你死在外边,怎么还有你这畜生性命回来?"当有杜夫人在旁相劝道:"老爷不必动怒,谅孩儿自今以后,改过自新。"又谓匡胤道:"我儿,你一向在哪里安身?使做娘的终日倚门而望,心常忧虑,茶饭不沾。今日幸得回家,骨肉相叙,你可把在外之事,细细说与我知道。"匡胤跪下对道:"孩儿自从杀了御乐,逃往关西,欲投母舅任上存身。于路遇了柴荣——即今新王之侄,与孩儿结为兄弟,因而相随柴娘娘车驾进京,来见父母。"杜夫人道:"我儿,你既到关西,可能寻见母舅么?"匡胤道:"母亲,不料大母舅在任身亡,于千家店遇了外婆并二母舅。"遂将前事细细说了一遍。杜夫人听了大喜。赵弘殷叫道:"我儿,如今新君在位,我已不愿为官,罢闲在家。你遇赦回还,从今不可任心生事,再蹈前非。当与兄弟安住在家,读书习艺,免了吾惊恐之心。"匡胤道:"谨遵严命。"当日无事不提。

先说那军师王朴,当时辞官避位,衣锦还乡,侍奉慈亲,笃于敬养。不期亲寿过高,寝疾而逝。王朴哀毁不胜,凡衣衾棺椁,极尽其礼,殡葬已毕,守制在家。周主闻知其信,钦差官员赍奉御馔祭奠,制额褒赠,甚相荣宠。又下诏书钦召进京,以匡朝政。王朴本不奉诏,因其偶观星象,知得真主有难,趁此机会进京,以便从中解救。所以同了差官,来到京中朝见天子。周主得见大悦,御手相扶,金墩赐坐。王朴谢恩坐下。周主道:"朕自不见先生,如失左右手,思念不置;今日得见,朕愿足矣!"即加封枢密使兼中书令。王朴谢恩,奏道:"皇上乃英明之主,治道得宜,天下已具

太平之象,而犹眷念于臣。臣以庸材,得蒙殊遇,虽肝脑涂地,不足以报涓
埃之万一。而又加以重爵,恩宠倍隆。臣今老母已终,无复顾虑;当尽愚
衷,以效忠于陛下也!"周主龙情大喜,传旨设宴,管待王朴。是日君臣同
饮,尽欢而散。正是:

最喜君臣如鱼水,果然敬爱似滋胶。

次日,周主驾坐早朝,受文武百官朝见已毕,传旨宣晋王上殿。柴荣
来至驾前,嵩呼俯伏。周主道:"王儿昨日所举之赵匡胤,与朕宣来,朕当
试其抱负,量才擢用,然后受职。"柴荣领旨,即着宣召官,前往赵府,召赵
匡胤进朝见驾。匡胤见召,随差官即至金阶,三呼朝见,俯伏尘埃。周主
留神注目,往下一看,认得是禅州城上放箭之人。登时睁翻龙目,咬碎银
牙,指定了匡胤骂道:"好红面贼! 朕与你何仇,你敢暗箭伤朕左目! 只
道今生难报此仇,谁知你自来投网。传旨驾前官,与朕将红面贼绑了。还
要查他家口,一同候旨取斩。"当殿官奉旨,不敢停留,走下殿来。唬得匡
胤魂不附体,正不知祸从何来? 一时无措。正如:

就地拥出金钱豹,从天降下大鹏雕。

当殿官至丹墀,将赵匡胤登时绑了,推出朝门候旨。

柴荣见周主发怒,将匡胤绑了要斩,不知何故,心甚着忙。在龙案前
双膝跪下,口称:"父王! 为何见了匡胤龙心不悦,将他绑了,又要拿他家
属,不知他所犯何罪,触怒圣心?"周主道:"王儿有所未知:朕前日在宫无
事,偶尔假寐片时,梦游禅州;忽见这红面贼在城上暗发一箭,将朕左目射
伤。至今还痛,时时流血。今日得遇,定当斩首,以正其罪。"柴荣道:"父
王! 此乃梦寐之事,岂可认真? 况赵匡胤文武之材,忠义之志,用之有益
于国家,故臣儿冒昧荐举。今父王若以梦中之事与他仿佛,一旦加以非
刑,则赵匡胤无罪而受死,恐于心未必能甘。还望父王谅之!"周主道:
"朕见这贼站在城上,明明白白将朕射伤。衔恨已久,今日岂肯释怨于彼
耶!"柴荣道:"父王虽当盛怒之下,必欲置赵匡胤于死地;彼虽受死不辞,
臣儿恐有关于贤路,使天下英雄闻风自危,不敢前来求取功名。那时投往
别邦,资助敌国,天下动摇,何以御之? 望父王以社稷为重,释梦寐之虚
怨,赦匡胤而用之;将见天下之士,皆来效能于国,匡助父王矣!"周主道:
"王儿,你说梦寐中所见,乃虚渺之事;你曾见朕目现在受伤,难道也是虚
渺之事么? 汝若奏别事可听,此事决不可听。朕意已决,不必再言。当驾

官,速去将他家口查问明白,复旨定夺。"柴荣见周主不听,心甚着急,又连连磕头,口称:"父王,赵匡胤决不可斩!以禅州离京有二千余里之遥,父王凭此梦寐之事,屈斩无罪之人,人岂肯信者!今日若斩匡胤,怕的冷了天下豪杰之心。倘别国勾动干戈,非同小可。况父王新登宝位,四海未平,外镇诸侯亦有观望不臣,蓄心谋反;更有南唐李璟,不奉正朔;塞北契丹,连次侵犯;且晋阳刘崇,僭号称尊,招兵买马,积草屯粮,声言要与汉主报仇,不久骚扰。似此兵连祸结,觊觎①神京,父王驾下又无良将,正宜搜罗贤杰,以备御寇之用。今赵匡胤博览兵书,精通韬略,有斩将夺旗之勇,运筹决胜之谋,求之当世,恐无其二。父王岂可因虚浮之事,而必欲斩他。况臣儿闻齐桓公忘射钩之耻,亲释管仲于堂阜②,用之为相,卒兴齐国;雍齿③数窘辱汉帝,后仍赐爵,以致贤材广进于朝。彼实有其罪,尚能释怨以为国家,父王何以独不忘情于匡胤乎?望父王开天地之恩,即以匡胤实有其罪,但以社稷为重,而矜赦之;则彼必尽心报国,戮力皇家,亦如管仲之功矣!"柴荣如此百般苦奏,周主只是不听,反觉面颜微怒,心下甚嗔,道:"朕与汝有父子之情,那红面贼暗箭伤朕,汝该与父报仇,方见为子之道。因甚反与他求赦,烦舌多言,专心向外,汝何意耶?"柴荣复奏道:"臣儿岂有外向之心!唯见赵匡胤乃是当今英杰,举世无双,欲望父王留下,扶助江山,保安社稷,故此不避嫌疑,恳求父王赦免,责其报效。望父王赦了罢!"周主道:"王儿不必苦奏,朕朝中良将不少,强兵甚多,何惧四方寇乱乎!即无红脸贼,朕岂不能为君而抚有天下乎!"柴荣见周主总不肯赦,急得心慌意乱,无策可展。

正在难为之际,只见班中闪出一位大臣,俯伏阶前,口称:"陛下!臣有愚言,望乞天听。"周主举眼看时,原来是王朴,便道:"先生,不知所奏何事?"王朴奏道:"臣奏赵匡胤所犯,果系陛下梦中之事,未便明言。陛下盛怒之下,将赵匡胤斩首,恐汴梁百姓惊疑,不知赵匡胤所犯何罪即行杀戮,即赵匡胤自己,亦不知何罪而取灭亡。臣愚以暗昧之事,岂可遽加典刑。不如陛下且准殿下之奏,将赵匡胤发与殿下,问他明白,录其口供,

---

① 觊(jì)觎(yú)——希望得到(不应得到的东西)。
② 堂阜——地名,在今山东境内。
③ 雍齿——秦末汉初人,与刘邦有故怨。刘邦称帝后,封他为侯,以示不计前怨。

晓谕军民,方知赵匡胤暗中行刺,箭伤陛下,以正其罪,使赵匡胤死而不怨。此乃服人心而尽国法,至当之道也。愿陛下允焉。"周主听了此奏,低首沉吟,以决可否。有分叫:反复谏诤,暂息胸中之暗忿;斡旋匡救,转疑肘后之不臣。正是:

虽惊真命遭无妄,自有高贤指隐机。

毕竟周主听奏允否? 且看下回自知。

第四十三回

苗训决算服柴荣　王朴陈词保匡胤

诗曰：

　　平地起风波，心惊奈若何。

　　谏辞终不听，苦口视如无。

　　君心纵隐恨，臣命岂堪苛！

　　一朝免大祸，千古叹同途。

　　世情多反覆，属意在干戈。

　　话说周主凭了梦寐之事，要把赵匡胤斩首，并拿家属一并问罪，以消隐忿。晋王柴荣百般苦奏，坚执不从。却得王朴进言，以赵匡胤罪状未著，岂可骤加以刑，当发与晋王柴荣，录其情状，暴于朝野，然后正其典刑，方为允当。周主听了此奏，沉想一回，点头允许。说道："王先生所奏甚当。即命将赵匡胤发与王儿录供，复旨定夺。"王朴同柴荣谢恩退步，金钟三响，驾退还宫。柴荣谢了王朴，文武各散。

　　柴荣来至法场，令人放了绑。匡胤死里逃生，同进王府，见了众人，把朝中之事说了一遍。赵普听了，惊骇不迭。郑恩只是怪叫，怒气填胸，便把柴荣怂地埋怨，说道："大哥，你做了一个王位，就叫你姑爹放了，有何难事，却又这等薄情！"柴荣道："愚兄极言苦劝，当今只不肯听。亏了王先生之奏，方才暂允。"郑恩道："乐子只要你设法救了他，便肯甘休。"柴荣听了，无可奈何，只得将好言安匡胤之心，说道："二弟，且免忧虑，放心回去，宽慰伯父母之心。待愚兄早晚进言，求姑母挽回，与你讨赦，即无事矣。"匡胤乃是铁铮铮的好汉，眼中着不得泥沙，怎肯说半句儿乞怜的说话，便道："兄长，小弟乃朝廷钦犯，天子对头，若不住在王府，连兄长也不放心。此去或者逃亡，其罪便归于兄长了。常言道：'死生有命，富贵在天。'小弟视死如归，凭天发付，决不抱怨于兄长也！"当有赵普上前劝道："公子不必惊忧，小可算来，谅无妨碍。目今圣上正在盛怒之下，若进言烦数，是更益其怒，便难平妥了。幸得王先生保奏，发在王府录问，此便是缓兵之计；各位便好计议，从中斡旋，待圣心稍解，殿下再以缓言进劝，圣上岂有不释然允许乎！"柴荣接口道："先生之言，大是有见，贤弟可安心待之，决然无碍。"说罢，命当值官备办筵宴，与匡胤压惊。郑恩、赵普相陪，四人共饮。正是：

　　强吞三五盏，勉解百千愁。

　　按下王府饮酒之事。且说赵府家人，把这件事情打听明白，来到家中，报与赵弘殷、杜夫人知道。那赵弘殷闻了，惊得魂飞魄散，心丧神伤。那杜夫人听说儿子犯了大罪，命在须臾，似高楼失足，如冷水浇头，大叫一声："痛杀吾也！"望后便倒，赵弘殷连忙扶住。只见夫人牙关紧闭，气阻咽喉，晕去半晌，方才苏醒，泪如泉涌，大放悲声，叫声："匡胤我的儿！你得祸逃生，漂流在外，非容易回来；犹如沙里淘金，死中得活。我指望养老送终，披麻戴孝，谁知白白的空养一场，好似竹筐打水只落了空。"说罢，号啕大哭。那赵老爷把夫人扶坐在椅，用言相劝。只见老院子跪下禀道："今有晋王千岁，打发一员差官来说：'多多拜上老爷夫人，不必惊忧；不过五六日内，朝廷自有赦书下来，公子自然无事。'差官现在外面，要见老爷。"赵弘殷道："我乃汉朝臣子，不受新天子爵禄，怎好与来官相见。匡义儿，你可出去，与来官同进王府，见了晋王，只说我身子有病，不能亲自叩谢。再看看哥哥，不知怎了？可速去速来，免使我悬望。"匡义领了父命，来至前厅，见了差官，一同上马到了王府，见了柴荣致谢道："家父感兄长之德，佑护家兄，特遣小弟前来叩谢。"柴荣道："贤弟，回去多多拜上伯父伯母，但请放心。令兄多在愚兄身上，包管无事。"匡义拜谢，因父命急迫，不敢停留，与匡胤略谈几句，辞了柴荣，回家去了。当时柴荣虽与匡胤陪饮，其如心中有事，难以下咽，不过执杯相劝而已。看看天色将晚，柴荣立起身来，叫声："贤弟，愚兄不及相陪，暂且告别。"匡胤已知其意，说声："兄长请便。"柴荣往内去了。那匡胤谈笑自若，全不介意，与郑恩、赵普只是饮酒，猜拳行令，好不兴头。

　　不说三人饮酒。且说柴荣回至内房，心中只愁明日怎样进朝复旨？觉得心神不定，坐卧不安；睡在床上，翻来覆去，再睡不着。口内长吁短叹，呻语沉吟，听那谯楼已是三鼓，正交半夜，才要合眼，猝地里心头一跳，却又惊了醒来。呆呆的对着残灯，愁眉蹙蹙，神气惶惶，口中叹道："我柴荣欲全大义，故把朋友保举于朝，以表黄土坡结拜之情；谁知福禄未来，祸患先作，父王与他竟成梦里冤家，眼前仇敌，即欲加罪，置之死地。我再三苦谏，只是不依，亏了王朴所奏，发在我处。若不设划奇谋，如何得救匡胤性命？若是迟滞无策，明日父王竟把匡胤杀了，叫我怎见张、罗、郑、赵诸弟之面！"千思万想，并无解救之方。不觉金鸡三唱，红日东升。这一夜工夫，把柴荣愁得形容憔悴，面目枯槁，不敢上朝复旨，只差官具本告病。周主见了告病本章，心中大惊。忙忙退朝回宫，说与柴后知道。登时传出旨意，命太医院官前去看病，又叫心腹内官前去问安。柴荣暗托内官，求柴娘娘在周主面前，与赵匡胤讨赦。周主见柴荣有病，更值柴娘娘再三劝解，把那杀匡胤的心肠减去了一半。就在宫中发出旨意一道，把赵匡胤暂寄天牢，候晋王病愈之日，再行问明治罪。柴荣接了旨意，悲喜交集，免不得把匡胤送至天牢，瞒了朝廷，又把匡胤暗暗接回，藏在王府。那柴荣职居王位，执掌东宫；又是柴娘娘做主，内外大权，悉命东宫把握。因此大小朝臣，尽都趋附承欢，逢迎不暇，还有谁人敢说赵匡胤不在天牢，而在王府的话。这正是：

　　　　炎凉世态皆如此，冷暖人情孰不然。

　　彼时张、罗二人，闻知匡胤有难，齐来看视。弟兄五人坐在书房，商议救匡胤之策。正议间，只见门官报进道："启千岁爷，外面有一道人，口称苗光义，要见千岁。"赵普道："殿下，那苗光义阴阳有准，祸福无差，善知过去未来，如影如响，乃当今之高士。殿下当以礼貌接他进来，问以救赵公子之策，谅彼决有方略。"郑恩道："这驴球入的，果然口灵儿算得恁准，乐子极欢喜他；大哥快去迎接他进来，必有好处。"柴荣听说，欣然立起身来，带同郑恩、张光远、罗彦威、赵普等人，一齐行过了七间银安殿，出了中门，来至府门。见了苗光义仙风道貌，柴荣先已欢喜，欠身相迎。郑恩向前，扯住了苗光义的手说道："口灵的妙算先生，乐子在平定州会了你，常常想念你的阴阳有准；今日你有缘到来，乐子快活杀了也！"说罢，一齐进殿，至书房中，连匡胤等六人，都与苗光义叙礼已毕。柴荣逊坐，苗光义辞道："贫道乃山野村夫，今来晋谒，礼当侍立听教，岂敢在千岁驾前僭越赐坐。"柴荣笑容说道："先生，孤久闻你阴阳有准，休咎无差，乃世之高士。自恨无缘常相会晤，今日仙师降临，天缘相会，孤实有事相求，愿闻区画。先生若推辞不坐，孤家也不好启口了，还请先生坐了，好待请教。"苗光义不敢再辞，朝上谢了一声，就位坐下，口称："千岁所言心事，莫非为着赵公子,朝廷不肯颁赦,要问贫道的吉凶么?"柴荣听说,心下讶然。想他推算多灵,今日果然应验。将椅儿移过,执了光义的手说道:"妙算先生,你早知孤家的心事,一定阴阳有准了,烦你与孤细细推寻,决断其中就里。若得二弟无事,孤家决当重谢!"光义躬身答道:"千岁且请宽心,赵公子月令低微,将星不利,有这几日薄灾。等他灾退,自然无事。"柴荣道:"只不知灾星几时可退? 先生与孤说个明白,免得孤家忧愁无尽也!"光义道:"千岁,想那阴阳的道理,无尽无穷,变幻莫测,其中的精微奥妙,有非可以言语形容者。大略人生于天地之间,总然扭不过命中八字。阴阳五行,造化机关,谁能转扼? 屈伸理数,要在顺循。彼夫勉强行为,矫揉乖戾,徒益其祸耳,岂乐天知命之士哉! 即赵公子目下命中不顺,亦是理数当然,命运所定;千岁纵焦劳百出,恐亦无补于事。虽无不测之虞,而亦不能骤然安妥。等待灾退难满,自有机会。千岁今日下问,几时灾退? 贫道不说,千岁决不放心;贫道若说了时,又恐泄漏天机,得罪于鬼神,必遭谴责,于千岁亦有所不利。然贫道受千岁礼遇之隆,虽不敢不说,亦不敢全说,只好略露一二,以见凡事多有定数也。但只可千岁一人相闻,不可使第二人知,庶合露而不露之意。"说罢立起身来,附了柴荣之耳,低低说道:"如此这般,方得赵公子免其大祸,而亦可永息外镇之患矣!"柴荣听说,将信将疑,沉吟未决。光义道:"千岁不必狐疑,但当静候,不消六日,管教便见分晓也!"柴荣依言,遂差人往朝中打听消息。一面吩咐排宴款待,就留住苗光义在王府,早晚盘桓。

一连过了四日,不见动静。到了第五日,打听的差人前来回报:"启千岁爷,今日朝中有各镇诸侯差官到来,上表称贺,唯有潼关高行周不见有本。"柴荣听报,暗暗称奇,苗光义果是阴阳有准,推断无差。叫声:"先生! 数虽应了,只恐孤家进朝,此事做不来,如何处置?"光义道:"理数已定,千岁放心做去,自有能人保本,决无妨害。快去,快去!"柴荣听了,吩咐当值的备马,遂别了匡胤等众人,忙忙上马出了王府,穿街过巷,来至五凤楼,进了东华门,下马而行。走过九间殿,又过了分宫楼,至内宫候旨。正值周主在宫,看那各镇诸侯称贺的表章,翻来翻去,不见有金斗潼关高行周的贺表,心下又怒又惧。怒的怒他不来上表,毕竟有不臣之心,欺藐君上;惧的惧他既不宾服,一定有谋反之意。想他智勇兼全,名闻天下,滑州之战,几乎丧胆,他若举兵而来,谁能抵敌? 因此怀忧。正在思想,见有宫官跪下奏道:"启万岁爷、国母娘娘! 晋王千岁在宫门外候旨。"柴娘娘道:"快宣他进来。"宫官传了旨意,柴荣进宫朝拜请安,平身赐坐。柴娘娘道:"我儿,你病体可好了么?"柴荣道:"臣儿还未痊可。"柴娘娘道:"你病尚未愈,进宫来有何事?"柴荣道:"臣儿一则进宫问安,二则有桩大事,要奏知父王。"周主道:"王儿有甚大事,奏与我知。"柴荣道:"臣儿遵旨养病,适有报马报称:潼关高行周招兵买马,积草屯粮,不日兵上汴梁,声言要与汉主报仇。为此臣儿带病来奏,望父王早为定夺。"周主闻奏,大惊道:"怪道这贼不来上表,原来果有反叛之心,如何区处?"柴荣又奏道:"那高行周与臣儿有不共戴天之仇,衔恨已久;因他父子骁勇无敌,不能与先人报仇雪恨。如今老贼操兵练将,要上汴京,声势甚大,难与为敌。依臣儿之见,父王即当命将兴师,往彼问罪;先声所至,可以不战而定。所谓先发制人,易与为力之道耳!"周主道:"王儿所奏甚当。但诸将之中,谁可领兵当此大任? 汝试择焉!"柴荣道:"臣儿闻欺敌者败,怯敌者亡。今观在朝诸将,皆非高行周之敌;盖有滑州之役,恐其惧怯而偾败也。"周主道:"似此谁人可使?"柴荣道:"臣儿保举一人,堪称此职,决能与父王分忧,可望成功。"周主道:"汝保何人?"柴荣道:"臣儿所保之人,乃当今之豪杰,举世之英雄;恐父王不肯开恩,赦彼罪名耳!"周主听罢,微微笑道:"王儿,你今所奏,莫非有心要保那红脸贼么? 这却万万不能!"柴荣复奏道:"父王,那赵匡胤刀枪精通,弓马娴熟,有大将之才,堪为国家之用。父王命之为将,领兵前去;若匡胤无能,死于高贼之手,就如杀他一般,可消父王之怒矣! 若匡胤此去得能擒拿老贼,一来便与国家除了大害,免其后患;二来可报臣儿先人之仇,更可使匡胤将功折罪,此一举而两得,公私兼尽之策也! 望父王依允。"周主听奏,沉想了一回,说道:"王儿且退,明日早朝再当定议。"柴荣总不肯退,只是苦切相求,委曲陈奏。当不得柴娘娘又在旁边撺掇,说道:"社稷为重,隐愤宜轻;陛下还该赦赵匡胤之罪,命他领兵速上潼关,剿除叛逆为是。"柴娘娘这两句话,又把周主要杀匡胤之心,已减去了八九。说道:"明日候旨。"

柴荣谢恩出宫,回至王府,见了众人,把这话说了一遍。众人惊喜交集,说道:"虽蒙大哥这番回天之力,皇心转移,究竟不知明日凶吉何如?"柴荣道:"不妨,皇上已有允许之意,谅无翻变;设或不然,愚兄愿以微命殉之,岂敢偷生于人世耶!"苗光义道:"殿下勿忧,诸公亦请放心,理数已定,明日包管无事。"众人将信将疑,不敢多说。看那匡胤欢笑自如,绝无惊忧之态。当时柴荣吩咐备酒,排设于书房之中。现在七人序次坐下,闲谈今古,共饮醇醪。只因未判吉凶,借此以为解闷消愁而已。正是:

　　一事未经言下决,数杯且尽眼前欢。

　　次日周主驾设早朝,受文武百官朝拜。周主问道:"今潼关高行周,不遣官上表,阴蓄不臣之心,指日兵上汴京;汝等众卿,有何良策,以勖①寡人?"言未已,有晋王柴荣上殿三呼,保奏赵匡胤为将,领兵征剿潼关,必能建绩。周主道:"朕的强兵猛将亦复不少,王儿何苦一心保他?且这贼乃朕之仇人,朕若误用为将,倘彼生变,不几自遗其戚乎?此奏未妥,难以施行。"只见枢密院王朴上殿,进礼称臣,叫声:"陛下,晋王所奏乃是。陛下暂赦赵匡胤之罪,命他戴罪立功,只许领兵三千,克日上潼关,擒拿高行周,得胜还朝,将功折罪;若有失机,两罪俱发,总然不出陛下之所算也!"周主道:"倘赵匡胤此去,半途生变,反投高行周,便是如虎添翼,愈益其敌,此事怎了?"王朴道:"臣朴愿保匡胤立功,决不反投高行周。倘若有变,臣甘抵罪。"周主道:"既先生所奏,与王儿相合,谅是无妨,朕当允议。"遂在龙案之上亲写了一道旨意,付与晋王,柴荣与王朴各各谢恩。周主驾退回宫,文武各散。那王朴是个能人,善晓阴阳,算定匡胤此去,路上自有收留人马,不必多付,所以只奏三千。若奏多了,周主心疑,便不能救了。况高行周虽然威镇潼关,父子枭勇②无敌,手下雄兵十万,战将极多;其如寿命不长,难存于人世,匡胤此去,适逢其会,便可成功。闲话休题。

　　只说当时柴荣领了旨意,回府见了众人,先与匡胤恭喜过了,然后将旨意开读,只见上面有两句:"领兵三千,速上潼关,擒高行周回京定夺。"只唬得柴荣面如土色,举止无措,一把扯住了苗光义,说道:"先生!二弟虽然赦了,那旨意上只付三千人马前去征剿;据孤家看来,此去只有输,没有赢。那高行周排兵布阵,引诱埋伏,件件皆精;况其子高怀德勇冠三军,万夫莫敌。孤家前在滑州与他打过几仗,被他鞭打史彦超,枪伤王峻,杀死人马无算,这般厉害,人所共知。今二弟虽是英雄,只叫他匹马单枪,如

────────────

① 勖(xù)——勉励。

② 枭(xiāo)勇——智勇杰出。

何去得？孤家于心不安,不知先生有甚良策?"苗光义道:"理数已定,千岁何必多虑! 况贫道已先说过,时来运来,赵公子从此以后,大运亨通,该与王家出力,建立功勋。此去逢凶化吉,遇难成祥,到那里福至心灵,灾消晦退,正是旗开得胜,马到成功。千岁但当静以待之,方信贫道之言不谬也!"柴荣道:"先生言虽容易,其如孤心终不能安奈何?"光义道:"贫道有一譬喻,当为千岁言之,其疑可立决矣!"柴荣拱手请教,苗光义从容分说出来。有分叫:历年喽卒,尽为帐下雄兵;前代良臣,顿作冥中厉鬼。正是:

饶君总有冲天志,难出其中玄妙机。

毕竟苗光义说甚譬喻? 且看下回自知。

第四十四回

宋太祖戴罪提兵　杜二公挈众归款

词曰：

　　游子归乡，未得晨昏定省；时当非患，此身几入阱！为有不臣，用是立功边境。风尘士马，旌旗影影。　　　　路接英豪，添助了军容盛景。初来鸿运，抵掌同酬庆。天假良缘，更值乘龙欣幸。克成懋①绩，才扬本领。

右调《传言玉女》

　　话说柴荣见匡胤罪虽赦了，但周主只发三千人马，要他上潼关擒拿高行周，将功赎罪，心中不胜惊惧。向苗光义求问计策，光义道："千岁何必多忧！凡事有兴有败，数理所该，莫可勉强。凭你好汉英雄，都扭不过天象。即如那诸葛孔明，具内圣外王之学，有神出鬼没之机；鞠躬尽瘁，难脱秋风五丈原。项羽有拔山之勇，举鼎之能，喑恶叱咤②，千人皆废；一朝势去，自刎乌江。古来多少英雄良将，机锋势盛多兴旺，运退时衰没主张。贫道夜观乾象，见高行周命星昏惨，惶惶欲坠，料他不久于世，已是无能。今赵公子但当鼓勇前去，相机而行；不过两月之内，高行周一定身亡，而公子能建不世之功也。"光义说到了这一句，只见匡胤在旁哈哈冷笑，叫声："苗光义，你这牛鼻子的道人！你自恃其能，说这许多谎话，恁地天花乱坠，惑乱人心；我此去得胜回来便罢，若不得胜，不把你腿筋儿打断，我也不姓了赵。"苗光义听说，亦大笑道："赵公子，你聪明了一世，懵懂在一时。你此去若应了贫道之言，杀了高行周，得胜回朝；那时莫说要打贫道不好下手，只怕还要重谢贫道哩！若杀不得高行周，自己性命已丧潼关，怎能回来把贫道的腿筋打断？公子但请放心前去，自可成功。贫道只在王府等候捷音，奉陪贺功筵席。况是别人领兵去，还割不下高行周首级；

----

① 懋（mào）——通"茂"，盛大。

② 喑（yìn）恶（wù）叱咤——厉声怒喝。

公子你与他是前世冤家，今生对头，一定不移之理，无用多虑。"

匡胤听了，便不言语，暗想："高行周祖传花枪，人不能敌，乃是天下闻名的好汉。铁篙王彦章尚然丧在他手，何况于我！我如今也顾不得了。为人在世，岂可贪生怕死，束手自毙？譬如得罪而死，死之无名；不若战死沙场，名传后世。"主意定了，叫声："大哥！快去挑选人马，小弟明日就要起身，哪怕高行周有三头六臂，与他拼一拼，除死方休。"柴荣听言大喜，即刻往教场点选三千精壮人马，付与匡胤。

匡胤将人马驻扎定了，回家来辞别父母。只见赵弘殷默然无语，面上生嗔。杜夫人终是姑息，见了匡胤，眼中流下泪来，叫道："我儿！你回来了么？"匡胤道："正是，孩儿回来了！"那赵弘殷疼在心头，恼在脸上，用手指道："不肖子！我几次三番叫你休要惹祸，饶了我两口儿老命；你偏偏不听，连次招灾，带累父母担忧受怕。今日还要你来做甚？快些出去，莫要在此！"匡胤道："爹爹、母亲！周天子虽然赦了孩儿的罪，却叫孩儿戴罪提兵，克日上潼关擒拿高行周回来，将功折罪；明日就要起身，为此前来拜别父母。"

杜夫人闻言，放声大哭。那赵老爷虽然恼怒在心，听说周主命他上潼关剿拿高行周，明日就要起兵；只唬得泥丸宫失了三魂，涌泉穴走了七魄，免不得眼中也便流泪起来，叫道："匡胤我的儿！我空养了你一场；你此去兵上潼关，凶多吉少，只怕今日一见，以后再不能会面了！"说罢，哽咽凄楚，不住咨嗟。匡胤道："爹爹！那高行周不过也是一个人，须不是三头六臂，直恁如此怕他！"赵弘殷喝声："啐①！畜生胡说，那高行周深明韬略，善晓天文，行兵如孙子，摆阵似太公，一条枪传名无敌，马前课能断吉凶，闻风知胜负，嗅土晓输赢。你这冤家，分明是小马乍行嫌路窄，雏鹰初舞恨天低，你岂是他的敌手，唯有送死而已。我今没有别说，只有几句要言吩咐你，你兵上潼关，须要牢牢紧记，依我而行，或者性命可保，重回故土。你当听着：

　　沿路休伤百姓，天晚先要安营。
　　拔营须看日出，安营贵在康平。
　　黄夜当防劫寨，传更分外严明。

---

① 啐(dōu)——叹词，表示喝斥或唾弃。

低处须防放水，窄处防火攻营。

出兵须看黄道日，打仗还宜占上风。

追将提防埋伏计，回营准备后来攻。

行周鬼计多莫测，善于引诱挫人锋。

胜败虽然难预定，听天由命赖神聪。

此乃行兵要诀，汝当紧记而行，切勿自恃血气之勇，误了大事。"匡胤受命讫，即叫道："爹爹、母亲！孩儿此去，多只半年，少只四月，自然得胜还朝，无烦二亲挂念。孩儿皇命在身，不敢久留，就此拜别。"说罢叩了四个头，辞别父母。那杜夫人放声大哭，扯住了匡胤难解难分，真是生离死别，人间最苦之事。那赵弘殷叫声："夫人！你也不必悲伤，孩儿身负大任，不宜阻隔，待他去罢！"夫人听说，只得放了手。

匡胤流泪辞别过了，举步到后房来别妻子。那贺金蝉听得丈夫出兵远去，心下十分忧愁，正见匡胤进来，连忙接至房中，见礼坐下。金蝉道："丈夫！闻知朝廷赦了罪名，又要提兵远出，使妾不胜惊恐。此去但愿神明相佑，早早奏凯回兵，妾愿顶礼三光，酬恩家庙！"匡胤道："贤妻不须多虑，卑人进来，因有一事相嘱：那堂上双亲年老，早晚侍奉，全仗贤妻勤劳照应。"贺金蝉道："此乃贱妾分内之事，不必叮嘱。"说罢，夫妻同出房门，来至厅前，金蝉住步。匡胤别了妻房，又往堂上重辞父母，见了匡义，一手执住，叫声："兄弟！为兄此去，兵上潼关，凶多吉少，倘然身丧高行周之手，只愁父母年高，仗你孝养。嫂嫂年轻，叫他嫁人，免得终身不了。"匡义听言，满眼流泪，叫道："哥哥放心前去，但愿逢凶化吉，改祸成祥。"说罢，送出大门。

匡胤上马，来至王府，已是下午时分，柴荣预备饯行酒席，摆在书房，专待匡胤进来坐席。当时柴荣、匡胤、郑恩、张光远、罗彦威、赵普六人，依次而坐；唯苗光义不用荤馔，另外设一素席，彼此举觞共饮，执箸同餐。席间又说了许多行兵的说话，看看天晚，又饮了一回，方才撤席，各自安宿。

次日，匡胤辞别众人，带领那三千人马，同了郑恩发炮行兵，出了汴梁城，望潼关大路而走。路过昆明山，收了董龙、董虎，得了喽啰兵八千，共有一万一千人马，合兵一处而行。于路又从张家庄经过，知得张太公已死，匡胤便令从军准备祭礼，往灵前祭奠一番，以尽子婿之礼。奈张太公在日，有了偌大家私，并无子息，更无宗族亲党；匡胤即时叫齐了奴仆家僮,择了一个忠厚老诚的管家,叫他掌管田园,主奉祭祀,余人不许侵凌玩忽,都要勤俭遵依,众家人遵命而退。匡胤分遣已定,即便起身,率兵望前而进。有诗证之:

> 董家无敌八千兵,向化从行军令明。
>
> 更有多财绝裔者,选能主事合公平。

大军在路,浩浩荡荡望潼关进发,于路不犯秋毫。正行之间,有探马报道:"前有高山阻路,大兵不可前行!"匡胤听报,传令安下营寨,问向导官道:"前面这山叫甚名儿?"那赵匡胤戴罪领兵,周主尚未封职,手下众人不好称他老爷,又不好称他元帅,只得称呼一声"主爷",其意以为领兵之主而已。当时向导官禀复,尊称一声:"主爷,前面这座山名为太行山,极是高绝险峻的去处。"匡胤听说是太行山,想起母舅杜二公在山上称为抹谷大王,不知近来行止如何?我何不上去相会一遭,便见分晓。遂谓郑恩道:"三弟,这山上乃是我母舅在上驻扎,手下兵马极多。你可与二董将军守住营寨,待愚兄上山去与他借些人马,凑聚大队,好上潼关与高行周对垒。"郑恩应诺,便与董龙、董虎看守营盘。匡胤独自一个,空身上马出营,进了山口,随马缓缓上山。但见那太行山,怎地十分景致,但见:

> 松柏秀参天,涧溪流逝连。
>
> 獐犯随往返,麋鹿任游闲。
>
> 狡兔营三窟,豺狼纵一烟。
>
> 仙禽飞似舞,鹦鹉巧能言。
>
> 最爱泉中物,皎然是雪练。

此时正当中秋天气,草木犹青,山卉尚艳,山景有色,令人赏玩不置。

匡胤正看之间,听得锣声响处,见盘道上有数十个喽啰,要把檑木打下山来。匡胤着急,慌忙喊叫道:"你等喽兵,休要打下!快去报与抹谷大王知道,说有东京赵公子到来,要求相见。"那喽啰望下看来,见匡胤头上红扎巾,身穿绿战袍,面如重枣,须似钢针;坐着那火块般的赤马,体高调良,越显得匡胤人材异特,相貌魁伟。又是认得寨主,不知什么来历,不敢怠慢,飞奔上山,至分金亭前跪下,禀道:"启大王爷,山下来了一个红脸大汉,单人独骑,口称东京城内的赵公子,要见三大王的,请令定夺。"杜二公听报,便对威山大王、巡山太保说道:"这来的公子,就是小弟的舍甥,名叫匡胤,表字元朗。为人极有仁义,他在关西五路,算得一条好汉;

今日前来，定有缘故。敢屈二位山主，同小弟下山接他上来，问他因甚到此？倘若无事，便好盘桓。不知二位寨主意下何如？"巡山太保道："贤弟，你去年在千家店抹谷之时，把你打了一顿的，可就是这位令甥么？"杜二公笑道："实不相瞒，小弟见教的，正是这位贤甥。"巡山太保道："怪道要我们同去接他，原来是贤弟的上风，我们自然该去。"威山大王道："愚兄久闻令甥是位英雄豪杰，去年贤弟被打时，愚兄就要接他上山；不道他恁早去了，不能相会，此心常自怏怏。天幸今日到来，正惬予怀①，礼该相接。"遂吩咐喽啰大开寨门，洒扫迎候。

三位大王齐下山去，把匡胤迎接上山，至厅上见礼已毕，各各坐下。先是匡胤与杜二公叙了些甥舅的话头，然后动问二位寨主尊姓贵表。那赵匡胤乃是九朝八帝班头，天大的福分；又是鸿运初来，暗里能毂致人恭敬。当时问得这一声，那二位大王便恭身立起，口称："公子！在下姓李名通；这是义弟，姓周名霸。俱是涿州人氏，因与势家有仇，一时愤怒，行凶打死了人；奈官司逼迫，无处安身，只得逃到此山，权为落草，只图苟且存身，实非中心所愿。"匡胤道："原来二位寨主多是英雄好汉，有此本领；可惜埋没于绿林之中，诚美玉韫藏，明珠蒙滓。今赵某不才，奉旨提兵，上潼关剿除叛逆，大兵现在山下住扎；因慕二位寨主英名，谨来晋谒。二位若肯弃邪归正，一同赵某前去立功，将生平志愿报效朝廷，博取富贵功名，耀祖荣宗，封妻荫子，岂不美哉！如但安心落草，恐非终身事业，未识二位寨主尊意以为何如？"那李通、周霸听了这番劝谕之言，不觉鼓动了壮年志气，拨开了阴晦乌云，心中如雪亮一般，又感激，又欢喜，开言答道："某等素有此心，因无路可进，故此权避山林。今蒙公子开谕，不弃我等鄙夫，愿归麾下，听从指使，一同前去，杀贼立功。"匡胤大喜道："既承二位相许，明日就要起身。不知山寨里有多少人马？烦二位传令于他：愿去者去，不愿去者听其自便，不必相强。"二人领命，一面查点喽兵，一面收拾粮草；又吩咐备酒在分金亭内，款待匡胤。

看看天色已晚，匡胤便要告别下山。杜二公用手扯住道："贤甥且慢！自从你旧年别后，我把你外婆、舅母、表妹，一同搬上山寨里居住。我等兄弟三人，名虽落草，实是替天行道，义取人财；倒也兵精粮足，靠天的

①　正惬（qiè）予怀——正中我意，心里满足。

十分兴旺，皆出贤甥良言所致。但你外婆常常记念你，可随我进去看看，且过了一宵，明日下山罢。"匡胤听说外婆、舅母俱在山上，连忙立起身来，别了周、李二位，随了杜二公来到后寨，拜见了杜老太太与褚氏舅母。叙过了家常的话，褚氏便问外甥："你今从哪里来？"匡胤道："甥儿从东京来。如今奉旨，兵上潼关，剿除叛逆，特来请母舅同行。"太太道："我儿，你父母在家可好么？"匡胤道："俱各平安。只是母亲常念外婆、母舅、舅母，无由得见，以是为忧。"说话之间，褚氏又命丫环去请出丽容小姐来，与匡胤相见了。那杜二公又设了酒席款待匡胤，长幼序次坐下。丽容便要回房，褚氏道："我儿，这是你姑娘之子，嫡亲表兄；况是旧年见过一次，还要躲避怎的？可就在我肩下坐着，陪你哥哥饮一杯。"丽容不敢违命，只得坐下。

那匡胤前次相见，尚未细观，不过略睹姿容，见其母女不同其貌，已是暗暗惊异。今日同在席上，留心偷觑，不觉娇姿绝世，美貌无双，固天上之嫦娥，人间之艳丽也。有《临江仙》一词以赞之：

柳叶眉弯新月，秋波盼兮传神。芙蕖①出水色娇匀，安排碎白玉，映衬点朱唇。　　镶嵌珍珠遍插戴，衣衫鲜艳层层；天然美貌一佳人，香醪递口饮，春笋把杯擎。

那杜丽容有西宫贵妃之福。虽然同在饮酒，不避嫌疑，然其举止安敦，自有一段贞静幽闲之度，所以匡胤见了，暗暗敬羡。当时至亲五口儿，饮至更深，杜二公才命撤去残席，起身送匡胤到西书房安歇，甥舅各道了珍重。

杜二公回身来，同褚氏候太太睡了，然后回房。夫妻正要安睡，只见丫环慌慌张张跑进房来报道："二爷，不好了！西书房火发了。"这一声报，登时把杜二公夫妻唬了一跳，即忙相同奔出房来，往书房中去看火。有分叫：亲上加亲，运中行运。正是：

旌旗到处人皆服，士马临城敌自休。

毕竟书房中怎的火发？且看下回自知。

---

①　芙蕖（qú）——荷花。

第四十五回

杜二公纳婿应运　高行周遣子归乡

词曰：

军旅盘桓山渚，忆念思千缕。不作孤鸿去。假良缘，长者许，红线联翠羽。欣相聚，拟作休征，功遍宇。　　旌旗到处，磨厉以须自裕。谁实矜张，势杀徒遗凄楚。已是天涯多间阻，回顾斜阳，且待后举。

右调《隔浦莲》

话说杜二公送赵匡胤到西书房安歇了，复回身来候母亲睡了，然后夫妻回房。正要宽衣，见有丫环来报："西书房火起！"杜二公惊得心慌意乱，开门不迭，拉了褚氏急忙忙奔至书房门首。那里见有半星的火影儿，只见一块红光罩住在书房屋顶上。夫妻各向门缝里张看的亲切，只见匡胤睡在床上，安安静静，那顶门内透出一条赤色真龙，口中不住地在那里吞吐火焰。二人不敢出声，看了一回，悄步转身，回头看那屋上的红光，兀是像火发的无异，心下各自惊奇，又是欢喜。回至房中，吩咐丫环，不许到西书房去惊动大爷的安寝。

夫妻二人坐下，沉想了一回，褚氏开口道："当家的，我看赵家外甥顶现真龙，必定后来有皇帝之分。"杜二公点头道："贤妻，我一向要对你说，只因山寨事烦，不曾与你知道。旧年在中秋节后，有一道人，叫做苗光义，他上山来与我相面，原说我家的外甥是个真命之主，叫我招聚兵马，积聚粮储，日后助他成事；我尚未信，不想今夜目睹其兆，果应他言，此子后来必为天子无疑了。但此事只可你知我知，不宜泄漏。"褚氏道："说也奇怪，我昨夜睡到三更，得了一梦，梦见一个道妆的白须老人，手内拿了一本簿子，含着笑脸，对我说道：'你女儿丽容，有后妃之福，须要加意抚他。当记真龙出现，便是贵婿。'那时我对他说道：'我们乃绿林之辈，生的女儿焉能有后妃之分？'那老人道：'你若不信，可随我来，与你一个证见。'我梦中便跟了他走，走到一个去处，见有许多高大的宫院，都是金装玉砌，分外齐整。那宫里的摆设富豪，从来不曾见的。又见两旁立着许多彩女，中间坐着一位宫妆打扮的美人，甚是华丽——当家的，你道中间坐的是谁？"杜二公道："贤妻，你做的梦，我怎的知道是谁？"褚氏道："却不是别人，原来就是我的女儿。其时我见了女儿，想他怎么到得此地？正要进去问他，不道被你一个翻身，把这骨朵儿双足蹬了我的肩窝，惊了醒来，正听得外面喽啰才打四鼓。你道这梦奇也不奇？"杜二公咯咯的笑道："这梦做得果奇，只是可惜我翻的身儿不好，惊醒了你，累你不得问明女儿，也同在那里享福；这都是我的足儿无礼，你当问他一个大大罪名。"褚氏听罢，也笑将起来，啐了一声道："你还要说这趣话！我想昨夜做的梦，与今日见的真龙，他两下莫非果有姻缘之分？我们到了明日，何不把女儿当面许了他，日后做了皇帝，我与你怕不是个国丈皇亲！也得个下半世威显些儿。"

杜二公道："闻得外甥在东京已做过亲了，怎好又把女儿许他？"褚氏道："原来你是个呆子。那皇帝家有三宫六院，富贵家有三妻四妾。日后正宫虽然没分，我女儿偏宫是一定有的，你怎么说出这呆话来？"杜二公道："贤妻，莫要性急，我本早有此心，犹恐你说的不真，故此假言以试耳。既然你我同心，明日便请母亲说合便了。"褚氏大喜，道："这便才是。"于是夫妻商议已定，睡了一宵。

到了明日，夫妻起来，同到太太房中说知此事，太太大喜，便叫丫环到西书房去请公子进来。丫环答应一声，往外便走；去不多时，已把匡胤请了进来。匡胤先请了安，然后问道："外婆，呼唤孙儿有何吩咐？"太太道："我请你进来，别无所事，因有一言与你商量，只是你要依的。"匡胤道："外婆有甚话讲，孙儿无有不依！"太太道："我儿，只因你母舅尚未有子，止有表妹，年当十五，意欲招你为婿，你莫要违了他的美意。"匡胤道："原来如此。只是孙儿有过了亲事，外婆所知，怎敢再屈表妹！"太太道："你这孩子，原来是个糊涂！你难道不晓得皇帝家有三宫六院，富贵家有一妻二妾，何况于你。这是你母舅、舅母爱你，故把表妹相许。他倒肯了，你倒不肯？"匡胤道："非是孙儿敢于违命，一则不得父母之命，二则军务在身，怎敢及于私事！但蒙二位大人错爱，且待班师之日，禀过了父母，然后下聘。"

褚氏犹恐走脱了这个皇帝女婿，即便说道："甥舅至亲，等什么父母之命！谁耐烦到班师之时；外婆做主，也不消什么聘礼，你只消留下一物为定，便是无改无更的了。"匡胤道："舅母虽如此说，但甥儿奉旨提兵，身伴并无一物，奈何？"褚氏听说，把眼儿望着匡胤周身的睃，见匡胤身上有一个玉鸳鸯，即便伸手过去摘了下来，执在手中一看，说道："就是他罢！"杜丽容该有西宫之福，又值褚氏有心配他，自然易于玉成其事也。有诗为证：

> 偶然浓睡现真龙，触起三更梦里容。
>
> 意决心专成作合，姻缘何论水山重。

当下匡胤辞别了外婆、舅母，同杜二公出来至厅上，与李通、周霸相见了。李通吩咐安排早饭，大家用了，然后点闸人马，选了五千精兵，跟随匡胤下山。其余不愿去的，都在山上，仍旧守把巡逻。其山寨事务，交与褚氏掌管。李通分拨已定，便同周霸、杜二公领了五千人马，随匡胤一齐下山。来至大营，合兵一处，共有一万六千人马。三将又与郑恩、二董各各相见。匡胤传令，放炮起行，大军竟望潼关大路而来。此言慢表。

却说高行周，自从滑州回兵，到了潼关，心神不定，带病在身，终日在帅府静养。公子怀德，侍奉伏事，寸步不离。一应大小政务，悉委副帅岳元福掌管。当时不上三个月日，得报郭威兵破汴梁，逼死汉主，已经践位东京，更改年号。高行周闻了此报，默然不语。又过了几日，周主诏书颁行天下，凡是外镇诸侯，皆要上表称臣，加官进禄；若有抗违不遵旨意，即以谋逆定罪。高行周看了诏书，心中火起，怒发冲冠，骂一声："老贼！你弑[1]逆君上，篡夺天位，身负弥天大罪，还敢放肆，藐视天下诸侯。你富贵眼前，骂名万代。我高行周受了汉主爵禄，不能与主报仇，已为不忠；怎敢改变初心，称臣于篡贼，有玷我平昔威名。"高行周说到此处，不觉怒气填胸，登时发晕。老夫人与公子见了，心下着忙，即便两下搀扶住了，急令丫环取汤水灌下。高行周晕去有半个时辰，方才渐渐苏醒，长叹一声，说道："我欲兵上东京，与主报仇；怎奈刘主洪福已尽，老贼当兴，恐不能扭转天心，徒然损将折兵，终为无补。如我不去讨贼，不唯贻笑于天下诸侯；又恐日后史笔流传，说我高行周枉为一世之英雄，畏刀避箭，尸位素餐，既不能与主报仇，复不能尽忠死节，岂是为臣之理！"左思右想，总然想不出半筹

---

① 弑(shì)——臣杀死君主或子女杀死父母为弑。

计策。此时心神昏聩，主意全无，只得和衣睡在榻上，闭目凝思。

彼时又过了几日，忽然想道："我高行周总是无能，到了这个时势，还要想什么计，寻什么策？既是食人之禄，但当尽己之心，才是做臣子的道理。但吾尽吾心，理上该当；只孩儿怀德，他尚年幼，况未受职，如何也叫他遭其无辜！我不如打发他母子回转山东，务农过日，也可延高氏一脉。一则全了吾威名大节，二则不致覆灭宗嗣。"主意已定，开口叫声："怀德，为父的食了汉主之禄，虽君不在，理该为国守土。但天意已定，也不必说了，总之有死而已。只是你未受君恩，在此无益；你可收拾行装，同你母亲回到山东祖基居住，自耕自食，也可过日。日后倘得你兄弟回来，须是和睦友爱，孝养汝母，以尽天年，就如事之为父无异了。"

原来高行周所生二子：长名怀德，次为怀亮。那怀亮，自幼失散，未见踪迹。当时怀德禀道："爹爹！既要保守潼关，为汉主复仇，孩儿理当在此，添助一臂之力；怎么倒叫孩儿同了母亲回归乡井起来？况爹爹抱病未痊，尚宜调养，若孩儿去了，谁人侍奉？在爹爹未免举目无亲，于孩儿失了人子之分，此事恐有未便，还请爹爹三思。"行周道："吾儿，你言虽有理，但大义未明，皆由你年幼未学之故。为父的为君守土，乃为尽忠；汝为子的不背父言，便是大孝。今我病虽未痊，谅无妨害。即如郭威，料他也不敢提兵犯境，自取败亡。我意已定，汝不必多言，快须收拾前去。"怀德见父意已决，不敢有违，只得收拾行装，备下车马，次日辞别了行周，出帅府上路。夫人乘车，怀德坐马，母子二人，便望山东进发。按下不提。

单说高行周自从打发他母子去后，又过了几日，这日正在后堂闷坐，打算保土复仇之策。忽听关外炮响连天，早有探子报进府来："启帅爷！今有周主差点人马，来征潼关，现在城外安营，请令定夺。"高行周听报，默然不语。想那周主，哪有能人，并无战将，兴此无益之兵，自讨其死。吩咐左右，赏了探子，回归汛地。不一时，连有两次报进府来，只激得高行周咬牙切齿，怒目扬眉，指定了汴梁，骂一声："郭威的篡贼！你安敢欺我有病，发兵前来犯我城郭，藐我英名！常言道'虎瘦雄身在'，老贼啊！你此番错认定盘星，打算差了主意。只怕你整兵而出，片甲无回。"遂传令出去：关上添兵把守，昼夜巡逻，不许懈怠；又要多备灰瓶石子，防他攻城，待计议定了，出兵杀贼。中军官答应一声，领兵去了。

高行周又差探事人，暗暗出城打听："那领兵的是何人？叫甚名字？"

探事人得令，潜出城去，打听明白进城，已是天晚，忙进帅府回禀道："启元帅！那领兵官本身尚无官职，乃是汉主殿前都指挥赵弘殷的大公子，名叫匡胤。打探的确，谨来禀复。"高行周听了领兵的是赵匡胤，不觉吃了一惊。那高行周乃当世一员虎将，出兵会阵，不知见过了多少能人；怎么今日听了赵匡胤领兵，便心内吃惊？只因高行周又有一件绝技，甚是惊人：乃是麻衣神相。少年时熟习其法，研究精微。不拘谁人，经他看过，便晓得生来寿夭，一世荣枯，相法如神，从无不准之理。又是与赵弘殷同为一殿之臣，也曾见过匡胤，看他有帝皇之福，具大贵之相，所以闻了他领兵，心下吃惊。

当时发遣探事人出去之后，闷坐后堂，低头思想："若是别人领兵，哪里在我心上？谁知是他前来！他命大福长，与他会阵，必有损将折兵之祸，断难取胜。这般看来，果是天意该当灭我，所以领兵的遇了大贵之人。正值我患病不能征战，如之奈何？"短叹长吁，并无一策。

到了晚上，秉烛进房，睡卧不安，心神缭乱，侧耳听那更鼓，正打三更。披衣起来，步出房门，至天井中，抬头观看天象：只见明星朗朗，正照周营：自家主星，惨淡无光，摇摇欲坠。心中一惊，气往上冲，被那金风逼体，冷汗淋身，不觉一时眼昏头晕，站立不住，急将身躯靠在栏杆之上。静息片时，方才心定神安，便叫答应的人搀扶进房，眠在软榻之上，闭目静养。正是：

> 运至人钦吾，时衰我惧人。
>
> 我非真惧彼，彼自有惊人。

却说匡胤人马到了潼关，安下营寨，准备次日交战。不想连过了十日，并不见城中发出一兵一将；心下甚是疑惑，打发细作人暗暗的往四处探听，恐高行周暗调人马出城，安排奸计。细作打听的实，回报各处都无动静，匡胤方始安心。欲要选兵攻打，无奈路窄难行，徒然费力。因这潼关，乃是陕西、河南、山西三省交界之地，路道狭窄，不便攻围，所以叫做："鸡鸣三省，金斗潼关，一人把守，万夫难入。"乃是一个险要的去处。

匡胤见攻打不便，又不见高行周出城会战，心中焦躁起来，便骂道："苗光义这牛鼻子的道人，他在王府中恁般胡言乱语，说我运至时来，逢凶化吉；又说我兵上潼关，便能战胜。怎么到此已有十余日，不见高行周的兵马出来，这不是他随口谎言，骗人之局么！"郑恩道："二哥，你不要性急！那口灵的苗先生，算来丝毫儿都是有准，乐子极欢喜他，怎么你却骂他。你且安心等待他几日，自然还你应验。"匡胤道："三弟，你便不知事势，这行兵之道，贵乎神速。若迁延时日，不唯我兵懈怠，且使贼人设策，必败之理也，如何等待得他？"郑恩道："乐子也不管等他不等他，只劝你看管人马；酒也有得喝，肉也有得吃，乐子和你趁这机会，便多住几时，却不快活！只管要想回去做甚？你若回去，只怕那个郭彦威驴球入的，又要杀你哩！"匡胤道："你莫要说这呆话。为今之计，须当打量与他会战，或者上天默佑，便可成功。但高行周闭关不出，延挨时日，倘我兵粮草不继，那时如何处置？必须骂他出来，方好交战。"

郑恩道："二哥，你要高行周出来，这也不难，乐子自有方法。"匡胤道："兄弟，你有甚方法，可使高行周出来会我？"郑恩道："二哥，你难道忘了么？前日野鸡林叫韩通的法儿，亏了乐子一顿的痛骂，才得这驴球入的出来。今日叫高行周，也要用此法儿，自然他出来会你。"匡胤道："既如此，即烦贤弟走一遭便好。"郑恩笑道："这个自然。这法儿除了乐子，别个也做不来。"说罢，提了酸枣棍，跨上一匹黑色马，奔至关下，高声叫骂。关上守把的军士见了，飞风报进帅府。那高行周只因心下忧疑，病体沉重，不能领兵出敌，只得吩咐军士用心守把，莫去理他，且待病愈，然后计议出兵。因此郑恩在关外叫骂了一日，并无动静，空自回营。

一连骂了四五日，关上只不理他。有高行周手下的将士，见主帅病势沉重，不理军情；关外周兵又是辱骂讨战，人人害怕，个个惊慌，即忙使人报进帅府。高行周不觉雄心猛烈，火性高冲，大叫一声："气杀吾也！"吩咐左右，传点开门，便要领兵出去会战。有分叫：计谋百出，难回已去之天心；力勇万夫，怎敌当来之兵势！正是：

> 空存守土勤王志，应起捐躯报国心。

毕竟高行周怎的会战？且听下回分解。

第四十六回

高行周刎颈报国　赵匡胤克敌班师

诗曰：

> 将军凛忠义，立志堪冲天。
> 世事多不测，病逮膏肓间。
> 犹将神速验，睹之心骇然。
> 帝子不相敌，执剑了残年。
> 遗书托孤子，意君能用贤。
> 微功何足报，言念在黄泉。

话说高行周身带重疾，难理军情，只在府中静养。一则等待自己病愈，出兵会战；二则敛兵固守，以老周师，便易与为力。不期这日探子报进府来，说周兵在关外连日百般辱骂，要元帅出去会他。不觉雄心猛烈，怒气填胸，一时眼昏头晕，浊气攻心，两肋作痛，冷汗淋身，坐在软榻之上，昏晕了半晌。睁开双目，仰面长叹，说道："我高行周空做封疆大臣，枉受君上爵禄，不能尽忠剿贼，反被敌人相欺！"说到这里，又是心头火发，愤怒愈加，说道："罢了！我不如带病出兵，将这微躯决了生死，以报国恩罢。"吩咐左右，传点开门，整兵出敌。正要将身立起，步出堂去，不道又是一阵心痛昏晕，仍将身躯挫下，倒在榻上。左右见了如此光景，怎好把军令乱传，只是侍立静候。那高行周渐渐醒来，将身坐起，自料病势难痊，不能领兵会战，懊悔自家毫无主意，不该把孩儿打发回乡，以致病重难守关城。眼看势事已去，天意难回，如何是好？且使吾一世英名，归于乌有，情实堪伤。此皆吾不明之故，以至于此。于是连连嗟叹，切切忧思。

忽然想道："吾且把神课一卜，看其事势成败与自己结果何如，再作道理。"原来高行周、史建瑭、石敬瑭、王朴这四个人，都是金刀禅师徒弟，从幼习学兵法，熟练阵图。那四人下山之时，金刀禅师于每人另传一桩妙技，都是举世无双的：史建瑭传的前定数；王朴乃是大六壬数；高行周授了马前神课；石敬瑭习得一口金锁飞抓，百步之内，能打将落马。这四人都晓得天文地理,国运兴衰。只是高行周明白之人,灯台不照自己,只知汉运当尽,周禄该兴,眼下已有真命出世,再不算到自己的吉凶祸福。今日身带重病,又值兵临城外,不能出敌,方才想起了马前神课,且算自己的终身休咎何如? 便吩咐:"左右的,抬香案过来。"家将一声答应,便把香案端整,摆在居中。高行周缓缓立起身来,至香案前虔诚焚香,家将搀扶行礼跪下,把八个金钱捧在手中,望空举了三举,祝告道:"奉启无私关圣帝君汉寿亭侯,弟子高行周,行年五十四岁,六月十三日午时建生。今为汉主禄尽,郭彦威夺位改年,称帝东京;弟子不肯顺贼,死守潼关,郭兵侵犯;奈弟子有病不能出战,不知身后归着何如,伏求赐断分明。若弟子得保善终,青龙降吉;该遭兵刃,白虎临爻。"祝罢,将合儿当当地摇了几摇,把金钱倾在桌上。详看爻象,乃是白虎当头,丧门临位——唬得高行周面如金纸,唇似蓝青。令人抬过了香案,移步坐于软榻之上,不住的呀声叹气。

那高行周命中注定,不得善终,故神灵应感,昭示吉凶。行周因见卦象大凶,心中不悦,主意散乱,叹口气道:"命数已定,不得善终;倘然落在贼人之手,岂不有玷昔日之名!"懊悔自己当日错了主意,在滑州大战,已杀得郭威将败兵亡,无人抵敌;不该撤兵回来,纵他猖獗。理当奋身剿贼,舍死报君;怎么的一错再错,又遣儿子归家;弄得病重垂危,孤身无助。"此皆我心明口明,主意不明,以致今日。只是可惜我有千战之勇,天使我有病不能征战。只是我运败时衰,命该绝灭,故此子去贼军,诸般不遂。"思前想后,不觉日影归西,月光东起。

左右人点上灯来,高行周频频叹呀,不觉把心一横,说道:"罢了,罢了! 总是我高行周命该如此,大限到来,料难更变。心机费尽,谅也不济了,还要思想什么!"遂吩咐左右人役,各自退去,今晚不必在此随侍。便提起笔来,写了一封嘱托的书,封裹好了,上面写着:"高行周留书,付与赵公子开拆。"写毕,看着山东,叫一声:"夫人!"又叫一声:"孩儿! 我与你夫妻父子,再难会面;若要重逢,如非梦里相依!"遂伸手,把腰下宝剑呼的一声拔出鞘来,执在手中,指定汴梁,咬牙切齿骂一声:"郭彦威的篡贼! 我生不能食汝之肉,死后定当啖汝之魂! 想我高行周,从十四岁上临阵,灭王彦章起手到今,不知会过了多少英雄上将,谁知今日,这口宝剑做了我的对头!"心中一酸,虎目中流下几点泪来。忽又自己骂着自己道:"高行周,这柔弱匹夫! 你冲锋打仗,枪尖上不知挑死了无限生灵;今日临危,不逢好死,也是上天报应,分毫不爽,怎么作此儿女之态! 匹夫,只许你杀人,不许人来杀你么? 你这般怕死,倘被手下人看见,岂不耻笑!只落得一个柔弱之名。"此时起了猛烈之心,双眼一睁,滴泪全无;杀心一起,不知不觉的把剑一亮,虎腕一伸,将剑横斜,凑着颈上,回手只一勒,登时血染青锋,魂归地府。有诗叹之:

忠义生心气凛然,孤身誓与此城连。

怎知天不从人意,空使将军命向泉。

到了天明,有答应人进来服侍,却见元帅项吞宝剑,血染衣裳,坐在榻上,尸骸不倒;都是惊惶不迭,慌忙出来报知副元帅岳元福。那岳元福听报大惊,带领手下偏将,一齐至帅府来看,果见高行周自刎在榻,众皆叹惜。岳元福道:"列位将军,今元帅已亡,潼关无主;我等将寡兵微,难与为敌;本协镇愚意,不如权且投降,免了一郡生灵涂炭①;况闻周天子宽洪大度,谅不见罪于我等也! 不知众位意下何如?"众将听言,一齐打拱,口称:"岳大人所见,生民之福也! 末将们焉敢不从?"岳元福见众将已允,即时修下降书,令人开关,安备香花灯烛,自己率领了众将,来到周营前投降。

匡胤接了降书,方知高行周自刎,众将投顺情真,心中暗喜,想:"他是我救命恩人。倘守着一年,此关怎能得下? 若点将出敌,终于胜败难知。今日他自刎,吾之幸也!"遂准了岳元福之降,把大营交与董龙、董虎管领,自己同了郑恩、李通、周霸、杜二公齐进潼关。岳元福等一同跟随,来至帅府,转入后堂,见高行周手执宝剑,尸骸不倒。匡胤心下吃惊,口中叹惜。郑恩道:"二哥,你看这驴球入的,人也死了,身躯儿还不跌倒,睁着眼看乐子哩!"匡胤道:"休胡说! 高将军乃盖世英雄,无敌好汉;今日因身带重病,尽节顺天,忠心不昧,所以元神不散,兀坐如生。"一面说话,一面望上张看,只见案上有书一封。匡胤走至案前,见上面写着:"高行周留书,付与赵公子开拆。"匡胤不解其意,举手取将过来,揭去封皮,观看内中言语。只见上面写着的:

汉潼关总兵高行周,尽节临亡,亲笔遗书,奉上赵公子台下:昔日某与尊翁有一拜之交,同为汉廷之臣。某曾观公子之相,帝王之姿

① 涂炭——比喻极困苦的境遇。

也。不意汉运告终，有周当代；适公子领兵至此，值行周有病难支，此皆公子福大，有所以致之耳！今某全忠报主，以成公子之功；唯望顾念遗孤，略垂青目①。某所生二子：长子怀德，次子怀亮。怀亮相失已久，不必言矣！怀德少年勇力，善有智谋，亦定国安邦之器；他日公子开基创业，愿重用我子，必不有负也。行周虽在九泉，感恩不浅！专此布嘱，余不赘繁，行周顿首。

匡胤看罢书中之意，心下恻然，口中不住的叹惜，将书收好，遂吩咐道："高元帅在生忠直，死后神明，尔等速备香烛纸锭，礼当祭奠阴灵，早登天界。"左右抬过香案，点上银烛，焚起名香，金陌纸钱盛放盒内；匡胤奠送了酒，拈香下跪，暗暗的告道："高元帅神灵不远，今日成全了赵某大功，日后果能南面称尊，得遇令郎之日，义当重报，更必世世子孙，披蟒挂玉，某之愿也！"告罢，即便叩头下去。只听得上面朴②的一声响处，高行周尸骸倒在尘埃——那赵匡胤是宋家一十七代皇帝之祖，天大的福分，高行周哪里经得这一拜，所以尸骸倒地，不敢承当。当时匡胤灌了酒，将金陌纸钱灼化已毕。因要回京将功赎罪，没奈何，将高行周首级割下，用金漆木桶盛了，另把沉香刻成人头，装在腔子上，用棺木盛殓，令人埋葬于高原所在，更立石牌以记之。

诸事已定，次日，匡胤把潼关总帅印绶交与岳元福代掌，一应军民大小事务，权行管理。自己同了郑恩、李通、周霸、杜二公，又令手下人负了木桶，一齐出了潼关。岳元福率众相送。匡胤回至大营，与董龙、董虎说知了此事，即时传令拔寨班师。三军见不战而定，各各欢喜无限。三声炮响，兵马齐行，望着原路而回。正是：

喜孜孜鞭敲金镫响，欢腾腾齐唱凯歌声。

大军一路无词，不日到了太行山，匡胤与杜二公商议叫他上山，载了家眷一同进京，自己与诸将领兵先行。那杜二公上山来，将余下粮草财帛，及自己应用箱笼细软等项，都将车子装载。吩咐众多喽啰：愿进京者，一同前行；不愿去的，分缮了些财物，教他各安生理，都做良民，不许再聚山林，为非作歹。当时愿去的，只有百十多人；其余不愿去的，领了分缮，

---

① 青目——重视。

② 朴——同"扑"。

收拾下山，各各分投去了。杜二公安备车辆，与太太并女儿乘了，自与褚氏各坐骏马，保护家小。喽啰推车的推车，坐马的坐马，一行人缓缓下山。临行时，把山寨尽行烧毁，然后一齐望东京进发。按下不表。

单说匡胤带了大兵，于路无话。行了多日，早到了汴梁城外，扎下营寨。匡胤至王府，见了柴荣，把始末根由说了一遍，柴荣大喜。当有苗光义上前贺道："恭喜公子，克成大功，鞍马劳顿，辛苦了！贫道说过，不消两月，自见成功，今往回不过四十余日，可见前言不谬了。"匡胤谢道："先生！我赵匡胤一向愚蒙，多有得罪，望先生不必挂怀。"苗光义道："贫道怎敢！"于是柴荣即命整备筵席，与匡胤接风。一面传令三军，各归队伍，候明日朝见过了，请旨点名给赏。匡胤令人去请了董龙、董虎、郑恩、李通、周霸进城至王府，与柴荣等相见了，各自坐席欢饮。匡胤思念父母，不敢久停，略饮数杯，即辞了众人回至家中，见了父母、兄弟、妻子。正值杜二公家小已到，一家相会，欢喜更不必说。正是骨肉团圆，人间最乐，赵弘殷设席庆幸，分外情浓。当夜无词。

次日，周主驾坐早朝，文武齐聚，赵匡胤在朝门外候旨。有黄门官进朝启奏，周主即宣匡胤见驾。匡胤领旨，来到金阶，朝拜已毕，口称："万岁！臣赵匡胤，奉圣旨领兵剿叛，于路收了昆明山降将董龙、董虎，太行山降将李通、周霸、杜二公，二处计共人马一万三千。兵到潼关，把高行周逼得自刎，已将他首级取来缴旨。"周主听了，将信不信，暗想："高行周这贼，枭勇无敌，朕尚惧他，怎能被他逼得自刎！莫非其中有诈？"即便问道："赵匡胤，那高行周既被你逼死，取的首级今在何处？"匡胤奏道："现在午门外。"周主传旨："将贼人首级，取来朕看。"承御官奉旨出朝，取了木桶，至金銮呈上。有近侍内臣揭开桶盖，把首级取出，放在盒内，转到驾前，朝上跪倒，两手把盒高擎："启万岁爷龙目验看。"周主唯恐首级是假，传旨取上来。内侍即将首级呈上，周主定睛细看，果是真实：但见貌目如生，颜色不改。因是一生最所怕惧，今日见了，不觉怒从心起，火自腹生，用手指定，开言骂道："万恶的贼子！不道你一般的也有今日。你往日英雄往哪里去了，你还能在滑州时这般耀武扬威么？"言未说完，只见那首级二目睁圆，须眉乱动，把口一张，呼的一声风响，喷出一股恶气来，把周主一冲，唬得往后一仰，两手扎煞，两腿一蹬，牙关紧闭，双眼直翻，冒走了魂魄，昏迷了心性。两边内侍惊慌无措，连忙扶住。齐叫："万岁爷苏醒!"叫了好一回,何曾得醒! 内侍飞报后宫,柴娘娘听报大惊,连忙带领宫妃出来,哭叫万岁不应。慌乱了多时,不肯醒来,没奈何,连着龙椅,抬进宫中,扶持寝卧龙床,急召太医院官诊视下药调治。

晋王柴荣留在宫中省视。即差内侍出来,安慰众臣,多官各散。周主服药之后,直至半夜,方才苏醒;然而染疾沉重,静养龙床。晋王昼夜侍奉,寸步不离。又差内官抚慰匡胤,叫他不可远行,在家候旨,待圣上疾愈受封。自此匡胤不敢他出,只在家中候旨。赵弘殷吩咐道:"我儿,你戴罪提兵,吾日夜忧心,常恐今生不能相会。感得上天默佑,幸汝成功,自后可保无事。你今可与兄弟在家,讲习文武,勿生外端。"匡胤受命,便与匡义、郑恩讲究韬略,演习武艺。闲来走马射箭,博弈蹴①球,有诗为证:

> 君臣际会喜如何,适志优游建远谟。
>
> 未展风云闲暇日,后人描出蹴球图。

自此匡胤只在家中,讲习武事。那董龙等四将,都在晋王府中安顿。唯杜二公与赵弘殷乃郎舅至亲,因而同在赵府盘桓,各各等候天子疾愈,受爵沾恩。无奈周主染病沉重,势甚垂危;晋王柴荣无可如何,欲为祈祷之事,乃召术士吕宗一,问其就里。宗一奏道:"天子圣躬得此暴疾,乃箕星临于分野,以致此耳。宜散财作福,禳解②灾星,方保无虞。"晋王将此情节奏知周主,周主允奏。乃下诏筑丘圜③社稷坛,作太庙于城西,择日亲临祭享。筑坛完备,有司奏知,选定十月初一日享祭太庙。周主病体沉重,勉登銮舆,百官随从,来至太庙。有陪祭官祝赞,周主不能下拜,尽命晋王代祭。是晚周主回舆不及,宿于西郊,疾复大发,几乎不救,渐至半夜,方能少瘥④。次日,群臣就于祭殿朝贺,问安已毕,返驾还朝,进宫寝疾。即命晋王判内外军国时务。周主得疾不能视朝,以此臣下不能进见,终日忧惧,众心惶惶。及闻晋王典掌内外事权,人心方安。

一日,周主在寝殿召群臣进殿议论治平之道,适有中官在旁,密密奏道:"陛下日前祭享南郊,赏赐不均,军士皆有怨言。陛下当行访察,勿使

---

① 蹴(cù)——踢。

② 禳解——祭祷消灾。

③ 圜(yuán)——指祭祀天。

④ 瘥(chài)——病愈。

生变。"周主闻奏大怒,便要施行。不争有此暴怒,有分叫:罚施臣卒,皇图有磐石之安;命尽冤灾,帝子复心怀之怒。正是:

统系星宿归西去,报怨干戈指日来。

毕竟周主怎样施行? 且看下回分解。

第四十七回

刘崇兵困潞州城　怀德勇取先锋印

诗曰：

忆昔当年周太祖，升御遗言诚得所。

躬行俭德是昭垂，常使灵兮安阴府。

又曰：

攘攘干戈自北来，争城争地士民哀。

凭君连合华夷势，空想开疆辟草莱①。

话说周主被高行周首级怨气所冲，致成重疾，自郊祭之后，病势仍然。然虽有疾在宫，总之究心治道。因这日召进群臣，讲论治平之道，适有中官密奏，军士见赏赐不均，多出怨言。周主即召群臣责之，道："朕自即位以来，恶衣菲食，与士卒同甘苦，尔等岂不知之！今乃使部下怨谤于朕，正不知己有何功，敢如此无忌？"诸臣皆俯首服罪，查究其出怨言者，斩首示众，流言乃息。

却说赵匡胤在家，一日与郑恩在场中驰射回来，见前面一座高楼，匡胤对郑恩道："前面高楼，乃是戏龙楼，甚有景致，我与三弟进去游玩一回。"郑恩道："甚好。"二人登楼四望，果是畅观，有《西江月》词为证：

远望青山浸日，俯观朱户侵眸。分明是个帝王州，妆点凌空绝越。

殿角飞云乍起，楼头暮雨初收。往来此处胜优游，争睹小春霁色。

弟兄二人在楼上游玩了片时，郑恩坐在栏杆之上，看那外面景色。匡胤步入楼中，至后面看时，只见一条乌龙盘绕在画梁之上，舒牙露爪，喘气奄奄。匡胤一见大怒，道："前日在禅州见此怪物，险些一命不保，今日又来吓我么！"遂向腰间解下鸾带，迎风抖成了神煞棍棒提在手中，望着上面

---

① 草莱——荒芜之地。

照头打去。一声响,正中在乌龙的腰胁上,那龙负痛,把身躯只一搅,化阵乌风而去。匡胤呆了半晌,出来与郑恩说知,二人惊讶回家。有诗为证:

　　　　乌龙神现绕高楼,吐气腾腾遍九州。

　　　　帝子怒提神煞棍,一时妖物逐烟收。

　　周主病势日重一日,其军国重务,一应奏章,都是晋王传禀而行。更且晋王侍奉左右,昼夜衣不解带,食不甘味。其日周主谓晋王道:“天数莫非前定? 朕适才梦登戏龙楼,又被红脸贼打我一棍,醒来自觉满身疼痛,料来不济于事,今嘱后事于汝:昔日我西征时,见先朝十八陵,皆被人发掘,此无他,只因多藏金宝故耳! 我死之后,汝当布衣披我,瓦棺殓我;圹①中不许用石,只宜砖砌;徒役两个,依例支给,休要烦扰百姓。葬后编近三十户免其差徭,使其守祀;不须设立宫人;不用石羊、石人、石马等物;只立一石碑,上刻‘周天子平生好俭,遗命用布衣瓦棺’。将此碑置我陵前,我方瞑目。且为君者不易,尔当紧记。”言讫而崩,在位三年,寿五十三岁。柴后、晋王悲痛欲绝,哭泣不止。史臣断云:

　　周祖两弑其君,篡取大位。得国之初,罢四方贡献,诏百官上封
　　事,毁汉宫室器皿。立词翰法,定税租皮法。罢户部营田,除租牛课。
　　又如曲阜谒孔子祠,复拜其墓。虽享国日浅,而施为有足称者,故先
　　儒称其为唐明、周世之亚,盖以此耳!

后宋贤有诗以赞之:

　　　　塞上干戈起有年,生灵憔悴困中原。

　　　　君王正待施仁政,百姓相期望被渐。

　　　　北汉征途多乱草,夷梁骚扰有浮烟。

　　　　英雄已死功何在? 三月残春叫杜鹃。

　　周主既崩,殡于偏殿,百官哀恸。平章事范质开言说道:“主上晏驾,天下震动,请立嗣君,以承国统。”乃请晋王即皇帝位,后庙号称为世宗。当日改元显德,封冯道为太师,其余众官,各照旧职。葬周主于新郑,谥曰“太祖皇帝”,尊柴后为太后,大赦天下。朝廷法制,悉遵旧章。军国大事,世宗必禀命于太后,然后行之。心内欲封赵、郑二人重职,禀知太后。太后道:“先帝因两次被红脸大汉所伤,虽系梦中,实元神有灵也;待平定

──────────
　　① 圹(kuàng)——墓穴。

北汉或南唐,封王封侯可也!"世宗依命,遂寝其事。因而董龙等众降将,俱各未封;见了赵、郑,均以御弟相称,群臣无不悦服。

其时郑恩对匡胤道:"二哥,那柴大哥原说做了皇帝,封你为王,封乐子为侯;今日不见一些影响,敢是忘记了不成?"匡胤道:"三弟有所未知,你大哥也曾禀过太后,太后道:'先帝梦中神游,一次被射,二次又在戏龙楼被棍打伤,因此病重驾崩,念汝义弟,故不追究。今若封职,先帝之灵不安。古人云:三年无改于父之道,可为孝矣!今北汉、南唐未曾归顺,若能平了一处,听汝加封。'因此大哥遵行孝道,故此中止。今为御弟,尊荣多矣!但三弟从今,须要学些官场,朝见之时,当称'圣上',或称'陛下'。断不可'大哥'、'乐子'胡乱称呼。若有所犯,国法无亲,此事最为要紧。至于封王封侯,据着你我本领,只消建功立业,自可致耳,何必性急!"郑恩听言,点头道"是"!从此在匡胤府中习学礼貌,讲究文字,都是匡胤用心教导。将从前粗鲁,洗刷一新,此言不表。

却说北汉主刘崇,闻周主弃世,心中大喜,与文武议道:"郭威篡吾家天下,每欲复仇,恨无其力;今郭威已死,我欲取中原,恢复旧业可望矣!"乃遣使臣,将厚赂金帛,结好契丹,借兵复仇。契丹得了金宝大喜,即差耶律奇为元帅,杨襄为先锋,起精兵二万,往北汉助敌。耶律奇、杨襄领旨,即日起兵,到晋阳会兵。北汉主见契丹兵至,即拜白从辉为元帅,张元晖为先锋;命长子承均与亲军使丁贵等,同守晋阳。自领大兵二万,与契丹合兵,离了晋阳,向潞州攻打。

潞州守将李筠,听知北汉主借契丹兵来征中原,忙与众将商议战守之策。大将穆令均说道:"主帅勿忧,北汉若有兵来攻打潞州,末将不才,愿领精兵出城杀贼,务要生擒刘崇,献于麾下。"李筠听了此言大喜,传令点兵,准备迎敌。哨马报入北汉营中,刘崇便与张元晖计议道:"潞州兵素来怯弱,易与为敌。汝可领兵一万,于巴山原埋伏,候敌兵到来,乘势夹攻,可获全胜。"张元晖领令,带兵而去。又点辽将杨襄,领部下精兵五千出战,只要败,不要胜,诱敌人来,自有方略。杨襄领令而去。刘崇亲领大兵接应。

次日,潞州城内炮响开城,冲出一队人马,来到阵前。只见穆令均顶盔贯甲,手执长枪,一马当先冲出阵前,大骂:"背国反臣!焉敢犯我边界?好好退兵,饶你一死;若仍执迷,叫汝片甲不回。"杨襄大怒道:"休得多言!"拍马舞刀,直取令均,令均举枪相敌,两下金鼓齐鸣。二人战上十余合,杨襄虚晃一刀,诈败而走;令均不舍,随后追来。只听一声炮响,张元晖伏兵齐起,从刺斜里杀来,杨襄兜马回身,两下夹攻,穆令均措手不及,早被张元晖一刀砍于马下。正是:

　　　　一时豪杰成何用! 千载冤声恨落晖。

北军乘势追杀,南兵死者甚众。那些残兵败入城去,将城门紧闭。张元晖与杨襄收兵还营。

　　李筠见穆令均阵亡,又折了许多人马,忙令牙将刘瑗、王真坚守城池;一面差人,星夜到京告急。世宗得表大怒,与众臣商议,要御驾亲征。群臣奏道:"刘崇结连契丹,攻打潞州;陛下初登宝位,人心未定,岂可亲征!只命大将往救征讨足矣!"世宗道:"不然! 刘崇欺朕年少新立,乘丧动兵,攻打潞州,朕安得不亲往乎?"太师冯道出班奏道:"千金之子,坐不垂堂。陛下以万乘之尊,亲临不测之地,臣窃以为不可也!"世宗道:"唐太宗得天下,凡有征伐,未尝不亲临。唐太宗尚如此,况于朕乎!"冯道奏道:"不知陛下能为太宗否?"世宗道:"刘崇以十二州之地,兵力单弱,其所倚仗者,不过借契丹以为救援。以朕士马之众,兵甲之强,破刘崇如反掌耳!"冯道道:"未审陛下能否?"世宗以冯道乃先朝元老,不与深较,但以优礼待之。唯枢密使王朴劝驾亲征,世宗依奏,下诏亲征。当有赵匡胤奏道:"陛下初登大位,将士凋零,英雄忠义各守藩镇,不可轻调。河东兵甲正利,未易即破。陛下此行,须在教场演武,挑选勇者,命为先锋,方可以收全功也。"世宗大悦,道:"二御弟之言甚当。"即颁下旨意,往教场比武,挑选先锋。

　　次日,世宗亲到场中演武厅坐定。匡胤奏道:"斩将破敌,以勇为先;定取高下,以箭为能。陛下可取箭高者为正先锋,力勇者为副。"世宗道:"卿言甚善。"即令军士于平坦之处,立起红心,下令将士较射。只见左边队里涌出一将,生得面如傅粉,唇若涂朱,向前说道:"臣先射箭,然后比勇。"众视之,乃驸马张永德也。永德坐马,左手持弓,右手搭箭,于将台前走马架箭,指定红心,一箭射去,不差分毫,一连三箭,俱中红心。众军喝彩,鼓响咚咚。永德下马见驾,来取先锋印。世宗大悦,即命取印于永德挂之。忽右队中冲出一将,喊声如雷,大叫道:"先锋印待我来挂!"世宗看时,乃是御弟郑恩。郑恩上前奏道:"臣今习学弓马,已是纯熟;愿在陛下之前一试,与驸马定其高下。"世宗暗想:"这鲁夫怎晓弓箭? 今日看他出丑。"遂传旨道:"三御弟既学弓马,可即试之。"郑恩说声:"领旨!"跨上雕鞍,扯开弓,搭上箭,也是一连三箭,都中红心,鼓声震野,喝彩哗然。永德见了,大怒道:"汝箭虽高,敢来与我比勇么?"郑恩道:"谁来弱你! 就与你比勇何妨?"两个各骑战马,都拿兵器,跑到场中,正要动手;此时匡胤看见,恐二人相斗,各有所伤,忙在将台上高声叫道:"二位且住! 待我奏知圣上,自有定论。"二人听说,不敢动手,都立马场中候旨。匡胤入奏道:"永德乃陛下至亲,郑恩是臣之义弟;若两虎相斗,必有一伤。臣见将台下石狮子,约重千斤,陛下可命二人,谁能举上台,提下台者,便为先锋,不许兵器相斗。"世宗大喜,即下旨命二人,若能提举石狮子上台下台者,取为先锋,不许相争。二人得旨,一齐下马,弃了兵器,走至台前,看那石狮子,高有五尺,入地七尺。永德看了一遍,左手撩衣,右手将石狮子提起,用尽平生之力提上台来,回身下台,提归原处,满面通红,喘息不止。郑恩道:"待我提与你看!"亦将石狮子提上将台,复又提下,归于旧所,气力用尽,面色亦红。两下军士尽都喝彩。

忽见台边闪出一个少年壮士,头戴粉地武巾,身穿素色箭服,昂然走至台前,将石狮子提在手中,慢慢的在军前走了一转,轻轻放于原地,气不喘息,面不改色。军士见了,尽皆喝彩道:"真将军也!"匡胤见了,暗暗称羡。叫人邀入军中,问其姓氏。其人答道:"小人姓高,名怀德,乃高行周之长子;因父亲已丧,流落江湖,寓居此处;今闻圣上演武,特来献技,聊充步卒,以酬平生之志耳!"匡胤听了,心下暗暗吃惊:"高行周乃圣上之仇人,焉肯录用其子! 只是怀德勇力倍常,世之虎将,驱诸别国,甚为可惜。吾今且奏知主上,若其不用,当竭力保举,庶几不负高公遗托也。"于是将此情节,奏知世宗。世宗听是行周之子,勃然大怒道:"贼子既来,与朕拿下斩首!"匡胤谏道:"不可! 臣闻'刑罚必中,罪人不孥①'。昔行周得罪于陛下,彼已自决,足可以释其怨矣! 其子无辜,陛下岂可以一概施之乎? 况今兵下河东,正在用人之际,古云:'千军易得,一将难求。'臣观怀德,有兼人之勇,陛下恕而用之,必能效死以建功也。若今演武而戮一无辜之人,恐天下英雄,皆束手而避,谁肯与陛下建太平哉!"世宗听奏,

---

① 孥(nú)——儿女。

思其有理,便回嗔作喜,道:"御弟之言甚善。"遂宣上怀德道:"朕与汝父有仇,含愤已久,本当尽法。但念朕之仇,一人之私也,为国家用人,天下之公也,朕岂可以私愤而废公事乎?且观汝勇力,足堪任用,未知骑射汝可能否?"怀德奏道:"小人从幼习学,诸般武艺皆能;况箭乃将家首技,岂不能射!"世宗传旨,给副鞍马弓箭,着怀德试射。怀德领旨,跨上征驹,攀弓搭箭,连发三矢,俱中红心。世宗大悦,令怀德充为御侍卫。匡胤奏道:"怀德武艺出众,勇力过人,陛下必当重用,以展其能。况今驸马与臣义弟争夺先锋,未定高下,何不以先锋印与怀德挂之,军中自无他议矣!且陛下推诚以待怀德,怀德必不有负于陛下也。"世宗允奏,命司官取先锋印与怀德挂之。当厅又赐了金花御酒,以显其荣,怀德谢恩而退。世宗返驾回宫。

次日早朝下旨,请太后监国,命学士窦仪、平章范质参理政事。以赵匡胤为亲军使,郑恩为副使,张永德为监军,王朴为军师,张光远、罗彦威、杜二公并受节度使分镇。调回禅州节度使史彦超,澶州节度使马全义,河南节度使刘词等随驾亲征。又命董龙、董虎、李通、周霸并受偏将之职,随军效用。时苗光义已辞别,云游不知去向。当时世宗分遣已定,择吉出师。却值各镇诸将,陆续都到,点选大兵十万,整顿队伍,出汴京城望前进发。但见旌旗蔽日,剑戟凝霜,人如猛虎,马赛飞彪。大军渡了孟津,前至天井关而来。前锋高怀德抵关下寨,准备攻城。有分叫:后周多虎狼之将军,北汉无坚完之城郭。正是:

指挥貙①虎皆神算,恢拓乾坤是圣功。

毕竟怀德怎样取关?且听下回分解。

---

① 貙(chū)——兽名,貌似狸。

第四十八回

高怀德智取天井　宋太祖力战高平

诗曰：

少年胆气凌云，共许骁雄出群。

匹马城西挑战，单刀蓟北从军。

一鼓鲜卑送款，五饵单于解纷。

誓欲成名报国，羞将开口论勋。

右录张说《破陈乐府词》

话说周世宗因北汉结连契丹，举兵入寇，廷议御驾亲征，点兵选将，择日出师，前队先锋高怀德，引领本部精兵，直抵天井关下寨。

这天井关乃是北汉边邑。世宗因刘崇攻困潞州，且不去救；反领大兵，只从天井关而进——此便是围魏救赵之策也。当时探子报进关去，守关将乃是总兵官李彦能，惯使长枪，有万夫不当之勇。刘崇见他骁勇，拨他前来镇守这个要紧去处。这日听了此报，心中大怒，点兵出关。高怀德见关上有兵出来，便结阵以待。只见北军队里冲出一将，骤至阵前，高怀德抬眼一看，只见那将生得相貌凶恶，体段狰狞，戴虎头盔，披金锁甲，坐下青鬃马，手执熟铜枪。怀德高声问道："来将何名？"彦能答道："吾乃北汉王驾下，镇守天井关总兵李彦能便是。汝主既占中原，夺汉天下，便当知止；为何兴兵至此，欲寻死耶？"怀德道："四海一家，吴越一统，汝北汉不来降顺，反敢侵犯天朝；今天子发兵问罪，汝等快快献关，可免一死。不然打破城池，玉石俱碎，那时悔之晚矣！"李彦能听了大怒，也不回言，拍马挺枪直刺，怀德举枪相迎。二将来往奔驰，大战有二十回合。高怀德枪法如神，名闻天下的，李彦能哪里抵敌得过？复又支持了几合，杀得大败而逃。后面匡胤大军又到，便与怀德一齐掩杀。

李彦能引得残兵，披靡逃进关城，坚闭不出。匡胤分兵攻打，一连围了十余日，城不能下。怀德献计道："天井关城郭坚固，难以力攻，当用智取。小将领兵二千，埋伏关旁，乘机进去；君可将兵马退离关下，诈言出泽而去,约定三日,重来攻打,此关唾手可得。"匡胤大喜道:"先锋此计甚妙,速可行之。"怀德领兵埋伏去讫。匡胤即时下令,告知诸将,将兵马缓缓而退。李彦能在关上看见周兵尽皆退去,不知何故? 令人出城打听虚实,回报周兵果然退去。彦能方才放心,唤下守城军士将息,纵民出城樵采。第三日,忽报周兵又到;彦能慌令百姓火速进城。那百姓心惊胆破,各不相顾,如山海一般的混进城去。军士将关门坚闭,彦能亲自上城,分兵临守。只见赵匡胤与史彦超来到关前,大骂道:"汝等鼠贼! 若不献关,打破之时,寸草不留。"言罢,挥兵攻打。李彦能急令军士打下矢石,周兵方退。时至三更,忽报关后火起,彦能领兵亲自来救;蓦地里左边闪出一将,火光中见的白袍白马,手执长枪,大叫:"贼将休走!"手起一枪,刺彦能于马下——刺彦能者,乃高怀德也。

原来高怀德进此计策,假作退兵;自己伏兵于关旁,料着百姓毕竟出城樵采,就在这百姓进城,闻了兵到,慌乱之际,将军士一齐混进了城。此时也不能盘诘,就好于中做事,便可取关。当时怀德令军士斩关落锁,放匡胤人马进来。匡胤传下号令,凡军士不许骚扰民间,如违斩首。因又出榜安民,救灭余火,百姓欢悦。匡胤一心不负高行周遗托,巴不得怀德建功,好图荣显。当下记了怀德取关头功,准备候驾。平明,世宗驾至,诸将迎接进关,各各朝贺。匡胤极称怀德智勇兼全,乃能兵不血刃,首拔坚城,主上之福也。世宗大喜,大加褒美,赏赉甚丰,怀德谢恩而退。有诗为证:

　　恩怨虽云要认明,有时亦可用和均。

　　不是世宗能释怨,怎来怀德报功勋?

世宗驾驻天井关,查盘府库,养马三日,旨令前军高怀德进兵,赵匡胤领中军继之。不只一日,兵到怀州。怀州守将张志忠,听报前关已失,周兵来犯怀州,忙与子张信商议道:"我本是中原旧臣,误被北汉势胁,不得已而从之;今周主大兵已得天井关,又来侵犯怀州,不若投降,救此一城百姓,尔以为何如?"张信道:"爹爹所见,生民之福也!"于是张志忠即日出关,诣周营中投降。怀德便令往中军,投见匡胤。匡胤大喜,受了降书,飞报世宗。世宗驾至怀州,众将朝见,世宗即封张志忠为本州团练,管理军民。即令诸将启程。

时有指挥使赵晁与通事舍人郑好谦私相议道:"贼势甚大,未可轻敌;今陛下就要启程,恐非所利。"郑好谦竟将赵晁之言,奏知世宗。世宗怒道："何物小丑，出此狂言，敢阻朕师，惑乱军心耶！"传旨将赵晁拿下斩首，以警其众。此时却值亲军使赵匡胤在侧，见世宗要将赵晁斩首，慌忙奏道："晁之言忠言也，使群下人人如晁，陛下尚有何患乎？望陛下宥之！"世宗怒犹不息，命左右放了。有诗为证：

北汉勤兵因伐丧，蚍蜉①撼树不知量。

旌旗一指兵争夺，鼠窜狼奔过晋阳。

世宗自怀州起兵，倍道疾行，不十日，大军已到泽州，放炮安营，按下不表。

且说北汉主刘崇，见攻潞州不下，收兵屯于南岸。又听报周兵夺去二关，兵到泽州，忙与众将商议。辽将耶律奇献策道："周主此来，本为要救潞州，因见大王攻打不下，反夺去二关；今又仗得胜而来，行军甚急，他将士疲乏，大王可以逸待劳，乘其疲乏，出兵四面攻之，必获全胜。"刘崇然其言，即与契丹兵分东西对面安营，若有紧急，彼此出兵救应；若胜了周兵，按兵不动。耶律奇领诺而退。

次日平明，播鼓三通，刘崇与副枢密王延嗣、先锋张元晖，在巴公原排开阵势，两军对圆。刘崇见周主兵少，心中甚喜。周营中世宗亲出，领赵匡胤、史彦超、张永德、郑恩于正东列开阵势。刘崇暗想："如此周兵，易于破敌，不该借契丹之兵，枉费金帛。"心下懊悔不已，对左右道："我今日与周兵对阵，以决胜负，使契丹见我用兵，令彼心服。"不意杨衮在西营见周兵列阵，行伍整齐，谅是劲敌，即差偏将张威来见刘崇，说道："周兵虽少，其势甚锐，大王当量敌而进，不可轻视。"刘崇怒道："诸公勿言，而阻我军之气势；试看我今日会敌决胜，务要拿住周主，与我侄儿报仇。"忽东北风大作，少刻转作南风，吹得两边军马，张眼不开，立脚不定。军中司天监李义奏道："此风正助我军之势，主公便可出兵，战之必胜。"刘崇深信其言，正欲出兵，有枢密王得中叩马谏道："风势如此，未必助我军威；李义狂言，可斩也！"刘崇叱之道："吾计已决。老书生休得妄言，阻我军心。如敢再言，先斩汝首然后出兵。"王得中抱惭而退。

刘崇亲自出战，一将上前说道："待末将先挫周兵一阵。"刘崇视之，乃先锋张元晖也。元晖拍马舞刀，冲至南阵，金鼓震野，呐喊喧天。南营里飞出中军使樊爱能，挺枪纵马来迎。两马相交，双器并举，战到五十余

_____

① 蚍(pí)蜉——大蚂蚁。

合,爱能枪法渐乱,招架不住。副将步军使何徽见樊爱能要败下来,绰起大斧冲来助战。张元晖力战二将,全无惧怕。北汉阵上,元帅白从辉横刀跃马,望南阵冲来,樊爱能、何徽抵敌不住,弃军回马而走。刘崇见南军阵势已乱,亲督诸军冲杀将来;矢如飞蝗,石如雨点,周兵大乱,被伤死者不计其数。世宗见事已危,只得引兵,亲冒矢石上前督战。刘崇兵马大进,如泰山压卵一般冲来,南兵不能抵敌。

亲军使赵匡胤见势头不利,对诸将道:"主上危急之时,正我等用命之日;诸军当奋力御敌,国家安危,在此一举。"当有郑恩奋然怒道:"我等岂可自爱其力,束手待毙!"遂与高怀德一齐出战。北将刘显、刘达来迎,交马不数合,郑恩一刀劈死刘显;怀德一枪把刘达刺死。南军见二将得胜,复又扎住了阵脚不退。匡胤身先士卒,与张永德领二千骑,斩阵而入,无不以一当百,正迎着刘崇。三人兵器并举,战上五十余合,永德一枪刺去,正中刘崇左肩,刘崇负痛而逃。匡胤驱兵掩杀,北军大败,如风扫落叶,雨打残花。

南军左翼马𪎈,见北兵阵势摇动,跃马舞刀从旁攻入,正遇张元晖。两马交锋,战上四十余合,元晖力不能支,回马逃走。马𪎈按住刀,弯弓架箭,一矢正中其马,那马负痛直跳起来,把元晖颠翻在地。正遇中军马全义杀进,手起刀落,斩元晖为两段。南阵军威益盛,声势振动山岳。史彦超引数十骑,直入汉阵;刘崇将佐不能抵挡,只顾逃命。四下里周兵围杀将来,北军不能得脱,投降者不计其数。有赋一篇,单道周汉交兵之事云:

　　北汉主动一时之妄念,周世宗统十万之貔貅。巴公原连营布阵,泽州城拒险扬黑。赵亲军驱胜敌之骑,张永德绝奔逃之路。马全义断其潜伏之兵,史彦超受投降之众。怀德寨旗斩将,郑恩怒目张眉。二山英雄,无不用命;两翼将佐,各施技能。武侯之妙算何如?方叔之元勋犹在。杨裹耶律,丧胆而奔;契丹军兵,缩首不出。一人鼓勇,万夫争先。进以鼓,退以金,个个扬威;张其弓,布其矢,人人耀武。左冲右突,兵藏神机;前击后攻,将严入阵。此皆立功塞上之豪雄,尽是勒名凌烟之俊杰。

此一阵反败为胜,都是赵、郑、张、高、史、马之力也。其时西营杨襄,望见汉军已胜,按兵不动;及见周兵张盛,长驱攻至西营,急与耶律奇领所部兵逃遁。

那樊爱能、何徽被张元晖杀败，投南而走，于路劫掠辎重，为自保之计。又扬言契丹兵大至，官军已败，余众皆降。世宗闻此消息，遣近臣谕止之。二人不听，反将使者杀之。时世宗会战，军行太急，有刘词部领后军继进，正遇着樊、何二人。刘词问："车驾何在？"樊爱能道："契丹兵势甚盛，吾等皆败，即日车驾走潞州，公后军只宜速退，不然损兵折将，亦是无益。"刘词大怒道："君有难，臣当不顾其身而救之，岂言退耶！直狗彘不如也！"遂领兵前进，却遇北汉兵万余骑阻住屯扎，兵不能行。天色将晚，南风越猛，刘词挥兵冲击，军士皆鼓勇争先，砍死汉兵无算，余众各不能敌，自顾性命，都爬山越岭而逃。忽山坡后闪出赵匡胤来，因追杀北汉刘崇得胜而回，遇见刘词，合兵一处追杀。汉兵十亡其九，势若山崩，二人直追过高平，乃收回人马。但见尸横遍野，血流成河，弃下辎重器械，不可胜计。后人有咏史诗以纪之：

> 杀气腾腾覆战场，高平一战最堪伤。
>
> 冤魂千古无穷恨，乌啄余腥下夕阳。

是夕，世宗宿于野。次日，诸将各各奏功。世宗命各营铺内得樊、何部下马步诸军降汉者，尽斩之。潞州守将李筠，闻周天子大破汉兵，乃率领众将接驾进城。朝拜已毕，世宗安慰一番。驻扎潞州，休兵秣马，宴赏将士。北军降顺万余人，发调淮上屯扎。世宗分遣已定，与匡胤等商议道："刘崇遁去未远，谁敢领兵追赶？"匡胤道："臣愿往！"世宗大喜。匡胤遂与郑恩、高怀德领兵三千，随后追来。

却说刘崇败走，与白从辉收集败残人马，止百十骑，昼夜兼行。北兵因高平一败，胆丧心惊，当时来至一山，军士饥饿难行，埋锅造饭，正待举箸，见尘头起处，周兵追来；汉兵惊慌无措，弃箸舍食，仓皇奔走，力尽筋输，苦不可言。匡胤追至二百余里，见刘崇去远，追之不及，方才收兵回奏。世宗道："朕意必欲扫灭此贼，然后班师。"忽见樊爱能、何徽二人俯伏阶前，诉辨其败兵之罪。世宗遽①欲斩之，犹豫未决，谓张永德道："樊爱能、何徽皆有失机之罪，本当斩首；朕以为国家正当多事之秋，将士难得，欲赦其罪使之立功，卿以为何如？"张永德奏道："樊、何

---

① 遽(jù)——急，匆忙。

二人，素无大功，冒参节钺①，望敌先逃，杀使拒命，故骗刘词，虽万死不足以赎其罪！且陛下正欲削平四海，包举八荒，若不将军令申明，严其赏罚，虽有熊罴之士，亿万之兵，安得而用乎！"世宗听奏，点头称善。令将樊、何二人绑至军前，数其罪而责之道："遇敌先走，布散流言；抢掠财物，故杀使命，止后军刘词。汝等非是不能善战，正欲将朕当为奇货，卖与刘崇耳！"即令推出斩之。军校得旨，将樊、何二人斩首号令诸军。由是兵将闻之，各怀恐惧，知朝廷严肃，号令维新，不复行姑息之政矣。

是日世宗亲劳诸将。张永德奏道："亲军使赵匡胤，智勇过人，忘身为国，陛下当待以不次之赏，使人人自励也。高平之战，使诸将皆如樊、何二人，则陛下大事去矣！"世宗深然其言，即封赵匡胤为殿前都虞侯。匡胤入谢，奏道："高平一战，皆诸将之劳，臣有何功，敢独受其赏！"世宗道："卿之功，朕念之不忘，卿毋辞焉，朕自有处。"遂又论功次第：以张永德、郑恩、高怀德、刘词、马全义、史彦超等十余人，尽封为侯；以董龙、董虎、李通、周霸等加为副军使。又召赵晃前来，厚加赏赐，以旌忠言。诸将齐呼万岁，谢恩而退。有诗证曰：

出师容易制心难，一念苍生枕不安。

敌胜高平诸将服，刘崇垂首胆诚寒。

世宗复召诸将商议，欲乘胜兵下河东，一举而灭。军师王朴奏道："陛下军威至此，汉兵已经远遁，天威足以震之矣！当复绥之以德，怀之以恩，蕞尔②小邦，自必顺命。又何必勤兵远地，亲冒矢石乎？如陛下必欲彰其天讨，近日北兵凋零，供给不堪，且待时熟年丰，再图进取，亦为未晚，望陛下鉴纳。"世宗道："先生之言果善，但只知其一，不知其二。朕闻军易动而难安，乘其大败，而不即平，复使刘崇养成贼势，复兵入寇，大军再动难矣！朕意已决，先生且勿言。"王朴见奏不允，默然而退，暗暗叹息。

时岳元福亦在随征，世宗乃召元福、符彦卿二人道："汝等乃朝中老将，深知兵法，今可领兵三万北征，至河东城下，耀武扬威，以张声势。待

①　钺（yuè）——古代兵器，形似斧而大，用青铜或铁制成。

②　蕞（zuì）尔——形容小（多指地区小）。

朕驾临,徐定攻取之计。"二将领旨,引兵望前而进。令李筠镇守潞州。自与赵匡胤、刘词、王朴等众,统大军接应。世宗分拨已定,五月,车驾自潞州启程,径趋晋阳,直欲踹平城邑,方始回军。有分叫:志励山河,亲身于锋镝;气横霄汉,尽力于疆场。正是:

欲将图籍联一统,怎许弹丸怀二心。

毕竟晋阳安危如何? 且听下回分解。

第四十九回

丁贵力战高怀德　单㤌计困赵匡胤

诗曰：

> 黄纸君王诏，青泥校尉书。
> 誓师张虎落，选将㩉犀渠。
> 雾暗津蒲湿，天寒塞柳疏。
> 横行十万骑，欲扫虏尘余。

右录僧皎然《从军行》

话说周世宗高平得捷，遂欲席卷长驱扫除北汉。遂以岳元福、符彦卿为前锋，自与赵匡胤、刘词、王朴等统大军继进。车驾自潞州启程，直趋晋阳，号令严明，所过地方，秋毫无犯，百姓箪食壶浆，以迎王师。此言按下不题。

再说北汉主刘崇，败归晋阳，收养败卒，备治甲兵，修固城池，提防周兵侵犯。那辽将耶律奇与杨襄领兵从忻州走归晋阳；刘崇遣王得中护送归国，并求救于契丹主。得中领命，与耶律奇、杨襄齐出晋阳，至辽邦入见契丹主，奏其高平之败，北汉主苦无援兵，几丧性命，恳求大王另发救援，以报其仇。契丹主闻奏，连连叹道："若使赵延寿在，岂至有如此之败？"遂召杨襄责之道："汝为先锋，安得坐视成败，而至于此？"杨襄不能答。契丹下命，囚之狱中；先令王得中回国报知汉主，吾当亲自来援。王得中辞别自回。

却说世宗大兵来到河东，扎营城南，分遣诸将攻打晋阳。旌旗环绕，剑戟纵横，连营四十余里，金鼓之声震动原野。刘崇听得周兵攻城，亦分拨诸将坚守，专待契丹兵到，然后交锋。不意王得中自从大辽回来，到得中途，被伏路周兵捉住，囚见世宗；世宗释其缚，赐以酒食压惊。因问道："汝既乞师于契丹，知他几时兵到？"王得中道："臣受汉主之命，送杨襄等归国，只尽此事，其他非所知也。"世宗笑而答之，令其退居别营。有偏将对王得中说道："主上待公不薄，公宜思所以报之者；今日若不实告，倘契丹兵至,公安能自全乎!"得中叹道:"吾食刘氏之禄亦已久矣,且有老母在于国中;若以实告,周人必发兵守险,以拒辽兵;如此则国家俱亡,吾心何忍。宁杀身以全国家,所得多矣!"是夕乃自缢而死。次日报知世宗,世宗嗟叹不已,令军士择地厚葬之,题曰:"北汉忠义王得中之墓"。

忽报契丹主亲自提兵,出忻州而来,声势甚锐。世宗召诸将说道:"刘崇无以为恃,专待契丹救兵,为夹攻之计。谁敢领兵先破契丹? 则刘崇不足为虑矣!"只听得帐下一将应声而出,道:"小将不才,愿领兵一往。"世宗视之,乃大将史彦超也。世宗大喜,即令彦超领所部之兵,与前锋符彦卿合兵抵敌。二将得旨,领兵杀奔忻州而来。契丹主也先得报,领兵与符彦卿对阵。两边排开阵势,符彦卿出马,谓契丹主道:"前日高平之战,杀得刘崇望风而逃,汝契丹如何不来救他? 今天兵到此,汝反来寻死耶!"契丹也先听了大怒,骂道:"不知进退的贼,休得多言! 今日吾亲来取汝之首。"言罢,拍马舞刀直取彦卿。彦卿正待出战,背后史彦超见了大怒,厉声喝道:"休得逞强,俺来也!"纵马摇枪,与也先接战。二人杀在当场,斗在一处,大战有五十余合,也先诈败,兜回马跑归本阵;史彦超要见头功,拍马来追,后面符彦卿催兵掩杀。史彦超深入重地,却被也先开弓架箭,一矢射来,史彦超躲闪不及,正中面门,翻身落马。也先勒回马来,再复一刀,可怜惯战英雄,今日死于非命。后人有诗以惜之:

> 鏖战辽兵血刃红,斩坚深入尽孤忠。
>
> 行人回首频相问,犹见将军昔日雄。

契丹也先既斩史彦超,复催大军望后杀来。符彦卿奋力接战,二人战了百十余合,胜负未分,时已日暮,两边各自收兵。

次日,报马报于世宗道:"史彦超被箭射死。"世宗叹道:"战败一阵,不足计较,可惜折吾一员勇将,是可伤也!"即下旨,令诸将往战契丹,定要与史彦超报仇。赵匡胤进前奏道:"河东待亡之寇,旦夕可致。契丹虽拥重兵,特为观望而已,一时决不敢进战。为今之计,陛下可令兵马阻住契丹,勿与之战。一面先攻晋阳,晋阳既下,契丹不战而走矣。"世宗允议,督令诸将尽力攻城。

那刘崇见契丹救兵不到,周兵攻城甚急,心甚惊惧,举止无措。亲军使丁贵进言道:"主公勿惧,臣虽无能,愿领本部人马出战,务要杀那周将,以遂生平之志,以分主上之忧。"刘崇道:"周兵这等势猛,汝岂可出城轻敌!"丁贵奏道:"将在谋而不在勇,若臣退不得周兵,再作商议。"刘崇允之。那丁贵乃山后人氏,号为"三手将军",使一口大刀,有万夫不当之勇,刘崇倚为心腹之臣。次日,丁贵领兵一万,放炮开城,擂鼓鸣金,摇旗呐喊,结阵请战。世宗见晋阳有兵出来,即便亲出。左有赵匡胤,右有高怀德,三匹马立于门旗之下。对阵丁贵,左首李存节,右首陈天寿。那高怀德看见,拍马先出,大骂:"贼奴!还不早降,尚敢拒敌耶!"丁贵大怒,更不打话,拍马提刀,直取怀德。怀德挺枪赴面交还,两个搭上手,好一场大战,怎见得:

> 二将阵前相斗赌,两下交锋无可阻。这个似摇头狮子下山岗,那个如摆尾狻猊①寻猛虎。这一个真心要定锦乾坤,这一个实意欲把江山补。从来恶战见多番,不似将军能威武。

二将真是棋逢敌手,将遇良材,大战百十余合,不分胜负。

那刘崇同着左右,正在城楼上看战,一眼见了世宗,便令白从辉放箭。从辉拈弓搭箭,嗖的一矢,正中世宗坐马。那马乱跳起来,把世宗掀翻下马。陈天寿看见,一马飞出,提枪来刺。匡胤大喝一声:"休伤吾主!"绰起九耳八环刀,望陈天寿劈来。天寿忙把枪来一架,早把虎口震开,不敢交锋,逃回本阵。那南阵上飞出董龙、董虎等将世宗救起。又有张永德、郑恩等,闻知南北大战,各出精兵来助。丁贵见南兵蜂拥而来,情知寡不敌众,难以取胜,只得回马收兵,走入城内。怀德追到河边,见吊桥扯起,方始回兵。世宗谓匡胤道:"今日若非二御弟眼快,几被北军所算,此功莫大焉!"匡胤道:"今后陛下但当保重,不宜轻敌,自蹈危险之地。"世宗敛容而谢。遂命军中摆宴贺功,按下不提。

再说丁贵进城见了刘崇,甚言周兵势大,兼之将士勇猛,实难对敌。刘崇道:"今日孤在城上看战,足胜高平之役;然救兵不至,如之奈何?"丁贵道:"臣闻契丹屯扎忻州,被周兵阻住;彼亦但为观望之计,诚不足为之倚靠也。今河东单珪令公,拥重兵在绛州镇守,此人智勇兼备,善于用兵,主公即当调回,可以退敌。"刘崇从其言,即差官密地往绛州召单珪。

那单珪这日正在府中议事,见刘主差官来召,即日与四子带领精兵三万,来救河东。兵到凤凰山扎下营寨,离晋阳有三十余里。当日单珪与四

---

① 狻(suān)猊(ní)——传说中的猛兽。

子商议道:"前闻刘王大败于高平,将士丧气。只因赵匡胤英雄无敌,高怀德勇冠三军,手下强将极多之故耳。汝等与之交锋,须要小心在意,勿失锐气。"长子守俊答道:"父亲莫长他人志气,灭自己威风;孩儿明日交战,务要活擒匡胤,以显英雄。"是日无话。

次日,报马报入南营,匡胤进道:"臣愿领诸将一行。"世宗大喜。匡胤同了众将,领兵至凤凰山下,两边摆开阵势。单珪带了四子,一马当先,大骂:"周兵不知进退,尚敢领兵会我,欲速死耶!"匡胤拍马舞刀,大怒道:"河东亡在旦夕,汝尚不知死活,阻逆天兵,我誓必擒汝,显我阵上之名。"当有单守俊闻言大怒,一马冲出阵来,拈枪直刺。匡胤举刀只一架,把枪一枭,守俊在马上乱晃,两臂多麻,说声:"好厉害的匹夫!"连忙抽回枪,复又刺来。匡胤举刀相迎,战不三合,守俊招架不住,回马便走。那单珪第二子守杰,见兄败回,大叫道:"待吾擒此匹夫!"一骑马,一口刀,杀出阵来与匡胤交战。匡胤奋起神威,力战守杰。三子守信,见兄战匡胤不下,纵马摇枪,上前助战,两下夹攻。高怀德见了,拍马挺枪,杀入阵来,将守信兵马分为两处。守信正待来迎,早被高怀德顺手一枪,拨于马下,四子守能杀来救去。守杰见不能胜,回马而逃。

北军见匡胤、怀德勇如猛虎,谁敢上前?都不战而走。匡胤见北军阵乱,匹马单刀冲入军中,无人抵敌。军士尽皆弃甲抛兵而遁。有诗赞云:

> 刀枪剑戟三千队,铁马金戈一万重。
>
> 斩将杀兵人莫敌,应教帝子显英雄。

高怀德见匡胤奋力大战,即便催动大军,一拥冲来;北兵大败,尸如山积,血似泉流。匡胤追了十里,方始收兵;所得粮草马匹器械等物,不计其数。当时赏赐军士已毕,差人报捷世宗。

那单珪败退有十五里,方才立住营寨,计点军士折去大半,现在带伤的亦多。即与四子商议道:"我自来提兵,从未有败;不意今日失此锐气。观赵匡胤之勇,果然名不虚传。况有高怀德相助,难与对敌,如之奈何?"牙将刘武献策道:"主将勿忧,某有一计,要擒匡胤,易如反掌。"单珪道:"汝有何计可擒匡胤?"刘武道:"离此五里,有一蛇盘谷,甚是峻险,里面多是绝地,只有一条小路可出。先令人准备石块,埋伏两支人马于谷口;将军临阵,诈败而走,把赵匡胤赚入谷中;将军抄出小路,将石块塞断,外面用重兵困住,便可擒匡胤矣!"单珪听了大喜。即命守俊、守杰领三千兵，于两下埋伏；自与守信、守能重整人马，至凤凰山来搦战。

　　匡胤闻知，引军来迎。高怀德在马上对匡胤道："昨日单珪大败而去，今日又来，其中必有诡计。将军须要斟酌，勿堕奸谋。"匡胤道："昨日之战，已见其谋。谅此恃勇之夫，何足介意。吾今日务要擒他，方遂吾志。"于是两军相对，北军旗门开处，单珪同二子出马，匡胤道："败军之将，还不早降？尚敢来寻死耶！"单珪道："不必多言，今日吾特来擒汝，以消昨日之恨。"匡胤大怒，提刀出马，北阵单守能，手举方天画戟来迎。两马相交，双器并举，不上七八回合，守能回马便走。单珪与守信举着兵器，出马抵住，匡胤力战二将。不上十合，单珪诈作坠马之势，守信假意扶救，一齐往东北败了下去。匡胤大呼道："捉此老贼，胜斩百将。"拍马来追，怀德随后挥兵掩杀。

　　匡胤此时已深入重地，又见北兵四分五落，放心追来；遥见单珪同着守信，两个在马上，各弃头盔，惊慌而走。匡胤把马加鞭，部领人马，星火般追来。看看追入谷内，忽前面不见了单珪父子。匡胤心疑，即令军士探视路径，军士回报："里面多无去路，只有一条小路，已有石块全断矣！"匡胤大惊，情知中计，急令后军速退。忽谷口伏兵齐起，重重围住。匡胤率兵几次冲杀，不能得出。怀德兵少，急救不及。

　　匡胤部下五千兵，被北兵围在蛇盘谷中。单珪又以重兵绝之，真个水泄不透，鸟飞不下。怀德无可如何，只得引所部之兵，奔回大营，见了世宗，奏知匡胤被单珪用诱敌之计，引入蛇盘谷中，不能得出。世宗大惊道："二御弟全军若陷，吾事休矣！"即敕东营张永德、郑恩，领本部人马速救匡胤。世宗怒将士不肯用心，亲自监军。

　　那晋阳城内刘崇，听知单珪用计已把匡胤困住，心中甚喜，即遣丁贵、李存节、陈天寿领兵二万，屯于城外，与单珪彼此照应，为掎角之势。

　　当时世宗领兵来至凤凰山，列开阵势讨战。北阵上单珪横刀出马，大呼："周兵还不速退，汝将赵匡胤，已被吾略用小计，困死谷中。汝等又来讨死，意欲何为？"世宗听言大怒，道："狂妄贼徒！好好撤去围兵，饶汝一死；不然，便当屠戮汝等为肉泥，以消吾恨。"言未毕，一将涌出阵前，世宗视之，乃张永德也。永德拍马拈枪，直取单珪。单珪抡刀来迎，两军呐喊，战鼓如雷。二将大战约有百合，胜负未分。郑恩在门旗下看战，忍耐不住，提刀跃马，上前冲杀。北阵上单守杰举刀接住厮杀。四匹马绞做一团,你争吾斗,战至日暮,两下人马平折,各自回营。世宗以匡胤不能得出,心甚忧闷。

次日,命高怀德、郑恩领众军往谷口攻打。怀德与郑恩引兵杀至山前,刚到半山,山上炮石弩箭如雨点般打下来,众军如何得上? 只得退屯谷口。正待安营,忽听谷口一声梆子响,箭如飞蝗,喊声大震,众军立身不定,怀德与郑恩无计可施,引众退回大营。世宗见攻打不进,更加忧闷;又遣马全义、岳元福、刘词等,日日与单珪交战,互相胜负,终无一策可救匡胤。因而世宗坐卧不安,寝食俱废,只是轮流遣将讨战攻打。不料北军刘武又献策于单珪道:“今赵匡胤困在谷中,周兵图救,利在速战;将军只宜坚壁以守,不消一月,谷中人马绝了粮食,必尽饥死。何必与彼空较胜负!”单珪大喜。即下令军士坚壁不出,以此世宗遣来的将佐,尽皆空回。

世宗知此消息,如坐针毡。将及半月,并无得救之计。郑恩奏道:“陛下不必忧虑,臣愿今夜拼死杀进,救出二哥。”世宗道:“此非众将不肯尽心,实难攻打,所以不能救出。汝去徒然有损,亦何益耶!”张永德奏道:“陛下可出榜文,招募此处土人:有能熟知地径,偷入谷中的,加以官职,便可救矣! 不然,坐守日月,谷中兵马绝食,不惟不能救,更且难全其生矣!”世宗从其议,即出榜文张挂,招募熟知地径之人。

其夕世宗忧闷迨①甚,寝不安枕;起身带了几个近侍,巡视诸营。时当秋初时候,凉风送体,月白星稀,夜色天街,云华皎洁,正空水澄鲜,红尘隔断之景也。世宗巡视之间,忽听营后有人作歌。世宗侧耳听之,甚觉慷慨凌云,激昂动志。戛戛然,抑扬传清润之声;洋洋乎,自命高一世之想。不争有此一歌,有分叫:绝地顿开生地,危机可致安机。正是:

　　虽离山谷牢笼计,难脱波涛淹没灾。

毕竟作歌者的是何人? 且听下回分解。

---

① 迨(dài)——相及。

第 五 十 回

单珪覆没蛇盘谷　怀德被困铁笼原

诗曰：

> 兵书久闲习，征战数曾经。
> 平云如阵色，半月类城形。
> 对岸流沙白，缘河柳色青。
> 年少多游侠，结客好轻身。

右摘录王褒《从军词》

话说周世宗一心忧着赵匡胤受困，无计可救，因此出榜招募熟知地径之人，好带兵从间道而救。是夕忧愁不寐，巡视诸营，忽听营后远远的有作歌之声。世宗侧耳而听，喜得更深人静，字爽声清，真有激昂青云之志，阳春白雪之风。其歌道：

> 天地反覆兮，吾志能维。干戈扰攘兮，吾计可夷。明珠藏于匣兮，灿烂常晞①。良士隐于山兮，功施无机。已矣！已矣！识者何希？

世宗听罢，暗思："此人必非凡品，吾须访之。"

次日，令人暗暗寻访。不多时，只见同一壮士进营，朝拜已毕，世宗问其姓氏，壮士奏道："小人姓史名魁，字彦升，乃史建瑭之子也。"世宗道："原来是名将之后，昨夜清吟，公所作乎？"史魁奏道："小人向因流落江湖，力营度日。前在绛州遁迹，偶遇单令公相招，随军效力。无如令公竟不见用，故有所感而写怀。"世宗邀入后帐，设酒食以相待。因谓之道："据壮士有此襟怀，何郁郁居于人下，不自计其荣显乎？"史魁道："未逢知遇，安望显荣！小人诚有所待也。"世宗道："朕闻：'良禽择木而栖，贤臣择主而事。'朕从来所最关心者，贤士耳！今见公具此大材，朕实欣慕，欲以微位为屈，不知公肯为朕效劳乎？"史魁见世宗实意用人，便乘机进道：

---

① 晞——干；干燥。

"陛下此言,足见为国之心矣,小人安敢不以实奏。小人虽为单令公帐下牙将,向慕陛下求人若渴,久有投顺之心,恨无其便,故暂止耳。今见单令公用计,将陛下之将赵匡胤困住谷中,彼不知赵匡胤与小人有萍水心交,早欲相救,正在窥伺机会。适遇陛下皇榜招募,故小人作歌以探耳,实欲相投陛下而救匡胤也。"世宗听言大喜,优容而谢道:"公若果有此心,朕之大幸也!但不知用何策而可救?愿闻其详。"史魁密奏道:"此计必须里应外合,方可成功。小人回营,诓取人马,预先伏在谷中,陛下当于第三日夜间,但看火起为号,须便领兵杀入;小人在谷内接应,内外夹攻,匡胤便可出矣。"世宗听了此计,欢喜无限,道:"若得成功,必当重报。"史魁辞了世宗,竟自回营。

第一日无话。至第二日,史魁来见单珪,告道:"小将观赵匡胤世之虎将,周主倚为安危。故匡胤虽困谷中,而周兵坚屯于外,总为匡胤一人而已。彼此贮兵久持,非善策也。小将自投帐下,未建寸箭之功,愿领一支兵径往谷中,乘他食寡力微,斩取匡胤首级,号令军前。彼见匡胤已死,必无战心,其兵自然退矣。此举非唯可解河东之厄,更得将军早早奏凯,不致劳兵日久也。"单珪依言,即拨兵与史魁前去。史魁出营,与心腹将刘勇计议,告以投顺世宗之故,又言:"汝于明日夜间,在营中放火;我从谷内杀出,外面自有周兵接应。救出匡胤,汝功不小,须当紧记,不可有误。"刘勇依议。

史魁领兵来至谷口,见了守围军士,传了令公之令;那军士不敢违阻,让史魁进了谷去,仍然守住。那史魁进得谷来,望见匡胤坐在石上,默默无言,四下兵马不上千余,都是垂头丧气,饥饿形容。史魁嗟叹不已。便将带来人马扎定一处,独自一个走至匡胤跟前,叫声:"将军,困甚矣!可认得故人史魁么?"匡胤此时见谷内有人马进来,打算上前并力而斗;见他把人马扎住,独自前来,心下又是疑惑。及至走近跟前,留心一看,见是史魁,方才放心。立起身来,叫声:"恩兄!因何至此,得非来救匡胤乎?"二人并坐石上,史魁将前后事情,及明夜夹攻杀出谷口之计,细细说了一遍。匡胤大喜,道:"前蒙恩兄在五索州相救,今又如此周全,小弟铭德不忘,必当重报。"史魁道:"些微照应,何足挂齿!"匡胤又道:"小弟部领五千兵受困在此,已有二十余天,饿死大半,剩下军士,杀马而食,这般饥馁,明日怎好冲突!"史魁道:"不妨,小弟带得粮米在此,尽可教他饱食。"遂令军士各各取出粮米——原来史魁带来的军士,每人身旁多夹带着粮米。当下众军把米递与那些饿兵,登时做饭,各各狼餐虎咽了一顿,觉得眼光顿亮,精力复生。

过了一宵,至明日,众军一齐饱餐已毕,等着号火起时,便要动手。将至三更,刘勇在营中放起火来,周营中诸将见了,放起几个号炮,领军望谷中杀来。那里面匡胤、史魁听得外面炮响连天,知是周兵已到,率领众兵,一齐奋勇杀出。冲到谷口,把守把的兵士乱杀,如砍瓜切菜一般,势如山倒。史魁正在冲杀之际,当头来了一将,乃是单守俊拦住去路。大骂:"反贼!往哪里走?"史魁不应,手起一枪,刺守俊于马下。杀散众军,举眼看那北营里,火势正旺,北军乱窜。史魁领了兵马,保着匡胤,出得谷口,正迎着了单珪。单珪大骂:"反贼!怎敢诓我军马,反来助贼?"挥动大刀,劈面砍来,史魁举枪相迎。未及一合,后面高怀德早又冲到,唰的一枪刺来,单珪措手不及,抽回刀来架时,不防刺斜里匡胤杀来,手起刀落,把单珪分为两截。守杰见事不济,弃营单骑而走,正遇着郑恩,交马不三合,被郑恩一刀挥于马下。刘武、守信为乱军所杀,守能连人带马被火焚死。其余人马,杀的杀,降的降,逃的逃,不留一个。

比及天明,看那北军:僵尸数十里,弃下辎重不计其数。查点将士俱全,只有北将刘勇死于乱军之中,史魁甚为伤叹。张永德收兵回营,匡胤入见世宗,拜伏帐下。世宗道:"朕以二御弟被困,坐卧不安;若非彦升进计,险遭其祸。"匡胤拜谢,又谢了众将,众将皆来贺喜。世宗以史魁之功,封为左参军。其余众将,各皆重赏。自此周兵军势大振,远近皆惊,丁贵的犄角之兵哪里还敢出战,暗暗退入城中去了。世宗乃移兵汾水界,扎下营寨,督令将士重困晋阳,攻打倍急,昼夜不息。

刘崇慌得心惊胆碎,坐卧不安,忙召群臣计议道:"单令公全军战没,周兵攻城甚急,契丹驻兵不动,消息全无,眼见国家破在旦夕。汝等众臣,有何计策可退周兵?"丁贵进道:"主公勿忧!臣观河东之地,北控大辽,西接山后,城郭坚固;且有数万精锐之兵,尚在未动,周兵虽然紧困,急切亦不能下。今山后应州山王金刀杨令公,高祖倚为泰山之重,现今手握精兵,帐列勇将,坐镇应州,各处皆闻其威名。主公可差官召他相救,管叫此人一到,周兵立破矣。"刘崇依言,即差使臣赍了诏旨,前往应州召取令公去了。

　　却说这杨令公，名业，字继业，太原人氏。生得面如重枣，五绺长髯，相貌威严，身材凛烈。使一柄大杆刀，上阵如风，因此名为"金刀"杨令公，军中又号"杨无敌"。深明韬略，广有机谋。夫人佘氏，畅晓兵机，熟谙阵法，惯使一个流星锤，勇力倍常，也是个无人敢近得她的。

　　这夫人生长在绿林之中，父亲佘志龙，乃是一筹好汉，山寨称尊，各处响应。当杨业年幼时，奉了父亲杨衮之命，远使探亲，路过此山，被这夫人阻住，要讨买路钱，两下里厮杀起来。不道一般的少年，配定无二的武艺，两个战了多时，竟是个对手。那佘志龙见杨业一表人才，十分爱慕，便请他上山款曲劝谕，纳作了乘龙之客。这夫妻两口儿，真是天缘巧合，分外恩勤。那杨业也把许多忠言美语，劝志龙改邪归正，图取功名。志龙乃是铁铮汉子，焉有不依，一听其言，便心悦诚服。因此杨业回见父亲，把这委曲缘由，一一说了。杨衮便请旨招安，封官外镇，做了封疆大臣。这是从古以来的英雄好汉，做事光明，直截痛快的作用。

　　那杨业所生七子：长曰延平，次曰延定，三曰延辉，四曰延朗，五曰延德，六曰延昭，七曰延嗣。又有义子怀亮。这八位郎君，弓马娴熟，武艺出众，都有万夫不当之勇。又有两个女儿，称为八娘、九妹，也是勇敢非常。所以其时盛称山后杨家兵为最。

　　当日，杨业正在府中与八个孩儿议事，忽报薛王差官来召。杨业受旨讫，与牙将王贵说道："吾曾屡闻薛王兵败河东九郡，单珪全军覆没，周师强盛，无有其敌。今薛王既然来召，不得不去救援一遭。"王贵道："公今若去，小弟亦愿同行。"杨业大喜。即日点起三万精兵，同了八子与王贵一齐起行，到了金锁关，放炮安营。早有探子报入周营，世宗聚齐众将商议。匡胤奏道："臣闻山后之兵，天下莫敌；今彼既来对垒，岂有畏避之理！臣愿协同众将，领兵与之决战，无劳圣虑也！"世宗依允，下令诸将各宜仔细以待。

　　时夜三更，世宗宿于军中，梦见一个妇人，宽衣博带走进帐中，后面随着许多女从，约有二十余人，手里多拿着一块木牌，牌上画着云霓，中间写个大大的"水"字。见了世宗，只把这牌儿来晃。那妇人走近前来，对世宗说道："陛下军威已盛，远人莫不敬畏矣！车驾即宜速返；不然，恐数万兵马受苦也！我乃本城之隍，特来报知，望陛下留意。"言罢而退。世宗步出帐来，要问端的，却被袍服一绊，跌了一跤，顿然惊觉，却是一梦。见

案上留下一简,世宗起来看时,见简上有诗四句,墨迹未干。那上面写的:

> 百战功成第一机,全凭汾水隔华夷。
>
> 贪功不解波涛涌,数万雄师俱受欺。

世宗看了不解其意,至天明召群臣详解,皆不能知。又召乡民问之,内有老者对道:"离汾水十五里之地,有一后土夫人神庙,莫非此神显灵,来报陛下也。"世宗听言,即命匡胤赍香烛往探,如有神庙,可即上香。匡胤领旨去看,不多时,回奏道:"汾水西南,果有后土夫人庙,臣已焚香,谨来回旨。"

正言间,忽报北汉杨业兵马已到了。世宗听报,便问诸将:"谁敢领兵去敌?"匡胤奏道:"臣愿往!"世宗许之。匡胤带领精兵一万,与郑恩、高怀德等,到平川旷野列开阵势。两军相遇,周兵见山后兵果然雄壮,与单珪兵马大不相同,众各啧啧称羡。三通鼓罢,放炮一声,只见主帅杨业骑马而出,上首牙将王贵,下首义子怀亮。匡胤叹道:"人称山后之兵为最,果不虚也!"言未毕,一将出马,乃高怀德也。怀德拍马挺枪跑至阵前,高声喝道:"谁敢出来会我?"对阵杨怀亮看见,纵马出阵,喝声:"俺来也!"舞起竹节钢鞭与高怀德相迎。两下金鼓齐鸣,喊声大举,二将战上四十余合,不分胜负。

杨业在马上见子不胜,称羡怀德之勇,时天色已暮,两下各自收兵。杨业进关,与王贵议道:"今观周将之战,果是英雄;必须定计先捉此人,其余不足介意矣。"王贵道:"公用何计可以擒之?"杨业道:"离金锁关四里之地,有一所在,名铁笼原,山上并无树木,四面峻岭便于埋伏;明日令怀亮交战佯输,将他赚到原中,我与公登山观望,指挥四面人马,只看周兵到处,重叠围困,可擒周将也!"王贵道:"公之妙计,真鬼神莫测也!"于是杨业暗传号令,命总管冯益领兵三千,埋伏去了。那冯益原是郓州守将,因得罪逃亡,投在杨业麾下。

次日,杨业放炮出关,摇旗擂鼓,阵前讨战。匡胤引兵而出,高怀德道:"昨日未定输赢,今日出去,誓必擒他,以挫其势。"匡胤道:"北将亦是劲敌,汝不可轻视,须要小心。"言毕,两军对圆。高怀德挺枪跃马,望北军杀来,北阵上杨怀亮舞鞭相迎。二将交马,约战十余合,怀亮回马望本阵而走,杨业带兵先走,军势败北。高怀德拍马追赶,后面赵匡胤驱兵继进,势若山崩,北军尽弃衣甲而逃。怀德要立功劳,追入深地,将近铁笼原来,只听得一声炮响,冯益伏兵齐起,将周兵冲作两段。北将杨延昭拒住后兵,不能前进。怀德被北兵逼入原中,部下只有一千人马,哪里冲突出来!又怎当杨业在于山下,手执红旗,指挥三军围裹,任你插翅也不得出来。匡胤与郑恩正在后面追来,闻知怀德被北军所困,便与郑恩鼓兵冲至山前;那山上弩箭似雨,炮石如烟,周兵伤折无数,只得收兵退十五里安营。杨业与冯益把守谷口,差人报捷薛王。

刘崇知杨家兵已胜,遣使赍羊酒至营前赏军。杨业分散众军,皆令列于营门之外,奏乐纵饮,如是者数日。有伏路军校将此报知周营,郑恩道:"贼将战胜自负,不理军情;可乘他怠惰,领兵去劫他营寨,便可救怀德了。"匡胤道:"不可!杨业乃智勇之将,必有整备;贤弟若去,恐中其计。待等主公驾到,商议救怀德之计。"郑恩道:"若待驾到,怀德困死多时了;二哥既然怯他,不去劫营,吾领本部兵,自去破他。"匡胤再三阻挡,不肯听从,只得引兵随后接应。

却说杨业,每日纵令军士在营前鼓乐饮酒,当有王贵谏道:"主帅疏令军士长饮,不理军情;倘周兵得知,鼓勇而来,恐非吾之所利。"杨业道:"无妨!周兵大败而去,气已馁矣,安敢再来。公何必多疑?"王贵道:"小将闻:将骄兵惰,必败之道也。公今蹈骄惰之失,倘一旦兵至,何所御哉!"杨业笑道:"公行兵多年,尚不知其奥耶!此吾之计也。吾观金星入荧惑①,应在今夕,周兵必来,故行此计以诱之。公可引兵往正南扎住,但看火起,乘势杀来,可获全胜。"王贵方才大喜,引兵欣然而去。杨业又令:"怀亮、延德各领一千军伏于要路,放过周兵;汝等便去劫他的营,看周兵败回,再行击杀。"二人领计去了。又令:"延朗、延昭各领精兵于大营左右埋伏,看周兵入营中计,汝等便放起火来,从两旁攻杀。"二人亦领计去了。杨业分拨已定,乃空立营寨,自己领兵退至寨后,以观动静。

时至二更左侧,郑恩引部兵二千,悄悄而进;匡胤领马兵随后接应。望见北寨更点不明,寂无人声,郑恩引兵呐喊一声,杀将进去,看见空营,郑恩大惊,叫声:"中计!"急令后军速退,勒马要回。忽见营外一把火起,两旁杀出杨延朗、杨延昭,阻住去路。更深厮杀,鏖夜交锋,郑恩不敢恋战,冲围而走,正遇匡胤兵到。郑恩叫道:"二哥,贼将已有埋伏,须要仔

---

① 荧惑——迷惑、炫惑。

细!"匡胤道:"三弟,你保了中军速走,我当敌住追兵。"两个望前正走,忽听喊声大振,当头杀出一将,乃是北将王贵,阻住大杀一阵,折军大半。弟兄二人夺路而走,奔回大寨,望见营中又是火起,只见左有杨延德、右有杨怀亮两路兵杀来,周兵大败,各顾性命而逃。北兵追赶十里,方始回兵。

弟兄两个见后面追兵已去,然后立住营寨。等到天明,郑恩收集败残人马,与匡胤回见世宗,诉奏杨家用兵如神。因救高怀德,故去劫营,不料他先有准备,被他伏兵杀得大败。世宗大怒道:"朕当亲自督军,与杨业决一胜负!"即下令各营将帅,率领所部人马起行,至地名汾水原安下营盘。离金锁关有二十里之遥,整备遣将讨战不题。

先说杨怀亮自劫营回兵缴令之后,杨业自己要退守关隘,即拨怀亮帮助冯益困守谷口。是夜怀亮伏几而卧,忽得一梦,从梦中哭了醒来。只因有此一梦,有分叫:埙篪误分吴越,吴越仍返埙篪。正是:

　　　悲欢离合从天定,祸福安危怎自由!

毕竟怀亮做的甚梦?当看下回自知。

第五十一回

冯益鼓兵救高将　杨业决水淹周师

词曰：

　　堪悲金革，暴露奔波。惊传刁斗梦魂呼。贪名图利谁嗟怨，何处家乡室又孤。　　寄身锋刃，法重威多。怎分水火命来铺。三军应贱粮殊贵，一将功成万骨枯。

右调《踏莎行》

话说杨怀亮奉了杨业之命，领本部兵至铁笼原与冯益同守谷口。两下各立营寨，彼此照应，期待高怀德困死谷中，以收全功。是日怀亮因累日辛苦，伏儿假寐片时。只见营外走进一人，头戴金幞头，身穿白龙袍，扬扬赫赫，立于面前，叫声："怀亮儿！你怎么骨肉不分，助异姓而残手足乎？"怀亮举眼一看，不是别人，原来是父亲高行周，即忙跪下，叫道："父亲因何至此？孩儿自幼失离，抛弃多年；今在杨令公帐下招为义子，不能省视父母，儿之罪也！但孩儿从不曾帮助别人伤残骨肉，父亲此言何故？"行周道："别的莫说，只这铁笼原被困之人，难道你不知么？"怀亮道："那铁笼原内被困的，孩儿虽不知他姓名，总是敌国之人，该当如此，父亲说他则甚？"行周道："只这一人，便是你自戕手足，伤残骨肉了，尚不自悟，还要多言！"说罢，往外就走。怀亮忙叫道："父亲且慢去！孩儿还要问个端的。"叫了数声，行周并不答应，一直往营外去了。怀亮随赶出来，却已不见踪迹，不觉放声而哭，便哭了醒来。见桌上灯烛通明，帐外巡逻已打三鼓。

怀亮定性一回，呆呆想道："此梦做得甚奇！方才明明见吾父亲，说吾伤残骨肉；又道谷中被困之人就是手足；吾想手足乃是弟兄，吾只有一个哥哥名叫怀德，他谅来好好的住在家里，或者在于父亲衙中，怎么谷中的就是吾哥哥起来？实是难猜！"忽又想道："这被困的，既是吾哥哥，怎么梦中又见父亲来说？若是父亲来托梦，难道父亲已弃世了不成？这些缘因，叫吾怎能明白？就是被困之人，前日吾在阵上与他交锋之时，武艺果然高强,只是面貌依稀厮像我哥哥。但天下同貌的甚多,我一时也不好想得。只恨着交锋时,不曾问得姓名,终于难辨是否。"左思右想,忽然说道:"有了! 我且待明日夜间,修书射入谷中,要他回答;如若果是吾哥哥,我好计议救他。兄弟既得相逢,连父母的存亡也就晓得了。"

主意已定,等至明日黄昏,悄悄修下了书,至二更时分,两下营中都已寂静,怀亮便令心腹军士,以巡逻为名,将书射入谷中,"等了回书前来报我。须要机密,断勿泄漏。"那军士奉命,将书藏好,手执弓箭,先往谷口紧要之处假意巡视了一遍,悄悄蹑到山僻高处,取出书来缚在箭上,去了箭镞,搭上弓弦,望着谷中射去;正值军士坐地,听得箭响,取来一看,见箭上有书,忙来献与怀德。怀德接来拆开观看,喜得月色朦胧,可以照看。只见上面写的:

> 郓①高怀亮,奉令拥兵守谷,尽职役也;不意梦有所感,忆念手
> 足漂离,未知所在。今谷中敌将踪迹可疑,如系同胞,可书名号为照。
> 如其不然,别有商量。军中机密,毋得自误,立候回音,以便酌处。

怀德看罢书,失声泪下,说道:"吾弟不知存亡,谁想在于此地。若非皇天相佑,安得有此机会,使吾兄弟重逢,此真大幸也。"随身边取出笔砚,就在字后写着几句道:

> 郓州高怀德,督兵伐叛,被困幽原,粮草已无,事在危急。天遣贤
> 弟相救,何幸如之! 今以的名为照,速宜裁度。会面之时,细谈委曲。
> 立望! 立望!

写罢封好,仍缚箭头,至原处射出。那军士正在等候,拾了书,归营来送与怀亮。怀亮拆开观看,见了书词,汪然泪下,道:"若非此梦,几使吾兄无葬身之地矣!"遂重赏了军士。

至天明,怀亮持书来告冯益,道:"小将父亲高行周,生我兄弟二人,今兄怀德被困谷中。昨夜梦见父亲来告,方知其实。因此特来禀知总管,望乞设谋垂救,小将感戴不忘。若事不成,愿与吾兄同死。"言罢,泪流满面。冯益听言,奋然说道:"我亦周臣也! 因得罪投于山后,原非得已;今既有此事,我当与汝定计,救出尔兄同去归周可也!"怀亮拜谢道:"总管若肯如此,愚弟兄虽死不忘盛德!"于是冯益差人,暗暗诣周营报知其故,

---

① 郓(yùn)州——地名。在今山东境内。

约定黄昏,听炮响为号,便当引兵来接应。两下知会定了,都已整备。

　　至晚,冯益撤去围兵,放起炮来。高怀德听得外面炮响,料着兄弟来救,即引部兵从内杀出。冯益招呼,合兵一处,杀奔关下。哨马报入关中,令公大惊,令延昭领兵三千,速去拿来见我。延昭得令,领兵出关,正遇怀亮。延昭道:"父亲以汝为子,恩义兼隆;汝乃背反而去,是何道理?"怀亮道:"兄弟之情,不得不救。"延昭大怒,挺枪直取。怀亮舞鞭相迎,战不数合,怀亮不敢恋战,正待要走,忽正南上来了一支人马,当头便是郑恩,舞刀来攻,延昭抵敌不住。那冯益与怀德催动后军,掩杀过来,延昭势力不支,回马引兵而走。比及天明,周兵合为一处,来见世宗。世宗见救出怀德,又添二将,又得了许多军马,心怀大悦,即封冯益为御营团练使,高怀亮为副先锋,二人谢恩。怀德同弟怀亮,拜谢匡胤等诸将。匡胤道:"前者吾亦被困,蒙众位之力,得脱其难。凡在同朝共事,何必言谢。喜得汝兄弟重逢,诚因祸而得福也! 我等众人,当共设一席,聊为庆贺。"众将道:"当得如此。"遂乃设席营中,彼此畅饮,尽欢而散。

　　次日,世宗下令,各营诸将齐分营伍,攻取金锁关。诸将得令,分头攻打,声势甚锐。杨业见冯益、怀亮二人叛去,悔恨无及,召诸将计议道:"周兵攻城甚急,尔等诸将有何谋划以破之?"延昭进道:"周兵连营六座,攻吾关隘,意在必得;兼之赵匡胤、郑恩、张永德、二高皆虎熊之将,似难与争锋。依儿之见,今且不必与之交战,俟①其懈怠,大人设计以破之,易如反掌矣。"杨业听言大喜,道:"吾儿此论,暗合吾心。"遂下令诸将按兵不出,坚守城池。

　　当时又过了数日,杨业带了数骑,上高阜处观看周兵,见旗幡严整,军士雄伟,列营于汾水之原,兵势浩大。又看那龙川水势,白浪滔天,接连汾水。杨业看了大喜,道:"已入吾掌中矣!"回马入帐,对王贵等说道:"周师十数万,旦夕必受吾累。"诸将问道:"主帅何以知之?"杨业道:"不识地利,安能活乎!"诸将尽皆未信。时当八月初旬,凉风透体,秋雨连绵。杨业差拨军士,整备船只,检点水具,听令应用。延昭问道:"陆地行兵,何用船只?"杨业道:"兵家玄妙,岂尔所知也! 兵法云:'军入陷地,有犯天时。'逆天行道,必败之道也。方今秋雨连绵,汾水必然暴涨,吾故差人整

---

①　俟(sì)——等待。

顿船筏,备齐水具,往各处水口壅住。待等雨甚水发之时,放开闸坝,其水冲下,周兵尽为鱼鳖矣!"延昭拜服道:"大人神机妙算,岂儿辈所能测也!"正是:

> 安排妙计擒豪杰,预定奇谋捉帝王。

却说周兵因连日秋雨不止,满营皆湿。匡胤来见世宗,奏道:"今吾大兵列于汾水原,地势甚低,前望龙川水势泛溢;近日秋雨淋漓,倘杨家效汉关公决水之计,吾兵何以当之?"世宗道:"朕正虑此,未得其策。"即传军师王朴计议其事。王朴奏道:"臣夜观天象,见杀气聚于本营,于大军甚为不利;主公速宜拔营移寨,庶几可以免祸。"言未毕,只听得帐前一派的声响,如万马奔腾,似千军震鼓,澎澎湃湃汹涌而来。世宗大惊,出帐上马,只见四面八方水势滔天,风雨更甚。各营将帅要备船只,已来不及。顷刻之间,平地水长数尺,军士慌乱,无处躲逃,唯有追波逐浪,淹没漂流而已。

此时赵匡胤保了世宗,于高处奔走,正遇杨业父子各驾快船,摇旗擂鼓而来;见世宗绕岸而走,即便弃船登岸来追。匡胤怒声若雷,挥刀跃马,抵住杨业交战。战上数合,王贵一马又到,匡胤奋力抵敌。却好郑恩、张永德、高怀德一齐杀来,见北军势盛,不敢恋战,保了世宗先走。

匡胤力战杨业,又有王贵帮助,战斗多时,料不能胜,回马拖刀而走,杨业哪里肯舍,拍马追来。此时匡胤单骑奔走,才过龙山坝,不期路滑泞泥,纵蹄一失,连人带马陷入川泽之中。杨业一马赶到,提起金刀正劈个着。只听得一声霹雳,匡胤顶上现出真龙,伸足往上抓住,金刀便不能下。杨业大惊,心下想道:"真命之主,不可伤也!"忽匡胤坐下赤兔马红光一现,腾的纵出泽中。匡胤急带丝缰,正要望前奔走,只见杨业勒马提刀不来追赶,叫声:"且慢!此去绝路难行,君须望南而走,便是大路。当记今日杨业不杀之恩。"言罢,回马而去。后人有诗以表之:

> 杀运英雄角逐秋,鏖兵垓下①阵云收。
>
> 骅骝已陷翻腾起,帝主威风盖九州。

却说赵匡胤误被马陷泽中,又见杨业追到,举刀便砍,一时眼前昏黑,

---

① 垓(gāi)下——古地名,在今安徽境内。项羽曾在此被围失败,此借喻赵匡胤。

意乱心迷。一会儿才能清醒,那马已立在岸上。又见杨业勒马停刀,指明去路,又说当记不杀之恩,言毕而去。心下沉吟,不知何故,策马向南而走。只见当头一彪人马到来,却是郑恩。因不见匡胤,领兵来寻,当时见了,一齐从岸向南而走。但见水势汪洋,各营军马尽都淹没;其余会水得命者,不上一二万。后人有诗叹云:

> 万马争奔势若潮,一时军卒尽流漂。
> 可怜无数河边骨,犹带冤声涌怒涛。

诸将保了世宗,退至数十里,招集得命军士,扎立营盘。查点将士,不见匡胤、郑恩二人,世宗心慌,正欲差人寻觅,忽报二将已到,世宗方始心安。二人见驾,各各慰安。少顷,文武官员、随征将士渐渐复集。世宗见折了许多人马,愤怒不已。乃谓诸将道:"数日前已有神明报知其事,朕尚未明其故。不想今日果应斯言,殊可痛恨。"王朴奏道:"气数有定,故不能逃。但胜败兵家常事,陛下不必忧焦,有伤圣体。"世宗怒道:"朕誓与杨业决一死战,以报其仇。"匡胤奏道:"不可!军士折伤大半,粮饷不继,士卒已无战斗之心。陛下若与之战,恐其不利。不如暂且班师,再图后举,谅刘崇如釜中之鱼,安能逃其生哉?"世宗自知锐气已挫,难以奋兴,只得允从其议,先差人至忻州,暗暗抽回岳元福这支人马,然后下诏班师。

各营将士得旨,无不欢喜,尽皆整顿回师。岳元福奏道:"陛下,进兵易,退兵难。今杨家与刘崇声势相依,非可小视。倘杨家探知我军退去,密地出兵来追,甚非所利。为今之计,陛下可命大将断后,以防彼兵追袭。陛下前军缓缓而退,便无患矣。"世宗听奏大喜,即命高怀德、高怀亮、冯益三人为前锋,郑恩、岳元福、马全义拥重兵断后。自与赵匡胤、张永德、符彦卿、王朴、史魁等以下战将,并宿卫军马居中。即日焚其营寨,班师回朝不题。

且说杨业水淹周师,大获全胜。探马报到,周兵拔营退去。当有五郎延德进言道:"周兵丧胆而去,孩儿愿领轻骑追袭,务要赶上,将周主拿来献功。"杨业道:"不可!兵法云:'归师勿掩,穷寇莫追。'吾观周将知识者多,彼军虽退,必有强将断后。汝若追之,反遭其算矣。"延德乃止。正是:

> 运筹帷幄能相慎,决策疆场不受欺。

杨业既胜周兵,差人报捷于刘崇。刘崇得报,愤然叹道:"高平之战,早得此人,焉有大败!"即遣丁贵赍羊酒金帛等物,至营中赏劳。令公拜受,分给诸军,众各欢喜。

次日,杨业随丁贵入城朝见,刘崇安慰之,说道:"累卿远来,大胜周兵,于孤家振威多多矣!"杨业奏道:"此皆大王之福,与诸将之能。臣有何功,敢蒙奖誉!"刘崇大喜,设宴款待。是日君臣畅饮,尽欢而撤。杨业辞驾谢恩,因又奏道:"契丹奸诈莫测,勿宜亲近。如竭府库以与之,彼终无厌,而大王则自空其国矣!"刘崇深然其言。又赐以金珠珍玩之物,杨业拜受辞归。

至次日,下令拔寨回兵,正是鞭敲金镫,人唱凯歌。大军在路无辞,不日将至五台山,杨业对王贵道:"五台山有智聪长老,精于禅理,能知过去未来,久欲会晤,未得其便。今幸有此机会,欲与足下同往一访何如?"王贵道:"吾亦久闻此僧善知相法,公若去见,小将当得奉陪。"杨业遂将兵马屯扎山下,同了王贵,带了七子,后面跟随着十数骑,一行人齐上山来。此时中秋以后,久雨初霁之时,见那山色空蒙,云光映远,层台耸兀,峭壁巍峨。正合着两句古诗道:

晴光开断壁,曙色半松亭。

杨业带了众人上山来,至寺前下马。抬头看那山门上,有一匾额,镌着"五台禅寺"四个大字。当时先着人进寺通报,不多时,智聪长老出来迎接。一行人进了山门,走过几间大殿,至方丈,见礼分宾而坐。童子献茶已毕,长老问道:"不知将军贵驾降临,有何高论?"杨业答道:"小可太原人氏,武职出身,姓杨名业,表字继业。因救河东之厄,得胜回师。久仰禅师明测祸福,精察穷通,故此特来参礼,叩问前程。恳乞指示迷津①,幸勿隐吝。"智聪道:"久仰将军英名远布,今垂枉顾,贫僧法缘之幸也!"杨业遂令左右献过礼物——乃是黄金十两,绽②丝二端。智聪辞不敢受。杨业道:"些须薄物,聊表相见之情,切勿固辞。"乃命童子收过。遂而叩问终身,要求指点。长老道:"将军乃当代之柱石,举世之英雄,今日运谋帷幄,他年垂名竹帛,又何待贫僧饶舌,妄拟青白哉!"杨业坚请再三,长

---

①　迷津——使人迷惑的错误道路。
②　绽(zhù)——指苎麻纤维织的布。

老道："既将军不弃，贫僧有四句偈言，望将军记取。"杨业道："愿闻。"长老遂将纸笔铺排，写出一首偈言道：

　　立名无佞，建业天波。

　　辛勤劳苦，李陵荣枯。

写毕递与杨业，杨业细看，不解其意。再三恳求，欲为解说。长老道："此天机也，久后自应。将军已能循理而行，其后福岂有量耶！"

　　杨业遂将偈语收藏，又唤过七子与智聪相之。智聪逐一相过，说道："皆栋梁之器也，贫僧何用多言？"杨业道："理贵直言，小可决无见怪，望禅师明言之。"长老笑道："既将军不嗔，贫僧只得冒渎了。细观七位将军，皆是忠国勤民之相，只可惜刚质太露，他日恐不能得其善终。七郎君目有变睛，须防箭危。唯六郎君形貌光舒，可保其爵禄。然一生有忧无乐，好事多磨，虽得令终，未许安享。贫僧所论如此，亦在诸位小将军之自保耳。望将军勿罪！"杨业听罢，抚掌大笑道："大丈夫得死于沙场，幸也，何用计较哉！"此时日色已暮，智聪令侍者安排素席相待。众人席上各诉平生豪气，谈笑悠然，直饮至兴尽更阑①，就于寺中安歇。

　　当时众人都已寝定，内中只有五郎延德，寝不能寐。他因日中听了智聪之言，心怀忧惧，反侧难安，遂乃披衣而起，要往禅房来见长老，求个趋避之方。只因这遭儿此心一发，有分叫：身处寰宇之中，心超尘俗之外。正是：

　　功名事业人皆美，生死机关谁肯参？

毕竟延德去见智聪有甚说话？且听下回分解。

---

① 更阑——更深夜尽。

第五十二回
真命主爵受王位　假响马路阻新人

词曰：

寻传銮舆回京阙①，眼看旌旗离边塞。貔貅何用唱欢歌，养些余威博后决。回视波涛歇，打点精神，凯旋声接。各人暗里思量，笑彼刀无血。　　可曾建甚功，卒蒙诏婿封。宜尔家，乐尔室，一朝挂紫衣。寻盟自合鸳鸯玦，成就从前缺月。怎如红叶沟传，风流初度，春宵一刻，海誓山盟结。

右调《归朝欢》

话说杨延德日间听了智聪长老相断之言，心怀忧惧，寝不能寐；等众人睡着，独自披衣起来，悄悄往方丈之中来见长老。此时长老正坐禅床，凝神定性，忽琉璃光照见有人走进方丈中来，定睛一看，见是日间所相之人。便开言问道："将军因甚尚未安寝？暮夜到来，有何话说？"延德道："小可延德，甫闻禅师法语，心实不能自安；为此笃志而来，恳求禅师慈悲为本，指点小可一条生路，得全首领于九原，死亦感德不朽！"智聪道："此乃各人造化，数定无移，贫僧如何救得？将军误矣。"延德再三拜恳，长老见他心志诚实，便说道："既将军要得生路，别无方略，只有高飞远举，遁迹林泉，置世事于无心，超形迹于尘外，庶可全身远害，自保其身矣！"延德道："禅师之教，善全之策也！但小可思父子至亲，情关忧戚，一旦分离远去，于心亦不能安，如之奈何？"长老道："明哲保身，智者所贵；承欢膝下，人子当然。念汝言出真心，贫僧不得不曲为筹矣！"遂乃取出小皮匣一只与之，道："此乃天机，慎勿泄漏，宜紧藏于身；往常不许开看，如遇大难，方可开看，内中自有救汝之计，断勿忘也。"延德接了皮匣，再拜而谢，欢欢喜喜，归至客房去睡。有诗为证：

前程打动机关透，智者相怜警悟深。

---

① 阙(què)——宫门前两边供瞭望的楼，泛指帝王的住所。

不是当年能受教,将军宁起入禅心。

次日,长老命行童安排早饭,只见杨业率众来辞,长老苦留不住,只得送出山门。一行人下了山,回归营寨。杨业传令拔寨起行,大军离了五台山,取路回应州,按下不题。

那契丹主兵屯忻州,见有周兵阻住,不敢轻进。这日忽报周兵都已撤去,不知何故?契丹主也先差人细细打听,方知刘崇召山后杨家兵水淹了周师,以此得能退去。契丹主听报,正在赞叹杨家之谋,忽有刘崇差官来到,送上金珠宝物,请契丹主回兵。契丹主得了贿赂,统领人马回本国去讫。

却说世宗收兵还朝,进宫请了太后安。从此朝廷政事,皆自亲裁,补偏救弊,赈恤民瘼①,朝野尽皆欢悦。因想赵匡胤等诸将,能用命效力,合当封爵以酬其功。于是论功之大小,定爵之次第:遂以都虞侯赵匡胤晋爵封为南宋王,郑恩封为汝南王,高怀德、张光远、罗彦威、张永德皆封列侯。岳元福、马全义、符彦卿皆封节度使,分镇外郡,以其年老,免于上朝。冯益、史魁、高怀亮等封为御林军都督。进王朴为丞相。改元显德,分赐宅第于王侯等,未得衙署者,又令各自挑选家将以实之。众臣各各谢恩而退。时怀亮问兄以父母之事,怀德将父死潼关,母存故土之言说了一遍。怀亮悲声大痛,不胜凄伤,方知父亲托梦有自来也。

一日,世宗设朝,文武朝见已毕,南宋王赵匡胤出班奏道:"汝南王郑恩,前定陶家庄三春为室,尚未婚娶,乞圣上恩赐完姻,臣等不胜欣幸。"世宗问道:"三御弟此姻几时下聘?何人为媒?在于何处?"匡胤奏道:"是臣为媒。因在百铃关随太后銮舆回京,于路驻跸②。郑恩惧暑洗浴,往陶园偷瓜被打。臣见陶三春勇力过人,兵机通晓,特任斧柯③,与彼联姻。"又将前后事情,备细奏了一遍。世宗听了,几乎笑倒,因说道:"姻缘本是前定,匹耦④亦属合宜;御弟执柯,正得其所也。"即传旨:"宣汝南王见驾!"当有司礼监传宣:"万岁爷有旨,宣汝南王上殿!"只听得下面答应一声"领旨"。世宗在龙椅上,举眼看时,只见郑恩从丹墀走上殿来,衣冠

① 民瘼(mò)——百姓的疾苦。
② 驻跸——帝王出行时,沿途停留暂住。
③ 斧柯——同伐柯,即做媒人。
④ 匹耦——匹偶,对手。

气概，与前大不相同。怎见得：

　　　　头戴三尖光溜帽，身穿八卦团花袄。

　　　　金镶玉带束腰间，粉底乌靴随舞蹈。

　　郑恩走至驾前，执笏嵩呼，拜了三拜。看官：郑恩本是粗鲁之人，跟了匡胤走闯关西，招灾惹祸，吃酒行凶，乃是专门绝技；亏了匡胤叫他习学文礼，所以革去旧规，知些礼貌。然而匆忙之际，终多失仪，故此今当朝拜，只行了三礼。世宗见了，暗暗的好笑："这鲁夫礼貌不全，怎做朝廷大臣？然较之昔日，也算亏他的了！"遂传旨赐坐。郑恩坐在锦墩之上，眼珠儿瞧着鼻头，动也不动，以为尽礼。世宗问道："三御弟，朕闻你定下一头亲事，也该奏与朕知，早早完聚，因何只不题起？"郑恩道："这多是二哥做的事务，于臣何干！"世宗道："男女居室，人之大伦，汝怎么推诿别人？"郑恩道："臣本不要这女人，多是二哥与臣为媒。"世宗道："朕今差官前去迎接陶三春到京，与汝完姻，以成大礼。"郑恩奏道："方才臣已说过，总不要这女人；如陛下要去迎来，这原是二哥做的媒，任二哥取了去。"世宗微笑道："汝说来言语，通无道理；聘定婚姻，让与媒人，自古以来，从无此理。朕逆知汝意，不过嫌他力勇，常恐受他教训耳！然汝虽惧他，朕实嘉悦。下次汝或不知礼貌国法，即着王妃尽情责罚。"传旨，着礼部知道，即日差官四员，安备半朝銮驾，前往陶家庄，迎娶陶三春到京，择日与三御弟汝南王郑恩成亲。龙袖一拂，驾退还宫。文武官员一齐退出。

　　郑恩道："二哥！我说过的，这驴球入的女娃娃，委实不要他，娶来做甚？就是取了来，我也不肯与他成亲。"匡胤道："三弟！你说甚话，朝廷旨意，谁敢有违？汝若不遵，便是逆君大罪了！"郑恩道："我不要就罢了，他把我怎样定罪？"匡胤道："天子喜怒不常，随事可以问罪。汝今违忤不打紧，轻则革职为民，重则斩首示众，岂肯以汝御弟而宽宥耶！"郑恩道："据你讲来，必要依他的了；只是我向来没有拘管，好不快活；如今却做了死人，一步也不得做主，呆呆地听人吩咐，好不耐烦！既然如此，我只得依了他罢。"说罢，二人各自回府。

　　匡胤见了父亲，劝把妹子配与高怀德为室，赵弘殷大喜，即便择日，招怀德为婿。王侯做事不比庶人之家，至期张灯结彩，鼓乐喧天，在朝文武各各送礼贺喜。当日新人参天拜地，请赵弘殷夫妇当厅受拜。然后夫妻交拜，花烛合卺，送入洞房，诸般礼数不必细说。至次日，赵弘殷大开筵席,请在朝文武饮过了喜筵。诸事已毕,三朝之后,赵弘殷备下花银千两,准折妆奁,送高怀德夫妻回归府第。怀德差了家将,备设安车,往山东迎接母亲到来,安享荣华。按下不题。那礼部奉了圣旨,差官备驾,往陶家庄迎娶,也不必细表。

只说陶三春的哥哥陶龙、陶虎,自从赵匡胤为媒,把妹子配与郑恩,留下聘礼,别去之后,他却时时着人打听。闻得赵匡胤保驾,兵下河东,立了战功,受封都虞侯之职,郑恩亦得侯位之封。心中欢喜,进房来与三春说知其事。三春道:"哥哥,小妹前日言犹在耳,他若有了王位,方可成亲;如今只是封侯,哥哥且莫欢喜。"陶龙道:"贤妹,你莫要小觑了这侯位,他立功至此,亦非易事,日后再有功绩,这王位便可立致矣!"说罢,相别而出。遂乃着人前往苏杭两处,置办绫罗缎匹,龙蟒妆花;唤了许多裁缝至家,整月的做就内外衣服;又置办那些铜锡器皿,什物家伙,件件俱全。三春知道,便叫:"哥哥,他既封侯,难道府中没有应用之物?也要哥哥这等费心!"陶龙道:"各人体面,理上该当。况我陶门,又非小户人家,岂可草率,遗人耻笑。就是那从嫁丫环,任从贤妹自择,诸事都宜预备,免得临时侷促,不及周章。"三春听了大喜,感激兄长用心。于是将自己房中一切该用之物,随时收拾停当。

不觉又过了多时,那一日,只见本县县官到来报喜,陶龙弟兄接进大厅,见礼坐下。茶毕,县官开言说道:"贵府令妹丈郑,今封汝南王,御赐完姻;皇上特差礼部官四员,领带宫官,排列半朝銮驾,迎娶王妃,不日将到。先有探事报来,为此下官先来报喜。"陶龙、陶虎恭身拜谢,设席款待。因说道:"治民一介布衣,不知礼数;若明日天使到来,该是如何款待,望老父母指教!"县官道:"天使到来,须设正席四桌,外备折席礼四封。銮舆仪从,设备席五十桌,记点每人赏封银二两。其余装车夫役,与之酒饭,均为赏赐。其工食之项,到京时,郑王自有给发。依此整备而行,便无疏失。"弟兄二人,一齐致谢道:"愚弟兄村野之夫,几乎失礼,承老父母所教,心目爽然矣!但俟天使到舍之时,望在先二日,差贵役相闻,好办酒席。"县官应允,酒散谢别而去。那陶家二嫂闻知此信,进房道喜。说起县官之言,不日天使就到。三春道:"妆奁什物,哥哥既都备下,不必说了;所有该用酒席赏赐等项,将父母存下千两之银,听用可也。"

且说南宋王赵匡胤,一日请高怀德到府商议道:"陶三春勇力过人,曾将郑恩力服，自恃高强，目无能人。今出嫁到京，未免视吾等亦如同类，吾意欲于路送信于他，使他知惧。然遍观在京诸将，皆非敌手，唯汝比张、郑力大，可与为敌。汝可带领两府家将，只做打围，先差家将暗暗告知宫官，不可慌乱；汝便装做响马，要他买路钱，他自然发怒，亲自出来交锋，便可试他武艺高下了。汝宜见机而作，然后说明相接之意，使彼知我勇猛之人，亦为不少。且使郑恩日后也有光彩。"怀德笑而从之，整备停当，按期出城，打点行事慢题。

且说差官督领车仗扈从人等，非止一日到了县中。县官迎接，送归公馆。馈送礼物已毕，即差人飞报陶家。陶氏弟兄得报，吩咐门外搭起篷厂，屯着车仗人马。大厅上接待差官，侧厅款待家将，车夫役人等在庄房内酒饭。叫下梨园，大排筵席，一应完备，等候到来。至次日清晨，早见一簇人马拥护而来。前面打着"汝南王奉旨迎亲"的捐牌，排列着花簇簇的半朝銮驾，恁地威仪。后面便是差官、宫监，县官在后跟随。一行人将次到庄，陶氏弟兄迎接进厅，开读圣旨。弟兄谢过了恩，然后相见，宾主坐定，县官侧坐相陪。茶过三巡，便请入席，那酒筵丰盛自不必说。当时点戏开场，酬酢劝侑，客主尽欢，席终而散。以下陆续人等，各各酒饭已毕。陶龙择日起行，时有亲戚都来送嫁，陶龙一概辞谢。这日摆列王府职事，簇拥着銮舆，前遮后掩，好不威仪。那宫官骑马，婢女乘车，弟兄两个与那钦差官一齐坐马押舆，县官在后送行。只听三声炮响，銮舆起行。那街道上邻里男妇，挨肩擦背，夹道旁观，个个夸奖，人人称羡，都议论个不了，张望的不休。那县官直送至交界地方，然后辞去。正是：

　　贵贱不由妍媸定，富贫端在命途来。

銮舆一路行程，晓行夜住，逢州过县，地方官馈送程仪，好不威显。行了多日，将近皇都，来至一处所在，离汴京约有三十余里。正行之际，只听得树林中一声炮响，闪出五六十骑人马来。当头一位大王，坐马端枪拦住去路，大声喝道："来的留下买路钱，便放你过去；倘若迟延，性命难保！"那些职事人等，见有强人阻路，唬得目定口呆，都不敢上前，缩做一堆儿立着。内有胆壮的，慌忙报与钦差官。那钦差官已是明白，假意吃惊，即转报与陶氏弟兄。陶龙听言道："这皇都地面，哪得有响马胡行！待我上前去吩咐于他。"即时策马向前，大声喝道："汝等草贼！怎敢在辇毂之下拦截横行？况我等又非经商大客，又不是任满官员，哪有银钱与你买路？你可不曾见么,这是汝南王郑千岁娶的王妃娘娘,谁敢阻路!汝当速速回避,免得伤残。"那大王哈哈大笑道:"也罢,你们既无银两,就把那个什么的王妃送他过来,与俺做个压寨夫人,俺便饶了你们不杀;稍若支吾,你们休想回去。"陶龙听言大怒,喝声:"毛贼!你欺人惯了,不知王妃娘娘的本事!我便对他说知,请他自己出来,一顿铜锤,打死了你几个毛贼,方知娘娘的厉害。"说罢,带马往后而去。

那三春见车马不行,便问左右道:"为何不行?"家将禀道:"有响马阻路,故此不能前进。"三春道:"哪有此事!"正在言语,只见陶龙来到跟前,将响马之言说了一遍。三春大怒,喝叫:"取披挂过来!"侍女答应一声,即忙往箱车取将披挂出来。三春登时结束,怎见得打扮威严:

鱼鳞甲金光耀日,红战袄绣凤朝阳。

锦襕裙颜色鲜妍,兽皮靴舒长稳步。

陶三春通身结束,骑了一匹白马,手执两柄铜锤,带领家将拥至前面。一马当先,大喝道:"何处毛贼,敢来阻路?"只见那大王一马冲出,叫声:"女将看箭!"一声响,箭打三春左耳擦过,三春不曾堤防,吃了一惊。听得弓弦响处,又是一箭从右耳边射来。三春放下锤,一手接住,喝道:"毛贼!有箭尽数射来。"那大王蓦地里又放一箭,从中射来;刚到护心镜,被三春顺手一锤,打落马前。两边观者,尽皆喝彩。

三春提锤拍马冲来,那大王挺枪迎架。这陶三春的锤重有八十二斤,当时见大王一枪刺来时,把一锤架开了枪,那一柄锤早又飞到,那大王暗暗喝彩。两个战在当场,杀在一处,战有三四十合,三春也是暗暗思想:"此人枪法厉害,不像个响马,吾且未可伤他性命。"心下一想,手略一松,那大王见三春手慢,忙把枪望肋下用力一拨,思量要拨他下马;不想被三春用肋夹住,将一柄铜锤放下,趁手捻住了枪头,那大王用力把枪一扎,却拖不动。说时迟,那时快,三春早把这柄铜锤当头盖下。那大王慌了,弃了枪,双手接住了锤柄,再也不放。三春即便跳下马来,只一扎,反把大王扎落马下。三春大喝道:"没本事的毛贼,饶你去罢。"

那大王立起身来,走上前,道:"请王嫂上马。"三春道:"你是何等之人,敢称我为王嫂?"那大王笑道:"实不相瞒,我乃南宋王之妹丈高怀德便是。只因南宋王是大媒,故令某来迎接。"遂叫家将上前叩头。三春大喜道:"原来是高侯驾临,适才冲撞,万勿挂怀!"遂吩咐左右,取出银两,赏赐了家将。三春同怀德相见了二兄,叙新亲之礼。弟兄二人道:"有劳高侯台驾来迎,足为荣耀!"怀德道:"岂敢! 只为汝南王乃当今之虎将,闻知被令妹所伏;弟等不信,故作此态,实欲请教武艺耳。"众皆大笑。陶龙道:"如此作耍,以性命为儿戏;倘或失手,岂不可惜!"高怀德道:"适才所射之箭,头上无铁,不致伤人;但是令妹的锤实为厉害,弟若接的不快,此时丧之久矣! 自今以往,再不敢轻敌了!"众复大笑。正是:

　　　略把形容来点染,方知劲敌胜男儿。

当时一行人略略用些酒饭,怀德合为一起,拥舆而行,按下慢表。

　　只说汝南王郑恩,这日想起:"吉期将到,须要整备才好。只是王府行事的规矩,我却一些也不知,如何是好? 倘然差了礼数,却不被陶家作为笑话! 我且与二哥商议,看是如何?"遂乘马带了几名家将,来到南宋王府中——他是患难弟兄,不用通报。下马进府,至厅上与匡胤见礼坐下。郑恩开言问道:"今日家将来报,说陶家送亲将到。他手下人夫,共有二百多人,兄弟不知行事,故此特来与二哥商议,该是怎样行法,二哥必有安排。"匡胤道:"礼本一体,不过行事之有大小耳。今照王侯行礼,诸凡应用,总宜从大,不可存小见之心。贤弟当要预备二百两银子,先着能干家人,唤下厨茶夫役,备办酒席;再要打点三百两银子,赏赐送亲职役人等;再备下一二百两,作为内外一应犒赏之费;以外再备谢媒礼金,或五千,或三千,再少不可。这数项费用,乃是最紧之事,所宜预备。至于在朝文武官员,多来贺喜者,须在三日前送帖请酒,该有几席,做几日请,任凭己意是了。"郑恩道:"算量起来,这银子还不勾①用哩! 二哥,你的媒金且借与兄弟用用,日后加利送来还你。"匡胤道:"你媒金尚未出手,怎么说是借用起来?"郑恩道:"男家的谢礼尚在后面,你只把那陶家到来谢你的媒金花红,一并借与兄弟用用便是了!"匡胤笑道:"你如今要改过大号了,休叫郑子明,可叫赖猫儿焦面大王罢!"郑恩道:"休得取笑,还有要紧的心事在此,要请问你教道教道。"匡胤道:"赖猫大王,你除了借银一事,还有甚的心事问我?"那郑恩未言先笑,欲说还羞,遮遮掩掩的向匡胤说将出来。有分叫:为一世之莽夫,传百年之话柄。正是:

　　　不学安知伦类理,无文徒识淳庞风。

毕竟郑恩问的什么心事? 且听下回分解。

----

　　① 勾——同"够"。

第五十三回

陶三春职兼内外　张藏英策靖边隅

诗曰：

自结丝萝未有期，恩荣彩笔把诗题。

好逑已叶关雎什，和调堪吟琴瑟齐。

一命武魁朝野敬，六宫检点媵嫱①宜。

红颜杰出无多觏②，边外干城亦建奇。

话说郑恩天性质直，不学无文，因是吉期已近，不知礼数规模，所以亲到南宋王府中商议行事。匡胤将这婚姻礼数，一切应该事务开示明白。那郑恩记在心头，复又问道："二哥，兄弟想这女娃娃，实是气他不过，到了这日，等待拜堂过了，兄弟便去多呷几壶酒。不去采他，竟自睡觉，你道好么？"匡胤道："若如此，你便又要讨打了。从来结亲吉日，取其夫妇和合之意。其夫妇之所以必期和合者，乃为生男育女，相传宗嗣之故耳。你明日若冷落了他，他又性如烈火，一时怒发，顾甚新人体面，拳锋到处，只怕你无力承当！那时愚兄又不好来救你，便怎处？"郑恩听罢此言，只把头来乱颤，说道："二哥说的不差，果然他发起恼来，倒是不妙之事；咱只晓得呷酒打降，是本等的事，这做亲勾当，哪里晓得！还望二哥教道我怎样一个法儿，不致他打骂？"匡胤道："古者男子三十而娶，女子二十而嫁，阴阳配合，是为夫妇。男女媾精，生息无穷，此乃天地之正气，人道之大端也。所以人能各正其性命，方为保合太和，善全造化；若或放荡不经，便为非理；非理之人，又在正道之所不取者。今贤弟既问于我，我不说明，安知其理！汝于明日拜堂之后，归房合卺，客散安寝，须要和颜悦色，言语温柔，尽其爱敬之欢心，效于飞之乐，法君子之风；自然彼此欢洽，相敬如宾

---

① 媵（yìng）嫱（qiáng）——媵，指古时随嫁或随嫁的人；嫱，古时宫廷里的女官。此即指内庭女宫。

② 觏（gòu）——遇见。

矣。"郑恩道:"是便是了,咱只恐他性儿依旧,动手起来如何是好?"匡胤哈哈笑道:"你既做了一个男子,怎么倒怕起妇人来! 凡是礼下于人,人亦必然致敬。彼时你偷他瓜吃,自然打你;今日乃明媒正娶,名正言顺之事,彼纵强暴,安有打骂之理? 汝但放心。我看三春亦是知礼之人,决不鲁莽,汝只依理而行,便是无碍了。只是还有一说,这媒金谢礼,送与不送,且是由你。所有前日定亲玉笙,乃愚兄之物,须要见还。"郑恩笑道:"二哥,你忒也小人之见,这玉笙儿留在咱处,等待你有了侄子,与他玩耍的,怎肯还你?"匡胤道:"尊讳赖猫,果然话不虚传矣! 佩服,佩服!"说罢,两个大笑而别。匡胤又拨了几名得力家将,往汝南王府中代为备办。

到了吉期,陶氏弟兄同郑府家将已到,把妆奁什物搬到府中。郑恩拨令仆妇使女,铺设内房,好不齐整。外面搬送已毕,众人叩头叫喜,甚是闹热。郑恩坐在堂上,看了这些摆设物件,纷华富丽,目中从不曾见的,不觉心中大喜,说道:"咱尚没有破赏,怎的陶家这般丰盛! 多亏了二哥的主意,成就咱的好事。"便令行礼官,行赏搬运人等。众人受赏,各各叩谢。

到了次日,张灯结彩,鼓乐喧天,郑恩请了南宋王昆仲并高侯弟兄,及在京各官,皆到府中。只见銮舆进了府门,当堂停下,阴阳官看了吉时,赞礼官请新人出轿。夫妇一对儿同拜天地,谢了圣恩,参了祠灶,然后夫妻交拜,送入洞房。只听那歌赋悠扬,笙簧迭奏,人间欢庆无过于此。当时饮过了合卺,郑恩复到外厅与陶氏弟兄并众官见过了礼。匡胤送了陶氏弟兄之席,众官各自依次而坐,大吹大擂,点戏开场。饮至半筵,郑恩出席,手捧金杯,行礼敬酒。先敬了陶氏弟兄,次敬大媒匡胤。以下众侯各官,俱皆辞谢。众人又饮了一会,即便起身;陶氏弟兄亦回公馆,整备三朝礼物。郑恩送客进内,吩咐厨房,给与办事及女眷人等酒食;又赏赐杂役等人并赵府几名家将。

诸事已毕,将身步进房来,见了三春,深深作了一揖,三春回了一福。郑恩欢喜,说道:"请宽衣!"三春遂命丫环解了束带圆领,珠冠蟒袍,松下软鞋。郑恩亦自脱下了公服,丫环接去收拾了,即送香茗过来。二人饮毕,郑恩挥手道:"你等一路辛苦,不必在此伺候了。"众妇女答应一声,各自出去,掩上房门。郑恩坐下,笑嘻嘻地说道:"姻缘之事,莫非前定! 夫人还记得当年瓜园中的事么?"三春道:"妾与君天各一方,若不是这样奇奇怪怪,如何成得婚姻! 那时鲁莽冲撞,谁知宿世姻缘。如今已往之事,也不必说了。"郑恩道:"早知是你丈夫,也须留情,不致下此毒手。"三春道:"这也论不得。"郑恩笑了一笑,忙伸手去解三春扣带。三春将手一推,说道:"各人自便。"于是二人各褪下衣裳。郑恩虽是愚直,然见色心动,天性皆然。又经那满室喷香,如同仙府,不觉心欢兴发,身在浮云,捧住了陶妃,相偎相倚。二人同上牙床,整备旗鼓。郑恩身在壮年,初近女色,势如枯渴;三春年已及笄①,望雨已久,并不推辞。两个在香被之中,如鱼似水,云雨起来。郑恩如蝶乱蜂狂,只向花心去采;三春初经攀折,未免苦乐相匀。真是绸缪尽态,恩爱无穷,事毕之后,搂抱而睡。正是:

> 欣承玉体滋胶味,恨听金鸡报晓声。

二人五更早起,梳洗已毕,各换了公服,上朝拜谢王恩。正值世宗驾临金殿,受过文武朝仪,那夫妻二人在金阶之下,嵩呼②朝谢。世宗宣上金銮,俯伏尘埃,举目一看,见了三春形容丑陋,气概雄赳,心下甚是惊骇,暗想:"郑恩这等鲁莽,不谙事体,须得要这位勇狠夫人压制于他,庶几心怀顾忌,不至胡行。"遂乃开言问道:"闻卿深知兵法,力可兼人,果有之乎?"陶妃奏道:"臣妾本系草莽之女,幼失母教,未娴③闺范,性成愚鲁;以此只爱骑射,喜习兵书,一十八般武艺,大略粗知。若云力可兼人,不敢自信,今蒙圣上垂问,臣妾谨以实奏。"世宗道:"卿既有此才能,朕欲当殿一试,略观射艺可乎?"陶妃道:"圣谕所及,臣妾焉敢不遵?愿赐弓矢以试之。"世宗大喜。传旨,命值殿官即给陶妃弓箭,就于丹墀下,约计百步之外,立起红心,看陶妃试箭,以观武艺如何?

陶妃领旨谢恩,起来取了弓箭,将身退至殿外,正立阶前,攀弓架箭,对了垛子便射。只听得嗖嗖的几声响处,正如飞星穿月一般,一连三箭,皆中红心,两旁文武官员,尽皆喝彩。陶妃射毕,上殿复旨。世宗见而大悦,即谓之道:"卿以闺门弱质,而能具此勇力,负此高才,诚不世之观也!射法既见尽善,他如武艺之高妙,兵法之精通,不睹而可知其能事矣!朕心嘉悦,当有荣封。今封卿为毅勇正德夫人,钦赐武状元之职;宜与汝南王并驱朝宁,共享荣光。就行朝见皇太后及皇后,游宫三日,然后荣归府

---

① 及笄(jī)——笄,古代束发用的簪子。古时女子年满十五岁称及笄。
② 嵩(sōng)呼——旧时臣下祝颂皇帝,高呼万岁,叫"嵩呼"。
③ 娴——熟练。

第。"陶妃受封,谢恩而起。郑恩见夫人封了状元,好不欢喜,也在下面谢了恩,先自退出。

那武状元陶妃奉旨游宫,自有宫官前来引导。先至养老宫朝见太后娘娘。那太后见陶妃礼度从容,言词刚决,心下十分欢喜,眷爱殊深。因而问道:"贤妃青春几何? 父母可在? 家下还有甚人? 可有出仕的么?"陶妃奏道:"臣妾虚度二十一岁,自幼父母早亡,有兄陶龙、陶虎抚养成人。祖公曾为后唐显职,奈因兵荒世乱,避祸乡村,农桑为业,耕读传家。今又遭逢圣朝盛世,惠养万民,因此臣妾二兄安居薄业,尚未出仕天朝。"太后见陶妃所奏,言语剀切①,诚实有礼,心中大喜,复奖谕之道:"观贤妃年虽幼艾,德礼堪嘉,其文武之才能,真智勇之首选。皇上爱才宠异,命职宜然;惜乎身属女流,不能朝堂辅弼②,宜任内职,参理宫廷,庶见隆遇之意。今再加封尔为六宫都检点之职。尔可不时进宫,凡遇内庭所有作奸犯科一应大小等事,任尔纠察劾奏,以便施行。即汝兄今系皇朝贵戚,岂可白衣终身? 我当与皇帝说知,自有封爵。"陶妃谢恩不尽。太后又传懿旨,命设宴宫中以赐之。宴罢,又赐脂粉银三千两。陶妃复谢了恩,方才退出。

宫官复引陶妃至朝阳宫,朝见皇后娘娘。拜毕,皇后赐座于旁。那皇后见了陶妃这等人物,心下虽然惊异,却也十分爱敬,亦命赐宴。又赐白银千两,彩缎数十端,其金银器皿及珠翠宝玉之类,赏赍甚厚。陶妃受赐谢恩,拜辞而出。当时引导宫官引了陶妃往各宫游遍,那些妃嫔媵嫱,闻知陶妃封了六宫检点,纠察宫闱,各各凛然知儆③。也有相请饮宴的,也有馈送玩物的,好似上司下临考察官吏的一般情景,怎样兴头。真是:

　　九重恩命新颁逮,六院闺情趋附将。

陶妃奉旨游宫,不觉三日已过,当时辞驾出宫,上朝复旨。正值世宗临殿,陶妃朝见已毕。世宗因遵太后之命,即时降旨,封陶龙、陶虎为侯伯之爵,即于本处建立府第,钦此钦遵! 状元都检点职兼内外,优礼宜尊。即着承奉官安备宝舆,仍赐半朝銮驾,迎归府第。拨礼部官一员,赍旨护送。其内宫所赐之物,着太监押送汝南王府收领。旨意一下,诸官遵行,

---

①　剀(kǎi)切——切实;切中事理。

②　辅弼(bì)——辅助。

③　儆(jǐng)——警备,戒备。

陶妃俯伏谢恩,辞驾而出。当时出了午朝门,早见宝舆銮驾齐都备下,陶妃上舆起行。但见前呼后拥,车辚马萧,好不威严,一行人迎至郑王府来。

此时郑恩正与赵正、高侯、陶龙、陶虎亲友等众饮宴,闻知陶妃荣归,又有圣旨下来,即忙往外迎接至厅。钦差官道:“旨意是荣封郑王尊舅陶公的。”陶氏弟兄即忙俯伏听宣。钦差官开读了诏旨,陶龙、陶虎望阙谢恩。钦差官辞去,太监等亦各回宫。陶妃命郑王朝阙八拜,然后将皇太后及皇后所赐脂粉银两并赏赉之物,一齐收了进去,众人各各称赞其能。

那陶龙、陶虎吩咐家丁,将庙见礼物送入祠堂。郑王又命办事官整备祭礼,祭祀祖先。夫妻二人上香礼拜已毕,众王侯请出陶妃,依次相见。赵王匡胤说道:“后日午刻,备席在舍,请贤弟、弟妇到来作贺,望勿推却!”陶妃谢诺,辞了众人,往内去了。郑恩吩咐重新摆宴,与众王侯欢饮,直至酩酊方休。自此各家王侯,轮流设席,作贺新婚。按下不表。

只说世宗自登极以来,年岁丰盈,天下太平,万民乐业,文武辑睦。朝廷政事,无论大小,皆世宗亲裁,百官唯命受成而已。时有河南府推官高锡上书谏云:

> 臣闻四海之广,万机之众,虽尧舜不能以独治,必择人而任,以观其成焉。今陛下焦劳宵旰,一以身亲之,天下不谓陛下聪明睿智,足以兼百官之任,皆言陛下褊①迫疑忌,不信群臣耳!不若选夫能公正者,以为宰相;能爱养者,以为守令;能理财足食者,使掌钱谷;能原情守义者,使掌刑罚。陛下垂拱明堂,视其功过而赏罚之,天下何忧不治?何必降君尊而代臣职,屈贵位而亲贱事,无乃失为政之本乎!宣授朝散郎、河南节度使推官臣高锡百拜上言。

世宗看了叹道:“非我好劳,只虑轻易托人,不能尽心尔!”遂乃留中不发。

下日谓侍臣曰:“凡兵在乎精,不在乎多。今以百农夫之加,仅足供一甲士之需,奈何饮我民之膏血,以蓄养无益之兵!且好歹不分,众何以劝?”乃命赵匡胤大简诸军,择其精锐者收用,其羸弱者罢去。仍招募天下壮士,许令诣阙听择,拨付赵匡胤简阅,选其武勇出众者,为殿前诸班禁军,其马步军皆令管辖。那将帅自选阅之后,士卒精强,所攻必取,所战必胜,侍臣皆顿首称谢。

---

① 褊(biǎn)——狭小,狭隘。

忽中官来奏,太师冯道卒。世宗闻奏,甚加叹息,即敕有司依三公之礼葬之。有司奉行不题。

话分两头,却说北汉主刘崇,自高平一败,忧愤成疾,延至数月而殂①。遣使告哀于契丹,契丹主接得告哀文表,即遣使命册立刘崇之子承钧为帝,更名刘钧。刘钧得命,遂即皇帝位。那刘钧天性笃孝,行己谦恭,既嗣大位,勤于为政,爱民礼士,境内稍安。仍上表称契丹为父皇,凡贡献馈送,极其敬事。因此后人见刘钧忍耻事虏,效尤石敬瑭故事,阿谀谄媚,竭力以事之。舍山后杨业干城之将,视为等闲而不用,孰知见讥于当世,贻笑于万年。后人因有一诗以嘲之:

　　辽虏当年势最强,中原屡被犯边疆。

　　甘心上表称为父,无耻刘钧计不良。

显德二年正月初一日,日食四分,世宗下旨诏求直言。次日,封章沓至,世宗择其嘉言善行有益于民者,见之施行。时有边将张藏英,上陈备边之策,大意谓冀州、青州等处,有胡卢河横亘数百里,可浚②掘使深,流水令其满溢;再择地势,筑城池以守之。兵马若来,亦可限其奔突,且百姓得再生之路矣! 世宗览表大喜,道:“张藏英有此智谋,必能为朕守,胜于长城远矣!”一面降诏褒奖,一面遣韩通、张光远督民夫往彼濬③筑。二将得旨,即日带领军马,起发民夫,至李晏口地方筑立城池,留兵马屯扎,以护沿边居民。不在话下。

却说契丹主听得张光远起筑城池,遂与众将商议道:“李晏口乃大辽出入之路,若使其城筑就,屯设重兵以守之,只我国计穷矣! 今可乘其未完,出精兵以攻之,使彼不得成功,方无后患。”众将皆言此计甚妙。契丹主即差大将屈突惠为先锋,带领精兵一万,前去抄出攻之。屈突惠得旨,遂即起兵来至李晏口,离地数里扎下营寨。下令番兵:“明日分四路而出,叫他四面受敌,便自走矣!”

次日,张光远与韩通正在监督筑城,忽哨马报到,北兵长驱而来,其势甚大。张、韩二人听报大惊,即忙传令列营而待。那民夫听报北兵大至,

---

①　殂(cú)——死亡。

②　浚(jùn)——掘。

③　濬——“浚”的异体字。

各各惊心,弃筑慌忙奔溃。辽将屈突惠,部领虏兵四面涌来,将张、韩之众围绕在中,日夜攻击。张光远率领步骑,尽力拒敌,北兵不退。光远对韩通道:"虏兵困逼甚急,若求救于朝廷,一时救应不及,恐误大事;不如告急于张藏英,令其鼓兵而来,虏可退矣。"韩通深然其言。即差健卒偷出虏营,径至冀州见张藏英告急。藏英看了文书,对差人道:"汝回去报知张主将,只要坚守三日,吾救兵便到矣。"差人奉命回报去了。

张藏英即命部将江宏守城,自领精兵五千,离冀州来至李晏口。张光远闻知救兵已至,整顿步骑以待。北将屈突惠正看番兵攻击城壁,忽山后一声鼓响,冲出一队人马来,但见旌旗开处,张藏英拈枪出马而来。屈突惠舞刀拍马上前迎战。两下喊声大振,金鼓皆鸣。二将战上二十余合,藏英佯输而走,屈突惠不知是计,拍马追来,藏英较其来近,轻舒猿臂,大喝一声,擒屈突惠于马上。北兵见主将被捉,溃围而走。张光远、韩通领兵齐出,与张藏英两下夹攻,北兵大败,死伤者不可胜数。三将催兵追杀至十余里,乃收兵而还。将屈突惠斩于城下号令。张光远道:"若非公忠于王事,焉能建此大功!"藏英道:"全仗诸公之力,以胜北兵一阵;但此城实乃中原之咽喉,公宜尽心筑城。若有紧急,吾当相助。"张、韩二人称谢不已。藏英别了二将,领本部人马回冀州去讫。从此张光远与韩通分外当心,恐契丹复来扰敌,亲督民夫,日夜坚筑。未及一月,早已筑完,乃遣使上表,奏请调兵镇守。世宗得表大悦,已知藏英建立大功,遂加爵赏。仍就下诏,着张光远、韩通并受节度使之职,领部兵镇守城池。旨下,张、韩受职,分营守备,自此边患休息,渐得生聚。正是:

夜指碧天占胜地,晓磨宝剑望胡尘。

却说世宗一日设朝,与诸大臣议道:"朕自践位以来,每思治政之方,未得其要,寝食不忘。又有吴、蜀、幽州、南唐等处,皆阻于声教,未能混一海宇,用是为虑。尔等近臣,可撰'为君难为臣不易'及'开边策'各一篇,与朕览之。"是时昌邑侯王朴献策一篇,世宗览而大喜,道:"王先生乃先帝有功之臣,所陈篇章,深惬朕意!此非先生之深虑远谋,何以及此。乃朕之柱石也!"即日授王朴为开封府,领丞相事,王朴受命谢恩。忽近臣奏称:"有边报机密事情。"不争有此一报,有分叫:贤臣策百世功勋,良将布千秋事业。正是:

王政首开除暴令,仁君先务爱民心。

毕竟报的什么事情?且看下回分解。

第五十四回

王景分兵袭马岭　向训建策取凤州

诗曰：

天将下三宫，星门召五戎。

坐谋资庙略，飞檄仁文雄。

赤土流星剑，乌号明月弓。

秋阴生蜀道，杀气绕湟中①。

风雨何年别，琴樽此日同。

离亭不可望，沟水自西东。

右录杨炯《从军词》

话说世宗正与近臣议论治道之方，忽黄门官奏称，有边报机密事情。世宗询问其由，黄门官奏道："西蜀孟昶②，久违声教，奢志虐民，纵情淫乱，穷奢极欲，废败纪纲，至于溺器亦用七宝装成；似此流连荒亡，百姓怨诽日甚，臣闻知其由，以此特来相奏。"世宗听毕，便与王朴商议，王朴奏道："孟昶为祸于西蜀，纵欲害民，国法之所不容缓者；陛下正宜兴除暴之师，救民于水火。一则殄③灭伪命，使声教不阻于遐陬④；二者又使南唐、北汉闻风而知惧。此一举而两得之策，陛下当急行之。"世宗闻奏大喜，问道："先生既言蜀可伐，但不知谁人可领此职，得以效命而奏捷也！先生可观其能者，与朕决之。"王朴奏道："臣观宣徽使向训，颇有将才；凤翔节度使王景，善能用兵。陛下可命二人伐蜀，必收全功。"世宗允奏。下诏以王景为大将，向训为先锋，各领精兵伐蜀。

向训得旨，引兵二万，径趋凤翔来会王景。王景受了圣旨，点起人马，

---

① 湟中——地区名。

② 昶（chǎng）。

③ 殄（tiǎn）——灭绝；断绝。

④ 遐陬（zōu）——遥远的山落。

整备起行。当日对向训道："蜀道山高岭峻，最称险阻，若使一夫当关，万夫莫进。吾今与公分为两路进兵，公可引兵二万，从秦州进取；吾引一支军，从黄牛寨一路而进，俱在马岭关相会。"向训领命，即日领兵径往秦州而行。那王景领兵一万五千，离了凤翔，往黄牛寨进发。时蜀中共立八个寨头，乃是黄牛寨、马岭寨、木门寨、仙鹤寨、白涧寨、紫金寨、铁峡①寨、东河寨。唯有黄牛与木门、白涧这三个寨，皆倚山设立，最是险要。那黄牛寨镇守的，乃两员猛将：一名太原人，姓张名处存，生得黑面乌须，横生筋肉，善使一条铁杆枪。一名姓肖名必胜，山后人氏，生得面如傅粉，唇若涂朱，使一柄大砍刀。二人皆有万夫不当之勇。听得周兵要来征蜀，张处存谓肖必胜道："今有周将王景统领人马前来，不日将到；若与之战，彼乘一时之锐，胜负似未可知。莫若严督坚守，待他军中粮尽，然后出兵掩击，一鼓可擒也。"肖必胜依其计，即便严设战具，按兵不出。

这日，王景领兵来到黄牛寨下，只见旌旗蜂列，剑戟林排，阻住要冲，大兵不能前进。王景传令安营，计图攻取。当有裨将王仪进策道："小将闻黄牛寨守将，乃是张处存、肖必胜二人守把，俱是智勇兼全之辈。他今据险以守，阻住要害，吾兵如何进得？不若先取其易，而后攻其难。近日访问土民，此处有一条小路，可通马岭寨，彼处守军单弱，攻之甚易。主将当偃旗息鼓，从这小路密密进兵，若得此关，则黄牛寨不难破矣。"王景听了大喜，道："此计甚妙！"即时暗传军令，人马连夜从小路而行。此时喜得残月微光，军士不用火炬，穿谷渡涧，密密前行，将至黎明，已到马岭寨下。守寨将于吉、赵季礼二人把守，虽知周兵伐蜀，心下只仗着前关坚固，不甚提防。这日忽闻寨下金鼓连天，喊声震地，报到大势周兵已到寨下。于、赵二人惊得手足无措，即忙点将整兵，出关迎敌，正与王仪兵马相遇。王仪道："今天兵已入巢穴，汝等伪命之徒，尚不早降，保全首领；敢自领兵拒敌，直欲砍为肉泥耶！"于吉大怒，更不打话，提枪直取王仪，王仪舞刀来迎。二将在关下相战，约有六七合，未分胜负。忽闻侧首里鸣金播鼓，呐喊摇旗，当头一员大将杀出，乃是先锋向训自秦州而来，领兵从旁夹入。赵季礼见势不能支，先将辎重及妓妾都上了车子，带了家将，即便遁逃。那于吉抵敌不住，不敢恋战，杀开血路，逃入成都去了。王仪与向训

---

① 峡（wèi）。

合兵一处,杀入马岭寨,尽降其众。有诗为证:

　　杀气南来战胆寒,征云冉冉蔽空山。

　　英雄预定驱戎策,谈笑须臾过此关。

不说王景等已取马岭寨。再说于吉、赵季礼二将逃进成都见驾,报称:"周兵势锐,已被袭取马岭寨,望主公恕罪!"蜀主听说大怒,道:"汝二人既为守将,平日不能预练甲兵,据险固守;今又不能尽力拒敌,反是望风而走,有何面目来见我耶?"喝令推出斩首号令,然后与众臣商议退周兵之策。枢密使王处古进道:"近来周兵势盛,所到无敌,主公若要保安西土,除非结连北汉、南唐,陈说厉害,求其相援;若使二国允从,则周兵首尾受敌,必然退矣。"蜀主从其言,遣使往二国求救。是时二国得了求救文书,尽皆依允赴援。

却说王景军马屯扎马岭寨,思欲进取,无奈粮草缺乏,未敢轻动。当与向训商议道:"前有坚城,后有劲敌,军中粮食,将以不继,何以支持?"向训道:"黄牛寨知吾袭取马岭,彼必不敢出军阻我之后;前面关寨,自谋谨守勿暇,焉有他谋!但军中既缺粮草,只须差人入京,奏知主上,必然接济。吾与公共图进取之计,以匡王室。"王景闻其言而大喜,即日差人入汴京,奏取粮储。差人领命,星夜赴京,入朝启奏。世宗得奏,下诏与群臣商议。众臣皆谓王景伐蜀无功,空费钱粮,疑乎无益,不如罢兵,再图后举。世宗犹豫未决,南宋王赵匡胤奏道:"近闻王景屡胜蜀兵,军威大振,特未有奏捷之报耳!今军中所乏粮饷,此亦本然之事,陛下何必怀疑?臣愿亲督军粮,押赴营前,看他光景何如,以定去取。"世宗道:"若得御弟一行,朕无忧矣!"匡胤即日辞驾,点押仓粮五百余车离汴京,已到秦州,先差人报知王景。王景对向训说道:"主上今差赵王押运军粮,已到秦州,但蜀道险阻,此粮难进;又恐蜀兵一知,甚非吾利。"向训道:"公且勿忧,小将早已思算定了。今只引精兵五千,密出陈仓口,候接赵王粮草到此,必无失误。"

商议已定,即便引兵来见匡胤,且道:"蜀中有可取之势,只是粮饷难继,为可忧也;若使大军临城,则蜀之君臣不击而降矣!"匡胤道:"将军言者是也,但今日此粮何以得进?"向训道:"蜀道崎岖,车毂难行,只可令步骑负载,密从间道悄悄至马岭寨,方保无虞。"匡胤听了大喜,道:"王军师推公有将才,今果然矣!"乃将粮食尽用布囊盛之,差步卒五百余人,各自担荷负载,随了向训悄悄的投赴马岭寨去了。匡胤率领兵马,自回汴京,见了世宗,奏知运粮交代,并无误失。又说起:"西蜀有可取之势,正将士肯用命之秋,陛下当独断于衷,不宜误听左右而失此机会也!"世宗听奏,满心大悦,即下诏:除王景为招讨使,向训为都监军,速行进兵,以张天讨。使臣领旨,往马岭寨军中宣了诏书,王、向二人谢恩毕,款待过了天使,相送回京去讫。然后下令诸将,各整战具,备候进兵。

蜀主闻此消息,召大小众臣商议。有雄武军节度使韩继勋奏说道:"周兵此来,必然先攻凤州——盖此地乃全蜀之咽喉,敌人所必争之地也。陛下可命大将严兵据守。再点骁勇之人,领兵据住马岭寨要冲,于小路去处,尽都塞断,以绝周师粮道。则敌兵虽有百万之众,亦无所用矣!"蜀主从其言,即命大将李廷珪、支审征二人为统军使,带领精兵二万,来拒周师。又遣大将赵彦韬领马步军五千,屯住凤州,为坚守之计。再令精细军士往马岭左右小路去处,各各塞断。蜀主分拨已定,李廷珪等诸将各自领命而行。

且说李廷珪军马来到白涧寨屯下营盘,与支审征商议道:"离此十五里地名黄花谷,实为西蜀要害,此处须得一人据险以守。吾与公引精兵抄出马岭寨,则周师不足胜矣。"支审征道:"此计甚妙!谁肯领兵往黄花谷一行?"言未绝,健将王銮应声道:"小将愿往!"廷珪大喜道:"汝若肯去,必能成功矣。"即点精兵五千付与王銮,登时往黄花谷把守去了。

廷珪自与审征带领余兵出马岭寨迎战。哨马报入王景军中,王景与向训议道:"蜀道路径丛杂,急切难行;近闻乡人传说,此去有一黄花谷最为险要,若使蜀人据守,吾军难以进取矣!谁敢领兵先取黄花谷,使吾易于调用。"有裨将张建雄挺身出道:"小将愿往!"王景大喜,即拨兵二千,张建雄领命而去。王景又差骁将康仓引兵一千,往凤州阻蜀兵归路,康仓亦领兵去了。王景分拨定了,自与向训坚守营寨,按兵不出。

却说张建雄领兵到了黄花谷,鸣金擂鼓,呐喊摇旗。那王銮已知周兵来到,即忙披挂上马,领兵出关,大骂道:"不知进退之贼!今已深入吾地,尚不知死期耶!"建雄不答,轮刀拍马直取王銮,王銮挺枪迎敌。两马相交,双器并举,二将战上七十余合,王銮力怯败回关去。张建雄奋臂大呼:"斩将夺关,在此一举!"驱兵乘胜杀进。蜀兵不能抵敌,弃关而走,王銮大败,逃奔成都。

张建雄袭了黄花谷，驻兵坚守。早有报子飞报廷珪，廷珪听知黄花谷失了，顿足大骂道："匹夫误我大事！"忙与审征回兵，被王景、向训探知消息，领兵开关杀出。周师奋勇争先向前追杀，蜀兵大败，杀得尸横遍野，血流山原。李廷珪见周兵势锐，只得与支审征一同退保青泥岭去了。向训又胜蜀兵，威声大振，来到黄花谷，重赏张建雄，差人报捷于京师。

是时向训又与王景议道："吾兵虽然屡胜，今已深入其地，但黄牛寨守将张处存、肖必胜尚未宾服；倘控扼我后，阻绝归路，是为深患，不可不图；必须命勇将击而破之，方免后祸，且得放心长驱入穴也。"王景道："公言诚当，然吾观张、肖二将，乃智勇之士，不若先使能言者谕以祸福，说之来降；彼见蜀兵连败，谅自允从。如或不从，再议加兵，公以为何如？"向训道："主将说的是也，小将愿请一往。"王景道："公掌帷幄重任，岂可轻身！当令别将前行，庶无他虑。"只见部将韩烈近前说道："小将愿往说他二人来降。"王景大喜，即允其行。

当日韩烈上了马，带了一二从人，径望黄牛寨来。行至关下，高声叫道："守关的头目，快去报与主将知道，说有周将韩烈有事要见。"军士听说，连忙报入中军，张、肖二将令开关放入。那韩烈至帐中相见坐下，张处存问道："将军驾临，有何见谕？"韩烈道："某主将素闻二位乃世之豪杰，每怀渴想，欲见无由；故虽奉诏伐暴，而于二位贵地，不忍以一卒相加。况我师已入蜀境，唯二位据守独寨，旁无救应，深为二位危之。且我中国圣主，恩泽所及，远近皆钦。某故不避斧钺，来见将军，莫如弃暗投明，决然归附，他日青名垂于竹帛，宏勋列于鼎钟①，岂不伟哉！愚意以为如此，未知二位尊意若何？"处存听了这一席话，暗思："蜀主荒淫，时势已去，吾等孤立于此，焉可挽回？不如权且归附，再为区处。"遂开言说道："蒙将军以大义相招，足感盛德，某等当于明日，领所部来见将军也。"韩烈辞别出寨，回见王景、向训，说知张、肖明日来降之事。王景大喜，令设厚礼以待之。部下将佐皆言："贼人投降未确，岂宜深信！"向训道："张、肖雄烈丈夫，岂肯效此不义之为！汝等勿得疑忌，有误大事。"众人尚不肯信。

到了次日近午时候，人报张、肖引军马来到。王景闻报，下令军中去其戎装，自己单骑亲迎。张、肖二将见这光景，心甚感激，遂滚鞍下马，拜

①　鼎钟——古时在鼎、钟上常刻铭功纪德的文字。

伏军前。王景下马扶起,邀入帐中,依次相见,命之列坐,然后谕以周主之德,与自己爱慕之情。张、肖二人躬身答道:"小将二人,蒙将军见爱,愿效犬马之力,以报仁德。"王景大喜,即命大排筵席,庆贺新降将士;又犒赏兵卒,以示仁恩。有诗证云:

> 骁勇王公武略奇,征西将卒建旌旗。

> 不劳张箭英雄伏,千载功勋布远夷。

却说世宗驾坐早朝,有王景捷音报到,百官称贺。世宗谓王朴道:"出师之利,皆先生举荐之力也!"王朴顿首道:"此乃陛下天威远及,将士用命所致耳!臣何力之有。"世宗遣使赐王景、向训及诸将锦袍各一领,其余部下头目兵卒,犒以财帛。使臣领旨,往王景营中宣了旨意,交点御赐物件。王景拜受已毕,分绐将士,送天使回京去讫,即与诸将商议进兵。向训道:"蜀兵屡挫其势,不敢再来交兵;为今之计,且待康仓取凤州胜负如何,然后发兵征进,未为晚矣。"王景依言,遂按兵不动。

却说蜀将李廷珪、支审征败回蜀中,素服请罪,蜀主赦之,与群臣商议迎敌之策。枢密副使刘邦义奏道:"周师坚锐,所向无敌,近来一连失去数处关隘;大王若再出兵,胜负难保。不若遣人赍书入中原,与世宗讲和,收兵罢战,乃为上计。"蜀主依议,命儒臣修书,遣使入京,奉上议和。时世宗览其书云:

> 盖闻兵乃危事,战为逆德。臣守西蜀一隅,未敢有犯;乃中国耀武兴师,侵我边疆,果何所见者耶!今臣愿请岁时修通好之礼,往来如兄弟之国,休兵息民,畜食省费,于陛下非无所利。不然蜀道险阻,粮饷难运,劳师经岁,暴骨草莽,于兵既无所益,且于陛下君临天下,抚迩绥远之意,未有当也。臣实情陈告,惟陛下留意焉!

世宗览毕,怒其言语倨傲,不答回书,但谕使者道:"尔归告汝主,贪残虐民,昏乱废政,朕唯奉天命以伐暴耳!汝主若奉表称臣,献纳土地,即便罢甲休兵;不然唯有增兵益将,坐受献俘耳!"使者领命,归告蜀主,道知世宗不允和好之语。蜀主大惧,急与众臣商议。有宰相王昭远奏道:"既中国不允和好,吾境沃野千里,府库充足,周师虽来,料亦无妨!且栈道险绝,粮饷难通,彼以急战为利,吾以坚守为功,岁深月久,周兵安能久驻乎?"蜀主信其言。即便下令,聚兵粮于剑门、白帝城两处,为守备之计。按下不提。

且说王景打听康仓消息,忽报凤州城郭坚固,守备甚严,近日康仓与蜀将交战,颇失其利,因此屯兵望救。王景乃召向训商议,向训道:"凤州,蜀之咽喉,必有重兵固守。今所以必欲先取者,只我运粮可通,无后顾之患。君宜亲往取之,庶有成绩。"王景称善。便令向训守黄花谷,自领马军一万,与张处存、肖必胜来到凤州,离城十里下寨,整顿器械,以备交锋。消息传入城中,守将赵彦韬与节度使王环,便欲点兵出敌。都监赵彦荣谏道:"王景,周之名将;若与之战,恐未得利。不若固守,以老①其师。"彦韬道:"此言是怯也! 正宜与他一战,以挫其势,使彼不敢轻视凤州。"王环道:"斯言有理。"遂下令整兵迎敌。

次日平明,前锋赵彦韬当先出马,王景横刀勒马,立于门旗之下,对彦韬说道:"天兵入境,各处关隘皆被我师所取;汝有何能,不早归降,而犹拒敌耶!"赵彦韬大怒,道:"汝等无故加兵于蜀,敢在阵前饶舌! 直欲自寻死路耳。"言罢,舞刀直取王景。王景正待亲战,阵后一将涌出,大声道:"待小将斩此匹夫!"王景视之,乃肖必胜也。必胜拍马抡刀,抵住彦韬交战。两下金鼓齐鸣,喊声大举。二将战上六十余合,彦韬力不能支,回马败走,必胜纵马追来,刚到城河边,一刀斩彦韬于马下。王景驱兵掩杀,蜀兵大败。张处存奋勇争先,正遇王环,交马三合,生擒于马上。周兵一涌攻入,刺斜里康仓引兵杀到,蜀兵退走不及,抛戈弃甲而逃。其余投降者,不可胜数。王景按辔入城,安抚百姓。乱兵捉得赵彦荣,绑缚来见。王景令释其缚,与王环一同散拘军中。二人心怀愤恨,不食而死。王景既得凤州,威声大振,远近皆惊。于是成、阶二州,各各献城投降。

蜀主闻知,惊惶无措,急召王昭远商议。昭远奏道:"事势危矣! 大王只得再差人到南唐求救,庶可以退周师。"蜀主然之,即差王立中为使,赍书至南唐告急,求请救援。彼时南唐主看书已毕,谓王立中道:"前者正欲出师,因粮草未集,是不果行;今周兵既已深入,吾当命将发兵,阻绝其后,不日可斩周将之首,以雪其愤也! 汝先带回书,归告蜀主,宽心勿忧。"立中领命,回至高阳地方,遇向训巡逻兵见了,登时拿住,解往营中。向训令左右搜检,却在怀中搜出回书,向训看了大惊,道:"若非主上洪福,吾等尽受其累矣!"即差左右解送入京,奏知其事。再请朝廷出兵以

———————————————

①　老——此为"劳"之意。

遏其势。

差人领命,即时押解王立中,不分昼夜望汴京而行。约有多日,已至京中,入朝见驾,陈奏其事。世宗大怒,喝令推出斩之,与群臣商议征伐之策。赵匡胤奏道:"南唐李璟,近来兵精粮足,非北汉所比。今征蜀之兵已入其境,彼心胆寒裂,必不敢再出兵以拒敌矣。陛下且敕王景、向训,于秦、凤二州为驻守之计,候陛下天兵所指,擒了李璟,斩示成都,则孟昶自然拱手而降。"世宗大喜,遂即下诏于王景军中,宣示旨意。一面简阅将士,择日出师。不争有此一番举动,有分叫:西境未安枕席,南方先受干戈。正是:

　　　事不警心心有戚①,机当露敌敌施谋。

毕竟世宗几时出师?且看下回自见。

---

① 戚——忧愁;悲哀。

第五十五回

课武功男女较射　贩马计大闹金陵

词曰：

　　武教先射义，从来观德称高艺。弧矢见志，丈夫凌云吐气。更喜佳人效瞿圃，熟娴弓马持妙技。差强人意，世风堪异。　　况值四郊多垒，眼前又见营疆场①。出师未建旌旄，先施较计。优游国域决行藏，搅海翻江惊天地。发扬蹈厉，功名万里。

右调《鱼游春水》

　　话说周世宗兵伐西蜀，蜀主求救于南唐，使者王立中持书归蜀，不料被向训巡兵所获，解京请旨，世宗怒而斩之。因与赵匡胤商议征唐，廷断已定，整备选将阅兵，择日起行。按下慢表。

　　且说陶三春自受封内职之后，将随嫁使女择配与王府家将，每日轮唤夫妇二人当值，另讨小婢四人，房中使用。其所配之使女，于三六九日较习弓马枪刀，随其高下，赏赐以激励之。常对众妇女说道："我受太后、皇后厚恩，职封检点，非比寻常，欲思所报，故令汝等各尽心力，习学武艺；倘遇宫闱有不测之虞，庶几可建安靖之策，略尽臣下万分之一耳。"自此陶三春每逢朔望日②，必进宫朝见太后及皇后，常有赏赉。又因自幼无母，拜认赵王之母杜老夫人为母，与贺金蝉、杜丽容、韩素梅俱以姑嫂相称，情投意合，常相往来。时杜丽容已与匡胤成过亲了，相安欢洽，愈见贤能。

　　一日杜丽容接了母亲褚氏来家，设席款待；又差家将持帖去接陶妃，会亲同饮。家将去不多时，陶妃轿到，丽容、素梅一同出接，至内堂相见。陶妃道："今日嫂嫂见招，不知何事？"素梅道："因是姐姐令堂褚老夫人到此，故接姑娘来一会。"陶妃听说，便请相见。丫环便把褚氏请出堂来，彼此一见，各吃一惊。陶妃心中想道："这样丑妇，怎么会生这位好女儿出

---

　　① 场(yì)——田界；疆界。
　　② 朔望日——每月的初一、十五日。

来? 莫不从幼抱养的?"那褚氏亦自暗想:"郑王这等英雄,今已做到王位,怎肯纳配这丑面大脚之妇? 想指腹下定的,亦未可知。"当时两下见礼,各自谦让。陶妃道:"褚老夫人系是长辈,定该请上,待奴拜见。"丽容在旁答道:"姑娘乃太后内臣,爵位所尊,家母礼当拜见,岂敢以长幼拘礼乎?"那褚氏自恃力大,蓦地里要把陶妃抱上椅去;谁知蜻蜓撼石柱,动也不动,不觉大惊,只睁着眼呆瞧。倒是素梅从旁说道:"二位既是这等相让,不如照宾客礼相见,只行了常礼罢。"于是二人各行了四福,一齐坐下。茶罢,摆上酒席,彼此序齿而坐,叙谈欢饮不题。

却说赵匡胤这日正同着郑恩、高怀德、韩令坤、李重进等十余人,已牌时分齐到府中,匡胤道:"圣上明日颁诏、征伐南唐,我等弟兄今日须当尽兴一醉。"匡义说道:"今日郑王嫂亦在此,不知郑哥从征去不去? 早须禀命一声,倘王嫂不许去时,我等便好出结,代为告病。"郑恩道:"兄弟休得取笑,二哥既去,咱焉有不去之理!"高怀亮道:"闻得王嫂勇力非常,我等今日正好请教。"匡胤笑道:"他也不怯于人,你莫要小视,自取其辱。"说罢,传命婢女,请陶妃出来较射。那陶妃便差家丁回府,传能射勇妇十名,并将自用弓箭亦取了来。少停,陶妃领了众妇上堂,见匡胤一福,便问:"王兄有何见谕?"匡胤道:"明日圣上下诏,征伐南唐;众议欲荐王妹为前锋,未知可否?"陶妃举目一看,欠背躬身,把手一拱,众皆低头,欠身拱立。陶妃道:"众位年兄,休得取笑! 非我胆怯不去,但今初次出兵,就用妇人为前锋,恐南唐之人笑我中国无人;况有职役在身,不敢违背太后之心,望诸位年兄鉴谅!"高怀德道:"状元口才,不夸不让,非我等之所及也! 久仰妙技,今愿请教。"陶妃道:"我系初学,岂敢占先;就请众位大才一试,我当步武可也。"于是匡胤等众人,挨次轮射,以观优劣。各以五箭为例,彼时渐次射毕。有中二支者,有中三支者,唯高怀德五支皆中。赵匡胤、郑恩、高怀亮各中四支。那陶妃预请褚氏坐下观看,见众人射完,陶妃令人离原地百步之远,另立一垛,先请褚氏量力取弓较射。褚氏欣然立起,拣了一张伏手之弓,对定靶子,连发五矢,中了三箭。然后三春取弓搭箭,连连射去,四中红心,一矢旁插。又令众妇女两旁轮射,亦无交白卷者。

男女较射已毕,各奉巨觥,尽皆欢畅。众妇亦皆赏饮。当有高怀德开言说道:"明日旨下行兵,郑王兄去不去,须要状元主意;如不去,我等公同出结,代他告假。"陶妃道:"养军千日,用在一朝,今有事推故,岂为臣之礼! 汝教人不善,煽惑军心,吾明日进宫奏知太后,当正军法。"众官代为请罪,言:"高兄酒后失言,不足介意,望年台①勿罪!"匡胤亦劝道:"贤妹息怒,且看愚兄之面,万望海涵!"陶妃听了,说道:"以后非礼之言,少要饶舌。"说罢,同了褚氏,带了众妇,往内去了。众侯悚然知惧,称赞才能。

那褚氏进内,笑容说道:"陶娘娘真乃女中豪杰,方才若无你这般才力,便要被这些男子视我等如草芥了!"陶妃道:"就是舅母这等力量,也未必有人敢欺。"褚氏欲把前情相诉,丽容恐怕出丑,急以目视止之。当时重整盛宴,坐席欢饮。

外厅排设筵席,众侯乐饮。席间,匡胤说道:"明日兵下江南,未知地利;吾意欲同四五位兄弟,于未发兵之前,差家丁押带好马百十余匹,我等齐作贩客,于金陵城内以卖马为名,探视城郭破绽,好待攻取。汝等众议以为何如?"众皆大喜,极口称赞。计议定了,各各畅饮,尽欢而散。

次日,匡胤奏知世宗。世宗道:"非朕好武,奈何前伐刘崇,因彼侵我疆界;今又欲袭我征蜀之师,是不得不乘势往讨矣! 卿等既有定议,俟回京之日,兴师可也。"匡胤领旨回家,即备白银千两,选了勇健家将十数人,至边郡张光远、韩通处买马百十匹,克期到京,勿致违误。家将即日起身,往边郡去讫。约有半月之期,马已赶到。匡胤便与郑恩、高怀德、韩令坤、李重进共是五位,各扮大辽官贩马客,制造辽国批文,填名护身。当日一齐起身,出了汴京,望江南进发。

在路非止一日,早到了金陵城,将马匹赶进城去,众人投到帅府中军挂号。中军进禀元帅刘仁赡,仁赡大喜,道:"我国正欲用兵,专待马匹;今辽客之马,先令自卖五日,其余照数时值估价,于帅府发银可也。"自挂号之后,其马就在城内插标买卖。金陵城中,富家各拣毛片②,武官多拣骨力③。日中匡胤等在城内以卖马为名,暗里偷觑城郭,遍看攻打应接之处,记在心头。晚上将马赶出城外,野地放青,只五日之内卖去大半。其

---

① 年台——此指陶三春。

② 毛片——(马的)毛色。

③ 骨力——力气。

余马匹,都是刘仁赡令中军照时估价,一并收用。其马价约共八百余两,候兑足之日,给发起身。这正是:

错看龙虎为羊犬,致使都城鼎沸扬。

众王侯虽然帅府挂号,其饮食过宿自在下处安顿。当时马匹已完,一行人归至客店之中,将零卖马价之银尽数收拾。留下二十两银子先付酒保,叫他端整酒肴,须要丰盛;其余该找若干,候帅府发银之日,一并算清。那店家领了银两,欢喜出来,整备上下四桌盛席,至晚,把众王侯请到前面楼上饮酒。那满楼点上红灯,辉煌光彩。又往窗外一望,见街道广阔,两边店铺都挂红灯,正在那里做晚市——这是金陵城闹热去处,所以如此。众王侯有此大观,不觉酒兴情浓,如龙吞虎咽,饮至更深,然后归房。此时郑恩已醉,先自睡了。匡胤暗与众人议道:"我们专为探视地利而来,在此多日,尚未备细。趁明日再往街市一游,好待回京候旨。但须设法瞒了郑恩方好,免了他同去大惊小怪,弄出事来。"众人点头称妙,各自安寝。

次日,众王侯早起,郑恩尚未醒睡。匡胤命家将对店家说知,早膳要用烧酒一壶,白滚水四壶,一齐送上,不得有误。店家领命,先送进面水四盆,众王侯各洗了面,先取点心来吃。却好郑恩醒来,起了身,频把双眼擦磨,口里只说:"好酒!好酒!今早还有醉意哩。"带说带走,出房往外出恭去了。一会进来,见众人正吃点心,便说道:"你们倒好吃,竟不等咱一等!"众人道:"我们叫你不应,竟出去打你偏手,倒说我们不等!你看桶里热汤尚在,候你好一回了。"郑恩听说,把热汤洗了脸,坐在桌边说道:"你们谅多不吃了,待咱来做个净盘将军罢!"众人大笑道:"什么净盘将军,竟是个贪嘴大王!"须臾,店小二送进早膳肴馔,热烧酒一壶,四壶白滚水。那壶上多有暗记,众人各自取了水壶,将这酒壶送与郑恩面前。郑恩喜的是酒,怎辨真假?当时你茶我酒,自斟自饮,郑恩这一壶酒,已有三四分酒意。怎当那店小二又添上两壶,被众人你敬三杯,我劝五盏,早把郑恩送入醉乡,不知所以了。当有家将扶到床上睡好。众人只把饭食饱餐一顿,吩咐众家将道:"若郑爷醒来问时,只说到帅府去兑马价去了!"家将领命。

各王侯换了新鲜袍服,备下坐骑,齐出店来。抓鬃上马,竟往三山街,望紫金山一路下来。但见家家闹热,户户开张,浪子高挑的便是茶坊酒肆。满眼繁华胜景,人物柔和,无穷美丽,胜似汴梁。众人出了城门,举眼

四望,正是:

歌管楼台声细细,秋千院落夜沉沉。

真个青山绿水,翠柏苍松,绿绒铺满地,红锦染枝头。水连天色晴光美,山接云霞万丈齐,诚壮观也!众人穿东过西,假作游玩,暗观地道。见城垣高大,十分坚固,并无攻打之处。恐被行人看破,故意说道:"好一个美地方,国富民殷,与我们大辽边塞大不相同,真好所在也!"口内闲谈,眼儿只是瞧看。又走到凤凰台门,只见四处空虚,旁有一条小径直向外边。又有一条水路,倒可容留大兵。又看某处可以扎营,此地可以攻战。

正在张看打量,只见远远地人丛挤挤,十分闹热,众王侯拍马上前,举眼看时,原来是座擂台。见上面张灯挂彩,又安放着许多彩缎金银。台下立着一面大言牌,上写"南唐王驾下敕封威镇金陵教师李豹示:遵旨摆设擂台,招致天下英雄,请比武艺。如有能上台打一拳者,输银五十两,元宝一个,彩缎十端。有能踢一脚者,输银一百两,元宝两个,彩缎二十端。再有武艺高超,能全胜者,愿让教师之位,不致争执。怕死者休得上台,不怕死者上来纳命。"众王侯看了,说道:"如此大胆,我们倒要会这厮一会,谅他有多大本领,擅敢口出大言,藐视天下!"少停只见台上来了一条好汉,原也英雄。只看他打扮得恁般威武:

头戴绣花红战巾,绿绫短袄配身轻。

腰束大红绸暖肚,杏黄绣裤甚鲜新。

乌绫缠腿分左右,多耳麻鞋足上登。

独立台中频虎视,扬威耀武显精神。

台下立着多少花拳绣腿公子王孙,并无一人敢上台比武。那李豹大声叫道:"汝等台下,不论三教九流,高人杰士,有能打我一拳,踢我一脚的,现照着牌上数目收去,还让他威镇金陵。如怕死者,休来纳命;不怕死者,上台见教。"那匡胤听了,说声:"好大口气!目中无人,大言不惭。众伙计!谁敢上台与他比比高下?"高怀德应声道:"小弟不才,愿上台去会他的手段何如?"匡胤大喜道:"贤弟须要小心,不可有失。"怀德应声:"晓得。"即时下马,解下鸾带,脱去了锦箭衣。里面穿一件黄绫短袄,将鸾带拴好,又把头上包巾整一整。众人看了,都说:"好一条汉子也,不知台上的胜,台下的赢?"俱各睁眼观看。这里高怀德上台会打,按下慢提。

且说郑恩在饭店之中,被众人灌醉得睡了,直到日中才醒。睁开双眼,向外一看,不见众人,便问家将道:"众位爷往哪里去了?"众家将答道:"到帅府里取马价去了。"郑恩听罢,说声:"好呀!怎不等咱同去?"即忙跳起身来,也不备马,奔出店门。家将怎敢拦阻,只好由他。当时郑恩来到帅府门前,便立住了脚,不敢进去,只是东张西望,觅迹寻踪。看见里面走出一个当值的来,他便迎将上去,把手一拱,叫声:"大哥!动问一声,今日可有马客前来领价么?"那当值的看郑恩相貌异奇,疑是大辽来的,不敢怠慢,说道:"马客今日不曾来。"郑恩心中暗想:"又是奇了!既不来领马价,这半日儿往哪里去了?他毕竟怪咱多口,所以瞒了咱自去。也罢!咱又闲在这里,也去走走;倘若抓得着他,也不可知。"即便回步抽身,一直出了城门,望前行走不表。

只说高怀德当时跳上台去,也不通姓道名,两下各自扎衣立势,都把门户摆开,要试高下。一个摆金鸡独立,一个摆手抱婴儿;这一个使猛虎离山,那一个使蛟龙出海;这一个顺手迎风抄下,那一个双拳扑面惊人。两个来来往往,都无一点下手之处。高怀德暗里思想:"此人武艺果是高强,若不暗算,怎能取胜?"定了主意,忽的虚闪一拳,使个回龙败势,缓步抽身;李豹不知是计,就势逼入双手来拿。怀德望下一躲,在他胁下钻过,闪在李豹身后。正是忙者不会,会者不忙,怀德只一把,早将李豹暖肚一手擒捞;李豹正待回身,又被怀德手快,却把左腿拿住。急忙放下了暖肚,早又拿住了右腿。李豹挣持不得,被怀德挺在手中,颠颠倒倒望台下丢了下来。

正值郑恩一口气奔到,赶得汗流如雨,望着擂台而来,分开众人,挤将进去。抬起头来,只见怀德在台上丢下人来。郑恩厉声大叫:"咦!高兄弟,乐子来了!"只一声叫,如平空打个霹雳,众人都惊。他便不问情由,抢上前兜胸几脚,正踢个死。众人见李豹死了,呐一声喊道:"不好了!青天白日,活活将人打死,不要放走了他!"赵匡胤等正看得高兴,听得郑恩声音,又见将李豹踢死,都说:"不好了!又被这黑厮来惹祸了!"忙忙上前将郑恩拉住。郑恩道:"二哥,你们瞒了咱,都来玩耍,原来在着这里!"匡胤也不回言,招呼怀德下台。上了马,却待转身,怎当得李豹的家人徒弟,先见怀德把李豹丢下台来,俱各无颜,正要去救,又被黑汉踢死。一面如飞地赶进城中,到帅府通报;一面各执了器械,把众王侯团团围住。众人高声说道:"列位且住!清平世界,打死了人,怎样理说?"众王侯道:

"此非无故争打,现有擂台并大言牌为据。我们只将这大言牌带去,自有分辨,你等何必着慌!"说罢,各人策马,假意进城。众人看这班人不是好惹的,不敢拦阻,只好远远围绕。

且说进城报事的家将到了帅府,至大堂前,正值元帅刘仁赡坐堂议论军情,众人跪下禀道:"启上大老爷,祸事到了!家爷奉旨设立大言牌,打擂天下英雄,已过三个月,并无敌手。今日不知哪里来的雄躯大汉,约有四五人,生的丑恶怕人。有一汉上台与家爷比手,三回五转,将家爷丢下台来;人丛里又走出一个黑脸大汉,将家爷几脚踢死了。小人等拿他不住,特来报知元帅大老爷,望乞做主!"刘仁赡尚未回言,只见李豹之兄李虎在旁,听知兄弟被人打死,心中大痛,眼内流珠,上前跪下,禀道:"求元帅发兵,与小将前去擒捉这班凶徒,与兄弟报仇!"仁赡依允,即发精兵三千,副将四员,同了李虎一齐奔出城来。正在凤凰台遇见了众王侯,兵士发声喊,四下围裹前来,只叫:"不要放走了强贼!"众王侯在马上,望见兵马围来,自思手无寸铁,俱各心慌。郑恩路极计生,见道旁数株柳树,即忙走至跟前,如在九曲十八湾救驾拔枣树一般,把中匀的柳树拔了一株,拿在手中,望前乱扫。匡胤解下鸾带迎风一晃,变了神煞棍棒,望前乱打。正遇李虎一马冲到,大骂:"该死狂徒,还我弟命来!"抢刀便砍。匡胤举棍相迎,不十合,早被匡胤一棍打落马下。郑恩见了,火速上前,举起柳树狠力的几下,把李虎打得稀烂。就便抢了李虎的刀,卷地乱砍。李虎的坐骑跑向前去,被李重进看见,纵马上前一手拉住。当时众王侯虽是英雄,怎当那三千兵马,四员副将!又添了李豹的这班徒弟,人人发狠,个个争强,众王侯焉能抵敌?见那势头不好,叫一声:"老黑去罢!"郑恩听唤,转身要走。李重进叫道:"快来上马!"郑恩见了大喜,飞身上马。

众王侯且战且走,被官兵赶了三十余里。天色将晚,各人饥饿,正在危急,只见路旁有所庙宇,上面写着"显真道院"。众人都进山门,各下了马。耳边忽听马嘶之声,众皆疑惑。正待走进丹墀,猛可的见廊下奔出十数个大汉来,唬得众人心惊胆怯。斜眼一看,原来却是改扮贩马的辽客,同在饭店中跟随的家将,才把心神定了。开言问道:"汝等因何在此?"家将禀道:"小人们奉命在店,至日中时郑爷方才醒来,问起众位王爷,小人们回答讨马价去了。郑爷便飞赶出店,小人们不敢拦阻,又不好随行。料着郑爷此去决然有事,就便算还店账,收拾行李,却值帅府差人颁给了马价,因此出店起身。一面打听就里,方知擂台打死了李豹,帅府发兵追围。
小人等预先赶出了城,在此经过,蒙本观道长留住,说众位王爷于申酉两
时决然到此,叫我们不必他去,速备饮食等候。小人们见他言语有因,知
是异人,故此依他;不想众位王爷果然到来!"

　　那众王侯听了这席言语,心怀大喜,称赞其能,说道:"汝等既已备
饭,可快取来,我们吃了走路。少停追兵到了,怎得脱身?"家将道:"饭已
备在殿上,请众位王爷快用!"众人一齐上殿,把饭饱餐了一顿。正待回
身,只见殿后走出一位道长来,生得神清骨秀,丰采翩跹。见了众王侯,上
前道:"众位王爷,贫道稽首了!"众各慌忙答礼。那道长道:"众位大驾降
临,此处非讲话之所,请到净室可以闲谈。"众王侯道:"蒙仙长相留,甚
妙! 但为的惹下祸端,不敢耽搁;况后面追兵将至,迟则恐不能脱身也!"
正言之间,只听得外面锣鸣鼓响,喊杀连天。众王侯慌得神消气沮,手足
无措。那道长哈哈大笑道:"众位王爷,何必这等惊恐! 谅这些须小卒,
值得甚事! 不是贫道夸口,凭他千军万马,势压泰山,只待贫道出去,看有
谁人近得身畔,进得观门? 管教他结队而来,败残而去。"说罢,进房取了
一口宝剑,慢慢地走出殿来。有分叫:道院仙居,启血海尸山之兆;争城夺
地,遭狼烟锋镝之伤。正是:

　　　　卧榻①不容人酣睡,覆巢端在我摧残。
毕竟那道人出去怎生退兵? 且看下回分解。

---

　　① 卧榻——卧众。榻,狭而长的床。

第五十六回

杨仙人土遁救主　文长老金铙①伤人

诗曰：

> 云纪轩皇代，星高太白年。
> 庙堂咨上策，幕府制中权。
> 军势持三略，兵戎自九天。
> 朝瞻授钺去，时听偃戈旋。

右摘高适《幕府诗》

话说赵匡胤等众人，因擂台打死了教师李豹，被南唐元帅刘仁赡发兵追捉。当时放马而逃，于路有一显真观，众人进去躲歇片时，却遇见了家将先在庙中。因又相见了观中道长，正在言谈，不料外面追兵已至，众王侯因寡不敌众，未免心慌。那道人说道："众位莫要惊慌，这些许兵卒，看贫道立退便了！"说罢，取了一口宝剑，缓步踱将出来，见山门外许多兵将正在那里使手划脚，指点进来拿人。那道人开言问道："汝等众兵将我院门围住，有何事故？"那四员副将上前答道："道人，你却不知，今日有一伙贩马凶徒，在擂台上与教师李豹比武，一时将教师打死，还可解释；不意又打死了奉差将军李虎，这罪岂可脱逃！我等故奉元帅将令，特来追捉，方才走进院中。你可让我们拿去献功，便与你观中无涉。"那道人说道："原来如此。我这观中，并不曾见有贩马客人，你莫要错了主意，可往别处去寻。"副将听说，喝声："贼道人！既没有凶徒进门，这许多马匹是哪里来的？你这等支吾，莫非与他通同一路么？"道人笑道："我便与他通同一路，你待怎样？"副将大怒，道："好泼道！敢将凶徒藏过，擅自出头，我今拿你前去一并问罪！"说罢，各举兵器，劈面冲来，那道人手执宝剑，向外迎战。两下厮杀起来，未至数合，道人回步便走，四将在后追来。那道人

---

① 铙（náo）——古击乐器。青铜制，可插入木柄后槌击之。文中道人以此为兵器。

口中念念有词,将手中剑丢去,霎时间变了一条蟒龙,张牙舞爪,口吐烈火,望着官兵喷来。那兵士见了,四散逃生。走得快的,还有造化;走得慢的,烧得烂额焦头。那众王侯伏在殿内,见官兵败走,发声喊,一齐抢出山门,拾了丢下的枪刀,往前砍杀。杀得官兵死伤殆尽,四员副将都做阴官。

然后一行人回进山门,至静室坐下。众王侯极口称谢道:"蒙师父法力相救,感恩不尽,还要请教法号尊姓?"道人答道:"贫道姓杨名天真,从幼出家,在这观中三十余年。上无师父,下无徒弟,只贫道一人,专要多管闲事,心抱不平,代人出力。为此与人寡合,见嫉于世。"众王侯道:"师父有此道德,何借于人!唯其寡合,乃见高妙。但某等既蒙相救,恐败兵去而复来,那时某等便自脱身远去,却不遗累师父,如之奈何?"杨天真道:"不妨!彼若再有兵来,贫道可以自全;至于众位返驾,必须要渡江而回,贫道还当相送。"众人听了"渡江"两字,各自暗暗吃惊:"我们尚未道姓通名,怎么知道我们去路?"当有郑恩开言说道:"我们都是大辽官贩,师父怎说渡江起来?"杨天真哈哈笑道:"王爷休得隐瞒!贫道若不知众位来历,怎好相留家将在此,叫他备饭等候?众位不信,贫道请试言之。"遂将众王侯姓氏一一说出。众人各各惊讶,甚相敬服。

当时众王侯命家将整齐马匹,捎带行李,杨天真进房收拾什物包裹,打点一齐渡江。说时迟,那时快,这里在此整备走路,不想那些败兵逃进城去,往帅府报与刘仁赡道:"启元帅!李将军并四员副将,都被汴京来的马贩同伙所杀;显真院道士助他,用法杀将烧兵,十分厉害,望元帅爷定夺!"刘仁赡听报大怒,即忙点了大将王能、赵叔,领兵三千,即刻往显真院擒拿汴京奸细马贩子,不许违误。

王、赵二将领了将令,登时领兵飞奔至显真院,将道院围住。此时众王侯与杨天真收拾停当,正要出门,忽听前面喊声大振,知有兵围,便一齐商议,冲突而走。杨天真道:"不可!夜晚冲围,恐非所利,贫道自有脱身之法。"遂向包里取出十数张符印,与众王侯及家将等都贴在额上,杨天真念动真言,喝声:"疾走!"众人赤手空身,飘飘而起,借了土遁往前去了。正是:

　　　　若非天命兴王客,怎得高人解祸灾!

众兵在外喊了多时,并不见有人出来。心中疑惑,一齐抢将进去,把火把照耀,四处搜寻,并无人影,止有马匹包裹遗弃在内。王、赵二将无可奈何，只得叫军士牵了马匹，带了包裹，到帅府缴令。刘仁赡见弃马而逃，难以追捉，只得差人暗中打听，加意提防。此话不表。

且说众王侯得了杨天真道法，闭目而遁，耳边但闻风雨之声，不片时之间，忽的脚登实地，杨天真喝声"开眼"，去了符印。众人看时，尽皆吃惊，原来此处已是汴梁地面，暗暗称奇。杨天真道："贫道已送众位到京，就此告别。"众王侯道："师父何出此言？某等感蒙相救，无可以报，意谓明日奏知主上，使我等轮流供奉，少酬大德，何故言别！"杨天真道："贫道非图名利而来，只因众位王爷有厄，故此特施小术，以脱离虎穴耳，何足言报？今幸安然无事，于贫道之心毕矣！理当告辞。"众人苦苦相留，杨天真坚执不从，只说一声："后会有期！"化阵清风而去。众人望空拜谢，各回府第。

次日上朝，山呼拜舞。世宗宣赵匡胤上殿赐坐，问道："二御弟，探视金陵，事势如何？"匡胤将贩马到金陵，以至杨天真土遁救回，前后事情一一陈奏。世宗听罢，又惊又喜。惊的众王侯几遭不测，朝廷险失了栋梁之材；喜的众人逢凶化吉，得遇仙人相救，安稳回来。当时世宗问道："据御弟之意，几时可以兴兵？"匡胤道："臣意南唐地广民殷，城邑无备，有可取之势。今值秋高马壮，正好兴师，望陛下决之。"世宗听奏，悦而从之。即下诏书道：

蠢尔淮甸，敢拒大邦；盗据一方，僭称帝号。晋汉之代，寰海未宁；而乃招纳叛亡，朋助凶逆。昔日金全之据安陆，守贞之叛河中，大起师徒，来为应援。迫为闽越，生灵涂炭。至于应接慕容①，凭凌徐部；沭阳之役，曲直可知。勾引契丹，入为边患；结连西蜀，实属世仇。罪恶难名，人神共愤。

诏下，御驾亲征。仍谕王景、向训徐图取蜀之计。即日拜匡胤为元帅，高怀亮为先锋，李穀②为左右救应使，韩令坤督运粮草，李重进等十二人随军征进。点阅大兵二十万，择日起行。匡胤传下军令，命大将李穀、李重进领兵先取滁州、扬州、泰州等处，以分其势；自领大兵由南界牌关而进。分拨已定，诸将整顿先行。然后世宗命范质、王朴同理国政，留高怀

① 慕容——复姓，出鲜卑族。
② 穀（gǔ）。

德监军守城。克日车驾离汴京,继前兵进发。但见征云黯黯,杀气蒙蒙,戈戟如林,旌旗似雾。有诗为证:

> 征旗南指北军来,战鼓频敲震地雷。
>
> 此去鹰扬成伟绩,管教兵胜凯歌回。

大军一路无词,不日已至南界关。关主总兵官董清预备行宫,前来接驾,君臣进关住下。

　　早有哨马报入南唐,唐主大惊,急召众臣商议退敌之策。文武俱各无言,唯有元帅刘仁赡辞气从容,近前奏道:"主上且勿惊慌,自古水来土掩,兵来将挡。往时大王要救西蜀,而霸一方;不虞事机不密,先被周师入境。今若张皇无策,岂不被蜀人耻笑!为今之计,正宜大兴六师,与周将拒敌。至于成败,未可知也!"唐主听其言,即以刘彦真为统军节度使,刘仁赡为清淮节度使,领兵五万,至淮、扬二州与周师拒敌。又命国师文修和尚督兵五万,到清流关救应。那刘彦真领兵至凤阳淮西,备列战船数百号于淮河,以攻周之浮梁①。旌旗相接,兵势大振。

　　周将前军李谷,因攻寿州不下,又闻唐兵已至淮西,大布战舰,遂与众将议道:"我军素来不习水战,若他断我浮梁,背腹受敌,无可生之路。不如退守浮梁,待圣驾到来,再行进取,尔等以为何如?"诸将议论不一,或欲乘势邀击,或欲退守浮梁。李谷犹豫未决,差人具奏世宗,一面移兵退守浮梁。世宗得奏,急差官止住李谷不要退兵。又差大将李重进领兵直趋淮上,与唐兵接战。重进因粮草未集,不能前进。李谷闻知,急差人奏于世宗道:"南唐战船连日进淮,水势日涨,万一粮草未集,所为大虑!愿陛下驻辇陈州,待李重进兵马到来,臣与他渡淮,探彼战船,可御浮梁,立具奏闻,万勿轻进。不然,厉兵秣马,秋去冬来,使彼疲于奔走,然后一鼓而可擒也!"世宗得奏,对匡胤道:"李谷之计,亦可然之。"匡胤道:"太缓。今两敌相遇之际,势成骑虎,岂宜有待!陛下且优诏答之,使其与重进合势迎战,必收全功。"世宗允诺,即下诏示之。

　　却说唐将刘彦真闻知李谷退守浮梁,心中甚喜,欲引兵直抵正阳。刘仁赡与池州刺史张全约力止,道:"我军未到,彼兵先退,是畏公之威也,何必与战!万一有失,追悔无及。"刘彦真不听,自引所部兵马而行。仁

---

　　① 浮梁——即浮桥。

赡与张全约道："刘公不听我言，此行必败。我与公只宜登城而备，庶无所失。"全约从其言，即领兵将靠淮而守。此时李重进得诏，引兵渡淮，与唐将交战。刘彦真兵马屯于安庆，连营十数里，李重进登高望见，对众将道："如此兵马，破之甚易！"乃令部将曹英引兵三千，从上流而进，出其不意击之，必获全胜。曹英得令，引兵去了。

次日，李重进结阵以待，刘彦真提枪拍马而出，手指重进骂道："无知竖子！好好退兵，免受杀戮；不然，叫你顷刻亡身！"重进大怒，抡刀直取彦真。彦真正待接战，背后涌出一员大将，名叫张万，大叫道："主将且休动手，待小将立擒此贼！"说罢，吼声如雷，手提大斧，杀奔前来。两下呐喊，战鼓频敲，二将刀斧并举，约斗五十余合不分胜负。重进佯败而走，张万随后赶来，重进见张万来得较近，按住了刀，弯弓搭箭，背放一矢。张万未曾堤防，躲闪不及，应弦而倒。可怜一员勇将，死于非命。有诗赞李重进道：

　　射柳穿杨艺术奇，当时敌将竟难支！

　　临兵入阵山川暗，斩将归营日色低。

刘彦真见折了张万，心中大怒，挺枪来战，重进回马相迎。二将正是棋逢敌手，将遇良材，战有百十余合，胜败未分。忽听一声炮响，曹英引三千生力军从上流杀来，彦真料不能胜，勒马便走。曹英乘势追来，唐兵大败。彦真走不数里，又见山坡后旗幡招展，金鼓喧天，一彪军冲出，当头一将乃是李毅步将王成，因领兵来与重进会合，见唐兵败来，即便阻住去路。彦真进退不得，只得与王成死战。未及三合，彦真坐马力乏，前蹄一失，把彦真颠翻在地，被周兵赶上乱刀砍死。有诗叹之：

　　堪怜惯战杰英俦，兵刃齐攻血逆流。

　　早识贪功偏丧命，何如保守万全谋。

李重进听知刘彦真被杀，引兵急进大杀，唐兵死伤殆尽，掠其辎重盔甲，不计其数。刘仁赡见势不谐，收拾彦真部下残兵，同张全约及所部之兵退守寿州，星夜差人告急于唐主。唐主闻刘彦真全军尽没，惊得魂不附体，急召众臣商议。枢密使陈景文奏道："周师奋勇而来，彦真新丧，若与之战，吾军必败。主公可命大将屯守清流，以拒周兵。"唐主依奏，即差大将皇甫晖、姚凤二将，领兵一万，往清流关同国师屯扎，以拒周兵。二将领旨，带兵而去。

　　却说李重进夺了凤阳城,差人于世宗处报捷。世宗大喜,即加授重进为都招讨,敕令进兵取寿州。重进得旨,引兵来取寿州,离城五里下寨。次日重进领兵至城下,分拨攻城。那城上灰瓶炮石如雨点打下来,把重进之兵打伤无数。当时一连攻了二十余日,城不能下,重进闷坐帐中,无计可施。忽报元帅赵匡胤引兵来助。重进接见,诉知城郭坚固,刘仁赡善守,急切难下。匡胤便往城下看了一遍,对重进道:"如此坚固,更兼善守,徒老吾师,当用奇兵以破之。汝可引部兵离城十五里屯扎,诈言军中缺粮,故为退兵之状。可选精壮军士埋伏要路,待他追来,伏兵杀出。我再以精兵邀击,前后夹攻,城可下矣!"重进依计而行。

　　次日,探马报入城中,言周师一夜退去,不知何故。刘仁赡差人出城,于四处打听,回报道:"他军绝粮,故此回军。恐我军追赶,在十五里之外扎营,为缓兵之计。"当有都监何廷锡挺身而出,道:"周师粮尽而去,乃实情也! 元帅当出兵追之,使彼不敢再来。"仁赡道:"周将诡计极多,莫非有诈? 量此决是诱敌之计,不可追也!"何廷锡道:"元帅疑之太过,何日可胜周师?"遂不听其言,领兵五千,私下出关,杀奔周营。李重进见了,故作慌张,拔寨而起,三军故意叫苦,尽弃枪刀而逃。何廷锡见此情形,心中大喜,道:"今日天赐我成功也!"即便驱兵掩杀。将及五里,忽听得一声炮响,林子里伏兵齐起,长枪巨斧,冲杀出来。当头一将,乃是曹英,大喝道:"贼将往哪里去?"挥刀劈面砍来,何廷锡大惊不迭,急举手中刀来迎,未及五合,曹英手起一刀,斩廷锡于马下。周师势盛,唐兵大败。匡胤领兵抄出袭杀,乘势攻打寿州。刘仁赡力不能支,只得领带残兵,退守泰州去了。

　　匡胤遂取了寿州。李重进、曹英同兵会合城中,迎驾到寿州驻扎。匡胤率众将等朝见,道:"赖陛下洪福,已取寿州。"世宗大悦,道:"二御弟建功不小,朕心嘉悦。"匡胤复奏道:"李重进兵马据守淮河,不宜轻动。李毂安住正阳,亦是要紧。臣愿督兵竟取清流关,以得胜之兵,回取滁州①,则南唐指日可破矣。"世宗道:"御弟之策甚善。"匡胤辞驾,提兵至南界牌关,总兵官董清接进参见。匡胤问道:"南唐可有人马来犯关么?"董清道:"清流关守将姚凤、皇甫晖不曾犯界,只有同守的一僧,名文修和尚,

---

　　① 滁(chú)州——地名,在今安徽境内。

骁勇非常，又有金铙，十分厉害。几遍前来攻打，众将恐有疏失，不敢出敌，只唯紧守而已。若元帅不早亲来，此关终于难守！"匡胤道："彼既有人来犯，尔可依旧严防，俟我明日出兵破他。"

次日，匡胤升帐，众将上前参见。早有探子报进城来，外有一和尚讨战。匡胤遂问两行众将："谁去会他？"只见旁边闪出一员上将，应声道："末将不才，愿见一阵。"匡胤视之，乃是御前都尉将军王壬武，系铁篙王彦章之孙，善使一条浑铁枪，有万夫不当之勇。生得身长一丈，黑面黄须，立于帐下，要去出战。匡胤大喜，道："将军出去，须要小心！"王壬武应声"得令"，出了中军，结束停当，提枪上马，领兵三千，放炮出关。摆开阵势，看那对阵一个和尚，但见：

> 头戴一顶金线毗卢帽，身穿一领盘龙黄袈裟。腰悬一口吹毛戒
> 刀，手执一根浑铁禅杖。足穿麻履，身坐红驹。面目狰狞，不谙蒲团
> 趺坐；行为凶勇，只知行伍冲锋。

那文修和尚一马当先，大声喝问："来将何人？"王壬武道："贼秃听者：吾乃大周天子驾前大元帅南宋王帐下，都尉大将军王壬武便是。贼秃！你也留下名来，俺好记功。"文修道："不须问得，洒家乃南唐王驾下护国禅师，法号文修。汝今枉来送死，洒家当与你解脱。"王壬武大恼，拍马上前，一枪照文修刺来，文修举禅杖即忙招架。二人大战有三十回合，文修抵敌不住，拦开王壬武枪，回马落荒而走，王壬武拍马追来，文修听后面鸾铃响近，就伸手往袋中取出一扇金铙，叫声："佛祖爷爷，弟子今日要借法宝了！"说罢，将金铙抛在空中，红光如电，射人眼目，照着王壬武头上劈来，势如飞燕。王壬武一见，慌忙无措，躲闪不及，早被一劈，翻身落马，死于非命。可怜！正是：

> 瓦罐不离井上破，将军难免阵前亡。

败兵报入关中，匡胤闻之大怒，便问："谁敢出去与王壬武报仇？"众将皆惧金铙厉害，都不应声。匡胤怒气填胸，叫声："备马！"即时全身披挂，上马提刀，带领众将出关。来到阵前，文修正在讨战，只见关内涌出一将，威风飘凛，相貌高奇，心中暗自称异。上前问道："来者莫非南宋王么？"匡胤道："既知我名，尚敢逞强助恶，伤吾爱将，情实可恨。吾今誓必斩汝，莫要后悔。"文修大怒，催开战马，举杖就打，匡胤抡刀赴面交还。二人战至二十余合，那文修虚晃一杖，回马诈败而走。匡胤大喝道："贼

秃！往哪里走？"随后赶来。赶有三里之外，文修照前祭起金铙，照匡胤顶上劈来。匡胤看见，把头一低，叫声："不好！吾命休矣！"心中一急，泥丸宫早现原神，只见这赤须火龙伸爪把金铙抓住，不得下来。文修见了大惊，道："原来南宋王乃是真命！我几乎逆天害了大事。"遂把金铙收了回来，下马立于道旁。看官：那匡胤顶现真龙，难道没有兵将看见？兵将既见，诉知世宗，哪得不疑！不知匡胤追赶文修已有数里之远，这些军士落下后面，未曾上来；又不存心，自然不曾有见。这正是：

圣主有百灵呵护，贤臣致诸福维持。

当下匡胤转眼醒来，见文修立在旁边，叫声："真主休罪！山僧不识天理，几乎妄行，从此不敢再犯矣！"匡胤见此光景，不知所以，只得答道："长老既已出家，何不归山梵修？在此红尘，图甚功名富贵？"文修道："真主有所未知：山僧原是陕西风雪山演教寺住持，只因殿宇坍塌，佛相淋漓，山僧立愿修建，特地下山募化南唐王；蒙唐主许下周兵退去，差官建造，为此前来助他，不想今日遇了真主，险些山僧获罪于天，无可解脱。"匡胤道："长老既然募化而来，休管两边闲事，且请回山；期在事平之后，不才当来装金建寺，独力成全，决不虚谬。"文修大喜称谢，即便弃下马匹，飘然去了。匡胤勒马回程，将次半路，见前面兵将蜂拥而来。那众将接着匡胤，便问追赶和尚消息。匡胤道："被我良言解劝，已弃此归山矣。"众将各各欢喜，簇拥回关，设席称贺。

次日，匡胤领兵直抵清流关外，放炮安营。探马报入关中，皇甫晖与姚凤商议道："寿州已被周师所得，文修长老一去无音；今周兵又来攻城，恐非其敌。不如撤兵退保滁州，拆桥自守，方可万全。"姚凤道："不可！此关乃必争之地，若不守此而退护滁州，周师攻取，如何抵敌？"皇甫晖不听其言，竟撤兵向滁州去了。消息传入周营，匡胤不胜之喜，对马全义道："此天助吾也！此贼以此关为不足惜，退守滁州，断桥自保，真不知兵者也。盖滁州非冲藩之地，吾既得清流，千军万马，岂惧滁州一桥乎！公可引五千兵，即时取木作筏，乘彼未定，吾军掩至，破之如拾草芥耳。"马全义领令去了。于是匡胤亲率大兵，相继而进，来取滁州。有分叫：攻一城拔一城，势如破竹；战一阵胜一阵，形似吹灰。正是：

天意既经厌伪命，人心自是向兴朝。

毕竟赵匡胤怎的取城？且看下回分解。

第五十七回

郑子明斩将夺关　高怀亮贪功殒命

诗曰：

广场破阵乐初休，彩纛高于百尺楼。

大将气雄争起舞，管弦回作大缠头。

去处长将决胜筹，回回身在阵前头。

贼城破后先锋入，看着红妆不敢收。

右录王建诗二首

话说赵匡胤见皇甫晖退保滁州，断桥自守。遂令马全义率领所部之兵，乘彼未定，取木作筏，渡河掩击。自率大军继进，直抵滁州城下，扬旗呐喊，擂鼓讨战。皇甫晖登城说道："人各为其主，愿容我成列，然后与战，休逼太甚！"匡胤笑道："既汝自己讨饶，姑宽汝须臾之死。"即令人马暂退一箭之地。皇甫晖披挂完全，整顿军马而出。两阵对圆，周阵上匡胤亲出，左有马全义，右有张琼。唐阵上皇甫晖出马。匡胤指道："汝若识时务，早献滁州，富贵可保；不然，身首异处，何益之有？"皇甫晖大怒，举枪直取匡胤。马全义接住厮杀，战不数合，皇甫晖力怯，回马败走；马全义赶到门旗之下，手起一刀，砍落马下。周兵见马全义得胜，乘势杀来，唐兵大乱。姚凤仓皇欲走，被张琼赶上生擒而回。大杀一阵，得了滁州，差人报捷。

世宗知滁州已得，即差学士窦仪，至滁州查点府库钱粮。窦仪领旨，入的城来，将府库钱粮一一造册明白，候驾到来陈奏。此时赵匡胤差人来取金帛彩缎，赏赐军士，窦仪不肯，对差人道："初破城池，即倾取府库，是非所利。况吾奉旨载册，已系官物，若非诏书所命，不得取也。"差人告知匡胤。匡胤叹道："窦公忠义，吾岂敢动其一二乎！"于是悉归世宗。世宗下旨，以破滁州实出南宋王之功，尽将库中之物，赏赐匡胤。窦仪奏道："赵元帅忠勤王室，岂肯独受其赐！陛下宜均颁恩命，使将士尽得以沾泽也。"世宗依奏,即着窦仪将库内财帛等物,赐南宋王及将士三军。军士均受恩泽,各各欢声如雷。

匡胤又荐赵普,世宗即命赵普为滁州知州。匡胤与赵普日相讲论,甚是投机。尝问以治天下之道,赵普对答如流,言言中綮①。匡胤甚喜,凡事质问,赵普尽心开陈,剖决皆得其宜。时阵上所擒南唐将士,匡胤尽欲杀之,赵普劝道:"国家多事之秋,英才难得;元帅何不释之,以为己用。诚能推赤心以待之,宁彼肯忘其德乎!"匡胤点头称善,于是先放姚凤及勇猛数十人,然后尽放其余。后人有诗赞之云:

　　一语相投利断金,君臣从此两同心。

　　降俘释放诚堪用,独美当年德泽深。

世宗驾入滁州,匡胤与众将朝见,世宗慰之道:"克城之功,二御弟居首,他日名垂竹帛,诚不朽也。幸今威名日盛,可进兵扫平南唐,以慰朕望。"赵匡胤领旨,整备进兵。不一日,唐主差牙将奉书到滁州请和,其书云:

　　唐皇帝奉书。思自交兵始战以来,彼此俱损,均非其利。自今以
　后,愿各息兵和好,以兄事大周,岁输财帛,以助军资。

世宗见书词不逊,召匡胤商议,匡胤奏道:"今陛下圣驾已入唐境,李穀等诸将屯据险要。唯扬州一带地方兵力脆弱,遣轻骑袭之,一鼓而下。那时陛下耀武扬威,金陵必卑逊迎降矣。"世宗听奏大喜,即下旨元帅施行。

匡胤下令,差韩令坤领兵五千,袭取扬州。令坤接了令箭,临行,匡胤谓之道:"将军此去取扬州,勿得残害百姓;凡李氏之陵在扬州者,令人守之,不可容人发掘。"令坤领命而行,兵至扬州,扬州士民,各各心惊胆裂,守城兵卒,先自奔逃。守将马延曾仓皇无策,走入后堂,削去须发,披上僧衣,从南城逃脱去了。城中士民无主,开城纳款。令坤引兵入城,传令兵士,不许扰害民间,如违令者斩。于是扬州百姓,安堵如故,不犯秋毫。令坤差人奏知世宗,世宗得奏大悦,诏令匡胤取泰州。

匡胤领旨进兵,往寿塘关而来,离关数里,放炮安营。寿塘关守将王豹,这日正坐中堂,只见探子进来报道:"周主差宋王赵匡胤,领兵前来犯界,元帅速为定夺!"王豹听报,即令兵将守护城池。过了一宿。次日,两

_____

① 中綮(qìng)——綮,指筋骨结合处。中綮,此意为切中要害。

边各自开兵,王豹乃是步将,用的一条镔铁棍,有万夫不当之勇;腰下挂着两个铜铃,练就的一只马驴般的大犬,上阵伤人,十分厉害,军中称为"铁棍神犬将军"。当日领兵出关,与周营相对。两边各摆阵势,王豹纵步当先讨战。周营中有右营总兵吴轮上前道:"末将愿见一阵!"匡胤许之。吴轮出阵,与王豹各通姓名,交手就杀,二人战有三十余合,王豹抵敌不住,回步便走,吴轮拍马赶来。王豹便向腰间取出铜铃,连摇几摇,只见阵后一只大犬,跳将出来,将吴轮咬住,只一扯,跌下马来,被王豹一棍打死。取了首级,藏过了犬,复来讨战。探子报入营中,匡胤大惊,道:"怎的就被他伤了?"探子道:"对阵步将,使铁棍与吴总兵交战,他败了,吴总兵追去,他便放出恶犬,把吴总兵咬下马来,被他打死。"

　　匡胤大怒,问:"谁人敢去擒他?"郑恩应声道:"小弟不才,愿见一阵,亲斩王豹,与吴轮报仇!"匡胤道:"三弟出去,须要小心。"郑恩道:"前在孟家庄上,鹿精尚被咱打死;今日有兵有将,何惧一狗耶!"遂即出营,吩咐家将道:"汝等见了狗怪,须要一齐上前乱刀砍死。"家将依允。郑恩来至阵前,大骂:"贼将!怎敢把我大将打死?你快快出来服罪抵死,咱便饶你!"王豹大怒,抡动铁棍劈面打来,郑恩举刀迎住便杀。二人战有二十余合,王豹气力不济,转身就走。郑恩不知好歹,随后追来。王豹又取铜铃摇了两摇,只见那只大犬,仍从阵后纵跳出来,向着郑恩便咬。郑恩说声:"不好!"急急挥刀去砍,早被那犬蹿上一口咬住了右臂。郑恩大叫:"家将们快来!"谁知郑恩追赶已远,家将们一时飞走不及。那王豹见犬已咬住,即忙举起铁棍,望郑恩顶门打将下来。郑恩招架不及,只把头一低,心中慌急,只听一声响亮,泥丸宫一道黑光冒起,见有一只黑虎,张牙舞爪,抓住了铁棍。王豹一见,唬得心惊胆怯,望后便走。那大犬见了黑虎,尿屁直流,滚倒在地;正值家将赶到,一阵枪刀,砍做肉泥。郑恩归元醒转,见犬已死。又见王豹退在门旗之下,呆呆地看。郑恩心中大怒,不顾臂上疼痛,纵马赶杀过来。王豹只得接住抵敌,战不数合,大败而走。郑恩是坐马的,追得甚快,将及关前,王豹步行不迭,早被郑恩用力一刀,分为两截。正是:

　　　　空有安邦定国志,眼前人兽一齐亡。

　　郑恩既斩王豹,领兵取关。守关副将见主将已亡,俱各开关归顺。兵马进寿塘关住扎。匡胤听知郑恩取了寿塘,心中大喜。一面报于天子,一面统兵进关。计点降兵一万,盔甲兵器无数。当日出榜安民,查盘府库,又上了汝南王功。吩咐军士收葬吴总兵尸首,养马五日,然后整兵征进。

至第六日,匡胤留将守关,自率大兵来取凤翔关。却说守关将叫做"花枪将"刘猛,这日正在公堂理事,有巡城将校报道:"城外有数百败兵逃来求救。"刘猛道:"何处来的?"将校答道:"他说寿塘关逃来的。"刘猛道:"既如此,可放他进来,编入队伍。"吩咐守备查验编管了当,又拨兵士严禁守城。且说匡胤兵至凤翔,离关十里安营,诸将参见已毕。匡胤问道:"谁敢领兵去取此关?"有正印先锋高怀亮上前道:"小将自到南唐,寸功未立,今愿领所部人马,去取此关。"匡胤道:"若得将军一行,此关必然下也。"怀亮辞别出营,上马领兵,直至关前讨战。报马报进城去,刘猛点兵而出。两边各立阵势,不通姓名,交马便战,约有三十余合,怀亮暗取夹枪,照着刘猛喝一声"中"! 只一夹枪,正中刘猛肩窝,翻身落马。怀亮再复一枪,结果了性命,挥动人马,冲杀过去,南唐兵大败,四散而走。周兵乘势抢了凤翔关。怀亮进关,出榜安民,赏军查库,差人报捷于元帅。匡胤得报,具奏世宗,然后领大兵进了凤翔。怀亮参见,匡胤大喜,道:"将军克取此关,其功不小!"遂上了功劳簿。

当时停兵在关,候备征进。适有军政司上前禀道:"军中兵多粮少,如何给发?"匡胤心甚担忧,具表奏知世宗。世宗急与群臣商议,一时无策。有一臣姓杨,名子禄。上前奏道:"臣闻此处有一铜佛寺,内有丈六金身,三尊大佛;不如借此法身开局铸钱,散与军士行用;待平了南唐,铸还佛像,此亦救急一时之策也。"世宗依奏。又有一臣奏道:"不可! 陛下若依此言,坏佛像以铸钱,恐获罪愆,于国家不便。"世宗道:"不然,朕闻佛祖当日现身说法,尚割肉喂鹰,舍身喂虎;何况铜像特观瞻之具乎!"即传旨召取工匠,开局铸钱,与银搭发行用。

不道这钱有周朝年号,南唐不得通行;况周兵又是将银藏下,止用新钱,南唐百姓恐周兵去后,此钱何处使用? 一时民间受累,各有不平。时有一人,名叫王德盛,开张布店为业,这日因周兵买布,强将新钱行使,竟取布匹而去。王德盛气愤不过,藏了利刃,来到局中,闪在旁边,思欲行刺。匡胤端坐中间,两边站立文武,正在发钱。那王德盛往旁边偷走上去,却被匡胤看见,喝声:"家将们,这人来得古怪,与吾拿下!"两边一声答应,走出几个家将来,将王德盛拿住。身边搜出利刃,把他绑了推上来,禀道："此人系是奸细,身边现有利刃,候千岁发落!"匡胤看他面有杀气,况又立而不跪,遂喝问道："汝是何人所使? 暗藏利刃,欲刺何人?"王德盛大喊道："昏君昏臣,上明不知下暗。尔等只图天下,不顾百姓死活,古人云'民乃国之本',尔无钱粮,与百姓何干! 将铜佛铸钱行使,倘日后尔等去后,此钱何处去用? 尔等纵兵强买货物,只把此钱推抵,将我们血本耽搁,何以为生? 故此特地前来杀你,不料被你拿住,这是我命该如此,听凭你狗王将吾怎样处治!"匡胤听了大怒,道："你这该死刁民! 这是万岁旨意,那钱上现有天子国号,怎么不用? 若平了南唐,自有收钱之法。你这厮反来行刺,理法通无;若不将你斩首,此钱如何用得通行?"叫左右将他拿出局门,斩首号令,以安百姓。一面奏知世宗,收炉停铸;一面拨将镇守凤翔关,然后发兵攻取徐州。

那徐州守将,姓丹名托,称为丹令公,有二子丹銮、丹凤及手下一班战将,都是骁勇无敌之士。管辖兵马三万,镇守此关。这日正与二子商议周兵来伐之事,有探子报入道："前关王豹、刘猛俱皆战死,关梁已失。听得又有兵来,要取徐州。"丹托听报,谓二子道："吾闻赵匡胤为帅,高怀亮为先锋,与及手下将士,都称劲敌。此来锋势正盛,吾兵料不能敌,汝等众将,有何策以待之?"参军陶荣进道："小将有一计在此。可叫兵士预先将吊桥做活,水中钉了铁桩,城上伏着弓弩手,倘与周将交战,诱他过桥。若是步行,可过此桥;如若马将,跑急势重,便要连人带马跌下水去,那时铁桩戳体,箭镞攒身,凭他盖世英雄,不怕不死!"丹托听了大喜,连称妙计。正言间,忽报周兵已至。丹托便差军士上关严守,多备灰瓶炮石,提防攻城。

却说赵匡胤兵至徐州,安营升帐,众将参见已毕,匡胤便问："谁去取关?"先锋高怀亮出道："小将愿往!"匡胤许之。怀亮上马端枪,领兵而往,正在中途,遇着丹托兵马。两下排开阵势,只见唐阵上丹銮出马,怀亮看了,喝声："贼将留下名来!"丹銮道："俺乃大唐皇帝驾下丹令公之子丹銮便是。你是何人,敢来犯界?"怀亮道："我乃周天子驾前横胆将军,赵元帅麾下正印先锋高怀亮是也。尔是无名小子,休要出来送死,快叫丹托自来领死。"丹銮大怒,举手中刀劈面砍来,怀亮挺枪迎住。二将各施本领,都逞英雄,战有二十余合,丹銮暗思："怀亮名不虚传!"招架不住,回马便走。高怀亮大喝一声："贼子! 往哪里走?"一枪正中丹銮左胁,翻身落马。唐阵丹凤见了大怒,拍马向前,大骂道:"好贼将,敢伤我兄长,誓不甘休!"捻挝①就打。怀亮把枪往上只一枭,丹凤在马上乱晃,几乎跌下马来。复又举挝来战,未及十合,怀亮取鞭在手,把枪架开了挝,照定丹凤一鞭,正中肩窝,把丹凤打落马下。可怜丹托二子,一时间都丧于高怀亮之手。正是:

> 将军横胆诚无敌,名震寰区战士寒。

怀亮取了首级,掌鼓回营,见了匡胤,报功不表。

且说南唐败兵,报知丹托。丹托大哭道:"正待除灭敌人,不料二子先被高怀亮所害,此恨怎消?"吩咐军士收葬尸骸,一面差人往金陵求救,一面依了计策,连夜安排。次日,丹托领兵出城,坐名要高怀亮出来会战。探子报入营中,怀亮来见匡胤,道:"既丹托如此无礼,小将誓必诛之,以取此关。"匡胤道:"将军不可亲出,恐有计策,尚宜防备。"怀亮不听,领兵出营。两下各立阵势,怀亮一马当先,大喝:"丹托老贼,快快出来受死!"丹托见了仇人,怒气填胸,大骂道:"你这贼就是高行周之子,怎敢害我二子?我今日亲来杀汝,以报吾子之仇。"说罢,拍马提刀来战。怀亮挺枪相迎,战不数合,丹托虚晃一刀,勒马便走。怀亮心中暗想:"他二子已亡,关上无人,趁此不去抢关,等待何时?"遂发开了马,紧紧追来。丹家败兵往左右沿河而走,丹托自往旁边小木桥过去,守桥兵登时扯起。那高怀亮追到吊桥边,心下暗喜,不分好歹,抢上桥来——谁知人强马壮,枪甲沉重,那桥又是枯木朽株,预先装活,高怀亮刚到桥心,只听得一声响处,连人带马,跌入河中。下有铁桩,上放乱箭——可怜盖世英雄,竟死于徐州河下。那后面家将兵丁随后赶到,看见主将中计,又不能上前相救,放声大哭,只得回营报知匡胤。匡胤大惊,不觉泪下。众将闻之,亦各伤悲。一齐来禀匡胤道:"某等愿同去攻城,拿住丹托,与怀亮报仇!"匡胤依允。

次日,郑恩等一干众将,领兵至关下,辱骂攻围。丹托在关上看见周将厉害,不敢出敌,只得紧守堤防。匡胤发怒,亲督兵士奋力攻打,一连攻了数日,尚不能下。那丹托与诸众将商议道:"周将如此骁勇,兼之攻打甚急,量此关将寡兵微,终于难守;不如弃去此关,再图后举,何如?"众将道:"令公高见极是,我等作速起行。"于是众将各自收拾,连夜开城,杀出

---

① 挝(zhuā)——击;打。

而去。周兵追之不及,各自回还。城中百姓无主,各设香花,开关迎接。匡胤带领众将进关,出榜安民。令人收检高怀亮尸首,用棺木盛殓,候班师带回。当又查盘府库,歇马停兵,差人往南唐探听消息。

　　却说唐主听报扬、滁等地俱失,惊惶无策,急召众臣商议。有御史陈景奏道:“前者差人议和,周主不允,以致疆界日促;今事已危急,徒战不利,主公可再遣人至周主营中,卑词求和,庶兵端可息。”唐主听奏,急遣翰林学士钟谟、大理寺李德明二臣赍表,带着金宝茶叶器皿等物,来到滁州,报知世宗。世宗知钟、李二人乃舌辩之士,必有说辞,令将甲兵陈列,两旁侍立猛将,然后召二臣入见。那钟、李二人进帐,拜伏于地。世宗道:“汝主自恃唐室苗裔,宜知礼义,当与别国不同;岂知不能尽以小事大之理,反欲泛海结连契丹,抗违天朝,汝二人口舌,焉能摇惑!朕正欲往观金陵,借府库以赏军士,此时尔之君臣能无悔乎!”二人一言不能答,惶恐而退。世宗乃亲领大军征进。此时正值深秋天气,但见:

　　　　落叶飘飘征雁过,行旌闪闪阵云高。

　　车驾至肥桥,世宗取一石,在马上持之;从军各取一石,精不可胜。大兵来至寿春城下,旨令攻城。城上矢石如雨,部将张琼看见,叫道:“主上且避,城上强弩厉害!”正说间,不防一箭射下,正中张琼背上。有分叫:敌国推轮,重见疆场效命;王师返旆,再图将士宣猷。正是:

　　　　非惧风尘马变色,只缘士卒力多疲。

毕竟张琼性命如何? 且看下回分解。

第五十八回

韩令坤擒剐孟俊　李重进结好永德

诗曰：

> 将军胆气豪，竭力守城濠。
>
> 戎服领忠告，励卒尽勤劳。
>
> 岂知势日促，无奈国已摇。
>
> 君虽重推毂，天实厌南郊。
>
> 留此凛烈体，休戚孰堪挠。

话说周世宗不允和议，率督大军来取寿春。当时兵至城下，旨令攻城，城上矢石如雨点打来。部将张琼见了，慌请世宗退避，不防城上一箭射来，正中张琼背上，死而复苏。众兵救回营中看时，镞深透骨，不能拔出。琼令取酒，饮了一大卮①，方令手下人砍骨取镞，血流数升，至死不变神色。后人有诗赞之：

> 万骑南来杀气高，临危于此显英豪。
>
> 镞深莫出心雄烈，为愿君王岂惮劳！

却说钟、李二人回见唐主，奏知："世宗不允和议，推其意，只为主公不肯称臣之故耳。为今之计，主公还须奉表称臣，以安民庶。"唐主从其言，差司空孙晟②、礼部尚书王崇质奉表称臣于世宗，愿岁岁朝周，年年进贡。二臣领旨出朝，至周营见了世宗，俱说唐主愿奉圣朝之命。世宗道："此举朕本要准，只为刘仁赡据守泰州，屡抗天命，彼今若肯来降，方允尔议。"随差中使同孙晟等，到泰州城下，诏示仁赡归款。仁赡上城，见了孙、王二臣，即戎服拜于城上。孙晟谓仁赡道："公受国恩，不可投降！"仁赡谢其教，因严兵以守之。中使报知世宗，世宗大怒，召孙晟欲斩之。晟道："臣为唐宰相，岂可令节度使外降耶！"世宗嘉其忠，遂赦其罪，遣晟复

---

① 卮(zhī)——古代盛酒的器皿。

② 晟(shèng)。

唐主之命。临行，世宗谓之道："归告汝主，早定所议，勿自取晦辱！"

　　晟归告唐主，且言世宗本意，只欲议去帝号，再割六州之地，输金帛百万，庶可罢兵而息战也。唐主急欲议和，一一从之。复遣孙晟、李德明二臣至周营见世宗，献上六州之地以求和。世宗道："若使称臣于朕，须尽江北之地而后可。"乃遣孙晟等归。世宗赐唐主书曰：

　　诸郡来献，大兵立罢；但去帝号，何爽岁寒。倘坚事大之心，终无遏人于险。言尽于此，更不烦示。苟曰未然，请从兹绝。

　　唐主得诏，复上表称臣谢罪。李德明称世宗威德及甲兵精强，力劝唐主割江北之地，献与世宗，以图和好，唐主犹豫未决。有枢密使陈觉、副使李微二人，素与孙晟、李德明有隙，因谮于唐主道："李德明劝主割地，孙晟卖国求荣；二人此行，必受周主之爵，故不忠于朝耳！"唐主大怒道："二竖子何敢欺诳孤耶！"喝令将孙晟、李德明推出斩之。孙晟临刑叹道："臣死不足惜，惟受先帝之恩，不忍金陵一旦为周兵所屠！"言罢行刑。有诗叹之：

　　奉命宣行志亦勤，谗言预入竟难分！
　　请看守土归中国，唯有东门三尺坟。

　　唐主既斩孙、李二臣，即拜弟齐王李景达为兵马大元帅，陈觉为监军使，领兵五万以拒周师。先着大将陆孟俊领兵一万，救泰州。旨下，陆孟俊来至泰州，与刘仁赡合兵固守，声势甚大，周兵遁去。孟俊欲进兵复取扬州，扬州守将韩令坤闻之，无心固守，将欲弃去。世宗闻此消息，大惊道："若唐兵复得扬州，大势去矣！"急令元帅赵匡胤领兵二万屯六合，以援扬州。匡胤领旨，兵至六合屯扎。下令道："扬州兵过六合一步者，斩其足！"韩令坤闻令，不敢弃城，遂严加防守。世宗复自督兵来攻泰州，刘仁赡守具甚严，周兵连攻数日不下。因遇秋雨连旬，营中水深数尺，又是粮草不济，军心惶惶。世宗与近臣商议，欲暂班师，以图后举。马全义奏道："不可！泰州乃唐之重镇，刘仁赡智勇之将；陛下若班师北还，正堕其计。不如且幸濠州，以待诸将进取，自有成绩。倘今未集事而归，彼得蹑我后矣，岂得无损耶？"世宗从其议，即驾幸濠州。

　　那泰州城中，闻报周师撤围而去，诸将皆欲追赶。仁赡道："汝等不见何廷锡之失寿州乎？周师虽退，非战败而还，特因粮草之不继耳，吾兵一动，必中其计也。"众将叹服而止。时陆孟俊进言道："公今坚守此城，吾自领所部兵去取扬州。"仁赡道:"不可! 扬州韩令坤,骁勇之将,非他人所比;兼之赵匡胤屯兵六合以为援,声势相依,胜负莫卜,不如共守此城,候齐王兵到,然后计议而行,方为上策。"陆孟俊大怒,道:"若如此迁延时日,畏惧不进,何日克服故土也?"遂不听仁赡之言,自领部兵望扬州而来,离城五里安营。韩令坤听报唐兵来到,即忙整兵出迎。两下摆开阵势,陆孟俊横刀出马,指令坤道:"汝周兵不早退走,独守孤城,直欲吾取汝首级以献唐主耶!"令坤大喝道:"我中国有百万之师,平南唐于指日,汝尚不自量力,强来战斗,我誓必杀汝,以伸士民之怨!"孟俊大怒,抢刀直取令坤。令坤举刀相还,两马相交,双兵相举,好一场大战。有诗为证:

> 番兵遥见汉兵营,满谷连山遍哭声。
>
> 兵刃相迎一夜杀,平明流血浸空城。

当下二将战到三十余合,孟俊招架不住,回马望本阵而走,令坤催动后军催杀。孟俊正走之间,忽听得山后一声炮响,冲出一员大将,乃是元帅赵匡胤,知得扬州交兵,故引大军从六合杀来,正遇陆孟俊兵败。那孟俊见是匡胤,惊得心胆皆裂,哪里敢战! 回马又走,恰好令坤一马追到,孟俊措手不及,被令坤生擒于马上,唐兵大败,四散而逃。匡胤见擒了陆孟俊,收兵回六合去讫。令坤亦收兵入城,左右绑进陆孟俊,令坤令置在陷车,解赴世宗处发落。正欲推出,忽被令坤侧室杨氏看见,放声大哭,来见令坤道:"此贼昔日杀我全家百口,今日幸得相逢,望将军勿解御营,当把此贼碎为万段,与妾报仇!"言罢又哭。原来陆孟俊当时在马希烈部下,抄灭杨昭耀家,以其女生得美丽,献与马希烈为妾;及韩令坤攻破扬州,希烈又献与令坤为偏房。今日杨氏闻知捉了陆孟俊,欲报前仇,故此哭上帐来。韩令坤听言,即令押回军前,责之道:"汝今日怎不取我之头,献与唐主,博个节度使耶? 既被吾擒,当取汝心肝荐一杯酒,汝有何言?"孟俊道:"死则死矣,何有言耶!"令坤喝令左右,绑在木床上剐之。左右得令,一时间将孟俊首身剐割殆尽。后人有诗证之:

> 恃勇无谋可叹吁,一时俘获倒残戈。
>
> 军前说话先招衅,立使临刑受苦多。

令坤既剐孟俊,军威大振。消息传入齐王李景达军中,大惊不止,乃与部下商议进兵。教练吴用进言道:"韩令坤雄踞扬州,赵匡胤兵屯六合,势相依援。今大王之兵,当从要路而进,先攻六合,则扬州指日下矣。"齐王从其言,下令兵马渡长江,竟趋六合。匡胤闻此消息,即领兵马离六合二十里,设立重栅坚守,按兵不动。过了数日,齐王兵已到,于平川之地,摆开阵势。匡胤亦领军来,与齐王对阵。牙将高琼拍马向前道:"汝唐兵屡败于我,何不早降,以救生灵之苦!"齐王道:"汝等周兵,不知进退,妄恃强敌,侵我封疆;今日好好退去,可保无伤,不然,叫汝等死无葬身之地!"高琼大怒,纵马摇枪杀奔南阵。齐王背后冲出一将,乃是大将岑楼景,使一把大刀,有万夫之勇,拍马舞刀与高琼接战。两下金鼓振地,喊杀连天,二人战到三十余合,不分胜负。南阵吴用见岑楼景战高琼不下,提斧出马助战;郑恩见了大怒,冲开坐马,提刀杀入阵中,把南兵冲作两段。吴用见郑恩威猛,不战而走,早被郑恩赶上,一刀结果了性命,纵马夹攻。岑楼景不能抵敌,拖刀大败而走。高琼怒声如雷,杀声大吼,冲入阵来。后面匡胤催军掩杀,唐兵大败,死伤极多。齐王不敢恋战,与岑楼景冲开血路,逃奔野州去了。

匡胤大胜,收军回营,诸将各各献功。匡胤差人至世宗处报捷。世宗大喜,下令旨,驾幸扬州。窦仪奏道:"今兵疲粮少,南唐屡败于吾,彼之用兵,已无成矣。陛下宜回驾大梁,命大将屯兵于紧要,以为进取之计,不出数日,彼之君臣,必来纳款也!"世宗准奏,即日下旨,车驾回京。敕李重进攻围泰州,张永德屯兵滁州,韩令坤坐镇扬州,高琼屯守六合。其余文武官员,随驾班师。诏旨既下,诸将各领部兵分遣。

次日,车驾离唐境,一声炮响,大小三军竟往汴梁进发。有诗为证:

得胜班师已献俘,将军预有建功谟。

兵回无阻相迎处,箪食壶浆①遍满途。

大兵分作三队,由祥阅而回。不想世宗是夜身体发热,遍身疼痛,急宜太医院看脉,送药调治。过了两日,只见周身发出棋子般的天泡疮来,痛苦难挨,呻吟呼唤。匡胤等众将寸步不离,左右服侍。世宗道:"朕心意闷烦,蒸热发渴,有甚清洁凉水,取来与朕解渴。"匡胤遂吩咐众人,四下去寻清洁凉水。众臣领命,各各提壶执罐,分头去寻。匡胤自己也带了银壶,上马取路而寻,当时约跑了五六里路,到一山脚边,渐闻水声潺潺,急下马往前看时,乃是一带山溪,见底清泉,十分洁净,心中大喜。正欲去

---

①　箪(dān)食壶浆——箪,盛饭的竹器。形容好军队受欢迎的情景。

取,忽见上流头有三个胖大和尚,遍身破烂,坐在水中洗浴。匡胤道:"呀!我幸而看见,若不见时,取了这水进与圣上,岂非反受其毒!"就对和尚说道:"汝等出家人,尊奉佛教,方便为心,怎的把这坏烂身躯,在水内洗净;但知自己爽利,却不道遗害于众民,饮之皆受其毒。汝等慈悲之心,岂如是乎?"那三个和尚哈哈笑道:"贵人有所不知,我等三人原非洗浴,只为被柴王拿去烧得痛苦,故此在这凉水中浸着,觉得有些好处。"匡胤听毕,猛然惊悟,暗想:"这等说来,这三个和尚莫非就是三尊铜佛?如此显灵,真令人不可思议。"遂合掌说道:"阿弥陀佛!我周天子只为五代干戈扰乱,欲救生民,故此起兵剿除伪命。又因军士缺少钱粮,无处取给,万不得已,暂借菩萨金身,权为救济,不想造下罪孽,无量无边。但佛祖当时曾有割肉喂鹰,舍身喂虎之事,伏愿推此慈悲,矜蒙赦宥。念周主原系为民救急,非关昏德荒淫,俟归朝之日,虔心忏悔,重塑金身,望菩萨容纳!"那和尚道:"这些小事,僧人原也不计。但蒙贵人应许,还我等法像,当得与他医治了罢!况他还有二年君位,此时未致有伤,只因火热太猛,聊为示罚而已。贵人只将此水取去,搽上患处,自然愈好,速请回驾罢!"

匡胤顶礼拜谢,抬头起来,不见了三个和尚,心甚惊讶。慌忙将银壶舀取溪水,上马飞行,回至营中,问众臣道:"汝等取水,圣上可曾饮么?"众臣道:"饮虽饮了,只是疼痛不止;此时觉得昏迷,更见沉重。"匡胤忙进御营,取过金盆,将水倾出,用孔雀毛撯①水搽匀疮上。世宗正在昏沉,觉道一时畅快,心地清凉,开眼一看,正见匡胤手执羽毛,撯水搽疮。只见那疮,自经这水一搽,即便愈好,真是甘露沁心,手到病除。不一时,遍体疮痍归于无有。世宗问道:"二御弟,何处得此仙方与朕疗治?"匡胤即将山中寻水,遇见佛祖之事细细奏明。世宗亦甚惊异,道:"佛祖显灵,原来如是。待朕回京,当即铸造。二御弟为朕治疾,功莫大焉!"匡胤道:"此乃陛下之福,臣何功焉!"世宗大喜,即命发驾回京。

大军在路,自是无词。驾至汴京,早有在朝文武,迎接进朝。世宗分发众臣,驾返宫中,朝见了太后。时正宫见驾已毕,闻知世宗在路患疮,今见龙体遍满大疮,不觉笑道:"陛下遍身鳞甲,切勿飞去!"世宗道:"前日满身疼痛,数次昏迷,恨不能插翅飞来相见!"因将铜佛铸钱,及取水遇佛

①　撯(chāo)——取;捞取。

等事,说了一遍。太后道:"我儿既有此事,当择日开工,铸还法像。我等内宫所有金银,亦当帮助,俟完功了愿,忏悔往愆便了。"世宗拜谢,与皇后辞回寝宫。当晚无话。

再说各家功臣,尽都回家欢乐,唯有高怀德悲苦万分,迎弟棺木,搭厂开丧。在朝文武官员,俱皆祭奠。丧事已毕,归葬坟茔。此言不表。

且说世宗一日升殿,受百官朝贺毕,宣南宋王赵匡胤上殿,慰之道:"朕自亲征南唐,虽未得平服,然屡战得捷,皆赖御弟之力,其功莫大,朕当酬之。"匡胤奏道:"此皆陛下钧天之福,与诸将效命所致耳!臣区区之力,何敢任功。"世宗道:"御弟勿谦,南宋王乃闲职,不可久居,今加授为定国节度使,兼殿前都指挥使。"其余从征诸将,各有封赏。高怀亮没于王事,封赠忠勇侯。其下军士,尽行给赏。当时匡胤谢恩已毕,因荐赵普有大用之材,宜当重任。世宗即封普为节度副使。是日君臣朝散。

数日后,有张永德表奏李重进停留息缓,不肯进兵,实有反叛之心。奏上,世宗对众臣道:"知臣莫若君,李重进忠勤其职,焉有反心?此特永德之捕风捉影耳。朕若下诏慰谕,反启其疑,莫若故为不知,徐观进取何如耳?"众臣道:"主上之论甚善。"世宗即匿其事不问。

却说李重进军中已知永德表奏之事,重进乃单骑至永德营中。军士报知永德,永德问道:"他带多少人来?"左右道:"只单骑耳,别无随从。"永德遂乃出迎。重进下马,与永德挽手进营。二人相见,宾主而坐。永德吩咐部下,摆酒款待,从容宴饮。酒至半酣,重进谓永德道:"吾与公以肺腑之交,为国家大将,同心共济,何用相疑?昔战国时,蔺相如与廉颇,后私仇而先国难,人皆慕其义;今吾与公,幸得相与笑谈,敢不效蔺廉之风,而多所猜忌耶!"永德拱手道:"小弟之过,今知罪矣!"由是,二人之疑永释,两军亦各相安。有诗为证:

　　单马趋营智识高,一时论说怨频消。

　　心交义合相欢洽,应是周王重俊豪。

此时南唐主探听张、李二将交怨,与群臣商议,用反间之计,密地将蜡书送与重进。重进拆开视之,其书云:

　　将之有权无权,只在时势。今闻足下受周主之命,屯兵本州,以绝南唐饷运;城孤势殆,果幸计也。然吾守将刘仁赡有匹夫不夺之志,且城中府库充足,婴城以守,虽来百万之师,未易窥也。近闻张永德心怀私怨,致书于朝,言足下停兵不进,似有阴谋。朝廷闻之,宁不疑乎? 一朝兵权削去,放居散地,诚匹夫之不若矣! 何如拥兵自守,为子孙之计之美也。不然,其肯倾心投款,孤当以重镇封足下,决不相负。

重进看罢书,勃然大怒,道:"竖子此谋,欲反间吾君臣耶!"即令囚下来使,以书呈报世宗。世宗得书大喜,谓群臣道:"重进不负于朕,斯言信矣!"群臣皆称贺。范质奏道:"帅臣忠勤若此,何患南唐不灭乎! 陛下但俟捷音而已。"世宗乃加授李重进为青州节度使。下诏在外将士,各宜用命。使臣颁旨,赴各军宣示,不提。

只说世宗一日召华山处士陈抟进朝,欲拜为谏议大夫。抟奏道:"臣野心麋①性,无志于功名久矣。"力辞不受。世宗问抟以飞升之术。陈抟奏道:"陛下贵为天子,当以治天下为务,安用此哉?"世宗道:"朕欲用卿共治何如?"抟道:"尧舜在上,巢、由各得其志。"世宗知其终不可屈,诏许还山。陈抟临行,遗诗一首云:

　　十年踪迹事,富贵梦中看。

　　紫阙谁人管,陈桥帝子安。

是日所遗之诗,近臣抄录,奏知世宗。世宗看其诗句,幽深玄远,不能参解,遍示群臣,莫晓其意。世宗命藏之金柜,俟后参验。下旨设宴崇元殿,君臣欢饮,宣畅一堂,尽情而散。

时赵匡胤父子回府,不料赵弘殷于路中风,抬至府中,叫唤不应。匡胤急请太医看视,太医道:"此乃中风不语急症,下药恐不应验,奈何?"匡胤道:"与其坐视,宁可服而勿效;汝但对症下药,决不罪汝。"太医依命,遂用牛黄、郁金等药,煎剂灌下,终于不省人事。病势转迫,一面令人觅取妙方,守到五更,赵弘殷命限告终,渐渐气绝。匡胤等合家大小,痛哭不已。入殓诸事,不必细表。次日,报奏丁忧于世宗。又讣音于在朝文武,开丧设祭,礼忏诵经,照俗行事。世宗命右相王朴代为主祭,众王侯陪丧,至五七出殡安葬。诸事已毕,匡胤在家守制。按下不题。

却说郑恩自从班师回来,与陶妃久别,彼此羡慕鱼水之欢,恩情倍笃,胜似新亲滋味。受享那杯中之趣,裙下之欢,溺爱沉湎,夜以继日。不觉

---

　　① 麋——混乱,散漫。

三月有余,郑恩身体发烧,嗽声不止,饮食减少,坐卧不宁,忙请太医调治。那太医诊按脉理,早知其详,躬身指陈,说出这病源来。有分叫:为贪被底风流,免却行间争斗。正是:

　　　　人生贪甚名和利,乐事何如色与醪!

毕竟太医说出什么病症来?且看下回分解。

第五十九回

刘仁赡全节完名　南唐主臣服纳贡

诗曰：

南伐旋师太华东，天书夜到册元功。

将军旧压三司贵，相国新兼五等崇。

鹓鹭①欲归仙仗里，熊罴还入禁营中。

长惭典午②非材职，得就闲官即至公。

右录韩愈《回军诗》

话说郑恩自班师以来，因其久旷，未免与陶妃重叙欢洽，倍笃恩情。不料酒色过度，渐生疾病，忙请太医官看视。太医官道："此是七情过伤，虚水旺火之症，当用滋肾平肝，清金益水之剂，可保无伤。大要只以保养为主，但能清心寡欲，静养葆元，再加以祛灾汤药，则可愈矣。"郑恩大喜，吩咐左右，送出太医官。自此静住府中，安心保养，凡服药调治，进食添衣，皆是陶妃亲身服侍，寸步不离。

不说郑恩在府养病。且说李重进督兵攻打泰州，城中自被周师围困，已及二年；此时粮草缺乏，军民饥苦，刘仁赡差人告急于齐王。齐王差大将许文稹、朱元领兵运馈，至紫金山下寨。朱元进策道："周兵势锐，兼之李重进智勇兼备，用兵如神，今知我救兵来到，彼乃预先退离以待之，此必胸有成策，不可不防。为今之计，可筑甬道数里，以遏其冲，则吾运粮便捷，而可免敌人之算，此乃兵家之要法也。"文稹依其计，即发兵筑起甬道，连绵数十里。军士往来，运粮直抵泰州城，果然利逸。

早有哨马报入重进军中，重进对曹英道："唐军长驱而来，又筑甬道以运军粮，公等何策以御之？"曹英道："寡不敌众，弱不敌强，吾兵虽少，当出奇兵以破之。"重进道："公言正合吾意。"遂唤牙将刘俊，吩咐道："汝

---

① 鹓（yuān）鹭——鹓和鹭飞行有序，喻百官朝见时秩序井然。

② 典午——晋朝代称。

引步兵五千,出泰州之南,待后兵一出,两下夹攻,冲破其营,敌人必乱矣。"刘俊领计去了。又令曹英领兵埋伏于紫金山北首。重进分拨已定,次日领兵向紫金山而来。两军相撞,门旗开处,闪出许文稹,横刀勒马,立于阵前,道:"汝等周将,攻击泰州两年不下,费力久矣!何不退兵,免遭擒戮?"重进大怒,抡刀直取文稹,文稹挥刀相迎。两下金鼓喧天,摇旗呐喊,二将战有一百余合,未分胜负。南阵冲出一将,名叫边高,拍马挺枪前来助战。重进力敌二将,全无惧怕。忽周阵中一声炮响,振动山岳,正东一彪军齐起,刘俊横刀跃马,从唐阵后杀来,唐兵大败。朱元忙上前来迎敌,刺斜里曹英一骑又到,从南冲入唐来。文稹见势不好,回马便走,曹英阻住去路。边高奋力来迎,不一合,曹英手起刀落,劈边高于马下。文稹见失了边高,冲围杀奔北门。刘仁赡城上看见,领兵杀出,救入城中去了。重进夺了营寨,分兵据守。

　　文稹大败进城,计点军士,折了大半,羞惭无地。刘仁赡道:"君且与朱将军守城,明日吾当亲出,与李重进决一死战。"许文稹道:"且慢!公若强战,必难保守。待等主帅到来,再作商议。"刘仁赡从其言,悉力拒守。然因国事艰难,愤恨忧郁,遂染成疾。其子刘宗,来见父亲道:"两军相遇,战胜者为奇,父亲力守孤城,未尝有挫;今日添兵助将,反有倒戈之辱。儿愿今夜出城去劫周营,以雪此恨。"刘仁赡大惊,道:"汝劫营未惯,安知兵法?我为主将,尚不敢侥幸成功;汝系年幼无知,怎敢妄行险事,徒丧其命。"此计不用,遂喝退刘宗。不想是夜刘宗竟领部兵二千,开东门泛舟渡淮,去劫周营。谁知兵未至营,却被李重进游兵所击,杀得大败而回。次日,刘仁赡闻知其事,命左右推出斩首。监军周廷构上前力救,道:"小将军虽失一阵,然为国家出力,欲建功耳!并非自为,望明公赦之!"仁赡不听。部下诸将俱皆跪劝,只是不依。廷构无法奈何,只得使人求救于刘夫人,夫人谢道:"妾非不爱吾子,奈军法不可私,名节不可移;君今日宽宥其罪,便是刘氏不忠,妾与刘公,何以见众将士乎!"急令斩之。众将尽皆感泣。有诗为证:

　　　　阃外元戎号令明,忠勤宁肯遂私情!
　　　　竟将爱子殉军法,愤志于斯一念贞。
　　却说齐王李景达,听知许文稹大败,欲起倾国之师来救泰州。李重进闻此消息,与众将议道:"唐之援兵甚多,泰州未便即下。况且我军粮草不继，难与战争，不如奏知主上，以图计取，我等且驻兵于此，以示久远。"于是具表，差人奏上世宗。世宗得奏，犹豫未决。是时李榖有疾在家，世宗遣范质、王朴就其第宅问之。李榖道："泰州围困，破在旦夕；若圣驾亲临，将士用命，则泰州指日下矣。"范、王二人将李榖之言奏知世宗，于是世宗意决，下诏兴师，攻取泰州。仍命赵匡胤为元帅，以统诸军。是时赵匡胤守制在家，迫于王命，只得应旨。又为郑恩告病，言郑恩前次出兵，随征辛苦，班师以来，得病在家，至今尚未痊愈，不能从征。世宗准其告病，恩免出征。

当时匡胤分调出师，命造大船数百只，使唐之降卒教习军士水战。数日之后，出没波涛，纵横湍浪，胜似唐军。三月，世宗车驾出大梁。命王环领水军五万，自汴河沿颖入淮，军声大振，远近皆惊。

消息传入南唐，齐王闻之大惧，差人至金陵求救。唐主集群臣商议退敌之策，太史令吕锦文奏道："南唐与周势不两立，大王当起倾国之师，与之迎敌。彼已深入吾地，岂能久驻乎？"唐主依奏，命杨守忠领兵五万前去迎敌。守忠得旨，即日领兵离金陵，来到紫金山下寨。齐王李景达闻知救兵已到，自率大军至淮河口结营，与守忠声势相依。城中许文稹、朱元亦列营于城西，彼此为犄角之势，约日出兵。

时世宗大兵，离泰州城十里安营。听报南唐起倾国之兵而来，便下令各营将士，齐心努力，严整兵戈，次日列阵于泰州城下。世宗亲自戎装，同匡胤等一干众将，来到阵前。南唐杨守忠亦列成阵势，跃马舞刀而出，大呼道："吾南唐与汝，两不相涉，何故连年相争，以苦苍生？"世宗道："今天下一家，汝主庸愚，敢自霸一方，苦害万民；朕今天兵到来，汝等知事，当举兵来降，不失封爵，若再不悟，祸不免矣！"守忠大怒道："谁敢先见头阵，以挫其锋？"言未毕，一将应声而出，乃牙将张兆仁，手执大刀，飞马搦战。周阵曹英拍马舞刀抵住。两下交锋，战有三十余合，曹英卖个破绽，勒马诱张兆仁来赶，看看将近，挥起大刀，把张兆仁斩为两断。

杨守忠见折了张兆仁，心中大怒，自挺枪来战。赵匡胤看见，纵赤兔马，提八环刀，飞出接战。二将双器齐举，两马相交，大战五十余合不分胜负。忽城西许文稹领兵冲入阵来，将世宗军冲作两段。李重进恐上有失，拍马上前，挡住文稹交战。将至一百余合，重进轻舒猿臂，将文稹捉过马来。匡胤见重进捉了许文稹，勒马绕南阵而走。杨守忠随后追来，匡胤架起连珠箭,射中守忠坐马,把守忠跌下马来。周兵向前捉住,唐兵大败,杀死极多。

朱元见势已危,弃了西营,领众沿流而走。王环水军顺流而下,鼓噪直前。齐王听得唐兵大败,守忠被擒,不敢迎敌,与陈觉弃船奔归金陵去了。世宗自将马军,与诸将夹岸追击,唐兵溺水死者二万余人。周兵大胜,所得船粮盔甲器具不计其数。世宗收军还营。

次日,分拨诸将,提兵到泰州攻城。刘仁赡闻救兵大败,病体更重。监军使周延构见周兵攻城甚急,与左骑都指挥章全议道:“今主帅病重,不能理事,城中被困已久,粮草已无;若不迎降,致生民变起,反为不美,公意若何?”章全叹道:“我等尽心守城,为生民之计也! 今势已如此,自当开城投降,以免生灵涂炭耳!”二人议论相合,乃诈作刘仁赡降表。次日,众将挟了仁赡开城以降。世宗亲至帐中,慰劳良久。仁赡垂头不语,世宗嘉其忠义,赐赍甚厚。复命左右扶入城中养病。仁赡义不苟取,扶归府中。世宗下旨大赦州县囚徒,百姓有受唐主之书保聚山林者,悉令复业。其民隐之尚有未便者,着有司官一一条陈奏闻。又下诏封授仁赡为天下节度使兼中书令。仁赡不受,是夕卒于城中,晋爵为彭城郡王。时唐主闻仁赡死,甚加痛惜,遥赠太师。世宗复以清淮为忠正军,以旌仁赡之节。有诗赞云:

固守孤城忠不回,兵穷粮尽病相催。

唯公一死真无愧,千古声名显似雷。

时泰州因被困二年,民人绝食,世宗下诏,开寿州仓库赈济饥民。百姓得食,欢声载道。

四月,世宗合诸将进攻濠州。濠州守将黄天祥,听得周师来到,急领兵三千,出城迎敌。两军对圆,北阵上刘俊,横刀大叫:“唐将早早献关,免受屠戮!”说罢,纵马而来。南阵黄天祥大怒道:“贪心无厌之徒,敢又来犯我城池耶!”举起手中枪,拍马直取刘俊。刘俊抡刀来迎,两下交锋,这场好杀。有诗为证:

暮雨旌旗湿未干,残烟衰草日光寒。

沙场达旦连宵战,只见番兵空马鞍。

二人战不数合,正东上一声炮响,匡胤一骑杀来,把天祥预备的水寨,登时打破,焚其战船。一时烟气蒸天,红光遍野。黄天祥见失了水寨,无心恋战,急勒马退走回城。李重进、刘俊等追赶,会合匡胤,水陆夹攻。黄天祥御敌不住,引败残兵退守羊马城去了。

匡胤得了濠州,迎驾入城。因又进言道:"唐军败北,势如破竹,数节之后,迎刃而解。陛下不必亲行,以冒矢石。且扎御营于此城,待臣与诸将直捣金陵,擒取唐主,以靖南方。"世宗大悦,道:"全赖二御弟等尽心辅朕。"于是匡胤与李重进合兵,先攻羊马城。

城中闻此消息,尽皆惊惶。时水军元帅江显明,列战船数百,陈营于涣水之东。知濠州有失,正欲救应,却遇黄天祥杀败来见,说周师势锐,不可抵挡。江显明道:"吾与公列水阵于涣水南岸,以御周兵,一面申奏主上,提兵来救,庶不至彼之猖獗也。"天祥大喜,既与显明列二营于南岸,摆齐战船,横浮涣水,坚不可入,牢不可破。

匡胤兵马已到涣水,隔岸列成阵势,乃与步军使高琼商议道:"南军阻水列营,意我不能便渡此河。汝可引兵一千,绕岸登进,候至明日黄昏,放起一把火来,岸军一失,水军自慌。吾引军对岸杀来,必获大胜。"高琼领令而行。次日午后,匡胤领兵斩寨而出。吩咐诸将,传弓弩手乱箭射住水军。那些水军遮箭不及,怎敢出战?因此周师渡过涣水,竟趋南岸。黄天祥见周师登岸,大惊不迭,领所部兵来迎,正遇匡胤。两马相交,兵器并举,战不数合,天祥败走。

此时正近黄昏,忽听南阵一声炮响,摇旗擂鼓,火把通红,正遇狂风大作,显明营寨尽被延烧,唐兵大乱,自相践踏。显明见势不好,即弃营逃走,恰遇高琼杀来,阻住去路。显明心慌,放马欲逃,不期马失前蹄,一交翻下,被高琼趁手一刀,斩为两截,部下尽数投降。高琼遂与匡胤合兵攻杀天祥,天祥料不能胜,抽出宝剑自刎而死。正是:

> 可怜节义英雄士,只见空鞭匹马回。

水军见主将已亡,降的降,走的走,一时干净。

匡胤得胜,威声大振,远近皆惊。于是会合李重进军马,直犯泗州,分门攻击。守城官范载,知势难支,开门纳款。匡胤入城,禁约部兵,不许抢掳,扰害民间,如违斩首。兵士闻令,整肃而入,百姓尽皆欢悦。正是:

> 王师遍处施仁义,黎庶归芸如故常。

十一月,匡胤兵取通州。守将郭延与部将孙信等议道:"周兵势盛,难与争锋,不如归降方为上策。"诸将皆称其善。郭延道:"谁可作降表?"

孙信道："参军李廷邹可作降表。"郭延命廷邹为之。廷邹道："二公乃唐之宿将,屡受国恩,且通州城郭坚固,粮草充足,正可以挡住周师。或战或守,以尽臣职,岂可不为备敌,先为不义之行耶!"郭延道："吾岂不知! 但时势如此,徒劳无益。公今且顺天心,以救生灵之涂炭也!"廷邹坚执不肯。孙信以刀胁之道："公不识时务,执意不从,吾先斩汝首,然后迎接周师。"廷邹大叹道："大丈夫以忠义自誓,岂惧一死! 吾安肯以堂堂之身,从汝狗彘,偷生于世间而作降表乎!"孙信大怒,一刀将廷邹杀死于地。次日,举城降周。有诗证之:

> 男子要为天下奇,忠心不屈贯清微。
>
> 未经草表先丧命,徒向阶前血染衣。

匡胤既得通州,长驱直进,兵至楚州。有防御使张彦卿坚城固守,周兵攻围四十余日,再不能下。世宗闻之,自领大兵前来监督。匡胤见驾,奏道："楚州守将张彦卿,深得民心,为之死守,是以臣等不能即克。近闻城中粮草不继,臣与诸将合兵击之,早晚可破也。"世宗道："御弟可吩咐诸将,各皆用心,朕当照功升赏,决不负也!"匡胤受命。次日即与李重进等分门攻打,将士齐心,军兵奋力。自早至午,只见城西北角早坍了一阙,曹英身先士卒,手执鸾牌,提剑鼓勇登城,把守城军乱砍。下面军士蜂拥上城,唐兵遮拦不住,各自下城逃命。曹英开了西门,众兵齐进,城中鼎沸起来。张彦卿见周兵已至,即与都监郑招业领兵拒敌。郑招业杀奔南门,正遇李重进奋勇而来,不待交战,一刀劈个正着,招业翻于马下。李重进大杀唐兵,往东门而来。张彦卿见势已急,无可挽回,仰天叹道："今日得报我主矣!"遂掣出宝剑,自刎而死。手下部兵一千余人,尽皆自杀。有诗为证:

> 固守坚城势不回,推恩部下气相随。
>
> 天心已去身全节,义过田横不泯坠。

匡胤既得楚州,随与李重进收兵屯扎,迎驾入城,出榜安民,开仓赈济。

于时周兵势盛,所到莫敌。消息传入金陵,唐主大惧,饮食俱废,如坐针毡。又耻降号称臣,乃传位于太子弘冀。遣使奉表,臣事中国。计南唐所管地界,止有庐州、舒州、蕲州、黄州四郡未下,差使表奏世宗,献其地土,乞求罢兵。世宗取表视之,见其言词哀切,情意恻怛①,遂言道:"朕本意只取江北而已,今唐主既能奉国纳降,复何言哉!"乃赐答唐主书云:

> 大周皇帝书达唐主。朕兴师非为贪求土地,残害人民;实以天下一家,各守封域,以抚治人民,永享安静和平之福,将子子孙孙,实加赖之。通好方新,书之更不多及。

差使领书,回金陵见唐主。唐主看书,心始感激,遂仍差使奉表来谢。其表云:

> 唐国主臣李昪②,谨顿首拜表上皇帝陛下。臣遣臣陈觉,奉表天朝,钦奉诏书,休兵息战,允许和好,容小国仰天涵地育之德,臣不胜衔感!谨献江北四州,每岁纳贡银一百万,以供上国岁时之用。昧死谨言,伏候赦书!

世宗得表,群臣称贺。江北悉平,共得十四州,六十县。复赐唐主书,谕自今以后,朕已罢战,不须传位。赐钱弘俶、高保融等犒军钱帛数十万。唐主仍差平章冯廷献银钱茶谷,共二百万,赴御营前犒军,世宗待之甚厚。冯廷复命,称世宗之德。于是唐主倾心臣伏于周。有诗为证:

> 大将南征拥战旗,归降纳土建功奇。
> 欲知边境生民恨,烽火年来望眼迷。

世宗喜南方平定,下令班师还京。各营得令,无不欢欣。明日拔寨起行,正是:

> 天子预开麟阁待,只今谁数贰师功!

驾返汴京,世宗论功封爵,给赏三军,大开龙宴,庆贺功臣。自是君臣勤政,百姓安乐,置兵戈而不用,渐见太平之象矣。

一日,世宗于文书中,得一木简,长三尺,上写着"检点作天子"五字。世宗骇异,察其所置之人,竟不可得。时张永德为殿前都检点,世宗心疑,遂命赵匡胤代之。

显德六年,调回征蜀将帅王景、向训等。时有近臣奏道:"昨夜枢密使昌邑侯王朴卒。"世宗闻奏,亲临其丧,恸哭数日,悲不能止。仰天叹道:"天不欲朕致治耶?何夺朕之速也!"命具衣冠,以王侯之礼葬之。文

---

① 恻(cè)怛(dá)——忧伤。

② 昪(biàn)。

武百官俱皆送葬。汴京百姓感念王朴平日待民如子,皆悲哀祭献,罢市三日,如丧考妣①。有诗为证:

> 深明术数佐皇家,辅治新君谋远夸。
>
> 正值升平身已故,黎民千古尽吁嗟。

却说南唐主顺中国之后,与群臣议贡献之礼。宋齐邱奏道:"昔日后汉主登极之时,主公曾献女乐数十名,以免数年之扰;今议贡礼,亦可献美貌聪明者,献与中国,胜似金玉玩好之物,且吾江南得有泰山之安矣。"唐主道:"吾观世宗,乃英明之主,非比寻常;倘其不纳,是无功而反获罪矣!"齐邱道:"美色人人所爱,汉帝未尝不英明,不闻弃逐而临我不测也。望主公速即行之,必无他虑。"唐主依议,即令中官选取美女。中官领命,选得美女二人:一名秦若兰,一名杜文姬,送入唐主。唐主见二女果然风姿出众,美貌动人,即差礼部尚书王崇质为使,送二美女前往中国贡献。

崇质领命,安备车马,即日离金陵,前至汴京。近臣奏 知世宗,世宗召入殿前。崇质当阶朝拜,奏道:"小臣奉主命,进献美女二名,与陛下供优闲之用,现在宫门外以候圣旨。"世宗下旨,宣二美人入朝,伏于阶下。世宗举目观看,果有国色。遂问其名,崇质奏道:"一名秦若兰,一名杜文姬。"世宗大悦,道:"名色两美,足副朕怀。"旨令收入御乐院。赵匡胤出班奏道:"陛下英明圣德,端理天下,不可受外国之色。若受玉帛,可以供给,粮米可以赏军;今受女色,是使外邦闻之,皆以陛下为爱色之君,必致美女日进,而政事怠荒,圣德损坏矣!此万万不可,望陛下三思。"世宗道:"朕自有方略处之,无烦御弟所虑。"遂不听其谏,乃设宴款待崇质。因而问道:"汝主近日仍备武事、治甲兵乎?"崇质奏道:"自归天朝以来,举国悉得其主矣!尚何事于治甲修武乎?"世宗道:"卿之所见甚明,但朕兴师征伐,则为仇敌;今为一家,汝主与朕大义已定,更无他说。然而人心难料,至于后世,则事不可知。归告汝主,兵甲城郭当宜修茸,为子孙之计。"崇质顿首受命而辞 。取路回金陵,见唐主奏及世宗所谕之事,唐主感激。遂令守城官吏,凡城池之不完者,修茸之;戍兵之单弱者,增益之。更有整理军伍。按下不题。

且说世宗自纳美人之后,每召入宫侍宴,日则吹弹歌舞,夜则淫乐欢

---

① 考妣(bǐ)——父母死后的称谓。

娱,迷恋情浓,累日不出视朝。凡一切朝政,皆决于范质、王溥二人。二人心不自安,约齐群臣,到赵匡胤府中商议军国大事。不争有此一番议论,有分叫:忧国勤民,剔尽怠荒归淳化;应天顺庶,扫开蒙翳见重华。正是:

披坚执锐于焉释,端冕垂裳自是新。

毕竟众臣议论何事? 当看末回自知。

第六十回

绝声色忠谏灭宠　应天人承归正统

词曰：

诗章进谏冀君听，意殷勤爱敬。闭邪陈善，焦燎园圉，莫非忠荩。　　鸿运将开，人归天应。见彩楼佳信。圣人御极，日月争辉，华夷欢庆。

右调《贺圣朝》

话说世宗自受女乐之后，迷于酒色，日渐怠荒，一切政事皆决于范质、王溥。二人心怀忧惧，约齐群臣，到赵匡胤府中商议，道："今主上春秋鼎盛，未建东宫；又受南唐之贡，沉湎酒色，累日不朝，此非经国经民之为也。公乃国家大臣，未知有何良策，以正君心？"匡胤道："吾正为此事，欲与诸公商议；不意诸公先降，足见忠勤。明日我与诸公入宫合奏，看主上圣意若何？"众皆欣喜而出。

次日，匡胤同群臣入朝，至内殿见世宗，奏道："陛下春秋鼎盛，皇储未立，终日佚乐，关系非小。臣等冒死进言，乞早立皇嗣，以副中外之望；远色励治，以昭圣德之休。则天下幸甚！臣等幸甚！"世宗道："功臣之子皆未加恩，独先朕子，岂能安乎！"匡胤奏道："臣等受陛下厚恩，已是过宠，安敢以子孙受爵为望！乞陛下从群臣之谏，以定国计。"世宗见群臣意切，乃降旨封皇子为梁王，册立东宫。时梁王年方七岁，生得聪颖过人。当时群臣谢恩已毕，正欲陈词谏正，适世宗心生厌倦，命各暂退；众臣只得辞驾，怏怏而出。无奈世宗日事荒淫，怠废朝政，又于内苑起造一楼，名曰"赏花楼"，命教练使冯益监造。不消一月，把赏花楼盖造得十分齐整，华美非凡。怎见得处好？有《西江月》一词为证：

画栋飞云渲染，雕梁映目新鲜。檐牙高啄接青天，锦绣羡他名款。

异品奇珍列满，吹弹丝竹俱全。君王从此乐绵绵，美色香醪赏玩。

工事已完,冯益复旨奏成。世宗大喜,重赏冯益。驾至赏花楼,设宴与二姬赏玩。又下旨:命文武官员各献奇花异卉,栽种内苑。这旨一下,那些忠臣良宰,心皆不悦,愤愤不平。只有那等希图进用之臣,不吝千金购求异卉,纷纷进献。有诗叹云:

> 异草奇花不足求,贪淫失政乃为忧。
>
> 嗣君小弱何堪立!兵变陈桥自有由。

且说郑恩病愈起来,闻知此事,即来见匡胤,道:"二哥!今主上不理朝政,日夕与美人淫乐。倘外国闻知,干戈蜂起,民不聊生,此事如何?我与二哥竭力苦谏,不可坐视。"匡胤道:"非吾不欲苦谏,奈主上不听,其如之何?"郑恩道:"近闻圣上命百官献花,吾与二哥何不以献花为名,内藏讽谏之意,或者少有补益,亦未可知。"匡胤道:"此法最妙!"

次日百官各自进花,匡胤与郑恩亦至内苑,直趋花楼来见世宗。世宗正与二美人酣饮,见匡胤到来,便问道:"二御弟亦来进花么?"匡胤奏道:"比闻旨下,臣等安敢有违!"世宗道:"卿进何花?"匡胤执梅花近前奏道:"此乃江南第一枝。"世宗命中官取来,供在瓶中。因问道:"此花因甚便称第一?"匡胤奏道:"此花乃临寒独放,幽香洁白,不与凡流并比芳妍,故为第一。臣有一诗,以咏其美,愿为陛下诵之:

> 一夜东风着意吹,初无心事占春魁。
>
> 年年为报南枝信,不许群芳作伴规。"

世宗听罢大喜,亦命杜文姬吟诗一首以赞之。文姬承旨,便吟道:

> "梅花枝上雪初融,一夜高风激占东。
>
> 芳卉池塘冰未泮,柳条如线着春工。"

世宗听文姬之诗,称羡不已。忽郑恩大踏步上楼,奏道:"臣亦有花来献!"世宗命左右取来视之,乃是一枝枯桑。世宗笑道:"这是枯桑,三御弟献他何用?"郑恩道:"臣献此花,与众不同;汴京城中若无此树,则士民冻饥。臣有俗诗一首,敢献与陛下助兴。"遂而吟道:

> "竹篱疏处见梅花,尽是寻常卖酒家。
>
> 争是汴梁十万顷,春风无不遍桑丫。"

世宗勉强喜悦,赐赵、郑二人酒食。二人饮了几杯,立于栏杆之外,见献花者纷纷而进。

迨至日暮,世宗谓二人道:"卿等此时未归,有何事议?"匡胤奏道:

"臣等见陛下累日不朝,有荒政事;为此冒死上言,愿陛下勿事流连,亲临国政,则社稷有磐石之安矣!"世宗道:"朕向因干戈扰攘,并无少安;今日稍得闲暇,与二姬赏玩,聊叙一时之兴耳!岂得遽云荒政?且人生在世,如弱草栖尘,争荣有几!况今幸值中平之世,卿等亦得与亲知故旧,暂图欢乐,以尽余年,不亦可乎?而乃日事言词,徒多琐屑耶!"郑恩奏道:"陛下不听臣等之谏,恐有不测,悔之晚矣!"世宗不答,拂衣而入。

郑、赵二人出了宫门,私相议道:"主上荒淫如此,若不设计,势不可为。"匡胤道:"与你同见范枢密商议可也。"二人来见范质,说知其故。范质道:"昨日司天监奏有火星下降,旨发该部知道。为今之计,可乘禳灾之举,焚其赏花楼,庶可以挽回圣上之心。"郑恩道:"此计大妙,不可泄漏!"

次日,密令守宫军校,准备救火之具。将近二更,郑恩躲于赏花楼下,听得鼓声聒耳,郑恩于近宫边放起火来。其夜正值东风大起,一时之间,风助火势,火逞风威,照耀得满天通红,遍苑雪亮。宫官报知世宗道:"行宫火起!"世宗大惊,亲自看火。只见火已延及楼阁。郑恩近前,大喊道:"陛下速避,火势近矣!"世宗惊慌无措,郑恩负了便跑。二姬且哭且行,高声叫救。忽见匡胤转出叫道:"速来!速来!"二姬只道真心救他,急奔前来;被匡胤左挟若兰,右提文姬,向火焰里只一抛,可怜!正是:

　　粉面顿然成粉骨,红颜顷刻变红灰。

此时军士望见匡胤将二姬烧死,各把水器齐来救灭了火。早见新造宫楼,变为白地。

次日,匡胤同文武朝见称贺。世宗问道:"二美人何在?"匡胤奏道:"火热甚大,莫能相救,想已烧死矣!"世宗闻之,痛悼不已,拂袖还宫。群臣各退。有诗为证:

　　忠臣至此亦堪怜,何事谋姬向火燃!
　　若使陈桥袍不着,千年忠义属谁看?

世宗自被火惊,日日思想二姬,渐成疾病,不能视朝。适镇军节度使韩通因奏边务事情,闻知世宗有疾,入宫侍问。世宗说知得病之由,韩通奏道:"臣闻此举皆赵、郑二人所为!幸陛下善保龙体,不必以二姬为念。"世宗道:"朕已知之。然赵、郑实朕之亲臣,不忍加罪。"

韩通谢恩而退。回至府中,心下暗想道:"主上倘有不测,朝中唯此二人专权;彼若以旧怨致衅于我,我何能堪!"乃召心腹李智商议其事。李智道:"君侯公子尚未婚配,近闻符太师有次女,乃主上亲姨,亦未择配。君侯何不乘此入宫,奏知主上,与之联姻。日后符娘娘当国,君侯可保无虑矣。"韩通大喜,道:"此计甚妙!"次日进宫,朝见世宗,奏知此事。世宗道:"朕当与子成之。"即日召符太师入宫,将韩通姻事说知。符太师奏道:"既蒙陛下圣谕,臣安敢有违;奈幼女嬉习未除,尚容再议!"世宗允奏,韩、符二人,辞驾出宫回府。韩通以为世宗主婚,必然能成,遂乃打点行聘不提。

却说匡胤之弟匡义,因见冬雪初晴,在家无事,带骑数人,出猎于东郭门外。只见有一喜鹊,立在靠墙梅枝之上,对了匡义连叫数声。匡义弯起弹弓,指定打去,正中那鹊左翼。那鹊又叫了一声,展起双翅,竟望符太师的花园里飞去了。匡义认得符太师家花园,便令从人停骑园外,自己越墙而进,来寻喜鹊。才行几步,只见那边有七八个丫环,簇拥着一位小姐,正从假山石背后而来。匡义进退不及,慌慌张张,闪在躲避去处,偷眼看那小姐:年未及笄,生得窈窕娉婷,美貌无比。这小姐不是别人,正是符太师的次女二小姐。那小姐也为观玩而来。

当时符小姐带领丫环,来至园中,一眼睃去,早见了匡义。便令丫环唤至跟前,开言问道:"君是何处人氏? 白昼逾墙,有犯非礼,三尺难容!"匡义答道:"小可乃赵司空之次子,当朝赵检点之弟,名匡义。因见冬雪初晴,放骑游猎。偶放一弹,正中喜鹊,飞入小姐家园,小可一时误进,望乞海涵!"符小姐见匡义人物魁梧,殊非凡品,心中已自欢喜。及听言词逊顺,声气清和,不觉目凝神逝。暗自想道:"若得此人为婚,一生之愿足矣!"又问:"君年几何?"匡义道:"小可年交十九。"小姐道:"曾娶亲否?"匡义赧然摇手,以为未婚。小姐道:"君可速去,恐太师知觉,不当稳便。"匡义躬身应诺。小姐令侍女开了后门,放他出去。小姐恋恋不舍,以目送之。有诗为证:

> 喜鹊连枝堕符园,佳期预报赖他转。
> 一言竟识非凡品,伫见成姻了宿缘。

匡义出得园来,同从骑竟回府中,见了匡胤备述其事。匡胤道:"此天意也! 使汝入园而得睹其容。"遂即差人请范枢密到府,分宾而坐。茶罢,匡胤将匡义误入符太师园中,遇见皇姨之事,说了一遍。故欲相烦作伐。范质道:"此事容易,符太师夫人与下官寒荆①是通家之姻,明日当与令弟求婚,事必谐也。"匡胤大喜,道:"若得事成,必当重报。"范质告别回家。

次日,命夫人郝氏到符府说亲,与太师夫妇细述赵公子求亲一事。太师道:"此段姻缘,极是相宜! 怎奈主上先曾有旨,命许韩通之子为婚;今日我若许了赵公子,恐违了圣上之旨。事在两难,如之奈何?"郝夫人道:"赵公子闻他有大贵之相,况兼德行皆全,英才日盛,较诸韩公子不啻天渊之隔。古人云:'择婿以德。'若许此人,谅圣上决不为怪。"太师道:"此言也是! 但韩家先来议亲,故难开口。老夫当效古法,于城中高结彩楼,待小女自抛彩球,看是谁人姻缘,以为定准,便可使两家各无怨心。"郝夫人道:"太师所言甚当。"遂别了回府,诉知范质,令人报知赵府。

过了数日,符太师差人在于大街结起一座彩楼,相约韩、赵二家姻事。匡胤知道,乃令匡义准备。匡义应诺,带了四五个从人,来到天街;见韩通之子韩松,领了数十名家将,先在等候。又有那些官家子弟,聚齐在楼下观看。当时等了一回,只听得楼上鼓乐齐奏,先有一管家人,向着楼外吟诗一首道:

> 彩楼高结一时新,天上人间富贵春。
>
> 凭语蓝桥②消息好,尽教仙子意殷勤。

那管家吟诗已毕,立在一旁。须臾只见许多彩女,正正齐齐拥着皇姨于彩楼正中间坐下。举眼望楼下看时,见楼下看的众人,都是翘首而望。只见彩楼左首立着一人,人物轩昂,仪表非俗,又是打扮得济楚。但见:

> 戴一顶官样黑纱巾,穿一领纻丝青色袄。外罩蜀锦披风,腰系金
> 线绿带。足蹬乌靴,摇曳多姿 。

原来此人就是心上之人,今日看见,分外英俊。又见那彩楼右首,立着韩松,生得卑陋,面如乌漆,背似弯弓。看他打扮,倒也齐整。但见:

> 戴一顶官样青丝笠,穿一领黄褐纻丝袍。系一条绿绒金线绦,着
> 一双黑皂麂③皮靴。

---

① 寒荆——旧时对人称自己妻子的谦词。

② 蓝桥——此有结为夫妇之意。

③ 麂(jǐ)——一种小型的鹿。

　　当下符小姐细观二人,已判优劣。立起身来,在侍女手中接过彩球,对天祝拜已毕,执定彩球,看定了匡义抛将下来。正被匡义接着,跨上了马,喜气洋洋,与从人向南街去了。韩松立在楼下,不瞅不睬,看者无不耻笑。跟随人俱各没趣,拥了韩松上马而去。

　　回至府中,报与韩通。韩通大怒道:"圣上之命,反不及范枢密耶?"即令心腹将士,带领数百勇壮家丁,埋伏于南街要路,等候抢亲。不想事机不密,早有人报知匡胤。匡胤便与郑恩商议,郑恩道:"不须忧虑!我等與从乐人,从小路抬回;待小弟扮做小姐,耍他一耍。"匡胤笑道:"言之有理。"遂令从人轿马抬了皇姨,悄悄地从僻静小路娶到府中,与匡义结亲不表。

　　只说郑恩扮做新人,前面乐人引导,金鼓喧杂,灯烛辉煌,一行人闹闹热热,由南街大路而来。只见韩家的埋伏军士,看见赵府迎娶已到,即时一声号炮,一齐上前,把音乐随从人等打散,抢得一乘大轿,自为得计,抬进韩府。韩通大喜,亲自揭开轿帘。只见轿里跐出一个郑恩来,高叫一声:"韩兄!小弟到此,快备酒来,与你对饮。"韩通情知中计,无可奈何,只得赔笑道:"老弟若肯开怀,便当款待。"郑恩见韩通反赔笑脸,礼顺谦辞,便正色相劝道:"韩兄,公子日后自有姻缘,何必争执,以伤和气!"言罢,辞别而去。韩通只气得毛发直竖,愤恨于心。次日入朝,奏知世宗。世宗道:"匡胤之弟,亦朕之爱弟,此事不必深念。倘朝中有相宜者,朕当为卿议娶可也。"因加授韩通为充侍卫亲军副指挥使,韩通谢恩而出。

　　谁知世宗自得病以来,不能痊愈,延之日久,饮食不进,大势日危。召范质等入宫,嘱以后事,道:"嗣君幼弱,卿等尽心辅之!昔有翰林学士王著,乃朕之藩邸故人,朕若不起,当以为相。"质等受命而出。私相议道:"王著日在醉乡,是个酒鬼,岂可为相!当勿泄漏此言。"是夕,世宗卧于寝宫驾崩。远近闻之,无不嗟悼。后人有诗以美之:

　　　　五代都来十二君,世宗英武更神明。
　　　　出师命将谁能敌,立法均田岂为名!
　　　　木刻农夫崇本业,铜销佛像便苍生。
　　　　皇天倘假数年寿,坐使中原见太平。

　　世宗既崩,群臣立梁王训,于枢前即位,是为恭帝。文武山呼已毕,尊符后为太后,垂帘听政。遣兵部侍郎窦仪至南唐告哀。窦仪领命,至南唐来。正值天寒地冰，雨雪霏霏，不日到了南唐，见了唐主。唐主欲于廊下受诏，窦仪道："使者奉诏而来，岂可失其旧礼！若谓雨雪，俟他日开读可也。"唐主闻言，拜诏于庭，不胜哀感，款待窦仪而别。

数日，有镇定报到："河东刘钧，结连契丹，大举入寇，声势甚盛，锋不可当。"近臣奏知太后，太后大惊。急聚文武商议，范质奏道："刘钧结连契丹，其势甚大，唯都检点赵匡胤可以御之。"太后依奏，即宣赵匡胤入朝，命为元帅，领兵敌契丹。匡胤奏道："主上新立，在朝文武，宜戮力同心，共守京城；臣当另调澶州等处将帅，一同征讨，是乃万全之策。"太后大喜。即下敕旨，前去调发张光远等，会兵出征。

时苗光义自从在王府决数救护匡胤之后，一向隐在山中；今见世宗弃世，来到京中。见日下又有一日，黑光相荡，指谓匡胤亲吏道："此天命也，时将至矣！"言毕，飘然而去。

此时各镇帅臣：张光远、罗彦威、石守信、杨廷翰、李汉升、赵廷玉、周霸、史魁、高怀德等，俱在麾下听用。当时择日发兵，摇旗呐喊，擂鼓鸣金，一声炮响，行动三军。看看来到陈桥驿，军士屯聚于驿门之外，忽高怀德对众人道："今主上新立，更兼年幼；我等出力，谁人知之？不如立检点为天子，然后北征，诸公以为何如？"都卫李处道："此事不宜预备，可与匡义议之。"匡义道："吾兄素以忠义为心，恐其不从，如之奈何？"正言间，忽赵普来至，众人以欲立主之事告之。赵普道："吾正来与诸公议此大事！方今主少国疑，检点令名素著，中外归心，一入汴梁，天下定矣！乘今夜整备，次早行事。"众皆欢喜。各自整顿军伍，四鼓聚集于陈桥驿门，等候匡胤起身，便举大事。

此时匡胤身卧帐中，不知诸将所议。天色渐明，部下众将直入帐中，高叫道："诸将有言，愿立检点为天子！"匡胤大惊，披衣而起。未及诘问，众人拥至跟前，石守信竟将黄袍披在匡胤身上，抱住在椅中，众将山呼下拜，声彻内外。匡胤道："汝等自图富贵，使我受不义之名！此何等事，而仓促中为之？"石守信道："主少国疑，明公若有推阻，而彼岂肯信乎？再要成事，恐亦晚矣！"匡胤嘿然不答。匡义讲道："此虽人谋，亦天意也！兄长不须疑贰。且济天下者，当使百姓感激如父母；京师天下之根本，愿下令诸将，入城不许侵夺百姓，乃为天下定计也。且苗光义先生前日对人说道：'日下复有一日'，该哥哥登位无疑。"匡胤听了苗训之言，如梦初觉。想起前日相面之词,真是先见,懊悔屡屡失礼于他。遂下令道:"太后与主上,是我北面而事的,不得冒犯;群臣皆我比肩,不得欺凌;朝中府库,不得侵掠。用命有重赏,不用命则诛。"军士皆应道:"谨受命!"匡胤号令已定,遂整队而回。军士至汴梁,自仁和门入城,秋毫无犯,百姓欢悦。有诗为证:

> 七岁君王寡妇儿,黄袍着处是相欺。
>
> 兵权有急归帏幄,那见辽兵犯帝畿①。

匡胤既入城,下令军士归营,自退于公署。时早朝未散,太后闻陈桥兵变,大惊不迭,退入宫中。范质对王溥道:"举奏遣将而致反乱,吾辈之罪也!"侍卫亲军副都指挥使韩通自禁而出,急来与范质议道:"彼军初入,民心未定,吾当统领亲兵禁军以敌之;二公快请太后懿旨,布告天下,必有忠义勤王者相起,则叛逆之徒,一鼓可擒矣。"范质依言,入宫见太后请旨。

韩通归至府中,召集守御禁军、亲随将校以备对敌。忽禁军教头王彦升大怒道:"天命有归,汝何为自戕其身?"即引所部禁兵来捉韩通。韩通未及相迎,竟被彦升一刀枭了首级。部下军兵,将其妻妾并次子,亦皆杀死。唯长子韩松逃脱,奔入辽邦而去。有诗为证:

> 忠于王事见韩通,世宗亲征有几同。
>
> 欲御逆谋志未遂,阶前冤血至今红。

匡胤在公署,闻得城中鼎沸,急忙下令禁止。有将捉得范质、王溥等来见。质即挺身责道:"公乃世宗之亲臣,言听计从;今欲乘丧乱而欺孤寡,生心谋反,异日何以见先帝于地下?思之岂不愧乎!"匡胤掩泪答道:"吾受世宗厚恩,今为六师所逼,一旦至此,惭负天地,奈如之何?"言未已,帐前罗彦威拔剑在手,厉声说道:"三军无主,众将议立检点为天子,再有异言者斩!"王溥等面如土色,拜于阶下。范质不得已,亦下拜。匡胤亲自扶起,以优礼待之。后人有诗以讥范质等云:

> 国祚既移宋鼎新,首阳不食是何人?
>
> 片言不合忙投拜,可惜韩通致杀身!

范质等奉匡胤入朝,召集文武百官,两班分立。翰林院官捧出禅位诏

---

① 帝畿(jī)——此有疆域附近的地方之意。

书,令侍郎窦仪宣读,诏曰:

> 天生烝民①,树之司牧。二帝推公而禅位,三王乘时以革命,其极一也。予末小子,遭家不造,人心已去,国命有归。咨尔归德节度使殿前都检点赵匡胤,禀上圣之姿,有神武之略;佐我高祖,格于皇天;逮事世宗,功存纳麓;东征西怨,厥绩懋焉。天地鬼神,享于有德;讴谣狱讼,归于至仁。应天顺民,法尧禅舜,如释重负,予其作宾。呜呼钦哉! 祗畏天命!

窦仪读罢诏书,匡胤就北面听命讫。宰相扶了登崇元殿,加上天子冕衮,受群臣朝贺,是为太祖皇帝。奉周主为郑王,子孙世袭其职。符太后迁居西宫。大赦天下,国号曰宋。改元建隆元年,而周运亡矣! 古虞顾充有《历朝捷录》纪之云:

> 世宗以柴氏子,嗣太祖而立。撰通礼,正乐书,定大乐,设科目,而文教彬彬;败汉兵,阅诸军,平江北,伐契丹,而武功烈烈。王环以不降而受赏,仁赡以抗节而蒙褒,张美以供奉而见疏,冯道以贩图而被弃。威武之声,真足以砥砺②人心,激发一世。近者畏,远者怀,有由然也。刻农桑之木,务本也;禁僧尼之度,抑末也;亲囚徒之录,临刑也;贷淮南之饥,振贫也;立二税之限,便民也。注意黎元③,留心治道,良法美意,未易枚举,信为五代十二君中之令主矣! 顾其亡国,亦若是之速,又何也? 岂帝王自有真,天将生圣人为生民主,而日月既出,爝火④不容不息乎!

追尊父弘殷为宣祖昭武皇帝,尊母杜氏为皇太后。

当时太祖拜于殿下,群臣相贺,杜太后愀然⑤不乐。左右进道:"臣闻母以子贵,今子为天子,而反生不乐,何也?"太后道:"吾闻为君难,天子置身兆庶之上,治得其道,则此位尊;苟或失驭,求为匹夫不可得,此吾所以忧耳!"太祖拜道:"谨受教!"遂立贺氏为皇后,韩氏为偏宫,杜氏为

---

① 烝(zhēng)民——众多民众。

② 砥砺——磨炼。

③ 黎元——民众,百姓。

④ 爝(jué)火——小火把。

⑤ 愀(qiǎo)然——凄怆的样子。

西宫。

越数日,太祖下诏:加范质、王溥等为中书门下平章事。以弟匡义为殿前都虞侯,赵普为枢密直阁学士。论扶立功,以彦溥、庆寿为龙捷右厢都指挥使,并领节度使之职。以石守信、张光远为侍卫亲军副都指挥使。郑恩、高怀德以列侯并领节度使之职。其余董龙、董虎、李通、周霸俱为参将。诏下,诸臣各各谢恩。

时华山隐士陈抟骑驴过汴京,闻太祖登位,拍手大笑道:"天下自此定矣。"吟诗一首云:

> 夹马营中紫气高,属猪人定着黄袍。

> 世间从此多无事,我向山中睡得牢。

吟罢,竟自回山不提。

却说太祖欲以优礼待朝臣,深念韩通之死,赠为中书令,以旌其忠。反加王彦升擅杀主将之罪,虽有幸宽宥之,但革其官,终身不用。后人有诗叹之云:

> 擅杀之罪不可逃,当初何用进黄袍?

> 功臣既死无由及,后代儿孙竟失褒。

从此天下大定,仁明之主,永享太平。《飞龙传》如斯而已终。但世事更变,难以逆料,要知天下此后谁继? 当看《北宋金枪》,便见源委也。后人有诗以咏之:

> 五代干戈未息肩,乱臣贼子混中原。

> 黎民困苦天心怨,胡虏驱驰世道颠。

> 检点数归真命主,陈桥兵变太平年。

> 黄袍丹诏须臾至,三百鸿图岂偶然!